Nora Roberts

So hoch wie der Himmel

Nora Roberts

So hoch wie der Himmel

Roman

Deutsch von Uta Hege

blanvalet

Die Originalausgabe erschien 1996 unter dem Titel »Daring to Dream« bei Jove Books, The Berkley Publishing Group, a member of Penguin Putnam Inc., New York.

FSC
www.fsc.org
MIX
Papier aus verantwortungsvollen Quellen
FSC® C014496

Verlagsgruppe Randiom House FSC® N001967

1. Auflage

Umschlaggestaltung: © Johannes Wiebel | punchdesign,
unter Verwendung von Motiven von Shutterstock.com
(webnique; Gordan; agsandrew)
LH · Herstellung: wag
Satz: GGP Media GmbH, Pößneck
Druck und Bindung: GGP Media GmbH, Pößneck
Printed in Germany
ISBN: 978-3-7341-0846-4

www.blanvalet.de

Liebe Leserinnen und Leser!

Ich habe oft Bücher geschrieben, in denen es um Familie, um die Beziehungen zwischen Schwestern und Brüdern ging. Aber Verwandtschaft ist mehr als gemeinsames Blut und Erbe. In einer Familie werden Erinnerungen, Zuneigung, Loyalität und Enttäuschungen geteilt – im besten Falle bedeutet sie, dass man einander in Freundschaft verbunden ist.

In diesem Buch stelle ich Ihnen drei Frauen vor, die aufgrund äußerer Umstände in einem gemeinsamen Haushalt groß geworden sind. Sie haben ihre Kindheit zusammen verlebt und eine Anteilnahme und Nähe zueinander entwickelt, aufgrund derer sie zu einer Familie zusammenwuchsen. Außerdem teilen sie einen Traum, dessen Ursprung eine tragische Legende ist. Zugleich jedoch hegt jede von ihnen ihre eigenen, ganz persönlichen Erwartungen.

Margo, die Tochter der Haushälterin, träumt davon, dass sie es eines Tages weit bringen wird. Und als ihre Welt auseinanderfällt, kehrt sie verzweifelt heim. Was tut eine Frau, wenn ihr Leben in Scherben gegangen ist? Wie kommt sie über die Erniedrigung durch einen öffentlichen Skandal und den finanziellen Ruin hinweg?

Margo entwickelt aus dem Nichts einen neuen, noch verwegeneren Traum. Zusammen mit den Frauen, die ihre Seelenschwestern sind, arbeitet sie daran, diese gemeinsamen Vorstellungen zu verwirklichen. Hier geht es um die Entdeckung ihrer Weiblichkeit, um Risiken und den Lohn des Muts. Wobei natürlich auch die Liebe nicht fehlt.

Joshua Templeton und Margo verband bereits in der Kindheit eine subtile gegenseitige Anziehung. Als starrsinnige, eigenwillige Erwachsene werden sie abermals mit dieser Liebe konfrontiert, und den jeweils anderen zu akzeptieren, wie er ist, ist für beide ein weiteres Kapitel und zugleich ein zweites Abenteuer der Gefühle. Ich hoffe, Sie teilen es gern!

Ihre Nora Roberts

Für alte Freunde

Prolog

Kalifornien, 1846

Er würde nie zurückkommen. Der Krieg hatte ihn ihr geraubt. Sie spürte es, spürte seinen Tod in der Leere, die in ihrem Herzen herrschte. Felipe war nicht mehr. Die Amerikaner – oder vielleicht sein Drang zu beweisen, was für ein Mann er war – hatten ihn umgebracht. Als Seraphina hoch oben auf den zerklüfteten Klippen über dem brodelnden Pazifik stand, wusste sie, dass sie ihn verloren hatte.

Dichte Nebelschwaden stiegen auf, aber sie zog ihren Umhang nicht enger. Die Kälte, die sie spürte, befand sich in ihren Knochen, ihrem Blut. Sie würde sie nie wieder los.

Stundenlang hatte sie auf den Knien gelegen und Gebete zur Mutter Gottes hinaufgeschickt, damit diese ihren Felipe schütze in dem Krieg gegen die Amerikaner, die es auf Kalifornien abgesehen hatten – doch nun war ihre Liebe tot.

Gefallen in Santa Fe. Die Nachricht, die ihr Vater erhalten hatte, besagte, dass sein junges Mündel in der Schlacht gefallen war, niedergemäht bei dem Versuch, die Stadt gegen die Eindringlinge zu verteidigen. Dort lag er begraben, so weit entfernt von hier. Nie mehr sähe sie in sein Gesicht, nie wieder dränge seine Stimme an ihr Ohr, und die gemeinsame Zukunft, die man sich ausmalen konnte, war dahin.

Felipes Drängen hatte sie sich widersetzt. Sie war nicht nach Spanien zurückgesegelt, um dort ruhigere Zeiten abzuwarten. Stattdessen hatte sie ihre Mitgift an einem sicheren Ort versteckt, das Gold, das für den Aufbau ihres jungen Lebens bestimmt gewesen war – des Lebens, von dem sie geschwärmt hatten an zahlreichen sonnigen Tagen hier oben auf dem Klippenrand. Ihr Vater hätte sie Felipe gegeben, wäre der als Held aus dem Krieg zurückgekehrt. Das hatte Felipe gesagt und ihr beim

Abschied die Tränen aus dem Gesicht geküsst. Sie bekämen ein wunderschönes Haus, viele Kinder und würden einen herrlichen Garten anlegen. Er hatte ihr versprochen, dieses Märchen mit ihr zu verwirklichen.

Nur, dass er nun für alle Zeit verloren war.

Möglicherweise hätte sie nicht so eigensüchtig sein dürfen. Sie hatte hierbleiben wollen, in der Nähe von Monterey, statt durch einen Ozean von ihm getrennt zu sein. Und als die Amerikaner gekommen waren, hatte sie ihre Mitgift versteckt, aus Furcht, sie raubten sie, wie bereits so vieles andere zuvor.

Nun hatten sie ihre Hauptsache niedergemäht. Und sie trauerte aus tiefstem Herzen, weil Felipe ihr sicher wegen ihrer Sünden genommen worden war. Sie hatte ihren Vater belogen und heimliche Stunden mit ihrem Liebsten verbracht. Sie hatte sich ihm hingegeben, ohne den Segen Gottes und der Kirche. Darauf stand Verdammnis, dachte sie und senkte den Kopf vor den harten Angriffen des Sturms. Gott hatte ihr die größte aller Strafen auferlegt.

Sie hatte keine Träume mehr. Keine Hoffnung, keine Liebe, die sie hielt! Der Himmel hatte ihren Felipe geholt. Und so hob sie, sechzehn Jahren religiöser Erziehung und einem Leben in Frömmigkeit zum Trotz, den Kopf, verfluchte Gott – und sprang.

Einhundertdreissig Jahre später waren die Klippen in goldenes Sommerlicht getaucht. Möwen schwebten über dem Ozean, wandten ihre weißen Bäuche dem tintenblauen Wasser zu und zogen mit ihren durchdringenden Schreien weiter aufs Meer hinaus. Blumen schoben sich, trotz der Zartheit ihrer Blüten, hartnäckig durch den harten Grund, kämpften sich durch dünne Felsspalten zum Sonnenlicht hinauf und verwandelten die harsche Szenerie in etwas Liebliches. Der Wind war so sanft wie die Hand eines Liebenden. Der Himmel erstrahlte in reinster Bläue.

Drei junge Mädchen saßen am Klippenrand und blickten grüblerisch aufs Meer hinaus. Sie kannten die Legende, und jede von ihnen hatte ihr ganz persönliches Bild von Seraphina in dem letzten verzweifelten Augenblick, ehe sie in den Tod sprang.

Laura Templeton sah in ihr eine tragische Gestalt, die sich mit tränennassen Wangen, eine einzelne Blume in der Hand, aus der Einsamkeit der windumtosten Höhe in die Tiefe stürzte.

Jetzt weinte sie um sie, sah mit traurigen grauen Augen aufs Meer hinaus und fragte sich, was sie getan hätte anstelle der jungen Frau. Für Laura lag die Romantik der Geschichte gerade in ihrer Tragödie begründet.

Kate Powell fand, dass Seraphinas Ende eine entsetzliche Vergeudung war. Sie runzelte die Stirn und zupfte mit einer ihrer schmalen Hände an einem Büschel von wildem Gras. Es stimmte, dieses Schicksal rührte sie, aber ihr missfiel Seraphinas spontaner – und falscher – Entschluss, freiwillig in den Tod zu gehen. Weshalb sollte man ein Leben vorzeitig beenden, das einem täglich etwas Neues bot?

Margo Sullivan, die heute mit dem Erzählen ihrer Kultstory an der Reihe gewesen war, hatte ihre Aufgabe mit Begeisterung erfüllt. Wie immer hatte sie ihrer Stimme einen dramatischen Unterton verliehen und die stürmische Nacht – den tosenden Wind, den prasselnden Regen, den grellen Blitz – so lebendig geschildert, dass es klang, als wäre sie selbst Zeugin gewesen. Der Trotz dieses Entschlusses erregte und beschäftigte sie. Sie sah Seraphina vor sich, wie sie das Gesicht gen Himmel hob, ehe sie, einen Fluch auf den Lippen, das Diesseits verließ.

»Ziemlich dämlich, so etwas wegen eines Jungen zu tun«, bemerkte Kate. Der ordentliche Pferdeschwanz, zu dem ihr rabenschwarzes Haar gebunden war, betonte aufs reizendste die großen, mandelförmigen braunen Augen in ihrem kantigen Gesicht.

»Sie hat ihn geliebt«, stellte Laura mit nachdenklicher Stimme fest. »Es heißt, dass er ihre einzige große Liebe war.«

»Ich verstehe nicht, weshalb man nur einen Mann derart lieben soll.« Margo streckte ihre langen Beine aus. Sie und Laura waren zwölf, Kate elf. Doch Margos Körper deutete allmählich die Frau an, die sie zu werden versprach. Es freute sie außerordentlich, dass man ihre Brüste bereits deutlich sah. »Mit einem einzigen Typen werde ich mich jedenfalls nicht zufriedengeben«, verkündete sie herausfordernd. »Ich probiere einmal jede Menge Männer aus.«

Kate schnaubte verächtlich. Ihr war ihr flachbrüstiges Bohnenstangendasein vollkommen egal. Sie hatte Besseres zu tun – Schule, Baseball und Musik –, als sich mit diesen Flegeln zu beschäftigen. »Seit Billy Leary dir die Zunge in den Hals gesteckt hat, bist du vollkommen übergeschnappt.«

»Mir gefallen Jungen nun einmal.«

Im Bewusstsein ihrer entwickelten Weiblichkeit setzte Margo ein überlegenes Lächeln auf und strich sich mit der Hand über das lange, weizenblonde Haar, das ihr in dichten Wellen über die Schultern fiel. Sobald sie dem wachsamen Blick ihrer Mutter entronnen war, hatte sie das Band gelöst, mit dem sie es gemäß Ann Sullivans Anweisung für gewöhnlich zusammenhielt. Genau wie ihr Körper und ihre kehlige Stimme passte auch ihr Haar gar nicht mehr zu einem Mädchen, sondern bereits zu einer Frau.

»Und sie mögen mich.« Was nach Margos Meinung ziemlich weit oben rangierte. »Aber ich will verdammt sein, wenn ich mich umbringe wegen einem von ihnen.«

Automatisch sah sich Laura um. Hoffentlich hatte niemand den Kraftausdruck aus Margos Mund mitangehört. Doch natürlich waren sie allein.

Wie jedes Jahr genoss sie den Sommer. Ihr Blick fiel auf ihr Elternhaus, das hinter ihnen auf der Kuppe des Hügels stand. Es bot ihr Sicherheit, und sie sah es immer wieder gerne an, wie es sich mit seinen verspielten Türmchen, den hohen, gebogenen Fenstern und dem in der kalifornischen Sonne flimmernden roten Ziegeldach über dem Meer erhob.

Manchmal bildete sie sich ein, es wäre eine Burg und sie die Prinzessin darin; in jüngster Zeit hatte sich obendrein ein versteckter Prinz dazugesellt, der eines Tages daherreiten, sich in sie verlieben und sie heiraten würde – glücklich mit ihm vereint bis an ihr Lebensende.

»Mir schwebt nur ein Mann vor«, murmelte sie jetzt. »Wenn dem etwas passiert, bricht es mir das Herz.«

»Aber du würdest ganz sicher nicht von den Klippen springen«, stellte Kate nüchtern fest. Vielleicht brachte man sich um, wenn man einen normalen Flugball verpatzte oder eine Klassenarbeit danebenging, aber wegen eines Kerls? Das wäre einfach lächerlich. »Schließlich müsstest du ja wohl erst mal abwarten, wie es weitergeht.«

Auch sie sah zu dem vertrauten Dach hinüber. Templeton, wo sie ein Zuhause gefunden hatte. Sie dachte, dass sie von den dreien die Einzige war, die verstand, was es bedeutete, wenn einem das Schlimmste widerfuhr. Mit acht Jahren hatte sie ihre Eltern verloren, musste zuschauen, wie ihre Welt zerbrach. Aber die Templetons hatten sie aufgenommen, hatten ihr ihre Zuneigung und, obgleich sie nur eine Cousine zweiten Grades aus dem unsteten Powellschen Zweig der Familie war, neue Geborgenheit geschenkt. Auf diese Weise hatte sie erfahren, dass es im Leben immer irgendwie weiterging.

»Wisst ihr, was ich machen würde? Ich würde schreien und allen die Zunge rausstrecken«, erklärte Margo mit Entschiedenheit. Mühelos wie ein Chamäleon nahm sie die Pose der abgrundtief leidenden Seraphina ein. »Dann würde ich meine Mitgift nehmen und eine Weltreise unternehmen: Ich würde alle Orte aufsuchen, die ich sehen will, alles machen, was mir gefällt, und das werden, was ich sein will.« Sie streckte die Arme aus und genoss die Wärme der Sonne auf ihrer Haut.

Auch sie liebte Templeton, denn es war das einzige Heim, an das sie sich erinnerte. Sie war erst vier Jahre alt gewesen, als ihre Mutter auf der Suche nach Arbeit von Irland nach Amerika gekommen war. Obgleich man sie immer wie ein Mitglied der Familie behandelte, hatte sie niemals vergessen, dass sie die Tochter einer Angestellten war. Doch sie wollte mehr. Viel mehr.

Sie wusste, ihre Mutter strebte eine gute Ausbildung, einen guten Job und einen guten Ehemann für sie an. Was, dachte Margo jetzt, konnte langweiliger als eine solche Zukunft sein? Sie würde nie wie ihre Mutter werden – niemals würde sie bereits in jungen Jahren so verhärmt und einsam dahinleben.

Ihre Mum war jung und hübsch, und selbst wenn sie diese beiden Tatsachen herunterspielte, blieben sie bestehen. Trotzdem ging sie niemals aus und behandelte auch die Tochter furchtbar streng. Tu dies nicht, Margo, tu das nicht, du bist zu jung für Lidschatten und Lippenstift. Immer ängstigte sie sich, immer war sie in Sorge, dass ihre Tochter zu ungebärdig, zu eigensinnig und allzu versessen darauf war, über ihren Stand hinauszukommen, was für ein Stand das auch immer sein mochte.

Margo fragte sich, ob ihr Vater vielleicht ebenso wild gewesen war. Oder schön? Und ob ihre Mutter ihn heiraten musste – so wie es jungen Mädchen hin und wieder erging? Ganz sicher hatte sie nicht aus Liebe geheiratet, denn warum sprach sie nie von ihm? Weshalb hatte sie keine Fotos, keine Erinnerungsstücke, keine Geschichten von dem Mann, dem sie angetraut gewesen und der während eines Sturms untergegangen war?

Margo blickte aufs Meer hinaus und dachte über ihre Mutter nach. Zwischen Ann Sullivan und Seraphina gab es nicht die geringste Ähnlichkeit. Statt Trauer und Verzweiflung zu empfinden, als ihr Mann verschollen blieb, hatte sie einfach dieses Kapitel ihres Lebens zugeklappt.

Was wahrscheinlich durchaus richtig war. Ließe man nicht zu, dass einem ein Mann allzu viel bedeutete, dann täte es einem auch nicht allzu weh, bliebe er eines Tages weg! Was jedoch nicht hieß, dass man sich damit automatisch auch selber abmelden musste. Statt von einer Klippe zu springen, gab es doch bestimmt andere Lösungen.

Wenn ihre Mum sie doch nur verstünde, dachte sie, blickte erneut aufs Meer hinaus und schüttelte dann vehement den Kopf. Besser haderte sie nicht damit, dass nichts, was sie tat oder ihr wichtig war, den Beifall ihrer Mutter fand. Der Gedanke an ihre Missbilligung störte sie, also dachte sie lieber an etwas anderes …

… zum Beispiel an die Orte, an die sie eines Tages zu reisen beabsichtigte, an all die Menschen, denen sie sicher noch begegnete. Die Pracht des Lebens in Templeton House, die Welt, in der sich die Besitzer so natürlich bewegten, gefiel ihr. All die phantastischen Hotels, die diese Familie in so vielen aufregenden Städten besaß. Eines Tages wäre sie in einem von ihnen Gast, hätte sie ihre eigene Suite – wie die im Templeton Monterey, mit zwei Etagen, den eleganten Möbeln, den Blumen überall und einem Bett, das mit seinen dicken, seidenbezogenen Kissen und dem Baldachin einer Königin würdig war.

Als sie Mr. Templeton gegenüber einmal etwas Derartiges verlauten ließ, hatte er gelacht, sie in den Arm genommen und ihr gestattet, auf dem Bett herumzuhüpfen, um dessen Bequemlichkeit zu testen. Niemals vergäße sie, wie gemütlich es in den weichen, duftenden Daunen gewesen war. Mrs. Templeton hatte ihr erklärt, dass dieses Möbelstück vor zweihundert Jahren in Spanien gefertigt worden sei.

Eines Tages hätte sie ebenso schöne und wertvolle Dinge wie ein solches Bett. Sie würde sie nicht nur instand halten, wie es ihre Mutter tat, nein, sie besäße sie. Denn sobald man sie besaß, war man ebenfalls schön und wertvoll.

»Wenn wir Seraphinas Mitgift finden, sind wir reich«, sagte sie.

Kate schnaubte abermals verächtlich auf. »Laura ist schon reich«, bemerkte sie ganz richtig. »Und selbst wenn wir das Geld finden, müssen wir es auf die Bank bringen, bis wir volljährig sind.«

»Dann kaufe ich mir alles, was ich will.« Margo setzte sich auf und schlang ihre Arme um die Knie. »Kleider und Schmuck und lauter schöne Dinge. Und ein Auto.«

»Aber du bist noch gar nicht alt genug für den Führerschein«, warf Kate ein. »Ich würde mein Geld investieren; denn Onkel Tommy sagt, dass man Geld braucht, wenn man Geld machen will.«

»Das ist ja entsetzlich langweilig, Kate.« Margo versetzte Kate einen freundschaftlichen Puff. »Du bist langweilig. Ich sage dir, was wir mit dem Geld machen werden. Wir reisen um die Welt. Alle drei. Erst nach London, Paris, Rom und dann so weiter. Außerdem wohnen wir immer nur in Templeton Hotels, weil das die besten sind.«

»Wir machen eine endlose Party«, beteiligte sich jetzt auch Laura am Pläneschmieden. Sie hatte London, Paris, Rom bereits gesehen und fand die Städte wunderschön. Aber nirgends war es schöner als hier zu Hause. »Nachts bleiben wir immer auf und suchen uns zum Tanzen nur die tollsten Männer aus. Dann kommen wir zurück hierher und richten uns für immer gemütlich ein.«

»Natürlich tun wir das.« Margo umarmte erst Laura und dann Kate. Ihre Freundschaft war eine so feststehende Tatsache, dass sie für gewöhnlich gar nicht erst darauf zu sprechen kam. »Schließlich sind wir wie Schwestern, oder vielleicht nicht? Und das werden wir auch immer sein.«

Als das Dröhnen eines Motors an ihre Ohren drang, sprang sie auf und setzte eine gespielt gelangweilte Miene auf. »Das wird Josh mit einem seiner widerlichen Kumpels sein.«

»Komm wieder runter, damit er dich nicht sieht.« Kate zerrte nachdrücklich an Margos Hand. Auch wenn Josh Lauras Bruder war, war er gefühlsmäßig doch ebenso mit Kate verwandt, weshalb sie echt schwesterliche Verachtung für ihn empfand. »Sonst kommt er bestimmt rüber und gibt wieder mal furchtbar an. Er bildet sich wer weiß was darauf ein, dass er jetzt endlich Auto fahren darf.«

»Ach, der interessiert sich doch gar nicht für uns.« Laura erhob sich ebenfalls, um zu sehen, wer da wie ein Verrückter den Motor des schicken, kleinen Sportwagens aufheulen ließ. Als sie die fliegende, dunkle Mähne sah, schlug sie die Augen gen Himmel. »Michael Fury, dieser Widerling! Ich verstehe einfach nicht, weshalb Josh mit dem durch die Gegend zieht.«

»Weil er gefährlich ist.« Margo gehörte zu den weiblichen Wesen mit der angeborenen Fähigkeit, schillernde Persönlichkeiten zu erkennen und durchaus zu schätzen. Aber statt Michael sah sie Joshua an. Sie sagte sich, dass sie es nur deshalb tat, weil er ihr auf die Nerven ging – der zukünftige Erbe, der Prinz der Familie, der sie ständig wie eine etwas dämliche jüngere Schwester behandelte, obgleich jeder, der nicht blind war, erkennen musste, dass sie inzwischen beinahe zur Frau herangereift war.

»Hi, Mädels!« Mit der einstudierten Lässigkeit eines Sechzehnjährigen lehnte er sich auf dem Fahrersitz des im Leerlauf rotierenden Sportwagens zurück. Im Radio dröhnten die Eagles

Hotel California. »Seid ihr mal wieder auf der Suche nach Seraphinas Gold?«

»Wir genießen bloß die Sonne und die Einsamkeit!« Aber noch während sie sprach, trat Margo langsam mit gestrafften Schultern auf ihn zu. Josh sah sie unter seinen windzerzausten, sonnengebleichten Haaren grinsend an. Michael Fury hatte seine Augen hinter einer verspiegelten Sonnenbrille versteckt, so dass sie nicht wusste, wohin er blickte. Eigentlich war es ihr auch egal, aber trotzdem lehnte sie sich an den Wagen und setzte ein geübtes Lächeln auf. »Hallo, Michael!«

»Yeah.«

»Die drei hängen ständig hier auf den Klippen rum«, erklärte Josh seinem Freund. »Anscheinend hoffen sie, dass eines Tages eine von ihnen in eine Kiste voller Golddublonen plumpst.« Er unterzog Margo einer herablassenden Musterung, was viel leichter war, als auch nur eine Sekunde diesen entzückenden Anblick in kurzen Hosen zu bestätigen. Scheiße, sie war schließlich noch ein Kind und obendrein beinahe eine Schwester für ihn; daher landete er sicher in der Hölle, hinge er in Bezug auf sie weiteren bizarren Gedanken nach.

»Eines Tages werden wir sie finden, verlasst euch drauf.«

Sie beugte sich über den Wagen, so dass ihm ihr Duft in die Nase stieg. Dann zog sie eine Braue hoch, woraufhin das kleine Muttermal auf ihrem Lid deutlicher zutage trat. Ihre Brauen waren etwas dunkler als ihr weizenblondes Haar. Und ihre Brüste, die größer zu werden schienen, sobald er auch nur blinzelte, malten sich unter dem engen T-Shirt deutlich ab. Da sein Mund schmerzlich trocken war, bekam seine Stimme einen rauen Klang.

»Träum weiter, Herzogin! Spielt ihr lieben Kinder ruhig ein bisschen. Michael und ich haben Besseres zu tun, als hier herumzustehen.« Mit heulendem Motor jagte er los, wobei er allerdings mit einem Auge in den Rückspiegel schielte.

Die Frau in Margo sah ihm voller Sehnsucht nach; doch noch während sie beobachtete, wie der kleine Wagen von dannen schoss, warf sie streitbar ihr Haar zurück. Es war leicht, sich über die Tochter der Haushälterin lustig zu machen, dachte sie kämpferisch. Aber eines Tages wäre sie berühmt und reich …

»Eines Tages wird es ihm leidtun, dass er mich ständig ausgelacht hat.«

»Du weißt, dass er es nicht böse meint«, versuchte Laura sie zu beschwichtigen.

»Er ist eben ein Mann.« Kate sah sie schulterzuckend an. »Was dasselbe bedeutet wie Arschloch.«

Bei diesen Worten lachte Margo fröhlich auf, und gemeinsam kletterten die drei Grazien den Hügel zum Templeton House hinauf. Eines Tages, dachte sie ein letztes Mal. Eines Tages täte es ihm leid …

1

Mit achtzehn wusste Margo ganz genau, was sie sich vom Leben wünschte. Dieselbe Erwartung hatte sie bereits mit zwölf gehabt. Sie wollte alles, und nicht weniger. Inzwischen lag es auch auf der Hand, wie sich dieses Ziel erreichen ließ. Ihre Schönheit, die sie als ihren größten und im Grunde einzigen Vorzug betrachtete, würde ihr Fundament sein. Sicher wäre sie eine halbwegs talentierte Schauspielerin, und reichte ihre Begabung nicht aus, dann lernte sie den Rest eben dazu. Bestimmt war das einfacher als Algebra, Englisch oder all die anderen Fächer, mit denen man in der Schule gequält wurde. So oder so würde sie ein Star. Und zwar allein aus eigner Kraft!

Diesen Entschluss hatte sie in der letzten Nacht gefasst. In der Nacht vor Lauras Hochzeitstag. War es selbstsüchtig von ihr, dass der Gedanke an Lauras Vermählung sie derart niederschmetterte?

Beinahe ebenso elend hatte sie sich gefühlt, als Mr. und Mrs. Templeton im letzten Sommer zusammen mit Laura und Josh und Kate für einen ganzen Monat nach Europa geflogen waren, während sie zu Hause bleiben musste. Ihre Mutter hatte das Angebot der Templetons, Margo ebenfalls einzuladen, rundweg abgelehnt. Weder ihr Bitten noch Kates und Lauras inständiges Flehen hatten Ann Sullivan umstimmen können.

»Es gehört sich nicht für dich, einfach nach Europa zu fliegen und dort in irgendwelchen eleganten Hotels zu logieren«, hatte Mum gesagt. »Die Templetons haben sich dir gegenüber ohnehin schon mehr als großzügig gezeigt.«

Also war sie dageblieben und hatte ihren Lebensunterhalt, wie ihre Mutter es nannte, mit Staubwischen, Möbelpolieren und Hauswirtschaft verdient. Die ganze Zeit über hatte sie sich grauenhaft gefühlt. Was man allerdings nicht unbedingt Missgunst nennen musste, hatte sie sich selbst beruhigt. Schließlich gönnte sie Kate und Laura die wunderbare Zeit durchaus – nur hätte sie gerne daran teilgehabt.

Auch war es nicht so, dass sie Laura in ihrer Ehe nicht Zufriedenheit und Erfüllung wünschte. Sie ertrug es nur nicht, dass die Freundin von nun an für sie nicht mehr zur Verfügung stand. War sie deshalb ein Egoist? Nein, denn nicht nur ihrer selbst, sondern auch Lauras wegen stimmte diese Heirat sie nicht glücklich. Es kam ihr vor, als hätte Laura sich an einen Mann gebunden, ehe sie sich selbst die Chance, die Welt zu entdecken, gab.

Himmel, Margo wollte leben und nichts anderes!

Also hatte sie ihre Taschen bereits gepackt, und sobald Laura unterwegs in ihre Flitterwochen wäre, machte sie selbst sich auf den Weg nach Hollywood.

Sie würde Templeton House vermissen, und die Eigentümer, und oh, natürlich auch Kate und Laura, ja selbst Josh! Auch ihre Mutter würde ihr fehlen – obwohl sie sicherlich nicht im Frieden von ihr Abschied nähme, da es zwischen ihnen schon seit längerem immer wieder Streitereien gab.

Im Augenblick ging es darum, dass Margo sich strikt weigerte, aufs College zu gehen. Sie wusste, sie würde sterben, zwänge man ihr weitere vier Jahre mit Büchern und Klassenzimmern auf. Wozu brauchte sie denn ein Studium? Schließlich wusste sie längst, wie sie leben wollte und welches für sie der beste Weg zu Ruhm und Reichtum war.

Im Augenblick jedoch war ihre Mutter zu beschäftigt, um auf ihre Tochter zu achten. Als Haushälterin dachte Ann Sullivan momentan einzig an den bevorstehenden Hochzeitsempfang. Die Trauung fände in der Kirche statt, und anschließend glitten sämtliche Limousinen wie prächtige, weißschimmernde Boote den Highway Nummer 1 und dann den Hügel zu Templeton House herauf.

Obgleich das Haus bereits in perfektem Zustand war, konnte

sie sich lebhaft vorstellen, wie ihre Mutter mit der Floristin über irgendwelche Blumenarrangements herumzankte. Für Lauras Hochzeit reichte Vollkommenheit nicht aus. Es hatte sie niemals gestört, dass ihre Mutter Laura liebte, als wäre sie ihr zweites Kind. Aber ihre Mutter wollte, dass sie selbst wie Laura war. Das könnte sie niemals und wollte es auch nicht.

Laura war warmherzig und süß, ja geradezu kantenlos. Margo wusste, sie hatte etliche Untugenden. Die Freundin fauchte ihre Mutter nie so böse an, wie es Margo regelmäßig tat. Aber schließlich hatte Laura auch bereits alles, was Margo begehrenswert erschien. Sie brauchte sich niemals Gedanken darüber zu machen, welches ihr Platz in der Gesellschaft war oder wie sie ihre Zukunft am besten gestaltete. Sie war sogar bereits in Europa herumgereist, oder etwa nicht? Templeton House wäre für alle Zeit ihr Heim. Und falls ihr der Sinn nach Arbeit stünde, dann warteten die eigenen Hotels geradezu auf sie – sie hätte die freie Wahl.

Ebenso wenig besaß Margo die Wissbegierde und Zielstrebigkeit, die Kate auszeichnete. Diese finge ganz sicher in ein paar Wochen mit dem Studium in Harvard an, um ein Diplom zu erwerben, mit dem sie später als Börsenmaklerin oder Steuerberaterin eine Arbeit fand. Gott, wie langweilig! Aber so war Kate nun einmal. Sie las lieber das *Wall Street Journal,* als dass sie die Hochglanzbilder in der *Vogue* betrachtete, und erörterte dann stundenlang voller Begeisterung mit Mr. Templeton Zinssätze und Veräußerungsgewinne.

Nein, sie wollte nicht wie Kate oder Laura sein, so sehr sie auch an den beiden hing. Sie war Margo Sullivan – und würde es genießen, Margo Sullivan zu sein. Eines Tages hätte sie ein ebenso schönes Haus wie dieses, sagte sie sich, während sie langsam die Treppe hinunterstieg und mit einer Hand über das glänzende Mahagonigeländer strich.

Wenn man den Kopf von den elegant geschwungenen Stufen nach oben hob, sah man über sich einen Leuchter aus glitzerndem Waterford-Kristall. Unzählige Male hatte sie beobachtet, wie er sein strahlendes Licht auf die schimmernden weißen und pfauenblauen Marmorfliesen der Eingangshalle und die illustren Gäste der wunderbaren Feste warf, die einen Teil des Ruhms der Familie Templeton begründeten!

Während der Partys hallten stets Gelächter und Musik durch das Haus, egal, ob die Gäste nun unter den beiden Kronleuchtern an der erlesenen Tafel im Speisesaal dinierten oder ob man fröhlich plaudernd durch die Räumlichkeiten wandelte, Champagner nippte und sich dann auf einem der bequemen Sofas niederließ.

Eines Tages richtete sie selbst ebenso wunderbare Feste aus und nahm sich die liebenswürdige und unterhaltsame Gastgeberin Mrs. Templeton zum Vorbild. Lagen einem solche Dinge wohl im Blut, überlegte sie, oder konnte man sie erlernen, wenn man nur willig war? Zu dieser Art Lernen war sie mehr als bereit.

Ihre Mutter hatte ihr beigebracht, wie man Blumenarrangements aufstellte – so wie das der schimmernden weißen Rosen in der großen Kristallvase, die auf dem Pembroke-Tischchen in der Eingangshalle stand. Durch den Spiegel sah man es sogar doppelt: groß und rein, mit nichts durchsetzt als etwas zartem Grün.

Durch solche Platzierungen verwandelte man ein Haus in ein Heim, hatte sie beobachtet. Blumen und hübsche Schalen, Kerzenständer und sorgsam poliertes Holz. Die Gerüche, die Art, in der das Licht durch die Fenster fiel, das Ticken einer antiken Standuhr im Korridor. An all diese Dinge würde sie denken, wenn sie in der Ferne war. Nicht nur an die raffinierten Rundbögen, durch die ein Raum fließend in den nächsten überging, oder die komplizierten, wunderschönen Muster der Mosaiken, die die hohe, breite Eingangstür umgaben, sondern auch an den Geruch der Bibliothek, nachdem Mr. Templeton eine seiner Zigarren angezündet hatte, und an die Art, in der sein Gelächter durch die Räume schallte.

Sicher dächte sie auch an die Winterabende zurück, an denen sie zusammen mit Laura und Kate auf dem Teppich vor dem Kamin im Wohnzimmer gelungert hatte – an das Schimmern des Simses aus Lapislazuli, an das Gefühl, wenn die Wärme des Feuers ihre Wangen erglühen ließ, an die Art, wie Kate kicherte, wenn sie ein Spiel gewann.

Auch die Gerüche in Mrs. Templetons Salon wollte sie nicht vergessen. Puder und Parfüm und Kerzenwachs. Und die Art, in der die Hausherrin lächelte, wenn Margo auf ein Schwätzchen zu ihr kam. Sie hatte immer gern mit dieser wirklichen Dame zu tun gehabt.

Und nicht zuletzt bliebe ihr die Erinnerung an das Zimmer, das sie über all die Jahre hinweg bewohnte. Daran, dass die Templetons sie die neue Tapete selbst hatten aussuchen lassen, als sie sechzehn geworden war. An das Lächeln und die Zustimmung ihrer Mutter, als ihre Wahl auf ein Muster aus feinen weißen Lilien auf blassgrünem Hintergrund fiel. An die Stunden, während derer sie sich allein oder zusammen mit Laura und Kate in diesem Raum aufhielt. Sie hatten geredet, geredet, geredet, geplant und viel geträumt.

Tue ich das Richtige?, überlegte sie, und plötzlich wallte Panik in ihr auf. Wie könnte sie es ertragen, alles und jeden zu verlassen, der ihr vertraut und ans Herz gewachsen war?

»Und, studierst du wieder Posen ein?« Josh kam ins Foyer. Er hatte sich noch nicht für die Hochzeit zurechtgemacht, so dass er in einer Jeans und einem Baumwollhemd vor ihr stand. Mit seinen zweiundzwanzig Jahren war er ein durchaus attraktiver junger Mann, und die Jahre in Harvard hatten ihm sichtlich gutgetan.

Margo dachte verdrießlich, dass er sicher selbst in Lumpen unwiderstehlich aussähe. Immer noch war er der Prinz der

Familie, auch wenn die unschuldige Jungenhaftigkeit seines Gesichts inzwischen einer gewissen Reife gewichen war. Er hatte die grauen Augen seines Vaters und den lieblichen Mund seiner Mutter geerbt; sein Haar war gedunkelt, so dass es inzwischen statt goldblond eher bronzefarben wirkte. Infolge eines späten Wachstumsschubes während seines letzten Highschool-Jahres wies er inzwischen obendrein eine Größe von einem Meter fünfundachtzig auf.

Warum war er bloß so attraktiv? Sie wünschte sich, sein Aussehen ließe sie kalt. Außerdem könnte er sie wenigstens einmal nicht als kleines Kind behandeln.

»Ich habe nachgedacht«, erklärte sie, wobei sie, eine Hand lässig auf dem Geländer, auf der Treppe stehen blieb. Sie wusste, es gab nichts an ihr auszusetzen. Ihr Brautjungfernkleid war einfach wundervoll, und voller Eifer hatte sie es gleich nach dem Aufstehen angelegt.

Der dünne Seidenstoff floss wie eine Fontäne an ihrer üppigen Figur herab, wobei der seidig matte Glanz ihrer makellosen Haut durch das sommerliche Blau des Kleides phantastisch zur Geltung kam.

»Bist ein bisschen früh dran, meinst du nicht?« Er sprach in barschem Ton, denn immer, wenn er sie betrachtete, wallte schmerzliches Verlangen in ihm auf. Doch dieses Verlangen konnte nichts anderes als blanke Geilheit sein, angesichts dieser Kurven. »Schließlich findet die Trauung erst in zwei Stunden statt.«

»So lange wird es sicher auch dauern, bis Laura endlich fertig ist. Ich habe sie nur kurz mit Mrs. Templeton alleine gelassen, weil ich dachte … tja, ich dachte, sie wären vielleicht gern ein, zwei Minuten unter sich.«

»Heulen die beiden sich etwa schon wieder die Augen aus?«

»Sicher weinen Mütter sich am Hochzeitstag ihrer Töchter die Augen aus, weil sie wissen, was den Mädchen blüht.«

Grinsend bot er ihr seine Hand. »Du wärst bestimmt auch eine interessante Braut, Herzogin.«

Sie nahm seine Hand, und ihre Finger verschränkten sich wie bereits Hunderte von Malen in der Vergangenheit. »War das am Ende ein Kompliment?«

»Eher eine Feststellung.« Er führte sie in den Salon, der mit zahlreichen silbernen Kerzenständern und üppigen Buketts ausgestattet war. Jasmin, Rosen, Gardenien. Alles Weiß in Weiß. Das Sonnenlicht fiel durch die hohen Bogenfenster in den Raum, und die Wärme verstärkte noch den süßen Duft, der einen schwindeln ließ.

Auf dem Kaminsims standen in Silber gerahmte Fotos, unter anderen auch sie, stellte Margo fest, als Teil der Familie. Auf dem Flügel prangte die Schale aus Waterford-Kristall, die sie von ihren Ersparnissen gekauft hatte anlässlich der Silberhochzeit der Templetons.

Sie sog jedes Detail des Raumes in sich auf. Die sanften Farben des Aubusson-Teppichs, den zarten Schwung der Beine des Queen-Anne-Mobiliars, die komplizierten Intarsien, mit denen das Hifi-Schränkchen versehen war.

»Das alles ist so wunderschön«, flüsterte sie.

»Hmmm?« Er zog gerade die Folie von einer aus der Küche stibitzten Champagnerflasche ab.

»Das Haus – überwältigend.«

»Annie hat sich wirklich selbst übertroffen«, stimmte er ihr zu. »Wird sicher ein tolles Fest!«

Sein Ton veranlasste sie, ihn anzusehen. Sie kannte ihn so gut, kannte nicht nur sein Mienenspiel, sondern auch seine Stimmlagen. »Du magst Peter nicht, oder?«

Josh zuckte mit den Schultern und öffnete die Flasche mit einer geübten Drehung des Daumens. »Schließlich heiratet Laura Ridgeway und nicht ich.«

Margo verzog die Mundwinkel. »Ich kann ihn nicht ausstehen. Meiner Ansicht nach ist er ein steifes, arrogantes, snobistisches Arschloch.«

Fröhlich grinste er zurück. »Wenn wir uns auch sonst nur selten einig sind, haben wir offenbar zumindest denselben Geschmack hinsichtlich von Leuten.«

Allein, weil er es hasste, tätschelte sie ihn. »Wahrscheinlich gäbe es noch mehr Dinge, in denen wir uns einig wären – aber statt das zu erkennen, hackst du lieber auf mir herum.«

»Es ist meine Aufgabe, auf dir herumzuhacken«, verkündete er und umfasste zu ihrer Verärgerung ihr Handgelenk. »Ich bin sicher, dass dir etwas fehlen würde, wenn ich dir immer nur Artigkeiten auftischte!«

»Seit du dein Diplom von Harvard hast, bist du noch widerlicher als zuvor.« Sie nahm ein Glas. »Aber jetzt tu wenigstens mal so, als wärst du ein Gentleman, und schenk mir ein bisschen Champagner ein.« Als er sie ansah, rollte sie die Augen himmelwärts. »Um Himmels willen, Josh, ich bin achtzehn Jahre alt. Wenn Laura alt genug ist, um diesen Idioten zu heiraten – dann steht es mir auch zu, Champagner zu trinken, richtig?«

»Aber nur ein Glas«, meinte er gönnerhaft. »Schließlich will ich nicht, dass du nachher durch die Kirche schwankst.« Halb amüsiert und halb frustriert bemerkte er, dass sie aussah, als hätte sie, ein Champagnerglas in der Hand, das Licht der Welt erblickt. Einzig mit dem Ziel, stets von einer Unzahl von Verehrern umringt zu sein.

»Ich nehme an, wir sollten auf das Brautpaar trinken.« Mit gespitzten Lippen sah sie auf die perlende Flüssigkeit. »Aber ich fürchte, dass ich dann ersticken würde, und außerdem wäre es ein Jammer, dieses köstliche Getränk derart zu vergeuden.« Sie ließ ihr Glas sinken und schaute Josh an. »Das war gemein. Ich hasse es, gemein zu sein, aber manchmal kann ich leider nicht anders. Tut mir leid.«

»Das war nicht gemein, sondern ehrlich.« Er runzelte die

Stirn. »Wenn wir alleine sind, können wir ruhig gemein und ehrlich sein. Also trinken wir auf Laura. Hoffentlich weiß sie, was sie da tut.«

»Sie liebt ihn.« Margo nippte an ihrem Champagner und hielt das Getränk für angemessen. »Gott weiß, warum, oder warum sie meint, dass sie ihn gleich heiraten muss, nur weil sie mit ihm schlafen will.«

»Du bist wirklich offen.«

»Also bitte, sei doch mal realistisch.« Sie wanderte zur Terrassentür und stieß einen Seufzer aus. »Sex ist ja wohl ein selten dämlicher Grund zum Heiraten. Offengestanden fällt mir überhaupt kein vernünftiger Grund für die Ehe ein. Natürlich heiratet Laura Peter nicht nur, weil sie endlich mit ihm in die Kiste will.« Ungeduldig trommelte sie mit den Fingern auf ihrem Glas herum. »Dazu ist sie viel zu romantisch. Er ist älter, erfahrener, charmant, all so etwas. Und natürlich stammt er ebenfalls aus dem Hotelgeschäft, so dass er problemlos über das Templeton-Imperium regieren kann, während sie gemütlich zu Hause bleibt. Wahrscheinlich ist er für sie der perfekte Gatte.«

»Jetzt brich bloß nicht in Tränen aus.«

»Keine Angst!« Trotzdem empfand sie es als tröstlich, als er ihr die Hand auf die Schulter legte, und sie lehnte sich verzagt gegen ihn. »Es ist nur so, dass sie mir sicher furchtbar fehlen wird.«

»Sie kommt doch in einem Monat schon zurück.«

»Aber dann bin ich nicht mehr hier.« Gegen ihren Willen waren ihr diese Worte herausgerutscht, und nun drehte sie sich eilig zu ihm um. »Bitte erzähl bloß niemandem etwas davon. Das mache ich lieber selbst.«

»Was denn erzählen?« Der plötzliche Druck in seiner Magengegend gefiel ihm nicht. »Wo, zum Teufel, willst du denn auf einmal hin?«

»Nach Los Angeles. Heute Abend noch.«

Das sah ihr ähnlich, dachte er und schüttelte den Kopf. »Was ist denn das für eine Schnapsidee?«

»Von wegen Schnapsidee! Ich habe lange darüber nachgedacht.« Wieder nippte sie an ihrem Glas und wandte sich langsam von ihm ab. Es war leichter, wenn sie nicht in seiner Nähe stand. »Es wird Zeit, auf eigenen Füßen zu stehen. Ich kann wohl kaum für immer hierbleiben.«

»Aber das College …«

»… ist einfach nichts für mich.« In ihren Augen blitzte ein kaltes blaues Feuer auf. Sie schüfe sich ihre Welt, und wenn das eigensüchtig war, dann, beim Allmächtigen, sollte es ruhig eigensüchtig sein. »Mum will, dass ich aufs College gehe, aber ich nicht. Und ich habe keine Lust, hier rumzuhängen als die Tochter der Haushälterin.«

»Mach dich doch nicht lächerlich«, tat er ihre Worte ab. »Du gehörst zur Familie!«

Was einerseits richtig war, und doch … »Ich will selbstständig werden«, wiederholte sie starrsinnig. »Das tut ihr anderen doch auch. Du fängst mit dem Jurastudium an, Kate kann dank ihres hellen Köpfchens ein Jahr früher als geplant nach Harvard gehen, und Laura heiratet.«

Er stieß ein verächtliches Schnauben aus. »Und du haust aus Selbstmitleid ab.«

»Vielleicht. Aber selbst wenn, was ist bitte schlimm daran?« Trotzig schenkte sie sich Champagner nach. »Weshalb ist es eine Sünde, sich ein bisschen in Selbstmitleid zu ergehen, wenn jeder, den man gerne hat, tut, was er will – nur man selber nicht? Nun, ich werde mich ebenfalls auf die Socken machen.«

»Also gut, du gehst nach Los Angeles. Und dann?«

»Dort besorge ich mir einen Job.« Wieder nippte sie an ihrem Glas, und langsam wallte Erregung in ihr auf. »Ich werde als Model arbeiten, und innerhalb kürzester Zeit erscheint mein Gesicht auf den Titelseiten sämtlicher bedeutender Magazine.«

Sie konnte sich sehen lassen, überlegte er. Und auch ihr Körper brachte einen Mann um den Verstand. »Ein ehrgeiziges Ziel«, stellte er mit einem halben Lachen fest. »Sich fotografieren zu lassen stelle ich mir wirklich schwierig vor.«

Sie hob den Kopf und sah ihn zornig an. »Ich werde reich und berühmt und glücklich sein ... Was ich ganz alleine bewerkstellige. Ohne, dass Mommy oder Daddy für mich zahlt. Ohne, dass mir irgendein bequemer Treuhandfonds den Rücken stärkt.«

Mit zusammengekniffenen Augen funkelte er sie zornig an. »Spiel dich doch nicht so auf. Du hast gar keine Ahnung, was es heißt zu arbeiten, Verantwortung zu übernehmen, beständig zu sein.«

»Oh, als ob du eine Ahnung von diesen Dingen hättest! Du hast dir noch nie über irgendetwas Gedanken machen müssen. Auf ein Fingerschnippen hin servierte dir irgendein Dienstbote alles Gewünschte auf dem goldenen Tablett.«

Verletzt und beleidigt trat er auf sie zu. »Wenn ich mich recht entsinne, hast du die meiste Zeit deines Lebens von genau demselben Tablett gespeist.«

Sie wurde puterrot. »Das mag sein, aber von nun an komme ich selbst für meinen Unterhalt auf.«

»Und wie soll das gehen, Herzogin?« Er umfasste ihr Gesicht. »Meinst du, dass dein Aussehen alleine genügen wird? In Los Angeles gibt es mehr schöne Frauen, als du zählen kannst. Sie fressen dich auf und spucken dich wieder aus, ehe du auch nur weißt, wie dir geschieht.«

»Den Teufel werden sie!« Sie riss sich von ihm los. »Ich werde diejenige sein, die die anderen frisst, Joshua Conway Templeton! Und niemand hält mich dabei auf.«

»Warum tust du uns nicht allen einen Gefallen und denkst ein einziges Mal in deinem Leben nach, ehe du dich in eine Sache stürzt, aus der wir dich wieder herausziehen müssen? Außerdem hast du für diesen Zirkus genau den richtigen Augenblick gewählt.« Er stellte sein Glas ab und vergrub seine Hände in den Taschen seiner Jeans. »Heute ist Lauras Hochzeitstag, meine Eltern sind halb wahnsinnig vor Sorge, sie wäre zu jung, und deine eigene Mutter rennt mit vom Weinen verquollenen Augen durch die Gegend.«

»Keine Angst, ich verderbe Laura ihren großen Tag schon nicht. Ich warte, bis sie mit ihrem Typen im Flieger sitzt.«

»Oh, das ist wirklich rücksichtsvoll von dir.« Außer sich vor Zorn fuhr er zu ihr herum. »Hast du schon mal darüber nachgedacht, wie es Annie gehen wird, wenn du einfach deine Koffer packst?«

Margo biss sich auf die Lippe. »Ich werde niemals das sein, was sie sich erhofft. Warum versteht ihr das denn nicht?«

»Und was meinst du, wie es meinen Eltern bei dem Gedanken ergeht, dass du dich allein in Los Angeles herumtreibst?«

»Versuch bloß nicht, irgendwelche Schuldgefühle in mir zu wecken«, murmelte sie, auch wenn bereits die größten Skrupel in ihr keimten. »Mein Entschluss steht fest.«

»Verdammt, Margo!« Er packte ihre Arme und drehte sie so abrupt zu sich herum, dass sie gegen seine Schulter fiel. Durch ihre hochhackigen Schuhe stand sie ihm nun Auge in Auge gegenüber.

Ihr Inneres verzehrte sich vor Sehnsucht. Sie dachte – spürte –, dass gleich etwas geschah. Genau in diesem Augenblick. »Josh«, stieß sie mit heiserer Stimme aus, wobei sie seine Schultern umklammerte.

Laute Schritte auf der Treppe führten dazu, dass das Paar erschrocken auseinanderfuhr. Während sie nach Atem rang, starrte Josh sie böse an.

Polternd kam Kate in den Salon. »Ich kann einfach nicht glauben, dass man mich zwingt, so etwas anzuziehen. Lange Kleider sind so ziemlich das Dämlichste, was die Welt erfunden hat. Ständig fällt man über den blöden Saum.« Endlich zupfte sie nicht länger an ihrem Brautjungfernstaat herum, sondern hob den Kopf und sah die beiden an. Sie fand, sie sahen wie zwei wütende Hyänen aus. »Müsst ihr euch ausgerechnet jetzt in die Haare geraten? Ich mache gerade eine Krise durch. Margo, was sollen wir bloß in diesen Kleidern, und warum tun sie uns das an? Ist das da Champagner? Kriege ich vielleicht ein Schlückchen ab?«

Josh sah immer noch Margo an. »Ich bringe ihn gerade zu Laura rauf.«

»Ich wollte ja nur einen kleinen Schluck – du meine Güte!« Beleidigt sah Kate Josh hinterher, als er, ohne auf sie zu achten, den Salon verließ. »Was ist denn in den gefahren?«

»Nichts Besonderes. Er ist einfach ein arroganter Besserwisser. Ich hasse ihn«, stieß Margo zwischen zusammengebissenen Zähnen hervor.

»Tja, wenn das alles ist, dann reden wir jetzt vielleicht besser über mich. Ich fühle mich einfach grauenhaft.« Entnervt breitete sie die Arme aus.

»Kate!« Margo presste ihre Finger gegen die Schläfen und stieß einen verzweifelten Seufzer aus. »Kate, du siehst einfach phantastisch aus. Abgesehen natürlich von deiner entsetzlichen Frisur.«

»Was meinst du damit, entsetzliche Frisur?« Kate fuhr sich mit der Hand durch das kurze, schwarze Stoppelhaar. »Diese Frisur ist einfach genial. Ich brauche nicht einmal mehr einen Kamm.«

»Offensichtlich! Tja, aber unter dem Hut sieht man ja zum Glück nicht allzu viel davon.«

»Über den Hut wollte ich noch mit dir reden …«

»Du setzt ihn auf!« Impulsiv reichte Margo Kate ihr halbvolles Champagnerglas. »Er verleiht dir erst den letzten Chic. Mit dem Hut ähnelst du ein bisschen Audrey Hepburn.«

»Also gut, aber nur Laura zuliebe«, murmelte Kate, ehe sie

sich überaus burschikos in einen Sessel warf und ihre seidenbestrumpften Beine über eine Lehne schwang. »Ich muss sagen, dieser Peter Ridgeway ist einfach widerlich.«

»Das haben wir eben auch schon festgestellt.«

Margos Gedanken kehrten zu Josh zurück. Hätte er sie eben tatsächlich um ein Haar geküsst? Nein, allein der Gedanke daran war einfach lächerlich. Höchstwahrscheinlich hatte er sie schütteln wollen wie ein frustrierter Junge, der seinen Willen nicht bekam. »Kate, setz dich gerade hin, sonst hast du nachher tausend Falten im Rock.«

»Verdammt!« Widerstrebend stand sie auf, ein hübsches, füllengleiches Mädchen mit riesigen Augen, denen jede Regung anzusehen war. »Ich weiß, dass Onkel Tommy und Tante Susie alles andere als froh über die Hochzeit sind. Sie lassen sich nichts anmerken, weil Laura selbst so glücklich ist, dass sie nur noch wie ein Honigkuchenpferd strahlt. Auch ich möchte mich freuen für sie, Margo.«

»Dann schauen wir doch, dass uns das irgendwie gelingt.« Am besten verschöbe sie ihre Gedanken an Josh und an Los Angeles. Dieses war Lauras Tag. »Schließlich soll man zu den Menschen stehen, die man liebt, meinst du nicht?«

»Selbst, wenn sie Scheiße bauen.« Kate stieß einen Seufzer aus und gab Margo das Glas zurück. »Dann gehen wir jetzt also zu ihr rauf und stehen ihr nach Kräften bei.«

Sie verließen den Salon, erklommen die Treppe und wandten sich Lauras Zimmer zu.

»Weshalb bin ich nur so aufgeregt?« fragte Kate im Flüsterton. »Mein Magen spielt vollkommen verrückt.«

»Keine Angst. Gemeinsam meistern wir auch diese Hürde.« Margo drückte ihr die Hand. »Bisher haben wir zusammen noch alles hingekriegt.«

Sie öffnete die Tür. Laura saß an ihrem Ankleidetisch und vollendete soeben ihr Make-up. In ihrem langen weißen Morgenmantel sah sie bereits aus wie der Inbegriff einer Braut. Ihr goldenes Haar war hochgeflochten, und sanfte Locken rahmten ihr Gesicht.

Susan stand hinter ihr. Auch sie hatte sich fertig zurechtgemacht und trug ein altrosafarbenes, mit zarten Spitzen besetztes Cocktailkleid.

»Die Perlen sind alt«, sagte sie und sah ihre Tochter durch den reich verzierten, rosenholzgerahmten Spiegel an. »Einst gehörten sie deiner Großmutter Templeton.« Sie legte Laura die lieblichen tropfenförmigen Ohrringe in die Hand. »An meinem Hochzeitstag hat sie sie mir geschenkt, und nun schenke ich sie dir.«

»Oh, Mom, gleich fange ich sicher schon wieder zu weinen an.«

»Bitte nicht.« Ann Sullivan trat vor. In dem marineblauen Tailleur sah sie züchtig und zugleich liebreizend aus mit ihrem dunkelblonden, kurzen, weich gewellten Haar. »Wir wollen doch nicht, dass unsere Braut mit verquollenen Augen in die Kirche fährt. Du brauchst etwas Geborgtes, also dachte ich … dass du vielleicht mein Medaillon unter dem Kleid tragen kannst …«

»Oh, Annie!« Laura sprang auf und umarmte sie. »Vielen Dank. Vielen, vielen Dank. Ich kann dir gar nicht sagen, wie glücklich ich bin.«

»Mögest du das für den Rest deines Lebens auch bleiben!« Hinter Annies Augen wurde es feucht, so dass sie sich räusperte und die geblümte Tagesdecke auf Lauras Bett glättete, obgleich sie kein einziges Fältchen aufwies. »Jetzt sollte ich mal runtergehen und sehen, ob Mrs. Williamson mit den Speise- und Getränkelieferanten zurechtkommt«, meinte sie.

»Mrs. Williamson macht das bestimmt großartig.« Susan nahm Annies Hand. Sie wusste, dass ihre langjährige Köchin auch zu Schlachten mit den schwierigsten Lieferanten in der Lage war. »Ah, da sind ja die Brautjungfern, gerade rechtzeitig, um Laura bei den letzten Handgriffen behilflich zu sein. Wie hübsch ihr beiden ausseht!«

»Stimmt!« Ann unterzog ihre Tochter und Kate einer kritischen Musterung. »Miss Kate, Sie könnten noch etwas mehr Lippenstift vertragen, und du, Margo, etwas weniger.«

»Aber zuerst einmal trinken wir auf die Braut.« Susan nahm die Champagnerflasche vom Tisch. »Schließlich hat Josh extra eine Flasche heraufgebracht.«

»Und wir steuern noch ein Glas bei«, sagte Kate, wobei sie die Tatsache, dass sie bereits etwas getrunken hatten, vorsichtshalber verschwieg. »Man weiß ja nie.«

»Nun, ich nehme an, dass der Anlass ein Schlückchen rechtfertigt. Aber nur ein halbes Glas«, warnte die Haushälterin. »Sonst fallen uns die Mädchen beim Empfang nachher noch um.«

»Irgendwie fühle ich mich schon ganz schwindlig.« Laura beobachtete das Perlen der Flüssigkeit in ihrem Glas. »Ich möchte bitte den Toast aussprechen, wenn ich darf. Auf die Frauen, die mir in meinem Leben immer wichtig gewesen sind. Auf meine Mutter, die mir gezeigt hat, dass Liebe eine Ehe zum Erblühen bringt. Auf meine Freundin«, sagte sie, an Ann gewandt, »die mir stets ihr Ohr geliehen hat. Und auf meine Schwestern, die mir die beste Familie waren. Ich liebe euch alle mehr, als ich es sagen kann.«

»Na wunderbar«, schniefte Susan über ihrem Glas. »Jetzt verläuft meine Wimperntusche.«

»Mrs. Templeton, Ma'am.« Ein Mädchen kam an die Tür und sah Laura mit großen Augen an. Später würde sie den anderen Bediensteten erzählen, sie hätte eine Vision gehabt von lauter schönen Frauen in einem Raum, durch dessen flatternde Spitzenvorhänge die Morgensonne leuchtete. »Der Gärtner, der alte Joe, streitet mit dem Mann herum, der die Tische und Stühle im Garten aufstellen soll.«

»Ich kümmere mich schon darum«, versprach Ann.

»Am besten sehen wir zusammen, wie den beiden geholfen werden kann.« Susan strich Laura über die Wange. »Dann habe ich wenigstens etwas zu tun und breche nicht noch einmal in Tränen aus. Margo und Kate werden dir beim Ankleiden behilflich sein, mein Schatz. So gehört es sich auch.«

»Aber zerknittert eure Kleider nicht«, warnte Ann, ehe sie einen Arm um Susans Schulter legte und leise murmelnd mit ihr den Raum verließ.

»Ich glaube es einfach nicht.« Margo grinste die beiden Freundinnen fröhlich an. »Mum war so abgelenkt, dass sie die Flasche hier vergessen hat. Also los, die Damen, leert eure Gläser, damit ich nachschenken kann.«

»Ein Schlückchen mehr kann nicht schaden«, kicherte Kate. »Obwohl – ich bin so aufgeregt, dass mir wahrscheinlich gleich übel wird.«

»Spuck den teuren Champagner wieder aus, und ich drehe dir eigenhändig die Gurgel um.« Margo leerte ihr Glas in einem Zug. Ihr gefiel das außergewöhnliche Prickeln, das ihr durch die Kehle rann und ihre Sinne auf eigenartige Weise zu beleben schien. Am liebsten hätte sie sich für den Rest ihres Lebens derart unbeschwert gefühlt. »Also gut, Laura, dann zwängen wir dich jetzt mal in Schale!«

»Es wird wirklich wahr …«, murmelte Laura.

»Genau. Aber falls du es dir noch anders überlegen willst …«

»Falls ich es mir noch anders überlegen will?« Sie lachte, als Kate zusammen mit Margo ehrfürchtig das elfenbeinfarbene Märchen aus der Schutzhülle zog. »Seid ihr wahnsinnig? Heute erfüllen sich alle meine Träume. Dies ist mein Hochzeitstag, der Anfang meines Lebens mit dem Mann, den ich liebe.« Strahlend fuhr sie zu den Freundinnen herum, während sie aus ihrem Morgenmantel glitt. »Er ist so süß, so gutaussehend, so geduldig und so nett.«

»Sie meint, dass er sie noch nicht zum Augenblick der Wahrheit gezwungen hat«, stellte Margo trocken fest.

»Er respektierte meinen Wunsch, bis zu unserer Hochzeitsnacht zu warten.« Lauras brave Miene machte einem verwegenen Grinsen Platz. »Auch wenn ich es jetzt kaum mehr erwarten kann.«

»Ich habe dir doch schon erklärt, es ist nichts Besonderes.«

»Oh doch, wenn man einen Menschen liebt, ist es das.« Vorsichtig stieg sie in das kostbare Gebilde, das Margo in Händen hielt. »Du hast Biff schließlich nicht geliebt.«

»Nein, aber ich war ziemlich wild auf ihn, was auch nicht zu verachten ist. Ich fand es ja ganz nett. Aber vermutlich braucht man tatsächlich ein wenig Übung.«

»Die kriege ich bestimmt.« Bei diesem Gedanken flatterte Lauras Herz wie ein Schmetterling. »Als verheiratete Frau. Oh, seht mich an!« Laura starrte auf ihr Spiegelbild. Die meterlange Seide war mit Hunderten winziger Zuchtperlen besetzt, die im Sonnenlicht schimmerten. Die Ärmel des Kleides bauschten sich an den Schultern und wurden zu den Handgelenken hin schmal. Margo und Kate machten die Schleppe fest, und Kate drapierte sie so, dass sie sich wie ein Wasserfall aus Seidentüll auf dem Fußboden ergoss.

»Der Schleier!« Hinter Margos Augen stiegen Tränen auf. Da sie die größte der drei Mädchen war, legte sie die Perlenkette um den Lockenkranz, zu dem Lauras Haar gesteckt war, und fächerte das meterlange Gebilde auf. Ihre älteste Freundin, dachte sie, während ihr eine Träne über die Wange kullerte. Ihre Herzensschwester. An einem Wendepunkt. »Oh, Laura, du siehst wie eine Märchenprinzessin aus. Ehrenwort!«

»Ich fühle mich auch wunderschön – wirklich wunderschön!«

»Entschuldige, dass ich immer behauptete, das Kleid habe zu viele Rüschen.« Kate setzte ein zittriges Lächeln auf. »Ganz falsch – es ist absolut vollkommen. Warte, ich hole meine Kamera.«

»Als würden heute nicht sowieso mindestens eine halbe Million Aufnahmen gemacht«, sagte Margo, als Kate eilig den Raum verließ. »Eigentlich ist jetzt Mr. Templeton gefragt. Und dann schätze ich, dass man sich in der Kirche wiedersieht.«

»Ja. Margo, ich weiß, dass du und Kate eines Tages ebenso glücklich sein werdet, wie ich es heute bin. Ich kann es gar nicht erwarten, dann ebenfalls dabeizusein.«

»Heute kommst jedenfalls erst mal du unter die Haube.« An der Tür drehte sie sich noch einmal um und blickte die Freundin an. Sie fürchtete, dass nichts und niemand ihr jemals ein Gefühl vermitteln würde, das ihre Augen derart schimmern lassen würde wie diejenigen von Laura. Also, dachte sie und trat lautlos in den Korridor hinaus, sähe sie es lieber von vornherein auf Ruhm und Reichtum ab.

Sie fand Mr. Templeton in seinem Schlafzimmer, wo er fluchend an seiner Krawatte nestelte. Er war der Inbegriff der Eleganz in seinem taubenfarbenen Rock, dessen Ton genau dem Grau der Templetonschen Augen entsprach. Er hatte breite Schultern, an die eine Frau sich anlehnen konnte, fiel ihr auf, und die wunderbar stattliche Größe, die er an Josh weitergegeben hatte. Im Augenblick runzelte er ungeduldig die Stirn, aber trotzdem waren seine Züge mit der geraden Nase, dem harten Kinn und den Falten um den Mund bemerkenswert markant.

Mit Bewunderung im Blick betrat sie den Raum. Er besaß das Gesicht eines Vaters.

»Mr. Templeton, wann werden Sie endlich lernen, wie man einen ordentlichen Knoten knüpft?«

Seine Stirn glättete sich, und er zwinkerte. »Nicht, solange es genügend hübsche Frauen gibt, denen ich diese Arbeit überlassen kann.«

Gehorsam trat sie vor ihn und ordnete das Durcheinander, das er mit dieser Zierde angerichtet hatte. »Die Farbe steht Ihnen fabelhaft!«

»Niemand wird mich oder irgendeinen anderen Mann auch nur zweimal ins Auge fassen, solange meine Mädchen in der Nähe sind. Du siehst einfach bezaubernd aus, Margo.«

»Warten Sie erst, bis Sie Laura sehen.« Sie bemerkte seinen besorgten Blick und küsste ihn auf die braungebrannte Wange. »Machen Sie sich keine Gedanken, Mr. Templeton.«

»Es fällt mir schwer zu akzeptieren, dass mein Baby inzwischen erwachsen ist und ein anderer Mann an meine Stelle tritt.«

»Das könnte er niemals. Niemand wird das schaffen. Aber ich verstehe Sie. Auch für mich ist es nicht leicht. Ich habe mir den ganzen Tag selbst leidgetan, statt mich für sie zu freuen.«

Im Flur wurden schnelle Schritte laut. Kate mit ihrer Kamera, dachte Margo, oder ein Dienstbote, dem in letzter Minute noch eine Kleinigkeit eingefallen war. Es waren immer Menschen in Templeton House, überlegte sie, stets war das Gebäude von Geräuschen, Bewegung und Licht erfüllt. Man fühlte sich hier nie einsam.

Bald ginge sie fort von hier, wäre zum ersten Mal auf sich gestellt. Doch neben ihrer Angst nahm sie eine beinahe schwindelerregende Freude wahr. Wie bei ihrem ersten Schluck aus dem Champagnerglas, als das vollmundige Prickeln auf ihrer Zunge zerbarst. Wie bei ihrem ersten Kuss, als ihr Mund auf ein weiches, begehrliches Lippenpaar gestoßen war.

Und sicher gäbe es noch unendlich viele andere Neuheiten zu erleben.

»Alles ändert sich, nicht wahr?«

»Nichts bleibt immer dasselbe, egal, wie sehr man es sich bei manchen Dingen wünscht. In ein paar Wochen werdet du und Kate auf dem College und Josh wieder an der Uni sein. Laura ist dann eine Ehefrau, und Susie und ich bewohnen dieses Haus allein.« Was einer der Gründe dafür war, dass das Ehepaar eine erneute Europareise in Erwägung zog. »Ohne euch lebt es sich hier zu still.«

»Das Haus wird für alle Zeit bleiben. Das ist ja gerade das, was es so herrlich macht.« Wie sollte sie ihm sagen, dass sie noch heute Abend davonziehen würde in Richtung einer Zukunft, die sie so deutlich wie ihr eigenes Gesicht im Spiegel vor sich sah. »Der alte Joe wird weiterhin seine Rosenbüsche pflegen, Mrs. Williamson weiter in der Küche regieren; Mum kümmert sich in alle Ewigkeit um das Silber, weil sie denkt, dass es außer ihr niemand richtig kann; Mrs. Templeton wird Sie jeden Morgen auf den Tennisplatz zerren und Ihnen zeigen, was eine Harke ist! Sie selbst werden weiterhin ständig am Telefon hängen und Termine koordinieren oder Befehle bellen.«

»Ich belle nie«, widersprach er mit blitzenden Augen.

»Sie bellen immer, was eins der Dinge ist, die ich an Ihnen so sympathisch finde.« Am liebsten hätte sie geweint, weil ihre Kindheit, von der sie gedacht hatte, dass sie niemals enden würde, so schnell vergangen war. Weil dieser Teil ihres Lebens unwiderruflich dem Gestern angehörte, obgleich sie selbst stets auf das Erwachsenwerden so versessen gewesen war. Weil sie zu feige war, ihm zu sagen, dass sie ihr Heim verließ. »Ich liebe Sie, Mr. Templeton.«

»Margo.« Da er ihre Rührung falsch verstand, küsste er sie zärtlich auf die Stirn. »Nicht lange, und ich gehe mit dir an meinem Arm das Kirchenschiff hinab und übergebe dich einem attraktiven jungen Mann, der sicherlich nicht gut genug für dich ist.«

Sie zwang sich zu lachen, denn wenn sie jetzt weinte, verdürbe sie ihm bestimmt den Augenblick. »Ich heirate niemanden, der nicht genauso ist wie Sie. Aber jetzt müssen wir los. Laura erwartet Sie bereits.« Sie trat einen Schritt zurück und sagte sich, dass er nicht ihr, sondern Lauras Vater war. Dass dies nicht ihr großer Tag, sondern der von Laura sein sollte. »Ich sehe mal nach, ob die Wagen schon vorgefahren sind.«

Eilig huschte sie die Treppe ins Foyer hinab. Und dort traf sie

Josh, in seinem umwerfenden Frack, der sie grimmig anfunkelte.

»Fang jetzt bloß keinen Streit mit mir an«, zischte sie. »Laura kommt jeden Augenblick.«

»Ich hatte gar nicht vor, mit dir zu streiten. Aber wir beide sprechen uns noch.«

»Wie du meinst!« Ganz sicher spräche sie nicht mit ihm. Sobald das letzte Reiskorn durch die Luft geflogen wäre, machte sie sich unauffällig aus dem Staub. Sie trat vor den Spiegel und rückte mechanisch den breiten, blauen Rand des Hutes, den sie trug, zurecht.

Dies ist die Garantie für meinen Ruhm und meinen Reichtum, überlegte sie und studierte ihr Konterfei. Damit würde sie es schaffen; entschlossen reckte sie das Kinn und war überzeugt, am Anfang einer großen Karriere zu stehen.

2

Zehn Jahre später

Margo stand auf den wilden, zerklüfteten Klippen über dem rastlosen Pazifik und schaute zu, wie der Sturm schwarze Wolken über den Himmel trieb, deren Massen auch den letzten Funken Sternenlicht löschten. Der Wind heulte wie ein hungriger Wolf auf der Jagd nach frischem Blut. Grelle Blitze tauchten die Felsen und die tosende Brandung in ein hartes Licht. Beißender Ozongeruch wallte vor jedem Donner in der Atmosphäre auf.

Ihr schien, dass das Willkommen zu Hause nicht einmal vonseiten der Natur freundlich ausfiel.

Ein Omen?, überlegte sie, während sie ihre Hände zum Schutz vor dem erbarmungslosen Wind in die Jackentaschen schob. Sie konnte wohl kaum erwarten, dass ihr irgendjemand im Templeton House mit offenen Armen und einem fröhlichen Lächeln entgegenkam. Sicher schlachtete man zu Ehren der Rückkehr dieser verlorenen Tochter nicht sofort ein fettes Kalb.

Sie hatte nicht das Recht, Erwartungen zu hegen.

Müde zog sie die Nadeln aus dem blonden Haar, damit es im Wind flattern konnte. Es war ein so befreiendes Gefühl, dass sie die Nadeln über den Rand der Klippe fallen ließ. Plötzlich fiel ihr ein, wie sie als junges Mädchen zusammen mit ihren beiden Freundinnen immer Blumen über diesen Rand geworfen hatte.

Blumen für Seraphina, dachte sie und hätte beinahe gelächelt bei der Erinnerung daran, wie romantisch ihnen die Legende von dem jungen Mädchen damals erschien, das sich dort voller Trauer und Verzweiflung in den Tod gestürzt hatte.

Laura musste jedes Mal ein wenig weinen, und Kate hatte mit ernster Miene beobachtet, wie das Sträußchen aufs Meer hinausgetrudelt war. Selbst jedoch hatte sie immer nur an die Erregung dieses letzten Fluges, an den Trotz und die Kühnheit, den dieser Sprung ausdrückte, gedacht.

Jetzt allerdings war Margo an einem Tiefpunkt ihres Lebens angelangt, und niedergeschlagen gestand sie sich ein, dass ihr momentanes Elend die Folge ihrer permanenten Suche nach solchen Hochgefühlen war.

Ihre Augen, deren leuchtendes Kornblumenblau den Kameras gefiel, wiesen dunkle Ränder auf. Nach ihrer Landung auf dem Flughafen von Monterey und dann nochmals auf dem Rücksitz des Taxis, in dem sie hinaus nach Big Sur gefahren war, hatte sie ihr Make-up streng geprüft. Himmel, inzwischen wusste sie, wie sich jedes gewünschte Bild von ihr erzielen ließ. Nur sie kannte ihre Blässe unter der teuren Kosmetik. Vielleicht war sie ein wenig eingefallener als sonst, aber ihre Wangenknochen, dank derer sie die Titelseiten so vieler Magazine schmückte, waren schön wie eh und je.

Ein schönes Gesicht fing bei der Struktur an, dachte sie und erschauerte, als der nächste Blitz den Himmel erleuchtete. Sie hatte Glück, dass sie mit den gutgeschnittenen Zügen und der glatten, porenlosen Haut ihrer irischen Vorfahren gesegnet war. Die blauen Augen und das blonde Haar stammten zweifellos von irgendeinem alten Wikinger.

Ja, sie sah gut aus, überlegte sie ohne jede Eitelkeit. Schließlich hatte ihr dieses Gesicht und ein Körper, der zur Sünde wie geschaffen war, neben dem erhofften Ruhm auch ein Vermögen eingebracht. Volle, romantische Lippen, eine kleine, gerade Nase, ein festes, rundes Kinn und ausdrucksstarke Brauen, bei denen sich nur hin und wieder ein leichtes Zupfen empfahl.

Auch mit achtzig wäre ihr Gesicht noch schön, falls sie nicht vorher starb. Es spielte keine Rolle, dass sie ermüdet, verbraucht, in Skandale verstrickt und voll der Scham und Reue war. Immer noch drehten sich die Menschen nach ihr um.

Schade, dass ihr diese allgemeine Bewunderung inzwischen nicht mehr das Geringste bedeutete!

Sie wandte sich von der Klippe ab und spähte durch die Dunkelheit. Auf der anderen Straßenseite, auf der Kuppe des Hügels sah sie die Lichter von Templeton House, dem Gebäude, das einen großen Teil ihres Lachens, viele ihrer Tränen barg. Es gab nur einen Ort, an den man gehen konnte, wenn man verloren, nur einen Ort, der einem blieb, wenn jede Brücke hinter einem abgebrochen war.

Margo nahm ihre Tasche und machte sich auf den Weg nach Haus.

Ann Sullivan arbeitete seit vierundzwanzig Jahren auf Templeton. Ein Jahr weniger, als sie Witwe war. Ihre vierjährige Tochter an der Hand, war sie auf der Suche nach einer Stelle als Gehilfin hier aufgetaucht. Damals hatten Thomas und Susan Templeton das Haus wie eines ihrer Hotels geführt. Im großen Stil. Kaum eine Woche verging, ohne dass man ein großes Fest mit Musik und zahlreichen Gästen gab. Die achtzehn Angestellten hatten das Anwesen und den Garten hervorragend gepflegt.

Perfektion war ein ebensolches Templeton'sches Markenzeichen wie neben dem Luxus die Warmherzigkeit. Ann hatte gelernt, dass eine Residenz nichts wert war, wenn man die Menschen dort nicht liebevoll empfing.

Die Kinder, Master Joshua und Missy Laura, hatten eine Kinderfrau gehabt, der ihrerseits eine willige Helferin zur Seite stand. Trotzdem hatten ihre Eltern sie meistens selbst versorgt. Ann hatte immer bewundert, mit welcher Hingabe, Disziplin und Fürsorge die Templetons ihren Kindern begegneten. In diesem Haus hatte man den Reichtum niemals über die Liebe zu den anderen gestellt.

Es war Mrs. Templetons Vorschlag gewesen, die gleichaltrigen Mädchen zusammen spielen zu lassen. Joshua hatte als Junge und mit seinen vier Jahren Vorsprung nie viel Zeit für sie gehabt.

Ann würde Mrs. Templeton auf ewig dankbar sein, nicht nur, weil sie ihr eine Stelle und beständige Freundlichkeit geboten hatte, sondern weil sie ihrer Tochter nie wie einem Kind vom Personal, sondern immer wie der geliebten Freundin der Tochter des Hauses begegnet war.

Nach zehn Jahren hatte man Ann zur Wirtschafterin ernannt. Sie hatte es verdient und war stolz darauf. Es gab keine Ecke in dem großen Gebäude, die nicht mit eigenen Händen von ihr gesäubert, kein Stück Wäsche, das nicht persönlich von ihr gewaschen worden war. Ihre Liebe zu Templeton House hatte sich ihr tief und dauerhaft eingeprägt. Tiefer und dauerhafter vielleicht sogar als irgendetwas anderes.

Sie blieb auch, als die Templetons nach Cannes übersiedelten – Miss Laura hatte, wie Ann fand, zu schnell und überstürzt geheiratet –, und ihre eigene Tochter war, auf der Jagd nach Glitzer und Glimmer, erst nach Hollywood und dann nach Europa gegangen.

Niemals hätte sie ein zweites Mal geheiratet, ja nicht einmal im Traum. Templeton House genügte ihr. Es stand Jahr für Jahr ebenso unerschütterlich wie der Felsen da, auf dem es errichtet worden war. Es enttäuschte sie nicht, stellte niemals infrage, was sie tat. Es bereitete ihr keinen Schmerz und bat sie nie um mehr, als sie zu geben in der Lage war.

Anders als eine Tochter, dachte sie.

Während draußen der Sturm den Regen gegen die großen Rundbogenfenster peitschte, sah sie sich in der Küche um. Die stahlblauen Arbeitsflächen waren makellos, und sie nickte, weil ihr der Eifer des jungen neuen Mädchens sehr zusagte. Da die Kleine bereits nach Hause gegangen war, sah sie das anerkennende Nicken nicht; aber Ann würde daran denken, sie gleich morgen früh ordentlich zu loben.

Wie viel leichter verdiente man sich doch den Respekt einer Angestellten als den des eigenen Kindes, überlegte sie. Im Grunde war Margo bereits am Tag ihrer Geburt für sie verloren gewesen mit ihrer Schönheit, Rastlosigkeit, Kühnheit.

So sehr sie sich auch um die Tochter grämte, hatte sie nach dem ersten Schrecken stoisch weiter ihre Pflicht erfüllt. Sie konnte nicht das Geringste für das Mädchen tun. Voller Verbitterung hatte sie erkannt, dass sie noch nie für ihr Kind etwas tun konnte.

Liebe hatte nicht genügt. Obwohl sie Margo vielleicht niemals mit genügend Liebe begegnet war. Nur hatte sie einfach Angst davor gehabt, dem Mädchen zu viel zu geben, denn dann hätte es vielleicht immer mehr gefordert.

Außerdem war sie kein Mensch, der seine Gefühle nach außen trug, argumentierte Ann weiter. Als Dienstbote hielt man sich besser stets zurück, egal, wie freundlich der Arbeitgeber war. Sie wusste, wo sie in der Gesellschaft hingehörte. Weshalb nur hatte Margo nie ihren Platz im Leben erkannt?

Einen Moment lang lehnte sie sich an den Tisch und gab ihren Gefühlen nach. Hinter ihren Augen stiegen Tränen auf, doch sie drängte sie zurück. Für Gedanken über die Verlorene war jetzt nicht der rechte Augenblick. Das Mädchen hatte sich damals bewusst davongeschlichen, und am besten machte sie ihre letzte Runde durch das Haus.

Tapfer richtete sie sich auf und atmete kräftig durch. Der Boden war frisch gewischt, und auch der Ofen, ein alter Herd mit sechs Platten, zeigte nicht die geringsten Spuren des Essens, das ständig auf ihm zubereitet wurde. Außerdem hatte die junge Jenny den Narzissenstrauß, der leuchtend gelb in der Mitte des Tisches stand, umsichtig in frisches Wasser gestellt.

Froh, dass das neue Mädchen tatsächlich so gutwillig wie vermutet war, wandte sich Ann den Kräutertöpfen auf dem Fensterbrett über der Spüle zu. Ein Daumendruck zeigte ihr, dass die Erde trocken war. Die Kräuter zu gießen gehörte nicht zu Jennys Aufgaben, dachte sie und schnalzte mit der Zunge, während sie es selber tat. Diese Arbeit fiel der Köchin zu. Aber Mrs. Williamson wurde allmählich alt. Ann fand inzwischen häufig einen Vorwand, unter dem sie während der Essensvorbereitungen in der Küche blieb, nur, um sicherzugehen, dass Mrs. Williamson sich nicht in den Finger schnitt oder das Essen anbrennen ließ.

Jeder außer Miss Laura hätte die Frau inzwischen pensioniert, überlegte Ann. Aber Miss Laura verstand, dass das Bedürfnis, gebraucht zu werden, nicht mit dem Alter schwand. Miss Laura hatte Verständnis für Templeton und seine Tradition.

Es war bereits nach zehn, und überall herrschte Ruhe. Arbeit gab es keine mehr, und nach einem letzten Rundblick dachte sie, dass sie sich nun in ihre kleine Wohnung zurückziehen, sich einen Tee kochen, die Füße hochlegen und noch irgendeinen Film im Fernsehen anschauen konnte.

Irgendetwas, damit sie nicht wieder grübelte.

Die Fensterläden klapperten im Wind, und es fröstelte sie vorübergehend. Mit einem Mal öffnete sich die Hintertür und ließ Regen, Wind und kalte Luft herein. Und noch etwas anderes. Ann hatte das Gefühl, als setze ihr Herzschlag aus.

»Hallo, Mum!« Das strahlende, forsche Lächeln war Margo inzwischen zur zweiten Natur geworden, so dass es beinahe ihre Augen erreichte, als sie sich mit der Hand durch die wie flüssiges Gold auf die Hüften fallenden Haare fuhr. »Ich habe das Licht gesehen«, fügte sie mit einem nervösen Lachen hinzu. »Und zugleich eine Erleuchtung gehabt!«

»Du lässt die Nässe rein.« Dies war zwar nicht das Erste, aber zumindest das Eindeutigste, was Ann durch den Kopf schoss, als sie ihre Tochter erblickte. »Mach die Tür zu, Margo, und häng deine Jacke auf.«

»Auf diesen Regen war ich nicht gefasst.« Margo sprach so selbstverständlich, wie es ging, während sie die Tür vor dem prasselnden Regen schloss. »Ich hatte ganz vergessen, wie kalt und nass der März hier an der Küste sein kann.« Sie stellte ihre Tasche ab, hängte ihre Jacke über den Haken an der Tür und rieb sich verlegen die Hände. »Du siehst prächtig aus – mit der neuen Frisur.«

Anders als viele andere Frauen hob Ann bei dieser Feststellung nicht die Hand ans Haar. Eitelkeit fehlte ihr völlig, und sie hatte sich oft gefragt, weshalb Margo ihr Aussehen immer derart wichtig gewesen war. Auch Margos Vater hatte sich eher in Bescheidenheit geübt.

»Wirklich, sie steht dir.« Margo probierte abermals ein Lächeln. Ihre Mutter war tatsächlich eine attraktive Frau, und auch wenn ihr einst helles Haar im Verlauf der Jahre deutlich nachgedunkelt war, wies es bisher doch nur vereinzelte graue Strähnchen auf. Die Fältchen in ihrem Gesicht waren nicht sehr tief, und ihr ernster Mund wirkte aufgrund seiner vollen Üppigkeit, auch ohne Rouge, geradezu verführerisch.

»Wir haben dich nicht erwartet«, sagte Ann und bedauerte ihre Förmlichkeit. Aber ihr Herz war so voll Freude und Angst, dass sie einfach nicht wagte zu zeigen, was sie empfand.

»Nein. Ich habe daran gedacht anzurufen oder ein Telegramm zu schicken. Aber dann … dann ließ ich es lieber sein.« Sie machte eine Pause und fragte sich, weshalb es keiner von ihnen gelang, die kurze Distanz zu überwinden und auf die andere zuzugehen. »Sicher hast du von der Sache gehört …«

»… einiges …« Um nicht zu zeigen, wie erregt sie war, trat Ann an den Herd und stellte einen Kessel Wasser auf. »Ich mache dir erst mal einen Tee. Du musst vollkommen durchgefroren sein.«

»Manche Berichte in den Zeitungen habe ich gelesen und auch etliches aus den Nachrichten mitbekommen.« Margo hob eine Hand, aber der Rücken ihrer Mutter war so starr, dass sie sie, ohne ihn zu berühren, wieder sinken ließ. »Es stimmt nicht alles, was über mich berichtet wird, Mum.«

Ann griff nach der Alltagskanne und wärmte sie mit heißem Wasser vor. Innerlich zitterte sie vor Schmerz, vor Sorge, vor Liebe zu ihrem Kind. »Nicht alles?«, fragte sie.

Dies war nur eine von all den Erniedrigungen, sagte Margo sich – die aber leider von ihrer Mutter kam. Dabei brauchte sie so verzweifelt einen Menschen, der zu ihr stand. »Ich wusste nicht, was Alain tat, Mum. Er war vier Jahre lang mein Manager, und ich habe bis zum Ende nie bemerkt, dass er zugleich mit Drogen dealt. Er hat nie welche genommen, zumindest nie, wenn ich in der Nähe war. Als wir verhaftet wurden … als alles herauskam …« Sie unterbrach sich und stieß einen Seufzer aus, als sie sah, dass ihre Mutter Tee in die Kanne löffelte. »Persönlich wurde ich in allen Punkten freigesprochen. Natürlich hält das die Presse nicht von weiteren Spekulationen ab; aber zumindest hatte Alain den Anstand, vor Gericht zu erklären, dass ich an der ganzen Sache unbeteiligt war.«

Obgleich selbst diese Erklärung sie unglaublich erniedrigte. Der Beweis ihrer Unschuld kam dem Beweis ihrer Dummheit gleich.

»Du hast mit einem verheirateten Mann geschlafen.«

Margo öffnete den Mund, doch dann klappte sie ihn wieder zu. Gegenüber ihrer Mutter wäre jede Entschuldigung, jede Erklärung vollkommen unsinnig. »Ja.«

»Mit einem verheirateten Mann, Vater mehrerer Kinder.«

»Schuldig«, gab Margo verbittert zu. »Wahrscheinlich werde ich dafür in der Hölle landen, auch wenn ich bereits zu Lebzeiten dafür zu zahlen gezwungen bin. Er hat einen Großteil meines Geldes veruntreut, hat meine Karriere zerstört und mich in der Sensationspresse öffentlich blamiert.«

In Ann wallte Mitleid für ihre Tochter auf, doch sie unterdrückte es. Margo hatte sich ihr Schicksal selbst gewählt. »Und jetzt bist du hierher zurückgekommen, weil du dich vor der Welt verstecken willst.«

Weil ich gesunden will, dachte Margo, obgleich die Vermutung ihrer Mutter durchaus zutraf. »Ich wollte einfach für ein paar Tage an einen Ort, wo man mich in Ruhe lässt. Wenn es dir allerdings lieber ist, dass ich verschwinde, dann …«

Ehe sie den Satz beendet hatte, öffnete sich mit einem Mal die Küchentür.

»Was für ein Abend. Annie, Sie sollten …« Laura blieb stehen wie vom Donner gerührt. Ihre ruhigen, grauen Augen fielen auf Margo. Ohne zu zögern, sprang sie auf sie zu. »Margo! Oh, Margo, endlich bist du wieder da!«

Und in diesem Augenblick, in dem die Freundin sie glücklich an sich zog, kehrte sie tatsächlich heim.

»Sie meint es nicht so, wenn sie dir gegenüber abwehrend ist, Margo«, versuchte Laura sie zu beschwichtigen. Anderen Menschen Trost zu spenden war ihr eine Herzensangelegenheit.

Auf den Gesichtern von Mutter und Tochter nahm sie Schmerz wahr, auch wenn es schien, als wären die beiden Betroffenen blind dafür. Als Margo nur mit den Schultern zuckte, schenkte Laura den Tee, den Ann gekocht und sie selbst in ihr eigenes Wohnzimmer hinaufgetragen hatte, in zwei Becher ein. »Es hat sie wahnsinnig mitgenommen.«

»Ach, ja?« Margo paffte eine Zigarette und sah grübelnd durch das Fenster in den Garten hinaus, in dem um diese Jahreszeit, wie sie sich erinnerte, ein Meer von Glyzinen in voller Blüte stand. Und hinter den Blumen, dem Rasen und den ordentlichen Steinmauern fielen die Klippen zum Meer hinab. Sie lauschte Lauras Stimme, die schon immer beruhigend sanft geklungen hatte, und erinnerte sich daran, wie sie als Kinder in diesen Raum geschlichen waren, einst Mrs. Templetons Domäne. Wie sie davon geträumt hatten, eines Tages ebenso elegante Damen wie sie zu werden.

Sie drehte sich um und unterzog ihre Freundin einer nachdenklichen Musterung. Wie früher schon so oft bewunderte Margo ihre Lieblichkeit. Ein Gesicht, das für Salons, Gartenfeste und elegante Bälle wie geschaffen war. Und offenbar folgte Laura dem Ruf ihres Schicksals getreulich.

Ihr lockiges, goldenes Haar war sorgsam geschnitten, so dass es in leichten Wellen um ihre zarten Wangen fiel. Ihre Augen waren so klar und offen, dass sie das Gefühl hatte, sich selbst in ihnen zu spiegeln. Jetzt drückten sie ehrliche Besorgnis aus, und auch Lauras gerötete Wangen verrieten, dass sie erregt und bekümmert war. Immer, wenn Lauras Gefühlswelt aus dem Gleichgewicht geriet, wurde sie entweder rot oder aber kreidebleich.

»Komm und setz dich«, befahl sie jetzt. »Trink ein wenig Tee. Dein Haar ist ganz feucht.«

Geistesabwesend schob Margo es über die Schultern zurück. »Ich war unten an den Klippen.«

Laura blickte in Richtung der Fenster, gegen die der Regen schlug. »Bei diesem Sturm?«

»Mir fehlte der Mut, sofort hierherzukommen.«

Trotzdem nahm sie Platz und hob gehorsam den Becher an ihren Mund. Margo erkannte ihn als Teil des alltags verwendeten Doulton-Geschirrs. Wie oft hatte sie Ann darum gebeten, dass sie ihr die Namen und die Muster der in Templeton House verwendeten Porzellane, Kristalle und Silber erläuterte? Und wie oft hatte sie davon geträumt, eines Tages die Besitzerin ebenso schöner Dinge zu sein?

Im Augenblick genügte es ihr, dass die Wärme des Tees durch das Porzellan an ihre kalten Hände drang.

»Du siehst phantastisch aus«, sagte sie zu Laura. »Mir kommt es komisch vor, dass unser Treffen in Rom beinahe ein Jahr her ist.«

Sie hatten zusammen auf der Terrasse der Privatsuite des Templeton Rom gespeist, zu ihren Füßen die in üppiges Frühlingsgrün getauchte Stadt. Und ihr Leben, dachte Margo jetzt, hatte ebenso vielversprechend wie die neu ausschlagenden Bäume, ebenso glitzernd wie die Sonne ausgesehen.

»Ich habe dich vermisst.« Laura drückte Margo schnell die Hand. »Wir alle haben dich vermisst.«

»Wie geht es den Mädchen?«

»Wunderbar. Sie werden jeden Tag größer. Ali war ganz begeistert von dem Kleid, das du ihr zum Geburtstag aus Mailand geschickt hast.«

»Ihren Brief und die Bilder schleppe ich immer mit mir herum. Es sind wunderbare Kinder, Laura. Sie haben große Ähnlichkeit mit dir. Ali lächelt genauso wie du, und Kayla hat deine Augen geerbt.« Sie nahm einen Schluck Tee, denn die Rührung schnürte ihr die Kehle zu. »Es ist phantastisch, dass wir tatsächlich zusammen hier sitzen, wie wir es uns immer ausgemalt haben.« Ehe Laura etwas erwidern konnte, schüttelte sie schnell den Kopf und drückte ihre Zigarette aus. »Wie geht es Peter?«

»Gut.« Ein Schatten flackerte in Lauras Augen auf, ehe sie eilig zu Boden sah. »Er hat im Augenblick furchtbar viel zu tun, so dass er noch gar nicht zu Hause ist. Ich nehme an, dass er wegen des Sturms sowieso nach dem Büro in unsere Stadtwohnung fährt.« Oder weil er lieber mit einer anderen Frau zusammen war. »Hat Josh dich in Athen erreicht?«

Margo legte den Kopf auf die Seite und sah sie fragend an. »Josh? War er denn in Griechenland?«

»Nein. Ich habe ihn in Italien aufgespürt, als wir hörten – als die erste Meldung in der Zeitung stand. Er wollte versuchen, seine Termine zu verlegen und zu dir zu fliegen, um dir beizustehen.«

Die Freundin setzte ein dünnes Lächeln auf. »Dann hast du also den großen Bruder zu meiner Rettung ausgeschickt?«

»Er ist ein hervorragender Anwalt. Wenn er will. Dann hat er dich offenbar nicht gefunden?«

»Scheint so.« Margo lehnte sich müde gegen die hohe Lehne des Sessels, in dem sie saß. Immer noch fühlte sie sich wie in einem Nebel. Erst vor einer Woche war ihr Leben vollkommen aus den Fugen geraten. »Es ist alles so furchtbar schnell gegangen. Plötzlich kam die griechische Polizei an Bord von Alains Yacht und hat alles auf den Kopf gestellt.« Sie erlitt einen Schock, als sie von einem Dutzend uniformierter Griechen aus dem Schlaf gerissen und einem stundenlangen Verhör unterzogen wurde. »Und dann haben sie unter Deck das Heroin entdeckt.«

»In der Zeitung stand, man hätte ihn über ein Jahr lang beobachtet.«

»Das war eine der Tatsachen, die meinen idiotischen Arsch gerettet haben. Die Beobachtungen ergaben, dass ich offenbar tatsächlich nicht an der Sache beteiligt war.« Nervös zog sie eine weitere Zigarette aus ihrem Emailleetui und zündete sie an. »Er hat mich benutzt, Laura, hat einen Auftrag an Land gezogen, wo er die Drogen abzuholen beabsichtigte, und den nächsten dort, wo die Lieferung vereinbart war. Gerade hatte ich einen Fototermin in der Türkei hinter mich gebracht. Fünf grauenhafte Tage. Und er hat behauptet, dass die kleine Kreuzfahrt zu den griechischen Inseln zu meiner Belohnung stattfände. Eine Art vorgezogener Hochzeitsreise hat er es genannt.« Sie blies eine Rauchwolke in den Raum. »Er meinte, nicht lange, und die Scheidung wäre endlich durch – dann könnten wir offen zu unserer Beziehung stehen.«

Margo sah dem Rauch nach, der in einer Spirale zur Decke zog, und fuhr mit leiser Stimme fort: »Natürlich hat das mit der Scheidung nicht gestimmt. Seine Frau scherte es wenig, dass er mit mir schlief, solange ich ihm nützlich war und sie regelmäßige Unterhaltszahlungen von ihm bekam.«

»Oh, Liebes, das alles tut mir so entsetzlich leid.«

»Das Schlimmste an der ganzen Sache ist, dass ich überhaupt auf diesen Mistkerl reingefallen bin.« Sie zuckte mit den Schultern, nahm einen letzten, tiefen Zug aus ihrer Zigarette und drückte sie entschlossen aus. »Auf die lächerlichsten Klischees, die man sich denken kann.« Alain konnte sie nicht halb so hassen wie sich selbst für ihre Ignoranz. »Er sagte, wir müssten unser Verhältnis und unsere Pläne geheim halten, bis auch das letzte Detail seiner Scheidung geregelt ist. Nach außen müssten wir Kollegen, Geschäftspartner, Freunde sein. Er würde mich managen und all seine Kontakte nutzen beim Aushandeln möglichst günstiger Verträge. Warum auch nicht? Tatsächlich hatte er in Frankreich und Italien ein paar solide Aufträge an Land gezogen, und auch den Deal mit Bella Donna, durch den ich plötzlich ganz nach oben gekommen bin, hat er arrangiert.«

»Ich glaube, wegen deines Talents als Model hat man dich zum Markenzeichen der Bella-Donna-Produkte gemacht.«

Margo lächelte. »Vielleicht habe ich es mir wirklich selbst erarbeitet. Aber das erfahre ich wohl nie. Ich wollte den Vertrag unbedingt. Nicht nur das Geld, auch wenn mir das natürlich durchaus wichtig war. Aber vor allem hatte ich es auf die Publicity abgesehen. Himmel, Laura, mich selbst auf Plakaten zu sehen, von den Leuten auf der Straße angehalten zu werden, weil sie ein Autogramm von mir wollten. Zu wissen, dass ich wirklich gute Arbeit leistete für ein wirklich gutes Produkt.«

»Die Bella-Donna-Frau«, murmelte Laura. Sie wollte, dass Margo endlich wieder lächelte, doch zugleich meinte sie ihre Worte ernst. »Schön. Voller Selbstvertrauen. Gefährlich. Ich war ganz aufgeregt, als ich die Anzeige in der *Vogue* entdeckte. Das ist Margo, dachte ich, meine Margo, riesengroß auf dieser Hochglanzseite, wunderschön, wie du, ganz in weißem Satin, auf dem Sofa lagst.«

»Ich habe den Leuten Gesichtscreme angedreht.«

»Du hast ihnen Schönheit angeboten«, verbesserte Laura streng. »Und Selbstvertrauen.«

»Und Gefahr?«

»Träume. Du solltest wirklich stolz sein auf das, was du geleistet hast.«

»Das war ich auch«, sinnierte Margo. »Ich war vollkommen gefangen in der ganzen Angelegenheit, total begeistert, als wir langsam, aber sicher den amerikanischen Markt eroberten. Außerdem hatte Alain mich verhext, mit all seinen Plänen, seinen Versprechungen.«

»Du hast ihm geglaubt?«

»Nein.« Zumindest am Anfang nicht. Da war er nur einer von zahllosen Männern gewesen für sie. Sie hatte ihren Spaß mit ihm gehabt, hatte mit ihm geflirtet, ja, und ihn benutzt. »Aber ich wollte glauben, was er mir auftischte. Wollte es so sehr, dass ich mich von ihm mit einem der ältesten Sprüche der Menschheit immer wieder hinhalten ließ, nämlich dem, dass seine Frau die Scheidung absichtlich verzögerte.« Sie sah Laura mit einem ironischen Lächeln an. »Was mir natürlich in den Kram passte. Als verheirateter Mann stellte er keine Gefahr dar für mich. Ich hätte ihn nicht geheiratet, Laura, und mit der Zeit wurde mir klar, dass ich ihn nicht halb so sehr liebte wie das Leben, das vermeintlich vor mir lag. Allmählich mischte er sich mehr und mehr in meine Arbeit ein, was mir, da mir der Kleinkram der Vertragsverhandlungen eher lästig war, durchaus nicht ungelegen kam. Und während ich von einer wunderbaren Zukunft träumte, in der wir beide wie die Könige quer durch Europa reisen würden von einem Land ins andere – hat er mit meinem Geld seine Drogengeschäfte finanziert, meine, wenn auch bescheidene, Berühmtheit ausgenutzt, um unkontrolliert über die Grenzen zu kommen, und mich mit der Lüge bei der Stange gehalten, dass er sich meinetwegen von seiner Frau scheiden lassen wird.«

Sie schloss die Augen. »Und als Fazit des Ganzen ist mein Ruf im Eimer, meine Karriere nur noch ein Witz; Bella Donna hat mich fallengelassen, und ich bin auch noch so gut wie pleite.«

»Jeder, der dich kennt, weiß, dass du das Opfer einer üblen Intrige warst, Margo.«

»Was es auch nicht besser macht. Die Opferrolle gefällt mir nicht. Aber im Augenblick habe ich einfach nicht die Energie, um mich dagegen zu wehren.«

»Du wirst es schon schaffen, mit ein wenig Geduld und Zeit. Aber zuallererst brauchst du ein langes, heißes Bad und ein warmes, weiches Bett. Am besten quartieren wir dich im Gästezimmer ein.« Laura erhob sich und reichte ihr die Hand. »Wo ist dein Gepäck?«

»Ich habe es vorläufig am Flughafen gelassen, weil ich nicht wusste, ob ich hier willkommen bin.«

Einen Augenblick lang sagte Laura keinen Ton, sondern blickte Margo so böse an, dass diese verlegen zu Boden sah. »Ich werde das, was du da gerade gesagt hast, vergessen, weil du im Augenblick ziemlich angeschlagen bist.« Sie legte Margo einen Arm um die Taille und führte sie aus dem Raum. »Du hast noch gar nicht nach Kate gefragt.«

Margo stieß einen Seufzer aus. »Sie ist bestimmt furchtbar wütend auf mich.«

»Was man ihr unter den gegebenen Umständen nicht unbedingt verdenken kann«, warf Laura ein. »Du sagst also, dein Gepäck wartet am Flughafen?«

»Mmm.« Plötzlich war Margo so müde, dass sie das Gefühl hatte, in ihren Beinen befände sich Blei.

»Überlass das mir, leg du dich erst mal hin. Wir können uns morgen weiter unterhalten, wenn du dich besser fühlst.«

»Danke, Laura.« Auf der Schwelle des Gästezimmers blieb sie stehen, lehnte sich matt gegen den Türrahmen und sah die Freundin an. »Danke, dass du immer für mich zur Stelle bist.«

»Dazu hat man Freunde.« Laura gab ihr einen Kuss auf die Wange und strahlte. »Freunde sind immer für einen da. Und jetzt schlaf schnell.«

Kurzerhand ließ Margo ihre Kleider liegen, wo sie hinfielen, kroch nackt ins Bett und zog sich die warme Decke bis ans Kinn.

Der Wind heulte um das Haus, der Regen trommelte gegen die Fenster, und aus der Ferne drang das Tosen der Brandung an ihr Ohr, ehe sie in einen tiefen, traumlosen Schlaf versank.

Sie rührte sich auch nicht, als Ann in ihr Zimmer schlüpfte, die Decke glättete, ihr zärtlich über die Haare strich und ein leises Gebet für sie murmelte.

3

»Typisch. Da lungerst du mal wieder bis mittags im Bett herum.«

Margo hörte die Stimme, erkannte sie und stöhnte auf. »Oh Himmel, verschwinde, Kate!«

»Freut mich auch, dich zu sehen.« Mit unverkennbarer Gehässigkeit zog Kate Powell die Vorhänge zurück, so dass das grelle Sonnenlicht ins Zimmer schoss.

»Ich habe dich schon immer gehasst.« Margo zog sich ein Kissen über das Gesicht. »Los, hau ab und nerv jemand anderen.«

»Ich habe mir extra den Nachmittag frei genommen, um dich ein bisschen auf Trab zu bringen.« Praktisch, wie sie nun mal war, nahm Kate am Rand des Bettes Platz, zerrte Margo das Kissen aus der Hand und unterzog sie einer gründlichen Kontrolle. »Du siehst nicht halb so schlimm aus, wie ich befürchtet habe.«

»Für einen Zombie bestimmt nicht schlecht«, murmelte Margo, machte ein Auge auf, sah Kates Grinsen und klappte das Auge eilig wieder zu. »Hau ab.«

»Wenn ich abhaue, nehme ich den Kaffee mit.« Kate erhob sich und schenkte ihnen beiden aus der Kanne, die sie am Fuß des Bettes abgestellt hatte, ein. »Und die Croissants ebenfalls.«

»Croissants?« Margo schnupperte, machte vorsichtig beide Augen auf und entdeckte, dass Kate eins der duftigen Hörnchen in zwei Hälften brach. Der Dampf, der aus dem Inneren zur Decke stieg, verströmte einen köstlichen Geruch. »Ich muss im Schlaf gestorben sein, sonst brächtest du mir sicher nicht das Frühstück hierher ans Bett.«

»Mittagessen«, verbesserte Kate, ehe sie herzhaft in ihre Hälfte des Gebäckstücks biss. Wenn Kate einmal daran dachte zu essen, dann tat sie es mit Hochgenuss. »Laura hat mich darum gebeten. Sie musste zum Treffen irgendeines Komitees, das sich nicht verschieben ließ.« Kate hob das Tablett vom Boden auf. »Setz dich hin. Ich habe ihr versprochen, dafür zu sorgen, dass du etwas isst.«

Margo zog sich die Decke über die Brust und streckte gierig die Hand nach der Kaffeetasse aus. Sie trank einen Schluck und spürte, dass langsam ihre Lebensgeister erwachten. Dann musterte sie, während sie an ihrem Kaffee nippte, die junge Frau, die gerade reichlich Erdbeermarmelade auf eins der Teilchen gab.

Das ebenholzfarbene Haar war so kurz, dass das leicht gebräunte, dreieckige Gesicht vorteilhaft zur Geltung kam. Margo wusste, dass Kate die Haare nicht aus modischen, sondern aus praktischen Erwägungen heraus so kurz geschoren trug. Glücklicherweise bildete dieses die klassische Ergänzung zu ihren großen, exotischen braunen Augen und ihrem kühn gereckten Unterkiefer. Männer fänden ihren leichten Überbiss sicher anziehend, und Margo musste zugeben, dass er Kates gesamtem Erscheinungsbild eine entzückende Weiblichkeit verlieh.

Nicht, dass Kate Gefallen an Weiblichkeit fand. Das adrette marineblaue Nadelstreifenkostüm betonte die kühle Geschäftsfrau, die sie war. Der Goldschmuck hielt sich in geschmackvollen Grenzen, italienische Pumps ergänzten ihr Outfit. Selbst ihr Parfüm, dachte Margo, als ihr der Duft in die Nase stieg, betonte ihre nüchterne Ernsthaftigkeit.

Der Leg-dich-ja-nicht-mit-mir-an-Geruch, dachte Margo und lächelte.

»Du siehst sogar aus wie eine verdammte Steuerberaterin.«

»Und du wie eine Genießerin!«

Sie grinsten einander nachsichtig an. Keine der beiden war darauf vorbereitet, dass Margo mit einem Mal Tränen in die Augen bekam.

»Hilfe, bitte tu das nicht.«

»Entschuldigung.« Schniefend fuhr sich Margo mit den Händen über die Wangen.

»Es ist nur so, dass ich im Augenblick furchtbar durcheinander bin. Ich kann einfach nicht mehr.«

Kate, die inzwischen ebenfalls kurz vorm Weinen war, reichte ihr ein Taschentuch. Wenn sie weinte, dann aus Mitgefühl, vor allem, wenn es um ihre Familie ging. Und auch wenn es zwischen ihnen beiden keine sogenannte echte Verwandtschaft gab, betrachtete sie Margo doch als Teil ihrer Angehörigen. Seit Kate als achtjähriges Waisenkind von den Templetons liebevoll aufgenommen worden war, gab es auch immer Margo.

»Hier, putz dir erst mal die Nase«, befahl sie jetzt. »Und atme ein paarmal tief durch. Trink deinen Kaffee oder tu sonst irgendetwas. Aber Schluss mit den Tränen. Du weißt, sonst heule ich gleich mit.«

»Laura hat mich umarmt, als sie in die Küche kam.« Margo tupfte die verräterischen Spuren trocken und bemühte sich um einen ruhigen Ton. »Sie hat mich einfach zu Hause willkommen geheißen und mich ins Bett gesteckt.«

»Was hast du denn gedacht, was sie machen würde, wenn du dahersegelst? Vielleicht, dass sie dich mit einem Fußtritt zurück in den Regen jagt?«

Margo schüttelte den Kopf. »Nein, so etwas täte Laura nie. Aber vielleicht wird sie in diese ganze hässliche Geschichte mit einbezogen, weil sie mir Unterschlupf gewährt. Sicher stürzt sich die Presse bald auch auf sie. Die Kinderfreundschaft der gefallenen Berühmtheit mit der prominenten Millionenerbin – du weißt doch selbst, wie so was läuft.«

»Jetzt übertreib mal nicht«, lautete Kates trockene Erwiderung. »Niemand in den Vereinigten Staaten sieht dich ernsthaft als Berühmtheit an.«

Hin- und hergerissen zwischen Gekränktsein und Belustigung lehnte Margo sich zurück. »In Europa wird mein Name hoch gehandelt. Wurde, meine ich.«

»Aber hier sind wir in Amerika. Einen kleinen Fisch wie dich werfen die Medien sicher bald in den großen Teich zurück.«

Beleidigt verzog Margo das Gesicht. »Na, vielen Dank!« Sie warf die Decke zur Seite und stand entschlossen auf, so dass Kate ihren nackten Körper sah, ehe sie ihr den von Laura vorsorglich bereitgelegten Morgenmantel umhängte.

Margos Körper – den üppigen Brüsten, der Wespentaille, den schmalen Hüften und den langen, gefährlichen Beinen – sah man den Skandal nicht an. Hätte Kate es nicht besser gewusst, hätte sie gedacht, dass die Figur ihrer Freundin eher das Ergebnis moderner Technik als das Geschenk der guten Fee der Vererbung war.

»Du hast ein bisschen abgenommen. Wie kommt es, dass dein Busen nicht auch kleiner geworden ist?«

»Satan und ich haben ein Abkommen getroffen. Mein Busen war schließlich Teil meines Arbeitsmaterials.«

»War?«

Margo zog den Morgenmantel an. Es war ihr eigener – ein langer, fließender elfenbeinfarbener Seidentraum. Offenbar hatte Laura ihr Gepäck inzwischen vom Flughafen abgeholt. »Die wenigsten Anzeigenkunden sind auf ehebrecherische Drogendealerinnen als Werbeträger erpicht.«

Kate sah die Freundin böse an. Sie ließe nicht zu, dass jemand derartig über Margo herzog. Nicht einmal sie selbst. »Die Anklage wegen Drogenhandels wurde fallengelassen, soweit ich weiß.«

»Das Verfahren wurde aus Mangel an Beweisen eingestellt. Das ist etwas gänzlich anderes.« Sie zuckte mit den Schultern, trat ans Fenster und ließ die kühle Nachmittagsbrise herein. »Du hast schon immer gesagt, dass mich mein Leichtsinn eines Tages in Schwierigkeiten bringen würde. Vermutlich habe ich mir das Ganze selbst eingebrockt.«

»Unsinn!« Kate sprang auf und stapfte wütend auf und ab. Automatisch tastete sie ihre Taschen nach der allgegenwärtigen Rolle Magentabletten ab. »Ich kann nicht glauben, dass du dich einfach so fertigmachen lässt. Schließlich bist du unschuldig.«

Gerührt drehte sich Margo zu ihr um, doch ehe sie etwas sagen konnte, schob sich Kate die Tabletten wie Bonbons in den Mund und fuhr mit ihrer Schimpftirade fort.

»Sicher, du hast einen seltenen Mangel an Urteilskraft und eine unglaubliche Unvernunft an den Tag gelegt. Ganz offensichtlich lässt in Bezug auf Männer dein Geschmack zu wünschen übrig, und auch die Wahl deines Lebensstils ist einigermaßen fragwürdig.«

»Ganz sicher kann ich darauf zählen, dass du das nötigenfalls auch vor Gericht erklärst.« Gekränkt schaute Margo aus dem Fenster.

»Aber!« Kate hob eine Hand. »Du hast nichts Illegales getan, nichts, aufgrund dessen es gerechtfertigt wäre, deine Karriere derart abrupt zu beenden. Wenn du den Rest deines Lebens weiter Werbung für irgendein lächerlich überteuertes Shampoo oder irgendeine idiotische Hautcreme machen willst oder weiter an Aufnahmen von dir interessiert bist, bei deren Anblick ein Mann zwanzig Prozent seines Verstandes verliert, dann darfst du jetzt nicht einfach klein beigeben.«

»Ich weiß, dass tatsächlich auch Menschen auf meiner Seite stehen«, sagte Margo nach einer Weile. »Obwohl ich im Augenblick aufgrund des bisher von mir an den Tag gelegten schlechten Urteilsvermögens, meines fragwürdigen Geschmacks und meiner idiotischen Karrierewünsche auch ihnen gegenüber eher vorsichtig bin. Aber deine Kapazitäten waren immer gut, dein Geschmack perfekt, und deine Karriere ist einfach brillant.«

»Das stimmt.« Kate grinste sie erleichtert an, denn Margos Wangen waren gerötet, ihre Augen blitzten kampflustig auf. »Du siehst einfach phantastisch aus, wenn du dich ärgerst.«

»Ach, halt die Klappe!« Margo marschierte zur Terrassentür, riss sie auf und trat auf den breiten Steinbalkon mit dem winzigen Blumenbeet hinaus.

Die Luft war klar und rein, erfüllt von süßem Frühlingsduft, die Sonne schien golden unter einem strahlend blauen Himmelszelt. Die grünen Rasenflächen, gepflegten Rabatten und majestätischen alten Bäume auf dem Templeton'schen Grund erstreckten sich bis hin zu den malerischen Steinmauern am Horizont. Die hübschen mit Schnitzwerk verzierten, längst nicht mehr benutzten Stallungen im Süden kamen einem winzigen

Cottage gleich. Margo erhaschte einen Blick auf das glitzernde Wasser im Swimmingpool, hinter dem ein hübscher weißer Pavillon stand.

In dieser blumenumrankten Laube hatte sie oft gesessen und geträumt, sie wäre eine elegante Lady, die auf ihren treu ergebenen, mehr als attraktiven Geliebten wartete.

»Weshalb nur wollte ich jemals fort von hier?«

»Keine Ahnung.« Kate trat hinter sie und nahm sie, auch wenn sie trotz ihrer hochhackigen Schuhe ein gutes Stück kleiner war, schützend in den Arm.

»Ich wollte es zu etwas bringen. Wollte eine Berühmtheit werden, die stets mit anderen Berühmtheiten zusammen eine besondere Welt darstellt. Die Tochter einer Wirtschafterin, die zum Shopping nach Rom fliegt, zum Sonnenbaden an die Riviera und zum Skifahren nach Sankt Moritz.«

»All diese Dinge hast du auch gemacht.«

»Und mehr. Aber weshalb war es nie genug für mich? Weshalb war da immer ein Teil von mir, den es nach mehr gelüstete? Nach irgendetwas, von dem ich nicht einmal wusste, was es war – bis jetzt nicht weiß? Und nun, da vielleicht alles andere für mich verloren ist, muss ich herausfinden, wonach ich tatsächlich auf der Suche bin.«

»Du hast Zeit«, murmelte Kate. »Erinnerst du dich noch an Seraphina?«

Margo dachte daran, was ihr gestern Abend auf Seraphinas Klippe durch den Kopf gegangen war, dachte an all die faulen Tage, als sie mit Kate und Laura über die junge Spanierin gesprochen hatte, und an ihre eigenen Schlussfolgerungen.

»Sie hat nicht abgewartet, um zu sehen, was ihr das Leben vielleicht sonst noch zu bieten hat.« Margo lehnte ihren Kopf an den von Kate.

»Wohingegen du jetzt die Chance hast abzuwarten, wie es weitergeht.«

»Tja!«, stöhnte Margo. »So faszinierend das auch klingt, habe ich vielleicht doch keine Möglichkeit, einfach nichts zu tun. Ich fürchte, dass ich in ziemlichen finanziellen Schwierigkeiten stecke.« Sie trat einen Schritt zurück und setzte ein gezwungenes Lächeln auf. »Am Ende könnte ich deine professionelle Hilfe gebrauchen, wenn du nichts dagegen hast. Ich nehme an, dass eine Frau mit einem Harvard-Diplom selbst meine schlecht geführten, chaotischen Bücher entziffern kann. Wie wär's? Hättest du vielleicht Lust, sie dir mal anzusehen?«

Kate lehnte sich gegen die Brüstung. Margos Lächeln täuschte sie nicht eine Sekunde lang darüber hinweg, dass die Freundin, wenn sie über etwas so Nebensächliches wie Geld in Sorge war, am Rande der Verzweiflung stand.

»Heute habe ich mir freigenommen. Also, zieh dir ein paar Klamotten an, und dann machen wir uns ans Werk.«

Margo wusste in etwa über ihre Konten Bescheid. Sie hatte sich bereits auf das Schlimmste gefasst gemacht. Aber angesichts des Grummelns und Zischens, das in regelmäßigen Abständen über Kates Lippen drang, erkannte sie, dass die Situation offenbar noch sehr viel desolater war.

Nach der ersten Stunde ließ sie Kate allein und suchte sich eine andere Beschäftigung. Es nützte nichts, wenn sie ihr ständig über die Schulter spähte und sich regelmäßig von ihr zusammenstauchen ließ, so dass sie mit dem Auspacken ihrer Garderobe begann. Sie hängte die achtlos in die Koffer gestopften Kleider sorgsam in den Rosenholzkleiderschrank, faltete ihre Pullover und schob sie in die nach Lavendel duftenden Schubladen des Spiegelschränkchens, das neben dem Fenster stand.

Kates gelegentliche Fragen beantwortete sie demütig und duldete die häufigen Flüche, die sie vernahm. Verzweifelte Dankbarkeit wallte in ihr auf, als mit einem Mal Laura die Bildfläche betrat.

»Tut mir leid, dass ich so lange fort war. Ich konnte einfach …«

»Ruhe! Ich versuche gerade, Wunder zu vollbringen«, schimpfte Kate.

Margo wies mit dem Daumen in Richtung der Terrassentür. »Sie sieht soeben meine Bücher durch«, erklärte sie, als sie neben Laura draußen stand. »Du kannst dir nicht vorstellen, was sie aus ihrer Handtasche gezogen hat! Einen kleinen Laptop, einen Rechner, mit dem sie sicher sogar Gleichungen für das Space Shuttle erstellen könnte. Außerdem hat das Ding noch einen Faxanschluss.«

»Die brillante Kate!« Seufzend sank Laura auf einen der gusseisernen Stühle und streifte ihre Schuhe ab. »Templeton würde sie sofort engagieren, aber da ist sie stur. Sie sagt, dass sie unmöglich für die Verwandtschaft arbeiten kann. Bittle und Partner sind mit ihr wirklich mehr als glücklich dran.«

»Was ist das für ein Schwachsinn mit dem Seegras?«, brüllte Kate.

»Das ist eine Art von Thermalbehandlung«, erläuterte Margo. »Ich glaube, dass ich die absetzen kann, weil …«

»Überlass das Denken lieber mir. Wie, zum Teufel, hast du es geschafft, Valentino fünfzehntausend Dollar zu schulden? Wie viele Kleider trägst du denn so an einem Abend?«

Margo setzte sich ebenfalls. »Wahrscheinlich wäre es Selbstmord, wenn ich ihr gestehen würde, dass ein einziges Cocktailkleid so viel gekostet hat.«

»Wahrscheinlich«, pflichtete Laura ihr bei. »In ungefähr einer Stunde kommen die Kinder aus der Schule. Sie schaffen es immer, Kate innerhalb kürzester Zeit aufzuheitern. Wir werden heute Abend zu Ehren deiner Rückkehr ein Familiendinner veranstalten.«

»Hast du Peter gesagt, dass ich hier bin?«

»Natürlich. Weißt du, ich glaube, ich sage mal Bescheid, dass man den Champagner kühlstellen soll.«

Ehe Laura sich jedoch erheben konnte, nahm Margo ihre Hand. »Er ist sicher nicht gerade entzückt über diese Neuigkeit.«

»Red keinen Unsinn. Was sollte er dagegen haben?« Aber noch während sie sprach, drehte sie an ihrem Ehering, was ein sicheres Zeichen für ihr Unbehagen war. »Peter freut sich, dich zu sehen.«

»Laura, ich kenne dich inzwischen seit beinahe fünfundzwanzig Jahren, so dass ich genau merke, wenn du lügst. Du bist einfach eine schlechte Schwindlerin. Er will mich nicht in diesem Haus.«

Mrs. Ridgeway dachte eilig über ein paar Entschuldigungen nach, aber es hatte keinen Sinn. Es stimmte, gestand sich Laura, wenn auch widerwillig ein, dass ihr auch die kleinste Lüge nur schwer über die Lippen kam. »Dies ist dein Zuhause. Das sieht Peter ein, auch wenn ihm die Situation nicht ganz gefällt. Ich möchte dich hier haben, Annie will dich hier haben, und die Kinder sind außer sich vor Begeisterung. So, und jetzt sage ich nicht nur Bescheid, dass der Champagner in den Kühlschrank soll, sondern ich bringe gleich eine Flasche mit herauf.«

»Gute Idee.« Ihre Schuldgefühle verschob sie derweilen auf später. »Vielleicht hilft es Kate dabei, mich zurück in die schwarzen Zahlen zu befördern.«

»Diese Hypothek ist bereits seit zwei Wochen überfällig«, kreischte Kate in diesem Augenblick. »Und außerdem hast du deine Kreditgrenze bei Visa erheblich überschritten. Himmel, Margo!«

»Ach was, ich bringe gleich zwei Flaschen mit«, beschloss Laura und lächelte standhaft, bis sie draußen vor der Tür stand.

Sie wandte sich ihren eigenen Räumen zu, da sie einen Augenblick für sich allein benötigte. Ihr Ärger war leider immer noch nicht verflogen, schnürte ihr nach wie vor die Kehle zu. Wütend rannte sie auf und ab. Der kleine Salon wurde ihr mehr und mehr zum Zufluchtsort. Hier war sie in die warmen Farben und die wohligen Düfte bunter Blumensträuße eingehüllt, wenn sie einen Brief beantwortete oder irgendeine Strickarbeit beendete.

Aber meistens floh sie hierher, um eine Unsicherheit in den Griff zu bekommen, die sie langsam, aber sicher zu ersticken drohte.

Vielleicht hätte sie sich denken sollen, dass Peter derart auf die Neuigkeit reagieren würde, dann wäre sie besser auf seine Schroffheit vorbereitet gewesen. Aber daran hatte sie nicht gedacht. In letzter Zeit schien sie einfach nie mehr auf Peters Reaktionen gefasst zu sein. Wie konnte es sein, dass sie nach zehnjähriger Ehe ihren eigenen Mann nicht mehr kannte?

Auf dem Rückweg von ihrem Treffen mit dem Komitee, das mit der Vorbereitung des alljährlichen Sommerballs beauftragt war, hatte sie ihn kurz in seinem Büro besucht. Summend hatte sie den Privatfahrstuhl zur Penthouse-Suite des Templeton Monterey bestiegen und sich auf die kurze Begegnung mit ihrem Mann gefreut. Peter zog die Suite den übrigen Büros in der unteren Etage des Hotelgebäudes vor. Hier war es ruhiger, sagte er, hier fiel es ihm leichter, sich auf die Dinge zu konzentrieren, die es täglich zu entscheiden galt.

Aus der Zeit, in der sie das Geschäft in der für Buchungen und Reservierungen zuständigen Abteilung erlernt hatte, wusste sie, dass sie seiner Behauptung Glauben schenken musste. Vielleicht war er auf diese Weise nicht mitten im Geschehen, sondern von den übrigen Angestellten separiert, aber Peter kannte seinen Job.

Die Schönheit des Tages verstärkte ihre Freude über die Heimkehr der alten Freundin noch, so dass sie leichten Schrittes über den silbrigen Teppichboden in Richtung des Empfangsbereiches eilte.

»Oh, hallo, Mrs. Ridgeway!« Die Empfangsdame hatte ein freundliches Lächeln aufgesetzt, aber weitergearbeitet, ohne

Laura ins Gesicht zu sehen. »Ich glaube, Mr. Ridgeway hat gerade eine Besprechung, aber lassen Sie mich doch einfach schnell durchrufen und ihm sagen, dass Sie hier sind.«

»Das wäre nett, Nina. Ich störe ihn auch nur kurz.« Sie war zu der Sitzgruppe gegangen, wo sich außer ihr im Augenblick niemand aufhielt. Die marineblauen Ledersessel waren nagelneu und ebenso teuer wie die antiken Tische, Lampen und Aquarelle, mit denen der Bereich auf Peters Geheiß hin neu gestylt wurde. Den Räumlichkeiten hatte die Renovierung sichtlich gutgetan. Und in dieser Branche war das äußere Erscheinungsbild durchaus von Bedeutung. Genau so bedeutungsvoll wie für Peter!

Als sie durch das breite Fenster schaute, fragte sie sich allerdings, wie irgendjemand Interesse an marineblauem Leder entwickeln konnte, während es gleichzeitig eine derart atemberaubende Aussicht auf die Küste zu genießen gab: wie sich das Wasser in hohen Wellen an den Felsen brach, wie sich pinkfarbener Strandhafer in den Ritzen festklammerte und wie der weiße Möwenschwarm in der Hoffnung auf eine Leckerei irgendeines Touristen seine Kreise am Himmel zog. Und all die Boote in der Bucht, die wie schimmernde, teure Spielzeuge für Männer in zweireihigen Kapitänsblazern und weißen Sporthosen auf dem Wasser schaukelten!

Sie hatte sich derart in der Betrachtung der natürlichen Schönheit verloren, dass sie beinahe vergaß, ihr Make-up zu überprüfen; dann rief die Empfangsdame ihr zu, Peter sei jetzt für sie zu sprechen.

Peter Ridgeways Büro wies die für den Direktor der Templeton Hotels, Kalifornien, angemessene Ausstattung auf. Mit seinen sorgsam ausgewählten antiken Möbeln, den herrlichen Gemälden und Skulpturen wirkte es ebenso überzeugend und makellos wie der Mann selbst. Als er sich hinter seinem Schreibtisch erhoben hatte, hatte sich ihr Lächeln wie von selbst erwärmt.

Er war ein schöner Mann, sonnengebräunt und sportlich schlank in einem eleganten Maßanzug. Wie eine Prinzessin im Märchen, die ihrem Prinzen begegnete, hatte sie sich sofort in sein Gesicht – in die kühlen, blauen Augen, den festen Mund und das stolz gereckte Kinn – verliebt. Und wie in einem Märchen hatte er der kaum Achtzehnjährigen einen Heiratsantrag gemacht. Für sie war er der Mann ihrer Träume.

Sie hob ihren Mund, nur, um seinen geistesabwesenden Kuss auf ihre Wange entgegenzunehmen. »Ich habe nicht viel Zeit, Laura. Es stehen mir noch zahlreiche Besprechungen bevor.« Er blieb stehen, wo er war, legte den Kopf auf die Seite und sah sie leicht verärgert an. »Wie oft habe ich dir schon gesagt, dass du vorher anrufen sollst, um sicherzugehen, dass ich dich auch empfangen kann. Mein Terminkalender ist nun mal nicht so flexibel wie der deine.«

Ihr Lächeln verflog. »Tut mir leid. Gestern Abend konnte ich ja nicht mehr mit dir reden, und als ich heute Morgen anrief, warst du nicht da; also …«

»Im Club habe ich eine kleine Runde Golf gespielt. Ich hatte eine lange Nacht.«

»Ja, ich weiß.« Wie geht es dir, Laura? Was machen die Mädchen? Du hast mir gefehlt. Sie hatte einen Augenblick gewartet, aber nichts Derartiges kam. »Wirst du heute Abend zu Hause sein?«

»Wenn du mich irgendwann wieder weiterarbeiten lässt, schaffe ich es vielleicht bis sieben.«

»Gut. Das hatte ich gehofft. Wir veranstalten nämlich ein Dinner im Familienkreis, Margo zu Ehren.«

Seine Miene war starr geworden, und er hatte sie fragend angesehen. »Margo ist wieder da?«

»Gestern Abend stand sie plötzlich in der Tür. Sie ist so furchtbar unglücklich, Peter. Und vollkommen erschöpft.«

»Unglücklich? Erschöpft?« Ohne eine Spur von Humor hatte

er aufgelacht. »Was mich nach ihrem letzten Abenteuer nicht sehr überrascht.« Er hatte den Blick seiner Frau erkannt und seinen Ärger unterdrückt. Als Gentleman verabscheute er es, wenn man sich nicht in der Gewalt hatte.

»Um Gottes willen, Laura, du hast ihr ja wohl nicht gesagt, dass sie bleiben soll.«

»Das brauchte ich gar nicht. Schließlich ist sie in Templeton House daheim.«

Statt zornig hatte er sie plötzlich müde angesehen. Er hatte sich kopfschüttelnd gesetzt. »Laura, Margo ist die Tochter unserer Wirtschafterin, weshalb man Templeton noch lange nicht als ihr Zuhause bezeichnen kann. Ich finde, dass du deine Loyalität aus Kindertagen ein wenig übertreibst.«

»Nein«, hatte Laura bekräftigt. »Ganz sicher übertreibe ich nicht. Sie ist in Schwierigkeiten, Peter, und wie auch immer die Dinge liegen mögen, sie braucht jetzt ihre Freundinnen und ihre Familie.«

»Ihr Name wurde überall in den Zeitungen, in jeder Nachrichtensendung, auf den Titelseiten sämtlicher Sensationsblätter erwähnt. Sex, Drogen und was sonst noch alles.«

»Das Verfahren wegen Drogenhandels gegen sie wurde eingestellt, Peter, und sie ist ganz sicher nicht die erste Frau, die auf einen verheirateten Mann hereinfiel.«

Seine Stimme hatte den bemüht geduldigen Klang angenommen, der sie regelmäßig auf die Palme trieb. »Das mag sein, aber Diskretion scheint ein ihr unbekannter Begriff zu sein. Ich kann es nicht zulassen, dass man ihren Namen mit uns in Verbindung bringt. Sie passt nicht in mein Haus.«

Bei diesen Worten hatte Laura ihn böse angesehen und sämtliche Gedanken daran, ihn zu besänftigen, ausgelöscht. »Es ist das Haus meiner Eltern«, brauste sie auf. »Wir leben dort, Peter, weil sie wollten, dass es auch nach ihrem Umzug nach Europa von liebenden Menschen gehütet wird. Ich weiß, meine Mutter und mein Vater hätten Margo mit offenen Armen empfangen, und ich tue es ebenfalls.«

»So ist das also.« Er hatte die Hände auf der Schreibtischplatte gefaltet und sie reglos angesehen. »Daran wurde ich tatsächlich schon seit ein paar Wochen nicht mehr erinnert. Ich lebe im Haus der Templetons, ich arbeite für das Imperium der Templetons, ich gehe mit der Erbin der Templetons ins Bett.«

Wenn du überhaupt einmal nach Hause kommst, ging es Laura bitter durch den Sinn.

»Was auch immer ich habe, verdanke ich der Großzügigkeit der Templetons.«

»Das ist nicht wahr, Peter. Du bist dein eigener Herr, ein erfahrener und erfolgreicher Hotelier. Und es gibt keinen Grund, weshalb wir uns wegen des Willkommens von Margo an die Gurgel gehen sollten.«

Er hatte sie prüfend angesehen und es dann auf einem neuen Weg versucht. »Es ist dir also egal, dass eine Frau ihres zweifelhaften Rufs unseren Kindern über den Weg läuft? Ganz sicher werden sie die Gerüchte hören, und Alison zumindest ist alt genug, um einen Teil davon zu verstehen.«

Laura war erst errötet und dann erbleicht. »Margo ist Alis Patentante und meine älteste Freundin. Das Haus steht ihr jederzeit offen, solange ich dort lebe, Peter, ob es dir nun gefällt oder nicht.« Sie hatte ihre Schultern gestrafft und ihn drohend angesehen. »Um Worte zu verwenden, die du verstehst: Die Bedingungen sind nicht verhandelbar. Das Abendessen beginnt um sieben Uhr dreißig, falls du es bis dahin schaffst.«

Unmittelbar darauf verließ sie den Raum und beherrschte nur mühsam den Drang, die Tür hinter sich zuzuschlagen.

Jetzt, allein in ihrem Zimmer, kämpfte sie erneut gegen ihre Empörung an. Es nützte ihr nichts, wenn sie ihre Wut die Oberhand gewinnen ließ, da sie sich dann immer nur töricht und schuldig vorkam. Also würde sie sich zusammenreißen und die

Fassade der Gelassenheit zur Schau tragen, die ihr allmählich zur zweiten Natur geworden war.

Margo brauchte sie. Und gleichzeitig wurde ihr schmerzlich klar, dass sie ihrem Mann nichts mehr bedeutete.

»Darf ich mal dein Parfüm ausprobieren, Tante Margo? Das in der hübschen goldenen Flasche? Bitte, ja?«

Margo sah in Kaylas hoffnungsvolle Miene. Würden in der Filmindustrie je Engel gesucht, überlegte sie, dann wäre die Kleine mit ihren sanften grauen Augen und den fröhlichen Grübchen in den Wangen geradezu prädestiniert dafür.

»Aber nur ein paar Tropfen.« Margo nahm den Stopfen heraus und tupfte einen Hauch des Parfüms hinter Kaylas Ohren. »Schließlich ist es besser, wenn eine Frau mit ihren Reizen geizt.«

»Wieso das?«

»Weil das Geheimnisvolle einer Frau das Gewürz ist, durch das sie erst den letzten Pfiff bekommt.«

»Wie wenn man Pfeffer ans Essen macht?«

Ali, mit ihren neun Jahren drei Jahre älter als Kayla, schnaubte verächtlich, aber Margo zog die Kleine auf ihren Schoß und küsste sie. »Sozusagen, ja. Möchtest du auch ein bisschen duften, Ali?«

Obgleich Ali die faszinierenden Flaschen und Tiegel auf dem Ankleidetisch beinahe mit den Augen verschlang, verlieh sie ihrer Stimme einen möglichst herablassenden Klang. »Vielleicht, aber ich will etwas anderes als sie.«

»Also dann, gucken wir nach etwas anderem. Nach etwas …« Margo sah die einzelnen Flaschen grübelnd an. »Verwegenem.«

»Aber nicht zu viel«, warf Kayla ein.

»Genau. Hier haben wir's.« Ohne nachzudenken, opferte Margo ein paar Tropfen des neuen Bella-Donna-Tigre-Dufts, der zweihundert Dollar pro Unze kostete. In ihrer Wohnung in

Mailand lagen sicher noch zwanzig der prächtigen, mundgeblasenen Flakons herum. »Nicht mehr lange, und du wirst mich um Haupteslänge überragen«, sagte sie, wobei sie Ali durch die üppigen, goldenen Locken fuhr.

»Ich bin alt genug, um mir Löcher in die Ohren piken zu lassen, aber Daddy erlaubt es nicht.«

»Männer sehen solche Dinge einfach nicht ein.« Da sie die Kleine jedoch bestens verstand, tätschelte sie ihr mitfühlend die Wange, ehe sie Kayla sanft von ihren Knien schob. »Sich schön zu machen ist das Privileg der Frau.« Sie sah Ali lächelnd an und wandte sich dann wieder der Perfektionierung ihres eigenen Äußeren zu. »Deine Mom wird ihn sicher überreden können, dass er es dir beizeiten erlaubt.«

»Sie kann ihn zu gar nichts überreden. Er hört ihr gar nicht zu.«

»Er ist sehr beschäftigt«, ergänzte Kayla feierlich, »muss immer arbeiten, damit er unseren Lebensstand erhalten kann.«

»… unseren Lebensstandard …«, verbesserte Ali und rollte die Augen himmelwärts. Kayla hatte keine Ahnung, dachte sie. Manchmal verstand Mama etwas, und Tante Kate hörte ihr zumindest immer zu; aber sie hegte inbrünstig die Hoffnung, dass ihre elegante und geheimnisvolle Tante Margo alles, was ihr auf dem Herzen lag, begriff.

»Tante Margo, bleibst du jetzt für immer hier, nachdem diese Dinge geschehen sind?«

»Das steht noch in den Sternen.« Margo legte ihren Lippenstift auf den Tisch zurück.

»Ich bin froh, dass du endlich nach Hause gekommen bist.« Ali schlang ihr die Arme um den Hals.

»Genau wie ich!« Ehe ihre Rührung die Oberhand gewann, stand sie eilig auf, nahm die Kinder an den Händen und wandte sich zur Tür. »Lasst uns runtergehen und sehen, ob es nicht schon vor dem Abendessen irgendwas Köstliches zu naschen gibt.«

»Wir bekommen im vorderen Salon die Hors d'œuvre serviert«, sagte Ali in erhabenem Ton, ehe sie fröhlich kicherte. »Wenn wir die kriegen, bleiben wir meistens gar nicht bis zum Abendessen auf.«

»Folgt mir, ihr Schätze.« Am oberen Rand der Treppe blieb sie stehen. »Lasst uns zusehen, dass uns unser Auftritt nicht misslingt. Kinn nach oben, gelangweilter Blick, Bauch rein, Finger lässig auf das Geländer gelegt.«

Auf halbem Weg die Treppe hinab sah sie unten ihre Mutter stehen. Ann stand mit gefalteten Händen hochaufgerichtet im Foyer.

»Ah, Lady Alison, Lady Kayla, es ist uns eine Freude, dass die beiden Damen uns heute Abend mit ihrer Anwesenheit beim Dinner beehren. Die Erfrischungen werden im vorderen Salon gereicht.«

Ali nickte huldvoll mit dem Kopf und brachte gerade noch ein würdevolles »Danke, Miss Annie« heraus, ehe sie hinter ihrer Schwester die Treppe hinunterhüpfte.

Erst als Margo ebenfalls unten angelangt war, nahm sie das amüsierte Blitzen in den Augen ihrer Mutter wahr. Zum ersten Mal seit ihrer Heimkehr lächelten die beiden einander fröhlich zu.

»Ich hatte ganz vergessen, wie lustig es mit den beiden ist.«

»Miss Laura hat wirklich zwei kleine Engel in die Welt gesetzt.«

»Genau das dachte ich eben auch. Sie hat irgendwie immer alles richtig gemacht – ganz im Gegensatz zu mir. Mum, es tut mir leid …«

»Darüber reden wir ein anderes Mal.« Aber Ann legte ihrer Tochter kurz die Hand auf den Arm. »Später – jetzt warten sie auf uns.« Sie wandte sich zum Gehen, doch dann drehte sie sich noch mal um. »Margo, Miss Laura braucht ebenso eine Freundin wie du. Hoffentlich bist du ihr eine solche.«

»Falls etwas nicht in Ordnung ist, sag es mir.«

Ann schüttelte den Kopf. »Das steht mir nicht zu. Ich bitte dich nur darum, lieb mit ihr zu sein.« Sie ging davon, so dass Margo den Salon allein betrat.

Ein Glas prickelnden Champagners in den Händen kam Ali fröhlich auf sie zu. »Ich habe ihn ganz alleine für dich eingeschenkt.«

»Tja, dann muss ich ihn jetzt wohl auch trinken.« Sie nahm das Glas und sah sich um. Laura hatte Kayla auf dem Schoß, und Kate sah sich das antike Silbertablett mit den Häppchen an. Durch das Feuer im Kamin erstrahlte der Sims aus leuchtendem Lapislazuli in heller Transparenz. Der prachtvolle, geschwungene Spiegel direkt über dem blauen Stein spiegelte schimmernde Antiquitäten und zartes Porzellan wider, und das Licht der runden Lampen verbreitete einen sanften Glanz.

»Darauf, dass ich endlich wieder bei meinen Freundinnen zu Hause bin«, sagte Margo und nippte an ihrem Champagner.

»Du musst unbedingt ein paar von diesen Mini-Quiches essen«, befahl Kate mit vollem Mund. »Sie sind so köstlich, dass es einem die Sinne raubt!«

Zum Teufel, dachte Margo, schließlich war ihr Gewicht inzwischen vollkommen bedeutungslos. Sie schob sich eins der Küchlein in den Mund und stieß einen begeisterten Seufzer aus. »Mrs. Williamson ist immer noch das Genie, das sie früher bereits war. Himmel, inzwischen muss sie doch sicher an die achtzig sein.«

»Letzten November wurde sie dreiundsiebzig«, präzisierte Laura. »Und sie zaubert immer noch mühelos ihr unglaubliches Schokoladensouflée.« Vergnügt blinzelte sie Kayla zu, »… das es, Gerüchten zufolge, auch heute Abend geben soll.«

»Daddy sagt, Mrs. Williamson sollte endlich in Rente gehen, und stattdessen stellen wir einen französischen Koch ein wie die Barrymores in Carmel.« Ali folgte Margos Beispiel und kostete eine Quiche.

»Französische Köche sind fürchterliche Snobs.« Zur Demonstration des Gesagten reckte Margo die Nase in die Luft. »Und außerdem machen sie nie irgendwelche Geleetörtchen, bei denen Teig für kleine Mädchen übrigbleibt.«

»Hat sie die für dich auch gebacken?« Ali war ganz begeistert von der Vorstellung. »Hat sie dich auch immer die Ränder riffeln lassen?«

»Aber sicher doch. Obwohl ich zugeben muss, dass deine Mutter darin die Beste von uns war. Mrs. Williamson hat immer behauptet, ich wäre zu ungeduldig und Kate wäre zu sehr darauf bedacht, es ja richtig zu machen – aber deine Mum hatte einfach ein Gefühl dafür. Im Geleetörtchen-Riffeln war sie absolute Meisterin.«

»Eine meiner größten Leistungen!« Margo hörte die Schärfe in Lauras Stimme und zog verblüfft die Brauen hoch. Schulterzuckend schob Laura Kayla von ihrem Schoß. »Das ist ein phantastisches Kleid, Margo. Mailand oder Paris?«

»Mailand.« Wenn Laura das Thema wechseln wollte, dann bitte sehr. Margo legte den Kopf auf die Seite und stemmte eine Hand in die Hüfte, so dass die schwarze Seide wie Wasser um ihren Körper floss. Das Kleid war geradezu verwegen kurz, das Dekolleté ließ mehr als nur erahnen, was der Stoff verbarg, und die schmalen, geraden Ärmel schmiegten sich um Margos Handgelenke, an denen man zwei diamantbesetzte Reifen funkeln sah. »Ich habe das Stück bei einem rasanten neuen Designer entdeckt.«

»Zweifellos wirst du heute Abend darin frieren«, stellte Kate, wie immer furchtbar nüchtern, fest.

»Nicht, solange mir so warm ums Herz ist wie im Augenblick. Warten wir auf Peter?«

»Nein«, sagte Laura in beinahe barschem Ton, ehe sie sich aufgrund Alis besorgter Miene zusammenriss. »Er meinte, er wüsste nicht, wie lange die Besprechung geht – also fangen wir am besten schon mal an.« Sie nahm Kaylas Hand und hob den Kopf, als Ann den Raum betrat.

»Tut mir leid, Miss Laura, da ist ein Anruf für Sie.«

»Ich nehme ihn in der Bibliothek entgegen, Annie. Trinkt ihr so lange noch ein Gläschen«, schlug sie vor, als sie sich zum Gehen wandte. »Sicher bin ich gleich zurück.«

Margo und Kate tauschten besorgte Blicke aus, ehe Margo trällernd Champagner nachschenkte und eine Geschichte über das Spielcasino in Monte Carlo zum Besten gab. Als Laura zurückkam, saßen die Kinder mit großen Augen da, und Kate schüttelte verständnislos den Kopf.

»Du bist eindeutig verrückt, Margo. Fünfundzwanzigtausend darauf zu setzen, dass eine kleine Silberkugel an der richtigen Stelle zum Liegen kommt.«

»He, ich habe gewonnen!« Bei der Erinnerung stieß Margo einen sehnsüchtigen Pfiff aus. »Zumindest das eine Mal.«

»War es Daddy?«, wollte Ali wissen und rannte auf ihre Mutter zu. »Kommt er?«

»Nein.« Geistesabwesend strich Laura Ali übers Haar. »Es war nicht Daddy, Schatz.« Allerdings war sie nicht so abgelenkt, dass sie nicht die Enttäuschung der Kleinen bemerkte. Um sie zu trösten, hockte sie sich lächelnd vor sie hin. »Aber ich habe eine andere Neuigkeit. Etwas ganz Besonderes!«

»Was ist es? Macht vielleicht irgendwer eine Party?«

»Viel besser.« Laura gab Ali einen Kuss. »Es war Onkel Josh. Er hat gesagt, dass er nach Hause kommt.«

Margo ließ sich auf die Lehne des Sofas fallen und leerte ihr Glas in einem Zug. »Na wunderbar.« Ächzend ergänzte sie: »Auch das noch!«

4

Joshua Conway Templeton war ein Mann, der alles zu seiner Zeit und auf seine eigene Weise abwickelte. Jetzt fuhr er von San Francisco nach Süden, weil er beschlossen hatte, von London aus lieber nicht direkt nach Hause zu fliegen. Er hätte den Umweg damit entschuldigen können, dass er im Templeton San Francisco kurz nach dem Rechten sah. Aber das größte Hotel seiner Familie funktionierte tadellos.

Tatsache war, dass ihm kurz vor dem Flug der Kauf eines Wagens in den Sinn gekommen war.

Und er hatte ein wahres Schmuckstück ausgesucht.

Der kleine Jaguar röhrte den Highway 1 hinunter wie ein eifriger Vollbluthengst, der nach dem Startschuss auf die Rennbahn stürmt. Als er problemlos mit siebzig Meilen eine breite, langgezogene Kurve umrundete, umspielte Joshs Mund ein zufriedenes Grinsen.

Diese zerklüftete, einsame Küste betrachtete er als seine Heimat. Er war bereits den spektakulären Amalfi-Weg in Italien hinabgerast, hatte sich die norwegischen Fjorde angesehen, aber nicht einmal deren zu Herzen gehende Schönheit kam der reinen Dramatik dieser Landschaft gleich.

Hier gab es mehr. Sie wies glitzernde Strände und schimmernde Buchten sowie eine Unzahl trotzig aus der tosenden See in den strahlend blauen Himmel ragende Klippen auf, von denen sich hier und da für den Reisenden überraschend ein kleiner, silbriger Wasserfall ins Meer ergoss. Über Meilen hinweg erschallten als einzige Geräusche das Donnern der Brandung und das Heulen von Seehunden.

Wie immer schnürte ihm diese Herrlichkeit die Kehle zu. Wo und wie lange er auch immer unterwegs gewesen war, dieser Flecken Erde zog ihn magisch zurück.

Also kam er heim, zu seiner Zeit, auf seine Art. Übermütig testete er, wie der Jaguar die wilden, gewundenen Kurven oberhalb der zerklüfteten Felsen und der gnadenlosen Brandung nahm. Auf den geraden Strecken trat er aufs Gaspedal und lachte, als ihm der Wind entgegenblies.

Er war nicht in Eile, aber liebte die Schnelligkeit und die Veränderung. Im Grunde hatte er alle Zeit der Welt, überlegte er. Und am besten nutzte er sie heute.

Wegen Laura machte er sich Sorgen. Etwas in der Stimme seiner Schwester, als sie gestern am Telefon mit ihm sprach, hatte ihn alarmiert. Sie hatte ihm vernünftige Auskünfte geliefert, aber das tat Laura stets. Am besten ginge er der Sache auf den Grund, wenn er zu Hause angekommen war.

Außerdem hatte er geschäftlich hier zu tun, obgleich die kalifornische Direktion sämtlicher Templeton Hotels überwiegend in Peters Händen lag. Ihn selbst interessierten Bilanzen einfach nicht. Er begeisterte sich für die Weinberge, die Fabriken, ja selbst die tägliche Arbeit in einem belebten Fünf-Sterne-Hotel; aber der kaufmännische Teil der Arbeit wurde von Peter erledigt, nicht von ihm.

Während des Großteils der vergangenen zehn Jahre hatte er die Freiheit zahlreicher Europareisen genossen, hatte an den verschiedenen Orten, an denen der Konzern angesiedelt war, nach dem Rechten gesehen, die erforderlichen Renovierungsarbeiten überwacht, Veränderungen in der Firmenpolitik der Familienkette durchgeführt. Er hatte für das Unternehmen Weinkellereien in Frankreich und Italien, Olivenhaine in Griechenland und Obstplantagen in Spanien hinzuerworben. Und natürlich die Hotels selbst kontrolliert, mit denen das Imperium begründet worden war.

Josh verstand und unterstützte folgenden Templeton'schen Grundsatz: Der Unterschied zwischen einem Hotel und einem Templeton bestand darin, dass sie ihre eigenen Weine servierten, ihre eigenen Öle sowie ihr eigenes Obst und Gemüse verwendeten und sogar die Bett- und Tischwäsche aus eigener Herstellung kam. In einem Templeton Hotel bot man den Gästen überwiegend Templeton-Produkte an. Und Teil seiner Arbeit war es, dafür zu sorgen, dass es bezüglich der Qualität dieser Produkte nichts zu beanstanden gab.

Auch wenn er offiziell der Vizepräsident des Unternehmens war, bestand seine Aufgabe vor allem darin, in Notsituationen als Vermittler zur Stelle zu sein. Hin und wieder wurde er auch mit der Lösung oder der Überwachung komplizierter juristischer Probleme betraut. Von einem Mann mit einem Harvard-Diplom konnte man das durchaus erwarten. Trotzdem zog er das Zusammensein mit Menschen der Arbeit am Schreibtisch vor, genoss es in vollen Zügen, an einer Ernte teilzunehmen, mit dem Personal einen Ouzo zu trinken oder im Robuchon in Paris bei Champagner und Kaviar ein neues Geschäft abzuschließen.

Seine Mutter hatte stets behauptet, dass sein Charme sein wertvollster Beitrag zum Erhalt des Templeton Imperiums war. Und tatsächlich setzte er diesen Charme nach Leibeskräften ein; denn trotz seines sorglosen Jetset-Lebens nahm er seine Pflicht gegenüber der Familie und dem Unternehmen durchaus ernst. Eine Trennung dieser beiden Dinge gab es für ihn nicht.

Während der Schotter der Straße unter den Reifen seines Wagens beiseitespritzte und er die vierköpfige Familie in der Limousine, die er überholte, mit vor Entsetzen offenen Mündern hinter sich ließ, dachte er also über seine Lieben, und mit einem Mal auch über Margo, nach.

Sicher war sie deprimiert, überlegte er. Am Boden zerstört, von Reue erfüllt und voll des Elends über den erlittenen Schicksalsschlag. Halb grinste er höhnisch und halb lächelte er. Er hatte sich im Hintergrund gehalten, die Fäden gezogen, verschiedene Menschen daran erinnert, dass sie ihm noch einige kleine Gefälligkeiten schuldeten, und einen wilden Stepptanz aufgeführt, damit man in Athen möglichst schnell jede Anklage gegen sie fallenließ.

Schließlich war das Templeton Athen eine alte, ehrwürdige Institution und lockte zusammen mit dem Templeton Resort Athena eine Menge Geld ins Land.

Den Skandal zu unterdrücken oder den Schaden zu begrenzen, den ihre Karriere in Europa dadurch erlitten hatte, hatte er allerdings nicht vermocht. Wenn man es überhaupt eine Karriere nennen konnte, Schlafzimmerblicke in eine Kamera zu werfen.

Mit der Zeit käme sie sicher darüber hinweg, dachte er, und sein Lächeln wurde arrogant. Er würde ihr dabei behilflich sein. Auf seine Art.

Einer alten, ihm kaum bewussten Gewohnheit zufolge fuhr er plötzlich an den Fahrbahnrand und blieb mit quietschenden Bremsen stehen. Dort oben auf dem zerklüfteten Hügel, umgeben von Bäumen, deren leuchtendes Frühlingsgrün ihn beinahe ebenso berauschte wie die Unzahl der Blüten des wilden Weins, war sein Daheim.

Stein und Holz, zwei der Rohstoffe, auf denen das Templeton-Imperium errichtet war, stiegen aus der Erde auf. Das zweigeschossige Gebäude war von einem ihrer Vorfahren als Landsitz errichtet worden und hatte seit über zweihundert Jahren noch jedem Sturm, jeder Flut, jedem Beben und der Zeit getrotzt.

Die folgenden Generationen hatten immer wieder angebaut, hier und dort einen neuen Flügel an den Berg geschmiegt. Zwei Türme ragten trotzig in den Himmel auf – ein Zusatz, der einer Grille seines Vaters zu verdanken war. Breite hölzerne Balkone und robuste Steinterrassen schwangen sich unter hohen Rundbogenfenstern rings ums Haus, während man bei schlechtem Wetter durch ein Dutzend breiter Glastüren aus dem Inneren den Blick in sämtliche Richtungen genoss.

Blumen und Bäume blühten in Rosa, Weiß und Gelb. Frühlingsfarben, dachte er, frisch und einladend. Und das Gras wies das weiche, sanfte Grün eines neuen Anfangs auf. Es gefiel ihm, wie es über den felsigen Untergrund kroch und in Richtung des Hauses an Dichte und Üppigkeit gewann.

Das Land und das Meer waren ein ebenso unlösbarer Bestandteil des Hauses wie die geschwungene, schimmernde Felsklippe.

Er liebte das Haus wegen dem, was es immer gewesen war und ihm mittlerweile bedeutete. Das Wissen, dass jetzt Laura die Hüterin dieses Hauses war, erwärmte ihn.

Die Freude, endlich wieder zurück zu sein, führte dazu, dass er eilig über die Straße schoss, den gewundenen, in den Fels gehauenen Weg hinaufratterte und plötzlich schockiert mit quietschenden Bremsen vor einem hohen Eisentor zum Stehen kam.

Erzürnt runzelte er die Stirn, ehe das Summen aus der Gegensprechanlage neben seinem Wagen an sein Ohr drang.

»Templeton House. Was kann ich für Sie tun?«

»Was, zum Teufel, soll der Unsinn? Wer hat dieses verdammte Tor hier aufgestellt?«

»Ich – Mr. Joshua?«

Als er die Stimme erkannte, unterdrückte er mühsam seinen Zorn. »Annie, machen Sie bitte diese alberne Schranke auf, ja? Und falls wir nicht gerade belagert werden, lassen Sie sie auch bitte auf.«

»Sehr wohl, Sir. Willkommen daheim!«

Was in aller Welt hatte sich Laura dabei gedacht?, überlegte er, während das Tor lautlos zur Seite schwang. Er hatte Templeton stets als offenes Haus gekannt. In seiner Jugend waren seine Freunde beständig den gewundenen Weg heraufgekommen – zu Fuß, mit dem Fahrrad und später motorisiert. Der Gedanke, mit einem Mal ausgeschlossen zu sein, und sei es durch etwas so Simples wie ein Tor, zerstörte ihm die Freude an der Weiterfahrt, als die Wildheit der Landschaft gepflegten Rasenflächen und leuchtenden Blumenrabatten wich.

Übellaunig umrundete er die Blumeninsel voller ganzjähriger Pflanzen und nickender Narzissen, die in der Mitte des Hofes lag, ließ sowohl seine Schlüssel als auch sein Gepäck im Wagen, schob die Hände in die Taschen und stieg die herrlichen, alten Granitstufen zur vorderen Terrasse hinauf.

Der gebogene, über drei Meter hohe Haupteingang des Hauses wurde von einem hübschen Mosaik, auf dem ein Muster aus purpurfarbenen Bougainvilleen zu sehen war, und einem Spalier üppiger Ranken gerahmt. Ihm kam das Betreten des Hauses immer wie ein Spaziergang durch einen Garten vor.

Noch ehe er die Tür erreichte, flog sie auf, und Laura fiel ihm um den Hals.

»Willkommen zu Hause«, jubelte sie, nachdem sie sein Gesicht mit zahllosen Küssen bedeckt hatte, so dass er endlich wieder lächelte.

»Einen Augenblick lang dachte ich schon, ihr hättet mich ausgesperrt.« Als er ihren verwirrten Blick bemerkte, kniff er ihr ins Kinn. Das hatte er auch früher oft getan. »Was soll das mit dem Tor?«

»Oh!« Errötend trat sie einen Schritt zurück und strich sich die Haare glatt. »Peter dachte, wir bräuchten ein Mindestmaß an Sicherheit.«

»Sicherheit? Man braucht doch nur über ein paar Felsen zu klettern, und schon ist man trotz des Tores drin.«

»Tja, nun, aber …« Dasselbe hatte sie auch gesagt, und da Josh nun einmal ihr Bruder war, versuchte sie gar nicht lange, sich zu rechtfertigen. »Es sieht sicher aus. Und imposant.« Sie umfasste sein Gesicht. »Genau wie du. Du siehst ebenfalls beeindruckend aus, meine ich.«

In der Tat, dachte sie, wirkte er windzerzaust, gefährlich und erbost. Um ihn zu besänftigen, hakte sie sich bei ihm unter und äußerte angesichts seines Wagens, der in der Einfahrt stand, bewundernden Applaus. »Wo hast du denn das neue Spielzeug her?«

»Aus San Francisco. Geht ab wie eine Rakete, sag' ich dir.«

»Was erklärt, weshalb du eine glatte Stunde früher als erwartet hier angekommen bist. Du hast Glück gehabt. Mrs. Williamson hat den ganzen Morgen in der Küche geschuftet und all die Köstlichkeiten gezaubert, die Master Josh so gerne isst.«

»Sag mir, dass es Lachstorte zum Essen gibt, und ich verzeihe alles.«

»Lachstorte«, bestätigte Laura, »Blätterteigschnitten, Spargel, Gänseleberpastete und Schwarzwälder Kirschtorte. Wenn das nicht eine tolle Mischung ist. Komm rein und erzähl mir, wie es in London war. Du warst doch grade dort, nicht wahr?«

»Nur eine kurze Geschäftsreise. Vorher habe ich noch ein paar Tage in Portofino frei gemacht.«

»Ach ja, stimmt.« Sie ging in den kleinen Salon und schenkte ihm ein Glas Templeton'sches Wasser ein. Die Vorhänge waren aufgezogen, wie es ihr gefiel, und bildeten gemütliche Rahmen für die Fensterbänke, auf denen man auf farbenfrohen Kissen herrlich saß. »Dort habe ich dich schließlich auch erreicht, als ich von der Sache mit Margo erfuhr.«

»Hm-mmm!« Er sagte Laura nicht, dass er, als sie ihn angerufen hatte, bereits nach Kräften um Margo bemüht gewesen war. Stattdessen strich er abwesend über einen Fresienzweig, der in einer Meißner Vase stand. »Wie geht es ihr?«

»Ich habe sie dazu überredet, sich eine Weile an den Pool zu setzen und einfach ein wenig Sonne zu tanken. Josh, das Ganze ist eine schreckliche Tragödie. Sie sah so fertig aus, als sie nach Hause kam. Bella Donna wird sie fallenlassen. Ihr Vertrag mit dem Unternehmen läuft bald aus, und sie geht davon aus, dass er nicht erneuert wird.«

»Das ist natürlich hart.« Er setzte sich in den breiten Ohrensessel am Kamin und streckte die Beine aus. »Aber vielleicht will ja irgendeine andere Kosmetikfirma sie für die Werbung engagieren.«

»Du kennst den Haken an der Geschichte, Josh. In ganz Europa ist sie als die Bella-Donna-Frau bekannt. Das war ihre Haupteinnahmequelle, und jetzt sitzt sie plötzlich auf dem Trockenen. Hättest du ein wenig mehr auf die Pressemeldungen geachtet, dann wüsstest du, dass für sie hier in den Staaten kaum Chancen auf etwas Ähnliches bestehen.«

»Dann sollte sie vielleicht mal versuchen, etwas Richtiges zu arbeiten.«

Die Loyalität mit der Freundin führte dazu, dass Laura ihren Bruder aufgebracht anfunkelte. »Du warst ihr gegenüber schon immer viel zu hart.«

»Irgendjemand muss es einfach mal sein.« Aber er wusste, dass ein Streit mit seiner Schwester sinnlos war. Wenn Laura liebte, war sie blind. »Also gut, mein Schatz, tut mir leid, ihr Schlamassel! Tatsache ist, es hat sie kalt erwischt, aber das Leben ist nun einmal ungerecht. Während der letzten paar Jahre hat sie ja wohl nicht gerade schlecht verdient, so dass sie sich jetzt auf diesem Polster ausruhen und ihre Wunden lecken kann, während sie überlegt, wie es weitergehen soll.«

»Ich glaube, sie ist pleite.«

Diese Eröffnung schockierte ihn derart, dass ihm beinahe sein Glas aus den Händen fiel. »Was meinst du mit pleite?«

»Sie hat Kate gebeten, sich ihre Bücher anzusehen. Kate ist noch nicht fertig, aber ich habe das Gefühl, dass es schlimm aussieht. Margo ahnt es wahrscheinlich schon.«

Das war ja der Hammer! Er hatte sich den Bella-Donna-Vertrag persönlich angesehen; ein normaler Mensch mit einem solchen Grundgehalt kam zuzüglich der Provision mindestens zehn Jahre lang bequem über die Runden.

Angewidert schnaubte er auf. Weshalb nur glaubte er es nicht? Schließlich war hier von Margo die Rede.

»Um Himmels willen, was hat sie bloß mit all dem Geld gemacht? Vielleicht in den Tiber geschmissen?«

»Tja, ihr Lebensstil ... schließlich ist sie dort drüben eine Berühmtheit, und ...« Machte sie sich nicht auch so schon genug Sorgen um die Freundin, ohne dass sie auch noch ihrem Bruder erklären musste, wie es zu dem Desaster gekommen war? »Herrje, Josh, ich bin nicht sicher, aber ich weiß, dass sich dieser Widerling, ihr Manager während der letzten vier Jahre, bestimmt schadlos an ihr gehalten hat.«

»So dämlich kann man doch wohl gar nicht sein«, knurrte er. »Und jetzt kommt sie angekrochen und tut sich wahrscheinlich noch furchtbar leid.«

»Sie tut sich überhaupt nicht leid. Aber natürlich denkst du so über diese Sache«, fuhr sie wütend fort. »Schließlich bist du ein Mann. Männer kennen nicht die geringste Loyalität und erst recht kein Mitgefühl. Peter wollte sie schon rauswerfen, als ob ...«

»Das soll er nur versuchen«, zischte Josh, wobei ein gefährliches Blitzen in seine Augen trat. »Schließlich ist das hier ja wohl nicht sein Haus.«

Laura öffnete den Mund, doch dann klappte sie ihn wieder zu. Wenn diese emotionale Achterbahn, auf der sie bereits seit dem Mittag fuhr, nicht bald zum Stehen kam, dann spränge sie demnächst bei vollem Tempo ab. »Peter ist nicht mit Margo aufgewachsen und ihr nicht so verbunden, wie wir es sind. Er versteht sie einfach nicht.«

»Das ist auch nicht erforderlich«, erwiderte Josh und stand entschlossen auf. »Ist sie immer noch draußen am Pool?«

»Ja. Josh, jetzt geh bloß nicht hin und stocher in ihren Wunden rum. Es reicht ihr allmählich.«

Josh sah sie finster an. »Eigentlich hatte ich vorgehabt, ihr ein bisschen Salz überzukippen, ehe ich loslaufe, ein paar Hundewelpen trete und gucke, ob ich die Quote meiner täglichen Quälopfer nicht noch ein wenig erhöhen kann.«

Laura lächelte ihn müde an. »Versuch einfach, ein bisschen nett zu ihr zu sein. In ungefähr einer halben Stunde wird auf der Südterrasse das Essen serviert.« Auf diese Weise hätte sie Zeit genug, sein Gepäck nach oben bringen und ordentlich auspacken zu lassen, ehe man sich bei Tisch wieder traf.

Margo wusste sofort, dass es Josh war, der den Weg zum Pool heruntersprang. Weder sah noch hörte noch roch sie ihn. In Bezug auf Josh hatte sie einfach einen sechsten Sinn.

Als er sich wortlos in einen der gepolsterten Liegestühle am Rand des Beckens lümmelte, fuhr sie ebenfalls wortlos mit ihren Runden fort.

Natürlich war es zum Schwimmen eigentlich noch zu kalt, aber die Tatenlosigkeit hatte sie beinahe verrückt gemacht. Das Becken war geheizt, so dass leichter Dampf in die kühle Luft aufstieg, während die Brise ihre Arme bei jedem Zug erzittern ließ.

Während sie mit langen, ruhigen Bewegungen durch das Wasser glitt, riskierte sie einen kurzen Blick auf ihn. Er starrte irgendeinen Flecken im Rosengarten an. Geistesabwesend, wie sie fand.

Er hatte dieselben Augen wie Laura, dachte sie. Es überraschte sie immer wieder, in seinem Gesicht Lauras Augen vorzufinden. Sein Blick war kühler, überlegte sie, voller Ungeduld, und häufig auf Margos Kosten amüsiert.

Irgendwo hatte er sich Sonnenbräune geholt, entdeckte sie, während sie wendete und in die andere Richtung zurückschwamm. Das warme Braun verstärkte noch die Attraktivität seiner Züge, die bereits von Natur aus eine geradezu sündige Schönheit aufwiesen.

Da sie selbst ihr Äußeres einzig als glücklichen Zufallsfund aus dem Vorrat menschlicher Gene betrachtete, maß sie dem bloßen guten Aussehen eines Menschen in Wirklichkeit keine übermäßige Bedeutung bei. Schließlich war es Schicksal, ob man gut aussah oder hässlich.

Mit Joshua Templeton hatte es das Schicksal halt besonders gut gemeint.

Sein Haar war ein wenig dunkler als das seiner Schwester. Rehbraun, dachte Margo, nannte man es wohl. Er hatte es ein wenig wachsen lassen, seit sie sich zum letzten Mal zufällig begegneten. Wann war das gewesen – vor drei Monaten – in Venedig? Jetzt fiel es auf den Kragen seines lässigen schokoladebraunen Seidenhemds, dessen Ärmel er zur Bequemlichkeit bis zu den Ellbogen raufgekrempelt hatte.

Immer wieder zog sie sein schöner, ausdrucksstarker Mund magisch an. Ein Mund, der ein charmantes Lächeln, höhnisches Feixen und schlimmer noch, ein Lächeln, das einem das Blut in den Adern gefrieren ließ, produzieren konnte.

Sein Kinn war fest, und zum Glück hatte er den Bart, den er als Twen zur Schau gestellt hatte, inzwischen wieder abgelegt. Er besaß eine gerade und aristokratisch schmale Nase. Insgesamt verströmte er eine Aura des Erfolgs, des Selbstvertrauens, der Arroganz und einer gewissen Gefährlichkeit.

Sie hasste es, sich eingestehen zu müssen, dass diese Aura sie in ihrer Jugend zugleich erschreckte und faszinierte.

Eines wusste sie genau. Er war der letzte Mensch, den sie merken lassen würde, wie furchtbar sie die Gedanken an die Gegenwart und vor allem an die Zukunft peinigten. Langsam richtete sie sich am flachen Ende des Beckens auf. Das Wasser perlte von ihrem Körper ab, als sie gemächlich die Stufen zum Rand erklomm. Sie fror, aber ehe sie das zugäbe, erstarrte sie lieber zu einem Block aus Eis.

Als hätte sie erst jetzt bemerkt, dass sie nicht alleine war, zog sie lächelnd eine Braue hoch. Ihre Stimme war kehlig und beinahe verführerisch. »Aber hallo, Josh, die Welt ist doch ein Dorf!«

Außer ihrem winzigen Bikini aus saphirblauem Spandex trug sie nichts. Sie besaß üppige Kurven, zugleich eine überraschende Geschmeidigkeit, und ihre Haut wirkte glatt wie polierter, von feinster Seide überzogener Marmor. Die meisten Männer, so wusste sie, sahen sie nur einmal an, und schon war es um sie geschehen.

Josh hingegen schob seine Sonnenbrille ein Stückchen tiefer und unterzog sie über den Rand hinweg einer kritischen Musterung. Er merkte, dass sie allmählich vor Kälte eine Gänsehaut bekam. Brüderlich warf er ihr ein Handtuch zu.

»Vermutlich hört man in einer Minute deine Zähne klappern.«

Verärgert schlang sie sich das Handtuch um den Hals, ballte die Fäuste und sah ihn böse an. »Es ist erfrischend. Darf man fragen, woher du gerade kommst?«

»Aus Portofino. Allerdings habe ich auf dem Rückweg noch einen kurzen Abstecher nach London gemacht.«

»Portofino. Einer meiner Lieblingsorte, auch wenn dort kein Templeton Hotel zu finden ist. Hast du im Splendido gewohnt?«

»Wo sonst?« Wenn sie dämlich genug war, weiter in der Kälte herumzustehen, wäre es ihm auch egal. Er kreuzte die Beine und lehnte sich zurück.

»Die Ecksuite«, erinnerte sie sich. »Wo man auf der Terrasse steht mit Blick auf die Bucht, die Hügel und die phantastischen Gärten.«

Genau das hatte er vorgehabt. Ein paar Tage der Entspannung, vielleicht einen kleinen Segeltörn. Stattdessen hatte er pausenlos mit der Polizei und diversen Politikern in Griechenland herumtelefoniert.

»Und, wie war es in Athen?«

Beinahe hätte ihm seine Frage leidgetan, als er bemerkte, wie in ihren Augen so etwas wie Traurigkeit aufflackerte, doch sie hatte sich sofort wieder im Griff. »Nicht ganz so gastfreundlich wie die Male zuvor. Es gab ein kleines Missverständnis. Aber inzwischen ist alles geklärt. Obwohl ich zugeben muss, dass die Unterbrechung meiner Kreuzfahrt ein wenig lästig war.«

»Das glaube ich gern«, murmelte er. »Ziemlich rücksichtslos von den Behörden, finde ich. All diese Umstände wegen ein paar lächerlicher Kilo Heroin.«

Sie setzte ein unbekümmertes Lächeln auf. »Du hast es erfasst.« Lässig nahm sie ihren Morgenmantel, der über einem der Stühle hing. Doch nicht einmal ihr Stolz verhinderte, dass sie allmählich wie Espenlaub zitterte. »Obwohl ich eine kurze Aus-Zeit ganz gut gebrauchen kann. Es ist schon viel zu lange her, seit ich zum letzten Mal genug Zeit hatte, um mich Laura, Kate und den Mädchen zu widmen.« Als sie den Gürtel ihres Bademantels zusammenknotete, hätte sie beinahe wohlig aufgeseufzt. »Und natürlich dir.« Mütterlich tätschelte sie ihm die Wange, da sie wusste, wie sehr ihn diese Geste ärgerte. »Wie lange gedenkst du zu bleiben?«

Da er wiederum wusste, dass es sie ärgerte, hielt er ihre Handgelenke fest, stand auf und sah sie herausfordernd an. »Bis ich wieder fahre, schätze ich.«

»Tja, dann!« Irgendwie schien sie immer zu vergessen, dass er zehn Zentimeter größer als sie war. Bis sie seinem durchtrainierten Körper gegenüberstand. »Dann wird es ja wie früher sein, nicht wahr? Ich glaube, ich gehe erst mal rein und ziehe mir ein paar trockene Sachen an.«

Sie küsste ihn auf die Wange, gönnte ihm über die Schulter ein »*Ciao*« und schlenderte den Weg zum Haus hinauf.

Josh sah ihr nach und hasste sich dafür, dass er eine etwas stürmischere Begrüßung erwartet hatte. Viel, viel mehr jedoch hasste er sich dafür, dass er sie noch genauso liebte wie zuvor.

Erst beim sechsten Versuch fand Margo die Garderobe, die ihr für das gemeinsame Mittagessen gut genug erschien. Die fließende Seidentunika und die leichte Hose in zartem Pink wirkten lässig und zugleich stilvoll elegant. Zur Vervollkommnung ihres Äußeren legte sie goldene Ohrringe, ein paar Armreifen und eine lange, geflochtene Kette an, ehe sie zehn Minuten lang überlegte, welche Schuhe sie anziehen sollte – ehe sie sich dafür entschied, am besten barfuß zu gehen. Auf diese Weise bekäme ihr Erscheinungsbild etwas Sorgloses.

Weshalb sie Josh unbedingt beeindrucken wollte oder weshalb sie sich stets darum bemühte, besser zu sein als er, konnte sie sich nicht erklären. Rivalität zwischen Beinahe-Geschwistern schien ihr eine allzu lahme und gewöhnliche Erklärung zu liefern.

Es stimmte, dass sie von ihm als Kind aufgrund der vier Jahre Altersunterschied stets gnadenlos gehänselt worden war. Als Teenager dann hatte er sie regelrecht gequält, und jedes Mal, wenn er ihr bisher als Erwachsener begegnete, hatte er ihr das Gefühl vermittelt, entweder dumm, oberflächlich oder aber verantwortungslos zu sein.

Einer der Gründe, weshalb ihr der Bella-Donna-Vertrag so sehr am Herzen lag, war, dass sich durch ihn ihr Erfolg in Zahlen messen und er sich unter Joshuas arrogant gerümpfte Nase halten ließ. Aber jetzt hatte sie den Kontrakt nicht mehr. Alles, was sie noch besaß, war ihre Erscheinung – die sie durch die Garderobe und den Schnickschnack komplettierte, den sie mit förmlicher Besessenheit über die Jahre hinweg gesammelt hatte.

Gott sei Dank war sie dem gesamten Schlamassel in Athen entronnen, ehe er ihr auf einem weißen Schlachtross zu Hilfe eilte. In dem Falle würde er bestimmt dafür sorgen, dass sie eine derartige Erniedrigung für den Rest ihres Lebens nicht mehr vergaß.

Als sie die Treppe hinunterstieg und sich in Richtung der südlichen Terrasse wandte, drang als Erstes Lauras Lachen an ihr Ohr. Plötzlich blieb sie stehen. Genau das hatte ihr während der letzten Tage gefehlt, erkannte sie. Lauras Fröhlichkeit. Bisher war sie zu sehr in ihr eigenes Elend versunken gewesen, um die Veränderung der Freundin zu bemerken. So sehr ihr Joshs Anwesenheit auch auf die Nerven ging, musste sie ihm für sein Kommen dankbar sein – er zauberte wieder die alte Laura ans Licht.

Lächelnd ging sie weiter und gesellte sich zu den anderen.

»Darf ich fragen, weshalb ihr so fröhlich seid?«

Josh lehnte sich mit seinem Wasserglas zurück und sah sie reglos an, aber Laura griff spontan nach ihrer Hand. »Josh erzählt mir immer irgendwelche Geschichten von schrecklichen Dingen, die er in seiner Kindheit verbrochen hat. Ich glaube, das tut er nur, damit ich vor lauter Sorge, was Ali und Kayla vielleicht alles hinter meinem Rücken anstellen, nicht mehr schlafen kann.«

»Ach, deine süßen Mädchen«, meinte Margo und setzte sich im Schatten einer duftenden Glyzine an den Tisch. »Dagegen war Josh die reinste Ausgeburt der Hölle.« Sie strich sich ein wenig Gänseleberpastete auf einen Toast und schob ihn sich genüsslich in den Mund. »Und, welche Geschichte hat er dir heute serviert?«

»Erinnerst du dich noch an den Abend, an dem du und ich mit Matt Bolton und Biff Milard auf Seraphinas Klippe waren? In dem Sommer müssen wir so um die fünfzehn gewesen sein. Kate fehlte dabei, weil sie ein Jahr jünger und somit noch nicht reif genug für eine Verabredung mit einem Jungen war.«

Margo durchforstete ihre Erinnerung. »In dem Sommer streunten wir ziemlich häufig mit den beiden rum. Bis Biff versucht hat, dir den BH zu öffnen und du ihm eins auf die Nase gegeben hast.«

»Was?« Mit einem Mal war Josh hellwach. »Was meinst du damit, er hätte versucht, ihr den BH zu öffnen?«

»Ich bin sicher, du hast das ebenfalls ein-, zweimal versucht, Josh«, stellte Margo trocken fest.

»Halt die Klappe, Margo. Laura, du hast mir nie erzählt, dass er versucht hat …« In seinen Augen glimmte es unheilvoll. »Was hat er sonst noch versucht?«

Laura stieß einen wohligen Seufzer aus und dachte, dass ihr die Lachstorte wesentlich besser schmeckte, als von ihr befürchtet. »Nichts, weswegen du nach Los Angeles fliegen müsstest, um dich mit ihm zu duellieren. Wenn ich gewollt hätte, dass er mir an die Wäsche geht, hätte ich ihm ja wohl kaum einen Schlag auf die Nase verpasst, was meinst du? Aber um auf die Geschichte zurückzukommen, es ging um die Nacht, in der uns Seraphinas Geist erschienen ist.«

»Ach ja, ich erinnere mich.«

Margo nahm sich noch einen Toast. Heute hatte Annie das Tiffany-Porzellan-Service herausgerückt, bemerkte sie. Das Monet-Muster mit dem leuchtenden Blau und Gelb. Und als Blickfang hatte sie eine Silbervase voller gelber Frangipani aus dem Gewächshaus mitten auf den Tisch gestellt. Ihre Mutter besaß ein unerhörtes Gespür dafür, wie man Menschen eine Freude machte, dachte sie. Sie hatte dasselbe Porzellan und dieselben Blumen ausgesucht wie an dem Tag, als sie das von Margo lang ersehnte Fest anlässlich ihres dreizehnten Geburtstags ausgerichtet hatte.

War dies vielleicht, so überlegte sie, die ruhige Art, in der Ann ihr wortlos zu verstehen gab, dass sie ihr verzieh?

Kopfschüttelnd kehrte sie in die Gegenwart zurück. »Wir saßen auf der Klippe und haben rumgeknutscht.«

»Was heißt rumgeknutscht?«, fragte Josh scharf.

Statt ihm zu antworten, lächelte sie vergnügt, ehe sie ihm eine Blätterteigtasche vom Teller stahl. »Es war Vollmond, die Sterne blinkten riesengroß und ungewöhnlich hell, und das Meer dehnte sich glitzernd in unendliche Fernen. Dann haben wir sie gehört. Sie hat geweint.«

»Als bräche ihr das Herz«, fügte Laura nachdenklich hinzu. »Durchdringend, obwohl es ganz leise war. Aus den Tiefen des Meeres. Wir hatten Angst, und zugleich waren wir furchtbar aufgeregt.«

»Und die Jungs waren so verdattert, dass sie vollkommen vergaßen, weshalb sie mit uns dorthin gefahren waren und versuchten, uns sofort wieder ins Auto zu verfrachten. Aber wir sind geblieben. Ihr Flüstern, ihr Stöhnen, ihr Weinen hatte uns vollkommen gebannt. Und dann hat sie gesprochen.« Margo erschauerte bei der Erinnerung. »Auf Spanisch.«

»Und ich musste übersetzen, weil du im Unterricht immer zu sehr mit dem Lackieren deiner Nägel beschäftigt warst, um auf das zu achten, was Mrs. Lopez vorne von sich gab. Sie sagte: ›Findet meinen Schatz. Er wartet auf Liebe.‹«

Margo stieß einen Seufzer aus, doch Josh sah sie und Laura grinsend an. »Ich habe drei Tage gebraucht, um Kate die Worte so einzutrichtern, dass sie sie, ohne zu stottern, über die Lippen brachte. Sie hatte einfach kein Ohr für Sprachen. Um ein Haar wären wir beide vor Lachen über den Rand der Klippe geflogen, als ihr beide kreischend davongelaufen seid.«

Margo sah ihn mit zusammengekniffenen Augen an. »Du und Kate?«

»Wir hatten es eine Woche lang geübt.« Da Margo scheinbar ihr Essen vergessen hatte, nahm er ihr Stück Lachstorte von ihrem Teller und stopfte es sich in den Mund. »Sie fühlte sich ziemlich zurückgesetzt, als ihr beiden ständig mit den Jungen rumgezogen seid. Die Idee zu der Sache kam mir, als ich sie schmollend auf der Klippe sitzen sah. Alle Welt kannte dort euren Treffpunkt mit den beiden Idioten, und ich dachte, es würde Kate ein wenig aufmuntern, wenn sie euch zumindest eine Verabredung ein wenig vermiesen könnte.«

Er sah Margo und Laura triumphierend an. »Und ich hatte recht.«

»Wenn Mom und Dad gewusst hätten, dass du Kate im Dunkeln die Klippen runterklettern und sich an einen Vorsprung klammern lässt, hätten sie dich umgebracht.«

»Das wäre es mir wert gewesen. Schließlich habt ihr beiden dann wochenlang von nichts anderem mehr geredet. Margo wollte sogar ein Medium einbestellen.«

Sie fuhr zusammen. »Ich habe lediglich einen Vorschlag gemacht, mehr nicht.«

»Du hast sogar im Telefonbuch nach solchen Adressen gesucht«, erinnerte Josh sie gnadenlos. »Und bist nach Monterey gefahren und hast Tarotkarten gekauft.«

»Es ging einfach um ein paar Experimente«, setzte sie an, ehe sie plötzlich in Lachen ausbrach. »Zur Hölle mit dir, Josh! In dem Sommer habe ich meine gesamten Ersparnisse für Kristallkugeln und Wahrsagerinnen ausgegeben, obwohl ich eigentlich auf ein Paar Saphirohrringe versessen war. Es wäre dir gerade recht geschehen, hätte ich Seraphinas vergrabene Mitgift tatsächlich ausfindig gemacht.«

»Die es ganz sicher niemals gab.« Er schob seinen Teller von sich. Wie sollte ein Mann denn bitte genüsslich essen können, wenn ihm dieses heisere, betörende Lachen vor Sehnsucht die Sinne schwinden ließ?

»Und ob es ihn gegeben hat. Sie hat ihn vor den Amerikanern versteckt, und dann hat sie sich umgebracht, weil das Leben ohne den Geliebten für sie sinnlos war.«

Der Blick, mit dem Josh Margo bedachte, verriet zärtliche Belustigung. »Bist du etwa immer noch nicht aus dem Märchenalter heraus? Es ist eine hübsche Legende, mehr nicht.«

»Und Legenden basieren meistens auf irgendwelchen Tatsachen. Wenn du nicht so engstirnig wärst …«

»Frieden«, beschwichtigt Laura, als sie sich von ihrem Platz erhob. »Reißt euch bitte nicht in Stücke, während ich mich um den Nachtisch kümmere.«

»Ich bin nicht engstirnig«, bellte er, als seine Schwester in der Tür verschwand, »sondern rational.«

»Du hast einfach keine Seele im Leib. Dabei sollte man meinen, ein Mensch, der so viel Zeit seines Lebens in Europa verbracht hat, der in Rom und Paris und ...«

»Einige von uns sind dort, um zu arbeiten«, unterbrach er sie und genoss es zu sehen, dass es in ihren Augen gefährlich funkelte. »Jetzt schaust du genauso wie auf dem Werbeplakat für das Parfüm«, sagte er obenhin. »Wie hieß es noch einmal? Savage, ja genau, *Wild*, glaube ich.«

»Die Kampagne hat die Verkaufszahlen von Bella Donna um zehn Prozent gesteigert. So gesehen könnte man das, was ich tue, durchaus ebenfalls als Arbeit bezeichnen.«

»Genau.« Er prostete ihr zu. »Also, Margo, hat Matt jemals versucht, deinen BH zu öffnen?«

Sie war die Ruhe in Person, sagte sie sich, vollkommen beherrscht! Mit ihrem Wasserglas in der Hand sah sie Josh reglos an. »Ich habe nie einen getragen.« Daraufhin runzelte er die Stirn und maß sie prüfend. »Damals«, fügte sie hinzu, stand lachend auf und streckte sich. »Vielleicht bin ich doch froh, dass du wieder zu Hause bist. Ich brauche einfach jemanden zum Streiten.«

»Wobei ich dir gern zu Diensten stehe. Was ist eigentlich mit Laura los?«

Sie senkte den Blick. »Du bist ein guter Beobachter, Josh. Das warst du immer schon. Ich weiß, dass sie sich Sorgen um mich macht. Aber unter Umständen kommt da noch etwas hinzu.«

Er fände es heraus, dachte er und erhob sich nickend ebenfalls von seinem Platz. »Und, bist du selbst auch besorgt um dich?«

Die Sanftheit seiner Stimme und Zärtlichkeit, mit der er ihr über die Wange strich, überraschten sie. Am liebsten hätte sie sich für einen Augenblick an ihn gelehnt, hätte ihren Kopf an seine Schulter geschmiegt, die Augen geschlossen und sich, zumindest einen Moment lang, eingebildet, alles sei in Ordnung.

Schon wollte sie einen Schritt auf ihn zu machen; doch dann tat sie ihr Verlangen als albern ab. »Du wirst doch wohl nicht auf einmal nett zu mir?«

»Vielleicht.« Es mochte die Verwirrung in ihren Augen sein oder aber ihr verführerischer Duft, auf jeden Fall war die Sehnsucht, sie zu berühren, plötzlich allzu stark. Er legte ihr die Hände auf die Schultern und sah sie fragend an. »Kann ich irgendetwas für dich tun?«

»Ich …« Plötzlich hatte sie einen seltsamen Geschmack im Mund, und sie erkannte, dass es die Erwartung seines Kusses war. »Äh, also …«

»Entschuldigung!« Ann winkte mit dem Mobiltelephon. Ihre Augen blitzten beinahe belustigt auf, als Josh seine Hände sinken ließ, als hätte sie ihn bei einem allzu intimen Kontakt überrascht. »Miss Kate ist dran und sagt, dass sie dich sprechen will, Margo.«

»Oh!« Margo starrte auf den Apparat, als erwachte sie soeben aus einer Trance. »Danke. Hm … Kate, hallo!«

»Ist etwas nicht in Ordnung? Du klingst so …«

»Nein, nein, alles okay«, bemühte sich Margo um einen möglichst unbeschwerten Ton. »Und wie geht's dir?«

»Da der Termin für die Abgabe der Steuererklärungen näher rückt, ist für mich als Steuerberaterin im Augenblick gerade Hochsaison. Deshalb kann ich nicht rüberkommen. Aber ich muss unbedingt mit dir reden, Margo. Meinst du, dass dir ein Nachmittagsbesuch in meinem Büro in den Kram passt? Zwischen drei und halb vier hätte ich ein bisschen Zeit für dich.«

»Aber sicher. Ich denke, dass das möglich ist. Falls du …«

»Phantastisch. Bis dann!«

Margo drückte die Aus-Taste. »Sie war schon immer eine wahre Meisterin der Kommunikation.«

»Der fünfzehnte April steht vor der Tür. Da ist bei ihr bestimmt der Teufel los.«

Margo zog eine Braue hoch. Er wirkte vollkommen gelassen, dachte sie. All die Spannung, all die … Erwartung hatte sie sich offenbar tatsächlich nur eingebildet. »Das hat sie auch gesagt. Ich muss zu ihr ins Büro. Vielleicht leiht Laura mir einen Wagen.«

»Nimm meinen. Er steht direkt vor der Tür. Die Schlüssel stecken, glaube ich.« Angesichts ihrer zweifelnden Miene sah er sie lächelnd an. »Himmel, Margo, wer hat dir wohl das Fahren beigebracht?«

»Das warst du.« Ihr Blick erwärmte sich. »Und zwar mit ungewöhnlich viel Geduld.«

»Das lag nur daran, dass ich wie gelähmt war vor Angst. Genieß die Fahrt. Und wenn das gute Stück auch nur den kleinsten Kratzer abbekommt, werde ich dafür sorgen, dass du wie Seraphina von den Klippen stürzt.«

Nachdem sie davongesegelt war, setzte er sich wieder hin, da er dachte, dass er jetzt nicht nur ihren Anteil des Kuchens, sondern obendrein Gelegenheit bekam, seiner Schwester auf den Zahn zu fühlen.

5

Kate Powell war für Beständigkeit, Zielstrebigkeit und ihren hartnäckigen Mangel an Flexibilität bekannt. Als Margo den Korridor zwischen den in der zweiten Etage eines Geschäftshauses gelegenen Büros von Bittle und Partnern hinunterging und ständig irgendjemanden durch die Gegend laufen sah, unentwegtes Telefongeklingel und Computergehacke hörte, kam ihr die Erkenntnis, dass dies die Erfüllung von Kates Träumen war. Stets schwebte ihr dieses eine Ziel vor Augen.

Auf der Highschool hatte sie drei Jahre lang gewissenhaft die Klassenkasse verwaltet und natürlich mit Bravour die Mathekurse für Fortgeschrittene absolviert. Dann sammelte sie während der Ferien regelmäßig in der Buchhaltung des Templeton Marketing Resort Erfahrungen, um anschließend mit einem Stipendium nach Harvard zu gehen, dort ihr Diplom zu erwerben und hinterher dankbar, aber standhaft die Mitarbeit bei dem Familienunternehmen abzulehnen.

Nein, dachte Margo, als sie die dezenten Teppiche und Tapeten sah und die nervöse Spannung spürte, die erahnen ließ, dass augenblicklich die ganze Kanzlei auf Hochtouren arbeitete. Stattdessen hatte Kate sich mit einer zunächst eher bescheidenen Stellung bei Bittle begnügt. In Los Angeles oder New York hätte sie sicher mehr verdient. Aber das wäre der Abschied von zu Hause gewesen.

Auch in diesem Punkt hatte Kate Beständigkeit gezeigt.

Inzwischen stieg sie firmenintern steil nach oben. Margo wusste nicht viel mehr über diese Leute, als dass sie ständig über Steuern, mögliche Schlupflöcher und Gewinnprognosen schwadronierten; aber sie wusste, dass Kate inzwischen die alleinige Verantwortung für mehrere wichtige Klienten des alten, ehrenwerten und – Margos Meinung nach – leicht verstaubten Unternehmens trug.

Zumindest hatten all die Jahre harter Arbeit ihr ein anständiges Büro beschert, überlegte Margo, als sie den Kopf in Kates Zimmer steckte. Auch wenn sie beim besten Willen nicht verstand, wie es ein Mensch ertrug, den ganzen Tag lang, den Rücken zur Fensterfront gewandt, zwischen immer gleichen vier Wänden eingesperrt zu sein. Kate jedoch sah durchaus zufrieden aus.

Ihr Schreibtisch war erwartungsgemäß tadellos aufgeräumt. Nirgends stand Überflüssiges herum, kein modischer Briefbeschwerer oder frivoler Schnickschnack. Kate sah neben Spontaneität, Illoyalität und einem desorganisierten Scheckheft Unordnung als eine der Sieben Todsünden an.

Am Rand des schlichten, kastenförmigen Schreibtisches nahm Margo einen ordentlichen Stapel Akten wahr. In einem einfachen Behältnis standen Dutzende tödlich gespitzter Bleistifte stramm. Ein moderner, kleiner Computer summte leise vor sich hin, während Kate auf die Tasten einhämmerte.

Sie hatte ihr marineblaues Jackett über die Lehne ihres Stuhls gehängt und die Ärmel ihrer züchtigen, weißen Bluse arbeitseifrig aufgerollt. Zwischen ihren Brauen wies eine schmale Stirnfalte in Richtung der gelehrten, in Horn gefassten Lesebrille. Als das Telefon läutete, blinzelte sie nicht einmal.

Und selbst als Margo den Raum betrat, hob Kate nur grüßend einen einzelnen Finger in die Luft, während sie gleichzeitig mit der anderen Hand wie eine Besessene weiterhackte, ehe sie zufrieden nickend die Besucherin eines Blickes würdigte.

»Zur Abwechslung sogar mal pünktlich. Mach bitte die Tür zu, ja? Weißt du, wie viele Menschen bis April warten, um endlich all ihre Belege zusammenzusuchen?«

»Nein.«

»Alle! Setz dich doch.« Als sich Margo in den schlammbraunen Stuhl gegenüber dem Schreibtisch fallen ließ, stand Kate selbst auf, ließ ihre Schultern kreisen, rollte mit dem Kopf und murmelte etwas, das wie »Entspannung« klang. Dann nahm sie ihre Brille ab, klappte die Bügel ein und schob einen von ihnen in die Brusttasche ihrer Bluse, so dass die Brille wie eine Medaille über ihren Busen baumelte. Dann drehte sie sich um, nahm zwei schlichte weiße Becher aus einem Regal und streckte die Hand nach der Kaffeekanne aus. »Annie hat gesagt, dass Josh zu Hause ist.«

»Ja. Er ist heute Vormittag angekommen und sieht umwerfend nach Sonne aus.«

»Wann hat er je anders ausgesehen?« Als sie bemerkte, dass das Rollo vor dem Fenster heruntergelassen war, zog sie es hoch, so dass endlich ein wenig natürliches Licht ins Zimmer fiel, auch wenn der Kampf gegen die Neonröhren von vornherein verloren war. »Ich hoffe, dass er eine Weile bleiben wird. Bis zum fünfzehnten habe ich keine Minute Zeit.« Aus einer Schublade ihres Schreibtisches zog sie ein Fläschchen Maloxan, das sie an die Lippen hob, ehe sie den Inhalt wie ein Tippelbruder in einem Zug durch ihre Kehle rinnen ließ.

»Himmel, Kate, wie kannst du so etwas trinken? Das Zeug schmeckt doch sicher grauenhaft.«

Kate lüftete lediglich eine Braue. »Und, wie viele Zigaretten hast du heute schon geraucht?«

»Das ist wohl kaum dasselbe!« Margo verzog angewidert das Gesicht, als Kate die Flasche wieder in die Schublade packte. »Ich weiß wenigstens, dass ich mich langsam umbringe. Du solltest endlich mal zu einem Arzt gehen, verdammt noch mal. Wenn du lernen würdest, dich zu entspannen mit den Yogaübungen, die ich dir erklärt habe ...«

»Spar dir deine Spucke«, unterbrach Kate sie mitten im Satz, ehe sie auf ihre praktische Timex sah. Sie hatte weder Zeit noch Lust, um sich wegen eines nervösen Magens zu ängstigen, vor allem nicht, solange die Gewinn- und Verlustrechnung, die momentan auf ihrem Bildschirm flackerte, nicht abgeschlossen war. »In zwanzig Minuten habe ich einen Termin mit einem Klienten, so dass mir augenblicklich einfach die Zeit für eine Diskussion über unsere diversen Süchte fehlt.« Sie hielt Margo einen der beiden Becher hin, ehe sie ihre Hüfte auf den Rand des Schreibtischs schob. »Ist Peter inzwischen mal zu Hause aufgetaucht?«

»Bisher habe ich ihn noch nicht gesehen.« Margo rang mit sich, aber sie hatte mit ihren Predigten Kate gegenüber noch nie auch nur den geringsten Erfolg erzielt. Wahrscheinlich sollte sie sich mit den Problemen ihrer Freundinnen nur der Reihe nach beschäftigen. »Und Laura hat nicht viel gesagt. Kate, lebt er vielleicht inzwischen im Hotel?«

»Nicht offiziell.« Kate knabberte an einem ihrer Nägel, ehe sie sich eilig wieder zusammenriss. Es war einfach eine Frage der Willenskraft, erinnerte sie sich, ehe sie ihren Becher an die Lippen hob. »Aber soweit ich es mitbekomme, verbringt er dort wesentlich mehr Zeit als zu Hause.«

Abermals zog sie die Schultern hoch. Ihr Schädel dröhnte fürchterlich. So kurz vor dem Abgabetermin der Steuererklärungen und angesichts der Nöte ihrer beiden Freundinnen wachte sie momentan allmorgendlich bereits mit Spannungskopfschmerz auf.

»Natürlich hat auch er im Augenblick sehr viel zu tun.«

Margo sah sie grinsend an. »Du hast ihn noch nie gemocht.«

Kate grinste ebenfalls. »Da stimmen wir überein.«

»Tja, für den Fall, dass es in diesem Paradies Schwierigkeiten gibt, kann ich Laura vielleicht behilflich sein. Aber falls er nur deshalb nicht nach Hause kommt, weil ich dort bin, sollte ich mir wohl besser einen anderen Unterschlupf suchen.«

»Er war auch, bevor du nach Hause gekommen bist, schon oft genug nicht da. Ich weiß einfach nicht, was ich machen soll, Margo.« Müde rieb sie sich die Augen. »Sie spricht nicht darüber, und ich bin ohnehin keine große Leuchte in emotionalen Ratschlägen.«

»Triffst du dich immer noch mit diesem Sexbolzen von Kollegen, der sein Büro ein Stück weiter unten hat?«

»Nein.« Kate sah Margo reglos an. Die Sache war abgehakt, erinnerte sie sich, auch wenn die Erkenntnis nach wie vor schmerzte. »Ich habe keine Zeit für Verabredungen. Und da ich jetzt mindestens noch eine Woche lang an meinen Schreibtisch gefesselt bin, kannst Gott sei Dank du Laura und den Kindern Gesellschaft leisten.«

»Solange ich nicht den Eindruck bekomme, dass es die Dinge für sie noch komplizierter macht, bleibe ich.« Geistesabwesend trommelte Margo mit ihren elegant lackierten Fingernägeln auf der armen Stuhllehne herum. »Sie ist außer sich vor Glück über Joshs Ankunft. Ich glaube, ich habe gar nicht bemerkt, wie unglücklich sie war, ehe ich sie heute mit ihm zusammen sah. Was mich an etwas erinnert …« Sie stellte ihren Becher ab. Kate hatte ihr ein Gebräu serviert, das stark genug war, sie von der Erdoberfläche abheben zu lassen. »Hast du keine Angst gehabt, dass du vielleicht von Seraphinas Geist heimgesucht werden könntest, nachdem du ihn so gemein verspottet hast?«

Kate sah sie verwundert an.

»Hast du dir etwa allen Ernstes eingebildet, dass du Laura und mich an der Nase herumführen kannst, indem du dich an einen Felsvorsprung klammerst und in miserablem Spanisch etwas von einer Mitgift murmelst?«

»Wovon … oh! Oh!« Mit einem Mal brach Kate in fröhliches Gelächter aus. Es war nicht das mühsame Lachen einer Karrierefrau, sondern das perlende Gelächter, das direkt aus dem Herzen kam – das in der Kehle noch an Kraft gewann und jeden Zuhörer ansteckte.

»Allmächtiger, daran habe ich ja schon seit einer Ewigkeit nicht mehr gedacht. Du kannst dir nicht vorstellen, wie eifersüchtig und wütend ich war, weil du und Laura schon mit Jungen ausgegangen seid, während Onkel Tommy und Tante Susan meinten, ich wäre noch zu jung dafür. Ich hatte überhaupt kein Interesse an Verabredungen, aber auf dem Wartehocker war es auch langweilig.« Während sie sprach, stand sie auf und schenkte sich noch einen Becher Kaffee ein. »Himmel, Josh hatte schon immer die verrücktesten Ideen«, fügte sie hinzu, während sie sich wieder auf ihre Schreibtischkante schob.

»Du hast ein Riesenglück gehabt, dass du nicht von diesem Vorsprung gefallen und Seraphina persönlich begegnet bist.«

»Wir hatten uns angeseilt.« Sie kicherte vergnügt. »Am Anfang habe ich mir vor Angst beinahe in die Hose gemacht, aber ich wollte nicht, dass Josh mich für einen Feigling hält. Du weißt, wie er einen aufstacheln kann.«

»Mmm!« Margo wusste es genau. Ein Templeton ließ ungern eine Herausforderung ungenutzt. »Sicher habt ihr beiden wochenlang kein anderes Thema mehr gebraucht.«

»Tja, das waren Zeiten«, sagte Kate und sah Margo mit einem wehmütigen Sinnen an. »Auf alle Fälle habe ich seinem Vorhaben irgendwann schließlich zugestimmt. Die Seraphina zu spielen und zu hören, wie ihr beide wieder und wieder nach ihr gerufen habt, war einer der Höhepunkte meines Lebens. Ich kann einfach nicht glauben, dass er mich nach so vielen Jahren verraten hat.«

»Wahrscheinlich denkt er, ich bin inzwischen zu reif, um dir noch die Haare auszureißen.« Margo legte den Kopf auf die Seite und lächelte. »Bin ich nicht – aber ich fürchte, dass du ohnehin schon mit deiner Frisur zu ringen hast.« Mit verschlungenen Armen sah sie Kate fragend an. »Tja, ich kenne dich, und sicherlich sollte ich nicht nur in dein Büro kommen, um über alte Zeiten zu plaudern. Also sag mir schnell, weshalb du angerufen hast.«

»Wie du meinst!« Liebend gerne hätte Kate den Augenblick der Wahrheit noch ein wenig hinausgeschoben. »Man könnte sagen, dass es sowohl gute als auch schlechte Nachrichten für dich gibt.«

»Ein paar gute wären zur Abwechslung mal wieder recht nett.«

»Du bist immer noch gesund.« Als Margo nervös lachte, stellte Kate entschlossen ihren Becher fort. Sie wünschte, sie wäre clever genug, um einen Ausweg zu finden aus dem Dilemma, in dem Margo sich befand. »Tut mir leid, war ein schlechter Scherz. Aber vermutlich weißt du auch so schon, dass du außer deiner Gesundheit tatsächlich nicht mehr viel besitzt, Margo. Finanziell bist du ruiniert.«

Margo presste die Lippen zusammen und nickte. »Sprich die Dinge ungeschminkt aus. Ich komme schon damit zurecht.«

Kate sah sie an, glitt von ihrem Schreibtisch, trat vor sie hin und nahm sie in den Arm. »Ich habe alles in den Computer eingegeben und durchgerechnet.« So dass sie dank der zusätzlichen Arbeit weniger als drei Stunden im Bett gewesen war. »Aufgrund dieser Zusammenfassung bekommst du eine bessere Übersicht der Lage. Es gibt da ein paar Sachen, die du entscheiden musst.«

»Ich …« Margo atmete langsam ein, damit ihre Stimme einen ruhigen Klang behielt. »Einen Offenbarungseid möchte ich nicht leisten, wenn es sich vermeiden lässt. Nur als allerletzte Möglichkeit, Kate. Vielleicht ist es falscher Stolz, aber …«

Ein Stolz, den Kate sehr gut verstand. »Das lässt sich bestimmt umgehen. Aber, meine Liebe, zu diesem Zweck musst du eine Liquidierung deines angelegten Vermögens in Erwägung ziehen, auch wenn sich dabei in einigen Punkten noch mehr Verlust ergibt.«

»Ich habe noch irgendwo Vermögen?« fragte Margo hohl.

»Du hast die Wohnung in Mailand. Der Wert ist natürlich relativ gering, da du sie erst vor fünf Jahren erworben hast und die Anzahlung nicht gerade üppig war. Aber zumindest kriegst du das, was du investiert hast, und vielleicht ein bisschen mehr, wieder heraus.« Da die Sache persönlich war, brauchte Kate ihre Unterlagen nicht. Sie hatte jede Einzelheit genau im Kopf. »Und den Lamborghini hast du beinahe ganz bezahlt. Am besten verkaufen wir ihn sofort, damit du in Zukunft die exorbitanten Werkstatt- und Versicherungskosten sparst.«

»Okay!« Sie versuchte, nicht allzu traurig darüber zu sein, dass sie ihre liebevoll eingerichtete, wunderbare Wohnung und ihren herrlichen Wagen, in dem sie so gern durch die Gegend flitzte, verlor. Es gab viele Dinge, die sie sich nicht mehr leisten konnte, erinnerte sie sich. Und an oberster Stelle stand Selbstmitleid. »Kein Problem. Dann fliege ich also möglichst bald rüber, packe alles ein und …«

Ohne etwas zu sagen, erhob sich Kate von ihrem Platz und klappte, um ihre Hände zu beschäftigen, einen der Ordner auf, ehe sie ihre Brille wieder auf die Nase schob. »Dann sind da noch die toten Tiere.«

Margo japste. »Die was?«

»Die Pelze, die du im Verlauf der Jahre gesammelt hast.«

»Typisch Amerikanerin, dass du von toten Tieren sprichst.« Margo bedachte die Freundin mit einem grimmigen Blick. »Schließlich habe nicht ich diese dämlichen Nerze umgebracht.«

»Ebenso wenig wie die Zobel«, stellte Kate trocken fest, während sie über den Rand ihrer Hornbrille sah. »Wenn du sie verkaufst, sparst du dir horrende Lagerkosten. Und jetzt zu deinem Schmuck.«

Dieser Pfeil traf Margo ins Herz. »Oh, Kate, nicht den auch noch!«

»Also bitte. Das sind doch nur Steine und Minerale – lebloses Zeug.« Sie streckte ihre freie Hand erneut nach ihrem Kaffeebecher aus und ignorierte das Brennen in ihrem Magen. »Die Versicherungsprämien sind so hoch, dass du sie dir beim besten Willen nicht mehr leisten kannst. Außerdem brauchst du Bargeld, um deine Schulden zu begleichen. Zwischen deinen Unterlagen liegen noch zahlreiche Rechnungen von Schneidern, Schönheitssalons und anderen herum. Obendrein musst du Steuern zahlen! Die Steuern in Italien sind ziemlich hoch, und du kannst wohl kaum behaupten, je einen Pfennig für schlechte Tage auf die Seite gelegt zu haben.«

»Ich hatte ein paar Ersparnisse. Allerdings musste ich vor einer Woche feststellen, dass Alain auch die veruntreut hat.« Sie löste ihre Finger, die die Stuhllehne geradezu schmerzlich umklammerten.

Dieses Schwein, dachte Kate. Aber Schwamm drüber, jetzt ging es um die Zukunft. »Warum verklagst du ihn nicht?«

»Was für einen Sinn hätte das?« Margo sah sie mutlos an. »Außer, dass es ein gefundenes Fressen für die Presse wäre.« Wieder ging es ihr um ihren Stolz, erkannte sie. Wobei es sich erübrigte, Kate zu fragen, ob sie sich diesen Stolz überhaupt noch leisten konnte. »Dann ist es also so, dass ich alles, was ich besitze, aufzugeben gezwungen bin. Alles, wofür ich gearbeitet habe, alles, was mir etwas bedeutete.«

»Bingo!« Elend legte Kate den Ordner beiseite. »Ich werde dir nicht sagen, dass das alles nur Gegenstände sind, Margo. Natürlich stimmt das nicht so. Aber es wäre eine Krücke in deiner Notsituation. Wobei es natürlich auch andere Mittel gibt. Zum Beispiel könntest du deine Geschichte an die Sensationspresse verkaufen, die dir bestimmt ein hübsches Sümmchen dafür zahlt.«

»Warum gehe ich dann nicht gleich auf den Strich? Das wäre weniger erniedrigend.«

»Oder du wendest dich an die Templetons.«

Margo machte die Augen zu. Es beschämte sie, dass dies, wenn auch nur für einen kurzen Augenblick, eine ernsthafte Versuchung darstellte.

»Sie würden dir bestimmt etwas borgen«, sagte Kate sanft, »bis du wieder auf den Beinen stehst.«

»Klar! Aber das will ich einfach nicht. Nach allem, was sie für mich getan haben und was sie immer für mich gewesen sind. Überdies ertrüge meine Mutter diese Schande nicht, und ich habe sie bereits traurig genug gemacht, ohne dass ich jetzt auch noch betteln gehe.«

»Zehntausend kann ich dir leihen. So viel habe ich flüssig«, fuhr Kate entschieden fort. »Damit wäre zumindest ein Loch gestopft, und ich weiß, Laura und Josh gäben dir gern ebenfalls etwas. Es wäre keine milde Gabe, sondern ein Darlehen, wie es zwischen Freunden üblich ist und dessen man sich keinesfalls schämen muss.«

Margo starrte gerührt und verlegen auf die Saphire und Diamanten, die an ihren Fingern funkelten. »Damit ich meinen Stolz und meine Pelze und meine Diamanten behalten kann!« Langsam schüttelte sie den Kopf. »Nein, ich glaube, dass ich davon gar nichts behalten sollte. Aber trotzdem, vielen Dank.«

»Denk erst mal in Ruhe darüber nach und wäge die verschiedenen Möglichkeiten sorgsam gegeneinander ab. Das Angebot bleibt bestehen!« Kate nahm erneut die Akte in die Hand, hielt sie der Freundin hin und wünschte sich, sie könnte mehr für Margo tun. »Hier stehen sämtliche Zahlen. Der ungefähre Marktwert des Schmucks basiert auf den Schätzungen der Versicherungen, und bezüglich des Verkaufswerts deines Wagens, deiner Wohnung und aller anderen Dinge habe ich nach Abzug sämtlicher Kosten und Steuern zusätzlich einen Verlust von zehn Prozent einkalkuliert. Falls du beschließen solltest, dich von allem zu trennen, bekämst du wieder ein wenig Luft. Nicht viel, aber genug, um ein Weilchen zu überleben.«

Und dann?, dachte Margo, doch diese Frage wagte sie nicht laut zu stellen. »Okay. Ich weiß es wirklich zu schätzen, dass du das ganze Durcheinander für mich gesichtet hast.«

»Das ist schließlich meine Stärke.« Auch wenn ihr diese Stärke im Augenblick geradezu jämmerlich erschien. »Margo, lass dir ein paar Tage Zeit. Denk gründlich über die Situation nach.«

»Versprochen.« Sie erhob sich und lachte schief, als ihre Knie zitterten. »Himmel, ich scheine in der Tat ziemlich wacklig auf den Beinen zu sein.«

»Setz dich wieder hin. Ich hole dir ein Glas Wasser.«

»Nein.« Margo hob abwehrend die Hand. »Frische Luft wird mir guttun.«

»Ich komme mit.«

»Nein danke. Im Augenblick wäre ich lieber kurz allein.«

Teilnahmsvoll strich Kate ihr übers Haar. »Meinst du, dass es dir, wenn du die Überbringerin der Hiobsbotschaft umbringst, vielleicht bessergeht?«

»Eher nicht!« Stattdessen nahm sie Kate entschieden in den Arm, ehe sie mit einem »Ich melde mich bei dir« den Raum verließ.

Sie wollte tapfer sein. Ihr Leben lang hatte sich Margo nach Abenteuern, Ruhm und der damit verbundenen Romantik gesehnt. Gerne wäre sie eine jener sorglosen, verwegenen Frauen geworden, die den verschiedenen Trends nicht einfach folgten, sondern die für ihre Schaffung verantwortlich zeichneten. Jahrelang hatte sie ihren Sinn für Stil, ihr Aussehen und ihre Sexualität zur Erreichung dieses Zieles eingesetzt. Die Schule hatte sie stets als notwendiges Übel angesehen, das es möglichst rasch zu überstehen galt. Anders als Laura oder Kate hatte sie einfach einen Teil ihrer Zeit im Klassenraum verbracht, ohne je auf das dort Gelehrte zu achten. Wozu brauchte sie schon Geschichte oder Algebra? Was man in jeder Saison in New York oder Miami trug und von welchen Designern man sich augenblicklich in Mailand beraten ließ, darauf kam es an.

Einfach jämmerlich, dachte Margo, als sie auf der windumtosten Klippe oberhalb des Meeres stand: Ihr ganzes bisheriges Leben verdiente das Prädikat jämmerlich!

Noch vor einem Monat hätte sie behauptet, ihr Leben sei perfekt. Alles war gelaufen wie geplant. Sie hatte eine Wohnung im richtigen Teil der Stadt besessen, in den angesagten Restaurants diniert und den richtigen Boutiquen eingekauft. Ihr Freundeskreis bestand aus reichen, bekannten oder verrückten Typen. Regelmäßig hatte sie exklusive Partys aufgesucht, wo sie von der Presse umlagert und von Männern umschwärmt war. Und natürlich hatte sie die Artikel, in denen man sich in Spekulationen über ihr Privatleben erging, mit gespieltem Desinteresse abgetan.

Ihre Karriere hatte sie an ihr Ziel geführt. Ins Rampenlicht.

Dann gestattete sie sich mal wieder einen Liebhaber. Einen zuvorkommenden, geschliffenen älteren Herrn, wie er ihr gefiel. Einen Franzosen. Der natürlich verheiratet war, aber das hatte sie als bloße Formsache mit einem Schulterzucken abgetan. Ein durchaus modernes Hindernis, das sich am Ende selbstverständlich überwinden ließ. Die Tatsache, dass sie zur Geheimhaltung ihres Verhältnisses gezwungen gewesen war, hatte den Reiz der Affäre noch erhöht. Einen Reiz, den sie, wie sie nun erkannte, fälschlicherweise als Zeichen ihrer Leidenschaft gewertet hatte.

Und nun war es vorbei.

Sie hätte nicht gedacht, dass man sie so schockieren oder verängstigen konnte wie bei dem Verhör in Athen. Das Entsetzen darüber, allein zu sein, hatte ihr gezeigt, dass sie recht unsanft aus einer Welt der Privilegien in eine Welt der Gefahren hineingeschlittert war. Und als keiner ihrer schicken Freunde zu ihrer Rettung auftauchte, war sie gezwungen, allein für sich einzustehen und zu überdenken, um wen es sich bei Margo Sullivan überhaupt handelte.

Aber offenbar hatte es noch nicht gereicht.

Sie setzte sich auf einen Stein und zupfte gedankenverloren eine wattige weiße Blüte von ihrem schlanken Stiel. Laura wüsste bestimmt, wie diese Blume hieß, überlegte sie. Aber schließlich war Laura selbst, trotz der Privilegien, die sie seit ihrer Geburt genoss, eher der Wildblumentyp, während Margo aus dem Gewächshaus zu stammen schien.

Sie war ruiniert.

Irgendwie sah die Aussicht auf einen Bankrott harmloser aus, ehe Kate mit ihren nüchternen Zahlen aufwartete. Nun musste sie jedoch der Realität ins Auge sehen. Sie war oder würde bald ohne ein Dach über dem Kopf, ohne ein Einkommen, ohne eigenes Konzept sein.

Die Blume in ihrer Hand weckte ihr Interesse. Sie war einfach und stur; sie schob ihre Wurzeln in den kargen Untergrund und kämpfte sich hinauf ans Sonnenlicht. Risse man die Blüte vom Stängel ab, so wüchse in Bälde eine zweite nach.

Jetzt begriff sie, dass sie in ihrem ganzen Leben noch nie gezwungen war zu kämpfen. Und sie fürchtete, einfach dahinzuwelken, wenn sie jetzt nicht die Initiative ergriff.

»Wartest du auf Seraphina?«

Margo sah weiterhin unverwandt auf die Blume, als Josh zu ihr auf die Klippe balancierte. »Nein, ich döse bloß.«

»Laura fährt die Mädchen zu ihrem Ballettunterricht, und ich dachte, ein Spaziergang wäre vielleicht genau das Richtige für mich.« In der Tat hatte er überlegt, ob er schnell eine Runde Tennis spielen sollte, als er durch das Fenster seines Schlafzimmers Margo allein da draußen sitzen sah. »Was macht Kate?«

»Arbeitseifrig und effizient wie eh und je. Zweifellos ist Bittle und Partner für sie der Himmel auf Erden.«

Er erschauerte. »Allmächtiger!«

Das leise Lachen tat ihr gut, so dass sie die Haare nach hinten warf und die Zähne zeigte. »Wir sind so furchtbar oberflächlich, du und ich. Wie halten wir es überhaupt nur mit uns aus?«

»Indem wir nie lange genug still stehen, um uns genau zu betrachten. Ist es das, weshalb du im Augenblick so niedergeschlagen bist?« Er zupfte an ihrem Haar. »Hast du dich selbst vielleicht zu genau studiert?«

»Das passiert nun mal, wenn einem der Spiegel vorgehalten wird.«

Er nahm ihr die getönte Sonnenbrille ab und sah sie mit zusammengekniffenen Augen an. »Die reinste Hexenvisage«, sagte er, ehe er ihr die Brille wieder auf die Nase schob. »Willst du wissen, wie sie auf mich wirkt?«

Sie stand auf und wanderte näher an den Klippenrand. »Ich bin mir nicht sicher, ob ich einen weiteren Tiefschlag heute noch verkrafte. Du hast dir bisher noch nie die Mühe gemacht, allzu nett zu mir zu sein.«

»Weshalb sollte ich auch? Eine Frau deines Aussehens kriegt ohnehin so viele Komplimente, dass sie die weniger einfallsreichen gar nicht mehr zur Kenntnis nimmt. Du bist die schönste Frau, die mir je begegnet ist.« Sie drehte sich langsam zu ihm um, und auch wenn ihr Blick hinter der Brille nicht zu erkennen war, spürte er ihr Erstaunen. »Ein sündiges Gesicht und ein Körper, der zur Erotik wie geschaffen ist. Es ist eine Höllenstrafe für einen Mann, wenn er dich begehrt. Du verströmst überbordenden, heißen Sex und stellst eine ungezügelte Wildheit zur Schau, auch wenn es dir selbst nicht unmittelbar bewusst ist. Ein Blick, ein Nicken, eine Geste genügt bereits. Du besitzt da ein phänomenales und hin und wieder grausames Talent. Aber natürlich bin ich nicht der Erste, der dir das sagt.«

»Nicht ganz«, murmelte sie, wobei sie sich fragte, ob sie geschmeichelt oder beleidigt war.

»Aber das meiste davon ist einfach ein Versehen der Natur.« Er stand auf und trat neben sie. »Du bist geboren, ein Traum zu sein. Und vielleicht kannst du auch nur das.«

Der Schmerz kam so plötzlich, dass sie nach Atem rang. »Das war gemein, Josh. Und zugleich typisch für dich.«

Sie wirbelte herum, doch er nahm unsanft ihren Arm. »Ich bin noch nicht fertig.«

Außer sich vor Zorn starrte sie ihn an. Hätte sie sich von ihm losreißen und ihm das Gesicht zerkratzen können, hätte sie es getan. »Lass mich in Ruhe. Menschen wie dich habe ich wirklich satt. Ihr schmückt euch gern mit mir, solange ich angepasst und lustig bin. Die Frau, mit der man gern auf eine Party geht. Wenn man sich ein bisschen amüsieren will, ruft man sie gerne an. Aber sobald es auch nur die geringsten Schwierigkeiten gibt, kommt ihr daher und reibt mir hin, dass ich von Anfang an nur eine kleine Nummer war, die sich erdreistet hat, mehr vom Leben zu verlangen, als ihr von Geburt aus zusteht.«

Seine Hände glitten zu ihren Handgelenken hinab, ehe er sich mit immer noch nervtötend ruhiger Stimme erkundigte: »Und, bist du das?«

»Jedenfalls bin ich kein verdammtes Titelbild. Ich habe Gefühle und Ängste und Bedürfnisse. Und ich brauche niemandem etwas zu beweisen, außer mir selbst.«

»Gut. Gut für dich. Wurde auch allmählich Zeit, dass du das kapierst.« Mit einer Leichtigkeit, die sie verwirrte und gleichzeitig ergrimmte, zog er sie vom Klippenrand zurück und drückte sie auf einen Stein, ehe er, ohne sie loszulassen, vor ihr in die Hocke ging. »Du hast selbst mit deinem Äußeren und mit den Illusionen, die du durch dein Aussehen wecken kannst, herumgespielt. Und nur du allein kannst dafür sorgen, dass deine Umwelt auch den Menschen sieht, der sich dahinter verbirgt.«

»Erzähl mir nicht, was ich machen soll. Wenn du mich nicht sofort loslässt ...«

»Halt die Klappe. Hör mir nur einmal zu.« Er schüttelte sie so heftig, dass ihr vor Überraschung die Kinnlade herunterfiel. »Auch daran wirst du dich gewöhnen müssen«, erklärte er. »Dass man dich wie einen Menschen behandelt und nicht wie eine verwöhnte Barbiepuppe. Die Wirklichkeit hat dich eingeholt, Herzogin. Und jetzt musst du sehen, wie es sich darin leben lässt.«

»Was weißt denn du schon davon?« Ihre Verbitterung schnürte ihr die Kehle zu. »Du bist doch mit dem goldenen Löffel im Mund auf die Welt gekommen. Niemals musstest du um etwas kämpfen, was du haben wolltest. Nichts weißt du von den Sorgen, ob man dich akzeptiert oder liebt oder sich auch nur für dich als Person interessiert.«

Stumm sah er sie an. Keine Ahnung hatte sie davon, dass er

seit Jahren verzweifelt und hoffnungslos hinter ihr her jagte. »Im Augenblick geht es ja wohl kaum um mich, oder was meinst du?«

Angestrengt starrte sie aufs Meer hinaus. »Es ist mir egal, was du von mir hältst.«

»Gut, aber trotzdem sage ich es dir. Du bist eine verwöhnte, leichtfertige und ungebärdige junge Dame, für die lange Zeit nichts außer dem Vergnügen des Augenblicks zählte. Bisher hat deine Karriere dir die Erfüllung deiner Träume garantiert. Und jetzt trifft dich dieser herbe Schlag. Es wird sicher interessant zu beobachten, ob du dich mithilfe deiner anderen Qualitäten wieder hochrappelst.«

»Oh?«, gab sie sich eisig. »Willst du etwa tatsächlich behaupten, dass ich noch andere Qualitäten besitze außer der, dass ich nicht vollkommen hässlich bin?«

Er fragte sich, welch perverse Windung seines Hirns dafür verantwortlich war, dass er ihren frostigen, herablassenden Ton bewunderte. »Du stammst aus einer starken, widerstandsfähigen Familie, Margo, und hast ein Temperament, das dich nach einem Fehlschlag wieder auf die Beine kommen lässt.« Nachdenklich hob er ihre Hände an seinen Mund und küsste sie. »Du bist den Menschen, die du liebst, gegenüber loyal und warmherzig und voller Mitgefühl. Und deinen Mangel an gesundem Menschenverstand machst du durch Humor und Charme wieder wett.«

Beinahe hätten sich die Gefühle, die er durch diese Worte in ihr wachrief, durch Lachen, Tränen oder Schreien Luft gemacht. Stattdessen jedoch setzte sie eine reglose Miene auf und blieb bei ihrer kühlen Reserviertheit. »Eine faszinierende Analyse, wenn ich so sagen darf. Am besten schickst du mir die Rechnung zu, da ich im Augenblick leider kein Bargeld bei mir habe.«

»Das war gratis.« Er zog sie wieder auf die Füße und strich ihr sanft das Haar aus dem Gesicht. »Hör zu, falls du etwas brauchst, bloß so übergangsweise, bis …«

»Wag es ja nicht, mir Geld anzubieten«, schnauzte sie. »Hier geht es nicht um irgendeine verarmte Angestellte, der gegenüber man Milde an den Tag legt.«

Nun war die Reihe an ihm, gekränkt zu sein. »Ich dachte, du bist eine Freundin.«

»Tja, dann bitte ich dich darum, dein Geld auf deinem Schweizer Nummernkonto liegen zu lassen, mein Guter. Ich komme durchaus allein zurecht.«

»Wie du willst.« Achselzuckend bot er ihr seine Hand. »Wie wäre es, wenn du mich im Wagen mit nach Hause nimmst?«

Sie setzte ein kühles Lächeln auf. »Am besten hältst du deinen edlen Daumen in die Luft. Vielleicht erbarmt sich ja jemand.« Graziös und geschmeidig kletterte sie über die Felsen zur Straße zurück, und wenige Augenblicke später drang das Röhren seines eigenen Wagens und das Quietschen von Reifen an sein Ohr.

Himmel, dachte er und stöhnte. Er war wirklich verrückt nach ihr.

Als sie das Haus betrat, kochte sie immer noch vor Zorn. Vor lauter Ärger dauerte es einen Moment, bis sie hörte, dass sich in der Bibliothek jemand unterhielt. Ruhige, vernünftige Stimmen drangen an ihr Ohr. Allzu ruhig, erkannte sie. Voller Zurückhaltung, von geradezu bissiger Höflichkeit.

Fröstelnd erkannte sie, dass dieser leblose Wortaustausch ein Gespräch zwischen Eheleuten war. Wie sehr sie so etwas auch immer ermüdete, zog sie den leidenschaftlichen Streit, den sie eben mit Josh ausgefochten hatte, dem streng kontrollierten Geplänkel zwischen Laura und Peter vor.

Da die schwere Tür des Raumes offenstand, trat sie auf die Schwelle und knöpfte sich das Szenarium genauer vor. Was für ein gepflegtes Ambiente, dachte sie, diese hohen Decken, zwei Ebenen, an deren Wänden man neben zahllosen Bücherregalen eine Reihe hübscher Bogenfenster sah. Den alten Buchara-Läufer und das gemütliche Ledermobiliar. Ein zivilisierter Raum, dachte sie abermals, für einen zivilisierten Streit.

Einfach grauenhaft.

»Es tut mir sehr leid, dass du so empfindest, Peter. Aber ich kann deinen Standpunkt einfach nicht teilen.«

»Das Geschäft, die Führung der Templeton Hotels, unsere Stellung in der Gesellschaft und der Umgang mit den Medien haben dich ja wohl noch nie interessiert. Ich hingegen wäre wohl kaum in der Position, in der ich bin, und hätte wohl kaum die Verantwortung, die man mir übertragen hat, wenn deine Eltern und der Aufsichtsrat nicht wüssten, dass meine Meinung einen gewissen Respekt verdient.«

»Das ist sicher wahr.«

Margo trat lautlos einen Schritt vor, so dass sie Laura vor einem der Fenster stehen sah. Sie hatte die Hände locker vor dem Bauch verschränkt, doch ihr Blick drückte einen solchen Zorn und zugleich eine solche Trauer aus, dass Margo sich fragte, was für ein blinder Klotz dieser Peter Ridgeway doch war.

Peter selbst hatte sich, ganz in der Pose des Hausherrn, vor dem herrlichen Adam'schen Kamin aufgebaut, eine Hand auf den Sims und die andere um einen Schwenker aus Waterfordkristall gelegt, in dem heller, unverdünnter Scotch schimmerte.

»In diesem Fall«, fuhr Laura in derselben ruhigen, tonlosen Stimme fort, »glaube ich nicht, dass die Familie deine Besorgnis teilt. Josh ganz sicher nicht.«

Höhnisch lachte Peter auf. »Josh ist auch nicht gerade dafür berühmt, dass er sich sonderlich um den Ruf seiner Familie schert. Er vergnügt sich lieber in irgendwelchen Clubs oder macht sich mit dem europäischen Pöbel gemein.«

»Sei vorsichtig.« Auch wenn Laura nur murmelte, verriet ihre Stimme, dass sie ihre Warnung ernst meinte. »Du und Josh, ihr geht die Dinge nun einmal auf verschiedene Art und Weise an, aber ihr seid beide wichtige Bestandteile von Templeton. Ich habe lediglich zum Ausdruck bringen wollen, dass Templeton House auch Joshs Meinung nach Margos Zuhause ist. Und da ich ahnte, dass es zu dieser Auseinandersetzung zwischen uns beiden kommen würde, habe ich vorsorglich heute Morgen mit meinen Eltern telefoniert. Sie sind glücklich über Margos Rückkehr.«

Bei diesen Worten wurde Peters Mund ein dünner, weißer Strich. Margo hätte sich über diese Reaktion gefreut, hätte er seinen Zorn nicht gegen seine Frau gerichtet. »Es wundert mich nicht, dass du wieder mal hinter meinem Rücken gehandelt hast. Schließlich ist das typisch für dich, nicht wahr? Sobald wir einmal unterschiedlicher Meinung sind, rennst du zu deiner Mom und deinem Dad.«

»Das ist nicht wahr, Peter.« Ihre Stimme verriet eine gewisse Müdigkeit, und als gäbe sie ihrer Erschöpfung nach, setzte sich Laura auf die Fensterbank. In dem sanften Licht, das durch das herrliche Bogenfenster in ihrem Rücken hereinfiel, wirkte sie zerbrechlich, blass und herzerweichend schön. »Und mit unseren privaten Problemen habe ich mich erst recht noch nie an sie gewandt. In diesem Fall ging es, wie du immer so schön sagst, einzig ums Geschäft.«

»Und für geschäftliche Dinge bin nun einmal ich zuständig, und nicht du!« Seine Stimme verriet bei aller äußeren Gelassenheit mühsam beherrschte Ungeduld. »Deine Aufgabe besteht darin, den Haushalt reibungslos zu gestalten und dass es den Kindern an nichts fehlt. Aber beide Aufgaben stellst du hinter eine fehlgeleitete Loyalität zurück.«

»Meine Kinder stelle ich hinter nichts und niemanden zurück.«

»Ach, nein?« Seinen Mund umspielte ein boshaftes Lächeln, als er einen Schluck aus seinem Schwenker nahm. »Ich nehme an, dass du mit Maniküre und Haushalt zu beschäftigt warst, um zwischendurch ein wenig fernzusehen? Eine der Mittagssendungen hat deiner alten Freundin ganze dreißig Minuten gewidmet. Eins der interessantesten Bilder zeigte sie, wie sie oben ohne an Deck einer Yacht in der Sonne lag. Einige ihrer engsten Freunde haben Interviews gegeben, in denen es um ihre zahlreichen Affären und ihren sogenannten freizügigen Lebensstil ging. Natürlich blieben auch ihre Beziehung zur Familie Templeton und ihre jahrelange Freundschaft mit Laura Templeton Ridgeway nicht unerwähnt.«

Erfreut, dass sie darauf nichts erwiderte, nickte er. »Es wurde sogar ein Bild von euch beiden zusammen mit den Kindern gezeigt. Darüber hinaus hat einer der Ober im Country Club den Reportern geradezu begeistert erzählt, wie ihr beide zusammen mit einer nicht genannten Dritten vor ungefähr zwei Jahren nach reichlich Champagner und einem üppigen Lunch kichernd am Pool gelegen habt.«

Laura sah ihn wie versteinert an. »Da wird Kate aber enttäuscht sein, dass ihr Name unerwähnt blieb.« Am Ende ihrer Geduld, winkte sie mit der Hand, stand auf, und er sah, dass das, was er als Scham gedeutet hatte, echter Ärger war. »Wirklich, Peter, das ist doch einfach lächerlich. Als wir das letzte Mal an der Riviera waren, fandest du mich albern, weil ich zu schüchtern war, um oben ohne an den Strand zu gehen; und jetzt verurteilst du Margo, weil sie sich so sehen lässt. Und falls dieser sogenannte Freund wirklich einer gewesen wäre, hätte er sich nicht dafür bezahlen lassen, sie in einem Interview in die Pfanne zu hauen. Darüber hinaus betrinkt sich beinahe die Hälfte der Frauen, die ich kenne, mit schöner Regelmäßigkeit im Club. Wenn wir uns mal Champagner genehmigen, üppig zu Mittag essen und fröhlich sein wollten, weil sich endlich die Gelegenheit zu einem Zusammensein ergab, dann geht das außer uns ja wohl niemanden etwas an.«

»Du bist nicht nur blind und starrsinnig, sondern obendrein noch fürchterlich naiv. Außerdem dulde ich die Einstellung, die du mir gegenüber in letzter Zeit entwickelt hast, nicht länger. Ist das klar?«

»Was für eine Einstellung?«

Krachend stellte er seinen Schwenker auf den Sims. »Dass du all meine Entscheidungen infrage stellst, dich meinen Wünschen widersetzt, deine Pflichten gegenüber der Familie vernachlässigst. Margos Auftauchen ist doch nur ein Vorwand für dich, dich weiterhin gegen mich zu stellen.«

»Dafür brauche ich gar keinen Vorwand.«

»Offensichtlich nicht. Aber lass es mich anders ausdrücken, deutlicher, damit du es verstehst. Ich komme erst dann zurück nach Haus, wenn diese Person verschwunden ist.«

»Soll das etwa eine Drohung sein?« Langsam nickte sie. »Ich fürchte, du machst dich, was meine Antwort darauf betrifft, besser auf eine böse Überraschung gefasst.«

Eilig betrat Margo die Bibliothek. »Hallo, Peter! Keine Sorge, ich sehe dich ebenso gerne wie du mich.«

Mit einem strahlenden Lächeln schlenderte sie zur Bar und schenkte sich, auch wenn sie normalerweise kaum etwas anderes als Wein trank, zwei Finger breit Scotch in ein Glas. Irgendwie musste sie sich beschäftigen.

»Sicher störe ich, aber ich war gerade auf dem Weg zu Mum.« Sie nahm einen großen, beruhigenden Schluck und schüttelte sich.

»Über dein jüngstes Debakel scheinst du ja erstaunlich gut hinweggekommen zu sein«, stellte Peter fest.

»Oh, du kennst mich doch. Ich bin einfach nicht der Typ, der sich unterkriegen lässt.« Sie hob die Hand, so dass er das Glitzern ihrer Ringe sah. »Tut mir leid, dass ich die Sendung verpasst habe, von der du eben sprachst. Hoffentlich ist die Aufnahme von mir beim Sonnenbaden gelungen. Weißt du, diese Teleobjektive verzerren die Dinge gelegentlich.« Immer noch lächelnd prostete sie Peter zu. »Und du und ich, wir beide wissen schließlich, wie wichtig das äußere Erscheinungsbild eines Menschen ist, nicht wahr?«

Er gab sich nicht die geringste Mühe zu verhehlen, wie sehr er sie verachtete. Seit jeher war sie für ihn nichts weiter als die lästige Tochter der Wirtschafterin. »Es ist nun einmal so, dass man beim Belauschen der Privatgespräche anderer nur selten etwas Schmeichelhaftes hört.«

»Da hast du vollkommen recht.« Entschlossen nippte sie ein zweites Mal an ihrem Scotch. »Was du sicher ebenfalls erführest, wenn du jemals mit anhören würdest, was ich über dich hinter deinem Rücken sage. Aber sei beruhigt. Ich war gerade auf dem Weg zu meiner Mutter, um ihr mitzuteilen, dass ich wieder nach Mailand muss.«

Traurig trat Laura auf die Freundin zu, so dass sie plötzlich zwischen den beiden Streithähnen stand. »Margo, das kann nicht dein Ernst sein.«

Sie nahm Lauras Hand und drückte sie. »Oh doch! Ich habe noch etliche Dinge dort zu erledigen. Diese kurze Atempause hat mir gutgetan, aber jetzt muss ich zurück und mich um allerhand kümmern.«

Ohne auf Peter zu achten, nahm sie Laura in den Arm. »Ich liebe dich, Laura!«

»Bitte sag das nicht in einem solchen Ton.« Alarmiert machte sich Laura von ihr los und sah sie fragend an. »Du kommst doch wohl zurück?«

Margo zuckte mit den Schultern, obgleich sich ihr Magen schmerzlich zusammenzog. »Wir werden sehen. Aber auf jeden Fall melde ich mich bei dir. Und jetzt muss ich wirklich zu Mum, bevor ich mich ans Packen mache.« Ein letztes Mal umarmte sie Laura, ehe sie sich zum Gehen wandte. Nicht sicher, ob sie je noch einmal die Gelegenheit dazu bekam, drehte sie sich um und sah Peter mit ihrem verführerischsten Lächeln an. »Übrigens: Du bist ein arrogantes, egoistisches, großspuriges Arschloch, wenn ich mal deutlich werden darf. Du warst weder gut genug für sie, als sie dich geheiratet hat, noch bist du es jetzt oder wirst es jemals sein. Das zu wissen muss die Hölle für dich sein.«

Nie zuvor, dachte Margo, während sie lautlos über die Schwelle glitt, hatte sie einen besseren Abgang hingelegt.

»Ich laufe nicht davon«, wiederholte Margo, während sie eilig ihre Kleider in die Koffer warf.

»Ach nein?« Ann sah ihre Tochter ratlos an. Immer in Eile, dachte sie, immer unterwegs. Niemals machte sie halt und dachte über irgendetwas nach.

»Ich würde ja bleiben, wenn ich könnte – nichts lieber als das, aber ...« – sie nahm einen Kaschmirpullover aus dem Schrank – »es ist leider unmöglich.«

Aus Gewohnheit nahm Ann ihrer Tochter den Pullover ab und faltete ihn ordentlich, ehe sie ihn in den Koffer legte. »Du solltest besser auf deine Sachen achten. Und auf deine Freundinnen. Du lässt Miss Laura in einer Situation allein, in der sie dich dringend braucht.«

»Verdammt, ich gehe fort, damit sie es leichter hat.« Ungeduldig warf Margo ihr Haar zurück. »Kannst du denn nicht verstehen, dass ich endlich einmal etwas richtig machen will? Sie ist unten in der Bibliothek und streitet sich meinetwegen mit Peter. Er hat gedroht, wenn ich bleibe, verlässt er sie. Weil er mich einfach nicht will hier in diesem Haus!«

»Dies ist Templeton House«, erwiderte Ann schlicht.

»Und er lebt hier. Laura ist seine Frau. Ich hingegen bin nichts weiter als ...«

»... die Tochter der Wirtschafterin. Seltsam, du erinnerst dich immer nur daran, wenn es dir gelegen kommt. Trotzdem bitte ich dich zu bleiben und ihr beizustehen.«

Oh, wie leicht rief ihre Mutter Schuldgefühle in ihr wach, dachte sie erbost, während sie eine Bluse vom Bügel riss. Auf Vorwürfe ihrer Mutter reagierte sie wie der Pawlow'sche Hund, wenn die Glocke läutete. »Ich bin ein Grund für zusätzliche Spannungen in ihrer Ehe und bringe sie nur in Verlegenheit. Aber ich werde nicht bleiben, um mit anzusehen, wie sie zwischen mir und dem Mann, mit dem sie seit zehn Jahren verheiratet ist, hin- und hergerissen wird. Du weißt, dass ich sie liebe.«

»Ja.« Ann stieß einen Seufzer aus. »Ja, das weiß ich. An Loyalität hat es dir nie gemangelt, Margo. Aber ich sage dir, sie braucht dich hier. Ihre Eltern sind irgendwo in Afrika auf Fotosafari. Sie wissen kaum etwas darüber, was hier in diesem Haus passiert, und sicher ebenso wenig von deiner Krise. Sonst kämen sie auf der Stelle her. Aber du bist hier und gehörst hierher. Wenn du doch nur einmal auf mich hören würdest, einmal tun würdest, worum ich dich bitte.«

»Das geht nicht.« Sie lächelte dünn. »Einige Dinge ändern sich einfach nie. Kate und Josh sind hier. Und du«, fügte sie hinzu. »Ich hingegen verschwinde lieber, damit sie die Dinge mit Peter klären kann. Falls es das ist, was sie will. Obwohl wahrscheinlich nur der liebe Gott versteht …« An dieser Stelle winkte sie ab. »Das ist allein ihre Sache. Vor mir liegt jetzt die Aufgabe, nach Mailand zurückzufliegen und dort zu regeln, was zu regeln ist. Ich muss zusehen, dass ich mein Leben wieder in den Griff bekomme.«

»Nun, du hast viel Porzellan zerschlagen, also räumst du die Scherben am besten auch selber wieder auf. Aber du wirst ihr wehtun, wenn du gehst«, fügte sie leise hinzu. Ebenso wie mir, dachte sie. Kannst du nicht sehen, wie weh es mir tut, dich gleich wieder ziehen zu lassen, nachdem du gerade erst angekommen bist?

»Wenn ich bliebe, täte ich ihr genauso weh. So oder so kann ich ihr nicht das Geringste abnehmen. In Mailand werde ich zumindest versuchen, selbst wieder auf die Beine zu kommen. Ich brauche Geld, ich brauche einen Job.«

»Du hast schon immer viel gebraucht.« Ann musterte ihre Tochter resigniert. »Tja, nun, natürlich sind deine eigenen Bedürfnisse wichtiger als Lauras Befinden. Dann bestelle ich dir jetzt mal ein Taxi zum Flughafen.«

»Mum!« Margo sah Annie traurig an. »Ich versuche doch nur, das Richtige zu tun. Wenn es ein Fehler ist, dann ist es ein Fehler, aber ich gebe mir wirklich Mühe. Versuch das doch bitte zu verstehen!«

»Jedenfalls gehst du schon wieder, obwohl du gerade erst nach Haus gekommen bist.« Ohne sich von Margo zu verabschieden, trat Ann in den Flur hinaus und zog die Tür hinter sich ins Schloss.

6

Margo hatte sich bereits bei ihrem ersten Besuch unsterblich in die Stadt verliebt. Paris hatte sie betört, Rom Ehrfurcht in ihr geweckt, London machte Spaß. Aber einzig an Mailand hatte sie ihr Herz verloren, die Metropole mit belebten Straßen, ihrer Eleganz und gleichzeitig bunt gemischten Leichtlebigkeit.

Ihre Karriere hatte sie als die Realisierung ihrer Kinderträume angesehen. Ihr Reiseglück, die Wanderlust, die schon immer Teil ihrer Seele gewesen war, hatten sich erfüllt. Doch zugleich hatte sie auf eine ganz eigene Art Wurzeln gebraucht, eine Basis, wo sie sich daheim fühlte.

Die Wohnung hatte sie ganz spontan gewählt, weil sie dem Charme des Gebäudes mit seinen reizenden Terrassen, von denen man die Straße und die hoch in den Himmel ragenden Türme des Doms sah, gleich auf den ersten Blick erlegen war. Und weil gleich um die Ecke die eleganten Läden des Montenapoliane lagen.

Jetzt stand sie auf ihrer Terrasse, nippte kühlen Weißwein,

beobachtete den abendlichen Verkehr und lauschte dem hohen Zweiklang eines Martinshorns, während die untergehende Sonne der Umgebung einen goldenen Glanz verlieh und in ihr die Sehnsucht nach einem Menschen weckte, mit dem sie all diese Schönheit teilen konnte.

Es war richtig gewesen zurückzufliegen. Vielleicht war dies die erste echt selbstlose Tat seit allzu langer Zeit. Obgleich Laura mit ihr gestritten hatte, bis sie endlich in das Taxi gestiegen war, und Josh ihr durch die Blume sagte, dass sie seiner Meinung nach nur wieder einmal die Flucht ergriff, freute sie sich, den Abschied geschafft zu haben.

Trotzdem war es nicht immer angenehm, das Richtige zu tun. Die Angst, mit der sie die Gegenwart und auch die Zukunft betrachtete, quälte sie weniger als die Einsamkeit.

In der Woche seit ihrer Rückkehr war sie weder ans Telefon gegangen, noch hatte sie auf eine der zahlreichen Nachrichten auf dem Anrufbeantworter reagiert. Die meisten stammten sowieso von Reportern oder von Bekannten, die darauf hofften, dass sie zu den gegen sie erhobenen Vorwürfen Stellung nahm. Einige der Anrufe jedoch betrafen Angebote, die sie langfristig nicht ausschlagen konnte.

Wäre sie tatsächlich so tapfer, wie sie stets behauptete, dachte sie, dann zöge sie irgendein aufreizendes, schwarzes Kleidchen an und suchte eine ihrer Lieblingskneipen auf. Vielleicht fände sie ja später noch den Mut dazu, im Augenblick jedoch fühlte sie sich noch zu verwundbar.

Sie trat durch die Terrassentür in den Wohnbereich des Appartements. Abgesehen von ein paar Geschenken hatte sie jedes Stück selbst ausgewählt. Ohne Dekorateur hatte sie das Abenteuer genossen, jedes Kissen und jede Lampe persönlich zu erwerben.

Die Einrichtung spiegelte ihren Geschmack, dachte sie, und setzte ein beinahe reumütiges Lächeln auf. Vielfältig. Oh nein, verbesserte sie sich – eher ein wenig wirr. An der Wand stand ein antikes Schränkchen mit Limoges-Porzellan und Steuben-Glas, während in der Mitte des Zimmers eine japanische Truhe als Kaffeetisch fungierte, auf der eine riesige Schale aus Waterford-Kristall voller farbenfroher, mundgeblasener Früchte thronte.

Außer mit Tiffany-Lampen war der Raum mit Art déco und selbst mit einem Doulton'schen Leuchter geschmückt, auf dem ein sitzender Buddha prangte und für dessen Hässlichkeit sie auf einer Auktion ein wahres Vermögen hingeblättert hatte.

Sämtliche Zimmer der Wohnung waren bis unter die Decke vollgestopft. Mit Tintenfässern, die sie einmal angeschleppt hatte, mit russischen Dosen, Briefbeschwerern, Vasen, Flaschen – alles von der Mode diktierte Sammelstücke.

Trotzdem verliehen erst diese Gegenstände der Wohnung ihre liebenswerte Gemütlichkeit, überlegte sie, während sie sich auf das weiche Sofa warf. Die Gemälde waren gut. Man hatte ihr gesagt, sie hätte einen Blick für Kunst; die Straßenszenen, die an ihren Wänden hingen, wurden auch höheren Ansprüchen gerecht und brachten Leben in ihr Heim.

Dies war ihr Heim, ihre eigene Welt. Margo zündete sich eine Zigarette an. Ewig konnte sie sich hier freilich nicht verstecken.

Vielleicht packte sie am besten den Stier bei den Hörnern und nähme das Angebot des *Playboy* an. Mit zusammengekniffenen Augen dachte sie nach, während sie bedächtig an ihrer Zigarette zog. Warum auch nicht? Oder warum verkaufte sie ihre jämmerliche Geschichte nicht doch der Sensationspresse, deren Vertreter ständig auf ihren Anrufbeantworter brabbelten? So oder so käme sie zumindest wieder zu Geld. So oder so würde sie gezwungen sein, sich vor der grinsenden Welt splitternackt auszuziehen.

Was nützte ihr der Rest ihres Stolzes denn noch?

Verdammt, oder sollte sie die sogenannte Gesellschaft schockieren, indem sie all ihre Möbel auf die Straße stellte und im

Rahmen einer wilden Versteigerung an den Meistbietenden verscherbelte?

Lachend stellte sie sich die Gesichter ihres ach so höflichen und anständigen Portiers und ihrer ach so elitären Nachbarn vor. Und die stets hungrige Presse veranstaltete einen großen Trommelwirbel!

Warum also ließ sie sich nicht für das Mittelblatt eines Hochglanzherrenmagazins ablichten, mit nichts als ein paar strategisch günstig platzierten Heftklammern auf dem Leib? Oder wen würde es interessieren, wenn sie ihren Stolz überwand und in einer Sonntagsbeilage oder Anzeigenpostille über ihr Elend jammerte?

Niemand erwartete etwas Neues von ihr. Vielleicht, dachte sie und drückte verzagt ihre Zigarette aus, nicht einmal sie selbst.

Aber alles zu verkaufen, was sie besaß, in aller Öffentlichkeit zu handeln, damit sie wieder zu Bargeld kam, erschien ihr allzu … kleinbürgerlich.

Nun, irgendetwas musste sie jedenfalls tun. Die unbezahlten Rechnungen stapelten sich auf dem Küchentisch, und sicher hätte sie bald kein Dach mehr über dem Kopf, wenn sie nicht ihre Steuerschuld beglich.

Sie nahm an, der logischste Schritt wäre derjenige zu einem diskreten Juwelier mit gutem Namen, welcher ihren Schmuck übernähme. Auf diese Weise hätte sie zumindest wieder ein bisschen den Rücken frei. Der viereckige Saphir an ihrer Hand stach ihr ins Auge. Für welche Summe sie ihn einst erstanden hatte, war ihr entfallen.

Aber das spielte sicher keine Rolle, überlegte sie. Kate hatte den aktuellen Verkaufswert festgelegt, und im Augenblick ging es einzig darum, was sie für den Ring bekam. Eilig stand sie auf, ging in ihr Schlafzimmer, öffnete den in die Zedernholztruhe am Fußende des Bettes eingebauten Safe und nahm diverse

Schachteln und Etuis heraus. Innerhalb weniger Augenblicke lag ein Haufen glitzernder Geschmeide auf dem Bett.

Du liebe Güte, hatte sie sich im Lauf der Zeit tatsächlich ein ganzes Dutzend Uhren zugelegt? Was war nur los mit ihr? Und welcher Teufel hatte sie geritten, diesen juwelenbesetzten Kragen zu kaufen? Er sah wie ein Kleidungsstück aus *Star Trek* aus. Haarkämme aus Markasit. Obgleich sie nie Kämme in den Haaren trug.

Die Spannung zwischen ihren Schulterblättern legte sich, während sie die einzelnen Gegenstände musterte, voneinander trennte und Entscheidungen traf. Es gab Dutzende von Stücken, die sie ohne das geringste Bedauern verkaufen könnte, dachte sie. Auf jeden Fall bekäme sie auf diese Weise sicherlich genug für die nächsten paar Monate.

Und Garderobe besaß sie ebenfalls im Überfluss.

Mit geradezu manischer Energie sprang sie auf und rannte in Richtung ihres gewaltigen Garderobenschranks, an dessen Stange eine Unzahl von Kleidern, Kostümen und Jacken hing. In den Regalen standen Dutzende von Schuhen in Reih und Glied, während man in den eingebauten Schubladen zahllose Tücher und Gürtel fand. Ein dreigeteilter, mit Leuchtelementen gerahmter Spiegel reflektierte ihr Bild, als sie hektisch Bügel um Bügel von der Stange nahm.

Da gab es doch diese auf Designerstücke spezialisierten Secondhand-Geschäfte. Tatsächlich hatte sie vor einer Ewigkeit ihre erste Fendi-Tasche selbst in einem solchen Laden in Knightsbridge gekauft. Und wenn sie in einem Secondhand-Laden kaufen konnte, dann sollte, zum Kuckuck, auch ein Verkauf an ein solches Unternehmen nicht unter ihrer Würde sein.

Mit Jacken, Blusen, Röcken über dem Arm stürzte sie los, warf sie auf das Bett und rannte zu ihrem Schrank zurück.

Sie kicherte, als das Läuten der Klingel ertönte, und ignorierte das beständige Summen, bis sie plötzlich erkannte, dass sie offenbar am Rande eines Nervenzusammenbruchs stand. Beinahe hätte sie laut losgeprustet, und beim besten Willen fielen ihr keinerlei beruhigende Atemübungen aus ihren Yogakursen mehr ein.

»Vielleicht drehe ich tatsächlich durch?« Der Klang ihrer Stimme war angespannt. Die Klingel summte weiter wie ein wütender Bienenschwarm. »Also gut, also gut, ich komme ja schon!«, blaffte sie, während sie über ein Paar Wildlederstiefel stolperte. Sie ginge an die Tür, wimmelte wen auch immer sofort wieder ab und räumte dann das Chaos auf …

Kampfbereit riss sie ihren Eingang auf und starrte den Besucher mit großen Augen an. »Josh!« Weshalb nur, fragte sie sich, war er immer der letzte Mensch, den sie erwartete?

Er sah ihr zerzaustes Haar, ihre geröteten Wangen, den Morgenmantel, der ihr von der Schulter glitt, und dachte sofort voller Eifersucht, dass sie sicher Besuch hatte. »Ich war gerade in der Nähe.«

Sie kreuzte die Arme vor der Brust. »Du kontrollierst mich!«

»Laura hat mich darum gebeten.« Trotz seines charmanten Lächelns starrte er sie zornig an. Wer, zum Teufel, war bei ihr zu Gast? Wer hatte sie berührt? »Im Templeton Mailand gab es ein kleines Problem, das ich lösen musste, und ich habe ihr versprochen, bei dir vorbeizuschauen, um zu sehen, wie es dir geht.« Fragend hob er die Hände. »Also, wie geht es dir?«

»Sag Laura, dass es mir an nichts mangelt.«

»Das könntest du ihr auch selbst sagen, wenn du hin und wieder so freundlich wärst, das Telefon abzuheben.«

»Verschwinde, Josh!«

»Danke, ich komme gern für einen Augenblick herein. Nein, nein«, sagte er, während er sich an ihr vorbeizwängte. »Ich habe nicht viel Zeit.« Als sie reglos stehen blieb, zog er gütig die Tür selbst hinter sich ins Schloss. »Also gut, aber nur auf einen Drink!«

Himmel, er sah einfach phantastisch aus, dachte sie. Der arrogante Gesichtsausdruck stand ihm ebenso gut wie das sorgsam gebügelte Leinenhemd. »Vielleicht sollte ich den Wachdienst rufen und dich rauswerfen lassen.«

Als er mit einem unbekümmerten Grunzen das Wohnzimmer betrat, ballte sie die Fäuste und musterte ihn unwirsch. In der Lederjacke und der engen Jeans wirkte er männlicher als je zuvor. Sie überlegte, ob der fröhliche kleine Marco, der Portier ihres Hauses, ihn vielleicht in die Waden beißen würde, wenn sie ihn darum bat.

»Das Ölgemälde von der Spanischen Treppe hast du dir erst nach meinem letzten Besuch hier zugelegt«, bemerkte er, während er das Bild neugierig betrachtete. »Nicht schlecht. Für das Aquarell vom Französischen Viertel biete ich dir sechstausendfünfhundert.«

Sie lüftete eine Braue. »Bisher hast du dein Angebot noch bei jedem Besuch um fünfhundert erhöht. Trotzdem verkaufe ich dir die Ansicht nicht.«

Sie gehörte in die Lobby des Templeton New Orleans. Mit einem Schulterzucken tat er ihre Weigerung, ihm das Bild zu verkaufen, ab. Früher oder später bekäme er es doch. Er nahm einen Briefbeschwerer vom Tisch, warf ihn von einer Hand in die andere und betrachtete den eisig weißen Kristall, der in einer Kugel aus ebenso eisigem Milchglas schwamm. Trotzdem blieb ihm nicht verborgen, dass sie immer wieder in Richtung ihres Schlafzimmers sah.

»Sonst noch was, Josh?«

Am liebsten hätte er jemanden umgebracht. Aber immer noch trug er sein unbekümmertes Lächeln zur Schau. »Hunger! Du hast nicht zufällig irgendwas zum Essen da?«

»Du weißt genau, dass es ein Stückchen die Straße runter eine hübsche kleine Trattoria gibt.«

»Gut, da gehen wir dann später hin; aber erst hätte ich gern ein Schlückchen Wein und ein bisschen Käse hier. Aber mach dir keine Mühe«, fügte er hinzu, als sie wie angewurzelt stehenblieb. »Ich komme auch allein zurecht.« Ohne den Briefbeschwerer fortzulegen, peilte er ihr Schlafzimmer an.

»Die Küche ist da drüben«, wollte Margo ihn aufhalten.

Seine Miene wurde hart. Natürlich wusste er, wo ihre Küche war. Er kannte sich in ihrer Wohnung bestens aus, und wer auch immer gerade in ihrem Schlafzimmer steckte, würde feststellen, dass Joshua Conway Templeton ältere Rechte besaß an der Wohnungseigentümerin.

»Verdammt.« Sie packte seinen Arm, doch er zog sie einfach mit. »Ich hole dir ein Glas Wein. Aber bleib bitte …«

Doch es war bereits zu spät. Sie stieß ein frustriertes Stöhnen aus, als er über die Schwelle trat und wie vom Donner gerührt stehen blieb.

Als sie die ganze Bescherung sah, konnte sie selbst kaum glauben, dass so etwas überhaupt möglich war. Vom Schrank bis hin zum Bett ergoss sich ein wahrer Kleiderstrom – Seidenstoff auf Jeans, Kaschmir auf Baumwolle –, und wie ein schimmernder See breitete sich ihr Schmuck auf dem Teppich aus. Es sah aus, erkannte sie, als hätte ein jähzorniges Kind einen Wutanfall gehabt. Joshs Bemerkung jedoch war noch zutreffender.

»Als hätte Armani gegen Cartier einen Krieg angezettelt …«

Prickelndes Gelächter stieg in ihrer Kehle auf, und auch wenn sie sich eilig räusperte, bekam ihre Stimme einen gefährlich nervösen Unterton. »Ich … ich habe nur ein bisschen aufgeräumt.«

Der Blick, mit dem er sie bedachte, war so entgeistert, dass es endgültig um ihre Fassung geschehen war. Sie hielt sich den Bauch, stakste durch den Raum und warf sich hysterisch lachend auf das Bett, während Josh beiläufig eine leuchtend blaue Jacke aufhob und den Stoff befingerte.

»Der Mann ist einfach ein Genie«, sagte er, ehe er die Armani-Jacke neben Margo auf das Laken warf.

Bei diesem Satz brach sie erneut in schallendes Gelächter aus. »Joshua!« Sie bekam kaum noch Luft. »Du bist sicher das einzige menschliche Wesen in meiner Bekanntschaft, das sich dieses Kuddelmuddel ansehen kann, ohne sofort nach dem Notarzt zu rufen.« Sie liebte ihn für diese Unbekümmertheit, und so klopfte sie einladend neben sich aufs Bett. »Es war nur eine Phase«, sagte sie und lehnte sich an seine Schulter. »Aber ich denke, inzwischen bin ich darüber hinweg.«

Einen Arm um sie gelegt, betrachtete er eingehend den Kriegsschauplatz. »Ist das alles, was du besitzt?«

»Oh, nein«, gluckste sie. »Im zweiten Schlafzimmer steht noch ein genauso voller Schrank.«

»Natürlich.« Er küsste sie auf den Kopf und sah mit gerunzelter Stirn auf den Schmucksee. »Herzogin, was meinst du, wie viele Ohrringe du dein Eigen nennst?«

»Keine Ahnung. Den Modeschmuck habe ich noch nicht ausgepackt.« Sie stieß einen wohligen Seufzer aus. »Ohrringe sind wie Orgasmen. Man kann nie zu viele haben.«

»So habe ich es noch nie empfunden.«

»Tja, du bist eben ein Mann.« Sie tätschelte ihm freundschaftlich das Knie. »Aber jetzt hole ich erst mal den Wein.«

Unter ihrem Morgenmantel war sie nackt, und die Berührung des dünnen Seidenstoffs rief ein Kribbeln in seinen Fingerspitzen hervor. »Warum hole nicht ich ihn?« Distanz war unerlässlich, dachte er. Das Letzte, was sie jetzt brauchte, war ein röhrender Hirsch, der seinem Verlangen nach ihr erlag.

»Die Küche …«

»… ist da drüben!« Als er ihre zusammengekniffenen Augen sah, setzte er ein Grinsen auf. »Ich hatte mir vorgenommen, deinen Liebhaber einzuschüchtern, den ich hier versteckt wähnte.«

»Im Augenblick habe ich gar keinen.«

»Umso besser, meinst du nicht?« In der Gewissheit, sie ins Grübeln gebracht zu haben mit diesem Satz, spazierte er pfeifend aus dem Raum. Als er kurze Zeit später mit einer Flasche edlem Barolo aus der Küche kam, kniete sie auf dem Boden und legte die einzelnen Schmuckstücke sorgfältig in diverse Behältnisse zurück.

Er sah, dass ihr der dünne Morgenrock erneut von der Schulter geglitten war. Am liebsten hätte er den Gürtel eigenhändig festgezurrt, damit der Stoff nicht weiterrutschte und ihm Gelegenheit zu allzu verführerischen Blicken auf ihren Körper verschaffte.

Als sie sich erhob, blitzte eins ihrer langen, schlanken Beine auf. Jeder Muskel in seinem Inneren spannte sich schmerzlich an.

Das Schlimmste war, dass sie ihn vollkommen unbewusst in die Knie zwang. Hätte sie es darauf angelegt, ihn zu betören, dann hätte er sie ohne jeden Skrupel aufs Bett geworfen und sich endlich jeden Wunsch erfüllt.

Aber diese sorglose Sinnlichkeit war ein Teil von Margos Charakter.

Sie nahm das Glas, das er ihr bot, und kräuselte die Mundwinkel. »Zweifellos muss ich dir dafür danken, dass du mein Toben unterbrochen hast.«

»Könntest du mir vielleicht erzählen, wie es überhaupt zu diesem Anfall gekommen ist?«

»Einfach eine verrückte Idee.« Sie trat an die Terrassentür, riss sie auf und sog die Geräusche und die Gerüche des Abends ebenso wie das Bouquet des Weines gierig ein. »Ich liebe Mailand. Beinahe ebenso sehr wie …«

»Wie?«

Wütend auf sich selbst schüttelte sie den Kopf. »Egal. Ich überlege, wie ich es anstellen soll, dass ich einigermaßen komfortabel weiter hier leben kann. Templeton House ist für mich gelaufen.«

»Du lässt also zu, dass Peter dich von dort vertreibt?«

Zornig drehte sie sich um. Hinter ihr tanzten die Lichter von der Terrasse und verliehen der Seide ihres Morgenrocks einen verführerischen Glanz. »Peter Ridgeway ist mir scheißegal; aber ich will nicht, dass das Leben für Laura meinetwegen noch komplizierter wird, als es ohnehin schon ist.«

»Laura schafft das schon. Sie lässt sich längst nicht mehr so von Peter herumkommandieren, wie es früher der Fall war. Wärst du lange genug geblieben, dann hättest du es selbst bemerkt.«

Empörung wallte in ihr auf. Zur Hölle mit Josh dafür, dass er immer genau ins Schwarze traf. Aber ihre Stimme war gelassen, als sie sprach. »Trotzdem ist diese Verbindung nicht unproblematisch für sie. Aus irgendeinem mir unerfindlichen Grund scheint ihre Ehe ihr immer noch wichtig zu sein. Obwohl ich beim besten Willen nicht verstehe, weshalb sie für den Rest ihres Lebens an einen einzigen Mann gebunden sein will, vor allem an ein derart arrogantes Arschloch wie Peter.«

Josh nippte nachdenklich an seinem Wein. »Hattest du nicht auch vor, Alain zu heiraten, obwohl er ein schmieriger, verlogener Drogenschmuggler war?«

Sie bemühte sich um einen möglichst würdevollen Ton. »Ich wusste ja nicht Bescheid über ihn.«

»Dann also nur ein schmieriger Lügenbold?«

»Also gut, in Ordnung. Man kann sagen, dass mir meine Erfahrung eine neue Sicht der Dinge vermittelt und eine allgemeine Ablehnung der Institution Ehe in mir wachgerufen hat. Aber die arme Laura ist bereits unglücklicherweise verheiratet, und ich will die Dinge für sie, wie gesagt, nicht noch komplizieren.«

»Es ist auch dein Zuhause, um das es geht.«

Ihr Herz schwoll an, ehe es einen Knacks bekam. »Daran wird auch er nichts ändern. Aber man kann eben nicht immer, wann man will, nach Haus zurück. Außerdem war ich hier durchaus glücklich, und ich bin sicher, dass ich mich auch in Zukunft hier wieder arrangiere.«

Josh rückte ein wenig näher. »Kate sagt, dass du einen Verkauf deines Appartements in Erwägung ziehst.«

Ihr Blick verriet Verärgerung. »Manchmal redet Kate ein bisschen viel.« Sie wandte sich entschieden von ihm ab und sah auf die abendliche Stadt hinaus, ehe er sie packte und zwang, sich wieder umzudrehen.

»Sie macht sich einfach Sorgen um dich. Genau wie ich.«

»Das braucht ihr nicht. Ich habe bereits einen Plan.«

»Warum lade ich dich nicht einfach zum Abendessen ein, und du unterbreitest ihn mir?«

»Allzu viel Lust zum Erzählen habe ich nicht, aber etwas zu essen wäre sicher nicht verkehrt. Warum bleiben wir dann nicht einfach hier? Die Trattoria liefert auch ins Haus.«

»Auf diese Weise läufst du nicht Gefahr, mit irgendjemand Bekanntem zusammenzustoßen«, schloss er und schüttelte den Kopf. »Ich hätte nicht gedacht, dass du ein solcher Feigling bist.«

»Eigentlich bin ich ganz gerne feige.«

»Dann zieh dich jetzt mal lieber an.« Er strich mit einer Fingerspitze von ihrer nackten Schulter ihren Hals hinauf. Und bemerkte, dass sie ihn argwöhnisch betrachtete. »Denn hier bist du in noch viel größerer Gefahr!«

Beinahe hätte sie ihren Morgenmantel zurechtgezupft. Seltsam, wie ihre Haut an der Stelle, an der er sie berührt hatte, kribbelte. »Willst du etwa behaupten, du hättest mich nicht schon des Öfteren nackt gesehen?«

»Beim letzten Mal warst du zehn Jahre alt.« Pingelig band er ihren Gürtel wieder fest und freute sich, als sie unwillkürlich zitterte. »Und das hat nicht gezählt.« Um ihre Reaktion zu testen, schob er seine Finger in die Taschen ihres Morgenrocks und zog sanft daran. »Und, Margo, bist du bereit, dieses Risiko einzugehen?«

Ganz unerwartet erfüllte die Luft eine Prise Gefahr. Vorsichtig trat Margo einen Schritt zurück. »Ich ziehe mich nur schnell an, und dann gehen wir zum Essen aus.«

»Das ist bestimmt sicherer.«

Doch als er den Raum verließ, um im Wohnzimmer zu warten, bis sie angezogen war, fühlte sie sich nicht sicher, sondern seltsam … aufgewühlt.

Er war ihr auf den Leib gerückt, um sie zum Mitkommen in die Trattoria zu bewegen. Diesen simplen, rationalen Schluss reimte Margo sich nach kurzem Überlegen zusammen. Es schien der einzig plausible Schluss, als er ihr gegenüber am Tisch in dem gut besuchten, kleinen Restaurant mit Begeisterung seine Vorspeise – *antipasto di funghi crudi* – verschlang.

»Hier, probier mal einen.« Er schob ihr einen marinierten Pilz in den Mund. »Niemand kriegt Gemüse so hin wie die Italiener.«

»Überhaupt kann niemand derartig mit Essen zaubern wie die Italiener.« Trotzdem stocherte sie zögernd in ihren Tomaten mit Mozzarella herum. Sie hatte sich derart daran gewöhnt, ständig Diät zu halten, dass ihr ein Menü aus mehreren Gängen immer noch wie eine Sünde erschien.

»Fünf bis zehn Pfund mehr stünden dir sicherlich nicht schlecht«, sagte Josh in diesem Augenblick.

»Zehn Pfund mehr, und meine Schneiderin würde mir eine horrende Rechnung für Änderung meiner gesamten Garderobe schicken.«

»Lebe gefährlich. Iss!«

Sie nagte an einem Mozzarella-Stück. »Du bist doch eine Art Geschäftsmann …«

Geschmeichelt schmunzelte er. »Oh, ich bin sicher, dass man es mit ein bisschen gutem Willen so nennen kann.«

»Ich will dich ja nicht beleidigen. Es ist mir nur schwer vorstellbar, wie du in einem eleganten Anzug am Konferenztisch sitzt und wichtige Entscheidungen fällst. Dein Vater hat immer diese Aura der Autorität verströmt, während du …«

»… während ich eher ein Halodri bin?«

»Nein. Kein Halodri, sondern einfach entspannt.« Sie stieß einen Seufzer aus. »Entschuldige meine Offenheit, Josh. Aber es scheint, als erledige sich alles, was auch immer du in Angriff nimmst, wie von selbst. Anders als bei Peter …«

»Das hoffe ich doch wohl.«

»Peter wirkt ständig abgehetzt und unter Druck«, fuhr sie, ohne auf den Einwurf zu achten, fort. »Man sieht ihm den termingesteuerten, ehrgeizigen Geschäftsmann deutlich an.«

»Während ich, der Erbe des Templeton-Vermögens, eher ein Luftikus bin, war es das? Während ich unbekümmert in der Weltgeschichte herumgondele und zwischen zwei Squash-Runden irgendwelche Diven verführe. Oder lieber andersherum?«

»Ich bin mir nicht ganz sicher«, bemerkte Margo ruhig. »Aber darum geht es mir im Augenblick auch nicht.«

»Worum geht es dir denn dann bei diesen tiefschürfenden Betrachtungen?«

»Jetzt habe ich dich doch beleidigt.« Die Vertrautheit überwog jedoch das schlechte Gewissen. »Ganz offensichtlich hast du irgendein Talent für das Geschäft, sonst hätten deine Eltern dich bei aller Liebe sicher nicht in eine derart verantwortungsvolle Position gehievt – sondern dich einfach als amüsanten Taugenichts durch die Gegend reisen lassen, bis du dein Taschengeld verjubelt hast.«

»Deine Wertschätzung ist wirklich rührend. Ich glaube, jetzt brauche ich dringend was zu trinken.« Schnaubend füllte er ihre beiden Gläser nach.

»Und dann hast du noch deinen Jura-Abschluss.«

»Ja, den haben sie mir zugestanden, als ich mit den Mädchen in Harvard fertig war.«

»Sei doch nicht so empfindlich.« Begütigend tätschelte sie ihm die Hand. »Mir kam einfach der Gedanke, dass du doch sicher eine gewisse Ahnung von Verträgen und solchem Kram hast. Mir liegen ein paar interessante Angebote vor«, setzte sie langsam an. »Wobei das lukrativste und am wenigsten komplizierte vom *Playboy* stammt.«

Sein Blick wurde so scharf und brennend, dass das Besteck gleich Funken schlagen würde. »Ich verstehe.«

»Ausgezogen habe ich mich auch schon vorher – oder zumindest beinahe.« Da seine rätselhafte Antwort sie regelrecht einschüchterte, schob sie sich, um Zeit zu gewinnen, einen Bissen Käse in den Mund. »Europäische Zeitschriften sind weniger puritanisch als amerikanische.«

»Und du findest, dass eine künstlerisch gekonnte Anzeige in der italienischen *Vogue* dasselbe ist wie ein Nacktfoto im Mittelteil eines Herrenmagazins?« Mörderische Gedanken gingen ihm durch den Kopf, und auf einmal kam er sich so lächerlich vor wie ein gehahnreiter Ehegatte.

Nein, das fand sie nicht, ging aber nicht weiter darauf ein. »Du wirst mir ja wohl wenigstens darin zustimmen, dass es derselbe Körper ist. Genauer gesagt: Ich habe meinen Lebensunterhalt in der Vergangenheit damit verdient, mich in verschiedenen Stadien der Bekleidung oder Entkleidung ablichten zu lassen. Und das hier wäre nichts anderes, außerdem eine einmalige Chance, meine Gläubiger fürs Erste zu befriedigen. Die Summe, die sie mir bieten, brächte mir wieder Land unter die Füße. Tja, oder zumindest unter einen.«

Seine Blicke durchbohrten sie. In der Nähe ließ ein Ober ein Tablett mit Tellern fallen, doch selbst bei diesem Getöse blinzelte er nicht. »Und jetzt bittest du mich darum, mir dieses Angebot anzusehen, ja?«

So hatte sie zu Beginn tatsächlich gedacht, doch als sie den rasiermesserscharfen Klang seiner Stimme vernahm, verwarf sie eilends diese Idee. »Nein, ich habe lediglich eine von mehreren Möglichkeiten aufgezählt.«

»Ist es das, was du willst, Margo? Willst du die Schlüsselfigur in den feuchten Träumen irgendwelcher pubertierender Jünglinge werden? Das Pin-up des Monats in der Autowerkstatt oder das visuelle Hilfsmittel, wenn sich ein Mann zum Zweck der künstlichen Befruchtung in der Arztpraxis einen runterholen muss?«

»Ich finde deine Beispiele geschmacklos«, erwiderte sie steif.

»Ach, ja?« Inzwischen brüllte er so laut, dass eine Reihe von Gästen betreten die Köpfe hob.

»Schrei mich nicht so an«, murmelte sie. »Du hast noch nie den geringsten Respekt vor meiner Tätigkeit gehabt. Ich weiß nicht, weshalb ich dachte, dass du vielleicht jetzt irgendetwas Vernünftiges beisteuern würdest.«

»Du willst also einen vernünftigen Rat. Na, wunderbar!« Allmählich kam ihm derart die Galle hoch, dass sie sich nur noch mit einem großen Schluck Wein hinunterspülen ließ. »Dann sage ich, nur zu, Herzogin! Nimm das Geld und lauf wieder mal davon. Mach dir keine Gedanken, ob du deine Familie durch dein Tun vielleicht in Verlegenheit bringst. Weshalb sollte es dich auch interessieren, wie sie damit fertigwerden? Lass doch die Leute hinter dem Rücken deiner Mutter tuscheln, wenn sie an der Kasse des Supermarkts in der Schlange steht! Und wenn die Kinder in der Schule Ali hänseln, dann ist auch das sicherlich nicht dein Problem. Sieh du nur zu, dass man dich anständig bezahlt!«

»Es reicht«, sagte sie mit tödlicher Ruhe.

»Ach ja?«, brüllte er zurück. »Dabei komme ich gerade erst in Fahrt.«

»Ich habe lediglich eine von mehreren Alternativen genannt. Von einer Zusage war überhaupt keine Rede.« Ungeduldig rieb sie sich die linke Schläfe, hinter der sich eine Migräne zusammenzog. »Verdammt, es ist doch nur ein Körper. Und zwar mein eigener.«

»Aber du bist nicht allein auf dieser Welt. Ich hatte gehofft, dass du allmählich erkennen würdest, dass dein Tun nicht ohne Wirkung auf die mit dir verbundenen Menschen bleibt.«

»Das habe ich durchaus erkannt.« Müde ließ sie die Hand sinken und sah Josh an. »Also gut, alles klar! Und angesichts deiner Reaktion vermute ich, dass wahrscheinlich niemand allzu begeistert wäre, nähme ich das Angebot des *Playboy* an.«

Langsam zügelte er seinen Zorn. »Ist es das, worum es dir bei dieser Unterhaltung ging? Wolltest du bei mir vorfühlen, wie wohl die anderen auf deine Pläne reagieren?«

Sie setzte ein, wenn auch gezwungenes, Lächeln auf. »Ja, genau. Auch wenn ich dich damit offensichtlich überstrapaziert habe.« Ungeduldig schob sie ihren Teller fort. »Dann wenden wir uns am besten mal der nächsten Alternative zu. Über den deutschen Produzenten, der mir eine beachtliche Summe dafür bietet, dass er mein Konterfei in seinem nächsten nicht jugendfreien Film verwenden darf, reden wir besser gar nicht erst.«

»Zum Donnerwetter, Margo …«

»Ich habe gesagt, das lassen wir ebenfalls beiseite. Also, was machst du, wenn du beschließt, eins deiner Hotels zu renovieren?«

Gereizt fuchtelte er mit Messer und Gabel durch die Luft. »Am besten ordern wir unseren zweiten Gang, während ich versuche, diesen Gedankensprung nachzuvollziehen.« Er winkte den Kellner herbei und bestellte Risotto für Margo und Tagliolini für sich.

Auf ihre Ellbogen gestützt dachte sie die nächste Alternative durch. »Du sprichst viel besser Italienisch als ich. Auch das könnte durchaus hilfreich sein.«

»Margo, ich habe immer noch nicht verstanden, worum es dir bei deiner letzten Frage ging.« Ungebremst kochte sein Blut bei der Vorstellung, dass sie sich in ihrer ganzen Pracht jedem Mann mit Kleingeld in der Tasche als Vorlage für feuchte Träume bot. »Willst du etwa einen Tipp von mir, wie du deine Wohnung umgestalten kannst?«

»Nein. Natürlich nicht.« Leutselig winkte sie ab. Ihr Kopfweh und ihre Magenschmerzen legten sich. »Ich möchte wissen, was du mit den alten Möbeln machst, wenn du irgendwelche Suiten renovierst.«

»Brauchst du irgendwas?«

»Josh, beantworte mir bitte nur meine Frage. Was machst du, wenn du das Dekor der Suiten eines Hotels zu verändern gedenkst?«

»Also gut. In unseren alten Hotels dekorieren wir die Räume nur sehr selten um, da der Kundschaft gerade das Konservative gefällt.« Was, zum Teufel, ging ihr durch ihren hübschen Kopf, überlegte er, doch dann schob er diesen Gedanken von sich. Sicher fände er es bald heraus. »Aber wenn wir ein neues Hotel kaufen, passen wir die Räume normalerweise den Templeton'schen Vorstellungen an, wobei wir jeweils darauf achten, das landestypische Flair der Einrichtung zu erhalten. Wir lassen alles stehen, was unseren Ansprüchen genügt, und manchmal stellen wir Gegenstände aus dem einen Hotel in einem anderen auf. Was nicht passt, wird normalerweise auf einer Auktion verkauft. Auch zum Erwerb von Austauschmobiliar suchen wir Auktionen auf, oder wir sehen uns in Antiquitätengeschäften oder bei Nachlassversteigerungen um.«

»Auktionen«, murmelte sie. »Das wäre vielleicht das Einfachste und das Günstigste: Auktionen, Antiquitätengeschäfte, Nachlassversteigerungen. Dort werden doch überall gebrauchte Gegenstände verkauft, nicht wahr? Ich meine, alles, was man dort erwirbt, hat schon vorher jemandem gehört, wurde bereits von jemandem benutzt. Manchmal schätzen die Menschen Dinge mehr, wenn sie ein wenig Patina besitzen.«

Sie strahlte den Kellner so fröhlich an, dass er abermals um ein Haar die Teller hätte fallen lassen vor Begeisterung. »Grazie, Mario. Ho molta fame!«

»Prego, signorina. Che piacere. Buon appetito.« Mit einer Verbeugung zog er sich vom Tisch zurück, wobei er beinahe mit einem der Aushilfskräfte zusammenstieß.

»Dein Italienisch reicht vollkommen aus«, stellte Josh trocken fest. »Du brauchst nicht einmal Worte, damit man dich versteht.«

»Er ist wirklich ein Schatz. Seine wunderbare Frau schenkt ihm jedes Jahr ein weiteres Bambino. Und er hat mir noch nie in den Ausschnitt gesehen.« Sie machte eine Pause und dachte nach. »Tja, zumindest so gut wie nie. Trotzdem«, sagte sie, ehe sie sich eine Gabel Risotto zwischen die Lippen schaufelte. »Wir sprachen gerade von Gebrauchtwarenläden.«

»Ach, ja?«

»Genau. Wieviel des tatsächlichen Werts eines Gegenstands bekommt man normalerweise, wenn man ihn gebraucht verkauft?«

»Das hängt von verschiedenen Faktoren ab.«

»Und welches sind diese Faktoren, bitte schön?«

Inzwischen hatte er seine Neugierde lange genug bezähmt, so dass er nun den Kopf schüttelte, statt ihr weiter Rede und Antwort zu stehen. »Nein, erst du. Warum interessiert dich das?«

»Ich denke an eine – wie nennt man das noch? – Verkleinerung meines Besitzstandes.« Sie stahl sich eine Krabbe von seinem Teller.

»In der Tat spricht man heute, wenn man korrekt sein will, nicht mehr von Verkleinerung, sondern von einer Anpassung an die gegebenen Verhältnisse.«

»Meinetwegen. Das klingt wirklich besser! Ich denke also an eine Anpassung.« Wieder feixte sie übermütig. »Zehn Jahre lang habe ich allerhand Kuriositäten angehäuft, und es wird Zeit, einen Teil von ihnen zu verscherbeln. Meine Wohnung ist inzwischen viel zu voll, und auch meine Kleiderschränke kriege ich kaum noch zu. Da ich im Augenblick Zeit habe, meine Sachen durchzusehen, dachte ich …«

Sie brach ab. Er hatte kein Wort gesagt, aber sie wusste, dass er ihr Bedürfnis, ihren Stolz zu wahren, sicherlich verstand. »Ich brauche das Geld«, brachte sie schließlich tonlos vor. »Es wäre dumm von mir, so zu tun, als ginge es mir um etwas anderes. Kate denkt, dass sich eine Liquidierung meines Besitzes empfiehlt.« Tapfer zeigte sie die Zähne: »Und da das Angebot des *Playboy* nun einmal nicht infrage kommt …«

»Statt ein Darlehen von mir anzunehmen, willst du, dass ich mich genüsslich zurücklehne und zuschaue, wie du deine Schuhe verkaufst, damit du dir mal wieder den Kühlschrank füllen kannst«, murmelte er verdrießlich.

»Und meine Taschen und meine Porzellandosen und meine Kerzenständer!« Sein – und sowieso jedermanns – Mitleid konnte ihr gestohlen bleiben. »Hör zu, die Streisand hat vor ein paar Jahren genau dasselbe gemacht, oder etwa nicht? Nicht, dass sie das Geld gebraucht hätte, aber was macht das schon für einen Unterschied? Sie hat den Krempel verkauft, den sie über Jahre hinweg gesammelt hat, und ich bezweifle, dass sie das nette Sümmchen, das sie dafür bekam, in den Wind schlug. Aller Voraussicht nach ist mein Gesicht derzeit nicht allzu gut zu verkaufen, und da ich meinen Körper nicht verkaufen will, bleibt mir nur noch der Verkauf meiner Besitztümer.«

Sein Mitleid wollte sie also nicht! »Ist es das, was du heute Abend getrieben hast, als ich plötzlich vor deiner Haustür stand? Hast du deine Siebensachen registriert?«

»Auf eine impulsive, halb hysterische Art. Aber jetzt bin ich die Ruhe in Person, und ich sehe, dass der Plan – im Grunde war es ja Kates Idee – durchaus nicht unvernünftig ist.« Sie nahm seine Hand. »Josh, als wir uns zu Hause getroffen haben, hast du mich gefragt, ob du mir helfen kannst. Das ist der Fall. Ich bitte dich sogar darum.«

Er sah auf ihre Hand, an deren cremig weißen Fingern Saphire und Diamanten funkelten. »Was soll ich tun?«

»Zunächst einmal behalte die ganze Sache vorläufig für dich.«

Liebevoll umfasste er die Finger, die er nach wie vor betrachtete. »In Ordnung. Und was noch?«

»Vielleicht könntest du mir helfen herauszufinden, wie und wo ich meine Habseligkeiten am günstigsten verkaufen kann. Wie ich den besten Preis erziele. Bisher habe ich meine Finanzen ebenso wie mein gesamtes Leben nicht sonderlich im Griff gehabt, aber das wird sich von nun an ändern, Ehrenwort! Ich möchte nicht, dass man mich übers Ohr haut, weil ich den Wert der einzelnen Gegenstände nicht kenne oder weil ich in zu großer Eile bin.«

Mit seiner freien Hand hob er sein Weinglas an den Mund. Er dachte über ihre Bitte nach, darüber, wie sich ihr am besten helfen ließ. »Ich kann dich schon beraten, wenn du tatsächlich damit einverstanden bist.«

»Absolut bin ich das!«

»So, wie ich die Sache sehe, hast du verschiedene Möglichkeiten. Du könntest sie in Kommission geben.« Ohne Margo aus den Augen zu lassen, füllte er ihre beiden Gläser nach. »Ich kenne einen Laden hier in Mailand, dessen Besitzer durchaus vertrauenswürdig ist. Er kommt zu dir ins Haus, schätzt den Wert der von dir zum Verkauf ausgewählten Dinge und zahlt dir dann ungefähr vierzig Prozent davon.«

»Vierzig? Das ist ja jämmerlich.«

»Tatsächlich sind vierzig Prozent noch ziemlich hoch geschätzt, aber wir haben geschäftlich sehr viel mit dem Mann zu tun, so dass er dir wahrscheinlich ebenfalls diesen Prozentsatz zugestehen wird.«

Sie knirschte mit den Zähnen und sah ihn fragend an. »Und welche Möglichkeiten gibt es noch?«

»Du könntest es mit einem Auktionshaus versuchen oder könntest die Dinge schätzen lassen und dich dann in verschiedenen Antiquitätengeschäften erkundigen, was man dir vergüten will.« Er beugte sich über den Tisch und sah sie an. »Aber wenn du mich fragst, denke ich, dass du dich am besten selbst für den Verkauf einsetzt.«

»Wie bitte?«

»Margo Sullivan kann alles verkaufen, was sie will. Was hast du denn wohl während der letzten zehn Jahre anderes gemacht, als die Produkte anderer Leute an den Mann gebracht? Und jetzt machst du das eben in eigener Regie.«

Verblüfft lehnte sie sich zurück. »Also entschuldige mal. Warst du nicht derjenige, der mir gerade dafür auf die Finger klopfte, dass ich so etwas überhaupt auch nur in Erwägung zog?«

»Ich meine nicht, dass du deine Person verkaufen sollst, sondern eben deine Habe. Mach einen Laden auf und statte ihn mit deinen Besitztümern aus. Starte eine Werbekampagne. Stell das Zeug zur Schau.«

»Einen Laden aufmachen?« Lachend griff sie nach ihrem Glas. »Das kann ich nicht.«

»Warum denn nicht?«

»Weil … weil, ich weiß nicht, warum nicht«, zögerte sie und schob ihr Glas entschieden wieder fort. »Eindeutig habe ich zu viel getrunken, wenn ich nicht mehr geradeaus denken kann.«

»Deine Wohnung ist doch bereits so eine Art Warenhaus.«

»Es gibt Dutzende von Gründen, weshalb so etwas nicht funktionieren würde.« Allein bei dem Gedanken an diese Möglichkeit wurde ihr schwindlig. »Von Geschäftsabschlüssen und Buchführung habe ich keine Ahnung.«

»Dann lerne es.«

»Es gibt zahllose Steuern zu begleichen, etliche Gebühren, die man entrichten, Genehmigungen, die man einholen, Miete, die man überweisen muss. Um Himmels willen!« Nervös spielte sie mit der juwelenbesetzten Kette um ihren Hals. »Ich versuche, Rechnungen in Ordnung zu bringen, und nicht, noch mehr zu bekommen. Um einen Laden aufzumachen, bräuchte ich Geld.«

»Oder einen Investoren, der dir das Startkapital zur Verfügung stellt.«

»Und wer wäre, bitte schön, dumm genug, so etwas zu tun?«

»Ich.«

Mit diesem Wort hob er sein Glas und prostete ihr zu.

7

Margo verbrachte den Großteil der Nacht damit, die Idee auseinanderzunehmen und sämtliche vernünftigen Einwände vorzubringen, auf die sie in ihrer ersten Begeisterung nicht gekommen war.

Allein die Vorstellung war völlig abwegig. Verwegen und närrisch zugleich. Und er hatte ihr den Vorschlag genau in dem Augenblick gemacht, in dem sie sich mühte, endlich nicht mehr lächerlich, verwegen und närrisch zu sein.

Irgendwann hatte sie sich lange genug in ihrem Bett gewälzt, so dass sie sich erhob und in der Dunkelheit auf- und abzustapfen begann. Offensichtlich hatte Josh nicht viel mehr Ahnung von der Führung eines Geschäfts als sie, sonst hätte er sich einen derart absurden Vorschlag verkniffen.

Sie war keine Verkäuferin, verdammt noch eins! Dass sie schöne Dinge zu schätzen wusste, war lediglich ein Beweis für ihren angeborenen Geschmack. Es bedeutete noch lange nicht, dass sie sich zur Händlerin eignete. Und vielleicht wusste sie, wie man posierte, aber die Bella-Donna-Frau zu sein oder irgendeinen Touristen dazu zu bewegen, dass er einen Reisescheck für einen Designer-Goldfisch unterschrieb, waren zwei Paar Stiefel!

Sicher würden Leute kommen, zumindest zu Beginn. Aus Neugier, aus Schadenfreude, um zu sehen, wie die einst berühmt-berüchtigte Margo Sullivan ihre sieben Zwetschgen verschacherte. Wahrscheinlich würde sie auch etwas verkaufen, ebenfalls zu Beginn. Damit irgendeine abgehalfterte Matrone aus der sogenannten High Society auf die antike Schnupftabaksdose in ihrer Glasvitrine zeigen könnte, die sie diesem armen versackten Modell abgekauft hatte.

Margo knirschte mit den Zähnen. Nun, zumindest hätte sie dann das Geld der abgehalfterten Matrone, oder etwa nicht?

Mutlos schüttelte sie den Kopf. Nein, es war ein Ding der Unmöglichkeit. Ein Geschäft zu eröffnen barg tausend Komplikationen, und es zu führen überstieg ihre Fähigkeiten. Sicher liefe das Ganze nur wieder auf eine Katastrophe hinaus.

Feigling!

»Halt die Klappe, Josh. Schließlich ginge es nur um dein Geld, aber nicht um deinen Arsch.«

Und sie nähme sowieso kein Geld von ihm. Der Gedanke, ihm etwas zu schulden, schien ihr unerträglich. Selbst wenn sie ihren Stolz überwände, besäße sie niemals die Nerven zu einer Zusammenarbeit mit ihm. Zweifellos käme er noch öfter als bisher bei ihr vorbei, kontrollierte sie, erwartete, dass seine Investition Früchte trug.

Und sähe sie wieder so komisch an. Geistesabwesend strich sie sich mit der Hand über die Brust. Hatte er sie schon immer so angesehen? Fiel es ihr vielleicht jetzt erst auf? Sie erkannte Verlangen im Blick eines Mannes, wenn sie wollte. War es sogar gewohnt. Es gab also nicht die geringste Erklärung, weshalb ihr Mund trocken wurde und ihr Puls raste, nur weil sie diesen Blick nun auch bei Joshua wahrnahm.

Seine Augen waren ihr ebenso vertraut wie ihre eigenen. Sie kannte diese Augen, ihn selbst, ihr Leben lang. Sicher bildete sie sich diesen Ausdruck nur ein – schließlich befand sie sich momentan in einem emotionalen Ausnahmezustand. In letzter Zeit hatte sie sich so furchtbar ungeliebt gefühlt, dass sie die freundliche Besorgnis eines alten Freundes fälschlicherweise als Sehnsucht interpretierte.

Das war es, na sicher, was denn sonst?

Aber ihre eigene Reaktion hatte sie sich nicht nur eingebildet, als er mit seinen Fingern über ihre Schulter gestrichen hatte. Fleisch auf Fleisch. Für einen Augenblick, für den Bruchteil einer Sekunde nur, hatte sie sich tatsächlich gewünscht, dass er mit seiner Hand ein wenig tiefer glitt, ihren Morgenmantel öffnete, ihre Brüste umfasste und …

Anscheinend wurde sie allmählich wahnsinnig, wenn sie sich schon in erotischen Träumen mit Josh Templeton erging.

Er war ein Freund, beinahe so etwas wie ein Bruder. Und in diesem Augenblick hatte sie wirklich andere Probleme als ihre Beziehung zu ihm.

Sie musste sich auf die Nöte des Lebens konzentrieren und nicht auf irgendwelche sexuellen Phantasien. Nach der Sache mit Alain hatte sie beschlossen, Sex, Romantik, ja nur den Hauch einer Beziehung ganz unten auf der Liste ihrer Bedürfnisse anzusiedeln. Das Vernünftigste wäre, Josh morgen früh anzurufen und ihn nach dem Namen des Mannes zu fragen, den er erwähnt hatte. Sie würde alles, was sie nicht unbedingt zum Überleben brauchte, an ihn verschachern, nähme die vierzig Prozent und führe mit ihrem Leben fort.

Auch den Wagen würde sie verkaufen. Und die Pelze, die sie zu Dutzenden besaß. Ihre vierzehntägigen Termine bei Sergio Valente in Rom sagte sie ebenso wie die alle zwei Jahre stattfindende Spritztour nach Les Prés et les Sources in Frankreich ab. Auch die Bummel entlang des Montenapoliane würde sie streichen, während derer sie bisher noch stets mit dem größten Vergnügen bei Valentino und Armani eingekauft hatte.

Sie käme mit dem zurecht, was ihr bliebe, und fände einen Job.

Zur Hölle mit ihm dafür, dass er eine allzu große Scham in ihr wachgerufen hatte, um ein harmloses Foto von sich machen zu lassen, für das es eine sechsstellige Summe gab!

Außerdem, welcher Art würde dieser Laden überhaupt sein, fragte sie sich, als ihre Gedanken stur erneut in diese Richtung wanderten. Die Menschen kämen ja wohl kaum mit der Erwartung in ihr Geschäft, dort eine Gucci-Tasche neben einem Steuben-Vogel zu entdecken. Es wäre weder eine Trödler-Boutique noch eine Kleider- oder Lederwarenadresse, sondern ein buntes Sammelsurium, verwirrend, ohne klare Linie.

Eine Verrücktheit!

Aber etwas Eigenes …

Die Hände vor den Mund gepresst, stellte sich Margo diesen Laden vor. Zahllose Regale, in denen man ein elegantes, aber freundliches Durcheinander hübscher Überflüssigkeiten fand. Glasschränke, in denen Schmuckstücke glitzerten. Tische, Stühle und eine überladene Ottomane zum Entspannen, aber auch zum Verkauf bestimmt. Ein Raum wie ein riesiger, begehbarer Kleiderschrank, in dem man alle Arten von Garderobe fand. Eine kleine Sitzecke, in der es Tee und Champagner aus mit Preisschildern versehenen Porzellantassen und Kristallflöten zu trinken gab.

Am Ende funktionierte es nicht nur, sondern machte obendrein auch noch jede Menge Spaß. Und würde einen Hauch von Abenteuer bergen. Zum Teufel mit den Einzelheiten, dem Kleingedruckten, der Vernunft. Irgendwie käme sie schon zurecht.

Mit einem Jauchzer rannte sie in ihr Schlafzimmer zurück und zog sich eilig an.

Josh träumte, und er träumte schön. Er konnte sie sogar riechen, den unverkennbaren Duft, der stets durch ihre Poren drang. Sie murmelte seinen Namen, seufzte ihn förmlich, als er sie streichelte. Gott, ihre Haut war wie Seide, glatt und weiß, und ihr unwiderstehlicher Göttinnenkörper wurde feucht, als sie ihn umklammerte.

Sich nach hinten bog, zitterte und – »Au! Verdammt!« – ihn kniff.

Er öffnete die Augen und blinzelte in die Dunkelheit. Auf der Stelle hätte er geschworen, dass er gekniffen worden war. Und dass ihm ihr Duft in die Nase stieg.

»Tut mir leid. Du hast geschlafen wie ein Bär.«

»Margo? Bist du plemplem? Wie viel Uhr ist es? Was tust du hier? Allmächtiger!« Sein Fluchen verstärkte sich, als ihm das Licht der Deckenlampe in die Augen stach. »Mach die gottverdammte Lampe aus, oder ich bringe dich eigenhändig um.«

»Beinahe hätte ich vergessen, was für ein Morgenmuffel du bist.« Zu fröhlich, um gekränkt zu sein, machte Margo die Lampe wieder aus, trat ans Fenster und zog die Vorhänge zurück, so dass das lieblich gedämpfte Licht des Sonnenaufgangs ins Zimmer fiel. »Um deine Fragen zu beantworten: Vielleicht bin ich tatsächlich plemplem. Es ist kurz nach Sonnenaufgang, und ich will mich bei dir bedanken.«

Sie lächelte, während er seinen müden Blick unter die holzvertäfelte Decke wandern ließ. Das Bett glich mit den zerknüllten Leinenlaken und dem glatten, königsblauen Satin des Bezugs einem aufgewühlten See. Der Kopf des Bettes war eine Phantasie aus Cherubinen und Obst, alles handgeschnitzt und goldverziert. Statt lächerlich wirkte all die opulente Pracht um ihn her jedoch recht passend.

»Himmel, du bist wirklich hübsch mit deinen schweren Lidern und dem aufregenden Stoppelbart.« Sie beugte sich über ihn, um ihm spöttisch über die Wange zu streichen, doch mit einem

Mal zog er sie neben sich nieder. Ehe sie auch nur zu Atem kam, war sie gefangen unter seinem langen, harten, maskulinen Leib.

Einem vollständig erregten Männerleib. Das bildete sie sich keinesfalls nur ein. Ehe sie es verhindern konnte, schoben sich ihre Hüften begehrlich gegen seine Lenden. Und seine Augen verdunkelten sich.

Hastig riss sie eine Hand unter seinem Körper fort und trommelte auf seine Brust.

»Ich bin nicht gekommen, um mit dir zu ringen.«

»Warum denn dann? Und wie hast du es überhaupt angestellt, hier einzudringen?«

»Unten kennt man mich.« Himmel, sie war atemlos, zitterte und kochte über. »Ich habe einfach gesagt, dass du mich erwartest, dass du allerdings vielleicht gerade unter der Dusche stehst, und schon hatte ich den Schlüssel in der Hand.« Ihre Lippen brannten unter seinem Blick. »Ah, hör zu, anscheinend habe ich dich während eines heißen Traums gestört. Vielleicht warte ich so lange im Wohnzimmer, bis …«

Sie brach ab, da sie merkte, wie gefährlich eine Fortführung ihrer Gedanken war, doch er packte sie am Handgelenk.

»Bis?«

»Bis du fertig bist!« Sein Mund war nah. Beinahe spürte sie ihn auf ihrem Lippenpaar. Hart und voller Leidenschaft. »Ich wollte mit dir reden, aber offensichtlich ist dies nicht der richtige Moment.«

»Du zitterst«, murmelte er, während er ihr in die vom Schlafmangel leicht umränderten Augen sah. Ihr Haar breitete sich wie ein verführerischer goldener Fächer auf dem Kissen aus. »Nervös?«

Sie hörte ihr Keuchen und mobilisierte ihre ganze Abwehr. »Nicht unbedingt.«

Er neigte seinen Kopf und knabberte sanft an ihrem Kinn. Als sie stöhnte, hoffte er, endlich eine Entschädigung für wenigstens eine der Nächte zu erhalten, in denen er vor Verlangen nicht schlafen konnte. »Neugierig?«

»Schon eher.«

Während er zu ihrem Ohr hinaufglitt, schielte sie vor Begehrlichkeit. »Hast du dich jemals gefragt, warum es nicht schon viel eher dazu gekommen ist?«

Sie konnte kaum einen klaren Gedanken fassen, als er ihr mit seinen Zähnen über den Nacken strich. »Ein-, zweimal vielleicht.«

Über seinen erhobenen Kopf ergoss sich das Licht der aufgehenden Sonne. Mit dem zerzausten Haar, den dunklen Augen und dem im Schatten liegenden Gesicht sah er rau und kühn, gefährlich und zugleich betörend männlich aus.

»Nein.« Sie wusste nicht, weshalb dieses Wort über ihre Lippen drang, obgleich jeder Nerv in ihrem Körper nach ihm schrie.

»Was, nein?«

»Küss mich nicht.« Ächzend schnappte sie nach Luft. »Wenn du es tust, werden wir auch miteinander schlafen. Ich bin erregt genug, um mit dir eine Sünde zu begehen, ohne einen einzigen Gedanken an die Folgen.«

»Das brauchst du auch nicht.« Seine Zunge glitt von ihrer Schläfe über ihre Wange bis zu ihrem Mundwinkel hinab. »Es wird nämlich viel länger dauern. Das verspreche ich dir.«

»Bitte! Noch vor wenigen Stunden … Himmel, Josh … du hast mir klargemacht, dass das, was ich tue, sich auch auf andere Menschen auswirkt.«

»Glaub mir«, murmelte er. »Das, was du tust, wirkt sich vor allem enorm auf mich aus.«

Ihr Herz schlug ihr bis zum Hals. »Ich kann es mir nicht erlauben, noch einen weiteren Teil meines Lebens zu ruinieren. Jetzt ist ein Freund vonnöten. Ich brauche dich als Freund.«

Fluchend rollte er sich neben sie. »Wirklich, meine liebe Margo, manchmal raubst du einem den letzten Nerv.«

»Das kommt vor!« Da sie sich sicher war, dass es bei der geringsten Berührung zwischen ihnen beiden zu einer raketenartigen Explosion ihrer gegenseitigen Anziehungskraft kommen würde, hielt sie sich von ihm fern. Einen Augenblick lang lagen sie beide mit angehaltenem Atem auf dem zerknautschten Lager. »Aber ich erspare uns eine Menge Ärger, denke ich.«

Grollend sah er sie an. »Du verschiebst die ganze Sache nur. Irgendwann fahren wir beide an genau der gleichen Stelle fort.«

»Bisher habe ich mir meine Bettgenossen immer noch selbst ausgesucht.«

Wieder umfasste er ihr Handgelenk und zog sie vehement an seine Brust. »Sei vorsichtig, Herzogin. Derzeit rate ich dir, mir nicht zu erzählen, mit wem du schon alles geturtelt hast.«

Genau dieses Tones hatte es bedurft, um den Bann für sie zu brechen. Kämpferisch reckte sie das Kinn. »Bitte bedräng mich nicht. Ich werde es dich wissen lassen, falls und wenn ja, wann ich mit dir spielen will.« Sie bemerkte die Veränderung in seinem Blick und blitzte ihn ebenfalls zornig an. »Versuch, mich zu etwas zu zwingen, und ich reiße dir die Haut in Fetzen von deinem schönen Leib. Du bist nicht der erste Kerl, der sich einbildet, dass er mich flachlegen kann und dass es mir sogar noch gefällt.«

Er ließ sie los, da es sicher netter war, sie noch eine Weile am Leben zu lassen. »Vergleich mich ja nicht mit den Schwächlingen und Idioten, mit denen du bisher deine Zeit vergeudet hast.«

Da sie wusste, dass es um ihre Beherrschung jeden Augenblick geschehen war, sprang sie auf. »Ich bin nicht hierhergekommen, um mit dir ins Bett zu steigen oder mit dir zu streiten, sondern um geschäftliche Dinge zu besprechen.«

»Nächstes Mal vereinbaren wir vorher einen Termin!« Frei von jedem Schamgefühl, warf Josh die Decke fort und stolzierte splitternackt ins angrenzende Bad. »Da du schon mal hier bist, kannst du dich wenigstens nützlich machen und das Frühstück bestellen.«

Sie wartete, bis das Rauschen der Dusche an ihre Ohren drang, ehe sie erleichtert aufatmete. Noch eine Minute länger mit ihm auf dieser Matratze, und sie hätte ihn bei lebendigem Leib verschlungen! Eine Hand auf ihren flatternden Magen gepresst, sagte sie sich, dass sie diesen Fehler tunlichst vermied.

Aber als sie in Richtung des Bettes sah, hatte sie nicht das Gefühl, Glück gehabt zu haben, sondern eher das Gegenteil.

Während Josh sich anzog, genoss Margo die erste Tasse Kaffee und pickte zwischendurch an den Backwaren in dem Silberkorb auf dem mit einer Leinendecke verzierten Frühstückstisch. Der Blick auf die Piazzen, die Statuen von Gottheiten und geflügelten Pferde aus weißem Marmor entspannte sie.

Genau wie die Suite in jedem Templeton bot auch diese neben einem herrlichen Ausblick ein erlesenes Interieur. Ein kostbarer Orientteppich erstreckte sich über den elfenbeinern geflies-ten Fußboden. Die Wände wiesen Tapeten mit Rosenmuster und goldenen Blättern auf, und die hübschen Simse und die strukturierten Decken verstärkten noch den allgemeinen Luxus. Geschwungene, brokatbezogene Sofas mit quastenverzierten Kissen, die diskret in einem mit reichem Schnitzwerk verzierten Schränkchen verborgene Stereoanlage und der ebenso kaschierte Fernseher, die kleinen Plastiken, antiken Lampen, schweren Marmoraschenbecher, die Amphoren voller Blumen, die verschwenderisch ausgestattete Ebenholzbar vor der breiten gläsernen Wand – all das machte das einzigartige Templeton'sche Flair aus.

Das Art-Nouveau-Dekor war gerade reich und dekadent genug, selbst den erlauchtesten Gast wohlig aufseufzen zu lassen. Sie selbst räkelte sich ebenfalls behaglich.

Aber in einem Templeton zählte neben dem Stil auch die Effizienz. Ein Druck auf einen Knopf des stromlinienförmigen weißen Telefons, das sich in jedem Raum der Suite befand, und schon bekam man alles, von frischen Handtüchern über Eintrittskarten für die Scala bis hin zu einer Flasche vorschriftsmäßig temperierten Champagners in einem silbernen Kühler heraufgebracht. Auf dem riesigen Kaffeetisch stand stets eine Schale voll saftiger Trauben, schimmernder Äpfel und anderen Obsts bereit, während der kleine Kühlschrank hinter der Bar zu jeder Zeit erlesenen Scotch, Schweizer Schokolade und französischen Käse barg.

Die Sträuße, die man selbst im Bad und in den Ankleideräumen fand, wurden täglich von dem gut ausgebildeten und stets freundlichen Personal des Hotels frisch arrangiert.

Sie schnupperte an der pinkfarbenen Rose, die auf dem Frühstückstischchen stand. Mit ihrem langen Stiel verströmte die Knospe, die erst einen Spaltbreit aufstand, einen köstlichen Duft. Perfekt, überlegte sie, genau wie alles andere, was sich mit dem Namen Templeton verband.

Einschließlich, dachte sie, als Josh den Raum betrat, des Erben des Imperiums!

Da sie leichte Schuldgefühle hatte wegen ihres Überfalls bei Tagesanbruch, schenkte sie ihm beflissen aus der schweren Silberkanne ein und gab, in Kenntnis seiner Vorlieben, einen Tropfen frische Milch dazu.

»Der Service im Templeton Mailand ist immer noch der beste in der Stadt. Genau wie der Kaffee.« Sie reichte ihm die Tasse, als er zu ihr in die Nische kam.

»Der Manager wird von deinem Lob erfahren – sobald ich ihn dafür, dass er dich hereingelassen hat, gefeuert habe.«

»Sei doch nicht so übellaunig, Josh.« Sie setzte ihr verführerischstes Lächeln auf, doch zu ihrer Verärgerung fruchtete diese Anstrengung nichts. »Tut mir leid, dass ich dich geweckt habe. Ich habe einfach nicht an die Zeit gedacht.«

»Nicht zu denken scheint eins deiner größten Talente zu sein.«

Gekränkt schob sie sich eine Traube aus der Schale in den Mund. »Ich werde nicht mit dir streiten, und ebenso wenig werde ich mich bei dir dafür entschuldigen, dass ich nicht mit dir ins Bett gegangen bin, nur weil offenbar dein Ego darunter gelitten hat.«

Sein Lächeln war dünn und scharf wie ein Skalpell. »Herzogin, hätte ich dich erst mal aus deinen Kleidern geschält, dann bräuchtest du dich ganz sicher nicht bei mir zu entschuldigen. Höchstwahrscheinlich wärst du mir dafür jetzt sogar dankbar.«

»Oh, wie ich sehe, habe ich mich doppelt geirrt. Dein Ego hat nicht gelitten, sondern es ist größer als je zuvor. Lass uns eins klarstellen, Josh!« Sie beugte sich vor und bedachte ihn mit einem bösen Blick. »Ich mag Sex. Er ist eine phantastische Form der Unterhaltung. Aber mir steht augenblicklich nun einmal nicht der Sinn nach Amüsement. Bisher habe ich mir den Zeitpunkt, den Ort und den Spielgefährten immer noch selbst ausgesucht.«

Zufrieden lehnte sie sich auf ihrem Stuhl zurück, ehe sie ein winziges Törtchen aus dem Brotkorb nahm. Damit, dachte sie, war die Angelegenheit nun endgültig geklärt.

»Hättest du nicht noch vor einer halben Stunde zitternd unter mir gestöhnt« – trotzdem hatte sie recht, überlegte er, der Kaffee war hervorragend und sorgte für einen Anstieg seiner Stimmung –, »dann hätte ich dir den Quatsch, den du da von dir gibst, vielleicht sogar geglaubt.«

»Ich habe nicht gestöhnt.«

Er lächelte. »Oh doch!« In der Tat fühlte er sich inzwischen viel, viel besser als wenige Minuten vorher. »Es hätte nicht viel gefehlt und du hättest gezappelt wie ein Fisch.«

»Das habe ich noch nie getan.«

»Kommt noch!«

Sie biss ein Stück von ihrem Törtchen ab. »Bestimmt hat jeder Junge irgendwelche Träume. Falls wir jetzt allerdings endlich mal das Thema Sex beenden könnten …«

»Liebling, wir haben doch gerade erst angefangen!«

»Die Doppeldeutigkeit dieses Satzes ist geradezu albern.«

Dieser Rüffel erwischte ihn kalt. »Es ist noch ziemlich früh. Warum sagst du mir nicht, warum du mich bereits zum Frühstück beehrst?«

»Ich habe die ganze Nacht kein Auge zugetan.«

Der Kommentar, der ihm dazu einfiel, war nicht nur lächerlich, sondern geradezu anmaßend. Also hielt er sich zurück. »Und?«

»Irgendwie konnte ich nicht schlafen. Andauernd gingen mir meine momentane Situation und deine Vorschläge durch den Kopf. Der erste erscheint mir am vernünftigsten. Das heißt, ich gebe meine Möbel und meinen Schmuck in Kommission. Das wäre wahrscheinlich die schnellste und unkomplizierteste Regelung.«

»Stimmt!«

Sie schob ihren Stuhl zurück, stand auf und lief händereibend im Zimmer auf und ab. In ihren weichen Wildlederboots bewegte sie sich auf den Fliesen ebenso lautlos wie dort, wo der dicke Teppich lag. »Für mich wird es höchste Zeit aufzuwachen. Ich bin achtundzwanzig, arbeitslos, und in Kürze steht der Gerichtsvollzieher vor meiner Tür. Zu Anfang habe ich mir selbst furchtbar leidgetan, aber allmählich wird mir klar, dass ich noch gut davongekommen bin. Ich habe die Welt kennengelernt, Dinge getan, Sachen erlebt, von denen ich immer träumte. Und warum?«

Mitten im Zimmer blieb sie stehen und drehte sich langsam unter dem reich verzierten, vergoldeten Kristall-Lüster um. In ihrer engen Reithose und der locker fallenden weißen Bluse sah sie sinnlich und lebendig aus.

»Warum?«

»Weil ich mit einem fotogenen Aussehen gesegnet bin. Das ist alles. Ein hübsches Gesicht, der Körper einer Männermörderin.

Nicht, dass ich nicht hart dafür gearbeitet habe, dass ich nicht clever, ja, hin und wieder sogar starrsinnig war! Aber vor allem, Josh, habe ich das gewaltige Glück, dass mir aufgrund eines genetischen Zufalls ein schönes Äußeres zuteil wurde. Und jetzt hat sich etwas davon aus Gründen, für die ich vielleicht, vielleicht aber auch nicht verantwortlich bin, verabschiedet. Aber Jammern nützt nichts!«

»Du warst noch nie der Typ, der jammert, wenn etwas nicht klappt, Margo.«

»Naja, ich könnte einiges erzählen. Jetzt jedoch will ich endlich erwachsen werden, Verantwortung übernehmen, mich zuverlässig verhalten.«

»Am besten sprichst du sofort mit deinem Versicherungsvertreter«, fügte Josh trocken hinzu, »beantragst einen Benutzerausweis für die Bücherei und fängst langsam mit dem Sammeln von Rabattmarken an.«

Sie sah ihn verächtlich an. »So kann nur ein Mann sprechen, der nicht nur mit einem silbernen Löffel, sondern mit einem ganzen Silberbesteck in seinem arroganten Maul geboren ist.«

»Zufällig habe ich sogar mehrere Benutzerausweise für Büchereien«, murmelte er. »Irgendwo.«

»Na, wunderbar.«

»Tut mir leid.« Er bedeutete ihr fortzufahren, auch wenn er in ernster Sorge um sie war. Sie sah eifrig und geschäftig aus, aber sprach so gar nicht wie die herrlich verwegene Margo, in die er bereits als Junge verschossen gewesen war. »Sprich weiter!«

»Also gut, wahrscheinlich überstehe ich die ganze Sache irgendwie. Am Ende bekäme ich vielleicht sogar wieder ein paar Fototermine oder einen Job auf irgendeinem Laufsteg in Paris oder New York. Mit Geduld und Spucke könnte doch noch alles auf die Reihe kommen.« Während sie sich strikt konzentrierte, strich sie mit einem Finger über einen Kerzenständer in Form eines jungen Mädchens mit wehenden Röcken, das zwei Becher mit goldenen Kerzen hielt. »Es gibt auch noch andere Möglichkeiten, als Model Geld zu verdienen. Ich könnte mich zum Beispiel wieder für Kataloge ablichten lassen, wie zu Beginn.«

»Um Teddybären für Victoria's Secret zu verkaufen, oder was?«

Mit blitzenden Augen fuhr sie zu ihm herum. »Was wäre daran denn verkehrt?«

»Nichts.« Er nahm ein kleines Brötchen aus dem Korb. »Ich weiß es zu schätzen, wenn man ein Talent zum Verkaufen von Teddybären hat.«

Sie atmete langsam ein. Er brächte sie nicht in Wut, nicht in diesem Augenblick. »In meiner momentanen Situation wäre es nicht gerade leicht, Termine zu bekommen. Aber ich habe es schon einmal geschafft.«

»Damals warst du zehn Jahre jünger«, stellte er hilfreich fest.

»Danke, dass du mich daran erinnerst«, knurrte sie. »Sieh dir doch bitte einmal Cindy Crawford, Christie Brinkley, Lauren Hutton an. Sie sind beim besten Willen keine Teenager mehr. Und was deinen brillanten Vorschlag betrifft, ist allein der Gedanke an die Eröffnung eines Ladens vollkommen daneben. Letzte Nacht sind mir mindestens ein halbes Dutzend wichtiger Gegenargumente eingefallen. Noch wichtiger als die Tatsache, dass ich keine Ahnung davon habe, wie man ein Geschäft führt, ist der Punkt, dass ich dadurch meine Situation – die auch jetzt alles andere als sicher ist – bestimmt noch verschlimmern würde. Höchstwahrscheinlich wäre ich innerhalb von sechs Monaten bankrott, sähe mich abermals einer öffentlichen Erniedrigung ausgesetzt und wäre gezwungen, mich an der Straßenecke aufzubauen und an irgendwelche Handlungsreisenden zu verkaufen, denen der Sinn nach ein bisschen billiger Unterhaltung steht.«

»Du hast recht. Es kommt also überhaupt nicht infrage, dich als Geschäftsfrau auch nur zu versuchen.«

»Genau.«

»Und wann fängst du an?«

»Heute!« Mit einem jubelnden Lachen rannte sie auf ihn zu und schlang ihm die Arme um den Hals. »Weißt du, was noch besser ist, als jemanden zu haben, der einen so gut kennt wie du mich?«

»Was?«

»Nichts.« Sie gab ihm einen innigen Kuss. »Wenn man schon untergeht …«

»Dann am besten mit Pauken und Trompeten.« Er packte ihren Schopf und zog ihren lachenden Mund zu sich heran.

Jedoch handelte es sich um alles andere als einen Bruderkuss. Das merkte sie sehr schnell. Seine Lippen waren heiß und clever und zwangen ihren Mund mit sanftem Druck dazu, sich unwillkürlich zu öffnen. Der genüssliche Strich seiner Zunge rief Schockwellen des Verlangens in ihr wach.

Weshalb nur war ihr diese Intimität so neu? Schließlich hatte sie ihn schon des Öfteren geküsst. Aber jene flüchtigen Zeichen geschwisterlicher Zuneigung hatten sie nicht auf das plötzliche, unleugbare Gefühl reiner, animalischer Begierde vorbereitet.

Ein Teil ihrer selbst versuchte sich zurückzuziehen, daran zu denken, dass dies Josh, beinahe ihr Bruder, war. Josh, der über ihre geliebte Puppensammlung gespottet hatte, als sie sechs Jahre alt gewesen war. Der sie herausgefordert hatte, mit ihr auf den Klippen herumzuklettern, als sie acht gewesen, und sie dann auf dem Rücken nach Hause getragen hatte, als sie mit einer Schnittwunde von einem der Steine angehumpelt kam.

Josh, der grinsend beobachtet hatte, wie sie sich als Heranwachsende in seine Freunde verknallte, der ihr geduldig beigebracht hatte, wie man Auto fuhr. Josh, der sich stets in ihrer Nähe aufhielt, wo auch immer sie im Laufe ihres Lebens landete.

Also dieser Kuss war neu für sie. Er rief eine gefährliche Erregung, ein geradezu schmerzliches Sehnen in ihr wach.

Ihn überraschte es nicht. Hatte er nicht Hunderte von Malen von diesem Kuss geträumt? Davon, dass sie in seinen Armen erstarrte und ihr Mund den Druck seiner Lippen mit unterdrücktem Zorn erwiderte?

Er war bereit gewesen zu warten, zu träumen, bis sich die Gelegenheit ergab. Denn er hatte die ganze Zeit gewusst, eines Tages wäre es so weit. Ihre Vereinigung musste für sie einfach ein ebenso großes Bedürfnis sein.

Aber leicht machen würde er es ihr nicht.

Leicht zurückgebogen bemerkte er, dass ihr Blick dunkel und verhangen war. Er hatte gehofft, dass in ihr dieselbe Sehnsucht loderte wie in seinem Inneren.

»Du bist wirklich gut«, brachte sie mühsam hervor. »Ich hatte es mir bereits gedacht.« Sie war sich nicht sicher, ob er sie auf seinen Schoß gezogen hatte oder ob sie von selbst auf ihn geklettert war. »Aber ich glaube, dass dieser Kuss meine Erfahrungen tatsächlich noch übertrifft. In der Tat bin ich eines Nachts rausgeschlichen und habe heimlich beobachtet, was du draußen am Pool mit Babs Carstairs getrieben hast. Wirklich beeindruckend.«

Keine Äußerung der Welt hätte sein Verlangen mehr gebremst. »Du hast mir und Babs hinterherspioniert?«

»Nur ein-, zweimal. Himmel, Josh, ich war damals dreizehn Jahre alt und furchtbar neugierig.«

»Heiliges Kanonenrohr!« Er erinnerte sich genau, wie weit er in jener lauen Sommernacht mit Babs draußen am Pool gegangen war. »Hast du – nein, am besten verschweigst du mir die Einzelheiten.«

»Laura und Kate und ich waren alle der Ansicht, dass sie einen zu großen Busen hat.«

»Einen zu …« Ehe er lachen konnte, fuhr er zusammen, als hätte sie ihm einen Schlag versetzt. »Du *und* Laura *und* Kate. Warum habt ihr nicht gleich Eintrittskarten verkauft?«

»Ich glaube, es ist absolut natürlich, wenn eine jüngere Schwester ihrem älteren Bruder auf die Schliche kommen will.«

Seine Augen blitzten zornig auf. »Ich bin nicht dein Bruder.«

»In Anbetracht der Tatsache, dass ich gerade auf deinem Schoß sitze, würde ich sagen, dass dieser Umstand die einzige Rettung unserer unsterblichen Seelen ist.«

Das Blitzen seiner Augen machte einem fröhlichen Grinsen Platz. »Da hast du vielleicht recht. Ich will dich, Margo. Es gibt alle möglichen unglaublichen, ungezogenen, unaussprechlichen Dinge, die ich mit dir machen will.«

»Tja!« Sie stieß den Atem aus, von dem sie gar nicht gemerkt hatte, dass sie ihn die ganze Zeit über angehalten hatte. »So viel zu unseren unsterblichen Seelen. Hör zu, ich muss sagen, dass ich auf diesen Wandel in unserer Beziehung nicht gefasst war.«

»Dann hast du während all der Jahre offenbar nicht allzu gut aufgepasst.«

»Offensichtlich nicht.« Sie war wie gebannt von ihm, auch wenn sie wusste, dass es vernünftiger wäre, sich von ihm zu lösen. Die Spielchen zwischen Männern und Frauen hatte sie deshalb überlebt, weil sie ausnahmslos immer beherrscht geblieben war. Der selbstbewusste, triumphierende Blick aus seinen grauen Augen jedoch sagte ihr, dass er Beherrschung sicher nicht allzu lange duldete. »Jetzt achte ich ja auf dich, aber ich bin einfach noch nicht bereit.«

»Das Ganze läuft bereits seit Jahren zwischen uns.« Seine Hände glitten an ihren Seiten hoch, bis er auf ihre Brüste traf. »Aber ich nehme an, ich bin dir weit voraus.«

»Dann muss jetzt ich entscheiden, ob ich dich einholen will oder nicht.« Lachend kletterte sie von seinem Schoß. »Die Vorstellung, dass du und ich Sex miteinander haben sollen, ist einfach sonderbar.« Dann legte sie sich die Hand aufs Herz, das wie eine rossige Stute gegen ihren Brustkorb donnerte. »Auch wenn der Gedanke überraschend verlockend ist. Es gab einmal eine Zeit – das ist noch gar nicht lange her –, da hätte ich gesagt: ›Was soll's, Hauptsache, ich amüsiere mich‹, und hätte dich sofort ins Bett gezerrt.«

Als er sich erhob, flüchtete sie, abermals lachend, um den Tisch herum. »Ich bin nicht spröde. Davon halte ich nichts.«

»Was bist du denn dann?«

»Vorsichtig. Zum ersten Mal in meinem Leben bin ich vorsichtig!« Mit einem Mal wurde ihre Miene ernst. »Du bedeutest mir einfach zu viel. Und außerdem habe ich gerade herausgefunden, dass auch ich mir wichtig bin. Nicht nur mein Äußeres« – sie wies auf ihr Gesicht –, »sondern ebenso mein Inneres. Ich hoffe, ich bekomme mein Leben in den Griff. Es soll etwas entstehen, auf das ich stolz sein kann. Da sind all diese neuen Pläne, all diese neuen Träume, die ich realisieren will. Nein …« Kurz machte sie die Augen zu. »… die ich realisieren *muss*. Und das erfordert sicher nicht nur Zeit, sondern auch ein gewisses Engagement. Sex lenkt einen ab, wenn man ihn ernst nimmt.« Wieder setzte sie ihr sanftes Lächeln auf. »Und wir würden ihn ernst nehmen, das weiß ich ganz genau.«

Er schob seine Daumen in die Taschen seiner Jeans. »Was willst du machen? Schwören, dass du von nun an entsagst?«

Ihr Lächeln wurde noch breiter, und sie warf ihre Mähne zurück. »Das ist eine hervorragende Idee. Ich wusste doch, dass du stets Lösungen für meine Probleme zur Hand hast.«

Seine Kinnlade klappte herunter, und er starrte sie entgeistert an. »Du machst hoffentlich Spaß!«

»Niemals.« Fröhlich trat sie vor ihn hin und klopfte ihm die Wange, wie es seit Jahren ihre Angewohnheit war. »Also gut, ich übe mich in Enthaltsamkeit, bis mein Leben wieder in Ordnung ist und meine Geschäfte laufen. Danke, dass dir diese rettende Idee gekommen ist.«

Am liebsten hätte er sie erwürgt. »Wenn ich wollte, hätte ich dich innerhalb von höchstens dreißig Sekunden verführt!«

Jetzt wurde er wirklich anmaßend. »Falls ich es dir erlauben würde«, lautete ihre freundliche Erwiderung. »Aber das wird nicht geschehen, ehe ich nicht bereit dazu bin.«

»Und was mache ich? Soll ich vielleicht in ein Kloster gehen, bis Frau Herzogin den Zeitpunkt für passend hält?«

»Du bist dein eigener Herr. Schlaf, mit wem du willst.« Sie drehte sich um, wanderte zurück an den Frühstückstisch und sah ihn über ihre Schulter an. »Außer mit mir.«

Aber der Gedanke gefiel ihr nicht so besonders. Sie schob sich ein Stückchen Kuchen in den Mund und sah Josh fragend an. »Es sei denn, dass dir der Sinn nach einer Wette steht.«

Sicher leckte sie absichtlich die Krumen von ihrer Unterlippe ab, überlegte er. Er spürte es, wenn eine Frau danach trachtete, ihn verrückt zu machen. »Lass hören!«

»Dass ich länger enthaltsam zu leben vermag als du. Dass ich meine Hormone beherrschen und eine ernsthafte Karriere verfolgen kann.«

Erneut schenkte er ihnen beiden heißen Kaffee nach. Auch wenn seine Miene unbewegt blieb, grinste er innerlich. Sie hatte ja keine Ahnung, wie lange es dauern könnte, bis sich die Türen des von ihr auf alle Fälle geplanten Ladens zum ersten Mal öffneten. Bis dahin könnten Monate vergehen. So lange hielte sie niemals aus, dachte er, während er seine Tasse an die Lippen hob und sie über den Rand hinweg betrachtete. Dafür sorgte er schon.

»Und an welchen Einsatz hast du so gedacht?«

»Deinen neuen Wagen.«

Das war doch der Gipfel. »Meinen Wagen? Meinen Jaguar?«

»Genau. Ich muss mein Auto verkaufen und weiß noch nicht, wann ich mir ein neues leisten kann. Wenn du der Versuchung vor mir erliegst, kriege ich den Jaguar. Du überschreibst ihn mir und verschiffst ihn für mich hierher nach Italien.«

»Und wenn du verlierst?« Als sie abwinkte, grinste er. »Dann kriege ich deine Bilder.«

»Meine Straßenszenen?« Allein der Gedanke schnürte ihr die Kehle zu. »Alle?«

»Jede einzelne. Es sei denn, der Einsatz wäre dir zu hoch.«

Entschlossen reckte sie das Kinn. »Abgemacht.«

Er nahm ihre Hand, hob sie an seinen Mund und strich sanft mit den Lippen über ihr Handgelenk.

»Netter Versuch«, murmelte sie und schüttelte ihn ab. »Und jetzt hab ich noch ein paar geschäftliche Dinge zu erledigen. Als Erstes geht der Lamborghini über die Theke.«

»Bring ihn bloß nicht zu einem Händler«, warnte er, als sie ihre Tasche und ihre Jacke nahm. »Der nimmt dich nur aus.«

»Oh nein!« In der Tür drehte sie sich noch einmal zu ihm um und sah ihn erhaben an. »Das wird er nicht.«

8

Es erstaunte Margo, wie schnell sie sich in eine versierte Geschäftsfrau verwandelte. Sie hätte nie gedacht, wie viel Spaß man haben konnte, wie belebend es war, wenn man ernsthaft verhandelte. Mit dem Wagen fing es an.

Ohne die geringste Scham hatte sie jede Unze Charme, ihren gesamten Sex-Appeal und ihre weiblichen Reize bei den Verhandlungen als gottgegebene, sorgsam geschliffene Waffen eingesetzt. Schließlich befand sie sich im Krieg.

Nachdem sie den Autohändler aufs Korn genommen hatte, umgarnte sie ihn mit gezielten Schmeicheleien, verführerischem Lächeln sowie der Behauptung, dass sie in Verkaufsdingen hoffnungslos unerfahren und somit völlig von seinem Urteil abhängig sei. Sie hatte den Blick gesenkt, die Hilflose gemimt und ihn langsam, aber sicher, schachmatt gesetzt …

… und Lire um Lire aus ihm herausgepresst, bis er nach Luft rang vor lauter Fassungslosigkeit.

Bei der Juwelierin, einer Frau, musste Margo schon ein wenig zäher verhandeln. Sie hatte zwei ihrer schönsten und teuersten Stücke ausgewählt, sah sich alsbald einer cleveren, hartnäckigen, unsentimentalen Geschäftsfrau gegenüber, und legte eine nüchternere Taktik an den Tag.

Es kam ein typisch weiblicher Verhandlungsstil zur Anwendung. Sie hatten Zahlen genannt, gestritten, die gegenseitigen Angebote schlechtgemacht, einander beleidigt und am Ende ein für beide zufriedenstellendes Ergebnis erzielt.

Zusammen mit der Summe für ihre Pelze hatte sie inzwischen zumindest so viel Geld, dass sich die Gruppe ihrer ungeduldigsten Gläubiger ein paar Wochen lang hinhalten ließ.

Während dieser Atempause vervollständigte sie einen Katalog ihrer Besitztümer und packte die ersten Teile ein: Je früher sie die Dinge als Inventar ihres zukünftigen Ladens betrachtete, um so leichter fiele ihr die Trennung. Die Gegenstände waren nicht mehr ihr persönlicher Besitz, sondern die Grundlage ihrer Existenz.

Jeden Morgen durchforstete sie die Zeitungen nach geeigneten Räumlichkeiten für ihr Geschäft. Die Höhe der Mietforderungen erschütterte und erschreckte sie, und am Ende musste sie sich eingestehen, dass die Hoffnung auf einen Laden in einer der renommierteren Gegenden illusorisch war. Ebenso wie konventionelle Werbung ihre begrenzten Mittel überstieg. Sie würde also gezwungen sein, dafür zu sorgen, dass ein weniger günstig gelegenes Geschäft durch unkonventionelle Propaganda das Interesse potentieller Kunden fand.

In bequemen Leggings und einem lockeren T-Shirt lehnte sie sich auf ihrem Stuhl zurück und sah sich das Wohnzimmer ihres Appartements an. Die leergeräumten Tische stapelten sich neben Kisten und Kästen an einer Wand. Nur die Gemälde hingen noch. Ein Symbol, dachte sie, für die Risiken, die sie augenblicklich in so vielen Bereichen ihres Lebens einzugehen gezwungen war.

Auch in anderen Teilen der Wohnung hatte sie bereits umgeräumt. Dreiviertel ihrer Garderobe war sorgfältig weggepackt. Sie hatte gnadenlos aussortiert und bei der Auswahl eher ihren neuen Lebensstil als ihr Gefühl bedacht. Nicht, dass sie die Absicht hatte, als Geschäftsfrau weniger elegant zu sein. Sie ginge bei der Auswahl ihrer Kleider ebenso wie bei der Einrichtung ihres Geschäfts vor. Mit Flair und Stil und Wagemut.

Vielleicht wäre eines der drei Ladenlokale, die sie sich heute Nachmittag ansehen würde, genau das Richtige.

Am liebsten finge sie an, ehe die Presse Wind von ihrer momentanen Situation bekam. Hier und da tauchten bereits erste kurze Meldungen darüber auf, beispielsweise dass *die Margo* aufgrund ihrer Schulden zum Verkauf ihres Schmucks gezwungen war. Inzwischen verließ sie ihr Appartementhaus meistens durch die Hintertür, da der Haupteingang ständig von irgendwelchen Reportern und Paparazzi belagert war.

Vielleicht gäbe sie die Wohnung in Bälde auf. Kate hatte recht gehabt – der Versuch, sie zu halten, überstieg ihre Finanzen bei weitem. Wenn sie eine gute Adresse für ihre Neugründung fand, könnte sie einfach dort einziehen. Zumindest am Anfang.

Auf diese Weise, sie lachte innerlich, wäre sie von ihren Sachen wenigstens nicht getrennt.

Sie wünschte sich Josh in der Nähe, um mit ihm diese Variante zu besprechen. Aber er war in Paris. Nein, erinnerte sie sich, inzwischen musste er in Berlin sein, und danach in Stockholm. Es stand in den Sternen, wann sie wieder von ihm hören würde oder ihn gar sehen.

Die wenigen Tage, die sie zusammen in Mailand verbracht hatten, der hitzige, aufregende Vormittag in seiner Suite, erschienen ihr inzwischen eher wie ein Kinofilm denn als Erinnerung. Vielleicht hätte sie mittlerweile sogar seinen Kuss infrage gestellt, wühlte da nicht ständig dieser Schmerz des Verlusts in ihrem Inneren.

Wahrscheinlich nagte er gerade irgendeinem Fräulein am rechten Ohr, dachte Margo, erhob sich von ihrem Stuhl und versetzte der Sofaecke einen Tritt. Er hatte seine Hände noch nie von einer willigen Frau lassen können – dieser Schuft.

Zumindest spränge für sie bei diesem ganzen Theater ein Wagen heraus. Wenn schon nichts anderes, so war Josh Templeton ein Mann, der ein Versprechen hielt.

Im Grunde hatte sie gar keine Zeit, sich Gedanken zu machen über ihn – wie er Bier um Bier durch seine Kehle rinnen ließ und irgendeine statuengleiche Germania befingerte. Sie musste sich umziehen, musste dafür sorgen, dass sie das passende Aussehen bekam. Während sie sich ankleidete, probte sie die Verhandlungstechnik, die ihr gegenüber dem Makler angemessen erschien. Ein wenig näselnd, dachte sie und flocht ihr Haar. Nur keine allzu große Begeisterung.

»Questa camera …« Ein verächtlicher Blick, ein leichtes Abwinken. »Piccola!« Oder es wäre zu groß für ihre Bedürfnisse. Sie würde traurige Laute ausstoßen, während sie durch die Räumlichkeiten schritt und warten, bis der Makler sie zum Zugreifen überredete. Natürlich gelänge ihm das nicht so leicht. Sie würde sagen, dass die Miete völlig überhöht für diesen Schuppen war. Würde darum bitten, dass er ihr noch andere Häuser zeigte, behaupten, sie hätte in einer Stunde bereits den nächsten Besichtigungstermin …

Margo trat einen Schritt zurück und sah sich im Spiegel an. Ja, das schwarze Kostüm wies sie als Geschäftsfrau aus; aber es hatte zugleich den Chic, den das italienische Auge erkannte und zu schätzen wusste. Der glatte französische Zopf war feminin, schmeichelhaft, aber nicht verspielt, und die übergroße Bandolino-Tasche sah wie ein Aktenkoffer aus.

Übrigens bestand die Chance, dass ihrem Gegner – inzwischen sah sie jeden, mit dem sie geschäftlich verhandelte, als Gegner an – ihr Name geläufig war. Doch auf jeden Fall wäre ihm ihr Gesicht bekannt. Umso besser, dachte sie. Zweifellos nähme er an, er hätte es mit einem oberflächlichen, schwachköpfigen Flittchen zu tun. Was ihr nicht nur einen verhandlungstaktischen Vorteil, sondern zugleich die prickelnde Befriedigung verschaffte, ihm das Gegenteil zu beweisen.

Sie atmete tief ein und starrte ihr Spiegelbild mit großen Augen an. Margo Sullivan war kein Flittchen, sondern eine Geschäftsfrau mit Hirn, Ehrgeiz, Plänen, Zielen und Entschlossenheit. Außerdem war Margo Sullivan keine Verliererin. Bisher hatte sie noch jedes Debakel überlebt.

Mit geschlossenen Augen zwang sie sich zu glauben, was sie in dieser selbstverordneten Aufmunterungsrede von sich gab. Aber egal, dachte sie, wobei sie innerlich zusammenfuhr, auch wenn sie selbst nicht an sich glaubte, würde sie in der Öffentlichkeit als strahlende Siegerin auftreten.

Verdammt wollte sie sein, wenn ihr das nicht gelang.

Gerade, als sie ihre Tasche schulterte und sich zum Gehen wandte, klingelte das Telefon. »Hinterlassen Sie Ihren Namen und Ihre Telefonnummer«, sagte sie zu dem Gerät, während es beharrlich weiterläutete, »und ich rufe ganz sicher nicht zurück ...«

Dann jedoch drang Kates ungeduldige Stimme an ihr Ohr. »Verdammt, Margo. Gehst du vielleicht irgendwann einmal an den Apparat? Ich weiß, dass du zu Hause bist. Natürlich stehst du unmittelbar daneben! Also heb endlich ab. Es ist wichtig.«

»Es ist immer wichtig«, murmelte Margo und starrte weiter auf das Telefon.

»Himmel, Margo. Ich rufe wegen Laura an!«

Margo riss den Hörer hoch. »Ist sie verletzt? Hatte sie einen Unfall oder so?«

»Nein, sie ist nicht verletzt. Nimm deinen Ohrring ab, er scheppert ständig gegen das Gerät.«

Entnervt riss sich Margo das Schmuckstück aus dem Ohr.

»Falls du mir einen derartigen Schrecken versetzt hast, nur um mit mir zu quatschen …«

»Als hätte ich am fünfzehnten April um fünf Uhr morgens nichts Besseres zu tun. Hör zu, meine Gute, ich habe seit sechsundzwanzig Stunden kein Auge zugetan und mir die Magenwände mit Dutzenden von Litern Kaffee endgültig ruiniert. Fang also besser keinen Streit mit mir an.«

»Darf ich dich daran erinnern, dass du diejenige bist, die mich anruft. Ich war gerade auf dem Weg zur Tür hinaus.«

»Während Laura auf dem Weg zu ihrem Anwalt ist!«

»Zu ihrem Anwalt? Um fünf Uhr morgens? Du hast gesagt, sie hätte keinen Unfall gehabt!«

»Natürlich ist sie noch nicht direkt auf dem Weg. Sie hat einen Termin um zehn. Ich hätte gar nichts davon gewusst, wäre ihr Rechtsberater nicht zufällig ein Klient von uns, der mich bereits auf dem Laufenden wähnte. Er sagte, es täte ihm leid, dass alles so gekommen ist und …«

»Zur Sache, Kate …«

»Tut mir leid. Ich schweife vom Thema ab. Sie hat die Scheidung eingereicht.«

»Die Scheidung?« Da der Telefonsessel inzwischen inmitten all der zu verkaufenden Gegenstände in einem der ausgeräumten Zimmer stand, nahm sie auf dem Boden Platz. »Allmächtiger, Kate, doch wohl nicht wegen des Streits, in den sie meinetwegen mit ihm geraten ist?«

»Die Welt dreht sich nicht einzig und allein um dich, Margo. Mist, tut mir leid! Das Ganze ist schließlich nicht deine Schuld«, fuhr sie sanfter fort. »Ich habe nicht allzu viel aus ihr herausbekommen, als ich bei ihr war; aber der entscheidende Faktor scheint der zu sein, dass sie ihn zusammen mit seiner Sekretärin erwischt hat, und zwar nicht beim Diktieren von Briefen.«

»Das ist ja wohl nicht dein Ernst. Das wäre doch viel zu …«

»Gewöhnlich?«, schlug Kate trocken vor. »Abgedroschen? Widerlich?«

»Allerdings!«

»Tja, damit triffst du den Nagel auf den Kopf. Sie hat mir nicht gesagt, ob so etwas schon einmal passiert ist. Aber ich kann dir verraten, dass sie ihm keine weitere Gelegenheit zu Seitensprüngen gibt. Es ist ihr todernst.«

»Und wie geht es ihr?«

»Sie wirkt sehr ruhig, sehr gefasst. Ich habe hier alle Hände voll zu tun, Margo, und einfach keine Zeit, ihr beizustehen. Du kennst sie ja, wenn sie wirklich fertig ist.«

»Sie frisst alles in sich hinein«, zischte Margo und klimperte ungeduldig mit ihrem Ohrring in ihrer Hand. »Und was machen die Kinder?«

»Keine Ahnung! Wenn ich doch nur von hier fort könnte, dann fände ich es heraus. Aber während der kommenden neunzehn Stunden sitze ich hier noch fest.«

»In zehn Stunden könnte ich bei ihr sein.«

»Dass du das sagen würdest, hatte ich gehofft. Dann sehen wir uns also zu Hause, ja?«

»Ich weiß nicht, warum es mich überrascht, dass du wegen einer solchen Sache um die halbe Welt fliegst, Margo.« Laura nähte Sterne auf Alis Ballettröckchen, da am nächsten Tag eine Aufführung ihrer Klasse war. »Eigentlich ist es typisch für dich.«

»Wie fühlst du dich, Laura? Ich möchte wissen, was hier vor sich geht.«

Margo blieb mitten im Wohnzimmer stehen, stemmte die Hände in die Hüften und sah die Freundin an. Sie war über den Punkt der Erschöpfung hinaus und hatte stattdessen eine Art Schwebezustand erreicht. Zehn Stunden hatten sich als allzu optimistische Schätzung herausgestellt. Es hatte beinahe fünfzehn Stunden gedauert, bis sie nach mehrmaligem Umsteigen endlich daheim eintraf. Jetzt schielte sie förmlich vor Müdigkeit, während Laura äußerlich gelassen mit Nadel und Faden auf dem Sofa saß.

»Würdest du vielleicht dieses dämliche Kleidchen für eine Minute zur Seite legen und mit mir reden?«

»Ali wäre am Boden zerstört, wenn sie wüsste, dass du ihr Feenkleid dämlich nennst.« Aber ihre Tochter lag im Bett, dachte Laura. Sicher und sorglos. Zumindest für den Augenblick. »Setz dich, Margo, bevor du zusammenbrichst.«

»Ich will mich aber nicht setzen.« Wenn sie sich setzte, schliefe sie sicher auf dem Stuhlkissen ein.

»Wie kommt es, dass dich diese Sache derart erregt? Schließlich hast du Peter noch nie gemocht.«

»Aber ich mag dich. Und ich kenne dich, Laura. Du wirfst nicht schmerzlos eine zehnjährige Ehe über Bord.«

»Es tut nicht weh. Ich bin wie betäubt. Und so soll es auch bleiben, falls möglich.« Sanft strich sie über den Saum des Ballettröckchens. »Am anderen Ende des Korridors schlafen zwei kleine Mädchen, die einen Menschen in ihrem Leben brauchen, der ihnen ein Gefühl von Stabilität und Stärke vermittelt. Margo …« Sie blickte irgendwie verwundert auf. »Ich glaube nicht, dass er sie liebt. Vermutlich sind sie ihm nicht einmal ansatzweise wichtig. Ich käme damit zurecht, dass er mich nicht liebt. Aber Ali und Kayla sind seine Kinder.« Wieder strich sie über den Tüll wie über den schmalen Körper des Mädchens. »Er wollte Söhne. Ridgeways. Söhne, aus denen eines Tages Männer werden, die den Familiennamen weitergeben. Tja« – sie legte das Röckchen neben sich –, »stattdessen hat er eben zwei Töchter gekriegt.«

Margo zündete sich eilig eine Zigarette an und zwang sich, Platz zu nehmen. »Erzähl mir, was passiert ist.«

»Er hat aufgehört, mich zu lieben. Das heißt, im Grunde bin ich gar nicht sicher, ob er überhaupt je so etwas wie Liebe für mich empfand. Aber er wollte eine Frau von Rang.« Sie zuckte die Achseln. »Und er dachte, mit mir hätte er eine abbekommen. Im Verlauf der letzten Jahre gab es immer häufiger Zusammenstöße. Genauer gesagt, ich habe angefangen, ihm laut zu widersprechen. Was ihm nicht gefiel. Oh, es ist sinnlos, alle Einzelheiten aufzuzählen.«

Ungeduldig winkte sie ab. »Vor allem haben wir uns völlig auseinandergelebt. Er verbrachte mehr und mehr Zeit außerhalb von zu Hause. Seit längerem argwöhnte ich bereits ein Verhältnis, aber als ich ihm diesbezüglich Vorhaltungen machte, geriet er außer Rand und Band. Also entschuldigte ich mich für meinen Irrtum.«

»Aber du hast dich nicht geirrt.«

»Ich bin mir bezüglich damals nicht sicher. Aber das ist jetzt auch egal.« Laura rieb sich erst die Arme und griff dann, um ihre Hände zu beschäftigen, abermals nach dem Rock. »Seit über einem Jahr hat er mich nicht mehr angerührt.«

»Ein Jahr!« Vielleicht war es närrisch, von der Vorstellung einer Ehe ohne Intimität überrascht zu sein, aber trotzdem traf es Margo wie ein Schock.

»Anfangs schlug ich ihm vor, mit mir zu einer Eheberatung zu gehen, aber der Gedanke hat ihn geradezu entsetzt. Dann dachte ich, vielleicht sollte ich mich selbst einer Therapie unterziehen, und er war immer noch vollkommen außer sich.« Laura sah ihre Freundin mit einem dünnen Lächeln an. »Früher oder später käme es sicher heraus, und was dächten dann die Leute über uns?«

Kein Sex. Seit einem Jahr. Margo kämpfte gegen ihre innere Blockade an und konzentrierte sich wieder auf das Gespräch. »Das ist doch wirklich die Höhe!«

»Vielleicht. Aber irgendwann war es mir egal. Daher konzentrierte ich mich nur noch auf meine Kinder, den Haushalt, mein Leben.«

Was für ein Leben?, hätte Margo am liebsten rausgebrüllt, doch sie beherrschte sich.

»Aber in den letzten paar Wochen konnte ich sehen, dass die Sache an den Kindern nicht spurlos vorüberging. Vor allem Ali wurde immer trauriger.« Ergeben legte sie das Röckchen fort und faltete die Hände im Schoß. »Nachdem du gegangen warst, beschloss ich die Dinge zu klären. Wir mussten retten, was noch zu retten war. Also habe ich ihn in unserem Penthouse aufgesucht. Ich dachte, es wäre besser, wenn wir uns dort unterhielten, wo die Kinder nicht in der Nähe sind. Ich war willens, alles Notwendige zu unternehmen, damit unsere Ehe wieder funktioniert.«

»Du warst willens …«, unterbrach Margo sie, sprang auf und stieß zornig eine Rauchwolke aus. »Das klingt, als ob …«

»Es ist egal, wie es klingt«, bemerkte Laura leise. »Ich wollte nichts unversucht lassen. Also, es war schon ziemlich spät. Vorher hatte ich noch die Mädchen ins Bett gebracht. Den ganzen Weg bis zum Penthouse habe ich diese kleine Rede geübt, in der es darum ging, dass wir seit zehn Jahren verheiratet sind, eine Familie haben, eine gemeinsame Vergangenheit, die sich nicht so einfach wegwerfen lässt.«

Bei dem Gedanken an ihre Rede stand sie blinzelnd auf. Ein kleiner Brandy wäre sicher nicht verkehrt. Sie schenkte ihnen beiden ein und fuhr mit ihrem Bericht fort. »Das Penthouse war abgeschlossen, aber ich habe einen Schlüssel. Das Arbeitszimmer lag im Dunkeln.« Ruhig reichte sie Margo eins der Gläser, ehe sie mit ihrem eigenen Schwenker wieder aufs Sofa sank. »Zuerst war ich verärgert, weil ich dachte, dass er zu einem späten Abendessen oder so ausgegangen und ich ganz umsonst gekommen war. Dann jedoch fiel mir das Licht auf, das durch den Spalt der Schlafzimmertür in den Korridor drang. Beinahe hätte ich angeklopft. Kannst du dir vorstellen, wie jämmerlich allein diese Vorstellung ist, Margo? Um ein Haar hätte ich in meiner eigenen Wohnung angeklopft. Stattdessen öffnete ich dann einfach die Tür.« Sie trank einen Schluck. »Und in der Tat nahm er gerade ein verspätetes Abendessen zu sich.«

»Zusammen mit seiner Sekretärin?«

Laura stieß ein verächtliches Schnauben aus. »Wie in einer schlechten französischen Komödie. Der untreue Ehemann, der es sich mit seiner poppigen, rothaarigen Sekretärin über einer Schale gekühlter Shrimps im Bett gemütlich macht.«

Beinahe hätte Margo laut gelacht. »Krabben?«

»In einer würzigen Honigsauce und mit einer Flasche Dom Pérignon, um das Ganze hinunterzuspülen. Auftritt der ahnungslosen, vernachlässigten, eleganten Ehefrau. Das Bild erstarrt. Niemand sagt ein Wort, einzig die leisen Klänge des *Bolero* erfüllen den Raum.«

»*Bolero.* Oh, mein Gott!« Margo atmete zischend ein und sank ermattet auf einen Stuhl. »Tut mir leid. Tut mir leid, aber ich kann es einfach nicht ändern. Ich bin zu müde, um mich noch am Riemen zu reißen.«

»Kein Problem, lach nur!« Laura merkte, dass sie ebenfalls zu grinsen begann. »Es ist ja auch vollkommen wahnwitzig. Die Ehefrau stellt voll unglaublicher, dämlicher Würde fest: ›Tut mir leid. Offenbar störe ich.‹«

Wieder atmete Margo zischend ein. »Das hast du nicht gesagt.«

»Oh doch! Und die beiden haben mich völlig entgeistert angestarrt. Peter habe ich noch nie derart fassungslos erlebt. Allein aus diesem Grund hat es sich beinahe schon gelohnt. Dann fing die knackige junge Sekretärin an zu kreischen und versuchte, ihre Blöße zu verhüllen, wobei sie in ihrer Eile Peter die Shrimpssauce in den nackten Schoß goss.«

»Himmel, nein!«

»Es war wirklich ein denkwürdiger Augenblick.« Laura stieß einen Seufzer aus und fragte sich, wer von ihnen dreien sich wohl am lächerlichsten vorgekommen war. »Dann habe ich ihnen erklärt, sie sollten sich keine Mühe machen, ich fände schon allein hinaus – und machte auf dem Absatz kehrt.«

»Einfach so?«

»Einfach so.«

»Aber was sagt er dazu? Wie sieht er die Angelegenheit?«

»Keine Ahnung!« Ihre für gewöhnlich so sanften grauen Augen nahmen einen Ausdruck an, der typisch für die Familie Templeton war – hart, leidenschaftlich und unbeugsam. »Ich reagiere auf seine Anrufe nicht. Und endlich hat sich sein dämliches, elektronisch gesichertes Tor bezahlt gemacht.« Als sich ihr sanfter Mund ebenfalls verhärtete, war Margo Zeugin, wie sich Seide in Stahl verwandelte. »Er kommt nicht rein, weil ich den Dienstboten die Anweisung erteilt habe, ihm nicht aufzumachen. Und bisher hat er es sowieso erst einmal versucht.«

»Du sprichst also nicht einmal mehr mit ihm?«

»Ich wüsste nicht, was es da noch zu reden gibt. Seine Gleichgültigkeit habe ich toleriert. Auch seinen Mangel an Zuneigung und Respekt mir und meinen Gefühlen gegenüber habe ich ertragen. Aber seine Lügen und seine Untreue dulde ich keinen Augenblick. Er mag denken, dass er, wenn er mit seiner Sekretärin schläft, nur das Recht des Lehnsherrn geltend macht. Aber er wird bald feststellen, dass man diese Sache auch anders sehen kann.«

»Sag mal, willst du wirklich, dass das so läuft?«

»Es entspricht den Tatsachen. Meine Ehe ist vorüber.« Sie blickte in ihr Glas und schwieg für einen Augenblick. »Mehr gibt es dazu nicht zu sagen, denke ich.«

Der Starrsinn war typisch für eine Templeton, stellte Margo fest. Vorsichtig drückte sie ihre Zigarette aus und nahm Lauras Hand. »Meine Liebe, du weißt, dass es sicher weder von der rechtlichen noch von der emotionalen Seite her so einfach werden wird.«

»Ich ziehe alle Konsequenzen in Betracht; aber ich spiele bestimmt nicht länger die leicht zu hintergehende, naive Luxusgattin.«

»Und die Mädchen?«

»Für sie werde ich alles ausgleichen.« Irgendwann. Irgendwie. »Bestimmt bringe ich die Dinge für sie wieder ins Lot.« Sie ging über die leise Furcht hinweg, die sie bei dem Gedanken an die Kinder unwillkürlich beschlich. »Etwas anderes kommt nicht infrage.«

»Also gut. Ich stehe hundertprozentig hinter dir. Hör zu, ich gehe jetzt runter und gucke nach, ob es noch eine Kleinigkeit zu essen für uns gibt. Kate wird sicher auch halb verhungert sein, wenn sie nach Hause kommt.«

»Kate kommt heute Abend nicht. Nach dem Abgabetermin der Steuererklärungen verfällt sie immer erst mal für mindestens vierundzwanzig Stunden in einen geradezu komatösen Schlaf.«

»Sie wird kommen«, versprach Margo ihr.

»Man könnte meinen, ich läge auf meinem Totenbett«, murmelte Laura. »Also gut, ich werde dafür sorgen, dass man ihr Zimmer herrichtet. Und deins ebenfalls. Am besten machen wir uns ein paar Sandwiches.«

»Ich kümmere mich um die Sandwiches. Du sorgst dafür, dass jemand die Zimmer übernimmt.« Auf diese Weise, dachte Margo, während sie eilig den Salon verließ, bekäme sie genügend Zeit, ihre Mutter nach Laura auszufragen.

Wie erwartet fand sie Ann in der Küche vor, die bereits mit dem Belegen von Schnittchen und dem Schneiden rohen Gemüses beschäftigt war.

»Wir haben nicht viel Zeit«, setzte Margo an, während sie gleichzeitig nach der Kaffeekanne griff. »Sie wird in einer Minute hier unten sein. Es geht ihr doch nicht wirklich gut, oder was meinst du?«

»Laura kommt mit der Sache zurecht. Allerdings spricht sie nicht darüber. Bisher hat sie nicht einmal ihre Eltern kontaktiert.«

»Dieser elende Wichser, dieser Widerling!« Ihre Beine zitterten vor Müdigkeit, so dass es ihr schwerfiel, so durch die Küche zu stürmen, wie es ihren Gefühlen entsprochen hätte. »Und diese kleine Schlampe von Sekretärin, die für ihre Leistung sicher noch Überstunden gutgeschrieben kriegt!« Als sie dem Blick ihrer Mutter begegnete, brach sie ab. »Also gut, in Bezug auf Alain war ich nicht viel besser als sie. Und vielleicht gilt auch meine Leichtgläubigkeit, dass die Scheidung bereits in die Wege geleitet war, nicht als Entschuldigung; aber zumindest wurde mein Gehalt nicht obendrein von der Familie seiner Frau bezahlt.« Sie trank den Kaffee schwarz, in der Hoffnung, auf diese Weise einen Teil ihrer Müdigkeit zu überwinden. »Eine Strafpredigt kannst du mir später halten. Im Augenblick möchte ich wissen, wie es um Laura steht.«

Anns scharfem mütterlichen Blick blieb nicht verborgen, wie erschöpft und besorgt ihre Tochter war. »Meine Standpauke erspare ich mir und dir. Diese Predigten haben schon, als du noch ein Kind warst, nichts genützt, und ich kann mir nicht vorstellen, dass es heute anders ist. Du gehst deinen eigenen Weg, Margo, das hast du bisher stets so gehalten. Trotzdem hat dein Weg dich hierhergeführt in einem Augenblick, in dem eine Freundin auf deine Hilfe angewiesen ist.«

»Ach ja? Bei Lichte besehen war immer sie die Stärkere. Die Bessere. Die Freundlichere.«

»Meinst du, du bist die Einzige, die Verzweiflung überwältigt, wenn ihre Welt in Trümmern fällt? Meinst du, du bist die Einzige, die sich lieber die Decke über den Kopf ziehen würde, statt sich den Dingen zu stellen?«

Wütend warf Ann den Brotlaib auf den Tisch. Oh, sie war müde, voll des Mitgefühls, und in ihren Gefühlen herrschte Aufruhr. Einerseits empfand sie Freude, weil ihre Tochter wieder zu Hause war, andererseits Traurigkeit über Lauras Schicksal; obendrein ging es ihr elend, weil sie nicht wusste, wie sie auch nur einer der beiden jungen Frauen helfen könnte, denen sie in inniger Liebe verbunden war.

»Sie hat Angst, jede Menge Schuldgefühle und macht sich Gedanken darüber, wie es weitergehen soll. Dabei bin ich mir sicher, dass es noch schlimmer kommt.« Sie presste die Lippen zusammen, doch dann platzte es weiter aus ihr heraus. »Ihre Familie ist zerbrochen und, ob du es siehst oder nicht, auch ihr Herz. Es ist an der Zeit, dass du ihr einen Teil dessen zurückzahlst, was sie dir stets gewährte, und sie bei der Bewältigung ihrer Probleme unterstützt.«

»Weshalb, meinst du wohl, bin ich schon wieder hier?«, grollte Margo. »Ich habe alles stehen und liegen lassen und bin sechstausend Meilen geflogen, um bei ihr zu sein.«

»Eine noble Geste!« Ann bedachte ihre Tochter mit einem harten, vorwurfsvollen Blick. »Du hast schon immer ein Talent für große Gesten gehabt, Margo, aber Beständigkeit sieht anders aus. Und? Wie lange wirst du dieses Mal bleiben? Einen Tag, eine Woche? Wie lange wird es dauern, bis du dich wieder von deiner Rastlosigkeit ergreifen lässt? Bis du wieder in dein glamouröses Leben zurückjettest, wo du an niemanden denken musst als an dich selbst?«

Da ihre Hände zitterten, stellte Margo ihre Tasse ab. »Warum redest du nicht weiter, Mum? Klingt, als ob du noch jede Menge loswerden möchtest.«

»Oh, es ist leicht für dich zu kommen und zu gehen, wie es dir gefällt, nicht wahr? Postkarten und Geschenke zu schicken, als würde dadurch die Tatsache wieder wettgemacht, dass du allem, was man für dich getan hat, den Rücken zuwendest.«

Anns Kummer öffnete alle Schleusen, so dass plötzlich das, was sie seit Jahren so sorgsam vor sich und der Welt verbarg, über ihre Lippen drängte. Die Worte sprudelten aus ihr heraus und umgaben Mutter und Tochter mit Bitterkeit.

»Du bist in diesem Haus aufgewachsen, hast immer so getan, als ob du etwas Besseres als die Tochter einer kleinen Angestellten wärst; und Miss Laura hat dich in deinem Streben nach Höherem noch bestärkt, indem sie dich stets wie eine Schwester behandelte. Wer hat dir Geld geschickt, nachdem du davongelaufen warst? Wer hat seinen Einfluss geltend gemacht, damit du deinen ersten Auftrag als Model bekamst? Wer war immer für dich da?«, fragte sie und häufte wütend Schnittchen übereinander. »Aber warst du umgekehrt jemals für sie da? Während der letzten Jahre, in denen sie um den Zusammenhalt ihrer Familie gekämpft hat, in denen sie einsam und traurig war, wo hast du dich da rumgetrieben?«

»Woher hätte ich denn wissen sollen, dass sie Probleme hat?«

»Du hättest dich ja bei Miss Kate erkundigen können. Und wärst du nicht immer mit der wunderbaren Margo Sullivan beschäftigt gewesen, dann hättest du ihr vielleicht sogar einmal zugehört.«

»Ich war noch nie so, wie du mich haben wolltest«, stellte Margo müde fest. »Nie war ich wie Laura – und kann auch heute nicht wie Laura sein.«

Jetzt wallten neben Erschöpfung und Besorgnis auch noch Schuldgefühle in ihrer Mutter auf. »Niemand hat je verlangt, dass du jemand anderes sein sollst als die, die du nun einmal bist.«

»Ach nein, Mum? Du hast doch stets bedauert, dass ich nicht so freundlich und großzügig wie Laura – und nicht so vernünftig und praktisch wie Kate gewesen bin. Meinst du, das hätte ich nicht jeden Tag meines Lebens genau gespürt?«

Schockiert und verwirrt schüttelte Ann den Kopf. »Vielleicht wärst du einfach glücklicher gewesen, wenn du dich, statt davonzulaufen, mit dem, was du hattest und was du warst, zufriedengegeben hättest.«

»Vielleicht wäre ich nicht so schnell und nicht so weit gerannt, wenn du auch nur in etwa zufrieden gewesen wärst mit der Person, die ich nun einmal bin.«

»Ich lasse mir nicht die Schuld für Dinge in die Schuhe schieben, die in deinem Leben schiefgelaufen sind.«

»Nein, die Verantwortung für mein Leben übernehme ich ganz allein.« Warum auch nicht, dachte sie. Angesichts all der Schlappen, die bereits auf ihren Schultern lasteten, konnte sie die Schuld an den Fehlschlägen in ihrem Leben getrost noch dazunehmen. »Auf deine Anerkennung oder Ablehnung kommt es also nicht an.«

»Um meine Anerkennung hast du dich ohnehin noch nie geschert!« Mit diesen Worten verließ Ann den Raum und ließ die Tochter zornbebend allein zurück.

Drei Tage später fühlte Margo sich immer noch etwas unbehaglich. Im Grunde hatten sie nie als Erwachsene zusammen in dem Haus gelebt. Mit achtzehn hatte Laura geheiratet, sie selbst war nach Hollywood durchgebrannt, und Kate, die ewig Jüngste, hatte ihr Highschool-Examen früher absolviert und sich umgehend in Harvard immatrikuliert.

Doch allmählich kehrte Ruhe ein. Kate blieb unter dem Vorwand, keine Energie zu haben für ihr Appartement in Monterey, einfach da, und Margo behauptete, es dränge sie nichts. Sie hatte eingesehen, dass das Urteil ihrer Mutter in einigen Punkten zutraf. Laura kam zwar mit dem Gedanken an die bevorstehende Scheidung äußerlich halbwegs zurecht, aber die bereits schwierige Situation nähme an Problematik sicherlich noch zu. Inzwischen waren bereits die ersten Neugierigen aufgetaucht. Vor allem Leute aus dem Country Club, stellte Margo fest, denen Gerede über das Ende der Templeton-Ridgeway-Fusion zu Ohren gekommen war.

Eines Abends fand Margo Kayla vor Lauras Schlafzimmertür.

Die Kleine campierte dort aus Angst, dass ihre Mama sie ebenfalls verließ.

Dies war der Augenblick, in dem sie den Glauben daran verlor, dass sich alles noch bereinigen ließ und sie bald wieder nach Mailand zurückkehrte. Ihre Mutter hatte auch in anderen Dingen recht gehabt, erkannte sie. Es würde Zeit, dass Margo Sullivan all die erwiesenen Wohltaten beglich. Sie kontaktierte Josh.

»Es ist sechs Uhr morgens«, beschwerte er sich, als sie ihn endlich im Templeton Stockholm an den Apparat bekam. »Jetzt erzähl mir bloß nicht, dass du zu einem Monster der zivilisierten Gesellschaft geworden bist, Margo, nach dem Motto ›Morgenstund hat Gold im Mund‹.«

»Hör zu. Ich rufe dich von Templeton House aus an.«

»Dann bin ich ja beruhigt. Wenn ich nicht irre, müsste dort drüben gerade früher Abend sein. Was meinst du damit, du rufst von Templeton House aus an?«, hakte er nach, als er endlich halbwegs zur Besinnung kam. »Was, zum Teufel, machst du in Kalifornien? Wolltest du nicht in Mailand ein Geschäft eröffnen?«

Sie brauchte einen Augenblick. Zum ersten Mal spräche sie gleich laut aus, dass ein Teil ihres Lebens für immer dahin war.

»Ich kehre nicht nach Mailand zurück. Zumindest vorläufig nicht.« Während er ihr mit Fragen und Vorwürfen in den Ohren lag, erkannte sie das Ende eines ihrer Träume. Hoffentlich ließe er sich durch einen anderen ersetzen … »Ich wäre dir wirklich dankbar, wenn du mal für eine Minute das Maul halten könntest«, keifte sie. »Du sollst mir nämlich einen Gefallen tun. Bitte schick mir meine Sachen her.«

»Deine Sachen?«

»Das meiste Zeug steht bereits in Kisten rum, aber der Rest müsste noch eingepackt werden, bevor er zur Post kann. Templeton hat doch sicher eine Firma an der Hand, die so etwas übernimmt?«

»Sicher, aber …«

»Ich zahle dir alles zurück, Josh, aber ich weiß einfach nicht, wen ich sonst anrufen soll, und im Augenblick wären diese Extraausgaben auch zu viel für mich. Der Flug hat mich bereits beinahe ruiniert.«

Typisch, dachte Josh und schob sich ein Kissen hinter den Kopf. »Warum in aller Welt hast du dann überhaupt so eine unnötige Reise unternommen?«

»Weil Peter mit seiner Sekretärin vögelt und Laura sich von ihm scheiden lässt.«

»Trotzdem kannst du doch nicht einfach so – verdammt, was hast du da gerade gesagt?«

»Du hast es genau gehört. Sie hat die Scheidung eingereicht. Ich glaube nicht, dass er sich dagegen zur Wehr setzen wird; aber ebenso wenig kann ich mir vorstellen, dass es zu einer freundlichen Einigung zwischen den beiden kommt. Sie versucht, alles alleine zu regeln, aber wir müssen ihr wenigstens den Rücken stärken.«

»Lass mich mit ihr reden. Stell mich zu ihr durch.«

»Sie schläft gerade.« Aber selbst wenn Laura hellwach neben ihr gestanden hätte, hätte sie ihr den Hörer nicht gereicht, solange Joshs Stimme einen derart eisigen Zorn verriet. »Sie hatte heute noch mal einen Termin bei ihrem Anwalt, und das nimmt sie alles ziemlich mit. Ich denke, am besten bleibe ich für eine Weile hier. Sie kann mir bei der Suche nach Räumlichkeiten für einen Laden hier behilflich sein. Das lenkt sie sicher ein wenig von ihren Problemen ab. Laura war schon immer besser darin, sich um andere Menschen zu kümmern, als um sich selbst.«

»Dann bleibst du also in Kalifornien?«

»Zumindest brauche ich mir hier nicht den Kopf über italienische Mehrwertsteuer und Gesetze zu zerbrechen, stimmt's?« Zu ihrer Verärgerung wallten hinter ihren Augen Tränen des

Selbstmitleides auf, die sie jedoch energisch zurückblinzelte. Um sicherzugehen, dass ihre Stimme weiterhin brüsk und entschlossen klang, holte sie tief Luft. »Da wir gerade von Gesetzen reden, könnte ich dir vielleicht eine Vollmacht erteilen oder wie man so etwas nennt? Du müsstest meine Wohnung verkaufen, die Gelder transferieren und dich um all die anderen rechtlichen Angelegenheiten kümmern, die noch zu regeln sind.«

Der Gedanke an ihr neuestes Vorhaben vernebelte ihm den Sinn. Hatte er eben *typisch* gedacht?, überlegte er. Margo war unstet wie das Wetter im April. Nichts konnte jemals typisch für sie sein. »Ich setze eine Vollmacht auf und faxe sie dir rüber, damit du sie unterschreiben kannst. Dann faxt du sie mir am besten ins Templeton Mailand zurück. Wo, zum Teufel, steckt Ridgeway, dieser Schuft?«

»Gerüchten zufolge soll er immer noch im Penthouse sein.«

»Nicht mehr lange, das verspreche ich euch.«

Persönlich freute sie sich über Joshs boshaft-kalten Ton, aber … »Josh, vielleicht möchte Laura noch nicht, dass du ihn jetzt schon rausschmeißt.«

»Da ich immer noch älter bin als sie, steht mir die Entscheidung über die Nutzung des Hauses eher zu als ihr. Ich kümmere mich um den Versand deiner Sachen, sobald es mir möglich ist. Gibt es sonst noch irgendwelche Überraschungen, auf die ich mich gefasst machen muss?«

Kurz vor ihrem Abflug hatte sie noch ihre American-Express-Rechnung bekommen, aber sie ersparte ihm lieber im Augenblick diesen zusätzlichen Schock. »Nein, nichts Wichtiges. Tut mir leid, dass ich dir die ganze Arbeit aufhalse, Josh, ehrlich! Aber ich weiß einfach nicht, wie ich sonst hier bei Laura bleiben und eine Existenz gründen soll, ehe man mich wegen all meiner Schulden ins Gefängnis steckt.«

»Mach dir darüber keine Gedanken. Chaos ist schließlich mein Geschäft.« Er stellte sich vor, wie sie ein vollkommenes

Schlachtfeld in ihrer Wohnung hinterlassen hatte, um einer Freundin in Not zu Hilfe zu eilen. Loyalität, dachte er, war bereits in ihren Kindertagen ihre bewundernswerteste Charaktereigenschaft. »Und, wie kommst du mit deinem Teil unserer Wette klar?«

»Bestens, wenn ich so sagen darf. Ich habe mir einen geradezu jungfräulichen Lebensstil auferlegt«, fügte sie boshaft hinzu. »Und du? Bist du etwa allein in deinem Bett?«

»Abgesehen von den sechs Mitgliedern der schwedischen Volleyball-Damen-Nationalmannschaft. Helga hat einen wahnsinnigen Schmetterschlag. Interessiert es dich denn gar nicht, wie ich gekleidet bin?«

»Schwarze Badehose, glänzender Schweiß und ein breites Lächeln im Gesicht.«

»Wie hast du das nur erraten? Und, was trägst du?«

Mit der Zunge fuhr sie sich genüsslich über die Lippen und setzte ein breites Grinsen auf. »Oh, nur dieses kleine … oder besser gesagt winzige. Etwas mit Spitze dran.«

»Und Pfennigabsätze.«

»Na sicher doch. Dazu Seidenstrümpfe mit kleinen pinkfarbenen Rosen auf dem Rand. Genau dieselben Rosen wie die, die im Augenblick zwischen meinen Brüsten steckt. Außerdem sollte ich vielleicht ergänzen, dass ich soeben aus der Badewanne gestiegen bin. Ich bin immer noch ein bisschen … feucht.«

»Himmel. Wie köstlich! Am besten lege ich jetzt auf.«

Sie lachte kehlig. »Es wird mir ein Vergnügen sein, demnächst deinen Jaguar in Empfang zu nehmen. Lass es mich wissen, wann ich mit der Lieferung rechnen kann.«

Als das Klicken von Joshs Hörer an ihr Ohr drang, gurrte sie abermals leise, drehte sich um … und entdeckte Kate. »Wie lange stehst du da schon?«

»Lange genug, um einigermaßen verwirrt zu sein. Hast du etwa gerade Telefonsex mit Josh gehabt? Unserem Josh?«

Margo strich sich eine Strähne ihres Haars hinter das Ohr. »Eher so etwas wie ein Vorspiel, um genau zu sein. Warum?«

»Okay!« Kate wollte, bevor sie noch etwas sagte, die ganze Sache in Ruhe überdenken. »Und was ist das für ein Gerede davon, dass du ein Geschäft aufmachen willst?«

»Himmel, du hast wirklich Lauscher, denen nichts verborgen bleibt.« Margo zog so heftig an einem dieser Ohren, dass Kate sich jaulend wand. »Also, dann setz dich mal. Wenn du sowieso schon die Hälfte mitbekommen hast, weihe ich dich am besten gleich ganz in mein geheimes Vorhaben ein.«

»Die Kleine« hörte reglos zu, wobei ihr jedoch hin und wieder ein Schnauben, ein Stöhnen oder ein leises Murmeln entschlüpfte. »Ich nehme an, dass du die Anfangskosten bereits berechnet hast?«

»Ah …«

»Genau. Und außerdem hast du dich sicher auch schon in Bezug auf erforderliche Genehmigungen und Gebühren kundig gemacht und den Antrag auf eine Steuernummer gestellt.«

»Ein paar Kleinigkeiten muss ich noch erledigen«, murmelte Margo leicht beschämt. »Aber statt dich mit mir zu freuen, schüttest du mir einen Eimer kaltes Wasser ins Gesicht.«

»Und ich arme Närrin dachte, dass du allmählich vernünftig wirst!«

»Was soll denn bitte daran unvernünftig sein, dass ich meine Sachen in meinem eigenen Laden verkaufen will?«, brauste Margo auf. »Was ist denn bitte falsch daran, wenn ich eine Erniedrigung in ein Abenteuer verwandele? Dass ich bisher noch nicht daran gedacht habe, irgendeine dämliche Steuernummer zu beantragen, bedeutet noch lange nicht, dass ich nicht zur Gründung einer Firma in der Lage bin.«

Zurückgelehnt legte Kate die Fingerspitzen aneinander und ließ ihre kleinen grauen Zellen arbeiten. Im Grunde war die Idee gar nicht so schlecht, überlegte sie. Tatsächlich wäre sie auch unter dem finanziellen Aspekt durchaus vorteilhaft ... die Liquidierung von Privatbesitz auf dem freien Markt. Kate gedachte Margo unter die Arme zu greifen, falls sie wirklich so ein Unternehmen wagen wollte. Natürlich wäre es riskant, aber Margo hatte Risiken immer schon geliebt.

»Dann willst du dich also als Geschäftsfrau versuchen, ja?«

Margo setzte eine feierliche Miene auf. »Ich sehe mich eher in der Position einer Beraterin.«

»Miss Sullivan als Anbieterin von gebrauchten Kleidern und Schnickschnack jeder Art«, stellte Kate verwundert fest.

»Das, was du als Schnickschnack bezeichnest, nennen andere Leute Design.«

»Wie auch immer!« Höchst aufgeräumt streckte Kate die Beine von sich. »Sieht aus, als würden doch hin und wieder noch Zeichen und Wunder geschehen auf dieser Welt.«

9

Margo stand vor der Ladenfront in der belebten Cannery Row, und ihr Herz schlug höher. Das breite Schaufenster glitzerte in der Sonne und war durch eine reizende, kleine, überdachte Veranda vor Regen und Sturm geschützt. Die Tür bestand aus facettiertem Glas, in dessen Mitte die Gravur eines Lilienbouquets zu sehen war. Altmodische Messingbeschläge schimmerten im hellen Licht. Die spanischen Ziegel des spitzen Daches waren im Lauf der Zeit zu einem weichen Rosa verblichen.

Blecherne Musik von einem Karussell, schrilles Möwengeschrei und das unbeschwerte Geplapper der Touristen drangen an ihr Ohr. Von den Verkaufsständen und aus den Freiluftrestaurants an der Fisherman's Wharf trug die laue Brise köstliche Düfte zu ihr herauf. Tandems ratterten vorbei.

Der Straßenverkehr bildete ein beständiges Hintergrundrauschen, und pausenlos suchten irgendwelche Autofahrer nach Parklücken, die man sich in diesem belebten Touristenparadies mühselig ergattern musste. Fußgänger schlenderten über die Gehwege, viele von ihnen mit Kindern, die entweder staunend das Treiben verfolgten oder genervt vor sich hin jammerten.

Überall war Bewegung, tummelten sich Menschen und Lärm und Leben. Die kleinen Läden entlang der Straße, die Restaurants und die Touristenattraktionen zogen Tag für Tag, Monat für Monat unablässig Besucher an.

All die anderen Gebäude mit den schmalen Schaufenstern und den leeren Lagerräumen, die sie bisher besichtigt hatte, hatten ihr nur einen Vorgeschmack geboten auf dieses hier.

»Das ist es«, murmelte sie.

»Du hast das Haus doch noch gar nicht von innen gesehen«, bemerkte Kate.

»Brauche ich auch nicht – es ist genau das Richtige für mich.«

Kate tauschte einen vielsagenden Blick mit Laura. Sie konnte sich lebhaft vorstellen, welche Miete man für ein solches Häuschen nahm. Aber wenn man schon träumte, dachte sie, dann am besten gleich im großen Stil. Das passte zu Margo!

»Wahrscheinlich ist der Makler schon drinnen.« Zu spät zu kommen bildete einen Teil von Margos Strategie. Sie wollte nicht, dass man merkte, wie versessen sie auf die Räumlichkeiten war. »Überlasst das Reden einfach mir.«

»Überlassen wir das Reden einfach ihr«, murmelte Kate und rollte die Augen himmelwärts. »Aber anschließend gehen wir irgendwo zusammen Mittag essen, ja?« Von der Fisherman's Wharf wehte der Duft von gegrilltem Fisch und würzigen Saucen zu ihnen herauf, und sie merkte, dass sie halb verhungert war. »Dies ist das letzte Haus, das wir besichtigen, ehe ich nicht etwas im Bauch habe, abgemacht?«

»Dies ist überhaupt das letzte Projekt.« Die Schultern kampfbereit gestrafft trat Margo durch die Tür. Sie musste sich beherrschen, nicht sofort das »Zu vermieten«-Schild vom Haken zu reißen. Kleine Schauder rannen ihr über den Rücken. Zweifellos war sie schon zahllose Male, ohne irgendetwas zu empfinden, an diesem Gebäude vorbeigegangen.

Aber heute erst erkannte sie es als ihre Bestimmung.

Der Hauptraum war groß und leer. Der Hartholzboden wies an den Stellen, an denen zuvor Verkaufstresen und Schaukästen gestanden hatten, deutlich sichtbare Narben auf. Die Wände sahen nicht mehr weiß, sondern eher wie alte Pappe aus und präsentierten überall dort, wo der Vormieter seine Waren aufgehängt hatte, kleine Löcher.

Aber Margo sah einzig den herrlichen Bogengang zum Nebenzimmer, die alte eiserne Wendeltreppe, über die man in die oberen Etagen gelangte, und den luftigen, das gesamte Gebäude umgebenden Balkon. Ihr Puls beschleunigte sich, und ihr Blick wurde messerscharf, genau, wie wenn sie bei Cartier etwas entdeckte, das einzig auf sie zu warten schien.

Laura legte ihr warnend die Hand auf den Arm. »Margo!«

»Kapiert ihr denn nicht? Himmel, seht ihr denn nicht, dass dieses Ambiente wie geschaffen ist für mich?«

»Ehe man hier irgendetwas verkaufen kann, muss man eine Menge Arbeit investieren.« Kate rümpfte die Nase. Im Raum lag der Geruch von – Räucherstäbchen … Haschisch … alten Kerzen … »Außerdem scheint hier schon lange nicht mehr gelüftet worden zu sein.«

Ohne auf ihre Freundinnen zu achten, ging Margo hinüber zu einer Tür, von der die Farbe blätterte, und machte sie langsam auf; dahinter befand sich ein winziges Bad mit einem alternden, auf einem Podest stehenden Waschbecken und angeschlagenen Fliesen. Entzückt riss sie die Augen auf.

»Hallo?« Die Stimme kam aus dem zweiten Stock, und unmittelbar darauf vernahm man das schnelle Trippeln hochhackiger Schuhe auf einem Holzfußboden. Laura fuhr zusammen, als hätte man ihr einen Schlag versetzt.

»Erbarmen, nicht Louisa! – Margo, du hast doch gesagt, dass du mit einem Mr. Newman verabredet bist?«

»Das war ich auch.«

Die Stimme schrillte abermals zu ihnen herab, und hätte Laura sich irgendwo verstecken können, hätte sie es getan.

»Sind Sie das, Miss Sullivan?« Die Frau tauchte am oberen Rand der Treppe auf. Von ihrem fließenden Swinger bis hin zu den klappernden Absätzen war sie ganz in Pink gehüllt. Ihr Haar hatte jenes unbestimmte Aschblond, das Friseure gerne verwendeten, damit man die ersten grauen Strähnen ihrer Kundinnen nicht sah, und es lag wie ein harter Helm um ihr rundes, von pinkfarbenen Wangen beherrschtes Gesicht. An ihren Armen klapperten goldene Reifen und über ihrer linken Brust eine riesige Brillantenrosette.

Mitte fünfzig, stellte Margo mit Expertenaugen fest, wobei sie sich eindeutig an die vierzig klammerte. Sehr anständiges Facelifting, überlegte sie und setzte ein höfliches Lächeln auf, als die Frau plaudernd die Wendeltreppe herunterstöckelte. Regelmäßige Aerobic-Kurse, um in Form zu bleiben, wahrscheinlich unterstützt durch Fettabsaugen und Silikon.

»… habe eben meine Erinnerung aufgefrischt«, fuhr Louisa fort. Sie redete wirklich wie ein Buch. »Ich war schon seit Wochen nicht mehr hier. Eigentlich wollte ja der liebe Johnny zu dem Termin kommen, aber er hatte heute Morgen einen kleinen Autounfall.« Am Fuß der Treppe angekommen reichte sie Margo etwas atemlos die Hand. »Es freut mich unheimlich, Sie kennenzulernen. Ich bin Louisa Metcalf.«

»Margo Sullivan.«

»Ja, natürlich.« In ihren braunen, sorgfältig mit bronzefarbenem Lidschatten geschminkten Augen blitzte Interesse auf. »Man kennt Sie doch! Ich hatte keine Ahnung, dass mein Ein-

Uhr-Termin *die* Margo Sullivan war. Sie sehen wirklich so gut wie auf Ihren Fotos aus. Dabei sind die ja oft retuschiert, nicht wahr? Und dann trifft man jemanden, dessen Gesicht man schon Hunderte von Malen gesehen hat, und ist fürchterlich enttäuscht. Nach allem, was man so hört, haben Sie ja anscheinend wirklich ein interessantes Leben geführt.«

»Und es ist noch lange nicht vorbei«, bekräftigte Margo, woraufhin Louisa kicherte.

»Oh nein, ganz bestimmt nicht! Was für ein Glück Sie haben, so jung und schön zu sein. Ich bin sicher, über den kleinen Rückschlag kommen Sie schnell hinweg. Zuletzt waren Sie in Griechenland, nicht wahr?«

»Hallo, Louisa!«

Sie drehte sich um und fasste sich ans Herz. »Ach nein, Laura, meine Liebe! Ich habe dich gar nicht gesehen. Was für eine Überraschung, dass du ebenfalls hier bist!«

Laura gab sich einen Ruck, und die Frauen tauschten eilig oberflächliche Küsschen aus. »Du siehst phantastisch aus.«

»Oh, ich habe bloß meine Arbeitskleidung an.« Louisa strich sich die Jacke glatt, unter der sich ihr Busen in Erwartung neuer Gerüchte nach oben bewegte. »Ich genieße es wirklich, wenn ich ein paar Tage pro Woche meinem kleinen Hobby frönen kann. Die Maklertätigkeit führt einen an so interessante Orte, und man trifft so viele Menschen, dass man sich kaum noch jeden einzelnen von ihnen merken kann. Da Benedict ständig in seiner Praxis ist und die Kinder inzwischen erwachsen sind, möchte ich mich irgendwie ein wenig nützlich machen.« Das Glitzern in ihren Augen verstärkte sich. »Ich weiß einfach nicht, wie du das schaffst, meine Liebe, mit deinen beiden wunderbaren Kindern, all deiner gemeinnützigen Arbeit und dann noch all den gesellschaftlichen Verpflichtungen. Erst vor kurzem habe ich zu Barbara gesagt – du erinnerst dich doch sicher an meine Tochter, Barbara –, was für eine erstaunliche Frau du doch bist.

Vorsitzende all dieser Komitees, Veranstalterin so vieler Benefizveranstaltungen und dann noch zwei kleine Kinder, die es zu erziehen gilt. Vor allem im Augenblick, da du mit deiner Scheidung so viel am Hals hast.« Sie flüsterte, als wäre es ein schmutziges Wort, das man besser nicht laut aussprach. »Was für ein Elend für alle Beteiligten, nicht wahr? Wie kommst du damit klar, meine Liebe?«

»Gut.« Mehr aus Verzweiflung als aus gesellschaftlicher Verpflichtung zerrte Laura an Kates Arm. »Dies ist Kate Powell.«

»Freut mich, Sie kennenzulernen.«

Kate machte sich nicht lange die Mühe, ihr zu erklären, dass man einander bereits mindestens ein halbes Dutzend Mal begegnet war. Frauen wie Louisa Metcalf erinnerten sich nie an sie.

»Gefällt dir das Haus, Laura?«, fuhr Louisa unbekümmert fort. »Ich dachte, die Anruferin wäre daran interessiert, das Gebäude zu mieten – aber wenn du nun, da du sozusagen alleine bist, etwas investieren willst, wäre dieses Objekt geradezu perfekt. Eine alleinstehende Frau muss an ihre Zukunft denken, findest du nicht auch? Der Besitzer wird auch gerne verkaufen.«

»Eigentlich ist Margo diejenige …«

»Oh, natürlich. Verzeihung!« Ähnlich einer Kanone, die von einem Panzer herab auf das Angriffsziel eingestellt wurde, fuhr Louisa sofort wieder zu Margo herum. »So geht es einem, wenn man plötzlich eine alte Freundin wiedersieht. Ich bin sicher, das verstehen Sie. Vor allem, da Sie beide ja offenbar seit Jahren miteinander befreundet sind. Wie schön, dass Sie in ihrer Nähe sein können, damit Laura diese Krise nicht allein durchstehen muss. Ein wundervolles Anwesen, nicht wahr? Und so günstig gelegen. Sicher hätte man nicht die geringsten Schwierigkeiten, einen passenden Mieter zu finden. Zufällig habe ich auch eine sehr zuverlässige Hausverwaltung an der Hand, falls Ihnen das Drumherum zu mühsam ist.«

Kaufen? Besitzerin dieses Hauses werden? Margo schluckte schwer, wandte sich aus Angst, die Maklerin nähme das begierige Blitzen in ihren Augen wahr, eilig von Louisa ab und wanderte auf und ab. »Ich habe noch nicht entschieden, ob ich kaufen oder vielleicht zunächst lieber mieten will.« Sie zwinkerte Kate und Laura zu. »Wer waren denn die letzten Bewohner, wenn man fragen darf?«

»Tja, nun, mit denen hatte der Besitzer etwas Pech. Weshalb er auch einen Verkauf des Gebäudes in Erwägung zieht. Es war ein New-Age-Laden. Ich selbst verstehe nicht allzu viel davon, und Sie? Duftherapie und seltsame Musik und Gongs. Dann stellte sich heraus, dass hier auch Drogenhandel über die Bühne ging.« Den letzten Satz flüsterte sie, als bestünde allein durch die Erwähnung solcher Dinge Gefahr, ebenfalls der Sucht zu verfallen. »Marihuana. Oje, hoffentlich bin ich Ihnen nicht zu nahe getreten. Wenn man Ihre eigenen Schwierigkeiten in der letzten Zeit bedenkt ...«

Margo zog die Brauen hoch. »Nicht im geringsten. Vielleicht könnte ich mir jetzt ja mal die obere Etage ansehen?«

»Selbstverständlich! Das Obergeschoss ist geräumiger, als man vielleicht denkt. Es wurde als Wohnung benutzt und hat eine niedliche kleine Küche wie in einem Puppenhaus – außerdem ist der Blick märchenhaft.«

Sie kletterte die Treppe wieder hinauf, wobei sie, ohne Luft zu holen, über die Vorzüge des Gebäudes plapperte, und die anderen folgten ihr langsam nach.

»Das ist doch wohl nicht dein Ernst«, zischte Kate und packte Margo am Jackenzipfel. »Du könntest dir in dieser Lage nicht einmal die Miete leisten, ganz zu schweigen von dem Kaufpreis, der sicher alle unsere Befürchtungen sprengt!«

»Ruhe dahinten! Ich denke gerade nach.«

Es war schwer, sich zu konzentrieren, solange Louisa unablässig redete, und so verstummte Margo für eine Weile. Blockte alles ab außer der Begeisterung für das Häuschen. Die Wohnung war tatsächlich überraschend groß. Und wenn das Geländer, das die gesamte Galerie umgab, auch ein wenig wackelte, so kratzte sie das wenig. Und die magische Bemalung auf dem Boden bekäme man sicher wieder ab.

Sicher konnte es heiß wie in einem Backofen sein, und in der Küchenecke fände höchstens einer der sieben Zwerge Platz. Aber es gab niedliche Rundfenster, durch die man unmittelbar auf den Pazifik sah.

»Ist die Atmosphäre hier nicht wunderbar?« schwärmte Louisa. »Ein paar kosmetische Arbeiten, eine hübsche Tapete oder ein neuer Anstrich, und schon sieht alles ganz anders aus. Natürlich wissen Sie, dass die Miete in dieser Gegend nach Quadratmetern berechnet wird.« Der Aktentasche, die sie auf dem schmalen Küchentisch hatte liegen lassen, entnahm sie einen Ordner. »Dieses Gebäude hat knapp hundertachtzig Quadratmeter.« Sie hielt Margo die Papiere hin. »So dass die geforderte Miete durchaus angemessen zu nennen ist. Wobei natürlich die Nebenkosten zu Lasten des Mieters gehen.«

Kate öffnete den Wasserhahn und beobachtete, wie graues Wasser stotternd in die Spüle rann. »Und wer kommt für die erforderlichen Reparaturen auf?«

»Oh, ich bin sicher, dass man sich da irgendwie einigen kann.« Louisa tat Kates Einwand mit einer Handbewegung und dem Klimpern ihrer Armbänder ab. »Natürlich werden Sie den Vertrag vor einer Unterzeichnung erst prüfen wollen, das verstehe ich. Und ich möchte Sie keinesfalls unter Druck setzen! Aber ich fühle mich verpflichtet, Sie darauf hinzuweisen, dass morgen ein Besichtigungstermin mit einem weiteren Interessenten vereinbart ist. Und sobald erst einmal bekannt wird, dass das Gebäude auch zum Kauf freisteht, nun …« Sie setzte ein vielsagendes Lächeln auf. »Ich glaube, dass der Besitzer im Augenblick nicht mehr als zweihundertfünfundsiebzig haben will.«

Margo merkte, dass ihr Traum ähnlich einem allzu dick aufgeblasenen Luftballon platzte. »Gut zu wissen!« Mechanisch zuckte sie die Schultern, auch wenn sie das Gefühl hatte, als wären ihre Arme plötzlich aus Blei. »Wie gesagt, ich bin noch nicht ganz überzeugt, ob dieses Haus das Richtige für mich ist. Im Augenblick kommen verschiedene Gebäude in Betracht.«

Sie überflog den Mietvertrag, und natürlich hatte Kate – zur Hölle mit dieser Besserwisserin – wie immer recht! Selbst die Miete war momentan vollkommen unerschwinglich für sie. Aber sie fände eine Möglichkeit …

»In ein, zwei Tagen melde ich mich bei Ihnen.« Sie sah die Maklerin mit einem unverbindlichen Lächeln an. »Vielen Dank, Mrs. Metcalf, dass Sie extra gekommen sind.«

»Das ist mein Job! Ich führe die Menschen gern in meinen Objekten herum. Natürlich macht es bei Privathäusern noch mehr Spaß. Sie haben eine Zeitlang in Europa gelebt, nicht wahr? Wie aufregend! Falls Sie daran denken, ein zusätzliches Heim hier in der Gegend zu erwerben, dann hätte ich oben in Seventeen Mile ein phantastisches Haus mit zehn Schlafzimmern für Sie. Ein absolutes Schnäppchen, wenn ich so sagen darf. Die Besitzer sind gerade in eine äußerst abstoßende Scheidung verstrickt, und … oh!« Sie sah sich um, um sich bei Laura zu entschuldigen, aber ihre Augen verloren nichts von ihrem Glanz. »Sie muss schon wieder nach unten gegangen sein. Ich wollte ihr keinesfalls zu nahe treten mit der Erwähnung der Scheidung. Das mit Peter und ihr ist wirklich bedauerlich, meinen Sie nicht auch?«

»Eigentlich nicht«, kam Margos trockene Erwiderung. »Ich halte ihn für ein Arschloch.«

»Oh!« Louisa wurde puterrot. »Sie sind eben Ihrer Freundin gegenüber loyal, nicht wahr? Mich hat es vollkommen überrascht, als mir das Gerücht von ihrer Trennung zu Ohren kam. Die beiden waren ein so charmantes Paar. Er hat ein tadelloses

Benehmen, ist wirklich attraktiv und im Grunde ein echter Gentleman.«

»Wissen Sie, was man über den äußeren Anschein eines Menschen sagt? Dass er häufig trügt. Ich sehe mich, wenn Sie nichts dagegen haben, Mrs. Metcalf, noch ein bisschen um.« Margo nahm sie fest am Arm und führte sie zur Treppe zurück. »Vielleicht hilft es mir bei meiner Entscheidung, wenn ich für kurze Zeit alleine bin.«

»Selbstverständlich! Lassen Sie sich so viel Zeit, wie Sie wollen. Ziehen Sie, wenn Sie gehen, einfach die Tür hinter sich ins Schloss. Den Schlüssel nehme ich schon mal wieder mit. Oh, und lassen Sie mich Ihnen meine Karte geben. Rufen Sie an, wenn Sie noch mal herkommen möchten – oder falls Ihnen der Sinn nach einer Besichtigung des wunderbaren Hauses steht, das im Augenblick in Seventeen Mile zu verkaufen ist.«

»Ich melde mich auf jeden Fall.« Margo sah weder Kate noch Laura, als sie Louisa entschlossen zur Haustür geleitete.

»Oh, und sagen Sie bitte Laura schöne Grüße von mir. Und Ihrer jungen Freundin natürlich ebenfalls. Sicherlich wird man sich bald einmal im Club treffen.«

»Ganz bestimmt. Und jetzt auf Wiedersehen und vielen Dank!« Margo warf eilig die Tür ins Schloss. »Schreckschraube«, rief sie ihr hinterher, nachdem die Maklerin gegangen war. »Also gut, wo habt ihr beiden euch versteckt?«

»Hier oben«, rief Kate herab. »Im Badezimmer.«

»Himmel, wie peinlich, wenn sich erwachsene Frauen in einem Bad verkriechen!« Nachdem sie wieder in die obere Etage geklettert war, fand sie Laura, die auf dem Rand der alten, klauenfüßigen Wanne saß, und Kate auf dem Toilettensitz. In einer anderen Umgebung hätte Margo bei ihrem Anblick auf eine ernste Unterredung getippt. »Ich weiß es wirklich zu schätzen, dass ihr mich mit dieser geschwätzigen Ziege allein gelassen habt!«

»Du hast ausdrücklich gewünscht, die Verhandlungen selbst zu führen«, erinnerte Kate sie.

»Ihr könnt ja wohl nicht behaupten, dass es da allzu viel zu verhandeln gab.« Entmutigt setzte Margo sich neben Laura auf den Wannenrand. »Wenn ich die nächsten sechs Monate nichts mehr essen würde, brächte ich die Miete wahrscheinlich zusammen. Das wäre kein allzu großes Problem. Aber wie finanziere ich die Eröffnung des Geschäfts? Außerdem würde ich das Ding am liebsten kaufen.« Sie stieß einen Seufzer aus. »Nach genau so einem Gebäude habe ich gesucht. Hier könnte ich glücklich sein. Das sagt mir mein Gefühl.«

»Vielleicht liegt es an dem Marihuana-Duft.«

Margo bedachte Kate mit einem bösen Blick. »Das Zeug habe ich nur ein einziges Mal geraucht, und zwar mit sechzehn. Und wenn mich meine Erinnerung nicht trügt, hast du selbst an jenem denkwürdigen Abend mehr als einen Zug probiert.«

»Ohne zu inhalieren«, schränkte Kate grinsend ein. »Das habe ich schon damals behauptet, und dabei bleibe ich weiterhin.«

»Dann erklär mir doch bitte mal, weshalb du dir an jenem Abend eingebildet hast, du tanztest einen *pas de deux* mit Baryschnikow.«

»Daran erinnere ich mich nicht mehr – ich weiß nur noch, dass er gesagt hat, ich soll ihn Mischa nennen.«

»Es war ein Riesenglück, dass mir Biff nur diese zwei Joints abgetreten hat.« Margo atmete zischend aus. »Tja, aber nun zurück in die, wenn auch traurigere, Gegenwart. Ich kann mir das Haus einfach nicht leisten, auch wenn ich es noch so gerne will.«

»Aber ich kann es«, meldete sich Laura zu Wort.

»Was meinst du damit, du kannst es?«

»Ich meine, dass ich das Haus kaufe und an dich vermiete. Das nennt man einen Deal.«

Beinahe hätte Margo Laura vor Glück umarmt, ehe erst ihre

Vernunft und dann ihr Stolz die Oberhand gewann. »Oh, nein! So fange ich den neuen Abschnitt meines Lebens ganz bestimmt nicht an.« Sie suchte in ihrer Tasche nach einer Zigarette, zog sie heraus und zündete sie eilig an. »Du hilfst mir nicht schon wieder aus der Klemme. Niemanden werde ich behelligen. Dieses eine Mal schaffe ich es allein.«

»Sag ihr, was du mir gesagt hast, als mir dieser Gedanke kam, Kate.«

»Okay! Zuerst habe ich sie gefragt, ob sie den Verstand verloren hat. Nicht, dass ich die Realisierung deines Planes unmöglich finde, Margo – aber ich fürchte, es wird nicht klappen.«

Margo sah die Freundin mit zusammengekniffenen Augen an. »Na, vielen Dank!«

»Es ist eine tolle Idee«, fuhr Kate gelassen fort. »Aber die Eröffnung eines Geschäfts ist zu jeder Zeit und für jedermann riskant. Die meisten machen bereits im ersten Jahr bankrott. Sie kennen sich, selbst wenn sie sich vorher in wirtschaftlichen Dingen ansatzweise kundig gemacht haben, meistens nicht einmal mit den Grundlagen des Handels aus. Außerdem sind Monterey und Carmel von Souvenirläden und Boutiquen geradezu übersät. Aber« – ehe Margo sie anfahren konnte, hob Kate die Hand – »einige schaffen es, und manche haben sogar Erfolg. Wenn man jetzt deinen Teil der Angelegenheit für eine Weile beiseitelässt, bleibt immer noch Lauras momentane Situation, die ebenfalls einige Bedenken aufwirft. Da sie im lächerlichen Alter von achtzehn bereits geheiratet hat, ist sie nie richtig mit eigenem Geld umgegangen. Natürlich gibt es das Templeton'sche Familienunternehmen, bei dem sie ihre Anteile hat. Aber sie besitzt keine persönlichen eigenen Aktien oder Wertpapiere und kein persönliches Eigentum – abgesehen von ihrem gesetzlichen Kontingent. Da sie die Scheidung eingereicht hat und damit durchaus flüssig ist, wäre es wirtschaftlich gesehen vernünftig, einen Teil ihres Geldes zu investieren.«

»Ich habe noch nie in meinem Leben selbst etwas gekauft«, flocht jetzt Laura selbst ein. »Immer gingen sämtliche Käufe von meiner Familie oder von Peter aus. Und als ich mich eben hier umgesehen habe, dachte ich, warum nicht? Warum sollte ich das Haus nicht kaufen? Warum sollte ich nicht selbst einmal etwas riskieren? Für uns.«

»Weil du, wenn ich mit meinem Laden baden gehe …«

»Das wirst du nicht. Schließlich willst du mit dieser Sache dir und der Welt etwas beweisen, Margo, oder etwa nicht?«

»In Ordnung, ja, aber deshalb sollst noch lange nicht du im Falle eines Fehlschlags mit mir zusammen untergehen.«

»Hör mir zu!« Laura legte Margo eine Hand aufs Knie, mit einem ernsten und zugleich unerhört sanften Blick. »Mein Leben lang habe ich getan, was man mir vorschrieb, immer habe ich den Weg des geringsten Widerstands gewählt, mich in Ruhe und Gehorsam geübt. Jetzt mache ich zum ersten Mal etwas, weil ich es selber will.« Der Gedanke versetzte sie in freudige Erregung. »Ich kaufe dieses Haus, Margo, ob du es anschließend mietest oder nicht.«

Margo schluckte schwer, doch mit einem Mal wallte in ihr dieselbe Vorfreude auf wie in ihrer Freundin. »Und, was für eine astronomische Summe hast du dir als Miete vorgestellt?«

Der erste Schock kam auf der Bank. Kate hatte einen Barscheck in Höhe von zehn Prozent des verlangten Preises vorgeschlagen, mit dem sich der Abschluss eines Vertrages erzielen und obendrein vielleicht sogar noch der Kaufpreis um fünfundzwanzigtausend Dollar herunterhandeln ließ.

Kein Geld war da.

»Das muss ein Irrtum sein. Ich bin sicher, dass mindestens das Doppelte dieser Summe auf dem Konto ist.«

»Einen Augenblick bitte, Mrs. Ridgeway.« Der Kassierer eilte davon, während Laura ungeduldig auf den Tresen trommelte.

Unbehaglich legte Margo ihr eine Hand auf den Arm. »Laura, ist das ein gemeinsames Konto von Peter und dir?«

»Aber sicher doch. Von diesem Konto haben wir den Großteil unserer Haushaltsführung bezahlt. Da ich weniger als die Hälfte des Geldes abheben will, dürfte es nicht problematisch sein. Mein Anwalt hat mir erklärt, dass man während eines Scheidungsverfahrens jederzeit über seinen Anteil aus einer ehelichen Gütergemeinschaft verfügen kann.«

Der Vizepräsident der Bank kam ins Foyer und schüttelte ihr die Hand. »Laura, wären Sie bitte so freundlich und kommen für einen Augenblick mit in mein Büro?«

»Ich bin in Eile, Frank. Der Kassierer sollte mir doch lediglich einen Barscheck ausstellen.«

»Bitte einen Augenblick!« Er legte ihr einen Arm um die Schulter und führte sie davon.

Margo sah den beiden zähneknirschend nach. »Weißt du, was dieses Schwein gemacht hat?«

»Ja. Ja, klar wie Kloßbrühe!« Kate war außer sich vor Wut. »Warum habe ich bloß nicht daran gedacht? Himmel, ich hätte es mir doch ausrechnen können. Es ist alles zu schnell passiert.«

»Sicher haben sie ihr Geld verteilt, oder nicht? Man packt doch immer einen Teil auf eine andere Bank. Aktien, Anleihen, irgendein Wertpapierdepot.«

»Das denke ich bestimmt! Auch wenn Laura Peter die Regelung ihrer gemeinsamen Finanzen überlassen hat, war doch sicher keiner der beiden so dumm, alles auf ein Pferd zu setzen. Außerdem gibt es ja auch noch versicherungstechnische Grenzen für Gelder, die man bei einer einzelnen Bank deponiert. Das hier ist bestimmt nur ein Bruchteil des Vermögens.« Doch noch während Kate das sagte, wallten böse Ahnungen in ihr auf. »Scheiße. Er hat mir nie auch nur einen Blick in ihre Bücher erlaubt. Da kommt sie«, murmelte Kate. »Verdammt, man sieht es ihr sogar aus dieser Entfernung an.«

»Er hat das Konto leer gemacht.« Mit bleichem Gesicht und trübem Blick wandte Laura sich dem Ausgang zu. »Gleich an dem Morgen, nachdem ich ihn mit seiner Sekretärin überrascht habe, ist er hier aufgetaucht und hat alles bis auf ein paar Tausend Dollar abgehoben.« Sie blieb stehen und legte eine Hand auf ihren Bauch. »Wir hatten bescheidene Sparkonten für die Mädchen eingerichtet, damit sie hin und wieder selbst etwas einzahlen konnten. Auch die hat er geplündert. Nicht einmal vor dem Geld der Kinder scheute er zurück.«

»Lass uns etwas suchen, wo wir uns setzen können«, murmelte Margo.

»Nein. Nein, ich muss jede Menge Anrufe erledigen, vor allem mit unserem Finanzspezialisten telefonieren. Dabei weiß ich nicht einmal, wie er heißt.« Sie hob die Hände vors Gesicht und atmete mühsam ein. »So naiv wie ich kann ein Mensch doch gar nicht sein.«

»Du bist nicht naiv«, stellte Kate zornig fest. »Wir fahren sofort nach Hause und rufen die entsprechenden Leute an. Deine übrigen Guthaben müssen sofort eingefroren werden, so dass er keine Verfügungsgewalt mehr über sie hat.«

Allerdings gab es nicht mehr viel einzufrieren.

»Fünfzigtausend.« Kate nahm ihre Lesebrille ab, rieb sich die Augen und lehnte sich erschöpft zurück. »Tja, wirklich verdammt großzügig von ihm, dass er dir so viel gelassen hat. Nach allem, was ich weiß, müssten das ungefähr fünf Prozent eurer gemeinsamen Guthaben sein.« Nachdenklich zog sie das Papier von einer Rolle Magentabletten ab. »Die gute Nachricht ist die, dass er weder deinen Anteil am Templeton-Imperium noch das Haus anrühren kann.«

»Ihre Collegegelder«, sagte Laura schwach. »Er hat die Konten gekündigt, die für Alis und Kaylas Collegeausbildung angelegt waren. Wie kann ihm Geld nur so wichtig sein?«

»Die Finanzen sind wahrscheinlich nur ein Teil des Ganzen.

Zweifellos will er dir damit zeigen, wo es langgeht.« Margo nahm die Weinflasche vom Tisch und schenkte ihnen allen nach. Vielleicht half es ja, wenn man einen Kleinen zwitscherte. »Und er kommt damit durch, weil du niemals auf einen ähnlichen Gedanken verfallen wärst. Ich schon, aber ich habe einfach nicht nachgedacht. Vielleicht kann ja dein Anwalt dafür sorgen, dass du zumindest einen Teil des Geldes zurückbekommst.«

»Bestimmt hat er inzwischen alles sicher auf den Cayman-Inseln vergraben.« Kate schüttelte angewidert den Kopf. »So, wie es aussieht, hat er bereits seit einer ganzen Weile eifrig Aktien und Bargeld und Schuldverschreibungen aus eurem gemeinsamen Besitz für sich persönlich auf die Seite geschafft. Dies scheint nur ein letzter schneller Abräumer gewesen zu sein.« Sie biss sich auf die Zunge, damit sie nicht Laura dafür abkanzelte, dass sie überhaupt je irgendetwas signiert hatte, was von Peter stammte. »Aber du hast Kopien sämtlicher Transaktionen und Abhebungen, so dass du nicht mit leeren Händen dastehst, wenn es zur Verhandlung kommt.«

Laura lehnte sich zurück und schloss die Augen. »Ich werde nicht um das Geld kämpfen. Er kann es haben.«

»Zum Teufel damit, dass du nicht um das Geld kämpfen willst«, schäumte Margo wütend.

»Nein. Zum Teufel mit ihm! Die Scheidung wird für die Mädchen schon schwer genug werden, ohne dass es vor Gericht zu einer widerlichen Auseinandersetzung des Geldes wegen kommt. Immerhin habe ich noch fünfzigtausend Cash – was wesentlich mehr ist, als den meisten Frauen für einen Neuanfang zur Verfügung steht. Und an das Haus kommt er nicht heran, weil es auf den Namen meiner Eltern eingetragen ist.«

Sie nahm ihr Glas, ohne jedoch zu trinken. »Ich bin diejenige, die dumm genug war, alles zu unterschreiben, was er mir unter die Nase hielt – unbesehen! Ich habe es verdient, dass er mich derart übers Ohr haut.«

»Du hast immer noch die Templeton-Aktien«, erinnerte Kate sie. »Wie wäre es, wenn du einen Teil davon verkaufst?«

»Die Familienaktien rühre ich nicht an. Dieses Erbe gehört den Mädchen.«

»Laura!« Um sie zu beruhigen, drückte Kate liebevoll ihre Hand. »Ich sage ja nicht, dass du die Aktien auf dem freien Markt anbieten sollst. Josh oder deine Eltern kaufen sie dir sicher ab oder schießen dir ein Darlehen vor, bis du alles geregelt hast.«

»Nein.« Laura straffte die Schultern und zwang sich zu Gelassenheit. »Ich schaff' das schon.« Sie atmete durch und faltete die Hände. »Und ihr sprecht meine Familie ebenfalls nicht auf diese Sache an. Mir sind Fehler unterlaufen, und die bügle ich wieder aus. Kate, bitte finde für mich heraus, welche Summe ich für die Anzahlung auf das Haus in Monterey zur Verfügung habe.«

»Unter gar keinen Umständen wirst du mehr als die Hälfte deines verbliebenen Bargelds in den Kauf dieses Hauses pumpen.«

Laura sah Margo mit einem dünnen Lächeln an. »Und ob ich das tue. Und ob! Ich bin immer noch eine Templeton, und es ist höchste Zeit, dass ich das endlich beweise.« Ehe sie es sich noch einmal anders überlegen konnte, nahm sie die Visitenkarte, die Margo auf den Tisch geworfen hatte, und betätigte das Telefon. »Louisa, hier ist Laura Templeton. Ja, genau. Ich wäre an dem Gebäude, das wir heute nachmittag besichtigten, interessiert.«

Nachdem sie wieder aufgelegt hatte, zog sie ihren Ehe- und ihren Verlobungsring vom Finger und legte beide vor sich auf den Tisch. Gefühle von Schuld und Befreiung rangen in ihrem Inneren. »Du bist die Expertin, Margo. Was meinst du, was man für diese beiden kriegt?«

Margo sah sich den rundgeschliffenen Fünfkaräter und den Goldring mit den blitzenden Diamanten an. Zumindest, dachte sie, gab es hier doch eine Form von ausgleichender Gerechtigkeit. »Kate, mach dir keine Gedanken darüber, wie Laura an Bargeld kommt. Es sieht aus, als hätte dieser Halunke zumindest für die Anzahlung des Hauses gesorgt.«

Später an jenem Abend saß Margo in ihrem Zimmer, schrieb endlose Zahlenreihen herunter, zeichnete rohe Skizzen und stellte Listen auf. Sie dachte über Farbe und Tapeten und Klempnerarbeiten nach. Die Geschäftsräume müssten umgestaltet werden, damit ein Ankleidezimmer heraussprang, und das machte einen Schreiner notwendig.

Die obere Etage könnte sie so beziehen, wie sie war. Auf diese Weise bliebe ihr die tägliche Fahrt nach Monterey zur Überwachung der Arbeiten erspart. In der Tat würde es sicher billiger, wenn sie die Malerarbeiten, statt sie an Profis zu vergeben, persönlich übernahm.

So schwer konnte das Weißeln von Wänden ja wohl nicht sein.

»Herein«, rief sie, als sie ein Klopfen vernahm, und fragte sich, ob ein Handwerker nach Arbeitsleistung bezahlt wurde oder nach Stunden.

»Margo?«

Verwirrt hob sie den Kopf und blinzelte ihrer Mutter entgegen. »Oh, ich dachte, die Mädels kommen.«

»Es ist beinahe Mitternacht. Die beiden schlafen längst.«

»Die Zeit habe ich vollkommen vergessen.« Sie schob die Papiere zusammen, unter denen die Bettdecke kaum noch zu sehen war.

»Das hast du schon immer getan, vor lauter Tagträumen.« Ann sah auf die Papiere und stellte einigermaßen belustigt fest, dass sich ihre Tochter offenbar mit zahllosen Additionen und Subtraktionen plagte. Als Kind hatte Margo sich immer nur durch Bestechung oder Drohungen dazu bewegen lassen, auch nur die einfachste Mathematikaufgabe zu erledigen. »Du hast vergessen, die fünf von oben ins Ergebnis miteinzubeziehen«, sagte sie.

»Oh. Tja!« Margo schob die Papiere fort. »Ich brauche wirklich einen dieser kleinen Taschenrechner, die Kate ständig mit sich rumschleppt.«

»Ich habe mit Miss Kate gesprochen, ehe sie gefahren ist. Sie sagt, dass du Geschäftsfrau werden willst.«

»Was möglicherweise lächerlich ist für einen Menschen, der nicht einmal vernünftig addieren kann.« Margo erhob sich vom Bett und griff nach dem Weinglas, das sie vorsichtshalber mit in ihr Zimmer genommen hatte. »Möchtest du vielleicht etwas trinken, Mum, oder bist du noch im Dienst?«

Wortlos ging Ann ins angrenzende Badezimmer, kam mit einem Wasserglas zurück und schenkte sich etwas ein. »Miss Kate ist der Ansicht, du hättest alles ziemlich gut durchgedacht und damit durchaus eine Chance.«

»Kate war schon immer recht optimistisch, wenn es um ihre Freunde ging.«

»Sie ist eine vernünftige Person und hat mir im Verlauf der Jahre so manchen guten Rat erteilt.«

»Kate ist deine Anlageberaterin?« Lachend nahm Margo wieder Platz. »Das hätte ich mir denken sollen.«

»Du tätest gut daran, dich ebenfalls von ihr beraten zu lassen, wenn du dein Vorhaben tatsächlich in die Tat umsetzt.«

»Das wird geschehen, verlass dich drauf.« Da sie Zweifel und vielleicht sogar Verachtung im Gesicht ihrer Mutter erwartete, reckte sie trotzig das Kinn. »Zum Ersten habe ich kaum eine Wahl. Zum Zweiten besteht mein größtes Talent darin, einem Menschen etwas zu verkaufen, auch wenn er nichts braucht. Und zum Dritten verlässt sich Laura auf mich.«

»Das sind drei gute Gründe.« Ann sah ihre Tochter mit einem leisen, rätselhaften Lächeln an. »Wie ich höre, trägt Miss Laura den Hauptteil der finanziellen Last.«

»Worum ich sie nicht gebeten habe«, verteidigte Margo sich leicht verletzt. »Ich wollte nicht, dass sie es tut. Sie hat es sich in den Kopf gesetzt, das Gebäude zu kaufen, und ich kann einfach nichts dagegen tun.« Als Ann weiter schwieg, zerknüllte Margo erbost ein Blatt Papier. »Verdammt, ich stecke alles in dieses Unternehmen, was mir noch geblieben ist. Alles, was ich besitze, alles, wofür ich je gearbeitet habe. Auch wenn es nicht gerade ein Vermögen ist, handelt es sich um meine Existenzgrundlage.«

»Geld ist nicht so wichtig wie Zeit und ehrliches Engagement.«

»Im Augenblick ist es aber leider das Wichtigste. Und wir haben nicht gerade furchtbar viel.«

Nickend wanderte Ann im Zimmer auf und ab und sah sich nach etwas um, das sich glätten oder geraderücken ließ. »Miss Kate hat mir von Mr. Ridgeways Seitensprung erzählt.« Sie nahm einen kräftigen Schluck von ihrem Wein. »Ich hoffe, dass dieser kalte, hartherzige Bastard eines Tages dafür in der Hölle schmoren wird. Jawohl!«

Margo prostete ihr lachend zu. »Endlich mal eine Sache, in der wir uns einig sind. Darauf trinke ich!«

»Miss Laura glaubt an dich, und Miss Kate auf ihre Weise ebenfalls.«

»Nur du wieder mal nicht«, stellte Margo fest.

»Ich kenne dich – und bin sicher, dass du einen durch und durch modischen Laden auf die Beine stellen wirst, in dem Leute ohne einen Funken Verstand eine Menge Geld für irgendwelchen Schnickschnack ausgeben.«

»Genau darum geht es mir. Ich habe mir sogar schon den Namen überlegt. ›Der schöne Schein‹.« Margo lachte amüsiert. »Findest du nicht auch, dass das mehr als passend ist?«

»Allerdings. Und du eröffnest das Geschäft hier in Kalifornien, um in Miss Lauras Nähe zu bleiben.«

»Sie braucht mich.«

»Richtig!« Ann blickte in ihr Glas. »Ein paar der Dinge, die ich in der Nacht deiner Heimkehr gesagt habe, tun mir wirklich leid. Ich war dir gegenüber zu hart … vielleicht immer schon. Aber du täuschst dich, wenn du meinst, ich wollte, du wärst wie Miss Laura oder Miss Kate. Vielleicht wollte ich, dass du leichter durchschaubar bist für mich, aber das konntest du eben nicht sein.«

»Wir waren beide müde und überfordert.« Margo rutschte unsicher auf der Bettkante hin und her, da sie nicht wusste, wie sie auf diese Entschuldigung seitens ihrer Mutter reagieren sollte. »Ich erwarte nicht, dass du diese ganze Idee mit dem Geschäft verstehst; aber es freut mich, wenn du mir vertraust.«

»Deine Tante hatte einen Kramladen in Cork. Die Händlerin liegt dir also im Blut.« Ann sah ihre Tochter zweifelnd an. »Ich nehme an, dass es eine Menge kosten wird.«

Margo wies auf die Papiere und nickte. »Um den einen bezahlen zu können, raube ich den anderen am besten vorher aus. Sicher wäre es hilfreich, wenn ich meine Seele verkaufen könnte. Nur, dass die wohl niemand will!«

»Es wäre mir lieber, du behieltest sie.« Ann griff in die Tasche ihres Rocks, zog einen Umschlag hervor und hielt ihn ihrer Tochter hin. »Hier, nimm stattdessen das.«

Neugierig öffnete Margo das Kuvert und ließ es sofort auf das Bett fallen, als hätte es mit einem Mal Zähne bekommen und nach ihr geschnappt. »Das sind Auszüge von einem Sparkonto.«

»Genau. Miss Kate hat mir diese Anlageform empfohlen … äußerst konservativ, so wie es mir am liebsten ist. Aber sie hat sich bezahlt gemacht.«

»Beinahe zweihunderttausend Dollar! Ich nehme deine Ersparnisse nicht, es muss anders gehen.«

»Dein Mumm gefällt mir, aber das da sind nicht meine Ersparnisse. Sie gehören dir.«

»Mir gehört gar nichts. War das nicht die ganze Zeit das Problem?«

»Du konntest noch nie einen Penny halten, auch wenn du die Faust fest zusammendrücktest. Aber mir hast du Geld geschickt, und ich habe es für dich gespart.«

Leicht verwundert starrte Margo auf den Kontoauszug. Hatte sie tatsächlich so viel geschickt, hatte sie tatsächlich so viel übrig gehabt? Damals waren ihr die Beträge eher bescheiden erschienen. »Aber du solltest das Geld für dich ausgeben.«

»Wie käme ich dazu?« Ann runzelte gerührt die Stirn. Margos stolze Miene freute sie. »Ich habe eine gute Stellung, ein Dach über dem Kopf und genug, um zweimal im Jahr in Urlaub zu fahren, weil Miss Laura darauf besteht, dass das wichtig für mich ist. Also habe ich deine Überweisungen angelegt. Hier sind sie.«

Ann nippte abermals an ihrem Wein, da sie offenbar einfach nie die rechten Worte fand. »Bitte hör auf mich, nur dieses eine Mal! Deine Großzügigkeit wusste ich stets zu würdigen. Es hätte ja sein können, dass ich krank werde, arbeitsunfähig und auf das Geld angewiesen wäre. Glücklicherweise ist das nicht eingetroffen. Trotzdem war es sehr lieb von dir, dass du mich nicht vergessen hast.«

»Von Liebe kann keine Rede sein.« Das Wissen, weshalb sie ihrer Mutter das Geld geschickt hatte, beschämte sie ebenso sehr wie die Tatsache, dass sie die traurige Wahrheit auszusprechen gezwungen war. »Ich habe es aus Stolz getan – um zu zeigen, wie erfolgreich und angesehen ich bin. Dass du mich also immer falsch beurteilt hast.«

Ann nickte verständnisvoll. »Das macht keinen großen Unterschied, vor allem, da das Ergebnis dasselbe ist. Es war und ist und bleibt dein Geld. Mir hat es gutgetan, dass dir diese Geste offensichtlich ein Bedürfnis war. Wenn du es mir nicht geschickt hättest, hättest du es sinnlos verprasst, und so haben wir beide uns gegenseitig einen Gefallen erwiesen.« Sie strich Margo zärtlich übers Haar, ehe sie die Hand leicht verlegen wieder sinken ließ. »Kopf hoch jetzt und fang etwas Vernünftiges damit an!«

Als Margo schwieg, schnalzte Ann mit der Zunge, stellte ihr Glas auf den Tisch, nahm das Kinn ihrer Tochter und zwang sie sanft, sie anzusehen.

»Warum tust du dich nur so schwer damit, mir einmal entgegenzukommen, mein Kind? Schließlich hast du das Geld mit fleißiger Arbeit verdient, oder etwa nicht?«

»Ja, aber …«

»Tu ein einziges Mal, was deine Mum dir sagt. Vielleicht stellst du ja bald fest, dass das, was sie dir rät, nicht das Dümmste ist. Eröffne deinen Laden als Miss Lauras gleichberechtigte Partnerin und sei stolz auf dich! Und jetzt räum dieses Schlachtfeld auf, bevor du schlafen gehst.«

»Mum.« Margo sammelte die Papiére ein, als ihre Mutter in der Tür noch einmal stehen blieb. »Warum hast du mir das Geld nicht nach Mailand geschickt, als du wusstest, dass ich finanziell am Ende war?«

»Da herrschte noch zu große Aufregung. Aber jetzt denke und hoffe ich, dass du damit umgehen kannst.«

10

Mein Eigentum! Mit ausgestreckten Armen ging Margo durch den leeren Laden in der Cannery Row. Technisch gesehen war er zwar noch nicht ihr Eigentum, aber der bisherige Besitzer hatte das Angebot akzeptiert, und der Vertrag trug bereits alle Unterschriften. Das Darlehen hatte man Laura als einer Templeton übrigens ohne Probleme gewährt.

Mit einem bereits angeheuerten Bauunternehmer besprach sie die erforderlichen Veränderungen. Die Kosten würden enorm, und im Rahmen ihrer neuen Sparsamkeit hatte sie beschlossen, die einfachen Verschönerungsarbeiten selbst auszuführen, so dass sie im Moment nach Fußbodenschleifgeräten und Silikonpistolen Ausschau hielt. Sogar so etwas Wunderbares wie Farbspritzgeräte hatte sie sich bereits angesehen. Mit ihnen trug man die Farbe großflächiger, schneller und somit wesentlich effektiver auf.

Natürlich wäre das Gebäude nicht allein ihr Eigentum, wie sie sich erinnerte. Es wäre etwas Gemeinsames. Es gehörte nicht nur ihr, sondern ebenso Laura und der Bank. Aber in zwei Wochen schliefe sie in dem kleinen Raum im oberen Geschoss. In einem Schlafsack, falls nötig!

Mitte des Sommers gingen die Türen ihres Ladens auf …

Und der Rest, dachte sie voller Ergötzen, wäre Vergangenheit.

Als ein Klopfen an ihr Ohr drang, drehte sie sich um und erblickte Kate.

»He, machst du vielleicht mal auf? Ich habe gerade Mittagspause, und ich ahnte schon, dass du frohlockend durch deine Bruchbude spazierst«, sagte sie beim Hereinrauschen. »Himmel, hier stinkt es ja immer noch«, fügte sie naserümpfend hinzu.

»Was willst du, Kate? Ich habe zu tun.«

Kate betrachtete das Klemmbrett und den Taschenrechner auf dem Fußboden. »Hast du inzwischen rausbekommen, wie das Ding funktioniert?«

»Man braucht wohl kaum Steuerberater zu sein, um einen Taschenrechner zu bedienen.«

»Ich meinte das Klemmbrett.«

»Ha ha!«

»Irgendwie habe ich den Eindruck, dass das Häuschen mit dir wächst.« Die Hände in den Hosentaschen, wanderte Kate herum. »Außerdem ist in der Gegend wirklich etwas los. Bestimmt wirst du potentielle Kunden anlocken. Und Leute im Urlaub geben ständig Geld für sinnlose Dinge aus. Nur die Sache mit den Secondhand-Klamotten scheint mir wegen deiner Größe sechsunddreißig allzu eingeschränkt.«

»Da hast du völlig recht. Aber ich kenne jede Menge Leute, die jedes Jahr einen Großteil ihrer Kleider aussortieren.«

»Clevere Leute kaufen klassische – zeitlose – Garderobe ein. Damit ist man immer gut bedient.«

»Wie viele marineblaue Blazer besitzt du, Kate?«

»Ein halbes Dutzend«, sagte sie, grinste und zog eine Rolle Magentabletten hervor, was offenbar ihrer Vorstellung von einem Mittagsmahl entsprach. »Aber die meisten Menschen sind glücklicherweise anders als ich. Es gibt einen Grund, weshalb ich gekommen bin, Margo. Ich möchte mich an der Sache beteiligen.«

»Woran?«

»An dem Haus.« Sie schob sich eine Tablette in den Mund und zerkaute sie genüsslich. »Weißt du, ich habe etwas Geld rumliegen und sehe nicht ein, weshalb du und Laura euch alleine amüsieren sollt.«

»Wir brauchen keine weitere Partnerin.«

»Aber sicher doch! Ihr braucht jemanden, der euch den Unterschied zwischen schwarzer und roter Tinte erklärt.« Sie bückte sich, hob den Taschenrechner vom Boden auf und gab eilig eine Reihe von Zahlen ein. »Du und Laura habt jeweils zwölfeinhalbtausend in bar bezahlt. Jetzt kommen noch die Einrichtungskosten, die Gerätschaften, die Versicherungen und die Steuern hinzu, so dass bei einer Gesamtsumme von sechsunddreißig am Ende jede von euch ungefähr achtzehn blechen muss.« Sie setzte ihre Lesebrille auf und fuhr mit ihrer Arbeit fort. »Durch drei geteilt, fiele jeder von uns ein Anteil von zwölftausend zu, weniger, als bereits jede von euch aufgebracht hat.«

Sie tigerte auf und ab, löschte Zahlen und gab neue ein. »Dann sind da noch die Reparaturen, die Verschönerungen, die Instandhaltung, Strom, Wasser, Gas, Gebühren für irgendwelche Genehmigungen, weitere Steuern, Buchhaltung – ich könnte die Bücher für euch führen; aber derzeit habe ich für weitere Klienten keine Zeit, so dass ihr entweder jemand anderen nehmt oder selber rechnen lernt.«

»Das kann ich bereits«, gab Margo ihr beleidigt zu verstehen.

Statt zu antworten, zog Kate einen kleinen elektronischen Kalender aus der Tasche und machte sich eine Notiz, bezüglich ein paar Nachhilfestunden für Margo in Buchhaltung. Das Handy in ihrer Aktentasche klingelte, aber sie achtete nicht darauf. Der Anrufer musste sich eben gedulden, bis sie mit dieser Sache fertig war.

»Dann sind da noch die Kosten für Einkaufstaschen, Einwickelpapier, Schachteln, Quittungsblöcke«, fuhr sie gelassen fort. »Auf diese Weise seid ihr innerhalb kürzester Zeit bei sechsstelligen Beträgen angelangt. Außerdem musst du sicher jede Menge Gebühren an die Kreditkartenunternehmen abführen, da deine Kundschaft wohl mehr oder weniger mit Card bezahlen wird.« Sie schob ihre Brille auf die Nasenspitze und sah Margo über den Rand der Gläser an. »Du nimmst doch sicher sämtliche größeren Kreditkarten an, oder etwa nicht?«

»Ich …«

»Siehst du, ohne mich kommt ihr nicht zurecht!« Zufrieden schob sie die Brille wieder zurück. Ein Joint Venture zwischen Laura und Margo gäbe es nur mittels ihrer Beteiligung, egal, wie teuer diese Beteiligung für sie war. »Natürlich begnüge ich mich mit der Rolle der stillen Teilhaberin, da ich als Einzige von uns dreien einen echten Job habe.«

Margo sah sie aus zusammengekniffenen Augen an. »Und wie still wäre das?«

»Oh, vielleicht gäbe ich hin und wieder einen leisen Piep von mir, mehr nicht!« Sämtliche praktischen Dinge hatte sie bereits im Kopf sortiert. »Du wirst dir überlegen müssen, wie und wann du deine Waren nach Beginn des Verkaufs ersetzen willst und welchen Prozentsatz du aufschlagen musst, damit du überhaupt einen Gewinn erzielst. Oh, und dann sind da noch die Anwalts-

und Gerichtskosten, die man nicht vergessen darf. Aber sicher können wir Josh dazu überreden, diese Abteilung zu übernehmen. Wie hast du ihn überhaupt rumgekriegt, dass er dir seinen Jaguar leiht? Das da draußen ist er doch?«

Margo setzte ein selbstgefälliges Grinsen auf. »Man könnte sagen, ich mache nur eine Probefahrt.«

Kate zog die Brauen hoch, nahm ihre Brille ab und schob sie in die Brusttasche ihres Jacketts zurück. »Dürfte ich vielleicht fragen, ob du ihn ebenfalls probefährst?«

»Noch nicht!«

»Interessant. Ich stelle dir einen Scheck über zwölftausend aus und setze einen ordnungsgemäßen Vertrag über meine Teilhaberschaft an deinem Unternehmen auf.«

»Teilhaberschaft?«

»Himmel, ich sehe wirklich, dass du mich brauchst.« Sie packte Margo bei den Schultern und küsste sie auf den Mund. »Wir drei lieben und vertrauen einander. Aber ohne Vertrag ist das Geschäft einfach nicht legal. Im Augenblick gehören sämtliche Waren dir, aber …«

»Laura hat auch schon etwas organisiert«, unterbrach Margo Kates Vorlesung und sah sie mit blitzenden Augen an. »Wir verkaufen alles, was in Peters Büro nicht niet- und nagelfest ist.«

»Ausgezeichnet für den Anfang! Wie hält sie sich überhaupt im Augenblick?«

»Ziemlich gut. Aber sie macht sich Sorgen um Ali. Die Kleine hat es sich furchtbar zu Herzen genommen, als Peter nicht zu ihrer Ballettaufführung erschien. Es heißt, er residiert im Augenblick auf Aruba.«

»Hoffentlich geht er dort unter. Nein, ich hoffe, dass er erst von Haien angegriffen wird und dann ersäuft. Am Wochenende fahre ich heim und gucke, ob ich die Mädchen ein wenig ablenken kann.« Sie zog einen unterzeichneten Scheck hervor. »Hier, Partnerin. Ich muss wieder los.«

»Wir haben die Sache doch noch gar nicht mit Laura geklärt.«

»Ich schon«, verkündete Kate liebenswürdig, öffnete die Tür – und prallte gegen Josh. »Hi!« Sie küsste ihn. »Und tschüss!«

»Freut mich auch, dich zu sehen«, rief er ihr hinterher, ehe er die Tür zumachte.

Laura hatte ihn bereits vor zu hohen Erwartungen gewarnt. Was klug von ihr gewesen war. »Habt du und Kate Gras hier drin geraucht?«

»Etwas anderes nimmt sie in ihrer Mittagspause nicht zu sich. Wir müssen wirklich dafür sorgen, dass sie endlich mit einer Therapie beginnt.« Außer sich vor Begeisterung breitete Margo die Arme aus. »Und, was hältst du von dem Schuppen?«

»Uh-huh. Tja, es ist ein Haus ...«

»Josh!«

»Gib mir ein bisschen Zeit.« Er ging an ihr vorbei in den Nebenraum, sah sich das Badezimmer an und blickte die hübsche und lebensgefährliche Wendeltreppe hinauf, ehe er am Geländer rüttelte und zusammenfuhr. »Brauchst du vielleicht prophylaktisch einen Rechtsanwalt?«

»Wir lassen das alles reparieren, keine Angst.«

»Wahrscheinlich ist dir noch nie der Gedanke gekommen, dass man manchmal besser erst mit dem großen Zeh die Wassertemperatur erforscht, ehe man sich kopfüber in die Fluten stürzt.«

»Dann hätte man weniger Spaß.«

»Tja, du hättest es sicher schlechter treffen können, Herzogin!« Er trat auf sie zu, legte ihr die Hand unter das trotzig gereckte Kinn und zwang sie, ihn anzusehen. »Am besten bringen wir es sofort hinter uns, was meinst du? Obwohl ich die ganze Zeit auf einem entfernten Kontinent war, habe ich an nichts anderes gedacht.«

Er zog sie an sich und bedeckte gierig ihren Mund. Nach einem Augenblick gespielten Desinteresses ergab sie sich dem nach frustriertem Verlangen schmeckenden Kuss. So unerwartet. So erregend passten sich seine Lippen den ihren an, verschmolzen all die harten Linien und Flächen seines Leibes mit ihren Rundungen.

Sie hatte keine Gelegenheit, darüber nachzudenken, ob es einfach daran lag, dass schon so lange kein Mann sie mehr umarmt hatte, oder aber daran, dass es sich bei diesem Mann um Joshua handelte. – Oder gerade, weil er es war …

»Ich weiß nicht, wie mir in all den Jahren deine Potenz verborgen bleiben konnte.« Losgelöst von ihm setzte sie ein schnelles, spöttisches Lächeln auf.

Sein Körper vibrierte wie ein Motor, den man auf Hochtouren gejagt hatte.

»Am besten siehst du das hier nur als kleine Gratisprobe an. Wenn du zurückkommst, fange ich gern mit der umfassenderen Behandlung an.«

»Ach, lass uns die Sache lieber langsam angehen.« Sie wandte sich von ihm ab, machte ihre Tasche auf und nahm eine Schachtel Zigaretten heraus. Ihr elegantes Etui war bereits Bestandteil des Inventars. »Allmählich lerne ich, vorsichtig zu sein.«

»Vorsichtig!« Er sah sich um. »Und genau deshalb hast du jetzt, statt in Mailand ein Lädchen aufzumachen, mit dessen Gewinn du deine Schulden begleichen und einigermaßen vernünftig leben kannst, hier in der Cannery Row ein Haus gekauft, was deine Verbindlichkeiten nicht gerade verkleinert.«

»Na ja, kaum ein Mensch verändert sich über Nacht, oder?« Durch eine Rauchwolke hindurch musterte sie ihn. »Aber du kehrst jetzt hoffentlich nicht plötzlich den Anwalt heraus.«

»Oh doch!« Die Aktentasche, die er abgestellt hatte, klappte er nun entschlossen auf. »Ich habe ein paar Papiere mitgebracht.« Während er sich nach einem Platz zum Sitzen umsah, entdeckte er, dass einzig die untere Stufe der Wendeltreppe genug Fläche bot. »Komm her!« Er klopfte neben sich. »Komm her«, wiederholte er. »Keine Sorge. Ich werde dir beweisen, dass ich mich beherrschen kann.«

Sie hob einen kleinen Blechaschenbecher vom Boden auf und setzte sich neben ihn. »Allmählich kriege ich eine gewisse Übung darin, wie man Verträge liest. Vielleicht kaufe ich mir bald sogar einen Aktenschrank.«

Den Seufzer, der ihm entwischen wollte, sparte er sich klüglich, und fragte lediglich: »Ist dein Italienisch gut genug, dass du so etwas verstehst?«

Mit gerunzelter Stirn sah sie sich die Dokumente an. »Das ist ein Kaufvertrag für meine Wohnung.« Gefühle wallten in ihr auf, wobei sie nicht sicher war, ob Bedauern oder Erleichterung die Oberhand gewann. »Du arbeitest wirklich effektiv«, murmelte sie.

»Es ist ein sehr anständiges Angebot.« Er schob ihr eine Strähne hinter das Ohr. »Bist du sicher, dass du es durchziehen willst?«

»Leider muss es sein. Die Realität ist nicht immer unbedingt angenehm, aber ich bemühe mich, ihr trotzdem ins Auge zu sehen.« Sie senkte die Lider und lehnte sich an seine Schulter. »Bitte, darf ich mir trotzdem eine Minute leidtun?«

»Nur zu, meine Liebe!«

»Selbstmitleid ist eine meiner schlechten Angewohnheiten, die sich nur sehr schwer ablegen lässt. Verdammt, Josh, ich habe dieses Appartement geliebt. Manchmal habe ich einfach auf der Terrasse gestanden und gedacht: Sieh nur, wie weit du es gebracht hast, Margo. Sieh nur, wer du geworden bist.«

»Tja, und jetzt bist du woanders angelangt.« Sie brauchte kein Mitgefühl, dachte er, sondern jemanden, der ihr in den Hintern trat. »Wobei du selbst für mich immer noch die alte bist.«

»Irrtum – die werde ich nie mehr sein.«

»Jetzt reiß dich endlich zusammen, Margo. Du aalst dich ja geradezu in Sentimentalität.«

Ihr Kopf fuhr hoch. »Du hast gut reden. Joshua Conway Templeton, der leuchtende Stern am Himmel eines Hotel-Imperiums. Du hast noch nie etwas verloren. Du hast noch nie darum gekämpft, etwas zu erreichen, von dem dir jeder sagt, dass du es niemals erreichen wirst. Dir hat noch nie jemand gesagt, dass man im Leben nicht alles haben kann.«

»Ich habe halt Glück gehabt«, stellte er gleichmütig fest. »Während du gespielt und verloren hast. Darüber zu jammern ändert auch nichts an den Tatsachen, und obendrein ist es höchst unattraktiv, wenn ich es so ausdrücken darf.«

»Wie verständnisvoll du doch bist!« Zornbebend riss sie ihm den Vertrag aus der Hand. »Und, wann kriege ich das Geld?«

»Zweifellos hast du während deiner Zeit in Europa bemerkt, dass die Uhren in Italien anders gehen. Im besten Falle wird die Sache in sechzig Tagen erledigt sein. Auf der nächsten Seite steht, welchen Anteil des Verkaufspreises du bekommst.«

Er beobachtete, wie beim Weiterblättern der Ärger aus ihrem Blick wich und der Enttäuschung Platz machte. »Das ist alles?«

»Du hattest noch nicht sonderlich viel abbezahlt. Erst kommt die Bank und dann fordert der Fiskus seinen Teil.«

»Besser als nichts«, murmelte sie, »wenn auch wenig mehr.«

»Ich habe dein Konto weiter überzogen, weil dein Flugticket bezahlt werden musste. Bei deiner überstürzten Abreise aus Italien ist dir einfach nicht der Gedanke gekommen, dass man auch Touristenklasse fliegen kann?« Als sie ihn mit einem kühlen Blick bedachte, schüttelte er den Kopf. »Weshalb frage ich das überhaupt? Auf deine Visacard hast du noch einen kleinen Kredit, aber ich an deiner Stelle würde mich in Zurückhaltung üben. Wenn du das Geld vom Verkauf der Wohnung gleichmäßig auf deine Gläubiger verteilst, wirst du, abgesehen von Zinsen und Säumniszuschlägen, nur noch mit ungefähr hundertfünfzigtausend in den Miesen sein.«

»Das reinste Taschengeld«, stellte sie trocken fest.

»Aber gib in nächster Zeit nicht allzu viel für Kino und Süßigkeiten aus! Tja, als dein Rechtsberater bin ich bereit, deine Schulden zu begleichen und dir bei der Aufnahme von Krediten zwecks Firmengründung behilflich zu sein. Hast du dir schon einen Namen für das Geschäft überlegt?«

»›Der schöne Schein‹«, stieß sie zwischen zusammengebissenen Zähnen hervor, während er weitere Papiere aus seinem Aktenkoffer zog.

»Perfekt. Ich habe bereits sämtliche erforderlichen Verträge aufgesetzt.«

»Ach ja?«, zischte sie. »In dreifacher Ausfertigung?«

Von ihrem Ton gewarnt, hob er den Kopf und erwiderte ihren kalten Blick. »Aber sicher doch.«

»Und wozu erkläre ich mich im Rahmen dieser Verträge bereit, Herr Rechtsberater?«

»Du erklärst dich bereit, dieses persönliche Darlehen beginnend sechs Monate nach Datum der Unterschrift in regelmäßigen Ratenzahlungen zurückzuerstatten. Auf diese Weise bekommst du eine kleine Atempause. Außerdem verpflichtest du dich, im Rahmen deiner finanziellen Möglichkeiten zu bleiben, bis das Darlehen abgetragen ist.«

»Ich verstehe. Und welches sind meine finanziellen Möglichkeiten, deiner Expertenmeinung nach?«

»Hier ist ein Budget für persönliche Ausgaben: Essen, Wohnen, Arztrechnungen.«

»Ein Budget?«

Er hatte sich auf eine Explosion gefasst gemacht. Hatte sie, pervers wie er nun einmal war, sogar erhofft. Margos Wutanfälle hatten ihn immer schon … stimuliert. Und offenbar würde er auch heute nicht enttäuscht.

»Ein Budget?«, wiederholte sie giftig. »Etwas Unglaublicheres habe ich noch nie gehört. Du arroganter Hurensohn! Bildest du dir etwa allen Ernstes ein, ich würde hier stehen bleiben und mich von dir wie irgendein hirnloses Flittchen behandeln lassen, dem man erklären muss, wie viel Geld es für Gesichtspuder ausgeben darf?«

»Gesichtspuder!« Er überflog die Papiere, zog einen Stift hervor und machte sich eilig eine Notiz. »Ich nehme an, dass das unter ›diverse Luxusgüter‹ fällt. In der Spalte bin ich außerdem mehr als großzügig gewesen. Nun, was dein Kleidergeld betrifft …«

»Kleidergeld!« Mit beiden Händen schob sie ihn von sich fort. »Lass mich dir sagen, was du mit deinem verdammten Budget anfangen kannst.«

»Vorsicht, Herzogin!« Er strich sich die Vorderseite seines Hemdes glatt. »Statt mir an die Gurgel zu gehen, solltest du mir lieber dankbar sein dafür, dass ich mich derart aufmerksam um dich kümmere.«

Der erstickte Laut, der aus ihrer Kehle drang, war nur ein milder Vorläufer des sich anbahnenden Sturms. Hätte sie irgendetwas in den Händen gehabt, hätte sie es auf seinem Kopf zertrümmert. »Lieber würde ich lebendig von Aasgeiern gefressen, als dass ich dir meine Buchführung überlasse.«

»Du hast überhaupt kein Geld, über das ich Buch führen kann«, setzte er an, aber weiter kam er nicht. Während er beobachtete, wie sie empört durch den Raum wirbelte, wäre ihm beinahe das Wasser im Mund zusammengelaufen, so verlockend war sie in ihrem Zorn.

»Lieber würde ich von irgendwelchen Liliputanern vergewaltigt, nackt auf ein Wespennest gesetzt oder mit schleimigen Schnecken zwangsernährt.«

»Vielleicht kämst du auch lieber drei Wochen ohne Maniküre aus?«, warf er hilfreich ein und beobachtete, wie sie die Fäuste ballte vor Frustration. »Ich warne dich. Stürz dich mit diesen Klauen auf mein Gesicht, und ich werde gezwungen sein, dir wehzutun.«

»Oh, wie ich dich hasse!«

»Nein, das tust du nicht.« Er bewegte sich sehr schnell. Im einen Augenblick lehnte er noch lässig an dem wackligen Geländer, und im nächsten hatte er bereits ihre Handgelenke hart umfasst. Zunächst genoss er für kurze Zeit den Anblick ihres Tobens, des tödlichen Blitzens, das ihn aus ihren Augen traf, ehe er ihre Lippen unter seinem Mund begrub. Es war, als küsse er einen grellen Blitz – die Hitze, die zerstörerische Kraft, das siedende Zischen ihrer Wut – all das erregte ihn.

Wenn er sie erst einmal im Bett hätte, bräche unverzüglich ein tosendes Gewitter zwischen ihnen los!

Sie widersetzte sich ihm nicht. Eine derartige Befriedigung gönnte sie ihm nicht. Stattdessen begegnete sie seinem Drängen gleichermaßen und gewann Gefallen an diesem Duell der Leidenschaft. Bis er schließlich ebenso keuchend wie sie einen Schritt nach hinten trat.

»Ich kann es genießen, dich zu küssen – und dich trotzdem hassen.« Sie warf ihr Haar zurück. »Und ich kann dafür sorgen, dass du für deine Arroganz bezahlst.«

Vielleicht. Es gab Frauen auf der Welt, denen die Kenntnis angeboren war, wie man einen Mann leiden und brennen und betteln ließ. Aber sie alle waren im Vergleich zu Margo Sullivan völlige Dilettantinnen auf diesem Gebiet. Allerdings ließ er sie freilich nicht merken, welche große Macht sie in der Tat über ihn besaß. Also kehrte er zum Fuß der Treppe zurück und sammelte die Papiere ein.

»Jetzt wissen wir wenigstens, wie es um uns steht, mein Schatz.«

»Ich werde dir sagen, wie es um uns steht, du *Schatz*! Hau ab mit deinem beleidigenden Angebot. Ich führe mein Leben, so wie ich es für richtig halte.«

»Womit du bisher ja bekanntlich äußerst erfolgreich warst.«

»Immer nur ruhig Blut! Grinse mich nicht so selbstgefällig an!«

»Entschuldige, aber jedes Mal, wenn du ruhig Blut ankündigst, ist das Grinsen wie ein Zwang für mich.« Er sammelte seine Unterlagen ein. »Aber ich gebe zu, dass die Idee mit diesem Haus nicht unbedingt ein Schwachsinn ist.«

»Deine Billigung meines Vorhabens erleichtert mich.«

»Billigung ist vielleicht ein bisschen übertrieben. Es ist eher so etwas wie hoffnungsvolle Resignation, die aus mir spricht.« Er rüttelte ein letztes Mal an dem Geländer. »Aber ich glaube an dich, Margo!«

Statt wütend war sie mit einem Mal verwirrt. »Zur Hölle mit dir, Josh! Gegen dich komme ich einfach nicht an.«

»Umso besser.« Behände legte er ihr einen Finger auf die Nasenspitze. »Ich denke, dass du mit diesem Laden alle überraschen wirst. Vor allem dich selbst.« Er beugte sich zu ihr hinab und gab ihr einen freundschaftlichen Kuss. »Und, hast du genug Geld für ein Taxi dabei?«

»Wie bitte?«

»Glücklicherweise hatte ich noch einen Ersatzschlüssel für den Jaguar«, erklärte er, während er hurtig den Schlüssel aus der Tasche zog. »Arbeite nicht zu lange, Herzogin!«

Sie lächelte erst, als sie wieder allein war. Dann allerdings hob sie entschlossen ihre Tasche und ihr Klemmbrett vom Boden auf. Mit ihrer wieder einsatzbereiten Visacard würde sie eine Spritzpistole kaufen gehen.

Josh brauchte weniger als zwei Wochen im Templeton Monterey, bis seine Strategie gegen Peter Ridgeway feststand. Bereits im Verlauf eines einzigen kurzen Telefongesprächs von Stockholm aus hatte er seinem Schwager klargemacht, dass es sowohl persönlich als auch beruflich für ihn das Beste wäre, kurzfristig unbezahlten Urlaub zu nehmen.

Bis – wie hatte er es, ganz Vernunft und Mann von Welt, so herrlich treffend ausgedrückt? – bis dieses kleine häusliche Missverständnis ausgebügelt war.

Nie kam ihm der Gedanke, sich in die Ehe seiner Schwester einzumischen. Als Junggeselle fühlte er sich zur Erteilung von Ratschlägen bei Eheproblemen nicht unbedingt geeignet. Und da er seine Schwester vergötterte, für ihren Ehemann hingegen schon immer eine leichte Verachtung empfunden hatte, gestand er sich ein, dass er die Situation sicher nicht objektiv beurteilte.

Da Peters Arbeit als Direktor von Templeton stets zur allgemeinen Zufriedenheit ausgefallen war, hatte er in jenem Bereich keinen Grund zur Beschwerde über ihn gehabt. Vielleicht war er, was seine Sicht der Leitung eines Hotels betraf, ein wenig streng und mehr als distanziert zu den Angestellten beziehungsweise deren täglichen Problemen und Triumphen, die es zu bewältigen oder zu feiern galt; aber er hatte ein Talent für die Leitung des Gesamtunternehmens und für die Entdeckung neuer Marktlücken, durch die sich der Reichtum der Templetons weiter mehrte.

Trotzdem war der Punkt gekommen, an dem professionelle Fähigkeiten nicht mehr reichten zum Ausgleich der persönlichen Animosität. Denn niemand, gar niemand, tat einem Mitglied von Joshua Templetons Familie ein Unrecht an und kam ungeschoren davon.

Zunächst hatte er erwogen, Peter einfach aus dem Unternehmen auszustoßen und seine Beziehungen und seinen Einfluss spielen zu lassen, damit niemand dem genannten Kotzbrocken auch nur die Leitung des letzten schäbigen kleinen Motels in Kansas übertrug.

Aber das kam ihm am Ende zu einfach vor … und zu langweilig.

Er stimmte mit Kate darin überein, dass der vernünftigste und wahrscheinlich direkteste Weg – in ihren Worten – der wäre, dem Kerl vor Gericht den Arsch aufzureißen. Josh kannte ein halbes Dutzend der besten Anwälte, denen es ein Vergnügen wäre, diesem habgierigen, untreuen Ehemann, dem nicht einmal die bescheidenen Sparkonten seiner kleinen Töchter heilig waren, die Rechnung für seine Missetaten vorzulegen.

Oh, das wäre sicher angenehm, dachte Josh, während er den frühmorgendlichen Duft des Meeres und der Oleanderblüten einatmete. Aber zugleich bedeutete es für Laura eine schmerzliche und öffentliche Erniedrigung. Außerdem fehlte auch dieser Lösung der gewisse Pep.

Jedenfalls ginge man mit derartigen Angelegenheiten am besten auf eine zivilisierte Weise um.

Der zivilisierteste Ort für die Begleichung dieser Rechnung wäre sicherlich der Country Club. Also wartete Josh geduldig wie eine Katze vorm Mauseloch darauf, dass der Herr zurückkehrte.

Peter nahm seine Einladung zu einer morgendlichen Tennispartie, ohne zu zögern, an. Was Joshs Erwartungen entsprach. Sicher ging Peter davon aus, dass sich durch ein öffentliches Tennismatch mit seinem Schwager ein Teil der Gerüchte über seine Position bei Templeton zum Verstummen bringen ließ.

Und Josh trüge seinen Teil zur Klärung der Verhältnisse mehr als gerne bei!

Der feine Pinkel Ridgeway spielte am liebsten Golf; aber er hielt sich auch für einen durchaus passablen Tennisspieler. Er trug makelloses Weiß, und seine Shorts wiesen geradezu bedrohlich scharfe Bügelfalten auf. Josh kam in einer ähnlichen Uniform, auch wenn sie durch die Baseballkappe, die er gegen die blendende Morgensonne trug, etwas aufgelockert wurde.

Im Nachhinein würden Minn Whiley und DeLoris Solmes, die auf dem Nebenplatz ihr alldienstägliches Match austrugen, mit ihren Drinks auf die Terrasse gehen und sich darüber unterhalten, wie herrlich der Anblick der beiden sonnengebräunten, durchtrainierten, muskulösen jungen Männer gewesen war, zwischen denen der leuchtend gelbe Ball kraftvoll durch die Lüfte flog.

Natürlich nur, würde Minn Sarah Metzenbaugh erzählen, sobald diese mit ihr und DeLoris im Dampfbad säße, bis zu *dem Zwischenfall.*

»Ich nehme mir einfach nicht oft genug Zeit für Tennis«, sagte Peter, während er seinen Schläger aus der Hülle zog. »Zweimal die Woche achtzehn Löcher Golf – mehr schaffe ich einfach nicht.«

»Du bist eben ein echtes Arbeitstier«, bemerkte Josh, wobei ihm Peters verächtlicher Blick nicht verborgen blieb. Er wusste genau, was Ridgeway von ihm hielt. Sein Schwager tat ihn als verwöhnten Sonnyboy ab, der seine Zeit damit verbrachte, von Party zu Party zu jetten. »Mir fehlt etwas, wenn ich nicht jeden Morgen wenigstens eine anständige Partie spielen kann.«

Gemächlich stellte Josh eine Flasche Evian neben die Bank. »Freut mich, dass du es einrichten konntest, mich heute zu treffen. Ich bin sicher, dass sich diese unschöne Angelegenheit am besten direkt zwischen uns bereinigen lässt. Seit deiner Rückkehr aus Aruba wohnst du im Hotel?«

»Es scheint mir momentan ratsam. Ich hatte gehofft, wenn ich Laura ein wenig Zeit lassen würde, käme sie noch zur Vernunft. Frauen!« Er spreizte seine elegant manikürten Hände, an denen inzwischen kein Ehering mehr zu sehen war. »Schwierige Geschöpfe, wenn ich so sagen darf.«

»Erzähl mir mehr. Aber vielleicht wärmen wir uns unterdessen schon mal ein bisschen auf.« Josh nahm seinen Platz hinter der Linie ein und wartete darauf, dass auch Peter Position bezog. »Los geht's«, rief er und schlug den Ball locker übers Netz. »Wie war es in Aruba?«

»Erholsam.« Peter schlug den Ball zurück. »Obwohl unser Hotel dort ein paar Mängel hat. Jemand sollte sich die Sache mal genauer ansehen.«

»Ach ja?« Josh hatte das Hotel vor weniger als acht Monaten gründlich überprüft und wusste, dass dort alles hervorragend lief. »Dann mache ich mir gleich mal eine Notiz.« Absichtlich schlug er eine Rückhand so, dass sie weit hinter der Linie landete. »Ich scheine ein wenig eingerostet zu sein«, gab er sich zerknirscht. »Der Aufschlag geht an dich. Sag mir, Peter, hast du die Absicht, dich der Scheidung in den Weg zu stellen?«

»Wenn Laura tatsächlich auf der Trennung besteht, dann wüsste ich nicht, warum ich sie ihr verweigern sollte. Ich finde, dass es auch so schon mehr als genug lästiges Gerede gibt. Sie ist einfach unzufrieden, weil ich so sehr mit meiner Arbeit beschäftigt bin. Eine Frau wie Laura kann nicht verstehen, welche Anforderungen ein Unternehmen wie Templeton an einen stellt.«

»Oder die Beziehung, die man zu seiner Sekretärin unterhält.« Grinsend zielte Josh mit dem Ball haarscharf an Peters Ohr vorbei.

»Sie hat die Situation vollkommen falsch eingeschätzt. Punkt für mich!« Peter testete einen neuen Ball und schüttelte den Kopf. »Ehrlich, Josh, im Verlauf der Zeit wurde sie immer eifersüchtiger, nur weil ich abends oft so lange im Büro zu bleiben gezwungen war. Du weißt immerhin, dass vor kurzem eine Konferenz nach der anderen stattfand, und dann hatten wir letzten Monat auch noch zehn Tage lang Lord und Lady Wilhelm zu Gast. Sie haben zwei Etagen und obendrein die Präsidentensuite gebucht. Da hatten sie ja wohl nichts Geringeres als einen Top-Service verdient.«

»Absolut! Und Laura hat nicht verstanden, welchen Druck das für dich bedeutete.« Schließlich war sie ja nur die Tochter der Grande Dame unter den Hoteliersgattinnen.

»Genau!« Ein wenig keuchend, da Josh ihn gnadenlos von einer Ecke in die andere trieb, hetzte er vergeblich einem langen Flugball nach. »Und dann, als diese käufliche, sittenlose Margo plötzlich bei uns auf der Schwelle stand, verschlimmerte sich alles noch. Natürlich hat Laura sie aufgenommen, ohne auch nur einen einzigen Gedanken darauf zu verschwenden, welche Konsequenzen sich daraus für uns ergaben.«

»Tja, unsere Laura hat nun mal ein weiches Herz«, meinte Josh leichthin, und dann ließ er die Unterhaltung ruhen, bis der erste Satz mit sechs zu drei gewonnen war.

»Übrigens, alter Knabe, es war nicht unbedingt galant von dir, sämtliche Bankkonten zu plündern.«

Peter sah ihn mit zusammengepressten Lippen an. Er hätte darauf gewettet, dass Laura zu stolz war, um winselnd zu ihrem Bruder zu rennen. »Das habe ich auf den Rat meines Anwalts hin getan. Reiner Selbsterhaltungstrieb, denn schließlich hat sie für den Umgang mit Finanzen keinerlei Sinn. Und mein Vorgehen war mehr als gerechtfertigt angesichts der Tatsache, dass sie ihren Mangel an Kalkül gerade wieder durch diese Partnerschaft mit einer Margo Sullivan bewiesen hat. Als Ladenbesitzerin, Allmächtiger!«

»Fast so schlimm wie manche Hoteliers«, entfuhr es Josh.

»Was hast du gesagt?«

»Ich habe gesagt, wer weiß schon, wie das Hirn einer Frau funktioniert.«

»Spätestens in sechs Monaten wird sie alles verloren haben – wenn Margo nicht schon vorher mit der Kasse durchbrennt. Du hättest versuchen sollen, ihr diesen Schwachsinn auszureden.«

»Bildest du dir etwa ein, sie würde im Ernstfall auf mich hören?« Er überlegte, ob er Peter den zweiten Satz gewinnen lassen sollte; doch dann merkte er, dass er sich langweilte und beschloss, das Spiel kurzerhand zu beenden. Trotzdem spielte er noch eine Weile, wobei er sich, damit die Sache nicht vollkommen an Reiz verlor, hin und wieder von Peter den Aufschlag nehmen ließ.

»Pech!« Peter war geradezu trunken vor Freude darüber, dass er seinen Schwager in seinem eigenen Spiel zu schlagen schien. »An deiner Rückhand musst du wohl noch ein wenig arbeiten.«

»Mmm!« Josh joggte zur Seitenlinie, wischte sich den Schweiß aus dem Gesicht und trank einen großen Schluck Evian. Während er die Flasche wieder verschraubte, sah er lächelnd zu den Frauen auf dem Nebencourt hinüber. Der Gedanke, dass es Publikum gab für seine Show, erfreute ihn. »Oh, ehe ich's vergesse, ich habe mich ein bisschen im Hotel umgesehen. Im Laufe der letzten achtzehn Monate gab es ungewöhnlich viel Wechsel beim Personal.«

Peter zog eine Braue hoch. »Es ist nicht erforderlich, dass du dich mit Templeton Monterey befasst. Das ist mein Arbeitsbereich.«

»Oh, ich wollte dich nicht kontrollieren – aber ich war gerade da und du nicht.« Er warf sein Handtuch fort, stellte die Plastikflasche ab und kehrte hinter das Netz zurück. »Obwohl es wirklich eigenartig ist. Schließlich hat Templeton es sich zur Tradition gemacht, das Personal an sich zu binden, weil langfristige Loyalität mit dem Unternehmen der beste Garant für gute Arbeit ist.«

Aufgeblasener Bastard, verwöhnter Idiot, dachte Peter, wobei er allerdings seinen Zorn sorgsam vor Josh verbarg, während er sich ebenfalls wieder hinter dem Netz aufstellte. »Wie du, falls du die Berichte liest, sehen kannst, haben die unteren Management-Etagen bei der Einstellung einiger Leute gravierende Fehler gemacht. Um also unseren bisherigen Servicestandard nicht zu gefährden, war ein Aussieben bei den Angestellten erforderlich.«

»Da hast du sicher recht.«

»Ab morgen bin ich wieder im Büro, so dass du die Zügel wieder mir überlassen kannst.«

»Mitnichten nehme ich irgendjemandem die Zügel weg, sondern ich bin einfach neugierig. Du hast den Aufschlag, stimmt's?« Josh lächelte, als sei er gerade in seiner Hängematte von einem seligen Nickerchen erwacht.

Sie nahmen ihr Spiel wieder auf. Peters erster Aufschlag ging ins Netz, doch dann bezwang er seinen Zorn und schlug den zweiten Ball kraftvoll ins gegnerische Feld. Josh vergnügte sich damit, Peter quer über das Spielfeld rennen, ständig springen oder aber in die Knie gehen zu lassen. Da er selbst fast immer auf der Stelle stand, plauderte er unbekümmert weiter, bis er das Spiel mit vierzig : null gewann.

»Während ich meine Nase ein wenig in deine Angelegenheiten steckte, fielen mir noch ein paar andere Dinge auf. Zum Beispiel deine Spesenabrechnungen. Fünfundsiebzigtausend allein während der letzten fünf Monate für die Bewirtung von Kunden erscheinen mir ein bisschen viel.«

Peter rann der Schweiß in die Augen, was seinen Zorn noch steigerte. »In all den fünfzehn Jahren, seit ich für Templeton arbeite, wurden meine Spesenabrechnungen nicht ein einziges Mal beanstandet.«

»Natürlich nicht.« Immer noch lächelnd sammelte Josh die Bälle für die nächste Runde ein. »Schließlich warst du ja auch zwei Drittel dieser Zeit mit meiner Schwester verheiratet. Oh, und dann ist mir noch der Bonus für deine Sekretärin aufgefallen.« Er ließ einen der Bälle auf dem Schläger hüpfen und sah seinen Schwager an. »Die, mit der du im Bett gewesen bist. Zehntausend Dollar sind wirklich sehr großzügig. Ich bin sicher, dass sie dafür einen Wahnsinnskaffee kocht.«

Peter blieb stehen, beugte sich vor und legte die Hände auf die Knie, bis er wieder zu Atem kam. »Es hat ja wohl schon immer zur Templeton'schen Politik gehört, gute Arbeit durch Gratifikationen oder andere finanzielle Anreize zu belohnen. Und bitte erspar mir deine versteckten Anspielungen.«

»Das war keine versteckte Anspielung, sondern ein Statement.«

»Du musst zugeben, dass so was gerade aus deinem Mund einigermaßen heuchlerisch klingt. Alle Welt weiß, wie du deine

Zeit verbringst und was du mit dem Geld deiner Familie anfängst: Du wirfst es für Autos, Frauen und Glücksspiele zum Fenster raus!«

»Da hast du völlig recht.« Immer noch lächelnd trat Josh hinter die Linie und tippte den Ball locker auf dem Boden auf. »Wahrscheinlich war es in der Tat heuchlerisch, dass ich überhaupt auf diese Angelegenheit zu sprechen gekommen bin.« Er warf den Ball in die Luft, als wolle er einen Aufschlag machen, doch dann fing er ihn wieder auf und kratzte sich am Kopf. »Abgesehen von einer Kleinigkeit. Nein, nein, eher drei Kleinigkeiten. Zum einen ist es mein Geld, und zum Zweiten bin ich nicht verheiratet.«

Er warf den Ball in die Luft, holte aus und schlug ein Ass – das geradewegs auf Peters Nase landete. Als Peter strauchelte, während ihm das Blut durch die Finger rann, schlenderte Josh, gemütlich den Schläger schwenkend, über den Platz.

»Und drittens handelt es sich um meine Schwester, die du auf widerwärtigste Weise hintergangen hast.«

»Du Bastard!« Peters Stimme klang gepresst und atemlos vor Schmerz. »Du hast mir die Nase gebrochen, du Schwein.«

»Sei lieber dankbar, dass ich nicht auf deine Eier gezielt habe.« Josh ging in die Hocke und riss Peter am blutbespritzten Kragen seines Polohemdes hoch. »Und jetzt hör mir gut zu«, murmelte er, während die Frauen vom Nebenplatz kreischend nach dem Clubarzt riefen. »Und zwar gut, denn das, was ich jetzt sage, wiederhole ich nicht.«

Peter wurde schwarz vor Augen, und Übelkeit wallte in ihm auf. »Nimm deine dreckigen Pfoten weg!«

»Du hörst mir nicht zu«, tadelte Josh leise. »Dabei solltest du das besser tun. Wag es ja nicht, den Namen meiner Schwester je wieder in der Öffentlichkeit zu erwähnen. Falls du auch nur einen Gedanken über sie laut werden lässt, der mir nicht gefällt, bezahlst du mit mehr als einer gebrochenen Nase dafür. Und falls du je wieder so über Margo sprichst, wie du es dir eben erlaubt hast, dann reiße ich dir die Eier raus und stopfe sie dir ins Maul.«

»Ich werde dich verklagen, du Ratte.« In Peters Hirn rangen Schmerz und Erniedrigung. »Für diesen Angriff bringe ich dich vor Gericht.«

»Tu das, wenn du willst. Bis dahin empfehle ich dir eine weitere Reise. Flieg zurück nach Aruba oder versuch es mit St. Bart's oder fahr zur Hölle, wenn du willst. Aber sieh zu, dass du weder mir oder jemand anderem aus meiner Familie je wieder unter die Augen kommst.« Er ließ von Peter ab und wischte sich seine blutverschmierten Hände an dessen Kleidern ab. »Oh, und übrigens, du bist gefeuert. Spiel, Satz und Sieg nennt man das, glaube ich.«

Zufrieden mit seinem morgendlichen Pensum, beschloss er, sich ein ausgedehntes Dampfbad zu genehmigen.

11

Wunder konnte man möglich machen, stellte Margo fest. Es gehörten nur sechs Wochen Zeit, schmerzende Muskeln und ungefähr dreihundertfünfzigtausend Dollar dazu.

Seit sechs Wochen war sie die offizielle Eigentümerin eines Drittels des leeren Gebäudes in der Cannery Row, und sofort, nachdem die Übernahme mit Strömen Templeton'schen Champagners begossen worden war, hatte sie die Ärmel hochgekrempelt.

Zum ersten Mal in ihrem Leben setzte sie sich mit Bauunternehmern auseinander und sah sich ununterbrochen von Säge- und Hämmergeräuschen sowie von Männern mit Werkzeugen umgeben. Beinahe jeden wachen Augenblick hatte sie im Laden oder bei notwendigen Einkäufen zugebracht. Die Angestellten in den Heimwerkergeschäften brachen in Freudentränen aus, wenn sie hereinkam, und die Handwerker tolerierten sie nach einer Weile.

Sie hatte sich mit Laura dicke Tapetenbücher angesehen, hatte zwischen Altrosa und Malve hin- und hergeschwankt, bis auch nur die Auswahl der kleinsten Farbnuance zu einer Entscheidung von monumentaler Bedeutung anwuchs. Tagelang hatte sie an nichts anderes als die Auswirkung indirekter Beleuchtung auf die ausgestellten Verkaufsgüter gedacht. Die Freude und das Entsetzen beim Kauf von richtigem oder falschem Werkzeug hatte sie kennengelernt, hatte stundenlang Scharniere und Türknaufe verglichen, so wie früher die verschiedenen Schmuckstücke bei Tiffany's.

Margo hatte gestrichen, hatte die Grillen der Spritzpistole mit verstellbarer Sprühgeschwindigkeit lieben und fürchten gelernt und hatte Kate oder Laura verboten, das Gerät auch nur für eine Sekunde in die Hände zu nehmen. Einmal, nach einem besonders langen Arbeitstag, erschrak sie sogar vor ihrem eigenen Spiegelbild.

Margo Sullivan, deren Gesicht der Garant für den Verkauf einer Million Flaschen Pflegelotion gewesen war, hatte auf ihr wirr unter einer schmutzigen weißen Haube zusammengedrücktes Haar gestarrt, auf ihre farbverkleckste Wangen und ihre ungeschminkten Augen, deren Blick geradezu fanatisch glühte.

Erschüttert war sie in ihr Bad gerannt, hatte eilig heißes Wasser und reichlich Badesalz in die klauenfüßige Wanne gefüllt, sich eine Maske aufs Gesicht gelegt, den Körper mit heißem Öl massiert und zu einer Maniküre angesetzt – nur um sich zu beweisen, dass sie noch zurechnungsfähig war.

Nun, nach sechs Wochen Stress ohne Unterbrechung nahm ihr Traum Gestalt an. Die geschmirgelten und dreifach versiegelten Böden schimmerten, die Wände – ihr persönlicher Stolz – verströmten einen warmen, weichen Rosaton, und die Fenster, die sie nach dem Geheimrezept ihrer Mutter mit Essig und Spucke gewienert hatte, erstrahlten in nie gekanntem Glanz. Die Eisentreppe und das Geländer waren sicher festgemacht und wiesen eine neue Vergoldung auf.

Die Fliesen in den Bädern hatte sie gnadenlos geschrubbt und dann frisch verfugen lassen; an den Haken hingen zarte Handtücher mit Spitzenrand.

Alles schimmerte rosig-goldig-frisch.

»Es ist wie bei Dorian Gray«, stellte Margo fest, während sie zusammen mit Laura im Hauptverkaufsraum saß und mit der Auszeichnung des Inhalts einer Kiste haderte.

»Findest du?«

»Allerdings. Der Laden wird immer hübscher und vielversprechender.« Sie kniff sich vergnügt in die Wangen. »Und ich bin das im Schrank versteckte Bild.«

»Vielleicht ist das die Erklärung für die Warzen.«

»Warzen?« Panik wallte in ihr auf. »Welche Warzen?«

»Reg dich ab.« Zum ersten Mal seit Tagen lachte Laura wieder. »Ich habe nur einen Scherz gemacht.«

»Himmel, nächstes Mal schießt du mir besser gleich in den Kopf.« Nachdem ihr Blutdruck sich beruhigt hatte, hielt Margo Laura eine mit stilisierten Blumen bemalte Fayence-Vase hin. »Was meinst du? Immerhin ist es ein echtes Doulton-Stück.«

Es wäre sinnlos, Margo nach dem Einkaufspreis zu fragen. Sie wüsste es ganz sicher nicht. Also deutete Laura wie bereits so oft zuvor auf die Preisführer und Kataloge, die sich auf einem der Tische stapelten. »Hast du schon nachgeguckt?«

»Flüchtig.« Im Laufe der letzten Wochen hatte Margo Preisführer lieben und gleichzeitig hassen gelernt. Sie liebte es, Preise festzusetzen, zu denen sich ihr Inventar verkaufen ließ; doch zugleich hasste sie die Erkenntnis, wie viel Geld ihr bereits durch die Finger geronnen war. »Hundertfünfzig, glaube ich.«

»Also gut.«

Die Zunge zwischen den Zähnen, tippte Margo langsam auf die Tasten des Laptops, ohne den sie, wie Kate behauptete, keine richtige Geschäftsfrau war. »Artikel Nummer 481 … G wie Geschirr oder S wie Sammlerstück?«

»Hm, ich würde sagen, G. Glücklicherweise ist Kate ja im Augenblick nicht da, so dass sie uns nicht widersprechen kann.«

»481-G. Verdammt, ich habe G gesagt.« Sie löschte und versuchte es ein zweites Mal. »Einhundertfünfzig.« Auch wenn dies sicher nicht unbedingt die effizienteste Arbeitsmethode war, befestigte Margo das Preisschild an der Vase, stand auf, trug sie zu dem Regal, in dem bereits eine große Zahl von Objekten stand, kam zurück und zündete sich eine Zigarette an. »Was, zum Teufel, machen wir hier bloß?«

»Wir amüsieren uns. Warum hast du jemals so etwas gekauft?«

Margo sog an ihrer Zigarette und sah nachdenklich auf eine zweifellos potthässliche Amphore, die durch Griffe in Form von Flügeln verunziert war. »Offenbar habe ich da gerade einen schlechten Tag gehabt.«

»Tja, es ist ein Stinton-Stück und handsigniert – vielleicht …« Laura blätterte eilig einen der Kataloge durch. »Ungefähr viertausendfünfhundert, steht hier.«

»Tatsächlich?« Hatte sie glatt mal so viel Geld für eine solche Nichtigkeit bezahlt? Sie schob Laura den Laptop hin. »Morgen wird das Schild über dem Fenster angebracht. Und für zwei Uhr hat sich das Team von *Entertainment Today* angesagt.«

»Bist du sicher, dass du das auch willst?«

»Mach keine Witze! Eine bessere Gratiswerbung können wir gar nicht kriegen.« Margo streckte ihre Arme aus. Allmählich hatte sie sich beinahe an den ständigen Schulterschmerz gewöhnt. »Außerdem bekomme ich auf diese Weise endlich mal wieder die Gelegenheit, mich herauszuputzen und vor einer Kamera zu stehen. Soll ich das grüne Kostüm von Armani oder das blaue von Valentino anziehen?«

»An dem Armani-Kostüm haben wir bereits ein Preisschild festgemacht.«

»Also gut. Dann eben Valentino.«

»Solange dir dabei nicht unbehaglich ist.«

»In einem Valentino-Kostüm habe ich mich bisher noch immer wohl gefühlt.«

»Du weißt, was ich meine.« Laura klebte den Preis auf die Amphore und fand sie auf dem Eckregal schon etwas weniger abstoßend. »All die Fragen über dein Privatleben …«

»Im Augenblick habe ich kein Privatleben. Außerdem ist es das Beste, wenn man lernt, über den Dingen zu stehen, meine Liebe!« Sie drückte ihre Zigarette aus und kniete sich vor die Kiste, um zu sehen, welche Schätze sie noch barg. »Wenn du dich von jedem bösen Geflüster über dich und Peter treffen lässt, finden das die Lästermäuler schnell heraus – und dann hast du nie mehr Ruhe vor ihnen.«

»Er ist seit letzter Woche wieder in der Stadt.«

Margos Kopf fuhr hoch. »Belästigt er dich etwa?«

»Nein, aber … vor ein paar Tagen kam es zwischen ihm und Josh zu einem Zusammenstoß. Allerdings hörte ich erst heute Morgen davon.«

»Ein Zusammenstoß?« Amüsiert betrachtete Margo eine kleine Limoges-Dose, auf der ein französisches Blumenbukett abgebildet war. Himmel, sie liebte diese ganzen Nippsachen mehr, als sie sich eingestand. »Was haben die beiden sich denn geliefert, ein Duell?«

»Josh hat Peter die Nase gebrochen.«

»Was?« Hin- und hergerissen zwischen Entsetzen und Begeisterung hätte sie beinahe die Dose fallen lassen, die sie in Händen hielt. »Josh hat ihn *verprügelt*?«

»Er hat ihn mit einem Tennisball erwischt.« Als Margo loswieherte, runzelte Laura ärgerlich die Stirn. »Es waren Leute auf dem Nebenplatz. Der ganze Club redet von nichts anderem. Peter musste ins Krankenhaus, und sicher verklagt er Josh.«

»Wegen was, wegen Angriffs mit einem Vorhand-Lob? Oh, Laura, ich finde das überwältigend. So etwas hätte ich Josh gar nicht zugetraut.« Vor lauter Lachen taten ihr die Rippen weh.

»Es war bestimmt Absicht.«

»Tja, aber natürlich! Josh erwischt mit seinem Aufschlag sogar den Seitenspiegel eines fahrenden Rennwagens, wenn er will. Hätte er sich ein bisschen ernsthafter um diesen Sport bemüht, hätte er sicher eines Tages eine gute Figur auf dem Centercourt gemacht. Verdammt, ich wünschte, ich wäre dabei gewesen.« In ihren Augen blitzte blanke Schadenfreude auf. »Und, hat er sehr geblutet?«

»Angeblich wie ein Schwein.« Es war falsch, sagte sich Laura ein ums andere Mal, es war falsch, die Vorstellung zu genießen, dass leuchtend rotes Blut aus Peters Aristokratennase schoss. »Wie ich hörte, ist er zur Erholung erst mal nach Maui geflogen. Margo, ich möchte nicht, dass mein Bruder dem Vater meiner Kinder Tennisbälle auf die Nase knallt!«

»Also bitte, gönn ihm doch den Spaß.« Ohne daran zu denken, die Dose auszuzeichnen, stellte Margo sie in einen Glasschrank, der bereits Dutzende anderer Behältnisse barg. »Übrigens, weißt du zufällig, ob sich Josh im Augenblick mit jemandem trifft?«

»Ob er sich mit jemandem trifft?«

»Du weißt schon, ob er eine Freundin oder ständige Begleiterin hat, mit der er sich auch im Bett vergnügt?«

Verwirrt rieb Laura sich die müden Augen. »Nicht, dass ich wüsste. Aber er hat schon vor Jahren aufgehört, in meiner Gegenwart mit seinen Techtelmechteln zu prahlen.«

»Trotzdem wüsstest du es?« Als wäre es wichtig für den Weltfrieden, rieb Margo an einem Fleck auf der Scheibe der Vitrine herum. »Du hättest davon gehört oder es gespürt.«

»Im Augenblick hat er furchtbar viel zu tun. Also würde ich sagen, dass er wahrscheinlich solo ist. Warum?«

»Oh!« Sie sah ihre Freundin mit einem breiten Lächeln an. »Wir haben eine kleine Wette abgeschlossen, er und ich. Himmel, ich verhungere«, stellte sie plötzlich fest. »Wie steht's mit dir? Lass uns irgendeinen Pizzaservice anrufen. Wenn Kate nach der Arbeit kommt und wir mit dieser Kiste nicht fertig sind, hält sie uns auf nüchternen Magen einen Vortrag über effektives Arbeiten.«

»Für irgendwelche Vorträge habe ich keine Zeit. Tut mir leid. Ich muss die Mädchen abholen. Es ist Freitag«, erklärte sie. »Und ich habe ihnen versprochen, dass wir zusammen essen und dann ins Kino gehen. Warum kommst du nicht mit uns?«

»Und lasse all meine Luxusgüter allein zurück?« Margo wies auf die Kisten, den Haufen Verpackungsmaterial und die halbleeren Tassen kalten Kaffees, die überall herumstanden. »Außerdem muss ich noch ein bisschen üben, wie man Geschenke ansprechend verpackt. Bisher enden all meine Versuche bei dem Dilettantismus einer Dreijährigen. Aber es macht mir wirklich nichts aus, wenn …«

Sie brach ab, als die Tür aufflog und Kayla in den Raum geschossen kam. »Mama! Wir wollten dich besuchen.« Mit einem strahlenden Lächeln warf sie sich Laura in die Arme und klammerte sich eine Spur zu heftig an sie.

»Hallo, mein Baby!« Während Laura die Umarmung erwiderte, fragte sie sich bang, wie lange derartige Gesten der Beruhigung nötig waren, damit die Kleine ihre Angst, verlassen zu werden, wieder verlor. »Wie seid ihr denn hierhergedüst?«

»Onkel Josh hat uns abgeholt. Er sagte, wir könnten mitkommen und uns den Laden ansehen, weil wir ihn schließlich einmal erben.«

»Ihr erbt ihn, ja?« Lachend stellte Laura Kayla auf den Boden, und es fiel ihr auf, dass ihre ältere Tochter weit vorsichtiger und weniger fröhlich den Raum betrat.

»Und, Ali, was hältst du davon?«

»Es sieht anders aus als beim letzten Mal.« Ohne zu zögern, steuerte sie auf die Schmuckvitrine zu.

»Eine Dame nach meinem Geschmack«, verkündete Margo, während sie Ali einen Arm um die Schulter schlang.

»Die Sachen sind einfach wunderschön. Mir kommt es vor wie eine Schatztruhe.«

»Allerdings. Auch wenn dies nicht Seraphinas, sondern meine Mitgift ist.«

»Wir haben Pizza dabei«, quietschte Kayla in diesem Augenblick. »Onkel Josh hat Unmengen von Pizza gekauft, damit wir hier essen können statt in einem Restaurant. Dürfen wir, Mama?«

»Wenn ihr wollt. Was meinst du, Ali?«

Ali zuckte mit den Schultern und starrte immer noch unverwandt die Armreifen und Broschen an. »Mir egal.«

»Und hier ist der Mann der Stunde!« Margo durchquerte den Raum, als Josh mit dem Ellbogen die Tür aufstieß und, die Arme voller Pizzakartons, das Geschäft betrat. Sie stellte sich auf die Zehenspitzen und gab ihm einen schmatzenden Kuss auf den Mund.

»Kriege ich den wegen ein paar Pizzas? Hätte ich das gewusst, hätte ich zusätzlich noch Hühnchen mitgebracht.«

»Eigentlich für deine Tenniskünste!«

Als sie das Blitzen in seinen Augen sah, nahm sie ihm die Kartons ab und flüsterte: »Und, schläfst du immer noch allein, mein Schatz?«

»Red bloß von etwas anderem!« Er lüftete eine Braue. »Und du?«

Grinsend legte sie ihm einen Finger auf die Wange. »Ich bin

viel zu beschäftigt für irgendwelche sportlichen Betätigungen. Ali, ich glaube, oben im Kühlschrank steht noch eine Flasche Pepsi.«

»Auch daran haben wir gedacht«, sagte er, während ihm ihr betörender Parfümduft in die Nase stieg. »Meinst du, dass du die Getränke aus dem Auto holen kannst, Ali?«

»Das kann ich.« Kayla stürzte eilfertig zur Tür. »Ich helfe dir. Komm schon, Ali!«

»Tja.« Nachdem die Tür krachend hinter seinen Nichten ins Schloss gefallen war, schob Josh die Hände in die Hosentaschen und sah sich in dem Kuddelmuddel um. »Man sieht, dass ihr beschäftigt wart.« Als er auf das Nebenzimmer zuwanderte, grinste er. Der Raum sah aus wie Margos Kleiderschrank, nur, dass an jedem guten Stück ein diskretes Preisschild befestigt war.

»Unterwäsche und Nachthemden findest du oben«, erklärte Margo ihm. »Im Boudoir.«

»Natürlich.« Er nahm einen grauen Wildlederpumps in die Hand und drehte ihn herum. Die Sohle war nur unmerklich verkratzt, so dass ihm die Summe von zweiundneunzig fünfzig angemessen erschien.

»Und wie legt ihr die Preise fest?«

»Oh, wir haben da ein ganz eigenes System.«

Er stellte den Schuh zurück und sah seine Schwester an. »Ich dachte, es stört dich sicher nicht, wenn ich die Mädchen einlade, sich die gute Stube mal anzusehen.«

»Ganz im Gegenteil! Es stört mich aber, dass du Peter die Nase gebrochen hast.«

Er wirkte nicht im mindesten zerknirscht. »Dann ist also dieser kleine Zwischenfall zu dir durchgedrungen?«

»Allerdings! Von Big Sur bis Monterey redet inzwischen die ganze Welt davon!« Auch als ihr Bruder vor sie trat und ihr einen Kuss auf die Wange gab, grollte sie noch. »Ich versichere dir, dass ich meine Eheprobleme durchaus alleine lösen kann.«

»Natürlich kannst du das. Mir ist bloß der Schläger ausgerutscht.«

»Nie im Leben«, murmelte Margo und betrachtete ihn zufrieden.

»Eigentlich hatte ich es auf seine Eier abgesehen. Hör zu, Laura«, fuhr er fort, als sie entrüstet einen Schritt nach hinten trat. »Wir reden später darüber, ja?«

Sie hatte keine Wahl, denn in diesem Augenblick kamen ihre Töchter hochbepackt zurück.

Josh hatte sogar an Pappteller, Servietten und Pappbecher für den Sprudel und den guten roten Bordeaux gedacht. Offenbar gab es nur wenig, stellte Margo fest, während sie das improvisierte Picknick auf dem Boden ausbreitete, was ein Templeton-Manager jemals vergaß.

Offensichtlich hatte sie ihn all die Jahre erheblich unterschätzt; doch nun erkannte sie, dass er sicher ein furchteinflößender Gegner war, was sein gezielter Schwung mit dem Tennisschläger bewies. So gesehen besäße er sicher auch als Liebhaber einiges Format …

Josh bemerkte ihren Blick, als er ihr einen Teller reichte. »Probleme, Herzogin?«

»Mehrere!«

Trotzdem machte ihr das Picknick und das fröhliche Plaudern der Mädchen Spaß. Unter Joshs liebevollen Sticheleien taute auch Ali langsam auf. Das arme Ding sehnte sich nach einem Vater, überlegte sie. Sie verstand die Leere, den Schmerz, den das Kind sicherlich empfand. Für sie hatte Thomas Templeton diese Leere gefüllt; doch zugleich hatte seine heitere, nette Art ihr ständig klargemacht, dass sie keinen echten Vater besaß.

Sie hatte nie einen Dad gehabt – oder zumindest nur für so kurze Zeit, dass er ihr nicht in Erinnerung geblieben war. Ihre Mutter hatte über den Mann, den sie geheiratet und verloren hatte, nie etwas gesagt, und nachzufragen traute Margo sich nie.

Aus Angst, erkannte sie, dass weder für sie noch für ihre Mutter etwas damit zu gewinnen gewesen wäre.

Keine Liebe war es, dachte sie, und ganz sicher keine Leidenschaft.

Aber eine weitere gescheiterte Ehe in der Welt machte ohnehin keinen Unterschied. Nicht einmal für die Beteiligten. Ein braves, irisches, katholisches Mädchen heiratete, setzte Kinder in die Welt und nahm Gottes Willen gesenkten Hauptes an. Ann Sullivan hatte nicht wie Seraphina voller Verzweiflung Gott verflucht, hatte sich nach dem Verlust nicht ins Meer gestürzt. Ann Sullivan hatte sich zusammengerissen, war fortgegangen und hatte ihre Ehe zu den Akten gelegt.

Und zwar mit einer solchen Leichtigkeit, dachte Margo jetzt, dass es wahrscheinlich wenig Erinnerungswürdiges gegeben hatte. Ein Vater stand für sie nicht zur Verfügung, basta!

Und in diese Lücke hatte sie andere Männer gelassen! Meistens ältere wie Alain, erfolgreich, etabliert und ohne Interesse an Dauerhaftigkeit. Verheiratete oder häufig beziehungsweise lose verheiratete Typen, deren Frauen ihre Affären ignorierten, wie umgekehrt genauso.

Sie hatte sich immer Männer ausgesucht, die sie als Trophäe betrachteten, die es zu verwöhnen, zu umsorgen und zur Schau zu stellen galt. Männer, die zu halten völlig unmöglich war, wodurch die Beziehung an Reiz für sie nur gewann.

Hastig leerte sie ihr Weinglas. Was für eine grausige Erkenntnis, dachte sie. Wie jämmerlich!

»Alles in Ordnung?« Laura legte ihr besorgt die Hand auf den Arm. »Du bist plötzlich kreidebleich.«

»Es ist nichts weiter. Leichte Kopfschmerzen, mehr nicht. Vielleicht finde ich eine Tablette.« Sie stand auf und musste sich beherrschen, sonst wäre sie nicht gegangen, sondern die Treppe hinaufgestürzt.

Im Badezimmer nahm sie die verschiedenen Medikamente

aus dem Schrank. Ihre Finger legten sich um die Flasche, in der sich ein Tranquilizer befand, doch dann entschied sie sich für Aspirin. Eine Pille zu nehmen, damit die Furcht verging, wäre allzu leicht, sagte sie sich, während sie das kalte Wasser laufen ließ.

»Margo!« Josh trat hinter sie. »Was ist los mit dir?«

»Böse Träume!« Sie schüttelte den Kopf und schluckte ein Aspirin. »Nur ein schrecklicher, kleiner Inkubus, weiter nichts.«

Sie hätte sich zu ihm umgedreht, doch er hielt sie entschlossen fest, so dass sich ihrer beider Gesichter im Spiegel begegneten. »Nervös wegen der Eröffnung des Geschäfts?«

»Ich mache mir bald in die Hosen vor lauter Angst.«

»Was auch immer passiert, du hast bereits etwas sehr Wichtiges erreicht: Du hast dieses Haus zum Leben erweckt. Es ist wunderschön und elegant und einzigartig. Genau wie du.«

»Ein Laden, in dem es lauter Äußerlichkeiten zu kaufen gibt.«

»Na und?«

Sie schloss die Augen. »Na und! Sei ein Freund, Josh, und halt mich eine Minute.«

Er drehte sie zu sich herum, zog sie an seine Brust und strich ihr, als sie seufzte, zärtlich übers Haar. »Erinnerst du dich an den Winter, in dem du dich auf die Suche nach Seraphinas Mitgift begabst?«

»Hmm. Ich habe den Rosengarten und einen Teil des südlichen Rasens umgegraben. Mum war außer sich vor Wut und Scham und hat mir gedroht, mich zu meiner Tante Bridgett nach Cork zu verbannen.« Erneut stöhnte sie, doch seine Nähe und sein Duft waren ihr ein echter Trost. »Aber dein Vater hat nur gelacht. Er fand, das Ganze wäre ein köstlicher Witz, und dachte, ich hätte mit diesem Unterfangen nur meine Kühnheit unter Beweis gestellt.«

»Du hast etwas gewollt und dich auf die Suche danach gemacht.« Er küsste sie sanft aufs Haupt. »Und so machst du es heute noch!«

»Genau wie damals suche ich das Unerreichbare?«

»Nein.« Er trat einen Schritt zurück, packte ihr Kinn und zwang sie, ihn anzusehen. »Das Interessante. Der Gedanke, dass du eines Tages aufhören könntest, Rosenbüsche umzugraben, wäre einfach grauenhaft für mich, Herzogin.«

Sie kuschelte sich wieder an ihn und seufzte abermals. »Auch wenn ich es nur ungern zugebe, tust du mir trotzdem gut.«

»Ich weiß.« Weshalb nur hatte sie das nicht schon vor Jahren bemerkt?

Die Aufregung saß ihr im Nacken. Während der letzten drei Monate hatte sie so viel zu tun gehabt – Termine, Besprechungen, Entscheidungen, die es zu treffen, Waren, die es zu sortieren galt. Die Dekoration, die Planung des Geschäfts. Ja selbst die Auswahl der Einkaufstüten und Geschenkschachteln erforderte stundenlange Diskussionen mit den Freundinnen.

Außerdem hatte sie viel gelernt. Das Erstellen von Inventarlisten, Gewinn- und Verlustkalkulationen, das Ausfüllen der Formulare für Steuern jeglicher Art: Verkaufssteuer, Gewerbesteuer, Grundsteuer auf das Haus!

Dann absolvierte sie noch diverse Interviews mit Journalisten. *People* hatte in dieser Woche ihre doppelseitige Anzeige veröffentlicht, und *Entertainment Weekly* brachte eine übertriebene Lobeshymne auf sie und ihren Laden heraus. Wenn auch voll des falschen Lobes, diente sie dennoch ihren Interessen.

Allmählich fand jedes Puzzleteil seinen Platz, so dass sie der tatsächlichen Eröffnung mit Gelassenheit entgegensah. Aus diesem Grund war ihr die Nervosität, die sie nun, vierundzwanzig Stunden vor dem großen Tag des »Schönen Scheins« befiel, alles andere als plausibel.

Bis dahin hatte Margo Nervosität entweder mit einem Glas Wein, einem ausgiebigen Einkaufsbummel, einer Pille oder Sex bekämpft. Inzwischen passte keine dieser Optionen mehr zu ihrem neuen Lebensstil, so dass sie sich heute für Ablenkung durch Sport entschied.

Die sportliche Ausstattung des Country Clubs war sicher hervorragend. In der Vergangenheit hatte sie hin und wieder mit Gewichten herumgespielt und sich in ein paar Aerobic-Stunden versucht; aber da sie mit einem hervorragenden Stoffwechsel, langen Beinen, einem biegsamen Rücken, üppigen Brüsten und schmalen Hüften gesegnet war, hatte sie sich über den allgemeinen Fitnesswahn stets hinweggesetzt.

Jetzt allerdings kämpfte sie mit der Programmierung eines Stair-Masters und fragte sich, wie es irgendjemanden anmachen konnte, ohne ein bestimmtes Ziel endlos Stufen hinaufzuklettern. Sie hoffte halt, dass sie durch diese sinnlose Tätigkeit ihre Aufregung vergaß – und dass sich obendrein das Gewicht, das sie während der letzten Wochen zugelegt hatte, netterweise auf die verschiedenen Körperregionen verteilte.

Der riesige Raum wies verschiedene Fensterfronten auf, durch die man den Pool und den Golfplatz übersah. Für diejenigen, die die Schönheit der Umgebung kalt ließ, hatte man oberhalb der Tretmühlen Fernseher installiert, so dass man der Gesundheit entgegengehen oder -radeln konnte, während man CNN oder Katie und Bryant sah. Hier und dort waren irgendwelche anderen, ihr unbekannten, Folterinstrumente aufgestellt.

Neben ihr erklomm eine Frau im roten Gymnastikanzug Stockwerk um Stockwerk, während sie gleichzeitig in die Lektüre des letzten Danielle-Steele-Romans versunken war. Margo selbst hatte den Wirtschaftsteil der *Los Angeles Times* gewählt.

Aber immer wieder hob sie den Kopf und sah sich um. Dies war eine vollkommen neue Welt für sie. Hier hatten die Menschen bereits stöhnend geklettert, gehüpft, gejoggt, während sie noch zur Gänze in ihrer vorigen Phase steckte. Ein Mann mit einem prachtvollen Körper und Oberarmen wie Schiffstauen baute sich vor einem Spiegel auf, ehe er brutal aussehende Gewichte zu stemmen begann. Eine Unzahl von Frauen, schlank und dick, strampelten sich auf feststehenden Rädern ab. Einige von ihnen plauderten vergnügt, andere hatten sich Kopfhörer aufgesetzt.

Die Menschen reckten, streckten, beugten und quälten sich, wischten sich Schweiß aus dem Gesicht, leerten eilig eine Flasche Wasser und fuhren dann mit der selbst auferlegten Pein unverdrossen fort.

Es war in der Tat höchst verwunderlich.

Margo betrachtete ihren Besuch in dem Fitness-Studio lediglich als momentanen Ausweg. Aber die anderen unterwarfen sich diesem anstrengenden Programm bewusst.

Vielleicht waren sie alle leicht verrückt.

Nun … handelte es sich hier nicht um genau den Kundenkreis, den sie brauchte, damit ihr Geschäft florierte? Die Geschäftsleute, die cleveren Reichen, die Frauen, die sich hier in Radlerhosen für hundert Dollar und Schuhen für hundert Dollar abstrampelten? Würde es nicht gerade ihnen gefallen, sich nach all den körperlichen Torturen etwas Gutes anzutun? Hätten nicht gerade sie Lust, nach der schwedischen Massage, dem türkischen Bad, dem Whirlpool in ein elegantes Geschäft zu gehen, sich dort gemütlich umzusehen, eine Tasse Cappuccino, ein Glas eisgekühlten Champagner zu trinken, während ihnen eine attraktive Frau bei der Auswahl des perfekten Schnickschnacks für zu Hause oder eines geschmackvollen Geschenks behilflich war?

Natürlich wäre es eine Herausforderung, sie davon zu überzeugen, dass gerade die Benutzergeschichte das Interessante und Einzigartige daran war.

Sie wandte sich an ihre Nachbarin. »Machen Sie das hier jeden Tag?«

»Hmm?«

»Ich habe mich gefragt, ob Sie das jeden Tag machen.« Margo setzte ein freundliches Lächeln auf und unterzog die Frau einer diskreten Musterung. Mitte dreißig, sorgfältig frisiert. Die Diamanten an ihrem Ehering verrieten beste Qualität und hatten mindestens drei Karat. »Persönlich fange ich nämlich gerade erst damit an.«

»Dreimal die Woche. Mehr braucht man nicht, um in Form zu bleiben.« Offenbar froh über die Ablenkung sah sie Margo an. »Sie sind nicht etwa hier, weil Sie abnehmen wollen, was?«

»In den letzten drei Monaten habe ich über drei Kilo zugelegt.«

Lachend nahm die Frau das Handtuch, das über der Stange hing, und betupfte sich den Hals. Margo bemerkte, dass sie eine schmale Rolex trug. »Ich wünschte, ich könnte so etwas behaupten und sähe dabei aus wie Sie. Im letzten Jahr musste ich beinahe achtzehn Kilo abspecken.«

»Das ist wohl ein Scherz!«

»Wenn ich die wieder zunehme, bringe ich mich um. Also tue ich alles, damit es gar nicht erst dazu kommt. Inzwischen habe ich wieder Kleidergröße sechsunddreißig, und darüber will ich nie mehr kommen.«

»Sie sehen klasse aus!« Größe sechsunddreißig, dachte sie, herzlich willkommen! »Machen Ihnen die Besuche hier im Fitness-Studio Spaß?«

Die Frau setzte ein grimmiges Lächeln auf, als ihr Stepper das Tempo beschleunigte. »Ich hasse es.«

»Gott sei Dank«, schloss sich Margo, deren Waden zu brennen begannen, ihr voller Inbrunst an. »Das ist der Beweis, dass hier nicht nur Verrückte sind. Mein Name ist Margo Sullivan. Ich würde Ihnen ja gerne die Hand geben, aber ich fürchte, dann falle ich von diesem Ding.«

»Judy Prentice. Margo Sullivan«, wiederholte sie. »Ich wusste doch, irgendwo habe ich Ihr Gesicht schon mal gesehen. Früher fand ich Sie widerwärtig.«

»Ach ja?«

»Als ich in Richtung Kleidergröße 44 aufging und Sie in einer Zeitschrift sah. Tolle Kurven und zugleich gertenschlank. Am liebsten hätte ich sofort diesen SOS-Drink Godiva gekippt.« Sie sah Margo grinsend an. »Es ist mir eine Genugtuung zu sehen, dass Sie schwitzen wie jeder andere normale Mensch.«

Da Margo in Judy eine potentielle Kundin witterte, grinste sie ebenfalls. »Heißt es nicht, durch die Bewegung würden Endorphine freigesetzt, die einem so etwas wie ein Glücksgefühl verschaffen?«

»Alles gelogen. Ich glaube, dieses Märchen hat Jane Fonda in die Welt gesetzt. Sie kommen hier aus der Gegend, nicht wahr?«

»Big Sur«, stieß Margo inzwischen keuchend hervor. »Und jetzt bin ich zurück. Ich habe einen Laden in Monterey. ›Der Schöne Schein‹ in der Cannery Row. Morgen findet die offizielle Eröffnung statt. Kommen Sie doch einfach mal vorbei und sehen sich bei mir um.« Sie knirschte mit den Zähnen. »Ich werde dafür sorgen, dass es Godivas gibt.«

»Sie scheinen eine gewiefte Geschäftsfrau zu sein«, stellte Judy lachend fest. »Aber vielleicht komme ich tatsächlich mal. Tja, meine zwanzig Minuten in der Hölle sind für heute um. Noch fünfzehn Minuten an den Gewichten und eine kurze Sitzung in der Nautilus-Folterkammer, dann bin ich weg.« Mit ihrem Handtuch um den Hals wandte sie sich zum Gehen. »Oh, da kommt die Diva!«

»Candy Lichfield«, murmelte Margo, als sie den Rotschopf im geblümten Einteiler sah.

»Sie kennen sie?«

»Viel zu lange für meinen Geschmack.«

»Hmm. Wenn Sie so viel Geschmack haben, sie nicht leiden zu können, dann schneie ich ganz sicher mal bei Ihnen herein. Himmel, jetzt peilt sie auch noch uns an. Dann lasse ich Sie mal lieber mit ihr allein.«

»Hören Sie, bitte …« Doch es war zu spät. Candys Kreischen führte dazu, dass jeder in ihre Richtung sah.

»Margo! Margo Sullivan! Ich glaube es einfach nicht.«

»Hallo, Candy!« Zu Margos Entsetzen sprang Candy auf den soeben frei gewordenen Stepper zu.

Diese Tussi sprang immer und überall, was nur einer von zahlreichen Gründen war, weshalb Margo sie von Herzen verabscheute. Sie sah stets aus wie aus dem Ei gepellt, hatte wallendes rotes Haar und wirkte ewig gut gelaunt. Während ihrer gemeinsamen Highschool-Zeit hatte Candy die Funktion der obersten Cheerleaderin und der obersten Nervensäge innegehabt. Mittlerweile hatte sie zweimal reich geheiratet, hatte aus jeder Ehe ein perfektes Kind und brachte ihre Tage, soweit Margo wusste, mit der Planung erlesener Teegesellschaften und mit der Pflege diskreter Affären zu.

Unter der Oberfläche, hinter dem fröhlichen Gesicht und dem wohlgeformten Leib allerdings verbarg sich ein Schlangenherz. Candy ordnete andere Frauen nicht als Geschlechtsgenossinnen, sondern vor allem als Feindinnen ein.

»Natürlich hat sich bereits herumgesprochen, dass du wieder im Lande bist.« Mit einem niedlichen, pinkfarbenen Fingernagel gab sie die Zeit und die Steigung in den Computer der von Judy verlassenen Maschine ein. »Ich wollte die ganze Zeit schon anrufen, aber irgendwie ist mein Terminkalender immer am Platzen.« Ihre Diamantohrringe wackelten, als sie lächelnd auf Margo sah. »Wie geht es dir? Du siehst prima aus. Niemand käme je darauf, dass du eine so harte Zeit hinter dir hast.«

»Nicht wahr?«

»All diese schrecklichen Geschichten, die die Leute über dich verbreiten!« Ihr Puppengesicht drückte boshafte Freude aus. »Es muss furchtbar für dich gewesen sein. Ich kann mir gar nicht vorstellen, verhaftet zu werden – noch dazu in einem fremden

Land.« Ihre Stimme war gerade laut genug, die Aufmerksamkeit mehrerer morgendlicher Athleten zu mobilisieren.

»Das kann ich auch nicht.« Margo rang nach Luft und sehnte sich nach einer Zigarette und einer Tasse Kaffee. »Ich wurde nämlich nicht verhaftet, sondern lediglich befragt.«

»Siehst du, natürlich war die Geschichte mal wieder übertrieben.« Ihr Ton drückte eine Mischung von Mitgefühl und gleichzeitigem Zweifel aus. »All diese schrecklichen Dinge, die man über dich las. Tja, ich habe gleich zu einigen der Mädchen gesagt, dass sicher alles Unsinn ist. Aber trotzdem hörte der Strom der Gerüchte nicht mehr auf. Die Presse kann so herzlos sein. Es war wirklich klug von dir, erst mal aus Europa zu verschwinden. Am besten wartest du ab, bis der Skandal verraucht ist. Typisch Laura, dass sie das ganze Gerede ignoriert und dich wieder aufgenommen hat.«

Worauf es nichts zu sagen gab außer einem lapidaren »Ja«.

»Die Sache mit Bella Donna ist natürlich höchst bedauerlich. Dein Ersatzmodel kann nicht halb so gut sein wie du. Du bist wesentlich fotogener als Tessa Cesare.« Candy hüpfte auf dem Stepper auf und ab und schliff ihre Lanze zum Todesstoß. »Natürlich ist sie jünger, aber sie hat bestimmt nicht deine … Erfahrung.«

Dies war ein gezielter Stich ins Herz. Margos Griff um die Haltestange verstärkte sich, aber ihre Stimme blieb gelassen wie zuvor. »Tessa ist eine wunderschöne Frau.«

»Ja, natürlich ist sie das. Und sehr exotisch obendrein. Diese goldene Haut, diese wunderbaren schwarzen Augen. Vermutlich hat das Unternehmen absichtlich einen Kontrast gesucht zu dir.« Ihr Lächeln wies eine genau berechnete Spur amüsierter Verachtung auf. »Aber du schaffst sicher ein Comeback, Margo. Keine Angst!«

»Nicht, wenn man mich wegen Mordes hinter Gitter bringt«, stieß Margo zischend hervor.

»Also erzähl mir alles ganz genau. Verrückterweise habe ich gehört, dass du einen Laden aufmachen willst?«

»Ich lache selbst schon die ganze Zeit, aber trotzdem geht es morgen los.«

»Nein? Tatsächlich?« Candy riss die Augen auf. »Dann hat dir also die arme Laura Ridgeway tatsächlich ein Haus gekauft. Wie rührend!«

»Es gehört Laura, Kate Powell und mir zu gleichen Teilen.«

»Ihr drei habt ja schon immer wie die Hühner zusammengegluckt.« Candys Lächeln wurde kühl. Sie hatte die drei Freundinnen seit eh und je um ihre unerschütterliche gegenseitige Treue beneidet. »Sicher habt ihr alle viel Spaß mit dem Unternehmen. Und der armen Laura tut ein bisschen Abwechslung sicher gut. Es gibt doch nichts Schmerzlicheres und Betrüblicheres, als wenn man mit ansehen muss, wie die eigene Ehe in die Brüche geht.«

»Außer zu erleben, dass man bereits die zweite Ehe hinter sich hat«, stellte Margo zuckersüß fest. »Ist die Scheidung schon durch, Candy?«

»Nächsten Monat. Du hast natürlich nie einen von deinen … Anbetern geheiratet, nicht wahr, Margo?«

»Nein, ich hatte immer nur Affären. Die meisten von ihnen waren sowieso schon verheiratet.«

»Du hast schon immer eine so europäische Einstellung zu den Dingen gehabt. Ich glaube, dass ich selbst einfach zu amerikanisch bin. Irgendwie wäre die Rolle der Geliebten nichts für mich!«

Vor Margos Augen tauchten wütende rote Blitze auf. »Meine Beste«, säuselte sie. »Ich kann dir sagen, die Rolle ist wirklich angenehm. Glaube mir. Aber wahrscheinlich hast du recht. Zu dir passt sie nicht unbedingt. Schließlich würden dann die Unterhaltszahlungen, die du bisher bekommst, hinfällig.«

Sie stieg von dem Stepper, froh, dass ihre Auseinandersetzung mit Candy sie abgelenkt hatte von ihrer Nervosität und ihrem Muskelschmerz. Auch wenn sich ihre Beine wie Gummi anfühlten, ließe sie Candy bestimmt nicht merken, wie erschöpft sie war. Stattdessen wischte sie gelassen mit ihrem Handtuch den Schweiß von der Stange des Geräts, wie Judy es ihr so selbstverständlich vorgemacht hatte.

»Komm ruhig mal in meinem Laden vorbei, Candy. Wie gesagt, morgen eröffnen wir! Du hast doch immer schon das gewollt, was ich hatte. Dies ist deine Chance, daran teilzunehmen. Natürlich gegen entsprechende Bezahlung.«

Während Margo erhobenen Hauptes den Raum verließ, stieß Candy ein erbostes Schnauben aus, reckte die Nase in die Luft und fuhr zu der interessierten Zuhörerin, die auf dem Fahrrad in ihrem Rücken strampelte, herum. »Margo Sullivan hat sich schon immer eingebildet, etwas Besseres zu sein. Dabei ließe man sie ohne die Templetons wahrscheinlich nicht einmal durch die Türen dieses Clubs.«

Die Frau blinzelte, weil ihr der Schweiß in die Augen rann. Margos Stil ebenso wie ihr saphirbesetztes Armband hatten ihre Bewunderung erregt. »Wie«, sagte sie, »heißt das Geschäft?«

12

Achtundzwanzigster Juli, viertel vor zehn. Noch fünfzehn Minuten bis zur Stunde null, und Margo saß auf dem Bett im Damenboudoir. Auf dem Bett, in dem sie einst geschlafen hatte, geliebt und auch geträumt. Jetzt kauerte sie auf dem Rand, hielt sich den Bauch und betete, dass die Übelkeit endlich verflog.

Was, wenn niemand kam? Wenn einfach niemand durch die blank geputzte gläserne Eingangstür ihres Ladens trat? Dann brächte sie die nächsten acht Stunden zitternd zu und starrte durch das Schaufenster, in dem über der Lehne eines antiken

Stuhls ihr kohlrabenschwarzes seidenes Taftkleid von St. Laurent – sie hatte es erst letztes Jahr für Cannes gekauft – sorgfältig ausgebreitet war. Um den fließenden Rock herum hatte sie diverse einst von ihr so hoch geschätzte Besitztümer drapiert – ein Baccarat-Parfümflakon, mit Bergkristallen besetzte Abendpantoffeln, Saphirohrringe in Tropfenform, eine schwarze Satintasche mit einer juwelenbesetzten Brosche in Form eines Panthers, einen Kerzenständer aus Meißner Porzellan, eine Champagnerflöte aus Waterford-Kristall, eine Auswahl ihrer liebsten Schmuckkästen und das silberne Frisierset, das Geschenk eines ehemaligen Anbeters.

Jedes Stück hatte sie persönlich ins Schaufenster gestellt, wie nach einem Ritual, und nun fürchtete sie, die Dinge, die ihr ja wirklich einmal etwas bedeuteten, ernteten bei den Vorbeigehenden höchstens Hohn und Spott.

Was hatte sie getan?

Sie hatte sich entblößt, in aller Öffentlichkeit zur Schau gestellt. Selbst käme sie sicherlich irgendwie damit zurecht, aber zugleich hatte sie die Menschen, an denen sie mit größter Zuneigung hing, mit in den Morast gezogen, in dem sie wohl bald versinken würde.

Wartete Laura nicht gerade in diesem Augenblick unten auf die erste Kundschaft? Und Kate käme während ihrer Mittagspause herübergeflitzt, in der Hoffnung, dass die ehrwürdige, alte Kasse, die sie in einem Antiquitätengeschäft in Carmel aufgetrieben hatte, bereits klingelte.

Und sicher ließe sich am frühen Abend auch Josh blicken, ein Lächeln im Gesicht, um ihnen zu ihren ersten Erfolgen zu gratulieren.

Wie käme sie mit einer Schlappe zurecht? Vor allem, da letztlich sie allein dafür verantwortlich war?

In diesem Augenblick wäre sie am liebsten die Treppe hinuntergestürzt, hätte die Tür aufgerissen und wäre davongerannt.

»Lampenfieber?«

Einen Arm immer noch gegen ihren unruhigen Magen gepresst, hob sie den Kopf. In der Tür stand Josh. »Du hast mich zu der ganzen Sache überredet. Wenn ich aufstehen könnte, würde ich dich umbringen, das schwöre ich.«

»Dann habe ich ja wirklich Glück, dass du dich im Augenblick nicht auf deinen reizenden Beinen halten kannst.«

Er unterzog sie einer eiligen Musterung. Sie hatte ein schlichtes, elegant geschnittenes, dunkelrotes Kostüm gewählt, dessen kurzer, eng anliegender Rock dafür geschaffen war, ihren herrlichen, wenn auch wackligen Beinen möglichst viel Spielraum zu lassen. Ihr Haar hatte sie geflochten, und nur ein paar absichtlich herausgezogene Strähnen rahmten locker ihr Gesicht. Das augenblicklich bleich wie Marmor war. Und ihre Augen sahen vor Furcht eigenartig glasig aus.

»Du enttäuschst mich, Herzogin. Ich hätte angenommen, ich träfe dich startbereit unten an. Stattdessen sitzt du hier oben herum und zitterst wie eine Jungfrau vor ihrer Hochzeitsnacht.«

»Ich will zurück nach Mailand.«

»Tja, das geht nun einmal nicht mehr.« Zielstrebig durchquerte er den Raum, nahm sie am Arm und zog sie auf die Füße. »Reiß dich zusammen und steh auf!« Ihre großen blauen Augen schwammen, und er war versucht, falls sie tatsächlich in Tränen ausbräche, sie auf die Arme zu nehmen und egal, wohin – Hauptsache in Sicherheit – zu bringen. »Um Himmels willen, es ist lediglich eine Ladeneröffnung und keine Verhandlung vor einem Geschworenengericht. Typisch, dass du mal wieder derart übertreibst.«

»Es ist mehr als das!« Vor lauter Verlegenheit wäre sie am liebsten im Boden versunken, als ihre Stimme brach. »Es ist alles, was ich habe.«

»Dann geh runter und kümmere dich darum, dass die Sache läuft.«

»Was soll ich denn unten? Wenn niemand kommt? Oder wenn die Leute sich nur über das Sammelsurium lustig machen, das es hier zu kaufen gibt?«

»Na und? Natürlich gibt es jede Menge Leute, die sich darüber freuen, wenn du auf die Nase fällst. Also sieh zu, dass das nicht passiert.«

»Ich hätte nicht in so großem Stil anfangen sollen.«

»Da das für alles steht, was du bisher im Leben begonnen hast, verstehe ich nicht, warum du jetzt einen Rückzieher machst.« Er starrte sie wütend an, weil sie ihn ihre Angst spüren ließ und er allzu gerne wieder einmal die Beschützerrolle übernähme. »Hör zu, du hast noch fünf Minuten Zeit, also entscheide dich! Ich habe selbst genug Probleme und kann nicht ständig hinter dir hersegeln.« Er überreichte ihr die einzelne rote Rose, die er hinter seinem Rücken versteckt gehalten hatte. »Also sag mir, was du jetzt zu tun gedenkst.«

Nun verpasste er ihr einen ungeduldigen Kuss, ohne darauf zu warten, dass sie ihn erwiderte.

Er könnte ruhig ein wenig Mitgefühl aufbringen, dachte sie, während sie grimmig ins Badezimmer stapfte, um nach ihrem Make-up zu sehen. Etwas Verständnis und Unterstützung täten ihr wirklich gut! Aber so war Joshua Conway Templeton nicht. Sie knallte ihr Rouge in die Schublade zurück. Lediglich Beleidigungen und vielleicht noch irgendeinen säuerlichen Kommentar hatte er auf Lager. Am Ende war es sogar besser so. Auf diese Weise wurde sie wieder einmal daran erinnert, dass sie sich am besten auf sich selbst verließ.

Fünf Minuten später zwang sie sich, die Treppe hinunterzusteigen. Laura strahlte die große, reich verzierte Kasse an, während sie das daran befestigte Glöckchen klingeln ließ.

»Du musst dir wirklich abgewöhnen, damit herumzuspielen.«

»Ich spiele nicht.« Mit vor Erregung gerötetem Gesicht wandte sie sich Margo zu. »Soeben habe ich das erste Teil verkauft.«

»Aber wir haben doch noch gar nicht aufgemacht.«

»Josh hat die kleine Art-déco-Lampe gekauft, bevor er gegangen ist. Er bat mich, sie einzupacken und ihm nach Hause zu schicken.« Sie nahm Margos Hand und drückte sie. »Also pack sie bitte ein und schick sie ihm nach Hause! Schließlich ist dies unsere allererste Amtshandlung. Womit wieder einmal bewiesen wäre, dass man sich auf Josh verlassen kann.«

Margo lachte zittrig auf. Zur Hölle mit diesem Kerl! »Das ist wahr.« Die Uhr hinter dem Verkaufstresen schlug die Stunde null. »Tja, ich schätze, es ist so weit … Laura, ich bin …«

»Ich auch.« Laura holte tief Luft. »Dann mach mal die Tür auf, Partnerin!«

»Auf die Plätze!« Margo straffte die Schultern und reckte entschlossen das Kinn, als sie den Schlüssel im Schloss umdrehte. »Und sie können mich alle mal … falls keiner von ihnen einen Spaß versteht.«

Zwei Stunden später wusste sie nicht, ob sie begeistert oder einfach nur betrunken war. Sie konnten nicht gerade behaupten, dass der Laden vor Kunden, besonders vor zahlenden, überbordete; aber von der ersten Minute an riss der zwar bescheidene, doch auch beständige Besucherstrom nicht ab. Bereits fünfzehn Minuten nach Öffnung der Pforten hatte sie, mit ihren eigenen zitternden Händen, den zweiten Verkauf des Tages getätigt. Sowohl sie als auch der Tourist aus Tulsa hatten darin übereingestimmt, dass der silberne Armreif ein Schnäppchen war.

Mit einer gewissen Verblüffung und nicht ohne Bewunderung hatte sie beobachtet, wie Laura ein Trio von Neugierigen in Richtung des Garderobenraumes geführt und sie dort so geschickt umschmeichelt hatte, bis jede der Damen stolz mit einem Neuerwerb abdampfte.

Als Kate um zwölf Uhr dreißig eintraf, packte Margo gerade die Saphirohrringe aus dem Schaufenster in eine der leuchtend goldenen Schachteln mit silbernem Schriftzug, ihr Geschäftslabel, ein.

»Bestimmt wird Ihre Frau die Ohrringe lieben«, sagte sie, während sie das Schächtelchen in eine goldene Tüte gleiten ließ. Ihre Hände waren ruhig, doch innerlich zitterte sie nicht weniger als am Vormittag. »Ich war ganz verschossen in sie. Einen schönen Hochzeitstag!«

Sobald der Kunde den Tresen verlassen hatte, nahm sie Kates Hand und zog sie nach hinten ins Bad. »Das waren tausendfünfhundertfünfundsiebzig Dollar, plus Mehrwertsteuer.« Sie packte Kate bei der Taille und schwenkte sie im Kreis. »Wir machen tatsächlich Geschäfte, Kate.«

»Was ja wohl auch Sinn und Zweck des Unternehmens ist.« Es hatte sie beinahe umgebracht, dass sie nicht dabei sein konnte, als Laura und Margo die ersten Kunden empfingen. Aber ihre Verpflichtungen gegenüber Bittle waren wichtiger. »Wenn man einen Laden besitzt, verkauft man für gewöhnlich auch etwas.«

»Aber hier verkaufen *wir*. Liz Carstairs war da und hat den Satz Tiffany-Weingläser als Brautgeschenk für ihre Tochter ausgesucht, und dieses Paar aus Connecticut will den Klapptisch. Wir liefern ihn frei Haus … so ging es die ganze Zeit. Ich sage dir, auch der Rest unseres Inventars wird nicht lange in der Lagerhalle bleiben.«

»Führst du über die Verkäufe – wie vereinbart – auch Buch?«

»Tja – nun, vielleicht habe ich noch ein paar Fehler reingewurstelt, aber das kriegen wir mit der Zeit schon hin. Los, jetzt bist du mal dran!« Die Hand an der Tür, drehte sie sich noch einmal um. »Es ist wie Sex. Erst sehen sich die Leute etwas an, dann steigert sich ihr Interesse, es kommt zum Vorspiel, das freudige Erwartung in dir weckt, und schließlich gibt es den großen Knall.«

»Willst du eine Zigarette?«

»Mehr als alles andere.«

»Die Sache macht dir wirklich Spaß, was?«

»Ich hatte ja keine Ahnung, dass Verkaufen so … anregend sein kann. Los, probier es mal.«

Kate sah auf ihre Uhr. »Leider habe ich nur fünfundvierzig Minuten Zeit, aber, Himmel, so ein harmloses Vergnügen muss schon drin sein.«

Margo umfasste ihr Handgelenk und sah sich die klaren Linien von Kates praktischer Timex an. »Weißt du, dafür bekämen wir sicher einen guten Preis.«

»Also bitte, Margo, beherrsch dich.«

Immer einmal wieder suchte sie im Laufe des Tages eine ruhige Ecke auf und strahlte wie ein Honigkuchenpferd vor sich hin. Vielleicht war auch dieses Glück trügerisch, aber momentan genoss sie es. Auch wenn es ihr hin und wieder einen leichten Stich versetzte, wenn eine ihrer geliebten Nippsachen in einer goldenen Schachtel mit silberner Schrift verschwand, rief der Vorgang zugleich ein Gefühl des Triumphes in ihr wach.

Stetig tröpfelten Leute herein. Und für jeden, der nur aus Neugier kam, kam ein anderer, der die Waren tatsächlich bewunderte, und ein weiterer, an den sie etwas verkaufte.

Als gegen drei einmal außer ihnen niemand im Laden war, schenkte sie sich und Laura zwei Tassen von dem Tee ein, den sie vormittags den Kunden angeboten hatten. »Ich träume doch wohl nicht, oder?«

»Also dann träume ich ebenfalls!« Laura fuhr zusammen, als sie mit den Zehen wackelte. »Aber meine Füße tun mir viel zu weh, als dass das ein Traum sein könnte. Margo, ich glaube, wir haben es geschafft.«

»Um das zu sagen, ist es vielleicht noch ein bisschen zu früh.« Ihre Tasse in der Hand, ging sie hinüber zu einer Vase und rückte den Rosenstrauß zurecht. »Unter Umständen spielt uns das Schicksal nur einen üblen Streich, indem es uns für ein paar Stunden am Erfolg schnuppern lässt. Wir haben noch drei Stunden lang geöffnet, und … ach, verdammt!« Sie wirbelte herum. »Wir sind der Hit. Wir sind einfach phänomenal!«

»Mach dir jetzt bitte keine unnötigen Sorgen – und außerdem würde ich gerne bleiben und mich mit dir am nächsten Besucherstrom erfreuen.« Laura sah auf ihre Uhr. »Aber die Mädchen müssen zum Ballettunterricht. Bevor ich gehe, wasche ich noch schnell die Tassen aus.«

»Nein, lass nur, das erledige ich.«

Die Tür ging auf, und herein kam eine Gruppe von Teenagern, die geradewegs auf die Schmuckvitrine zusteuerten.

»Wir haben Kundschaft«, murmelte Laura und nahm die beiden Tassen in die Hand. »Wir haben Kundschaft«, wiederholte sie und zwinkerte Margo zu. »Morgen erscheine ich so gegen ein Uhr.« Es galt allerhand Verpflichtungen unter einen Hut zu bringen, und sie fragte sich, wie lange es dauern würde, bis sie den ersten der Bälle, die sie jonglierte, fallen ließ. »Bist du sicher, dass du bis dahin alleine über die Runden kommst?«

»Immerhin war von Anfang an abgemacht, dass du nur stundenweise arbeitest. Ich werde mich schon einarbeiten. Und jetzt fahr endlich!«

»Sobald ich die Tassen gespült habe.« Sie blieb stehen und drehte sich noch mal herum. »Margo, ich weiß nicht, wann ich zum letzten Mal so viel Spaß hatte.«

Margo ging es genauso. Als sie ihre jungen Kundinnen betrachtete, umspielte ihren Mund ein versonnenes Lächeln. Teenager in Designerschuhen hatten sicher ein großzügiges Taschengeld – und Eltern mit diversen Kreditkarten. Sie nahm ihren Platz hinter dem Tresen ein.

»Hallo, die Damen! Gibt es vielleicht irgendetwas, das ich euch zeigen kann?«

Es machte Josh nichts aus, lange zu arbeiten. Er kam durchaus damit zurecht, an einen Schreibtisch gefesselt und unter Papieren begraben zu sein. Auch wenn es sicher nicht so reizvoll war, wie die fünf Kontinente zu bereisen, um bei den verschiedenen Zweigen des Familien-Imperiums nach dem Rechten zu sehen, behielt er auch bei der Arbeit im Büro seine gute Laune bei.

Bloß zum Narren halten ließ er sich nicht gerne.

Je länger er in dem Penthouse blieb und die Akten der kalifornischen Templeton-Hotels durchsah, um so mehr gelangte er zu der Überzeugung, dass Peter Ridgeway ihn über Jahre hinweg hintergangen hatte.

Er war schlau vorgegangen. Es gab keine Möglichkeit, ihn vor Gericht zu zerren wegen seines falschen Umgangs mit Geld, mit Personal oder ganz allgemein fehlgeleiteter Firmenpolitik. Auch wenn genau diese Dinge auf sein Konto gingen, hatte Peter sie alle nach den Prinzipien der Vernunft, mit Verweis auf seine Position und mit der relativen Steigerung der durch seine Veränderungen erzielten Gewinne gerechtfertigt.

Aber Templeton war nie ein Unternehmen gewesen, das allein Gewinne anstrebte. Sondern in diesem Familienkonzern mit zweihundertjähriger Tradition legte man großen Wert auf die guten Beziehungen zu sämtlichen Angestellten.

Ja, Ridgeway hatte den Gewinn erhöht, aber nur indem er langjährige Mitarbeiter feuerte und Vollzeitbeschäftigte durch Teilzeitkräfte ersetzte. Wodurch den Leuten einiges an Sozialleistungen und Gehalt entging.

Außerdem hatte er neue Verträge mit Großhändlern abgeschlossen, wodurch die Qualität der Verpflegung des Personals gesunken war. Auch Angestelltenrabatte auf Zimmerreservierungen und Einkäufe in Templeton-Hotelboutiquen hatte er gekürzt und auf diese Weise den Kollegen den Anreiz genommen, selber in Anspruch zu nehmen, was man anderen täglich bot.

Gleichzeitig hatte Peter sein eigenes Spesenkonto durch Rechnungen für Mahlzeiten, Wäschereien, Unterhaltung, Blumen, Reisen ständig aufgestockt – ja, er hatte sogar die Dreistigkeit besessen, seinen Trip nach Aruba als Geschäftsreise zu deklarieren.

Mit dem größten Vergnügen sperrte Josh sämtliche Firmenkreditkarten, die Ridgeway noch besaß. Auch wenn diese Maßnahme verspätet kam und ihn sicher wenig kratzte.

Ich hätte doch auf seine Eier zielen sollen, dachte er, während er sich zurücklehnte und die müden Augen rieb.

Es würde Monate dauern, bis das Unternehmen wieder das Vertrauen des Personals genoss. Nur durch einen Riesenbonus und endloses Flehen bekämen sie den Küchenchef zurück, der infolge von Ridgeways beständigen Einmischungen im Streit geschieden war. Neben dem Kündigungsschreiben des langjährigen Empfangschefs des Templeton San Francisco fand er in Peters Aktenberg noch viele andere. Einige ließen sich vielleicht erweichen, aber andere blieben wohl lieber bei der Konkurrenz.

Keiner dieser Menschen hatte sich an ihn oder seine Eltern gewandt, überlegte Josh. Sicher hatten sie alle angenommen, dass Peter Ridgeway ein hochangesehenes Mitglied des Templeton-Clans war.

Er lockerte seinen Schlips und versuchte nicht daran zu denken, was für ein Berg von Arbeit noch vor ihm lag. Am besten fände er jemanden, der, zumindest übergangsweise, seine Aufgaben in Europa übernahm. Persönlich bliebe er fürs Erste hier.

Die Penthouse-Suite gehörte nun wieder ihm statt Ridgeway, diesem Schuft. Das von Peter ausgesuchte protzige Mobiliar hatte er gegen amerikanische und spanische Antiquitäten ausgetauscht, gegen weich gepolsterte, gemütliche Sessel, deren Charme eher dem allgemeinen Flair des Templeton Monterey entsprach. Schließlich folgten das Hotel und sein Dekor der Geschichte der Region. Gemäß dem kalifornisch-spanischen Ursprung wies das Gebäude eine reich verzierte Fassade, seicht plätschernde Brunnen und üppige Gärten auf. Das in Dunkelrot und Gold gehaltene Foyer war mit schweren Sesseln, langen, hohen Tischen, blitzendem Messing und einem schimmernd gefliesten Boden ausgestattet.

Übrigens wirkte das Templeton Paris in seiner Mischung aus Luftigkeit und Opulenz eher feminin, während das Templeton London mit seinem zweigeschossigen Foyer und dem gemütlichen Teesalon britische Eleganz repräsentierte.

Doch dem Monterey war er am meisten zugetan. Nicht, dass er sich jemals hätte vorstellen können, eines Tages hier hinter einem Schreibtisch zu landen, selbst wenn es sich bei dem Möbelstück um einen Duncan Phyfe handelte, von dem aus man eine schwindelerregende Aussicht auf die Küste genoss, wenn man den Kopf von den Akten hob.

Es war ihm egal, dass Außenstehende ihn für einen globetrottenden Lebemann hielten. Er wusste, dass er mehr darstellte als den verwöhnten reichen Erben. Der Name Templeton bedeutete nicht nur Erbe, sondern auch Verantwortung. Er hatte lange und hart gearbeitet, um dieser Verantwortung gerecht zu werden, um zu lernen, wie man ein derart komplexes Unternehmen nicht nur besaß, sondern auch verwaltete und behutsam erweiterte. Man hatte ihm geraten, seine Lehre von der Pieke auf zu beginnen, und genauso lief es dann auch. Auf diese Weise hatte er Respekt und Bewunderung für die Menschen entwickelt, die in der Küche arbeiteten, die die schmutzigen Handtücher von den Badezimmerfußböden sammelten und die müden und oft entnervt am Empfang eintrudelnden Gäste besänftigten.

Wie viel Zeit man auf Werbung und Verkäufe verwendete, wusste er, kannte den Frust, wenn man mit zu großen Konferenzen und gereizten Teilnehmern kämpfte.

Aber es gab eine Grundlinie, und die hieß Templeton. Was auch immer falsch lief und wieder gerade gebogen, welche Woge auch geglättet, welcher Fehler ausgebügelt werden musste, alles unterlag seiner Zuständigkeit. Und in Kalifornien gab es mittlerweile etliches geradezubiegen, zu glätten, auszubügeln.

Eigentlich sollte er jetzt aufstehen, sich einen Kaffee kochen oder den Zimmerservice anrufen. Aber er hatte nicht die Energie dazu. Die Zeitsekretärin hatte er längst heimgeschickt, weil sie ihm mit ihrem Übereifer grauenhaft auf die Nerven gefallen war.

Wenn er schon für die nächste Zeit an einen Schreibtisch gefesselt war, bräuchte er eine Assistentin, die mit ihm Schritt halten konnte, und nicht jemanden, der bei der geringsten Abweichung vor Entsetzen die Augen aufriss. Am besten warf er seine jetzige Schreibkraft zurück in den Pool der zur Verfügung stehenden Sekretärinnen und fischte sich eine andere heraus.

Aber im Augenblick war er allein.

Er wandte sich dem Keyboard seines Computers zu und setzte ein Memorandum für die Direktoren sämtlicher Abteilungen auf, von dem seine Eltern und die anderen Mitglieder des Vorstands je eine Kopie erhielten. Nach dreißig Minuten war der Brief perfekt. Er faxte ihn zusammen mit einer Nachricht seinen Eltern durch, druckte die übrigen Schreiben aus und legte sie auf den Stapel der auszuliefernden Post.

Da er keine Lust hatte, noch mehr Zeit zu verlieren, berief er um elf Uhr für das Hotel und um zwei für das dazugehörige Freizeit-Center eine Zusammenkunft sämtlicher Angestellten ein. Obgleich es bereits nach sechs war, kontaktierte er den Rechtsberater des Hotels und hinterließ eine Dringlichkeitsnachricht auf seinem Anrufbeantworter; diese Herren bat er zu einem Treffen um Punkt neun Uhr in seinem Büro im Penthouse.

Höchstwahrscheinlich würde Ridgeway versuchen, gerichtlich gegen seine fristlose Entlassung vorzugehen. Josh bereitete sich also sicherheitshalber auf alle Eventualitäten vor.

Er wandte sich abermals dem Keyboard zu und fing ein weiteres Memorandum an, in dem er die früheren Angestellten-Rabatte auf sämtliche Templeton-Einrichtungen wieder einführte. Diese Maßnahme würde hoffentlich die Moral der Leute heben.

Margo stand in der offenen Tür und sah ihm bei der Arbeit zu. Es war ein angenehmer Schock zu entdecken, dass sein Anblick ihr Blut auch in so einer Situation in Wallung brachte. Die gelockerte Krawatte, das wirre Haar, der konzentrierte Blick.

Seltsam, sie hätte niemals gedacht, dass Josh Arbeit, gleich welcher Art, immer ernst nahm. Außerdem hätte sie niemals gedacht, dass der Anblick eines Mannes am Schreibtisch sie je nach Atem ringen ließe.

Vielleicht lag es an der monatelangen, selbst auferlegten Enthaltsamkeit, vielleicht aber auch an dem schwindelerregenden Erfolg, den sie an diesem Tag erlebt hatte. Oder es war einfach Josh! Aber momentan war sie wegen einer einzigen Sache hier – sie wollte guten, heißen, schweißtreibenden Sex. Und unverrichteter Dinge ginge sie nicht wieder fort.

Leise schloss sie die Tür und drehte den Schlüssel um. »Hallöchen«, murmelte sie, und ihr Herz machte einen Satz, als sein Kopf hochschoss wie der eines Wolfes, der den Duft einer Wölfin schnupperte. »Der Sprössling schuftet. Wie eindrucksvoll!«

Ihr eigener Anblick war ihr ebenfalls klar – schließlich hatte sie hart genug daran gearbeitet –, so dass sie selbstbewusst mit wiegenden Hüften vor seinen Schreibtisch trat, eine eisgekühlte Flasche Champagner vor ihn stellte und fragte: »Störe ich?«

Wie sie so auf ihn zukam, war es bereits um ihn geschehen. Beinahe hätte er sie angeschnauzt. »Ja, aber lass dich dadurch nicht einschüchtern.« Er blickte auf die Flasche und wieder in ihr glühendes Gesicht. »Also, wie war dein Tag?«

»Oh, nicht der Rede wert!« Sie beugte sich über den Schreibtisch, wodurch sie ihm einen verführerischen Blick auf das perlweiße Spitzendessous unter ihrem Ausschnitt bot. »Wir haben nur ein paar Kleinigkeiten für insgesamt fünfzehntausend Dollar verkauft.« Sie zog an einer Strähne seines Haars. »Fünfzehntausendsechshundertundfünfundsiebzig Dollar und achtzehn Cent«, jubelte sie.

Sie sprang einen Schritt zurück und wirbelte im Kreis. »Weißt du, wie ich mich gefühlt habe, als mein Gesicht zum ersten Mal auf der Titelseite der *Vogue* zu sehen war?«

»Nein.«

»Genau so. Ich dachte, ich werde verrückt. Um sechs Uhr habe ich zugemacht, und es war noch eine halbe Flasche Champagner da. Ganz alleine habe ich sie mir reingezogen. Und dann ist mir klar geworden, dass ich nicht einsam vor mich hin trinken will. Lass uns gemeinsam einen heben und einfach verrückt sein, ja?«

Er stand auf und wickelte die Folie vom Flaschenhals. Natürlich stammte der Glanz in ihren Augen zumindest teilweise vom Champagner. »Nach allem, was du eben gebeichtet hast, scheinst du bereits angeheitert und verrückt zu sein.«

»Nur halb.«

Der Korken löste sich mit einem Knall. »Das können wir ändern.« Er ging in die Küche, stellte die Flasche auf die granitfarben geflieste Anrichte und holte zwei Gläser aus einer Eichenkredenz.

»Das liegt dir einfach, nicht wahr? Dinge verändern. Du hast auch mich verändert, Josh, und dafür danke ich dir.«

»Nein.« Sie sollte ihm nicht dankbar sein. »Es ist ganz allein dein Werk.«

»Wobei ich erst angefangen habe und noch lange nicht fertig bin mit meiner Entwicklung.« Sie stieß mit ihm an. »Aber, Himmel, die Ouvertüre war nicht schlecht.«

»Dann also auf den ›Schönen Schein‹!«

»Worauf du deinen anbetungswürdigen Arsch verwetten kannst. Ich weiß, dass es nicht jeden Tag so laufen wird. Das wäre ein Ding der Unmöglichkeit.« Energiegeladen stapfte sie in sein Büro zurück. »Kate sagt, wir sollten uns darauf gefasst machen, dass die Verkäufe erst runtergehen, ehe sich alles bei einem durchschnittlichen Verkaufswert einpendelt. Aber das ist mir egal. Ich habe zugesehen, wie diese unglaublich hässliche Frau mit einem meiner Armani-Kostüme aus der Tür gewalzt ist, und es hat mir nicht das Geringste ausgemacht.«

»Schön für dich.«

»Und ich …« Ihre Stimme brach, und voller Panik stellte er sein Glas auf dem Schreibtisch ab.

»Erbarmen! Brich jetzt bloß nicht in Tränen aus. Ich flehe dich an.«

»Es ist nicht, was du denkst.«

»Fang bitte nicht mit diesem Scheiß von Freudentränen an. Für mich sind alle Tränen gleich. Sie sind nass und geben mir das Gefühl, vollkommen eingeschleimt zu werden.«

»Ich kann nichts dafür.« Sie leerte ihr Glas in einem Zug und schniefte leise. »So geht es mir schon den ganzen Tag. In der einen Minute mache ich einen Freudentanz, und in der nächsten renne ich flennend ins Bad. Ich verkaufe mein Leben, und es macht mich unglücklich. Die Leute kaufen es, und das wiederum macht mich unglaublich froh.«

»Ach, du liebe Güte!« Frustriert fuhr er sich mit den Händen durch die Haare. »Vielleicht geben wir die Sache mit dem Champagner besser zugunsten von Kaffee auf.«

»Nichts da!« Mit einem Mal tanzte sie wieder los. »Heute wird gefeiert.«

»Meinetwegen!« Wenn sie wieder zusammenbräche, würde er einfach ihren betrunkenen, attraktiven Körper in seinen Wagen hieven und dafür sorgen, dass sie sicher nach Hause kam. Aber im Augenblick hatte sie wirklich das Recht zu feiern, sich zu freuen und einfach lächerlich zu sein. Er setzte sich auf seinen Schreibtisch und griff erneut nach seinem Glas. »Auf herbe Frauen in gebrauchten Armani-Kostümen!«

Sie schenkte sich nach, hob ihr Glas und ließ die prickelnde Flüssigkeit durch ihre Kehle rinnen. »Und auf Teenager, denen von ihren reichen Eltern alles geboten wird.«

»Der Himmel walte über ihnen!«

»Und auf Touristen aus Tulsa!«

»Die das Salz dieser Erde sind.«

»Nicht zu vergessen lüsterne alte Männer, denen beim Anblick von langen Beinen und kurzen Röcken die Augen übergehen.« Als er die Stirn runzelte, schenkte sie übermütig erneut nach. »Und die Unmengen bezahlen für ein Meißner Teeservice und einen harmlosen kleinen Flirt.«

Ehe sie weitertrinken konnte, hatte er unsanft ihr Handgelenk gepackt. »Wie harmlos?«

»Ich habe ihn mein Kinn anfassen lassen. Hätte er noch eine Vase dazugekauft, hätte er mir auch noch in die Wangen kneifen dürfen. Es ist wie ein Rausch.«

»Wenn jemand dein Kinn anfasst?«

»Nein«, gluckste sie, »das Verkaufen. Ich hatte ja keine Ahnung, wie aufregend so etwas ist. Sogar … erregend.« Abermals tanzte sie in der Runde, wobei sie sie beide mit Champagner bespritzte, ehe er ihr das Glas abnahm und es außer Reichweite platzierte. »Und darum bin ich hier.«

»Darum bist du hier«, wiederholte er, einerseits auf der Hut, andererseits magisch angezogen von ihr.

Leise lachend strich sie über sein Hemd und seine Schultern bis zu seinem Haar hinauf. »Ich dachte, dass du die Sache vielleicht zu Ende bringen kannst.«

Sie war mehr als halb betrunken, und er überlegte sich das richtige Verhalten in dieser Situation. Nur drehte sich alles in seinem Kopf. »Was soll ich dir verkaufen?«

Ausgelassen zog sie seinen Mund zu sich herab. »Was auch immer, ich nehme es.«

Er rang nach Luft und versuchte es mit Vernunft. »Du bist betrunken, Herzogin. Dies ist vielleicht nicht der richtige Zeitpunkt fürs Geschäft.«

Sie machte seine Krawatte los und schlang sie sich um die

Schulter, während ihr Mund weiter mit seinen Lippen rang. »Es ist genau der richtige Augenblick. Gleich fresse ich dich in großen … riesengroßen Bissen bei lebendigem Leibe!«

»Hageldonnerwetter!« Es war schwer, vernünftig zu bleiben, während all sein Blut aus seinem Hirn abwärts schoss. »In ungefähr zehn Sekunden …« – wieder stießen seine Lippen gegen ihren Mund, während sie sein Hemd aus seiner Hose zerrte – »wird es mir egal sein, ob du betrunken oder nüchtern bist.«

»Ich habe dir doch schon gesagt, dass ich bis jetzt nur einen Schwips habe.« Sie warf ihren Kopf zurück, so dass er ihre Augen sah. Sie funkelten vor Gelächter und Verlangen. »Mein Verstand ist glasklar. Was würdest du sagen, wenn ich vorschlage, den Ausgang unserer kleinen Wette als unentschieden zu werten?«

Dass er bereits eifrig die Knöpfe ihrer Jacke öffnete, merkte er gar nicht. »Wie wäre es mit ›geschafft‹?«

»Mal abwarten!« Sie griff seinen Hals mit ihren Zähnen an. »Ein schrecklicher Zustand. Himmel, tu endlich etwas.«

»Ich versuche es ja.« Er zog ihr die Jacke über die Schultern, während sie gemeinsam auf das Schlafzimmer zustolperten.

»Aber das reicht noch nicht.« Sie schüttelte ihre Schuhe ab, stolperte, und beide flogen krachend gegen die Wand. Als seine Hände unter ihrem Rock begierig ihr Hinterteil umfassten, keuchte sie: »Hör bloß nicht auf. Egal, was du auch tust, hör bloß nicht auf.«

»Wer redet denn von Aufhören?« Geradezu verzweifelt zog er sie von den Füßen und küsste ihre spitzenbedeckte Brust.

Stöhnend packte sie sein Haar, damit sie nicht das Gleichgewicht verlor. »Das könnte das Ende unserer Freundschaft sein.«

Da sein Mund mit weichem, heißem Fleisch beschäftigt war, sprach er gedämpft: »Freundschaft will ich nicht mehr.«

»Ich auch nicht«, stieß sie hervor und fiel mit ihm aufs Bett.

Bisher hatte sie Sex immer als eins der verrückten Geschenke des Lebens angesehen, wobei der Akt selbst nur selten den Erwartungen entsprach. Auf jeden Fall war es wenig würdevoll, wenn zwei Menschen keuchend übereinander zappelten. Wenn man all das Brimborium drumrum beiseiteließ, war es eine lächerliche, wenn auch vorübergehend befriedigende Angelegenheit.

Aber diese Freuden erreichten mit Josh eine andere Dimension.

Sobald ihr Körper unter dem seinen lag, schaltete sie auf turbo. Sie war verrückt nach ihm, verrückt danach, dass er sie mit seinen starken Männerhänden streichelte, dass er sie die Hitze und tollkühne Lust seines begierigen Mundes kosten ließ, dass sein Fleisch mit animalischem Klatschen gegen das ihre schlug.

Durch die Tür warf das Licht aus dem Büro einen hellen Streifen auf das Bett, so dass sie aus der Helligkeit in den Schatten rollten und umgekehrt. Ihr Ringen hatte allerdings mit kindlichem Balgen nichts zu tun. Es war zielgerichtet, verzweifelt und voller Gier. Sie nahm die dunkle Intensität seines Blickes wahr, der sie einer begehrlichen Musterung unterzog. Die straffen Schultern seiner Muskeln lockten sie, noch ehe sie ihm das Hemd vom Leibe riss und sich auf ihn zuschob.

Als er ihr ungeduldig den Rock über die Hüften zog, dachte sie, dies war der Augenblick. Endlich war der Augenblick da. Doch als sie sich unter ihm nach hinten bog, zerrte er sie auf die Knie und küsste sie mit erneuter Vehemenz.

Heiß und hungrig peitschten seine Zunge und seine Zähne auf sie ein, während sich zwischen ihren Leibern nur noch eine dünne Schicht Seide befand. Kochend rieb sie sich an ihm, während seine kundigen Hände ihren Körper liebkosten, verbrannten, folterten. Sie hatte das Gefühl, als verglühe sie, und zerrte wie rasend an seinem Hosenbund.

Dann umfing er sie, während er seine Finger unter die Seide gleiten ließ, in das samtige Feuer fuhr und sie hart und gnadenlos über den Rand der Klippe trieb. Sie kam wie ein Geysir, wobei sie, während Schockwelle um Schockwelle durch ihr Inneres brandete, ihre Nägel tief in seinen Rücken grub.

Ehe sie auch nur nach Luft schnappen konnte, warf er sie wieder auf das Bett und schob sich über sie.

Genau so hatte er sie sich gewünscht – voller Sehnsucht, Leidenschaft, heißer Glut. Er hatte davon geträumt – hatte geträumt, wie sie sich unter ihm aufbäumte, welche Laute sie ausstoßen, ja selbst, wie sie riechen würde, während sie vor Verlangen zuckte.

Jetzt hatte er sie, und es reichte immer noch nicht.

Zentimeter für Zentimeter sollte sie unter ihm vergehen, nach ihm schreien. Sein eigenes Begehren war brutal und bar jeder Vernunft, es raste durch seine Adern wie eine Horde Dämonen auf dem Weg ins Höllental.

Sie klammerte sich an ihn, schlang ihre herrlichen Glieder um seine Lenden und raubte ihm den letzten Rest Verstand.

Er riss an ihrem Hemd, legte ihre Brüste bloß und füllte seine heißen Hände mit ihr an.

Es herrschte Krieg, und sie trugen ihn mit Stöhnen und Keuchen und gegenseitigem Verlangen aus. Sie wand sich wie ein Aal, kriegte auch den Reißverschluss seiner Hose klein und schrie triumphierend auf, als sie ihn zwischen ihren langen, schmalen Fingern hielt.

Sein Blick verschwamm. Einen Augenblick lang fürchtete er, dass er beim ersten Vergnügen wie ein Novize kam. Dann jedoch sah er ihr ins Gesicht, entdeckte, dass sie selbstzufrieden lächelte, und wollte verdammt sein, wenn sie diesen Krieg gewann.

»Ich will dich in mir.« Beinahe hätte sie geschnurrt, auch wenn ihr das Hämmern ihres Herzens fast die Stimme nahm.

»Ich will dich in mir. Komm!« Du liebe Zeit, er war riesengroß und eisenhart, und sie wollte, wollte, wollte ihn. Als er ihren Mund mit einem heißen Kuss bedeckte, lächelte sie vor Seligkeit.

»Noch nicht.« Doch ehe ein Fluch über ihre Lippen kam, trieb er sie höher und höher in die Lust. Höhepunkt um Höhepunkt wallte in ihr auf, so dass sie keuchend in die Kissen fiel. Und noch während sie halb von Sinnen in Richtung des nächsten Gipfels stolperte, schob er sich in sie.

Frische, erschreckende Energie schoss durch ihn hindurch, angefeuert von einem Verlangen, das ihn in seiner Intensität schwindlig machte. Noch während aus seiner Kehle ein animalisches Grollen drang, drang er tiefer und tiefer in ihren Leib, woraufhin sie die Beine noch enger um ihn schlang und sich an ihn klammerte wie eine Ertrinkende. Jeder Stoß traf sie beide wie ein Treffer ins Herz.

Er wollte sehen, wie sie sich mit ihm vereinigte, aber das Tier in ihm gewann die Oberhand, so dass er blind und taub und unersättlich drauflosjagte.

Ihm wurde schwindlig vor Raserei und Verlangen, bis er in vollkommener Schwärze versank, als er sich stöhnend in ihr ergoss.

13

Vor ihren Augen waren Sterne aufgetaucht. Natürlich sicher nur in ihrer Phantasie, infolge irgendeiner latenten romantischen Ader, die sie an sich selbst noch nicht kannte.

Oder es war die rein körperliche Reaktion darauf, dass sie beinahe die Besinnung verloren hatte. Um ein Haar, stellte Margo fröhlich fest, hätten sie einander umgebracht.

Sie lagen auf dem Bett, zwei Opfer dieses Kriegs, schlaff, verschwitzt, wund. Was für eine angenehme Überraschung, dachte sie, während sie mit einer Hand über ihren feuchten Torso strich, dass Josh ein derart würdiger Gegner war.

Margo nahm all ihre Energie zusammen, drehte den Kopf und lächelte ihn zärtlich an. Er lag, das Gesicht im Kissen, reglos auf dem Bauch. Ohne ein Wort hatte er sich stöhnend neben sie gerollt und war dort wie eine gestrandete Forelle aufs Laken geschlagen.

Wahrscheinlich schlief er tief und fest und finge jeden Augenblick zu schnarchen an, überlegte sie. Männer! Aber sie war viel zu faul und zufrieden, als dass dieser Gedanke sie erschütterte. Schließlich gehörte sie nicht zu der Art von Frauen, mit denen die Männer kuschelten, schon gar nicht nach dem Sex. Eine ihrer größten Fähigkeiten bestand darin, dass sie ihnen bereits im Augenblick der Wahrheit sämtlichen Lebenssaft aus den Adern sog.

Grinsend räkelte sie sich. Trotzdem hatte er sie überrascht. Nie zuvor hätte sie einen Mann angefleht, sie in die Arme zu nehmen. Nach dieser rauen, kämpferischen Runde Sex lag sie wohlig wie eine Katze mit einem Maul voller sahnegetränkter Federn bezwungen da; aber es hatte ein paar Augenblicke gegeben – vielleicht sogar mehr als nur ein paar –, in denen sie beinahe bangte vor dem, was er ihr zu entlocken vermochte.

Der gute alte Josh, dachte sie, und blickte an seinem langen, nackten Leib hinab, woraufhin sich ihr Pulsschlag abermals beschleunigte. Der prachtvolle, attraktive, faszinierende Joshua Templeton. Zeit, die Zelte abzubrechen, sagte sie sich streng, ehe sie sich nach etwas zu sehnen begann, was zu geben er nicht in der Lage war.

Sie setzte sich auf, gab ihm einen freundschaftlichen Klaps aufs Hinterteil und brach in quietschendes Gelächter aus, als er einen seiner Arme um sie schlang und sie wieder auf das Laken zog.

»Ich bin fertig mit dir, mein Freund.« Eilig küsste sie ihn aufs Schulterblatt. »Und jetzt muss ich wirklich los.«

»Uh-huh!« Zu ihrer Überraschung ließ er sie nicht los. »Allmählich kehrt Gefühl in meine Zehen zurück. Wer weiß, welcher Körperteil als Nächstes wiederkommt?«

»Wir haben Glück, dass wir das eben überlebt haben.« Er vergrub sein Gesicht in ihrem Haar, bewegte sie auf eine neue, wunderbare Art, und nach kurzem Zögern schlang sie einen Arm um seine Brust. »Immerhin schlägt dein Herz noch.«

»Gott sei Dank. Ich hatte schon befürchtet, es hätte aufgehört.« Genüsslich streichelte er ihre Beine. »Margo?«

Mit geschlossenen Augen lag sie neben ihm. In den Armen gehalten zu werden und etwas ins Ohr geflüstert zu bekommen war einfach köstlich. »Hmm?«

»Ich wollte nur anmerken, dass du ganz schön getobt hast.«

Sie machte ein Auge auf und sah, dass er sie grinsend musterte. »… einzig aus Rücksicht auf deine Gefühle! Es sah so aus, als sei es dir wichtig.«

»Uh-huh! Nicht, dass ich gezählt hätte oder so …«, wiegelte er ab, während er sich eine Strähne ihres Haars um den Finger wickelte. »Aber ich würde sagen, dass du mindestens fünfmal gekommen bist.«

»Nur fünfmal?«, fragte sie, wobei sie ihm die Wange tätschelte. »Mach dir deshalb keine Vorwürfe, ich hatte einen langen Tag.«

Er rollte sich auf sie und sah die Überraschung in ihrem Blick. »Keine Sorge, ich versichere dir, dass das noch nicht alles war.«

»Meinst du?« Bereitwillig legte sie ihm ihre Arme um den Hals. »Ohne Beweise glaube ich das nicht.«

»Du kennst uns Templetons.« Er nagte an ihrer Unterlippe. »Wir nehmen jede Herausforderung auf der Stelle an!«

Als sie erwachte, war es dunkel und sie allein. Offenbar konnte er nicht mehr schlafen. Die ganze Nacht über hatten sie nie länger als eine Viertelstunde voneinander gelassen, so dass sie sich wie gerädert fühlte. Als sie den Kopf hob und die roten Ziffern des Weckers sah, merkte sie, dass Josh sich noch nicht lange herumtrieb. Es war erst kurz nach sechs, und ihr letzter Zusammenstoß lag erst fünfzehn Minuten zurück.

Was auch immer die hämische Presse über sie verbreitete, hatte sie nie zuvor eine ganze Nacht hindurch geliebt. Sie hätte nicht gedacht, dass es körperlich überhaupt machbar war. Als sie sich aufsetzte und jeder Muskel in ihrem Körper schrie, merkte sie, dass es offenbar ging, aber nicht unbedingt der Vernunft entsprach.

Da sie im wahrsten Sinne des Wortes aus dem Bett kriechen musste, war sie dankbar, jetzt allein zu sein. Josh hätte sicherlich irgendeine spöttische Bemerkung gemacht – und sich erneut auf sie gestürzt.

Zwar beschämte es sie, aber sie konnte einfach nicht mehr. Ein weiterer Orgasmus wäre sicherlich ihr Untergang.

Außerdem hatte man als Geschäftsfrau seine Verpflichtungen. Höchste Zeit, den Spaß zu beenden und sich bereit zu machen für den Arbeitstag. Stöhnend humpelte sie durch den Raum. Ein Knopfdruck, und die Vorhänge öffneten sich, so dass sie einen Panoramablick auf die Küste, den Strand und die felsigen Klippen geboten bekam. Das milchige Dämmerlicht floss in den Raum und verhinderte einen schmerzhaften Zusammenstoß mit einem Feigenbaum, der in einem zehenmordenden kupfernen Übertopf stand.

Es waren sogar zwei, stellte sie nach einem Blick aus ihren müden Augen fest. Zwei zartblättrige Bäume zu beiden Seiten der Fensterfront, durch die der Raum mit seinen elfenbeinfarbenen Brokatsesseln und dem schimmernden Eichentisch, in dessen Glanz sich kleine Gegenstände wie Manschettenknöpfe, Münzen und Schlüssel spiegelten, noch an Gemütlichkeit gewann.

Außerdem befanden sich ein Kamm, eine Flasche Herrenparfüm und ein dicker schwarzer Terminkalender auf dem Tisch.

Sicher hatte er darin zahlreiche Frauennamen und Telefonnummern aus sämtlichen Zeitzonen der Welt notiert.

Sie erhaschte einen Blick auf ihr Spiegelbild, nackt und rosig durch den guten Sex. Nun, überlegte sie, sie war jetzt hier, oder etwa nicht? Während keine der anderen auf dem Programm stand.

Als Nächstes entdeckte sie im Spiegelbild das Bett. Da sie sich derartig auf Joshua konzentriert hatte, war es ihr gar nicht aufgefallen. Ohne auf den elegant geschwungenen Messingrahmen und die jadegrünen Laken zu achten, hatten sie sich die ganze Nacht hindurch auf einer Matratze in der Größe eines kleinen Sees geliebt.

Aber die elegante Schlichtheit des in Jade und Weiß gehaltenen Raums, die nur hier und da ein schimmerndes Messing oder leuchtendes Kupfer unterbrach, entsprach der Marke Templeton. Dem Mann ebenso wie dem Hotel.

Im Schrank fand sie einen der flauschigen weißen Bademäntel, die grundsätzlich allen Gästen während ihres Aufenthaltes zur Verfügung standen, und hüllte sich wohlig darin ein. Bei dem Gedanken an eine lange, heiße Dusche fühlte sie sich gleich noch besser; aber die Neugier zwang sie, zunächst an die Tür zu treten und durch einen schmalen Spalt in den Nebenraum zu spähen.

Josh hatte die Vorhänge aufgemacht, so dass das frühe Morgenlicht durchs Fenster fiel, während er, mit nichts als einer zerknitterten Hose an, ein Telefon am Ohr, barfuß das Zimmer durchmaß.

Er sprach Französisch.

Himmel, er war einfach wunderbar, dachte sie. Nicht nur wegen seines bronzefarbenen Haars, des langen, geschmeidigen Körpers und der vollendet geformten Hände, sondern auch wegen der Art seiner Bewegungen, des Timbres seiner Stimme und der Aura von Macht, die ihn umgab und stets gegenwärtig war.

Selber beherrschte sie Französisch bestenfalls bruchstückhaft, so dass sie nur wenig von dem, was er sagte, verstand. Doch darum ging es ihr gar nicht. Es war die Selbstverständlichkeit, in der er sprach, die warmen, flüssigen Laute, die über seine Lippen kamen, die Hände, durch deren Bewegungen er seine Worte unbewusst noch unterstrich.

Nun kniff er seine rauchgrauen Augen zusammen – aus Zorn oder Ungeduld –, ehe er etwas herunterrasselte, was sich entweder wie eine Reihe von Befehlen oder aber von Flüchen anhörte. Dann lachte er, und seine Stimme bekam einen sahnig weichen Unterton, während er diesen lieblichen, exotischen Singsang von sich gab.

Mit einem Mal merkte sie, dass sie den Atem anhielt und die Hand an ihr Herz presste wie ein verträumter Teenager, der den Kapitän der Football-Mannschaft beim Spiel anhimmelte.

Es ist nur Josh, erinnerte sie sich, atmete tief ein und zwang ihre Hand herab. Um sich zu beweisen, dass sie noch die Alte war, lehnte sie sich provokativ in den Rahmen und wartete das Ende des Gesprächs ab.

»Ça va, Simone. Oui, oui, oui, c'est bien. Ah, nous parlerons dans trois heures.« Er machte eine Pause und horchte, wobei er langsam in Richtung des Fensters wanderte. »Parce qu'ils sont des idiots.« Leise lachte er auf. »Non, non, pas de quoi. Au revoir, Simone!«

Er stellte das Handy aus und wandte sich seinem Schreibtisch zu, ehe er sie sah. Ihr Haar fiel ihr in wirren blonden Strähnen in die Stirn, ihre blauen Augen blitzten ihn fröhlich an, und der weiße Morgenmantel lag lose um ihren Leib. Sofort war er hellwach.

»Eine kleine Sache in Paris, die es noch zu erledigen galt.«

»Simone.« Margo sah ihn reglos an, während sie mit einer Hand über den weichen Aufschlag des Morgenmantels fuhr. »Sag mal, ist sie so … hinreißend, wie ihr Name klingt?«

»Viel besser noch.« Er trat vor sie und fuhr mit seinen Händen in ihren Ausschnitt. »Und außerdem ist sie vollkommen verrückt nach mir.«

»Schuft«, murmelte Margo an seinem Mund.

»Und sie tut alles, was ich will«, fügte er hinzu, während er sie rückwärts zum Bett schob.

»Da hast du aber wirklich Glück!« Margo entzog sich ihm und rammte ihm ihren Ellbogen in den Unterleib. Als er stöhnte, trat sie einen Schritt zurück und strich sich die Haare glatt. »Ich brauche eine Dusche.«

»Vermutlich sollte ich dir jetzt gestehen, dass sie achtundfünfzig ist, vier Enkelkinder hat und die Position der stellvertretenden Direktorin der Marketing-Abteilung des Templeton Paris bekleidet.«

Sie sah ihn über die Schulter an. »Soweit ich mich erinnere, habe ich nicht danach gefragt. Warum bestellst du nicht etwas zum Frühstücken? Um halb neun möchte ich im Laden sein.«

Er erfüllte ihr ihren Wunsch und bat telefonisch um das Frühstück in einer Stunde, da ihm auf diese Weise genügend Zeit für eine gemeinsame Dusche blieb. Margo runzelte die Stirn, als sie plötzlich kaum noch Wasser abbekam.

»Das ist ja bestenfalls lauwarm«, beschwerte er sich.

»Gut für die Haut! Und außerdem bin ich beim Duschen gerne ungestört.«

»Templeton ist ein umweltbewusster Konzern.« Obgleich sie ihm auf die Finger schlug, drehte er das heiße Wasser an und beobachtete zufrieden, wie sich dichter Dampf auf den schimmernden schwarzen Wänden der Kabine absetzte. »Als Vizepräsident ist es meine Pflicht, dafür zu sorgen, dass mit den natürlichen Ressourcen möglichst sparsam umgegangen wird.« Er streckte die Hände aus und schäumte das Shampoo in ihren Haaren auf.

Die Dusche bot mindestens vier Personen Platz, ermahnte sie

sich. Kein Grund also, sich beengt vorzukommen. »Du bist doch nur deshalb hier, weil du dir einbildest, vielleicht noch mal bei mir landen zu können.«

»Jemine, diese Frau hat mich durchschaut. Wie peinlich!« Als sie sich abwandte, um das Shampoo auszuwaschen, seifte er ihr den Rücken ein. »Wie lange brauchst du, bis du diesen Schopf trocken hast? Das müssen doch Kilometer von Haaren sein.«

»Es ist nicht die Länge, sondern die Dicke, die das Trocknen so schwierig macht«, stellte sie geistesabwesend fest. Ihr Verhalten war lächerlich. Er hatte bereits jeden Zentimeter ihres Leibes genau erforscht. Aber dieses … Reinigungsritual empfand sie als geradezu unangenehm intim.

Sie hatte die Wahrheit gesagt. Mit ihren Liebhabern badete sie nicht. Wenn es ihr gefiel, schlief sie mit ihnen – doch ins Bad ging sie allein. Wobei es ihr nicht nur um die Selbstkontrolle zu tun war, sondern darum, dass das Bild und die Illusion, die sie von sich schuf, keinen Schaden nahm.

Und jetzt hatte sie mit Josh nicht nur, ohne es zu beabsichtigen, die ganze Nacht verbracht, sondern duschte obendrein zu zweit. Höchste Zeit, dachte sie, dass es zu einer Klärung der Sachlage kam.

Sie legte das Kinn auf die Brust, während ihr das Shampoo aus den Haaren rann. Als er ihr die Seife gab und ihr den Rücken zuwandte, starrte sie ihn verwundert an.

»Du bist dran.«

Nach einem Moment der Verwunderung blitzten ihre Augen boshaft auf. Ein leises Zischen wurde laut, als sie mit der Seife über seinen Rücken fuhr.

»Oh, tut mir leid. Die Kratzer brennen bestimmt fürchterlich.«

Die Hände gegen die Wand gestemmt, drehte er sich zu ihr um. »Kein Problem. Schließlich habe ich auch meinen Spaß gehabt.«

Ohne es zu merken, rieb sie plötzlich sanft an ihm herum. Was für ein herrlicher Rücken, dachte sie. Muskulös, breitschultrig, zu den Hüften hin schmal, und überall die köstlich-glatte Haut. Spontan gab sie ihm einen Kuss, ehe sie aus der Dusche stieg.

»Weißt du, Josh, das mit Simone war nur ein Scherz.« Sie beugte sich nach vorn und wickelte sich ein Handtuch um den Kopf. »Wir haben beide unsere Beziehungen gehabt, und es steht uns auch in Zukunft frei, Kontakt mit anderen aufzunehmen. Wir legen einander ja wohl kaum an diesem Punkt unseres Lebens irgendwelche Fesseln an.« Sie verknotete ein zweites Handtuch über ihrer Brust, nahm den hübschen Flakon mit Templeton'scher Körpermilch von der Ablage, stellte einen Fuß auf den gepolsterten Hocker und verteilte die duftende Lotion auf ihrem Bein. »Keiner von uns ist auf Komplikationen aus, und ich fände es bescheuert, wenn wir eine nette Affäre durch Versprechen, die keiner von uns halten kann, ruinieren.«

Sie verteilte die Milch auf ihrem zweiten Bein und summte eine leise Melodie. »Immerhin geht es uns besser als den meisten Menschen an einem solchen Punkt. Wir kennen einander so gut, dass wir es nicht nötig haben, irgendwelche Manöver zu spielen oder uns als etwas auszugeben, das wir nicht sind.« Als keine Antwort kam, hob sie besorgt den Kopf.

Mit dem Ärger, der in seinem Inneren loderte, käme er zurecht. Schließlich war er ein beherrschter Mensch. Aber die Risse, die kleinen Wunden, die sie mit ihren Worten schlug, waren etwas anderes. Dafür hätte er sie am liebsten umgebracht.

Kurzerhand drehte er das Wasser ab und trat in die gläserne Doppeltür der Dusche.

»Ja, wir kennen einander, Herzogin«, sagte er, während er ein Handtuch von dem beheizten Ständer nahm. Sie stand mitten vor der zweieinhalb Meter langen Ablage und passte mit ihrer von der Körpermilch glänzenden Haut perfekt zu dem eleganten schwarzweißen Dekor des Raums. »Und zwar in- und auswendig. Weshalb also sollten zwei so oberflächliche Menschen wie wir plötzlich Romantik entdecken bei der Allerweltssache Sex?«

Sie rieb sich die Arme, da sie trotz des heißen Dampfs fröstelte. »Das habe ich nicht gemeint. Jetzt bist du wütend auf mich.«

»Siehst du, du kennst mich. Also gut, keine Fesseln, keine Spielchen, keine Illusionen, abgemacht!« Er trat vor sie und legte links und rechts von ihr seine Hände auf die Ablage, so dass sie gefangen war. »Aber ich lebe noch nach einem anderen Gesetz: Ich teile nicht. Und solange ich dich bumse, bumst dich niemand anders.«

Sie stemmte die Fäuste in die Hüften und sah ihn zornig an. »Das war deutlich. Und ziemlich gemein, wenn ich so sagen darf.«

»Nenn es, wie du willst. Weshalb sollten wir die Sache aus irgendwelchen Rücksichten beschönigen?«

»Nur weil du wütend bist, weil ich das zuerst gesagt habe, brauchst du noch lange nicht …«

»Da haben wir's! Du durchschaust mich wieder mal.«

Mehrmaliges Durchatmen beruhigte sie. »Es gibt keinen Grund, weshalb einer von uns wütend sein sollte. Erstens streite ich mich nicht gern, ehe ich nicht wenigstens eine Tasse Kaffee getrunken habe, und zweitens habe ich nicht sagen wollen, dass ich, sobald ich hier weg bin, in das Bett von irgendwem anderen schlüpfe. Im Gegensatz zu dem, was man offenbar allgemein von mir annimmt, habe ich nicht stets mehrere Männer an der Hand. Ich habe lediglich sagen wollen, dass es hoffentlich keine Szenen geben wird, falls einer von uns weiterzieht.«

»Vielleicht machen mir hässliche Szenen ja Spaß!«

»Das glaube ich allmählich auch. Aber meinst du vielleicht trotzdem, dass diese Szene jetzt beendet ist?«

»Noch nicht ganz.« Er packte ihr Kinn und zwang sie, ihn anzusehen. »Weißt du, Herzogin, dies ist das erste Mal, seit du Mascara benutzt, dass du ohne Make-up vor mir stehst.« Mit seiner freien Hand riss er ihr das Handtuch vom Haar, so dass es nass und wirr über ihre Brüste und Schultern fiel. »Ohne all den falschen Glanz!«

»Schnauze!« Sie versuchte, sich von ihm loszumachen, weil es sie wütend machte, dass sie ohne ihr gewohntes Schutzschild vor ihm stand.

»Du bist einfach wunderschön.« Aber sein Blick verriet nicht Bewunderung, sondern grimmige Entschlossenheit. »Vor ein paar Hundert Jahren hätten sie dich auf dem Scheiterhaufen verbrannt. Niemals hätten sie geglaubt, dass eine Frau ein solches Gesicht und einen solchen Körper haben kann, ohne mit dem Teufel im Bunde zu stehen.«

»Hör auf!« War das ihre Stimme, überlegte sie verblüfft. So schwach, so weich, so bereit, dahinzuschmelzen mit Worten, die sicher nur weitere Schwierigkeiten verursachten. Ihre zitternden Hände kamen einen Augenblick zu spät. Schon glitt das zweite Handtuch von ihrem Leib herab. »Falls du dir einbildest, ich würde zulassen, dass du …«

»Verdammt, Margo, lass es doch zu!« Er schob seine Hände zwischen ihre Beine und spürte, dass sie heiß und nass und voll des Verlangens nach ihm war. »Du hast gesagt, dass wir keine Mätzchen nötig haben. Aber wenn du mir jetzt erzählst, dass du mich nicht begehrst …« Er umfasste ihre Hüften und hielt sie fest, während er sich langsam in sie schob. »Wenn du mir das jetzt erzählst, bist du als Lügnerin enttarnt.«

Sie merkte, wie die Lawine des Verlangens sie unter sich begrub. Sah an seinem Eroberungsblick, dass auch ihm diese Tatsache nicht verborgen geblieben war. »Zur Hölle mit dir, Josh!«

»Danke, gleichfalls, Herzogin!«

Das Frühstück ließ sie aus. Sie fühlte sich einfach zu wund und unsicher, um eine zivilisierte Mahlzeit mit ihm einzunehmen, nachdem er sie in dem dampfenden Badezimmer verschlungen hatte. Stattdessen war sie in ihren Laden zurückgekehrt, hatte sich umgezogen und sowohl Kaffee als auch Tee gekocht.

Den Kaffee trank sie selbst, ehe es Zeit zum Öffnen war. Zitternd vor Aufregung und von all dem Koffein begann sie den Tag, an dem sie zum ersten Mal im »Schönen Schein« alleine war.

Gegen Mittag verließen sie trotz einiger ermutigender Verkäufe sowohl der Mut als auch die Energie. Die schlaflose Nacht erklärte sicherlich die Müdigkeit, und sie wusste genau, wer die Schuld an ihrem Elend trug. Josh Templeton, das berechnende Ekelpaket!

Sie hasste die Art, in der er mit den Schultern gezuckt und sich zerstreut von ihr verabschiedet hatte. Er stürzte sich auf sein Frühstück, als wären ihm weder ihr wilder Sex noch ihre zynischen Worte präsent. Sein Verhalten entsprach genau ihrer Forderung nach Coolness. Es schien, als spiele er Katz und Maus mit ihr. Und als verändere er die Regeln ständig zu seinen Gunsten.

Seine Augen hatten kalt geblitzt, als er von seinem Kaffee aufschaute, dachte sie. Und ganz sicher hatte er ihr selbstzufrieden nachgegrinst, als sie entschwand … fluchend – aber das tat nichts mehr zur Sache.

Was genau hatte er vor? Sie kannte ihn gut genug, um zu wissen, dass … verdammt, allmählich fragte sie sich, ob er nicht doch ein völlig Fremder für sie war.

»Miss, ich würde mir gern das Perlencollier ansehen, wenn es möglich ist.«

»Aber gern!« Es gab ihr ein Gefühl von neuer Energie und Effizienz, als sie nach dem Schlüssel griff, das Collier aus dem Schaukasten nahm und die schimmernden Perlen auf einem schwarzen Samtkissen ausbreitete. »Sie sind wunderschön, nicht wahr? Und eine passt genau zur anderen.«

Ein Geschenk, erinnerte sie sich, von einem reichen Reeder, der ihr Großvater hätte sein können. Sie waren nie intim geworden, auch wenn die Presse ihr Verhältnis genüsslich breitgetreten hatte. Er brauchte nur eine junge, attraktive Zuhörerin, jemanden, der seine Trauer um die an Krebs gestorbene geliebte Gattin verstand.

Während der zwei Jahre ihrer Bekanntschaft hatte er eine einzigartige Rolle in ihrem Leben übernommen. Der einzige männliche Freund, an den sie sich erinnerte. Die Perlen waren nichts weiter gewesen als das Geschenk eines Freundes, ehe dieser selbst nach zwei Jahren seinem gebrochenen Herzen erlag.

»Ist der Verschluss achtzehn Karat?«

Mit einem Mal hätte Margo der Frau die Kette am liebsten aus der Hand gerissen und geschrien, dass sie nicht verkäuflich sei. Sie gehörte ihr, war eine Erinnerung an die einzige Selbstlosigkeit, zu der sie sich in ihrem bisherigen Leben aufgerafft hatte.

»Ja.« Sie rang sich ein schmerzlich starres Lächeln ab. »Italienisch. Sehen Sie sich ruhig den Stempel an. Möchten Sie die Kette vielleicht einmal anlegen, um zu sehen, wie sie Ihnen steht?«

Verlegen drucksend nahm die Frau die Perlen in die Hand, legte sie sich um den Hals, reckte sich stolz vor dem Spiegel, strich zärtlich über das Collier, gab es zurück und schüttelte den Kopf. Nachdem sie gegangen war, schloss Margo das Schmuckstück wie eine in den Schmutz gezogene Liebe wieder ein.

Touristen kamen herein, sahen sich ihre Schätze an und schlugen achtlos Porzellan an Glas und Glas an Holz, bis Margo drei potentielle Käufer vergraulte mit dem Verweis, das Berühren der Waren sei nur bei Kaufabsicht gestattet.

Dadurch leerte sich der Laden, so dass sie eilig in ihre Wohnung rannte und ein paar Aspirin aus dem Medizinschrank nahm.

Auf dem Weg nach unten erblickte sie ihr Spiegelbild. Ihre Lippen waren zornig zusammengepresst, und ihre Augen sandten böse Blitze aus. Sie merkte, dass sich ihr Magen zusammenzog vor lauter unterdrückter Wut.

»Willst du vielleicht sämtliche Kunden verschrecken, Margo?«

Sie schloss die Augen, holte tief Luft und stellte sich eine kühle, weiße Leinwand vor. Diese Technik hatte sie bei ihrer Arbeit als Model häufig angewandt, wenn eine Sitzung sich endlos in die Länge zog, während die Friseure und Maskenbildner an ihr herumzupften, die Fotografen warteten und die Assistenten meckerten.

Nur eine Minute benötigte sie, um sich daran zu erinnern, dass sie die leere Leinwand mit jedem gewünschten Bild von sich zu füllen in der Lage war.

Gefasst machte sie die Augen wieder auf und beobachtete, wie ihr Gesicht einen freundlicheren Zug bekam. Wenn ihr Schädel dröhnte, ging das nur sie etwas an.

Entschlossen wandte sie sich wieder ihren Aufgaben zu.

Es freute sie, als Judy Prentice zusammen mit einer Freundin hereinspazierte. Sie servierte ihnen Tee und entschuldigte sich, um eine weitere Kundin in den Kleiderraum zu begleiten. Um zwei machte sie die erste Champagnerflasche auf und fragte sich, wo Laura blieb.

Um halb drei war sie völlig erschöpft und mühte sich mit dem Verpacken eines Geschenkes ab – eine Kunst, die ihr einfach nicht gelingen wollte. Und dann kam auch noch Candy angetanzt.

»Oh, was für eine entzückende Boutique«, kreischte sie, klatschte in ihre hübschen kleinen Hände und kam an den Tresen gehüpft, an dem Margo mit einem Tesa-Roller rang. »Tut mir wirklich leid, aber zur Eröffnung habe ich es nicht geschafft, Margo. Ich hatte einfach keine Zeit. Den heutigen Besuch bei dir habe ich mir extra abgezwackt.«

Vor allem, da bei dem Brunch, von dem sie gerade kam, der

Laden mitsamt seinen Besitzerinnen das Hauptthema gewesen war.

»Ich gucke mich nur ein bisschen um, aber keine Angst, irgendwas kaufe ich sicher. Wirklich originell«, sagte sie zu der Frau, die auf das Geschenk wartete. »Man kommt sich ein bisschen wie auf dem Flohmarkt vor. Sieh mal, diese niedliche Schale!« Sie tänzelte durch den Raum, strich mit den Fingern über das Milchglas und drehte das Preisschild um. »Nur dass sie für einen Secondhand-Artikel etwas teuer ist.« Die Schale in der Hand, wandte sie sich Margo verschwörerisch zu. »Sicher hast du die Preise absichtlich etwas hoch angesetzt, damit die Kundschaft handeln kann.«

Bleib ruhig, redete sich Margo gut zu. Candy versucht lediglich, dich zu reizen, genau das hat sie auf der Highschool auch schon getan. »Wir verkaufen unsere Waren zu dem Preis, mit dem sie ausgezeichnet sind.«

»Tja.« Mit einem achtlosen Schulterzucken stellte Candy die Schale wieder hin. »Stimmt, mit Preisen kenne ich mich nicht so aus. Ich weiß immer nur, ob mir etwas gefällt.« Sie sah sich ein Paar emaillierter Kerzenständer an. »Die sind aber … ungewöhnlich, finde ich!«

»Sie haben herrliche Dinge in Ihrem Geschäft«, bemerkte die wartende Kundin, während Margo das Geschenk in eine Tüte gleiten ließ.

»Vielen Dank.« Margo durchforstete ihr müdes Hirn nach dem Namen, mit dem die Dame den Kreditkartenbeleg unterzeichnet hatte. »Vielen Dank, Mrs. Pendleton. Vielleicht kommen Sie ja einmal wieder.«

»Auf jeden Fall.« Sie sah Margo zögernd an. »Hoffentlich macht es Ihnen nichts aus, wenn ich gestehe, dass ich heute nur deshalb gekommen bin, weil ich Ihr Foto so oft gesehen habe. Ich bin häufig in Europa unterwegs, und das Gesicht der Margo sieht man dort einfach überall.«

»Das war einmal. Nein, es macht mir nicht das Geringste aus.«

»Vor allem Ihretwegen bin ich zu den Bella-Donna-Produkten umgeschwenkt.«

Margo konnte es nicht verhindern, dass sie zusammenfuhr. »Sind Sie denn mit den Kosmetika zufrieden?«

»Es ist eine hervorragende Pflegeserie. Wie gesagt, ich bin gekommen, weil ich neugierig darauf war, Sie einmal persönlich kennenzulernen. Aber in Zukunft schaue ich vorbei, weil man bei Ihnen wunderschöne Dinge auf phantasievolle Weise angeboten bekommt.« Sie wandte sich zum Gehen. »Ich halte Sie für eine sehr mutige und beherzte Frau.« Mrs. Pendleton warf einen Blick auf Candy, die mit gerunzelter Stirn einen Briefbeschwerer betrachtete. »Bewundernswert!« Noch einmal beugte sie sich über den Tresen und sah Margo warnend an. »Passen Sie auf, dass die Gute nicht einfach etwas in ihrer Chanel-Tasche verschwinden lässt. Sie sieht irgendwie hinterhältig aus.«

Lachend winkte Margo ihrer neuen Lieblingskundin nach, ehe sie sich Candy widmete. »Champagner?«

»Oh, was für eine reizende Idee. Wahrscheinlich lässt sich durch Gratisgetränke ein ganz bestimmter Kundentyp anlocken. Ein winziges Glas wäre nicht schlecht. Wie kommst du zurecht, meine Liebe?«

»Recht ordentlich.«

»Eben habe ich deinen Schmuck bewundert.« Sie hatte ihn mit den Augen verschlungen, wenn sie ehrlich war. »Sicher bricht es dir das Herz, dass du ihn verkaufen musst.«

»Wie du dich erinnern wirst, Candy, besitze ich ein Herz aus Stahl. Das bricht nicht so leicht.«

»Vielleicht, wenn es um Männer geht«, stellte Candy unbekümmert fest, ehe sie abermals in die Schmuckvitrine starrte. »Aber bei Diamanten? Ich glaube kaum. Was musstest du tun, um diese Ohrringe zu bekommen?«

»Dinge, die man in guter Gesellschaft lieber nicht erwähnt.

Möchtest du sie vielleicht mal aus der Nähe sehen? Ich bin sicher, dass du sie dir in Anbetracht der Unterhaltszahlungen, die du wohl bei deiner letzten Scheidung erstritten hast, leisten kannst. Es sei denn, man verdient heutzutage durch das Fallenlassen eines Ehemanns nicht mehr so viel wie früher.«

»Du brauchst dich gar nicht so abfällig zu äußern, Margo. Schließlich bist du diejenige, die mit ihren Besitztümern hausieren geht. Und nein, ich habe kein Interesse an gebrauchtem Schmuck. Außerdem finde ich hier kaum etwas, das mir entspricht. Ganz offensichtlich hast du einen … also einen emanzipierteren Geschmack als ich.«

»Oh, vielleicht ist nicht genug Modeschmuck dabei? Ich werde daran denken, wenn es an die Bestellung neuer Waren geht.«

»Du hast also tatsächlich die Absicht, aus dieser Adresse etwas Dauerhaftes zu machen?« Candy nippte an ihrem Champagner und kicherte. »Margo, das ist wirklich süß. Dabei weiß doch alle Welt, dass du zur Sprunghaftigkeit neigst. Wir haben uns beim Brunch im Club köstlich mit Spekulationen darüber amüsiert, wie lange du dieses Mal bei der Stange bleibst.«

Nicht jeder Kunde war ein König, stellte Margo fest. »Candy, erinnerst du dich noch daran, wie man während der Turnstunde all deine Kleider gestohlen und dich in einem der Schränke eingeschlossen hat, bis Mr. Hansen, der Hausmeister, das Schloss aufgesägt und dich, nackt und vollkommen hysterisch, herausgezogen hat? Natürlich war nicht Mr. Hansen hysterisch, sondern du.«

Nun kniff Candy die Augen zu todbringenden Schlitzen zusammen und fauchte: »Du warst es. Ich wusste es die ganze Zeit, auch wenn es keine Beweise gab.«

»Genauer gesagt Kate, weil sie beim Strohhalmziehen gewonnen hatte. Aber es war meine Idee. Bis auf den Anruf bei Mr. Hansen. Daran hat Laura gedacht. Und jetzt bitte ich dich, mein

Geschäft zu verlassen. Wenn nicht, sehe ich mich gezwungen, dich niederzuschlagen, dir die Laura-Ashley-Bluse vom Leib zu reißen – die dir übrigens leider nicht steht – und dich abermals nackt und hysterisch auf die Straße zu bugsieren.«

»Und mit dir habe ich auch noch Mitleid gehabt!«

»Das glaubst du ja wohl selber nicht«, verbesserte Margo und nahm Candy die Champagnerflöte ab, ehe sie sie durch die Gegend warf.

»Du bist nichts weiter als eine zweitklassige kleine Nutte, die ihr Leben damit verbringt, um irgendwelche Reichtümer zu betteln und so zu tun, als wäre sie jemand Besseres«, spie Candy aus.

»Seltsam, die meisten Leute halten mich für eine erstklassige Nutte. Und jetzt verschwinde, ehe ich aufhöre, so zu tun, als wäre ich eine höfliche Ladenbesitzerin, und dir die Nase breche, die deine Eltern dir zum zwölften Geburtstag geschenkt haben.«

Candy fuhr ihre Krallen aus und hätte sich sicher auf ihre Gegnerin gestürzt, wäre nicht im selben Augenblick die Tür des Ladens aufgegangen.

Mit hochgezogenen Brauen trat Laura auf den Plan. »Hallo, Candy, du siehst gesund aus, wenn ich so sagen darf. Tut mir leid, dass es so spät geworden ist, Margo, aber ich habe dir ein Geschenk mitgebracht.«

In der Absicht, Laura eine Kostprobe des Temperaments zuteilwerden zu lassen, das sie zum Leidwesen ihrer beiden Ex-Ehemänner gelegentlich besaß, wirbelte Candy zu ihr herum. Aber Laura war in Gesellschaft, so dass Candy das Gift, das sie gerne versprüht hätte, hinter einem strahlenden Lächeln verbarg.

»Mr. und Mrs. Templeton – wie schön, Sie wieder einmal zu sehen!«

»Ah, Candace Lichfield, nicht wahr?«, flötete Susan Templeton, obwohl sie genau wusste, wer da vor ihr stand. Ohne auf Candys ausgestreckte Hand zu achten, trat Susan auf Margo zu, nahm sie in den Arm, küsste sie auf beide Wangen und zwinkerte verschwörerisch. »Wir haben noch nicht einmal unsere Sachen ausgepackt, aber konnten es einfach nicht abwarten, dich zu sehen.«

»Ich habe Sie vermisst.« Margo klammerte sich an Susan und sog begierig den vertrauten Chanelduft ein. »Oh, ich habe Sie so sehr vermisst. Sie sehen phantastisch aus!«

»Und ich werde wie immer ignoriert«, beschwerte sich Thomas Templeton, wobei er seiner Tochter leutselig in die Wange kniff. Dann nickte er Candy flüchtig zu, ehe sie erbost auf dem Absatz kehrtmachte, und grinste, als Margo auf ihn zugeflogen kam und ihm in die Arme sprang. »So ist's schon besser, finde ich.«

»Wie ich mich freue, Sie zu sehen. Oh, wie schön, dass Sie beide gekommen sind! Es tut mir leid …« Sie vergrub ihr Gesicht an seiner Schulter und brach wie ein Kind in Tränen aus.

14

»Besser?«

»Mmm.« Margo beugte sich über das Waschbecken im Bad und spritzte sich Wasser ins Gesicht. »Anscheinend bin ich im Augenblick etwas durcheinander.«

»Es geht doch nichts über ein paar ordentliche Tränen, damit man mit sich und der Welt wieder ins Reine kommt.« Susan reichte ihr ein Handtuch, legte ihr tröstend die Hand auf die Schulter und sah sie freundlich an. »Und zum vernünftigen Weinen hast du schon immer ein gewisses Talent gehabt.«

»Der arme Mr. Templeton«, bedauerte Margo, während sie ihr Gesicht in dem weichen Frottee vergrub. »Was für ein Empfang! Zwei Sekunden, und schon liege ich schluchzend in seinem Arm.«

»Er liebt es, wenn eins seiner Mädchen trostsuchend bei ihm unterschlüpft. Es gibt ihm das Gefühl, stark zu sein. Und jetzt …« Susan legte ihre beringten Hände auf Margos Schultern und drehte sie zu sich herum. »Lass mich dich ansehen.« Sie spitzte den Mund und kniff ihre hellblauen Augen zusammen, während sie Margo kritisch musterte. »Ein bisschen Rouge und ein wenig Wimperntusche, dann dürfte es gehen. Hast du deine Schminke hier?«

Als Antwort machte Margo das Spiegelschränkchen über dem Becken auf, in dem sich eine ordentliche Reihe von Döschen und Stiften fand. »Mein Notfallset.«

»So ist's recht. Und du bist immer noch Bella Donna treu«, stellte Susan fest, als Margo eine kleine Tube herausnahm. »Ich habe meine Sachen alle weggeworfen.«

»Oh, Mrs. Templeton!«

»Ich war einfach zu wütend auf den Konzern.« Susan zuckte mit einer ihrer durchtrainierten Schultern. Ebenso wie Laura war sie eine schlanke, zartgliedrige Frau, und sie hielt sich auf ihre eigene Art in Form. Sie fuhr Ski wie eine Teufelin, spielte Tennis wie ein Ass und schwamm, als bereite sie sich ständig auf die Olympischen Spiele vor. Passend zu ihrem Lebensstil hatte sie ihrem sandfarbenen Haar einen flotten Kurzhaarschnitt verpasst, so dass es forsch ihr interessantes Gesicht umrahmte, das sie mit geradezu religiösem Eifer jung erhielt.

»Ich war ja wohl diejenige, die den Mist verzapft hat«, erinnerte Margo sie.

»Was kaum Grund genug war, dich als Bella-Donna-Frau fallenzulassen. Auch wenn das sowieso ein grotesker Titel war. Alles in allem bist du ohne diese Firma viel besser dran.«

Margo verteilte lächelnd eine leichte Grundierung auf ihren Wangen.»Ich habe Sie wirklich vermisst.«

»Aber weshalb hast du dich nicht sofort an Tommy und mich gewandt, als du in Schwierigkeiten warst?« Die Hände in die

Hüften gestemmt, stapfte Susan zwischen der Wanne und dem Becken hin und her. »Wir haben es erst nach Wochen erfahren. Während unserer Fotosafari in Afrika bekamen wir eine Zeitlang keine Zeitungen, aber Josh und Laura hätten uns erreichen können.«

»Ich habe mich geschämt.« Sie wusste nicht, weshalb dieses Geständnis Susan gegenüber so einfach war. »Ständig habe ich die falschen Entscheidungen getroffen. Dann kam diese schmierige Affäre mit einem verheirateten Mann, von dem ich mich obendrein benutzen ließ. Nein, schlimmer, ich war zu blind, um auch nur zu merken, was er anstellte. Ich habe meine Karriere ruiniert, habe meinen, wenn auch vorher schon etwas zweifelhaften, Ruf vollends zerstört und gleichzeitig auch noch Bankrott gemacht.«

»Tja.« Susan legte den Kopf auf die Seite und sah Margo an. »Eine ziemliche Leistung, wenn ich so sagen darf. Du musst dir wirklich Mühe gegeben haben, um das alles zu bewerkstelligen.«

»Tatsächlich ist es ganz allein meine Schuld.« Sie wählte taubenblauen Lidschatten und trug ihn routiniert auf.

»Dieser Mann, mit dem du ein Verhältnis hattest, war natürlich völlig unbeteiligt, nehme ich an. Hast du ihn geliebt?«

»Es hätte mir gefallen.« Selbst dieses Geständnis fiel ihr überraschend leicht. »Ich wollte jemanden für mich, wollte jemanden, um ein gemeinsames Leben aufzubauen. Ein Leben, wie es meinen damaligen Vorstellungen entsprach. Spaß, Unterhaltung und keinerlei Verantwortung.«

»Und jetzt ist Schluss damit?«

»Allerdings. Ich habe keine andere Wahl.« Margo dunkelte sich sorgsam die Brauen nach. »Natürlich passte dieser Mann überhaupt nicht zu mir, weil mit ihm eine dauerhafte Beziehung unmöglich war. Aber so weit habe ich doch nie gedacht, Mrs. Templeton.«

Susan wartete einen Augenblick, während Margo mit Meisterhand ihre Augen mit Eyeliner und Mascara bearbeitete. »Weißt du, was mir schon immer Sorgen gemacht hat, Margo? Dein mangelndes Selbstbewusstsein.«

»Mum lag mir ständig in den Ohren, ich bildete mir zu viel auf mich ein.«

»Nein, in diesem Punkt waren Annie und ich seit jeher verschiedener Meinung, auch wenn wir sonst fast in allen Dingen übereinstimmen. Dein Selbstbewusstsein hängt zu sehr von deinem Äußeren ab. Du warst ein wunderhübsches Kind. Das Leben sieht für derart niedliche Brummer anders aus. Sie haben es deshalb schwieriger, weil die Menschen sie nach ihrer Schönheit beurteilen, und am Ende beurteilen sie sich selbst ebenfalls nur noch danach.«

»Es war mein einziges Plus. Kate hatte die Intelligenz und Laura die Warmherzigkeit.«

»Schade, dass du dir so etwas eingeredet hast und du offenbar von allzu vielen Menschen in dieser Ansicht noch bestätigt wurdest.«

»Sie haben nie zu diesen Menschen gehört!« Margo legte die Schminksachen sorgsam, wie ein Goldschmied sein Werkzeug, in den Schrank zurück. »Aber jetzt versuche ich, meinem Leben eine neue Richtung zu geben, Mrs. Templeton.«

»Das ist gut.« Susan legte Margo einen Arm um die Hüfte und führte sie zurück in das Boudoir. »Du bist jung genug, um deinem Leben noch ein Dutzend neue Richtungen zu geben, wenn du willst. Und an Verstand mangelt es dir genauso wenig. Auch wenn du eine Zeitlang, statt auf deine Intelligenz zu vertrauen, dumme Fehler gemacht und schlecht überdachte Entscheidungen getroffen hast.«

»Huh!« Margo setzte ein treuherziges Lächeln auf und hob die Hand ans Herz. »Ihre Seitenhiebe sitzen!«

»Und ich bin noch längst nicht alles losgeworden, was mich drückt. Du hast deiner Mutter viele Sorgen gemacht und sie oft enttäuscht. Eine Frau, die, wie ich betonen möchte, nicht nur deine Liebe und deinen Respekt, sondern auch deine Bewunderung verdient. Es gibt nicht viele Frauen, die im jugendlichen Alter von dreiundzwanzig und dann noch in Trauer um ihren Ehemann die Heimat zurücklassen, um mit einem kleinen Kind im Schlepptau einen Ozean zu überqueren – weil sie hoffen, sich dort etwas Neues aufzubauen. Aber darum geht es nicht.« Susan winkte ab und drückte Margo auf das Sofa. »Du hast dein Geld zum Fenster hinausgeworfen und bist fröhlich und unbekümmert bis an den Rand einer sehr hohen und gefährlichen Klippe getanzt. Trotzdem«, sie hob Margos Kinn mit einem Finger, »bist du nicht abgestürzt. Anders als unsere kleine Seraphina hast du einen Schritt zurück gemacht, hast die Schultern gestrafft und die Schläge, die dir das Leben erteilte, durchgestanden. Das erfordert mehr Mut, Margo – viel mehr –, als sich fallen zu lassen.«

»Ich hatte Menschen, an die ich mich wenden konnte.«

»Die haben wir alle. Nur Narren und Egozentriker bilden sich ein, in der Not verlassen zu sein. Und noch größere Narren und noch größere Egozentriker schlagen die ihnen gebotene Hilfe undankbar aus.« Sie reichte Margo ihre Hand; ohne zu zögern nahm die junge Frau sie an und hob sie an ihr Gesicht.

»Besser?«, fragte Laura wie ein Echo ihrer Mutter, als sie hereinschlüpfte. Innerhalb eines Augenblicks hatte sie die Lage überblickt, und Erleichterung wallte in ihr auf.

»Viel besser!« Margo atmete tief durch, stand auf und strich sich die Falten aus dem Rock. »Tut mir leid, dass ich dich da unten im Stich gelassen habe.«

»Kein Problem. In der Tat amüsiert sich Dad gerade mehr als je zuvor. Er hat bereits drei Sachen verkauft. Und so, wie er Minn Whiley im Augenblick umgarnt, schätze ich, dass er bald den vierten Erfolg verbuchen kann.«

»Minn ist unten?« Voller Tatendrang fuhr sich Susan durch das jungenhafte Haar. »Dann füge ich am besten dem seinen meinen Charme noch hinzu. Ihr werdet sehen, sicher wankt sie nachher mit Tüten beladen aus dem Geschäft, ohne zu wissen, wie sie an all die Dinge geraten ist.«

An der Tür blieb sie noch einmal stehen und strich ihrer Tochter übers Haar. »Ihr Mädchen habt etwas Wunderbares aus diesem Haus gemacht. Ich finde eure Wahl ganz hervorragend!«

»Sie macht sich Sorgen um uns«, murmelte Laura, als die Begrüßung zwischen ihrer Mutter und Minn über die Treppe heraufdrang.

»Ich weiß. Also beweisen wir ihr jetzt unsere Härte. Wir sind doch hart, oder nicht?«

»Absolut! Auf jeden Fall! Die entlassene Berühmtheit und die betrogene Ehefrau, die sowieso immer nur die Trophäe ihres Mannes war.«

Margos Augen blitzten wütend auf. »Du bist niemandes Trophäe!«

»Nicht mehr. Aber nun, bevor ich es vergesse – weshalb hat Candy mich so angesehen, als würde sie meine Leber am liebsten zu Pastete verarbeiten?«

»Ah!« Die Erinnerung an die Szene zauberte ein verschmitztes Lächeln auf Margos Gesicht. »Ich musste ihr erzählen, wessen Idee es war, Mr. Hansen anzurufen, als sie nackt in dem Schrank gefangen saß.«

Laura versuchte, nicht an das nächste Treffen des Gartenclubs zu denken. Sie und Candy waren die gemeinsamen Vorsitzenden des Vereins. »Du musstest es ihr erzählen?«

»Mir blieb wirklich keine Wahl«, sagte Margo im Brustton der Überzeugung. »Sie hat dich ›arme Laura‹ genannt, und das zweimal.«

Zähneknirschend machte Laura die Augen wieder auf. »Ich verstehe. Meinst du, es wäre schwierig, ihren knochigen Arsch in einen der Schränke im Club zu bekommen? Kriegen wir das hin?«

»Zwei harte Weiber wie du und ich? Kein Problem.«

»Ich werde es mir überlegen.« Automatisch sah sie auf ihre Uhr. Inzwischen war jede Minute ihres Lebens genau eingeteilt. »Heute Abend findet ein Essen im Familienkreis statt. Dieses Mal ein richtiges. Kate hat bereits zugesagt, und Josh hinterließ ich eine Nachricht auf Band.«

»Ah, Josh.« Während sie sich zum Gehen wandte, verschränkte Margo ihre Finger, ehe sie sie wieder auseinanderzwang. Wie gerne hätte sie in diesem Augenblick eine Zigarette geraucht! »Es gibt da etwas, das ich dir wahrscheinlich sagen sollte.«

»Mmm-hmm. Hör nur, Margo!« Kichernd lehnte sie sich über das Geländer und lauschte auf die Geräusche aus dem Erdgeschoss. »Dad klimpert mit der Kasse, und Mama packt gerade irgendwelche Sachen ein. Sind die beiden nicht witzig?«

»Die besten Eltern, die man sich wünschen kann.« Wie sollte sie Laura beichten, dass sie in der letzten Nacht im Templeton Monterey mit ihrem Bruder zusammen gewesen war? Am besten hielt sie ihren Mund. Auf jeden Fall war es nach der Art der Verabschiedung höchst unwahrscheinlich, dass es zu einer Wiederholung kam.

»Was wolltest du sagen?«

»Hm … nur, dass ich dein perlenbesetztes weißes Futteralkleid verkauft habe.«

»Na wunderbar! Ich fand es schon immer grauenhaft.«

Margo hatte das Gefühl, die richtige Entscheidung getroffen zu haben, als Josh zum Abendessen kam. Er gesellte sich zu ihnen in den Wintergarten, tauschte liebevolle Umarmungen mit seinen Eltern aus und schob sich ein paar Hors d'oeuvres in den Mund. Mit seiner Nichte schäkerte er, mit Kate stritt er über irgendeinen exotischen Punkt der Steuergesetze, und Laura holte er ein Mineralwasser.

Was die Frau betraf, mit der er die ganze Nacht über Akte begangen hatte, die man in einigen Staaten der USA immer noch als illegal betrachtete, so behandelte er sie mit der geistesabwesenden, leicht genervten Zuneigung, die ein älterer Bruder seiner anstrengenden jüngeren Schwester entgegenbrachte.

Am liebsten hätte sie ihn mit einer Krabbengabel aufgespießt.

Doch sie beherrschte sich, selbst als sie an dem schimmernden Mahagoni-Esstisch einen Platz zwischen ihm und Kate zugeteilt bekam.

Schließlich fand heute Abend eine Feier statt, erinnerte sie sich. Eine Wiedervereinigung. Selbst Ann, die es als Bruch der Etikette betrachtete, wenn eine Angestellte am Tisch der Familie saß, hatte sich dazu überreden lassen teilzunehmen. Das war sicher das Werk von Mr. Templeton. Niemand, vor allem keine Frau, schlug ihm jemals eine Bitte ab.

Sicher bereitete es Josh Probleme, dass er seinem Vater so ähnlich war. Thomas Templeton besaß immer noch die Größe und schlanke Figur wie als junger Mann. Dem Mann, den Margo seit fünfundzwanzig Jahren unverhohlen bewunderte, hatte das Alter nichts von seiner Attraktivität geraubt. Die Falten, durch die eine Frau ungerechterweise häufig verbraucht aussah, verliehen ihm eine unglaubliche Eleganz, indem sie die Ausdrucksstärke seiner rauchgrauen Augen noch steigerten. Und die vereinzelten silbrigen Strähnen in seinem nach wie vor dichten, vollen Haar machten ihn zum Inbegriff eines distinguierten Herrn.

Er besaß ein Lächeln, bei dem noch die unscheinbarste Heckenrose erblüht. Und wenn er wütend war, dann fuhr einem sein kalter, ruhiger Blick durch Mark und Bein. Beides wandte er bei der Führung seiner Geschäfte und der Lenkung seiner Familie äußerst erfolgreich an, wobei er allein durch seine Mimik treue Ergebenheit, uneingeschränkte Liebe und auch ein gesundes Maß an Furcht heraufbeschwor.

Es ging das Gerücht, dass er in seiner Jugend bei Frauen äußerst erfolgreich gewesen war. Er soll geflirtet, verführt und erobert haben, wie es ihm gefiel. Bis er im Alter von dreißig der jungen Susan Conway begegnet war, die ihn, laut ihren eigenen Worten, nicht mehr aus den Fängen gelassen hatte, bis er ihr endlich verfiel.

Margo lächelte und hörte zu, wie er seinen staunenden Enkelinnen Geschichten von Elefantenherden und Löwenrudeln auftischte.

»Wir haben den *König der Löwen* auf Video, Opa.« Kayla spielte mit ihren Sprotten herum und hoffte, dass der Fisch auf wundersame Weise von ihrem Teller verschwand.

»Den Film hast du dir mindestens schon eine Million Mal angesehen«, sagte Ali und warf ihr Haar mit demselben Schwung zurück, wie sie es bei Margo eifrig studierte.

»Tja, wie wäre es dann, wenn wir ihn uns zum eine Million und ersten Mal vornehmen?« Thomas blinzelte Kayla zu. »Wie wäre es mit einem ganz privaten Filmnachmittag? Und welches ist dein Lieblingsvideo, Ali?«

»Am liebsten mag sie Filme, in denen man sich ständig küsst.« Kayla spitzte die Lippen und vollbrachte ein lautes Schmatzgeräusch. »Sie will, dass Brandon Reno sie auf den Mund küsst.«

»Will ich nicht!« Vor lauter Verlegenheit wurde Ali puterrot. Wieder einmal lag es auf der Hand, dass bei ihrer kleinen Schwester kein Geheimnis sicher war. »Was verstehst du überhaupt davon? Du bist ja noch ein Baby!« Sie suchte nach der schlimmsten Beleidigung. »Eine kleine Schweinebacke, weiter nichts.«

»Alison, ich habe dir schon tausendmal gesagt, dass du deine Schwester nicht beschimpfen sollst«, sagte Laura matt. Ihre beiden Engelchen gifteten sich bereits seit Wochen an.

»Aber sie darf sagen, was sie will. Nur, weil sie das Baby ist.«

»Bin ich nicht.«

»Ich dachte, dass du mein Baby bist.« Thomas seufzte traurig auf. »Eigentlich wart ihr immer meine beiden Babys – aber ich schätze, wenn ihr beide inzwischen erwachsen seid und mich nicht mehr braucht …«

»Natürlich bin ich dein Baby, Opa.« Kayla sah ihren Großvater mit großen, ernsten Augen an. Und dann entdeckte sie zu ihrer größten Freude, dass tatsächlich ein Wunder geschehen war. Die gefürchteten Sprotten hatten einen Satz von ihrem Teller auf den seinen gemacht. Heiße Liebe wallte in ihr auf. »Ich werde auf ewig dein Baby bleiben.«

»Tja, ich nicht!« Weit entfernt davon, sich zu ergeben, reckte Ali stolz das Kinn. Aber ihre Lippen zitterten.

»Nein, ich glaube, wirklich nicht.« Laura sah in das rebellische Gesicht ihrer Älteren. »Und da du, wie du selbst sagst, kein kleines Kind mehr bist, hörst du bitte auch mit den Streitereien auf.«

»Oh, ich weiß nicht!« Margo nahm ihr Weinglas in die Hand. Im glitzernden Licht der Kronleuchter und im flackernden Kerzenlicht schimmerte es rot und golden. »Früher habe ich beim Essen ständig Streit mit Kate gehabt.«

»Wobei du für gewöhnlich anfingst«, fügte Kate hinzu, ehe sie sich eine Gabel voll Lammfleisch zwischen die Lippen schob.

»Du warst diejenige, die immer Ärger machte.«

»Nein, ich war diejenige, die den Streit regelmäßig beendete.« Kate sah grinsend an Margo vorbei auf Josh. »Und du wurdest meistens auf dein Zimmer geschickt.«

»Nur, weil Mum Mitleid mit dir hatte, weil du mir immer so hoffnungslos unterlegen warst.«

»Unterlegen, das ist ja wohl ein Witz. Wenn wir uns gestritten haben, habe ich noch stets das letzte Wort behalten. Selbst in Alis Alter konnte ich …«

»Ist es nicht schön, wieder zu Hause zu sein, Tommy?« Susan hob ihr Glas und prostete ihm zu. »Es tröstet mich, dass sich, auch wenn das Leben ständig weitergeht, kaum etwas von Bedeutung ändert. Annie, meine Liebe, wie kommen Sie bloß mit all unseren Mädchen zurecht, wenn Sie alleine sind?«

»Es ist nicht immer leicht, Mrs. Templeton. Meine Ma hatte für derartige Situationen stets eine Weidenrute in der Küche deponiert. Eine gute dicke Weidenrute, die nicht so schnell zerbrach.«

Ali vergaß den Streit und starrte Ann mit großen Augen an. »Ihre Mutter hat Sie mit einem Stock geschlagen?«

»Ein- oder zweimal, jawohl, wobei das Sitzen auf den vier Buchstaben hinterher die größte Strafe war. Aber meistens hat der Anblick der Rute am Haken bereits genügt, dass man seine Zunge in Zaum hielt.«

»Du hast einen Holzlöffel als Waffe benutzt.« Bei der Erinnerung rutschte Margo unbehaglich auf ihrem Stuhl herum.

»Was auch keine schlechte Abschreckung gegen ungezogenes Kroppzeug ist.«

»Einmal haben Sie mich damit verhauen, Annie, wissen Sie das noch?«, erhob Josh seine Stimme.

»Wirklich?« Susan hob fasziniert den Kopf. »Davon habe ich nie etwas gehört.«

Josh kostete seinen Wein und linste aus dem Augenwinkel zu Ann hinüber. »Oh, Annie und ich kamen zu dem Schluss, es als unser kleines Geheimnis zu bewahren.«

»Und das war es auch«, murmelte Annie, »bis jetzt.« Sie räusperte sich und legte ihre Hände in den Schoß. »Ich bitte um Verzeihung, Mrs. Templeton, es stand mir wohl kaum zu, dem Jungen eine Tracht Prügel zu verabreichen.«

»Unsinn!« Immer noch ganz Aufmerksamkeit, beugte Susan sich vor. »Aber ich wüsste gern, was er angestellt hat, um diese Strafe zu verdienen.«

»Vielleicht war ich ja in Wirklichkeit unschuldig«, fiel Josh ihr ins Wort, woraufhin sie lediglich schnaubend die Brauen lüftete.

»Du hattest in deinem ganzen Leben noch keinen unschuldigen Tag. Was war der Anlass, Annie?«

»Er hat mich fürchterlich erschreckt.« Noch nach all den Jahren waren Ann die Gehässigkeit seines Tons und das teuflische Blitzen seiner Augen deutlich in Erinnerung. »Ich sage nichts als die Wahrheit, wenn ich behaupte, dass es nie ein trotzigeres Kind gab als Master Josh. Er konnte ein wahrer Satansbraten sein.«

»Ich war einfach stets beharrlich.« Josh grinste Annie fröhlich an, ehe er in Richtung seines Vaters sah. »Was nun mal eine typische Eigenschaft der Templeton'schen Männer ist!«

»Auch mir hat man deshalb oft genug das Hinterteil versohlt«, pflichtete ihm Thomas bei.

»Oh, bitte, wie war es, als du Josh verprügelt hast?« Margo leerte ihr Glas in einem Zug und warf Josh einen frostigen Blick zu. »In der Tat gibt es kaum etwas, was mich stärker interessiert. Wie viele Hiebe hast du ihm verpasst, Mum?«

»Ich habe nicht mitgezählt. Es waren …«

»Aber ich! Fünf Stück. Schnell und ohne Erbarmen.« Seine Augen blitzten ebenfalls. »Obwohl ich immer noch der Ansicht bin, dass im Grunde Margo schuld an allem war.«

»Ich? Natürlich, wer denn sonst?«

»Er hat dich unentwegt gehänselt«, warf Ann ein. »Dann hat er Miss Laura verspottet, und als Miss Kate kam, nahm er sie ins Visier. Ich glaube, er muss so ungefähr zwölf gewesen sein und war den Mädchen gegenüber wirklich gemein.«

»Ach was, mich pikte nur der Hafer«, behauptete Josh. »Und ich finde immer noch, dass eigentlich Margo …«

»Sie war vier Jahre jünger als du«, sagte Ann in einem Ton, der ihm das Gefühl gab, wieder zwölf zu sein. »Und du, du hättest wissen müssen, dass es viel zu gefährlich war, sie und die anderen Mädchen die Klippen runterzujagen und nach dieser dämlichen Schatztruhe zu suchen. Du hast sie als Feiglinge verhöhnt. Und sie, nachdem ich dich gebeten hatte, eine Stunde mit ihnen im Hof zu bleiben, einfach zu den Klippen hinausgeführt. Eine Stunde nur«, wiederholte sie und bedachte ihn mit einem derart strengen Blick, dass er zusammenfuhr. »Damit ich in Frieden zu Ende bügeln konnte. Aber nein, nach fünf Minuten wart ihr fort, und hätte ich euch nicht noch rechtzeitig entdeckt, hättet ihr euch vielleicht allesamt von den Felsen ins Meer gestürzt.«

»Ach, darum ging es!«, Margo lächelte. »Ich wüsste wirklich gern, weshalb du dafür mir die Schuld in die Schuhe schieben willst.«

Josh räusperte sich, denn mit einem Mal wurde ihm die Kehle eng. Annie, merkte er, war immer noch auf Zack. »Du hast behauptet, du wüsstest, wo der Schatz verborgen ist. Du hättest ihn gesehen und sogar eine Golddublone als Beweis.«

»Tja!« Sie zuckte mit den Schultern. »Dann habe ich wohl gelogen.«

»Wofür ich dir ebenfalls den Hintern versohlt hätte, hätte ich das gewusst.«

Zufrieden füllte Josh sein Weinglas nach. »Siehst du?«

»Aber du hast es wie ein Mann ertragen, stimmt's?«, schaltete Thomas sich ein, wobei er seinem Sohn anerkennend auf den Rücken schlug. »Ohne den Namen einer der Damen preiszugeben.«

»Er hat gewinselt wie ein Hund.« Annies trockener Kommentar rief lautes Gelächter am Tisch hervor. »Aber hiermit verkünde ich, mir selbst haben die Schläge sicher weher getan als ihm. Ich hätte geschworen, dass man mich auf der Stelle dafür feuern würde, dass ich den Sohn des Hauses prügele.«

»Ich hätte Ihnen Ihr Gehalt erhöht«, unterstützte Susan sie nachträglich.

»Es geht doch nichts über die Liebe einer Mutter zu ihren Kindern«, murmelte Josh gekränkt.

»Tja, ungefähr eine Stunde später kam er wieder zu mir. Es schien, als wäre er noch mal mit sich zu Rate gegangen.« Jetzt bedachte Ann Josh mit einem Blick voller Wärme. »Er hat sich ordnungsgemäß bei mir entschuldigt und mich gefragt, ob die Sache vielleicht unter uns bleiben kann.«

»Du warst immer schon ein Diplomat.« Und wieder boxte Thomas Joshua freundschaftlich in die Seite.

Später, als Laura mit dem Zu-Bett-Bringen der Kinder beschäftigt war, lungerten sie im Salon herum. Es waren Momente wie dieser, Räume wie dieser, stellte Margo fest, in denen ihr Ehrgeiz erwachte.

Die juwelenfarbenen Lampen tauchten die schimmernden Wände und die dunklen Fenster mit den zurückgezogenen Vorhängen in ein weiches, gedämpftes Licht, und die sanften Farben der Orientteppiche verstärkten noch den Glanz des kastanienfarbenen Parkettbodens.

Ein kultiviertes Ambiente, überlegte sie, dessen altes, ererbtes Mobiliar eher ein Zeichen von Dauerhaftigkeit als von Reichtum war. Frische Blumen, liebevoll von ihrer Mutter arrangiert, ragten aus Porzellan- und Kristallvasen auf, und weit geöffnete Terrassentüren ließen die duftende Nacht und genau die richtige Menge Mondlicht herein.

Der Raum verströmte Eleganz und Wärme und Behaglichkeit. Aber, das begriff sie nun: Als sie auf der Suche nach etwas Eigenem, Ähnlichem davongelaufen war, hatte sie einzig an die Eleganz gedacht. Wärme und Behaglichkeit waren dabei auf der Strecke geblieben.

Josh saß am Flügel und improvisierte zusammen mit Kate einen langsamen Blues. Lässige Musik, die das Blut in Wallung geraten ließ. Musik, wie sie seinem Naturell entsprach. Er spielte nicht mehr oft. Margo hatte beinahe vergessen, wie talentiert er mit den Tasten umging. Sie wünschte, es erinnerte sie nicht daran, welche Talente er auch während der letzten Nacht entfaltete. Sie wünschte, sie würde nicht, nun, da sein und Kates fröhliches Lachen zu ihr herüberdrang und da sie ihn und sie so intim zusammensitzen sah, von plötzlicher Eifersucht gepackt.

Eine absolut lächerliche Reaktion, sagte sie sich. Er war ein Widerling, auch schon während des gesamten Essens. Aber er verdürbe ihr den Abend nicht! Sie genösse ihre Zeit mit den Templetons, genösse dieses Treffen in dem Haus, dem sie seit ihrer Kindheit in Liebe verbunden war – zur Hölle mit dem arroganten Affen!

Konnte er sich nicht wenigstens zu ihr herüberdrehen, wenn sie schon derart verächtlich in seine Richtung sah?

Sie war so beschäftigt mit ihrem Zorn, dass ihr der stumme Blickaustausch zwischen den älteren Templetons verborgen blieb, in dessen Folge sich Susan nickend von ihrem Platz erhob. Sie würde Laura aufsuchen, um herauszufinden, wie es tatsächlich um ihre Tochter stand.

Thomas schenkte sich unterdessen einen Brandy ein, zündete die einzige ihm von seiner Frau pro Tag gestattete Zigarre an und nahm auf dem geschwungenen Sofa Platz. Als er Margos Blick begegnete, klopfte er freundlich neben sich.

»Haben Sie keine Angst, ich bräche vielleicht noch einmal in Tränen aus?«

»Für den Fall habe ich extra ein frisches Taschentuch dabei.«

Also gesellte sie sich zu ihm und strich mit dem Finger über das weiße Tuch in seiner Brusttasche. »Irisches Leinen. Mum hat mir mit Ihren Taschentüchern das Bügeln beigebracht. Sie waren immer so weich und rochen so gut, wenn sie aus der Wäsche kamen. Jedes Mal, wenn ich irisches Leinen sehe, fällt mir ein, wie ich in der Waschküche am Bügelbrett stand und Ihre Taschentücher zu perfekten weißen Quadraten glättete.«

»Bügeln ist eine Kunst, die allmählich in Vergessenheit gerät.«

»Wenn Männer bügeln müssten, könnte es bestimmt schon seit Generationen niemand mehr.«

Lachend tätschelte er ihr das Knie. »Und jetzt erzähl mir von deinem neuen Unternehmen.«

Sie hatte gewusst, dass er fragen würde, und bereits von vornherein war ihr die Antwort auf diese Frage peinlich. »Kate könnte Ihnen die Sache sicher wesentlich besser erklären als ich.«

»Keine Sorge, unsere liebe Kate interviewe ich auch noch. Aber von dir möchte ich wissen, was du dir von dem Geschäft versprichst.«

»Meinen Lebensunterhalt. Meine bisherige Arbeit habe ich schließlich in den Sand gesetzt.«

»Du hast also deine Karriere versaut, mein gutes Kind. Es nützt nichts, sich da etwas vorzumachen. Und wie geht es nun weiter?«

Dies war einer der Gründe, weshalb sie ihn derart vergötterte. Hatte man einen Fehler gemacht, erging er sich niemals in irgendwelchen sentimentalen Rückblicken. »Ich versuche, die Leute dazu zu bringen, das zu kaufen, was ich an sie loswerden will. Im Laufe der Jahre habe ich eine Menge Sachen angehäuft. Dafür hatte ich ein regelrechtes Talent. Wissen Sie, Mr. Templeton, als ich packte, wurde mir klar, dass all die Dinge, mit denen ich mich umgeben hatte, interessant oder möglicherweise sogar wertvoll waren. Wenn auch nicht bewusst, habe ich zum Einkaufen offenbar eine gewisse Begabung.«

»Da widerspreche ich dir nicht. Du hattest schon immer einen Sinn für Qualität.«

»Selbst in den Augenblicken, in denen mir Sinn und Verstand völlig abhanden kamen. Ich habe mein Geld für alles Mögliche zum Fenster hinausgeworfen, und jetzt hat sich eine Möglichkeit ergeben, meine frühere Kaufsucht in einen Nutzen umzuwandeln. Allerdings haben wir das Gebäude riskanterweise gekauft, statt es zu mieten.«

»Wäre es keine gute Investition gewesen, hätte Kate euch daran gehindert, den Vertrag zu unterschreiben – und vor allem hätte sie ganz sicher nicht obendrein eigenes Geld in die Sache gesteckt.«

»Einschließlich der Reparaturen, der Renovierung und der Eröffnungskosten waren es eintausendneunhundertelf Dollar pro Quadratmeter«, rief Kate ihm über die Schulter zu. »Und ein bisschen Kleingeld kommt auch noch dazu.«

»Nicht schlecht!« Thomas blies den Rauch seiner Zigarre aus. »Wer hat denn die Renovierungsarbeiten durchgeführt?«

»Barkley und Söhne hatten den Auftrag für die Holzarbeiten, und sie engagieren Subunternehmer für die Klempnerarbeiten und die Elektrik.« Margo nahm Thomas seinen Schwenker aus der Hand und gönnte sich einen kleinen Schluck daraus. »Die Malerarbeiten habe größtenteils ich selbst bewerkstelligt.«

»Ach ja?« Er blinzelte nachsichtig. »Und wie sieht's mit Werbung aus?«

»Ich greife auf meine schmutzige Vergangenheit zurück, um einen Platz in den Medien zu ergattern – mittels ein paar Zeitungsinterviews; und das Fernsehen war auch schon da. Kate wird versuchen, sich ein bisschen Zeit zu nehmen, um die Bücher durchzuchecken, ob vielleicht noch etwas Geld für weitere Werbung übrig ist.«

»Und wie willst du an neue Waren kommen?«

Der Gedanke daran machte sie nervös, aber trotzdem verlieh Margo ihrer Stimme einen überzeugten Klang. »Ich schaue mich bei Auktionen und auf Flohmärkten um. Außerdem kann ich vielleicht ein paar der Models und der Designer, die ich kenne, kontaktieren, um auf diese Weise gebrauchte Kleider aufzutreiben. Aber diese Quellen reichen nicht, denn es liegen bereits zahlreiche Anfragen vor nach Garderobe in verschiedenen Größen.«

Sie machte es sich auf dem Sofa bequem und zog ihre Beine unter sich. Falls irgendjemand ihre Begeisterung verstand, dann Mr. Templeton. »Ich weiß, dass der Laden erst seit zwei Tagen offen ist – aber meiner Ansicht nach wird es funktionieren. Niemand sonst hat etwas Ähnliches.«

Ihre Angst war wie weggeblasen, und ihre Stimme sprudelte regelrecht vor Begeisterung. »Zumindest weiß ich von keiner anderen Boutique, die gebrauchte Designerklamotten zusammen mit Schmuck, Möbeln, Glaswaren und Antiquitäten anbietet.«

»Vergiss nicht die Haushaltsgeräte und die Kunstgegenstände«, warf Josh ein.

»Meine Cappuccinomaschine und meine Gemälde verkaufe ich nicht«, schoss sie zurück. »Aber den Rest« – sie wandte sich wieder an Thomas – »Himmel, ich würde sogar meine Unterwäsche verkaufen, böte man mir einen angemessenen Preis.«

»Du verkaufst bereits deine Wäsche«, posaunte Kate heraus.

»Morgenröcke«, verbesserte Margo sie. »Negligés. Laura hat ebenfalls ein paar Kleidungsstücke vorbeigebracht. Wohingegen sich Miss Kate natürlich nicht einmal von einem Pantoffel trennt.«

»Ich trage meine Pantoffeln schließlich noch.«

»Aber wir locken die Leute mit Exotik, und viele von ihnen nehmen auch etwas.«

»Und du bist dabei glücklich, ja?«

»Glück ist vielleicht zu hoch gegriffen, aber ich bin fest entschlossen, am Ball zu bleiben.«

»Margo!« Wieder tätschelte er ihr das Knie. »Im Geschäftsleben ist das dasselbe wie Glück. Warum stellst du nicht ein paar deiner Objekte im Foyer des Templeton aus?«

»Ich …«

»Wir lassen ein halbes Dutzend Schaukästen von Boutiquen, Schmuckgeschäften und Souvenirläden einrichten. Warum sollten wir nicht auch die Waren von unseren eigenen Mädchen ordentlich ausstellen?« Er fuchtelte mit seiner Zigarre durch die Luft, wobei ein wenig Asche auf seine Hose rieselte, die Margo automatisch wegklopfte. »Josh, ich hätte angenommen, du erledigst derartige Dinge. Bei Templeton lässt man die Seinen nie im Stich, und außerdem war die Unterstützung kleiner Unternehmen schon immer Teil unserer Politik.«

»Also, diesen Schaukasten gibt es schon.« Josh spielte weiter eine Boogie-Woogie-Melodie. »Laura sucht bereits die Stücke für das Hotel und für eine zweite Vitrine im Freizeit-Center aus.«

Margo öffnete den Mund, doch dann klappte sie ihn wieder zu. »Davon hättest du mir ruhig etwas erzählen können.«

»Hätte ich.« Ohne sein Spiel zu unterbrechen, blickte er sie über die Schulter an. »Aber ich habe es nicht getan. Laura weiß schon, was für die Templeton'sche Klientel am besten geeignet ist.«

»Und wovon ich natürlich nicht den leisesten Schimmer habe!«

»Jetzt geht es wieder los«, verhieß Kate und stieß einen beinahe wohligen Seufzer aus.

»Ich weiß genauso viel wie alle hier über die Templeton'sche Klientel«, schnaubte Margo zornig, stellte ihre Beine auf den Boden und sprang hoch. »Verdammt, ich *war* Templeton'sche Klientel. Und falls du Waren vom ›Schönen Schein‹ im Hotel ausstellen willst, dann frag mich gefälligst vorher um Erlaubnis.«

»Na schön!« Er hörte auf zu spielen und sah auf seine Uhr. »Um sieben habe ich eine Tennisverabredung mit Mom. Um halb zehn findet eine Vorstandsversammlung statt. Vielleicht hättest du dazwischen ja Zeit für eine Unterredung.«

»Was meinst du, Margo?« Thomas lehnte sich gemütlich mit seinem Brandy zurück. »Am besten treffen wir uns um Viertel vor neun und sprechen die Sache durch, ehe Josh den Vorstand trifft.«

»Abgemacht.« Josh wandte sich wieder Margo zu. »Annie hat deine Tasche sicher fertig gepackt. Warum gehst du nicht rauf und holst sie?«

»Meine Tasche?« Sie schwankte zwischen Zorn und Verwunderung. »Ich wüsste nicht, weshalb ich meine Tasche holen soll.«

»Du sollst sie holen, damit du nicht jeden Morgen zum Umziehen extra in den Laden rasen musst. Es ist deutlich sinnvoller, wenn du deine Garderobe in deinem Quartier hast.«

Weniger aus Verlegenheit als aus Empörung wurde sie puterrot. »Mein Quartier ist entweder im Laden oder hier.«

»Nicht mehr.« Er trat vor sie und nahm entschieden ihre Hand. »Margo wohnt fürs Erste bei mir im Hotel.«

»Hör zu, du arrogantes Ekelpaket, nur weil ich den bedauerlichen Fehler gemacht habe, einmal mit dir zu schlafen …«

»Von schlafen kann eher nicht die Rede sein«, erinnerte er sie. »Aber heute Nacht holen wir das nach. Morgen habe ich einen anstrengenden Tag. Lass uns deshalb gleich losfahren.«

»In Ordnung, ab mit uns!« Sie trat ihm auf den Fuß. »Ich kann es kaum erwarten, endlich mit dir allein zu sein, um dir deine lausige Rübe zu waschen.«

Kate hatte sich bei der Auseinandersetzung prächtig amüsiert, und so wandte sie sich, nachdem die Tür hinter den beiden Streithähnen ins Schloss gefallen war, ihrem Onkel zu. »Was meinst du, Onkel Tommy, wen von den beiden finden wir morgen früh blutüberströmt im Pool, und wer von ihnen steht mit der Tatwaffe in der Hand am Rand? Ich setze auf Margo«, fügte sie hinzu. »Sie kann wirklich grausam sein, wenn man sie bedrängt.«

Thomas stieß einen Seufzer aus. Diese neue Entwicklung überraschte ihn einigermaßen. »Dann muss ich wohl auf meinen Jungen setzen, Katie-Schatz! Vor allem, da er bisher höchstens dann einmal einen Kampf verlor, wenn es seine Absicht war.«

15

Während der Fahrt zum Hotel sprach sie kein Wort. Sie hatte eine Menge zu sagen, aber das hob sie sich lieber für später auf. Als er ihre Tasche ins Schlafzimmer trug und ihre Kleider in den Schrank zu hängen begann, schlug sie plötzlich zu.

»Falls du tatsächlich dem egoistischen Trugschluss erliegst, ich wäre mitgekommen, um dein Lotterbett zu teilen …«

»Heute Abend nicht, Süße«, bat er und band seine Krawatte los. »Ich bin vollkommen geschafft.«

Aus ihrer Kehle drang ein erstickter Laut, während sie ihn mit beiden Fäusten bearbeitete.

»Also gut, wenn du darauf bestehst! Aber ich warne dich, ich werde sicher nicht in Hochform sein.«

»Wag es ja nicht, mich auch nur anzurühren. Schlag dir das am besten gleich aus dem Kopf.« Da ihre Füße müde waren, zog sie die Schuhe aus, von denen sie einen als Waffe in der Hand behielt. »Als wäre es nicht schon schlimm genug, vor deiner Familie unsere gemeinsame Nacht auszubreiten, ziehst du auch noch meine Mutter da mit rein!«

»Ich habe sie lediglich um einen Gefallen gebeten«, verbesserte Josh sie und hängte sein Jackett am Kleiderständer auf. »… ob es ihr etwas ausmachen würde, das, was du für einen oder zwei Tage brauchst, in eine Tasche zu packen. Bis du dich selbst um deine Garderobe kümmern kannst.«

»Und du meinst, du erreichst alles, indem du einfach Bitte und Danke sagst? Was zumindest schon mal mehr ist, als du mir gegenüber geäußert hast.«

Er öffnete die Knöpfe seines Hemds und massierte seine schmerzenden Schultern. »Heimlichtuereien, so wie du es sicher von deinen bisherigen Bettgefährten kennst, Herzogin, liegen mir nicht. Wenn wir eine Affäre haben, dann, bildlich gesprochen, in aller Öffentlichkeit!«

Während er Schuhe und Socken auszog, durchforstete sie verzweifelt ihr Hirn nach einer passenden Antwort. »Es steht noch keineswegs fest, ob ich überhaupt mit dir weitermachen will.«

Er bedachte sie mit einem amüsierten und gleichzeitig herausfordernden Blick. »Tja, vielleicht hättest du mir das etwas früher sagen sollen.«

Es war ihr Glück, dass er auf dem Rand des Bettes saß. Auf diese Weise sah sie ganz von selbst auf ihn herab. »Dein Benehmen, bevor ich heute Morgen gegangen bin, hat mir überhaupt nicht gepasst.«

»Dann wären wir also quitt.« Er stand auf, nestelte an seiner Hose, ging ins Bad und drehte das Wasser in der überdimensionalen Wanne an. »Nun, da diese Sache geklärt ist, könnten wir ruhig aufhören mit diesen Mätzchen, die du ja angeblich nicht magst. Wir sind noch lange nicht fertig miteinander, das weißt du so gut wie ich.« Während er sprach, flogen seine Hose und sein Slip durch die Tür. »Und jetzt bin ich darauf erpicht, meinen Muskelkater ein wenig zu lindern, bevor ich ins Bett gehe. Du darfst dich gerne zu mir gesellen, wenn du willst.«

»Bildest du dir allen Ernstes ein, dass ich zu dir in die Wanne steige? Nachdem du mich den ganzen Abend über kaum eines Blickes gewürdigt hast?« Männer ignorierten sie nicht, dachte sie erbost. Niemals. Wenn schon für nichts anderes, dann zahlte er zumindest für diese Flegelei. »Und nachdem du obendrein noch wie ein Wilder mit Kate geflirtet hast!«

»Mit Kate?« Ehrlich überrascht blinzelte er sie an. »Himmel, Margo, Kate ist meine Schwester, falls ich dich daran erinnern darf.«

»Nicht mehr als ich.«

Unsicher, ob er belustigt oder genervt war, stieg er in die Wanne, setzte sich und wartete auf die Wirkung des heißen Wassers. »Du hast recht – sie ist es nicht. Sagen wir so: Ich habe Kate schon immer als meine Schwester betrachtet.« Er sah sie an, ehe er den Kopf nach hinten legte und tiefer im heißen Nass versank. »Du hingegen warst stets etwas anderes für mich. Aber, falls du tatsächlich eifersüchtig bist ...« Achselzuckend brach er ab.

»Bin ich nicht.« Allein die Vorstellung verletzte ihren Stolz. »Ich müsste mich immerhin für dich interessieren, um eifersüchtig zu sein. Hallo – machst du vielleicht endlich mal die Augen auf und hörst mir zu?«

»Zuhören ist gebongt, aber meine Augen kriege ich einfach nicht mehr auf. Himmel, für jemanden, der nachdrücklich warnte, die Sache bloß nicht zu ernst zu nehmen und einander bloß keine Fesseln anzulegen, benimmst du dich ziemlich eigenartig. Du führst dich nicht wie eine souveräne Geliebte auf, sondern wie eine nörgelnde Ehefrau.«

»Ich nörgele nicht.« Dann jedoch schloss sie den Mund aus Angst, dass es doch zutraf. »Und ich benehme mich bestimmt nicht wie eine Ehefrau. Nach allem, was ich über Ehefrauen weiß, hätte eine vernünftige Person dich längst am Schopf gepackt und vor die Tür gesetzt.«

Lächelnd glitt er noch einen Zentimeter tiefer. »Dies ist mein Penthouse, Liebes. Falls also irgendjemand auszieht, dann wohl eher du.«

Sie drückte fest auf seinen Kopf. Durch den Überraschungseffekt und aufgrund einer günstigen Hebelwirkung gelang es ihr, ihn zehn herrliche Sekunden lang unter Wasser zu halten. Diese Befriedigung machte sogar die Wasserflecken auf ihrem weißen Leinenanzug mehr als wett, als er spuckend wieder an die Oberfläche kam.

»Als Nächstes hole ich meine Tasche und sehe mich nach einer anderen Herberge um.«

Er packte ihr Handgelenk und brachte sie weit genug aus dem Gleichgewicht, dass sie Halt suchend nach dem Rand der Wanne griff. Wodurch sie gezwungen war, ihm in die Augen zu sehen.

»Du würdest es nicht …« Sie brach ab, ehe das Wort »wagen« über ihre Lippen kam, aber es war bereits zu spät. Joshua zerrte sie in die Wanne, und noch während sie wie eine Katze fauchend um sich schlug, schlang er seine Arme um ihren Leib und tauchte nun ihren Kopf in das sprudelnde Nass.

Ein paar Sekunden lang betrachtete er unbekümmert die Decke des Badezimmers, während sie trat und um sich schlug. Dann zog er sie an ihrem Haar heraus.

»Du Schwein! Du gottverdammtes …«

»Tja, offenbar hat es noch nicht gereicht.« Genüsslich drückte er ihren Kopf ein zweites Mal hinab. Die Wanne bot Platz genug für vier, den er auch brauchte für sein glitschiges Manöver. Als sie keuchend ihren Kopf aus dem Wasser reckte und sich ihr Haar aus den Augen wischte, zog er ihr erst die Jacke und dann die nasse Bluse aus.

»Was, in aller Welt, fällt dir überhaupt ein?«

»Ich ziehe dich aus.« Er öffnete ihren BH. »Auf einmal ist meine Müdigkeit völlig verflogen.«

Mit zusammengekniffenen Augen zog sie die Beine an, so dass ihr Knie gefährlich nah an seine Lenden rückte. »Und auch du erliegst der unglaublich lahmen, typisch männlichen Wahnvorstellung, dass mich derartige Grobheiten auch nur ansatzweise erregen?«

Dies war eine schwierige Frage, dachte er. »Tja – in gewisser Weise schon.«

Sie verstärkte den Druck ihres Knies. »In welcher Weise, wenn ich fragen darf?«

»Ah …« Er ging das Wagnis ein und fuhr mit seinem Daumen über ihre Brust. Der Nippel war steinhart. »Vielleicht hätte ich der Versuchung widerstanden, hättest du mich nicht derart unverfroren herausgefordert.« Der Druck verringerte sich leicht, und er hielt es für angebracht, wieder vorsichtig zu atmen. »Ich möchte, dass du bei mir bleibst, Margo.« Seine Stimme war sanft, kaum mehr als ein Murmeln, als er mit einer Hand über ihr Bein in Richtung ihres Unterleibes strich. »Wenn du allerdings lieber ein anderes Zimmer nimmst, bis du dir die Sache überlegt hast, dann ist das okay. Und wenn du nicht in der Stimmung bist für Sex, respektiere ich das ebenfalls.«

Einen Augenblick lang starrte sie ihn sprachlos an. Er hätte wie die Unschuld in Person gewirkt, hätten seine Augen nicht so verrucht geblitzt. Geduldig und verständnisvoll – hätte er nicht ein derart herausforderndes Lächeln aufgesetzt.

»Wer sagt, dass ich nicht in Stimmung bin?« Sie schob ihr nasses Haar zurück und vollbrachte einen Augenaufschlag, bei dessen Anblick es bisher noch um jeden Mann geschehen war. »Hilfst du mir jetzt aus dem Rest meiner nassen Klamotten oder muss ich mich vielleicht selbst ausziehen?«

»Oh, wenn du gestattest, übernehme ich diese Dienste sehr gern.«

Das stetige Zusammenleben mit einem Mann stellte sich für Margo als durchaus interessante Erfahrung heraus. Nie zuvor hatte sie sich mit jemandem länger zusammengetan als für ein gemeinsames Wochenende in den Bergen, einen kurzen Trip an die See oder maximal eine Kreuzfahrt auf dem Mittelmeer.

Aber mit Josh funktionierte es recht gut. Nun, überlegte sie, schließlich hatten sie bereits jahrelang unter demselben Dach gelebt, und vor allem war das Dach, das sie augenblicklich teilten, das eines Hotels.

Auf diese Weise wirkte alles weniger strukturiert, weniger verpflichtend als vielmehr wie ein zweckmäßiges Arrangement. Sie bewohnten lediglich ein paar gemeinsame Zimmer, dachte sie. Die Blumen waren frisch, die Möbel blank poliert, und die Handtücher wurden von Bediensteten gewechselt, die man nur selten zu Gesicht bekam. Auf diese Weise hatte ihr Zusammensein etwas Unpersönliches, erinnerte an verlängerte Ferien.

Spaß und Unterhaltung waren genau das, was sie und Josh voneinander erwarteten.

Niemand in der Familie sprach sie auf ihren Umzug an. Nachdem aus Tagen eine Woche wurde, und dann zwei, fragte sie sich allmählich, worauf sich das allgemeine Schweigen wohl gründete.

Zumindest ihre Mutter müsste Entrüstung oder Abscheu an den Tag legen. Aber sie wirkte vollkommen unbesorgt. Und keiner der Templetons verzog auch nur die Miene, wenn er ihr begegnete. Obwohl allerdings Laura sie hin und wieder mit gerunzelter Stirn betrachtete, hörte sie auch von ihr nicht den leisesten Kommentar.

Einzig Kate sagte etwas zu ihr: »Wenn du ihm das Herz brichst, breche ich dir das Genick« – was eine derart lächerliche Bemerkung war, dass Margo, statt auf die Herausforderung einzugehen, sie einfach ignorierte.

Vor lauter Arbeit konnte sie nicht darüber nachdenken, weshalb Kate so ausgeflippt war. Candy verbreitete bösartige Gerüchte über sie – die Waren im »Schönen Schein« seien überteuert und wenig elegant, die Bedienung lax, unerfahren und unfreundlich; Laura hätte sich finanziell übernommen, um ihrer allzu kühnen, unwürdigen Freundin behilflich zu sein; innerhalb eines Monats wären sie bankrott; bei der Garderobe handele es sich um billige Imitate aus minderwertigem Material.

Die Grübeleien über Candys Boshaftigkeit und über den sicher unvermeidlichen Kundenrückgang raubten Margo viel Energie. Da der Laden an sechs Tagen pro Woche zehn Stunden lang geöffnet war, brauchte sie den Ruhetag, um sich mit dem Papierkram zu beschäftigen. Dann sah sie, bis sie vor Müdigkeit schielte, ihre Unterlagen durch und wühlte sich tapfer durch die Buchführung. Obgleich ihr jede Minute in der Schule zuwider gewesen war, überlegte sie jetzt, ob sich nicht vielleicht die Teilnahme an einem Kurs in Wirtschaftslehre empfahl.

Da saß sie nun an einem lauen Sonntagvormittag, eine brennende Zigarette im Aschenbecher neben sich, hackte auf die Tasten des Computers – ohne den sie Kate zufolge nicht leben konnte – ein und quälte sich durch die vor ihr liegende Kalkulationstabelle.

Wo kamen nur die zahllosen Rechnungen her?, überlegte sie. Sie fraßen ihr größere Löcher in die Taschen als zu der Zeit, in der sie arbeitslos gewesen war. Wie sollte irgendjemand sich merken können, wie und wann und wen es zu bezahlen galt, ohne dass er dabei den Verstand verlor? Das Leben war so viel einfacher gewesen, als all den ärgerlichen Finanzkram noch ein Manager erledigt hatte.

»Aber überleg doch mal, wo du mithilfe dieses Ausbeuters gelandet bist«, ermahnte sie sich. »Also konzentrier dich gefälligst. Übernimm endlich selbst die Verantwortung!«

»Ich habe dir doch gesagt, dass es ernst ist.«

Beim Klang der Stimmen sprang Margo erschrocken hoch, so dass das Computerhandbuch auf den Boden flog.

»Absolut«, pflichtete Kate Laura bei. »Ich hoffe nur, dass wir nicht zu spät kommen.«

»Warum erschießt ihr mich nicht auf der Stelle?« Margo presste sich die Hand an die Brust. »Was, zum Teufel, macht ihr hier?«

»Wir retten dich!« Laura sprang gerade noch rechtzeitig an den Tisch, um die Zigarette aufzufangen, ehe sie runterfiel und die Papiere in Brand setzte, die überall herumflatterten. Sie drückte sie ordentlich aus und wandte sich wieder Margo zu. »Du führst Selbstgespräche, trinkst ganz allein …«

»Das ist nur Kaffee!«

»Sitzt in deinem Kämmerchen und zählst dein Geld wie Dagobert Duck«, beendete Laura ihren Satz.

»Ich zähle kein Geld – obwohl es mir trotz Candy Lichfields Bemühungen, mich wegen meiner Schulden ins Gefängnis zu bringen, gelungen ist, weitere fünftausend abzubezahlen. Bald …«

»… fängt sie bestimmt zu sabbern an«, warf Kate unbekümmert ein. »Ich habe dir doch gesagt, am besten bringen wir gleich eine Zwangsjacke mit.«

»Wie witzig!« Margo schnappte sich ihre Zigaretten und zündete sich eine neue an. »Aber da du ja eine solche Intelligenzbestie bist, kannst du mir vielleicht noch mal erklären, was es mit all diesen Versicherungen auf sich hat. Weshalb zahlen wir diese elenden – wie heißen sie so schön?«

»Policen«, ergänzte Kate trocken. »Sie heißen Policen, Margo.«

»Ich finde, Wuchergelder passt eher! Schau dir das doch nur mal an. Wir haben eine Feuer- und eine Diebstahlversicherung, eine Lebensversicherung zur Deckung der Hypothek, eine Versicherung gegen Rechtsmängel bei Grundstückserwerb, eine Erdbebenversicherung, eine allgemeine – was auch immer – ich verstehe das alles nicht mehr. Und dann noch dieser Regenschirm … vielleicht eine Verniedlichung für Hochwasserschutz?«

»Was denn sonst!« Kate rollte die Augen himmelwärts. »Bei Versicherungsgesellschaften sind fast ausschließlich Spaßvögel angestellt. Die Jungs lachen sich den halben Tag lang über irgendetwas tot. Das wirst du dann merken, wenn du deinen ersten Schaden anmeldest.«

»Hör zu, du Überfliegerin! Erkläre mir bitte endlich, wie das alles funktioniert.«

»Nein, nein, ich bitte dich!« Laura packte Kate bei den Schultern und drehte sie zu sich herum. »Verschone uns – nicht wahr! Und fang bloß nicht wieder von der anderen Sache an.«

»Von der anderen Sache?« Kate sah fragend auf.

»Du weißt schon, die Sache.«

»Ja, die Sache.« Margo rutschte auf ihrem Stuhl herum und fuhr mit der Zigarette durch die Luft. »Ich fände es wirklich nicht schlecht, wenn du mir die Sache auch noch mal erklärst.«

»Ach, die.« Kate schnupperte an Margos Kaffee, fand, dass er in etwa genießbar war, und hob die Tasse an den Mund. »Okay, also hör zu. Die geschätzten jährlichen Steuervorauszahlungen werden in Viertel aufgeteilt …« Sie brach ab und starrte Laura entgeistert an. »Das war ein toller Schrei! Jetzt weiß ich endlich, woher Kayla das hat.« Seufzend beugte sie sich vor und drückte, sehr zu Margos Leidwesen, ein paar Knöpfe, bis der Bildschirm gelöscht war. »So, alles weg. Fühlst du dich jetzt besser?«

»Viel besser!« Laura erschauderte. »Aber ich war wirklich nahe dran …«

»Tja, ihr beide seid heute aber seltsam drauf.« Margo nahm Kate ihre Tasse wieder ab. »Lauft jetzt los und spielt schön draußen! Ein paar von uns haben noch zu arbeiten.«

»Der Fall liegt schlimmer, als ich dachte.« Laura ächzte aus tiefster Seele. »Okay, Sullivan, entweder kommst du jetzt freiwillig mit, oder wir machen es auf die harte Tour. Es ist zu deinem eigenen Besten, glaube mir.«

Margo war unschlüssig, ob sie lachen oder um Hilfe rufen sollte, als die beiden sie flankierten, ihre Arme packten und sie in ihre Mitte zwangen. »He, was habt ihr vor?«

»Schocktherapie«, lautete Kates grimmige Erwiderung.

Eine Stunde später lag Margo nackt in ihrem Schweiß und brummte wohlig vor sich hin. »Oh, Himmel!«

»Beweg dich einfach nicht.« Laura tätschelte ihr mitfühlend die Hand. »Gleich wird es dir bessergehen!«

»Mum. Bist du das?«

Kichernd lehnte sich Laura zurück. In dem dichten Dampf löste sich auch ein Teil ihrer eigenen Anspannung. Vielleicht hatte sie zunächst einzig Margos wegen die Idee zu dem Besuch im Dampfbad des Templeton-Freizeit-Centers gehabt, aber auch ihr tat die Erholung gut.

»Wie könnt ihr hier nur so herumliegen, ohne etwas zu tun!« Von ihrem Platz auf der höhergelegenen Bank blickte Kate auf Margo herab. »Ich meine, macht euch das wirklich Spaß?«

»Mir kommen gleich die Tränen vor lauter Glück,« stellte Margo fest. »Ich hatte doch tatsächlich vergessen, wie herrlich so etwas ist.« Sie tätschelte Lauras nacktes Knie. »Dir verdanke ich mein Leben! Nachher lasse ich mir noch eine Gesichtsmaske, eine Fangopackung und eine Pediküre verabreichen, ob es euch in den Kram passt oder nicht.«

»Weißt du, meine Liebe, du wohnst doch direkt im Hotel. Natürlich haben sie dort nicht so viel wie hier, aber die Sauna und die Massagen sind nicht schlecht. Außerdem verwöhnen sie dich im hoteleigenen Schönheitssalon mit sehr guten Gesichtsmasken.«

»Für solchen Unsinn hat sie keine Zeit. Schließlich ist sie mit Josh beschäftigt.«

Laura fuhr zusammen, als hätte Kate ihr einen Schlag versetzt. »Also bitte, Kate, das geht zu weit.«

»Mir gefällt die Vorstellung.« Kate spähte über den Rand der Bank. »Es ist so ähnlich, wie wenn man eine Sendung auf dem Entdeckungskanal im Fernsehen verfolgt. Zwei geschmeidige goldene Tiere paaren sich.« Als Laura stöhnte, setzte Kate ein breites Grinsen auf. »Also, ist er nun so gut, wie allgemein behauptet wird? Sagen wir, auf einer Skala von eins bis zehn.«

»Wir sind doch nicht mehr auf der Highschool. Ich bewerte die Leistungen von Männern nicht nach Punkten«, erfolgte Margos züchtige Erwiderung. Dann rollte sie sich auf den Bauch und murmelte: »Zwölf. Vielleicht sogar vierzehn. Schwer zu beurteilen.«

»Tatsächlich?« Der Gedanke amüsierte Kate. »Der gute alte Josh. Unser Junge!«

Meiner, hätte Margo um ein Haar präzisiert, ehe sie sich zusammenriss. »Lass doch die Meute auf den billigen Plätzen«, sagte sie, an Laura gewandt. »Stört es dich wirklich? Ich meine, das mit Josh und mir?«

»Nein, eigentlich nicht!« Laura rutschte unbehaglich hin und her. »Es scheint mir nur seltsam. Mein Bruder und eine meiner engsten Freundinnen sind miteinander liiert. Eine … eigenartige Kombination. Aber es geht mich ja nichts an.«

»Sie macht sich Sorgen, dass du ihn wegwirfst wie einen alten Schuh, wenn du mit ihm fertig bist.«

»Halt die Klappe, Kate. Außerdem werfe ich meine Schuhe nicht weg, sondern verkaufe sie. Laura, Josh und ich verstehen uns wirklich gut. Das ist die reine Wahrheit.«

»Ich frage mich nur, ob es eine Fortsetzung gibt«, murmelte Laura, ehe sich die Tür des Dampfbads öffnete, so dass sie sich jeden weiteren Kommentar verkniff.

»Seht nur, wer da kommt«, trällerte Kate. »Candy-Schatz!« Um nicht mit den Zähnen zu knirschen, fletschte sie grinsend die Zähne. »Na, wenn es jetzt nicht gemütlich wird …«

Das beturbante Haupt stolz gereckt, nahm Candy Laura gegenüber Platz. »Wie ich sehe, trifft man euch drei immer noch im Rudel an!«

»Wie tollwütige Hunde«, pflichtete Kate ihr bei. »Und da du diejenige bist, die versucht, uns unseren Knochen zu stehlen, pass lieber auf, dass du nicht gebissen wirst.«

»Ich habe keine Ahnung, wovon du sprichst.«

»Von minderwertiger, überteuerter Ware«, klärte Kate sie auf. »Hüte deine Zunge, Candy, sonst siehst du dich plötzlich einer Klage wegen Verleumdung ausgesetzt.«

»Wenn ich meine Meinung sage, ist das noch lange keine Verleumdung.« Um sicherzugehen, hatte Candy vorsorglich bei ihrem zweiten Mann, einem Anwalt, Auskunft eingeholt. »Es ist lediglich eine Frage des Stils.« Stolz auf den Körper, den ihr erster Gatte, ein Schönheitschirurg, mitgeschaffen hatte, wickelte sich Candy aus ihrem Handtuch. »Dabei hätte man denken sollen, dass du mehr Geschmack besitzt, Laura. Aber offensichtlich sind wackere Ahnenreihen und eine gute Abstammung auch keine Garantie.«

»Weißt du, genau das fiel mir auch eben ein.« Margo setzte sich entschlossen auf. »Deine beiden Ex-Ehemänner kamen schließlich jeweils aus durchaus gutem Haus!«

So würdevoll wie möglich streckte Candy ihre nackten Beine aus. »Ich wollte mit dir reden, Laura, über den Gartenclub. Unter den gegebenen Umständen denke ich, möchtest du als stellvertretende Vorsitzende vielleicht zurücktreten.« Als Laura lediglich eine Braue lüftete, betupfte sich Candy mit einer Ecke ihres Handtuchs nervös den Hals. »Weißt du, schließlich machen Gerüchte die Runde, über Peter und dich und über deine Beziehung zu …« Sie bedachte Margo mit einem abfälligen Blick, »gewissen unpassenden Elementen.«

»Das unpassende Element bin ich«, erläuterte Margo Kate.

»Das ist noch gar nichts im Vergleich zu mir. Ich bin sogar ein unerwünschtes Element. Nicht wahr, Candy?«

»Du bist einfach widerlich.«

»Siehst du?« Feixend beugte sich Kate vor und starrte in Margos ihr zugewandtes Gesicht. »Ich bin widerlich. Das liegt an dem jämmerlichen, entfernten Grad meiner Verwandtschaft. Weißt du, die Powells waren nämlich ein eher fragwürdiger Zweig der Templeton'schen Dynastie.«

»Das habe ich bereits gehört.«

»Und dann bin ich auch noch Steuerberaterin«, fuhr Kate fort. »Was noch schlimmer ist als Ladenbesitzerin. Wir sprechen nämlich über Geld.«

»Es reicht«, warf Laura leise ein. »Wenn du den Vorsitz alleine haben willst, Candy, dann bitte sehr!« Sie bedauerte nur, dass sich dieser Sitz nicht auf dem Schädel der passionierten Klatschbase zertrümmern ließ. »Umso mehr Zeit bleibt mir für die Pflege meiner unpassenden und unerwünschten Beziehungen.«

Candy war enttäuscht über diese rasche Kapitulation. Sie hatte sich diebisch auf ein Gefecht gefreut. »Und wie gefällt es Peter auf Hawaii?«, fragte sie und setzte ein verächtliches Lächeln auf. »Wie ich hörte, ist seine clevere kleine Sekretärin dieses Mal mit von der Partie. Obwohl, jetzt, wo ich daran denke – natürlich waren sie schon vorher des Öfteren zusammen … geschäftlich unterwegs. Es muss schrecklich für dich sein, als Nachfolgerin eine Angestellte deines eigenen Unternehmens zu haben. Sie ist noch ziemlich jung, nicht wahr?«

»Was für Candy mit ihrer Vorliebe für junges Gemüse natürlich allerhand bedeutet«, warf Kate zornig ein. »Wie alt ist der Poolreiniger, von dem du dich im Augenblick vögeln lässt, Candy? Sechzehn?«

»Zwanzig«, schnauzte Candy, ehe sie sich vor Wut, Kate in die Falle gegangen zu sein, auf die Zunge biss. »Wenigstens kriege ich einen Mann, wenn ich ihn will. Aber du willst ja gar keinen, nicht wahr? Schließlich weiß alle Welt, dass du vom anderen Ufer bist.«

Margo zischte angriffslustig, doch dann schlug sie sich auf den Mund. »Oje, jetzt ist Kates Geheimnis nach all der Zeit offenkundig!«

»Welch eine Erleichterung für mich!« Kate beugte sich weiter vor und unterzog Candy einer lüsternen Musterung. »Eigentlich hatte ich es ja jahrelang auf dich abgesehen, Zuckermäulchen, aber ich war einfach zu schüchtern, um es dir einzugestehen.«

»Das stimmt!« Verschwörerisch beugte sich Margo zu Candy vor. »Ihre Sehnsucht nach dir hat ihr richtiggehend Angst gemacht.«

Unruhig rutschte Candy auf ihrem Platz herum. »Das ist nicht lustig.«

»Nein, es war schmerzlich und einfach grauenhaft.« Kate schwang ihre Beine von der Bank. »Aber nun, da du es weißt, kann ich ja endlich ehrlich sein.«

»Rühr mich nicht an.« Kreischend sprang Candy von ihrer Bank und hielt sich das Handtuch vor ihren Leib. »Komm ja nicht näher, ich warne dich.«

»Wahrscheinlich wollen die beiden alleine sein«, meinte Laura gütig und schlang sich ihr Handtuch um die Brust.

»Ich hasse dich. Ich hasse euch alle drei.«

»Du liebe Güte!« Kate erbebte. »Ist sie nicht ein süßes kleines Ding?«

»Du bist einfach abstoßend.« In Todesangst floh Candy aus dem Raum, wobei sie vor lauter Panik sogar ihr Handtuch liegen ließ.

»Perversling«, tadelte Margo mild, als Kate auf der Bank zusammenbrach.

»Vorsicht, vielleicht machen mich solche Worte heiß. Wenn ich lesbisch wäre, wärst du garantiert mein Typ.« Mit angehaltenem Atem sah Kate Laura an. »Lass dich bloß nicht unterkriegen von dem Weib.«

»Hmm?« Geistesabwesend erwiderte Laura ihren Blick. »Ich habe gerade nachgedacht – was meint ihr, wie viel dieser Busen sie gekostet hat?«

»Nicht genug.« Margo stand auf und zurrte ihr Handtuch um ihren Leib. »Kommt, sperren wir sie noch mal in den Schrank. Um der alten Zeiten willen, ja?«

»Ich mag Männer«, wiederholte Kate, und zappelte während des Lackierens ihrer Zehennägel unruhig. Das entzückende, rosa-weiße Dekor des Schönheitssalons, das eine Frau in eine entspannte, festliche Stimmung versetzen sollte, machte sie nervös. »Nur habe ich einfach nicht genug Zeit für sie.«

»Wenn Candy erst mal ihre Runden gemacht hat, brauchst du dir keine Sorgen mehr zu machen«, stellte Laura fest. Sie nippte an ihrem Mineralwasser und lehnte sich genüsslich in den weichen Kissen des hochlehnigen Drehstuhls zurück. »Sobald sie im Lande verbreitet hat, dass du Frauen liebst, kriegen alle Männer in einem Umkreis von hundert Meilen die Kastrationsangst.«

»Tja, was vielleicht sogar ein Segen wäre.« Kate blätterte gelangweilt in dem Stapel Modezeitschriften auf dem Tisch neben sich. »Vielleicht ruft dann wenigstens auch dieser Idiot Bill Pardoe nicht mehr ständig bei mir an.«

»Bill ist ein sehr netter, anständiger Mann.«

»Dann geh ruhig mit ihm aus, lass dich von ihm unter dem Tisch am Knie kitzeln und dich von ihm Honigbienchen nennen, wenn du willst.«

»Sie war schon immer allzu wählerisch.« Margo lag mit geschlossenen Augen da und hätte unter der Fußmassage vor Behagen fast geschnurrt. »Dabei könnte sie mehr Spaß am Leben haben, wenn sie endlich mal nach jemand Witzigem suchen würde statt nach Perfektion.«

»Falls ich mich wirklich mal mit einem Mann verabrede, interessiere ich mich für mehr als seine Brieftasche und seinen Schwanz.«

»Kinder, Kinder!« Wieder hob Laura ihr Mineralwasser an ihren Mund. »Wir sollten zusammenhalten. Falls Candy wirklich Anzeige wegen Tätlichkeiten gegen uns erstattet, dann sieht die Sache wohl etwas haarig aus.«

»Aber, Officer«, säuselte Margo, während sie die Lider niederschlug. »Es war doch nichts weiter als ein kleiner, übermütiger Scherz! – Scheiße, sie würde sich niemals öffentlich bloßstellen, indem sie zugibt, zum zweiten Mal in ihrem Leben nackt in den Schrank einer Umkleidekabine gesperrt worden zu sein. Sicher geht sie subtiler vor. Ich würde sagen, innerhalb einer Woche hat jede von uns eine neue Identität. Die Nutte, die Lesbe und die Intrigantin.«

»Das würde mir sogar gefallen«, stellte Laura fest. »Allmählich habe ich nämlich die Rolle des Jammerlappens satt.«

»Du warst noch nie ein Jammerlappen«, widersprach Margo mit aller Entschiedenheit.

»Oh, doch, jahrelang bin ich als praktizierender Jammerlappen herumgerannt. Sicher wird es nicht einfach, mich plötzlich zur Intrigantin zu mausern. Aber vielleicht versuche ich es wenigstens einmal. Josh?« Sie blinzelte, als ihr Bruder zorngerötet den Salon betrat.

»Meine Damen!« Er warf sich auf einen freien Stuhl, griff nach Margos Wasserglas und leerte es in einem Zug. »Tja, ihr seht alle einfach …« Er machte eine Pause und musterte die drei hinter grünem Schlamm versteckten Grazien, »unwiderstehlich aus. Und, macht es denn wenigstens Spaß?«

»Hau ab!« Mit einem Mann zusammenzuleben bedeutete noch lange nicht, ihn auch sehen zu lassen, wie einem eine Seegraspackung zu Gesichte stand. Margo hob den Kopf. »Dies ist nur für Ladies!«

Er stellte das leere Glas auf den Tisch zurück, nahm das von Kate und kippte es sich ebenfalls hinter die Binde. »Eben habe ich zwei Sätze gegen Carl Brewster Tennis gespielt. Ihr kennt doch Carl Brewster, den Fernsehreporter, Enthüllungsjournalisten und Kopf von *Informed,* dem seit Jahren laufenden, allseits beliebten Nachrichtenmagazin?«

Laura biss sich auf die Lippen, als sie den kühlen Ton seiner Stimme vernahm. »Ich habe von ihm gehört. Wie geht es ihm?«

»Oh, fit und jungenhaft wie eh und je. Nicht, dass ich ihn nicht fertiggemacht hätte, aber es war nicht leicht für mich. *Informed* plant eine Reihe von Reportagen über die besten Hotels der Welt, wobei Templeton natürlich eines der Highlights dieser Serie werden soll. Seit Wochen stehe ich verschiedenen Teams beim Filmen unserer Hotels und den Angestellten sowie bestimmten Gästen bei Interviews zur Seite. Alles, um den Fernsehzuschauern zu zeigen, mit welcher einzigartigen Klasse und

Gastfreundschaft man die Menschen in den Templetons auf der ganzen Welt empfängt.«

Er stellte Kates Glas auf den Tisch zurück, woraufhin ihm Laura wortlos das ihre reichte. »Bestimmt haben sie einen wunderbaren Bericht daraus gemacht.«

»Sicher haben sie das. Und als Carl vorschlug, noch ein paar Szenen zu bringen, wie wir beide in unserem Freizeit-Center in Monterey, das schließlich das Aushängeschild des Unternehmens ist, Tennis spielen, habe ich natürlich zugesagt. Es gibt dem Bericht so einen netten, menschlichen Touch, wenn der Präsident von Templeton selbst die schöne Umgebung, in der er normalerweise seine Gäste verwöhnt, genießt.«

Er unterbrach sich, um den in der Nähe stehenden Angestellten des Schönheitssalons zuzuwinken. »Macht es Ihnen wohl etwas aus, uns kurz allein zu lassen?« Kaum hatten die Damen ihnen den Rücken gedreht, als ihn wieder der Grimm schüttelte. »Stellt euch also meine Überraschung und mein Entsetzen vor, als eine unserer Stammkundinnen plötzlich in Reichweite der Kameras, mit wehendem Templeton-Bademantel, kreischend über den Rasen rennt und wilde Anschuldigungen ausstößt, Laura Templeton und ihre Kumpaninnen hätten sie angefasst.«

»Oh, Josh, das tut mir furchtbar leid!« Laura wandte sich ab und hoffte, dass er diese Geste als Zeichen ihrer Zerknirschung nahm.

Er bleckte die Zähne. »Wag es ja nicht, auch nur zu kichern, Laura, wag es nicht!«

»Ich werde mich hüten.« Gefasst drehte sie sich wieder zu ihm um. »Es sollte niemals dich treffen. Das Ganze muss schrecklich peinlich für dich gewesen sein.«

»Und offenbar fändet ihr es super, wenn diese kleine Szene gesendet würde! Natürlich würde der Großteil des Dialoges ausgeblendet, weil die Sendung jugendfrei bleiben soll. Aber ich denke, die Zuschauer, Millionen von Menschen, die sich jede

Woche *Informed* ansehen, werden trotzdem den Kern des Ganzen kapieren.«

»Sie hat selber angefangen«, sagte Kate, ehe sie sich unter seinem eisigen Blick im Stuhl verkroch. »Das stimmt.«

»Ich bin sicher, Mom und Dad werden das verstehen.«

Selbst die für gewöhnlich so selbstbewusste Kate senkte furchtsam den Kopf. »Das Ganze war Margos Idee.«

Margo atmete zischend aus. »Verräterin! Sie hat Kate eine Lesbe genannt.«

Josh schüttelte den Kopf und fuhr sich müde durch die Haare. »Tja, dann, warum habt ihr sie nicht gleich gelyncht?«

»Hättest du ihr das durchgehen lassen, dass sie versuchte, unser Geschäft zu schädigen? Dass sie hässliche Dinge zu Laura sagt?«, fuhr Margo erbittert fort. »Und vor ein paar Tagen kam sie in den Laden und hat mich Nutte genannt. Eine zweitklassige sogar.«

»Und eure Reaktion darauf war, dass ihr sie – drei gegen eine – angegriffen, ihr ein paar Ohrfeigen gegeben, sie ausgezogen und in einen Schrank geschlossen habt?«

»Wir haben ihr keine einzige Ohrfeige verpasst.« Was, so dachte Margo jetzt, sie leider versäumt hatten. »Und die Sache mit dem Schrank hat schon eine gewisse Tradition. Wir haben nichts anderes getan, als sie in Verlegenheit zu bringen, was sie mehr als verdiente, nachdem sie uns derart beleidigt hatte. Und außerdem hätte ein richtiger Mann uns zu unserer Tatkraft gratuliert.«

»Im Gegensatz zu dir und deinen idiotischen Schwestern lasse ich mich von jämmerlichen Beleidigungen verrückter Weiber nicht beeindrucken. Und euer Timing war selten perfekt!« Er beugte sich vor, froh, ihr den »richtigen Mann« heimzahlen zu können – was ihn tatsächlich ins Mark traf. »Soeben wollte ich Carl die Idee verkaufen, eine kurze Story über das neueste Vorhaben der Templeton-Erbin in seinen Bericht einzuflechten.

Laura Templeton Ridgeways Partnerschaft mit den alten und teuren Freundinnen Kate Powell und Margo Sullivan – ja, *der* Margo Sullivan! Clevere, gerissene Frauen, die ein peppiges Geschäft anleiern.«

»Wir kriegen Sendezeit in *Informed*? Phänomenal!«

Diese Frau machte ihn fix und fertig. »Himmel, du bist wirklich ein Naivling, wie es im Buche steht. Was ihr kriegt, wenn ich nicht schleunigst etwas unternehme, ist eine Anzeige und höchstwahrscheinlich eine Verurteilung wegen Angriffs, Beleidigung und körperlicher Misshandlung – und wenn also Kate lesbisch ist, verstehe ich auch, was sie mit sexueller Misshandlung meint.«

»Das bin ich nicht«, tobte Kate. »Außerdem war die Art, wie sie das behauptet hat, eine Beleidigung für jeden vernunftbegabten Menschen mit liberalen Ansichten in Bezug auf Sex.« Seiner Miene sah sie an, dass dieser Zeitpunkt sich für eine Verteidigungsrede der Liberalität oder des Feminismus weniger eignete. Also senkte sie schmollend den Kopf. »Außerdem habe ich sie in keiner Weise angefasst. Das Ganze ist vollkommen lächerlich, Josh, und du weißt es auch ganz genau. Sie hat uns geärgert, und wir haben es ihr teilweise heimgezahlt. So schaut's aus!«

»Irrtum! Das Templeton-Center ist keine Highschool-Turnhalle. Dies ist die Welt der Erwachsenen. Hat denn keine von euch an ihren zweiten Anwaltsgatten gedacht! Und zwar einer von der Sorte, die sich der Verfolgung und dem Gewinnen genau derartiger Fälle widmet. Vielleicht fordert sie sogar den Laden als Entschädigung!«

Margo wurde kreidebleich. »Jetzt mach aber mal einen Punkt! Den Laden bekäme sie niemals. Kein Gericht der Welt nähme eine solche Klage ernst.«

»Vielleicht nicht.« Seine Stimme traf sie wie ein Peitschenhieb. »Aber die Zeit und die Kosten, die ihr in die Abwehr der Klage investieren müsst, rauben euch sicher einen Großteil eures Kapitals.« Er stand auf und schüttelte den Kopf. »Für den Fall, dass die letzten zehn Jahre spurlos an euch vorübergezogen sind, lasst euch gesagt sein, dass ihr aus der Schulzeit raus seid. Aber bleibt ruhig hier sitzen und lasst euch weiter die Nägel lackieren, während ich mich wieder ins Getümmel schmeiße, um eure traurigen Ärsche zu retten.«

»Er ist wirklich sauer«, sagte Kate, während er hinausrauschte. »Eine von uns sollte mit ihm reden.« Sie sah zwischen Margo und Laura hin und her. »Eine von euch meine ich!«

»Ich gehe ja schon.« Laura erhob sich von ihrem Platz und fühlte sich plötzlich in den kleinen Papierpantoffeln mit den Wattebäuschen zwischen den Zehen ziemlich albern.

»Nein, geh du lieber zu deinen Eltern und beichte ihnen, was vorgefallen ist.« Margo stieß einen Seufzer aus. Nur mit Mühe unterdrückte sie ihre Verzagtheit. »Ich werde sehen, was ich bei Josh erreichen kann.«

Sie ließ ihm eine Stunde Zeit, während der sie ihr Bestes zur Verschönerung ihres Äußeren unternahm. Bevor sie einem wütenden Stier gegenübertrat, war es sicher das Vernünftigste, sich in Schale zu werfen.

Er telefonierte, als sie sein Büro betrat, und hob nicht einmal den Kopf. So viel also, dachte sie, zu einer Fünfhundert-Dollar-Sitzung im Schönheitssalon! Wortlos trat sie vor seinen Schreibtisch und wartete, dass er das Telefongespräch beendete.

Also, das hatte geklappt mit der Angstmacherei, bemerkte er. Ihr wildes Temperament war eine der Eigenschaften, die er an ihr liebte. Aber während der letzten Wochen hatte er registriert, wie sie dieses Temperament zügelte, um sich mit Leidenschaft und Energie etwas Eigenes aufzubauen. Und es tat ihm weh, dass sie mit einer einzigen idiotischen Aktion alles aufs Spiel setzte, was ihr so am Herzen lag.

»Ja, ich habe gesagt, für ein ganzes Jahr. Sämtliche Abteilungen. Ich verfasse noch ein entsprechendes Memorandum und schicke es Ihnen bis morgen zu.« Er legte den Hörer auf und trommelte mit den Fingern auf die Schreibtischplatte.

»Sag mir, was ich machen muss«, bat sie kleinlaut. »Falls eine Entschuldigung etwas nützt, fahre ich sofort hin und entschuldige mich bei ihr.«

»Gib mir einen Dollar.«

»Was?«

»Gib mir einen blöden Dollar!«

Verwundert zog sie ihren Geldbeutel hervor. »Ich habe keinen einzelnen. Tut es ein Fünfer auch?«

Ungeduldig riss er ihr den Schein aus der Hand. »Jetzt bin ich dein offizieller Rechtsberater, und als solcher gebe ich dir den Rat, nichts, aber auch gar nichts von dem, was vorgefallen ist, zuzugeben. Du wirst dich für nichts entschuldigen, weil du nichts verbrochen hast. Außerdem weißt du überhaupt nicht, wovon sie spricht. Und wenn du mir jetzt erzählst, dass noch sechs weitere nackte Frauen und drei Angestellte in der Nähe waren, als ihr sie in den Schrank verfrachtet habt, dann bringe ich dich um.«

»Nein, nein, niemand war dort. Schließlich sind wir keine Schwachköpfe.« Noch während sie sprach, verzog sie das Gesicht. »Ich weiß, du hältst uns dafür – aber so blöd sind wir auch wieder nicht, so etwas vor Zeugen abzuwickeln. In der Tat haben wir es extra so bewerkstelligt, dass sie möglichst lange in dem Schrank festsaß.« Als er schwieg, sah sie ihn eisig an. »Warst du nicht derjenige, der Peter die Nase gebrochen hat?«

»Ich konnte es mir eben leisten, meinem Wunsch nachzugeben.«

»Was mal wieder typisch ist. Der Templeton-Erbe kann sich benehmen, wie er will, ohne die geringsten Konsequenzen bedenken zu müssen.«

In seinen Augen blitzte es gefährlich. »Sagen wir es einfach so: Ich suche mir mein Schlachtfeld mit Bedacht!«

Am besten gab sie die Auseinandersetzung auf. Schließlich ging es augenblicklich weder um Joshs Einstellung noch um seine Position. »Also, wie groß sind meine Schwierigkeiten?«, fragte sie. »Ich weiß, dass du vor Gericht nicht zugelassen bist, so dass mir die Investition von fünf Dollar nicht viel nützen wird, falls die Sache wirklich vor den Richter kommt.«

»Hängt davon ab, wie starrsinnig sie ist.« Er holte tief Luft. Der kleine Seitenhieb auf seine Stellung war schließlich nicht neu für ihn. »Offiziell wird man sich bei Templeton schockiert und betrübt darüber zeigen, dass es, während sie Gast bei uns war, zu einem derartigen Zwischenfall kommen konnte. Wir werden sie für die Unannehmlichkeiten und den Stress durch einen ein Jahr lang gültigen Gutschein für die Benutzung sämtlicher Einrichtungen des Centers entschädigen. Dies und die Tatsache, dass ein Bekanntwerden der Umstände ihr sicher peinlich sind, reichen vielleicht aus, sie in Schach zu halten.«

Josh knüllte die Fünf Dollar-Note zusammen, ehe er sie auf den Schreibtisch fallen ließ. »Vielleicht gibt sie sich ja damit zufrieden, dich und deinen Laden weiterhin ringsum schlechtzumachen. Und da sie über einen ausgedehnten Bekanntenkreis verfügt, tut ein Boykott dir vielleicht tatsächlich weh.«

»Das werden wir überleben.« Ein wenig ruhiger rieb sie sich die Arme. Sie war gekommen, um sich bei Josh zu entschuldigen, und das wollte sie hinter sich bringen. »Tut mir leid. Ich weiß, diese dumme Angelegenheit war – ist – peinlich für dich und deine Familie.«

Er stützte seine Ellbogen auf und vergrub den Kopf in seinen Fäusten. »Sie kam wie eine Furie angerannt. Ich hatte gerade eine Vorhand geschlagen, und um ein Haar hätte ich sie mit dem Ball erwischt. Vor laufenden Kameras stehe ich da und versuche, als Hotelier in der sechsten Generation, als athletischer, doch zugleich intelligenter, welterfahrener und doch dem Unternehmen treu ergebener, allzeit gut gelaunter und zugleich seriöser Erbe des Templeton'schen Namens dazustehen.«

»Du hast sicher eine glänzende Figur abgegeben«, murmelte Margo in der Hoffnung, ihn zu besänftigen.

Doch er sah nicht mal hoch. »Und aus heiterem Himmel fällt mir dieses halbnackte, geifernde, fluchende, kratzende Weibsbild um den Hals und kreischt, diese Intrigantin von Schwester, ihre lesbische Begleiterin und meine Hure wären auf sie losgegangen.« Hektisch massierte er sich die Schläfe, da der Druck hinter seiner Stirn geradezu unerträglich war. »Ich wusste sofort, dass sie Laura meinte. Und auch wenn mir die Bezeichnung nicht gefiel, konnte ich mir denken, dass du die Hure warst. Die lesbische Begleiterin hätte mich vielleicht überrascht, nur, dass Kate als Einzige übrigblieb.« Er hob den Kopf. »Am liebsten hätte ich ihr eine gescheuert; aber ich musste sie davon abzuhalten, mir das Gesicht zu zerkratzen.«

»Zumal es um deinen hübschen Anblick wirklich schade wäre.« In der Hoffnung, ihn weiterhin zu dämpfen, ging Margo um den Schreibtisch herum und setzte sich auf seinen Schoß. »Tut mir leid, dass sie ihre Wut ausgerechnet an dir ausgelassen hat.«

»Sie hat mich gekratzt.« Er drehte den Kopf und zeigte ihr drei leuchtend rote Spuren an seinem Hals. Pflichtschuldigst küsste Margo sie. »Was soll ich nur mit dir machen?« Seufzend legte er seine Wange an ihre.

Dann lachte er jedoch plötzlich leise auf. »Wie, zum Teufel, habt ihr es überhaupt geschafft, sie in einen dieser Spinde zu packen?«

»Es war nicht einfach, aber irgendwie klappte es schließlich.«

Er kniff die Augen zusammen und sah sie drohend an. »Eins sage ich dir. Das kommt nie wieder vor – egal, wie sehr sie euch auch provoziert –, es sei denn, ihr betäubt sie zuvor.«

»Abgemacht.« Da die Krise offenbar überstanden war, schob sie eine Hand unter sein Hemd, streichelte seinen Brustkasten und beobachtete, wie er die Augen verdrehte. »Ich bin frisch gewachst und blank poliert. Vielleicht hättest du ja Lust auf eine kleine Unterbrechung?«

»Tja, nur, damit der Tag nicht vollkommen verloren ist«, murmelte er, ehe er sie auf die Arme nahm und ins Schlafzimmer hinübertrug.

16

Es dauerte nicht lange, bis der Laden die Folgen des Streits zu spüren bekam. Bereits in der Woche nach dem Zwischenfall ging die Zahl der Besucher und der Verkäufe stark zurück. Margos Magen zog sich zusammen, als sie die Schecks zur Begleichung der allmonatlichen Rechnungen unterzeichnete. Oh, sie lockten immer noch etliche Touristen und Zufallskunden an; aber die meisten Damen aus der sogenannten High Society, genau die Klientel, die der »Schöne Schein« für den Verkauf seiner hochwertigen Waren benötigte, machten einen großen Bogen um sie.

Wenn sich die Lage nicht innerhalb der nächsten dreißig Tage besserte, müsste sie an ihr sich rapide verringerndes Kapital, nur um den Laden offen zu halten.

Statt Panik beherrschte sie indessen lediglich ein gewisses Unbehagen. Sie hatte Josh erklärt, sie könnten warten, bis der Sturm abflaute, und das glaubte sie auch. Die Loyalität von Candys Kumpaninnen aus dem Country Club reichte sicher nicht einmal, ihre Mokkatassen zu füllen.

Aber trotzdem brauchte ihr Geschäft ständig Aufschwung. Sie wollte sich mit dem Laden nicht lediglich über Wasser halten, sondern er sollte florieren. Ja, eigentlich wünschte sie ihn ins Rampenlicht, wo sich die Schickeria einfand.

Während sie die Schaufenster dekorierte, zermarterte sie sich das Hirn auf der Suche nach einem Konzept, mit dem sich der »Schöne Schein« von einer netten kleinen Secondhand-Adresse in einen Stern am Himmel der Luxus-Shops verwandeln ließ.

Als sich die Tür öffnete, setzte sie ein strahlendes – und, wie sie fürchtete, zugleich schiefes – Lächeln auf. »Mum. Was machst du denn hier?«

»Wie du vielleicht weißt, ist heute mein freier Tag.« Ann spitzte die Lippen und sah sich in dem Verkaufsraum um. »Und seit der Woche nach der Eröffnung war ich noch nicht wieder hier. Es ist furchtbar ruhig.«

»Ich werde für meine Sünden bestraft. Du hast immer prophezeit, dass es einmal so kommen wird.«

»Ja, diese Angelegenheit macht die Runde.« Sie schnalzte mit der Zunge. »Erwachsene Frauen, die sich benehmen, als wären sie noch mitten in der Pubertät! Obwohl mir diese Person noch nie sympathisch war, nicht einmal als Kind. Sie hielt sich immer schon für etwas Besonderes.«

»Dieses Mal habe ich wohl etwas übertrieben, fürchte ich. Sie hat tatsächlich so viel Gift gestreut, dass die Zahl meiner Verkäufe zurückgegangen ist. Obwohl Kate sagt, dass das nach den ersten Wochen natürlich ist.« Margo sah mit gerunzelter Stirn auf einen bernsteinfarbenen Lampenschirm. »Du weißt, wie sie redet, wenn sie die Steuerberaterin nach außen kehrt.«

»Allerdings. Meistens höre ich brav zu, wenn sie über meine Investitionen spricht, und nicke ernst, ohne dass ich auch nur einen Schimmer habe, wovon überhaupt die Rede ist.«

Zum ersten Mal an diesem Tag brach Margo in fröhliches Lachen aus. »Ich bin froh, dass du gekommen bist. Heute gab es noch nicht viele nette Gesichter zu sehen.«

»Nun, dann wird es Zeit, dass du etwas gegen diesen Zustand unternimmst.« Aus Gewohnheit sah sich Ann nach möglichen Staubflöckchen in den Ecken um, doch dann nickte sie zufrieden, da alles glänzte und schimmerte. »Mach Sonderangebote, veranstalte eine Verlosung, heuer eine Marschkapelle an.«

»Eine Marschkapelle – sehr lustig, Mum!«

»Tja, was weißt du schon davon, wie man einen Laden führt? Es geht einzig um Kundschaft, oder etwa nicht?«

Geistesabwesend nahm Ann einen hübschen Glasflakon in die Hand. Augenscheinlich war er nicht zum Füllen vorgesehen, überlegte sie, wie immer verwirrt, wenn sie auf Nippsachen stieß. Nein, man stellte so was sicher nur zur Zierde ins Regal.

»Dein Onkel Johnny Ryan in Cork hatte ein Pub«, fuhr sie entschlossen fort. »Und hin und wieder hat er Musiker angeheuert – vor allem die Yanks waren ganz begeistert davon, kamen wegen der Musik und tranken, während sie im Takt mitwippten, jede Menge Pints.«

»Ich glaube nicht, dass eine irische Knastband meine Probleme löst.«

Der herablassende Ton war geradezu beleidigend. »Keine Knastband, sondern hübsche, traditionelle Folklore. Du hast dein Erbe noch nie zu schätzen gewusst.«

»Weil ich nie die Gelegenheit hatte, es kennenzulernen«, fuhr Margo sie barsch an. »Was du mir über Irland und meine Familie erzählt hast, passt sicher auf ein einziges Blatt Papier.«

Das stimmte, doch Ann sah ihre Tochter verkniffen an. »Und leider warst du natürlich nicht in der Lage, dir ein Buch zu kaufen oder einen kleinen Umweg zu machen während deiner ausgedehnten Europatrips.«

»Zweimal war ich in Cork«, sagte Margo, und Anns überraschter Gesichtsausdruck verschaffte ihr eine gewisse Befriedigung. »Tja, da bist du platt. Und in Dublin und Galway und Clare.« Es war ihr peinlich zu gestehen, dass sie nach ihren Wurzeln gesucht hatte. »Mir gefällt das Land durchaus, aber ich interessiere mich mehr für meine jetzige Heimat.«

»Niemand hat mir gesagt, dass du dort gewesen bist.«

»Ich habe auch keinen unserer Verwandten besucht. Warum auch? Selbst wenn ich irgendwelche Ryans und Sullivans gefunden hätte, wären wir einander doch fremd.«

Ann öffnete den Mund, schüttelte aber dann den Kopf. »Hm, ich nehme an, du hast recht.«

Einen Augenblick lang meinte Margo, in den Augen ihrer Mutter so etwas wie Bedauern zu lesen, und das tat ihr leid. »Im Moment habe ich andere Probleme, andere Ziele«, fuhr sie entschieden fort, »um die ich mich kümmern muss. Mich in wehmütigen Gedanken an Dudelsäcke und Guinness zu ergehen, hilft mir auch nicht dabei, meine Angelegenheiten in Schwung zu bringen.«

»Nicht nur die Iren trinken und hören gern Musik«, bemerkte Ann. »Was ist bitte falsch daran, wenn du hier in dieser Umgebung für ein wenig Unterhaltung sorgst?«

»Ich brauche Kunden«, wiederholte Margo stur. »Und zwar diejenigen mit den Platin-Kreditkarten möchte ich trotz Candys Boykott anlocken, damit sich der ›Schöne Schein‹ ein für alle Male etabliert.«

»Dann verführ die Leute mit Sonderangeboten.« Inzwischen war es Ann ein dringendes Bedürfnis, ihrer Tochter behilflich zu sein. »Du hast hübsche Dinge auf Lager, Margo. Genau, was den Menschen gefällt. Du musst sie nur dazu bewegen, sie sich einmal anzusehen.«

»Das sage ich ja die ganze Zeit. Am besten … warte ich einfach ab.«

Margo schlug sich an den Kopf, als ihr nun doch eine Möglichkeit einfiel. »Musik. Vielleicht eine Harfenspielerin. Eine irische Harfenspielerin im traditionellen Kostüm. Musik und Getränke. Ein Empfang. Champagner und kleine Tabletts mit Kanapees wie bei einer echten Vernissage. Und eine Verlosung.«

Sie packte ihre Mutter bei den Schultern und überraschte sie, indem sie sie spontan in die Arme nahm. »Nein, nur einen Preis!

Es ist verführerischer, wenn es nur einen einzigen Gewinn gibt. Nein, nein, noch anders«, fuhr Margo fort, während sie durch ihren Laden ging. »Eine Auktion, die Versteigerung von einem einzigen Stück. Die Diamantbrosche. Oder das Perlenkollier. Und der Erlös ist für einen wohltätigen Zweck. Zu wessen Gunsten? Oh, darüber weiß Laura sicherlich Bescheid. Ein Wohltätigkeitsempfang, Mum, so kriege ich die Leute her!«

Die Gedanken des Mädchens wirbelten wie Derwische durch ihr Oberstübchen, dachte Ann. Immer noch sprang sie von einem Punkt zum anderen. Diese Eigenschaft hatte Margo also immer noch nicht abgelegt. »Meine Liebe, dann siehst du am besten zu, dass du die Sache möglichst schnell organisierst.«

Sie arbeitete wie eine Besessene. Innerhalb einer Woche waren die Einladungen für den Wohltätigkeitsempfang und die Versteigerung zugunsten eines Hilfsprogramms für behinderte und unterprivilegierte Kinder gedruckt. Laura gab Interviews, und Margo umgarnte einen Spirituosenhändler, drei Kisten Champagner zu spenden.

Harfenistinnen wurden zum Vorspiel eingeladen, Josh sollte Kellner vom Templeton aussuchen, mit deren Eleganz sich Staat machen ließ, und sie umschmeichelte Mrs. Williamson, die Zubereitung der Kanapees zu übernehmen.

Wobei das alles nur der Anfang war.

Als Josh nach einem langen Tagesgeschäft zurück ins Penthouse kam, lag seine Geliebte bereits im Bett. Doch sie war nicht allein.

»Was, zum Teufel, geht hier vor?«

Margo warf ihr Haar zurück und setzte ein Lächeln auf. Oben ragten die cremefarbenen Rundungen ihrer Brüste und unten eines ihrer langen, wohlgeformten Beine unter den schimmernden Satinlaken hervor.

Die Kamera blitzte auf.

»Hallo, Schatz! Wir haben's gleich.«

»Halt das Laken zwischen deine Brüste«, wies der Fotograf sie an, der am Fuß des Bettes kauerte, auf dem Margo sich verführerisch räkelte. »Ein bisschen tiefer. Und jetzt leg den Kopf auf die Seite. Ja, genau so. Du bist immer noch die Beste, Baby. Also lass mich sehen, was du zu bieten hast.«

Josh stellte seine Aktentasche ab, stieg über ein Kabel und wurde dafür vom Assistenten des Fotografen angeraunzt. »Würdest du mir vielleicht Auskunft geben, was du noch am Leib hast?«

»Ein Perlenkollier.« Sie strich mit den Fingern über den Schmuck und fuhr mit ihrer Zunge aufreizend über ihre Lippen, während das Klicken der Kamera an Joshs Ohren drang. »Das Kollier, das versteigert werden soll. Ich dachte, dass ich die Angebote durch Fotos vielleicht in die Höhe treiben kann.«

Da sie anscheinend, abgesehen von der Kette, vollkommen unbekleidet war, gab Josh ihr, wenn auch widerwillig, recht.

»Nur noch ein paar Bilder. Los, sieh mich an. Oh, ja, genau so. Wunderbar.« Der Fotograf stand auf, ein behänder, scharfäugiger Mann mit einem glatten, roten Pferdeschwanz. »Toll, wieder mit dir zu arbeiten, Margo.«

»Dafür bin ich dir etwas schuldig, Zack.«

»Oh, nein!« Er gab die Kamera seinem Assistenten, beugte sich über das Bett und küsste Margo herzlich. »Das Millionen-Dollar-Gesicht in meinem Sucher hat mir wirklich gefehlt. Freut mich, dass ich dir einen Gefallen tun konnte.« Er schaute hinüber zu Josh. »Bin sofort draußen.«

»Josh, sei ein Schatz, und hol Zack und Bob ein paar Flaschen Bier.« Ohne mit der Wimper zu zucken, ließ sie das Laken fallen und streckte die Hand nach einem Morgenmantel aus.

»Ein paar Flaschen Bier!«, meinte er ätzend. »Aber sicher, warum nicht?«

»Wir sind uns schon mal begegnet.« Zack ließ seinen Assistenten mit dem Gepäck zurück und folgte Josh in sein Büro. »In Paris – nein, nein, Rom. Sie kamen bei einem von Margos Fototerminen vorbei.«

Erneut würgte ihn das grüne Gespenst der Eifersucht. Einen Mann mit einem roten Pferdeschwanz vergaß man nicht so leicht. »Richtig – allerdings hatte sie damals etwas an.«

Zack nahm sein Glas in die Hand. »Nur, um etwas klarzustellen: Ich habe sicher mehr nackte Frauen gesehen als ein Rausschmeißer in einem Striplokal. Es ist einfach Teil meines Jobs.«

»Nicht, dass es Ihnen gefällt!«

»Ich bin bereit, Opfer zu bringen für meine Kunst.« Er bedachte Josh mit einem gewinnenden Grinsen. »Oh nein, Kumpel, ich liebe es. Aber trotzdem gehört es zu meiner Arbeit. Wenn Sie eine professionelle Meinung hören wollen, dann lassen Sie sich gesagt sein, dass Margo eine der Besten ist. Bei einigen Frauen muss man genau wissen, welcher Winkel, welches Licht am günstigsten ist, und erst dann verliebt sich die Kamera in sie. Egal, ob sie schön sind oder nicht – die Kamera ist launisch und mäkelig.« Er nahm einen befriedigenden Schluck von seinem Bier. »Bei Margo Sullivan hingegen ist es scheißegal, wie man sie fotografiert. Es spielt keine Rolle, sie kommt immer gut raus.«

Er blickte in Richtung Schlafzimmer, durch dessen Tür ein warmes, kehliges Lachen drang. »Und ich sage Ihnen, hätte sie sich nicht die Sache mit diesem Laden in den Kopf gesetzt, dann würde ich sie dazu überreden, mit mir nach L. A. zurückzufliegen und es mal mit Modeaufnahmen zu probieren.«

»Dann müsste ich Ihnen leider das Genick brechen, mein Freund!«

Zack nickte verständnisvoll. »So etwas hatte ich mir schon gedacht. Und da Sie größer sind als ich, trinken Bob und ich unser Bier lieber draußen!«

»Ein vernünftiger Entschluss.« Auch Josh kam zu dem Ergebnis, dass ein Bier sicher genau das Richtige für ihn war, und setzte sich gerade die Flasche an den Mund, als plötzlich Margo hereinschoss.

»Kinder, es war wunderbar, Zack wiederzusehen. Hättest du vielleicht ein Schlückchen Champagner für mich? Ich bin vollkommen ausgetrocknet. Es wird einem wahnsinnig heiß unter den Lampen.«

Ihr Gesicht glühte, als sie den Kopf nach hinten warf und sich mit den Händen durch die Haare fuhr. Sie hatte sie ein wenig aufgedreht, bemerkte er, so dass die Pracht in wilden Locken über ihre Schultern fiel.

»Und wie viel Spaß es macht«, fuhr sie fort. »Das Ganze hat einfach etwas. In die Kamera zu gucken, so, wie sie in deine Richtung guckt. Die Lichter, das Geräusch, wenn sich die Blende schließt!«

Als sie ihre Haare wieder fallen ließ und die Augen öffnete, starrte er sie reglos an. »Was ist?«, fragte sie halbwegs erschreckt.

»Nichts.« Ohne sie aus den Augen zu lassen, hielt er ihr ein Glas Champagner hin. »Ich wusste nicht, dass du daran denkst, in deinen alten Beruf zurückzukehren.«

»Tue ich ja auch nicht.« Aber während sie das Glas an ihre Lippen hob, wusste sie, dass ihr der Gedanke für einen kurzen Augenblick tatsächlich verführerisch erschienen war. »Natürlich könnte es sein, dass ich mal wieder vor eine Kamera trete oder dass ich ein interessantes Angebot nicht ausschlage; aber inzwischen ist der Laden für mich das Wichtigste, und ihn zu einem Erfolg zu machen steht für mich ganz oben auf der Liste.«

»Das Wichtigste.« Hatte er seine schlechte Laune aus San Francisco mitgebracht, überlegte er, oder hatte sie ihn wie eine dunkle Wolke überfallen, als er die Suite betrat? »Sag mir, Herzogin, welchen Platz auf deiner Liste haben du und ich?«

»Was meinst du damit?«

»Eine einfache Frage. Stehen wir beide auf Platz fünf oder

sieben – oder haben wir es noch gar nicht zu einem Listenplatz gebracht?«

Sie beobachtete die Perlen in ihrem Champagnerglas, die sie an Träume erinnerten. »Meinst du damit etwas Bestimmtes?«

»… was an der Zeit wäre! Und das ist sicher das Stichwort, bei dem du die Bühne verlässt.« Als sie schwieg, stellte er seine Bierflasche ab. »Warum versuchen wir nicht mal etwas anderes? Ich gehe und du bleibst.«

»Bitte nicht!« Immer noch starrte sie in ihr Champagnerglas. »Bitte nicht. Ich weiß, du hältst nicht allzu viel von mir. Du hast mich gern, aber du hältst nichts von mir. Und vielleicht habe ich das verdient.«

»Dann wären wir abermals quitt, nicht wahr? Schließlich liegst du auch nicht vor mir auf den Knien.«

Wie konnte sie antworten, solange sie sich über ihre Gefühle für Joshua Templeton nicht im geringsten klar war? Sie drehte sich zu ihm um. Er wartete ab, was sie dankbar zur Kenntnis nahm. In einer gewissen Entfernung hatte er sich wachsam aufgepflanzt.

»Du bist mir wichtig«, erklärte sie. »Wichtiger, als ich zu Anfang erwartet hätte und als es mir lieb ist. Reicht dir das?«

»Ich weiß nicht, Margo, dazu kann ich nichts sagen.«

Weshalb zitterte plötzlich ihre Hand? Schließlich gingen sie zivilisiert miteinander um. Genau so sollte es sein. »Wenn du … wenn du genug hast von unserem Zusammensein, dann verstehe ich das.« Sie verschränkte die Arme. »Aber ich will dich nicht ganz verlieren. Es ist mir schleierhaft, was ich machen soll, wenn du nicht Teil meines Lebens bleibst.«

Dieses ruhige, sanfte Verständnis hatte er nicht gewollt. Er wollte sie in Rage erleben, mit ihrem Champagnerglas um sich werfend und tobend über seine Dreistigkeit, einfach zu gehen.

»Und wenn ich jetzt verschwinde, werden wir trotzdem Freunde sein?«

»Ja.« Sie kniff die Augen zu, da der Schmerz in ihrem Herzen unerträglich war. »Nein.«

Erleichtert durchquerte er den Raum. »Du wirst mich hassen, wenn ich abhaue.« Er nahm ihr Haar in die Hand und bog ihren Kopf zurück, bis sie ihm in die Augen zu sehen gezwungen war. »Sag bitte, dass du mich brauchst!«

»Jawohl, ich werde dich hassen, wenn du gehst«, sie umfasste sein Gesicht, »denn ich brauche dich.« Sie zog seine Lippen auf ihren Mund herab. »Liebe mich!« Dies war der beste und einzige Weg, auf dem sich ihr Bedürfnis nach Nähe beweisen ließ.

»Das ist die einfachste Methode«, murmelte er.

»So muss es auch sein, und deshalb machen wir es, ja?« Sobald er sie in seine Arme zog, zerrte sie an seinem Jackett und flüsterte ihm heiße Versprechungen ins Ohr.

Aber dieses Mal machte er es ihnen nicht leicht. Er stellte sie neben das Bett und rührte sich nicht, während sie ihn mit schnellen, hungrigen Bewegungen entkleidete. Als sie ihn jedoch neben sich auf das Laken ziehen wollte, das immer noch warm war von dem Licht und ihrem Leib, wurde er aktiv.

Eine lange, verführerische Begegnung ihrer Lippen, die etwas beseligend Neues in sich barg. Reine Zärtlichkeit. Er nahm ihre Hände, schob sie hinter ihren Rücken und hielt sie dort gefangen, während er mit seiner freien Hand über ihr Gesicht, ihren Hals und ihre Haare strich.

»Josh!« Ihr Herzschlag hallte langsam und sinnlich in ihrem Kopf. »Fass mich an.«

»Ich berühre dich.« Federleichte Küsse regneten auf ihre Wangen und ihr Kinn herab. »Vielleicht zum allerersten Mal. Es ist schwer zu benennen, wenn es nichts als Hitze gibt. Aber jetzt spürst du mich, nicht wahr?« Als ihr Kopf nach hinten fiel, nagte er sanft an ihrem Hals. »Ich werde Gefühle in dir wecken, die dir noch ganz unbekannt sind.«

Die Schwäche, die ihre Glieder nach unten sinken und ihre Gedanken davonflattern ließ, war geradezu beängstigend. Sie wollte die Glut, wollte das Feuer ihrer gemeinsamen Leidenschaft. Damit kam sie zurecht, denn selbst in der gefährlichsten Hitze blieb sie stets auf der Hut. Aber neben ihrer jetzigen Hingabe wallte mit jeder seiner langsamen, vorsichtigen Berührungen eine stärkere, dunklere, atemberaubendere Empfindung in ihr auf.

Er hätte schwören können, dass die Knochen schmolzen in ihrem weichen, verwöhnten Fleisch. Ihr Puls trommelte unter seiner Hand. Leises, erstauntes Gurren stieg dort aus ihrer Kehle auf, wo die Perlenkette schimmerte. Nachdem er ihr den Morgenmantel abgestreift hatte, trug sie außer den strahlenden weißen Kugeln nichts mehr am Leibe.

»Leg dich zu mir.« Sie hob ihren Arm, um ihrer Bitte Nachdruck zu verleihen. »Leg dich zu mir!«

Ihre Stimme allein, das heisere Flüstern, reichte aus, dass ein Mann in die Knie ging. Und sicher war das schon sehr oft geschehen. Er fuhr mit seinen Fingerspitzen so leicht an ihrem Rücken hinab, dass sie erschauerte und die Lippen zu einem Flehen öffnete, das in seinem Mund verschwand.

Als sie vollkommen ermattet nach vorne sank, legte er sie auf das Bett. Wieder packte er ihre Handgelenke und hob sie über ihren Kopf, ehe er unter ihren Seufzern an ihrem Leib hinunterglitt.

Sie hatte das Gefühl, als bestünde die Luft aus goldenen Wellen. Weshalb sonst erfüllte sie jeder Atemzug mit einem solchen Reichtum? Sein sanfter Mund erbarmte sich einer Schwäche, die sie zum ersten Mal empfand. Seine Hände waren voller Zärtlichkeit, die sie schluchzen und zugleich erglühen ließ.

Es war mehr als Leidenschaft. Sie fand einfach keine Worte dafür. Alles schenkte sie ihm, ihre weiche, starke Lust und ihre lieblichsten Träume. Ihr Körper gehörte ihr nicht mehr allein.

Josh spürte, wie sie sich ihm öffnete, spürte, wie sie sich ihm ergab. Ihr Entgegenkommen war betörender als jeder Liebesschwur. Ihre Haut prickelte dort, wo seine Zunge auf sie traf, und ihre Muskeln spannten sich in Erwartung des Höhepunktes an. Langsam zog er sich zurück und beobachtete, wie sie erzitterte.

Und während er erneut auf ihre Lippen traf, glitt er wie ein Wunsch in sie hinein.

»Warte!« Er bedeckte sie mit seinem Leib, als sie sich rastlos wand. »Dieses Mal geht es nicht so schnell.« Obgleich sein Blut in seinen Adern trommelte, nagte er langsam und quälend an ihrem Mund. »Ich bin es, der dich füllt, Margo. So, wie es kein anderer kann.« Seine langsame Eroberung brachte ihr Innerstes zum Erbeben.

Sie sah einzig sein Gesicht, nahm einzig die wunderbare Reibung wahr, bis sie sich ganz allmählich einem köstlichen, schmerzlichen, überwältigenden Orgasmus näherte.

Ihre Hände glitten kraftlos von seinen Schultern.

»Niemand kennt dich so wie ich. Niemand kann dich lieben so wie ich!«

Margo sah ihn an und versank im Meer ihrer Sinne.

Sie hatte Angst vor ihm. Diese Erkenntnis verblüffte sie, als sie sich mitten in der Nacht schlaflos neben ihrem Geliebten wälzte. Etwas war zwischen ihnen geschehen, er hatte das Gleichgewicht verschoben, so dass sie sich mit einem Mal verwundbar fühlte.

Und zwar durch seine unsäglich zärtliche Liebe.

Vorsichtig glitt sie aus dem Bett und ließ ihn allein zurück. Der Champagner stand noch auf dem Tisch. Auch wenn er inzwischen schal geworden war, trank sie ihn trotzdem aus. Sie zündete sich eine Zigarette an und atmete tief durch.

Das alles verwirrte sie maßlos.

Natürlich war es ein Risiko gewesen, überhaupt mit ihm ins Bett zu gehen. Dieses Risiko machte ihr sogar Spaß. Aber dass sie sich in ihn verlieben würde, hätte sie niemals gedacht. Allein eine derartige Möglichkeit lag außerhalb jeglicher Realität.

Lächerlich, sagte sie sich, während sie vor sich hin qualmte. Ihre Gefühle gehörten immer noch ihr allein. Egal, wie oft oder wie schnell sich ihr Leben veränderte, hatte sie sich noch stets im Griff.

Sie liebte niemanden, und schon gar nicht Josh. Im Hinblick auf ihn befand sie sich in einem Tunnel, der sie nicht interessierte.

Mit einer Faust an der Schläfe brach sie in leises Lachen aus. Natürlich – ganz genau. Diese Art von Liebe kannte sie nicht, woher also wollte sie wissen, was sie da überhaupt empfand? Höchstwahrscheinlich hatte es sie lediglich überrascht, dass er so sanft und sie für diese Sanftheit so bereit war.

Außerdem handelte es sich erstmalig um einen Mann, den sie so mochte wie Joshua. Dem sie aufgrund einer gemeinsamen Vergangenheit und geteilter Erinnerungen tiefe Zuneigung entgegenbrachte.

Es war allzu leicht und dumm, die verschiedenen Elemente so hinzutrimmen, bis das Ergebnis Liebe hieß. Halbwegs beruhigt drückte sie ihre Zigarette aus.

»Kannst du nicht schlafen?«

Als sie zusammenfuhr, brummelte er: »Tut mir leid, ich wollte dich nicht erschrecken.« Umgeben von dem Licht aus dem Schlafzimmer trat er auf sie zu, doch sie wich zurück. »Probleme?«

»Nein.«

Er legte den Kopf auf die Seite, sah ihr ins Gesicht und produzierte sein arrogantes, typisch männliches Lächeln. »Nervös?«

»Unsinn!«

»Ich mache dich nervös.«

»Du sollst mir nicht, während ich versuche nachzudenken, allzu sehr auf die Pelle rücken. Jede Menge Einzelheiten muss ich wegen des Empfangs bewältigen und …« Ihre Stimme verklang, denn als seine Hand an ihrem Arm hinunterglitt, war ihr Gehirn wie leergefegt.

»Du bist angespannt«, murmelte er. »Und schreckhaft. Das gefällt mir.«

»Sieht dir ähnlich, dass dir das gefällt. Ich brauche einen klaren Kopf und ein vernünftiges Maß an Schlaf. Am besten nehme ich eine Schlaftablette.«

»Warum versuchen wir es nicht mit etwas anderem?« Er winkte ab, als sie argwöhnisch die Augen zusammenkniff. »Fällt dir denn dazu gar nichts anderes ein als Sex? Keine Angst, ich will dir nur den Rücken massieren, das ist alles.«

In ihren Zweifel mischte sich leises Interesse. »Ach ja?«

»Dadurch wirst du garantiert deine Verspannungen los, dass du zur Ruhe kommst«, versprach er ihr und führte sie zum Bett zurück. »Leg dich auf den Bauch, Herzogin, mach die Augen zu und überlass alles andere mir.«

Voller Skepsis drehte sie den Kopf und sah ihn an. »Nur den Rücken?«

»Den Nacken und die Schultern auch. So ist's brav.« Er drückte sie sanft auf das Laken, setzte sich rittlings auf sie und setzte mit seiner Massage unterhalb ihres Nackens an. »Worüber machst du dir Gedanken, Baby?«

»Über Verschiedenes.«

»Nenn mir nur eins der Dinge, ja?«

Du, wäre ihr beinahe herausgerutscht, ehe sie sich gerade noch rechtzeitig auf die Zunge biss. »Die erste vierteljährliche Steuervorauszahlung wird bald fällig, und die Verkaufszahlen gehen ständig zurück.«

»Wie stark?«

»So wie in den ersten beiden Wochen ist der Umsatz nicht geblieben. Kate sagt, dass Candy sicher nur einen Teil dieses Schadens verursacht hat – sie meint, dass nach einer Geschäftsgründung zunächst immer ein Rückgang zu verzeichnen ist. Hoffentlich habe ich keinen Fehler gemacht, so viel Geld in diesen Empfang zu investieren, solange noch nicht einmal die Deckung der täglichen Unkosten sicher ist. Also, deine Hände sind einfach himmlisch.«

»... hat bisher noch jede Frau gefunden!«

»Das Kollier, das versteigert werden soll, war mit achttausendfünfhundert Dollar zum Verkauf vorgesehen. Eins der teuersten Stücke aus unserem Inventar.«

»Was sich hervorragend steuerlich absetzen lässt ...«

»Das meinte Kate auch.« Ihre Stimme wurde heiser, als er ihr die Spannung aus den Schultern walkte. »Ich bin es leid, ständig Angst zu haben, Josh.«

»Klar.«

»Früher hatte ich nie solche Sorgen. Und jetzt erschreckt mich alles.«

»Sogar ich.«

»Hmm.« Zum Leugnen hatte sie nicht mehr die Kraft. »Auf keinen Fall will ich schon wieder alles vermasseln.«

»Das erlaube ich auch gar nicht.« Er beugte sich vor und gab ihr einen Kuss aufs Schulterblatt. »Und jetzt schlaf, Margo. Keine Angst, du bist auf dem rechten Weg.«

»Lass mich nicht allein«, murmelte sie noch, ehe sie in sich zusammensank.

»Habe ich das je getan?«

17

Der Empfang müsste eigentlich perfekt laufen. Margo hatte jedes noch so kleine Detail des Abends genauestens geplant. Es vergingen Stunden, bis sie sich mit der Präsentation der Waren, der Aufstellung der Häppchen, der Position der Harfenspielerin, die derzeit mit dem Stimmen ihres Instruments beschäftigt war, zufriedengab.

Sie hatte das Schaufenster umdekoriert, worin nur noch das Perlenkollier neben ein paar sorgsam ausgewählten schimmernden Flakons, glitzernden Schmuckdosen und farbenfrohen Seidenschals prangte.

Das vergoldete Geländer der Empore schmückte eine entzückende Lichterkette. Ihre Mutter hatte Herbstblumen und Rosen aus dem Templeton'schen Gewächshaus in Vasen und Amphoren arrangiert und auf der winzigen Terrasse üppig bepflanzte Kupfertöpfe und bunte Tonschalen aufgestellt.

Margo selbst hatte den gesamten Laden auf Hochglanz poliert.

Es ging einfach darum, nichts zu vergessen, sagte sie sich, während sie sich eine Zigarette anzündete. In erster Linie musste sie die Kontrolle behalten.

Hatte sie vielleicht doch irgendetwas übersehen?

Sie drehte sich um und betrachtete sich in der dekorativen Spiegelwand. Ihr Blick fiel auf dasselbe kurze schwarze Kleid wie bei ihrem ersten Abendessen nach ihrer Rückkehr nach Templeton House. Der Ausschnitt, ein tiefes Quadrat, bildete den perfekten Rahmen für das Perlenkollier. Sie hatte es als cleveren Schachzug angesehen, die Kette wieder aus dem Schaufenster zu nehmen und sie stattdessen auf weichem, weiblichen Fleisch zur Schau zu stellen. Die Wahl des Stückes für die Auktion war ein Volltreffer.

Nicht nur, weil das Kollier ungemein schmeichelte, überlegte sie, sondern weil es sie an einen Lebensabschnitt erinnerte, den sie ein für allemal abgeschlossen hatte: an einen einsamen alten Mann, dem sie eine Stütze gewesen war.

Es kam schließlich selten vor, dass Margo Sullivan ihr Herz sprechen ließ und etwas aus Freundlichkeit statt aus Berechnung tat.

Wobei es Dutzende von Margos gab, stellte sie mit der Zeit

fest. Beinahe neunundzwanzig Jahre hatte sie gebraucht, um zu erkennen, dass die eine jede Warnung in den Wind schlug und die andere sich endlos in idiotischen Ängsten erging. Dann war da die Margo, die wusste, wie man einen antiken Tisch einwachste, und die andere, die den ganzen Tag über mit einem Stapel Modezeitschriften herumlungerte. Diejenige, die das größte Vergnügen beim Kauf eines Art-nouveau-Gefäßes empfand, um hinterher seinen Anblick zu Hause auf einem Regal zu genießen. Und diejenige, die es richtig kribbelte, wenn ihr der Verkauf desselben Gegenstandes gelang. Überdies die Margo, die mit einem Lächeln Männer jeden Alters in den Wahnsinn trieb.

Und diejenige, in deren Herz unvorhergesehenermaßen nur noch Platz für einen war.

Wo blieb er nur? Krank vor Aufregung steckte sie sich eine weitere Zigarette zwischen die Lippen. Schließlich war es beinahe so weit, und sie standen abermals kurz vor der Stunde null. Er sollte hier an ihrer Seite sein. Dies war doch ein kritischer Tag für sie! Und Josh hatte sie in solchen Zeiten stets durch seine Anwesenheit gestützt.

Tatsächlich war er immer für sie da, dachte sie überrascht. Wie seltsam, dass er sich an Wendepunkten ihres Lebens stets blicken ließ.

»Warum isst du die Packung nicht einfach auf und bringst es auf diese Weise hinter dich?«, schlug Kate vor, als sie das Geschäft betrat.

»Was?«

»Wenn du dir diese Zigarette unbedingt einverleiben musst, dann kau sie doch gleich richtig. Der Verkehr ist wahrhaftig mörderisch«, fügte sie hinzu. »Ich musste drei Blöcke weiter parken und hasse es, in diesen dämlichen Schuhen zu laufen, zu deren Kauf du mich gezwungen hast.« Sie schüttelte ihren praktischen Mantel ab, hob die Arme und sah Margo fragend an. »Und, was mache ich so für einen Eindruck?«

»Lass mich dich angucken.« Margo drückte ihre Zigarette aus und fuhr mit ihrem Finger im Kreis herum, damit Kate eine Drehung unternahm. Der fließende, schlichte, schwarze Samt passte gut zu ihrer kantigen Figur, der der neckisch gerundete Ausschnitt des Kleides eine ungewohnte Weichheit verlieh. Kates Rücken war von verführerisch wenig Stoff bedeckt.

»Eindeutig ist dieses Kleid für dich wie geschaffen. Auch wenn du nur aus Haut und Knochen bestehst und obendrein noch entsetzlich flachbrüstig bist, wirkst du beinahe elegant.«

»Ich fühle mich wie eine Blenderin, und außerdem hole ich mir in dem dünnen Fetzen sicherlich den Tod.« Die Kritik an ihrem Körper störte Kate nicht halb so wie die Tatsache, dass das schulterfreie Kleid alles andere als praktisch war. »Warum konnte ich denn nicht in meiner eigenen Kluft kommen? Mein Abendkostüm ist wohl kaum zu verachten.«

»Das Abendkostüm hebst du dir am besten für die nächste Steuerberatertagung auf.« Margo zog ihre geschwungenen Brauen hoch. »Diese Ohrringe!«

»Was ist damit?« Kate hob schützend die Hände über die gerügte Pracht. »Es sind die schönsten Stücke, die ich besitze.«

»Aber irgendwie sehen sie nach Massenware aus. Wie ist es nur möglich, dass wir in demselben Haushalt groß geworden sind?«, wunderte sich Margo, während sie in Richtung der Schmuckvitrine ging und nach kurzem Überlegen ein Paar kinnlanger, mit Rheinkieseln besetzter Hänger aus einer Samtschatulle nahm.

»Diese Dinger sehen aus wie das Gebaumel eines Kronleuchters. Damit mache ich mich erst recht lächerlich.«

»Statt dich mit einer Expertin zu streiten, sei ein braves Mädchen und zieh sie an.«

»Wie ich es hasse, mich zu verkleiden!« Übelgelaunt trat Kate vor einen Spiegel und tauschte die Ohrringe aus. Noch mehr hasste sie es allerdings, dass Margo recht hatte. Die Kristallklunker verliehen ihr eine ungeahnte Eleganz.

»In der Küche ist alles unter Kontrolle.« Ein Tablett mit drei Champagnerflöten in den Händen, kam Laura die Wendeltreppe herunterbalanciert. »Ich dachte, wir stoßen schon einmal miteinander an, bevor …« Am Fuß der Treppe verschlug es ihr den Atem. »Wow! Sehen wir nicht allesamt phantastisch aus?«

Margo betrachtete Lauras schmal geschnittenes Abendkostüm aus schimmerndem Satin, dem eine Reihe perlenbesetzter Knöpfe den letzten Pfiff verlieh. »Allerdings.«

»Ich verstehe beim besten Willen nicht, warum wir alle Schwarz tragen müssen«, beschwerte Kate sich.

»Damit drücken wir unsere Verbundenheit miteinander aus.« Margo nahm ihr Glas und hob es in die Luft. »Auf die Partnerschaft!« Nach einem Schluck legte sie sich die Hand auf den Bauch. »Mein Magen spielt vollkommen verrückt.«

»Willst du vielleicht ein Tums?«, bot Kate hilfreich an.

»Nein. Im Gegensatz zu dir bilden bei mir Magentabletten nicht den Hauptbestandteil meiner Nahrung.«

»Ach ja, ich hatte ganz vergessen, dass du eher auf Tranquilizer stehst.«

»Beruhigungsmittel kommen genauso wenig infrage«, widersprach Margo vehement, obgleich sie für den Notfall eine Tablette bei sich trug. Aber das erwähnte sie lieber nicht. »Und jetzt schaff den Lumpen, den du Mantel nennst, in den Hinterraum, ehe er die Gäste vergrault. Bist du sicher, dass ich oben nicht noch mal nach dem Rechten sehen soll?«, fragte sie Laura.

»Dort ist alles in Ordnung. Kein Grund zur Panik!«

»Ich bin nicht in Panik. Schließlich haben wir nur die lächerliche Summe von zehntausend Dollar in diese kleine Party investiert. Weshalb sollte ich mich denn aufregen? Findest du nicht auch, dass die Lichterkette doch ein bisschen übertrieben ist?«

»Sie sieht bezaubernd aus. Reiß dich zusammen, Margo, ich bitte dich.«

»Tu ich ja! Aber vielleicht wäre eine kleine Beruhigungspille tatsächlich nicht verkehrt. Nein, nein.« Sie nahm eine weitere Zigarette aus der Packung, die auf dem Tresen lag. »Ich stehe die Sache lieber ohne Chemie durch.« Sie bemerkte, dass Laura missbilligend auf den Champagner und den Tabak sah, und stöhnte. »Erwarte bitte keine Wunder von mir.«

Aber die Zigarette packte sie wieder weg. »Natürlich bin ich süchtig.«

»Tja«, stellte Laura mit einem reglosen Lächeln fest, »solange du es wenigstens zugibst …«

»Irgendwie finde ich diesen grässlichen Empfang schlimmer als die Eröffnung. Vielleicht, weil deine Eltern extra ihren Rückflug nach Europa verschoben haben, um dabeizusein?«

»Und weil viel für uns davon abhängt, Candy zu beweisen, dass wir uns trotz ihrer Machenschaften durchsetzen«, fügte Kate hinzu, als sie aus dem Hinterzimmer kam.

»Allerdings«, pflichtete Margo ihr bei, wobei sie diesen Gedanken absurderweise als tröstlich empfand. »Ich muss sagen, das Ding hier bedeutet mir mittlerweile einiges. Und dabei mache ich mir nicht nur Sorgen um unsere Investitionen. Inzwischen geht es längst nicht mehr nur ums Geld.« Sie sah sich die Vitrinen an, in denen sie das zum Verkauf bot, was ihr einst so wichtig gewesen war.

»Nicht zuletzt fühle ich mich ein bisschen schuldig. Mir ist klar, dass ich diesen Wohltätigkeitsempfang zugunsten unterprivilegierter Kinder nur deshalb veranstalte, weil ich den Laden retten will.«

»Na, nun bleib mal auf dem Teppich«, wies Kate sie zurecht. »Schließlich profitieren die Kleinen von diesem Empfang. Ohne Spendensammler und Leute, die spenden, weil sich das Geld von der Steuer absetzen lässt, gäbe es diesen Hilfsfonds gar nicht erst.«

»Erinnere mich bitte jedes Mal wieder daran, wenn ein gieriger Glanz in meine Augen steigt.« So wie in diesem Augenblick. »Verdammt, ich hoffe, dass ich heute Abend einige gut gefüllte Taschen leeren kann.«

»So ist's schon besser!« Kate hob zustimmend ihr Glas. »Allmählich hast du mir regelrecht Angst eingejagt.« Als sich der Eingang öffnete, drehte sie sich um. »Oh, Hilfe, mein Herz!« In gespielter Tragik hob sie die Hand an ihre Brust. »Niemand versetzt mich je in ähnliche Aufregung wie ein Mann im Abendanzug.«

»Ihr seht ebenfalls nicht übel aus.« Josh hielt den Damen drei weiße Rosen hin. »Bei eurem Anblick werden sicher jedem echten Mann die Knie weich.«

»Besorgen wir diesem Charmeur erst mal etwas zu trinken, Kate.« Laura nahm ihre Freundin fest bei der Hand und zerrte sie entschieden die Treppe hinauf.

»Das schaffe ich wohl noch allein.«

»Würde mich freuen …«

Kate drehte sich um, sah, wie Josh und Margo einander anstarrten, und schüttelte den Kopf. »Himmel, reicht es nicht aus zu wissen, dass sie miteinander schlafen? Müssen wir jetzt auch noch bezeugen, wie sie einander lüstern in die Augen blicken? Manche Menschen haben einfach keine Selbstbeherrschung.«

»Du hast genug für uns alle drei«, murmelte Laura und schleppte sie weiter die Treppe hinauf.

»Auf einmal fürchtete ich, dass du nicht rechtzeitig kommst.«

Josh hob Margos Hand an seine Lippen und sah dabei auf die Uhr. »Und dabei bin ich sogar noch fünfzehn Minuten zu früh. Ich dachte, wenn ich, wie normalerweise, ein wenig später eintreffe, um mir einen gebührenden Auftritt zu verschaffen, brächtest du mich sicher um.«

»Allerdings. Wie findest du unsere Dekoration?«

»Erwartest du allen Ernstes, dass ich Augen für irgendetwas anderes habe als für dich?«

Auch wenn ihr Puls flatterte, gackerte sie entzückt. »Junge, ich muss wirklich in einer schlechten Verfassung sein, wenn eine derart abgedroschene Redensart mein Blut in Wallung bringt.«

»Es ist mein Ernst«, sagte er und beobachtete, wie ihr Lächeln schwand. »Ich liebe es, dich anzusehen.« Er legte eine Hand an ihre Wange, beugte sich vor und gab ihr einen langsamen, gründlichen Kuss. »Wunderschöne Margo. Meine Margo ganz allein!«

»Tja, auf alle Fälle lenkst du mich … küss mich noch einmal.«

»Sehr gern.«

Er küsste sie so ausgiebig, bis außer ihm tatsächlich alles aus ihren Gedanken verschwunden war. Als sie einen Schritt nach hinten trat, lag seine Hand immer noch sanft an ihrer Wange. »Es ist anders als vorher«, brachte sie mühsam hervor.

»Höchste Zeit, dass du das begreifst!«

»Aber das sollte es nicht.« Dieses Mal wurde sie aus anderen Gründen als zuvor nervös. »Ich weiß nicht, ob ich damit einverstanden bin.«

»Zu spät«, murmelte er.

Wieder wallte bei aller Freude Panik in ihr auf. »Ich muss …« Beinahe hätte sie erleichtert aufgeseufzt, als weitere Gäste erschienen.

»Ich dachte, wir kommen besser, bevor der große Ansturm beginnt«, rief Thomas fröhlich aus. »Nimm deine Hände von dem Mädchen, Josh, und lass mal jemand anderen ran!« Als Margo in seine Arme flog, hob er, an seinen Sohn gewandt, spöttisch die Brauen. »Mir hat sie zuerst gehört.«

Was nicht die geringste Rolle spielt, dachte Josh, während er Margo, lässig an den Tresen gelehnt, beobachtete. Wer zuletzt lacht, lacht am besten!

Zumindest war dies die Hoffnung, an die er sich klammerte.

Um zehn, zwei Stunden nach Beginn des ersten jährlichen Wohltätigkeitsempfangs im »Schönen Schein«, war Margo ganz in ihrem Element. Hier fühlte sie sich wohl – inmitten elegant gekleideter Menschen, die unbekümmert miteinander plauderten und sich hin und wieder unabsichtlich mit ihren seidenbedeckten Ellbogen anrempelten, während sie Champagner nippten oder exklusives Mineralwasser.

Diese Welt war ihr stets begehrenswert erschienen. Und heute hatte sie sie bei sich zu Gast!

»Wir dachten, dass ein, zwei Wochen in Palm Springs die Sache klären würden.«

»Ich verstehe nicht, wie sie es schafft, für seine Affären immer noch so blind zu sein. Schließlich trifft er die Weiber ganz unverfroren in aller Öffentlichkeit.«

»Seit unserer letzten Parisreise habe ich ihn nicht mehr gesehen.«

Small Talk unter Privilegierten, dachte Margo und wusste genau, welche Reaktion man jeweils von ihr erwartete. Auch schon in Mailand hatte sie viele hinreißende Feste gegeben. Sie wusste, wie man drei Gespräche gleichzeitig am Laufen hielt, ein Auge auf die Bedienung hatte und zugleich so tat, als dächte man einzig über den nächsten Schluck Champagner nach.

Außerdem verstand sie es perfekt, hinterhältige oder bösartige Bemerkungen zu ignorieren, die ihr zu Ohren kamen.

»Stellt euch nur vor, alles verkaufen zu müssen. Ich meine, selbst die eigenen Schuhe. Einfach grauenhaft …«

»… erst letzte Woche hat Peter sie darum gebeten, endlich die Scheidung einzureichen, damit sie nicht vollends das Gesicht verliert. Das arme Ding soll frigide sein. Es heißt, dass selbst medizinische Koryphäen machtlos waren.«

Diese Bemerkung hätte Margo sicherlich nicht ignoriert, hätte sie den Redner ausmachen können, aber ehe sie es sich versah, hörte sie noch mehr.

»Wirklich clever, alles wie in einer interessanten europäischen Wohnung einzurichten. Ich bewundere die Sammlung von Puderdosen. Und den kleinen Elefanten möchte ich unbedingt.«

»Im Nebenzimmer hängt ein Kleid von Valentino, das geradezu danach schreit, dass du es kaufst. Sieh es dir am besten sofort einmal an.«

Sollten sie schwafeln, was sie wollten, entschied Margo und setzte ein Lächeln auf. Hauptsache, der Laden lief.

»Tolle Party!« Judy Prentice glitt neben sie.

»Vielen Dank.«

»Ich nehme an, dass Candy durch einen anderen Termin verhindert ist.«

Als Margo das Blitzen in Judys Augen sah, kräuselte sie die Lippen. »Leider konnten wir sie nicht einladen …«

»Ach, tatsächlich?« Judy beugte sich näher. »Da beißt sie sich sicher in den Arsch vor Wut.«

»Sie sind echt sympathisch!«

»Wunderbar. In dem Fall macht es Ihnen sicher nichts aus, mir das Abendtäschchen mit dem Blumendekor aufzuheben, bis ich es abholen komme?«

»Das von Judith Leiber? Betrachten Sie es schon mal als Ihr Eigentum. Es gibt auch noch die passende Lippenstifthülse und Puderdose dazu. Das Ganze ist ein wirklich hübsches Set.«

»Sie haben es in sich, meine Liebe!« Judy warf ihre Hände in die Luft. »Also gut, legen Sie alle drei Dinge für mich zurück. Ich komme dann nächste Woche vorbei.«

»Kunden wie Sie wissen wir zu schätzen!« Sie legte eine Hand auf Judys Schulter, ehe sie sich geschickt an ihr vorüberschob. »Oh, und vergessen Sie nicht, noch etwas Geld beiseitezulegen für die Auktion. Ich habe gehört, wie das Kollier geradezu nach Ihnen schrie.«

»Margo, das Teufelsweib!«

Lachend wandte sich Margo dem nächsten Grüppchen zu. »Wie schön, Sie zu sehen. Was für ein herrliches Armband!«

»Sie ist vollkommen natürlich, nicht wahr?«, flüsterte Susan ihrem Sohn ins Ohr. »Niemand käme auf den Gedanken, dass sie vor lauter Aufregung in den letzten Nächten kaum geschlafen hat.«

»Siehst du, wie sie mit den Fingern über den Stiel ihres Glases streicht? Sie kann die Hände einfach nicht ruhig halten, wenn sie angespannt ist. Aber trotzdem macht sie ihre Sache großartig.«

»So gut, dass ich Laura gerade darum bat, zwei Jacken, eine Tasche und eine juwelenbesetzte Schnupftabaksdose für mich beiseitezuschaffen.« Susan hakte sich bei Joshua ein und lachte über sich selbst. »Allmächtiger, dabei haben die Jacken einmal Laura gehört. Ich kaufe also die abgelegte Garderobe meiner Tochter.«

»Tja, aber zumindest hat sie einen hervorragenden Geschmack. Wenn auch nicht bei Männern, fürchte ich.«

Susan tätschelte ihm die Hand. »Sie war einfach zu jung, um es besser zu wissen, und zu verliebt, als dass sie sich von der Sache abhalten ließ.« Inzwischen war Laura älter, dachte Susan, und hatte eine äußerst schmerzliche Erfahrung hinter sich. »Aber du behältst sie und die Mädchen im Auge, wenn dein Vater und ich wieder in Europa sind, nicht wahr?«

»In letzter Zeit habe ich meine Pflichten als Bruder leider etwas vernachlässigt.«

»Du warst abgelenkt, und außerdem hattest du mit dem Ordnen deiner eigenen Verhältnisse zu tun.« Ihr scharfer, mütterlicher Blick glitt durch den Raum, bis er Laura fand. »Ich mache mir ein bisschen Sorgen, denn ich finde, dass sie sich allzu tapfer hält.«

»Es wäre dir also lieber, wenn sie als Häufchen Elend herumsäße, ja?«

»Ach was, nur falls sie tatsächlich zusammenbricht, soll sie nicht alleine sein.« Dann jedoch sah sie erleichtert, wie Kate und Margo mit ihrer Tochter plauderten. »Nun, ich bin sicher, die beiden lassen sie nicht im Stich.«

»Wir müssen eine Liste erstellen«, flüsterte Margo ihren Freundinnen zu. »Ansonsten legen wir früher oder später bestimmt ein und dieselbe Sache für verschiedene Leute zurück. Ich kann mir einfach nicht merken, wer was haben will.«

»Siehst du nun ein, dass wir die Kasse hätten öffnen sollen?«, knurrte Kate.

»Das wäre geschmacklos gewesen.«

Kate bedachte Margo mit einem bösen Blick. »Falls du es vergessen hast, lass mich dich daran erinnern, dass dies ein Laden ist.«

»Margo hat recht – es hätte ein bisschen billig gewirkt, wenn wir im Rahmen eines Wohltätigkeitsempfangs Geschäfte abwickeln.«

»Der Himmel bewahre mich vor allzu großer Sensibilität!« Kate atmete so heftig aus, dass ihre Ohrgehänge klimperten. »Ich verziehe mich jetzt erst mal ins Lager und beschrifte die versprochenen Waren. Was, zum Teufel, hast du der Prentice noch mal zugesagt?«

»Ein Abendtäschchen.« Margo leckte sich genüsslich die Lippen. »Schreib einfach ›juwelenbesetzte Abendtasche‹ auf. Dann weiß ich schon Bescheid. Und fang bloß nicht an, auf dem Computer herumzuspielen. Ich warne dich. Du bist hier, weil du dich unter die Gäste mischen sollst.«

»Mein Soll ist erfüllt! Hier läuft einfach niemand Interessantes herum – abgesehen von diesem einen Typen, der da in der Ecke lehnt – sieht ganz nett aus, finde ich.« Sie reckte den Kopf und sah sich nach dem Gegenstand ihres Interesses um. »Da, der mit dem Schnauzer und den breiten Schultern. Seht ihr ihn?«

»Lincoln Howard«, gab Laura Auskunft. »Verheiratet.«

»Typisch«, murmelte Kate und machte sich auf die Socken.

»Du solltest sie dazu bewegen, das Kleid zu behalten«, empfahl Laura. »So gut hat sie noch nie ausgesehen.«

»Sie sähe noch besser aus, wenn sie nicht ständig herumrennen würde, als käme sie zu spät zu einem Steuertermin.« Gerade noch rechtzeitig hielt Margo inne, ehe sie wieder die Hand auf ihren nervösen Magen presste. »Langsam wird es Zeit für die Auktion, Laura.« Sie nahm ihre Freundin bei der Hand. »Himmel, ich brauche wirklich eine Zigarette.«

»Dann beeil dich damit! Der Vertreter des Kinderhilfswerks bedrängt mich schon seit zehn Minuten, dass ich endlich anfangen soll.«

»Kein Problem. Ich paffe nur kurz eine, und dann zeige ich die Perlen ein letztes Mal herum, bevor ich mich zu Mr. Templeton durchkämpfe und ihm das Startzeichen gebe.«

Sie glitt durch den Raum, blieb immer wieder einmal stehen, nahm jemanden am Arm, tauschte ein paar Späße aus und winkte dezent die Bedienung dorthin, wo der Champagner ausgegangen war. Sobald sie Kate aus dem Lager kommen sah, wandte sie sich Thomas zu.

»Es ist so weit. Ich möchte Ihnen nochmals dafür danken, dass Sie uns behilflich sind.«

»Schließlich ist es für einen guten Zweck«, sagte er, während er ihr freundlich über die Wange strich. »Also machen wir uns ans Werk.«

»Genau.« Hand in Hand ging sie mit ihm durch den Raum. Das Gemurmel der Gäste verstärkte sich, während man sie mit Blicken verfolgte; sie wusste, wie sich die Spannung der Menschen am besten steigern ließ. Aus der Nähe drang neugieriges Flüstern an ihr Ohr.

»Ich weiß wirklich nicht, was Candy meint. Sie sieht weder geschwächt noch verzweifelt aus.«

»Tommy Templeton hätte die Sache mit seinem Sohn gar nicht erst so weit kommen lassen, wenn sie die durchtriebene Hure wäre, als die Candy sie bezeichnet.«

»Meine Liebe, wenn Männer durchtriebene Huren erkennen würden, sobald sie ihnen gegenüberstehen, dann wäre es ja wohl kaum das älteste Gewerbe der Welt.«

Thomas' Griff um ihre Hand verstärkte sich und sie sah ihn strahlend, doch gleichzeitig auch verloren an. »Keine Sorge!« Sie stellte sich auf Zehenspitzen und gab ihm einen Kuss. »Dass ich durchtrieben bin, stimmt immerhin.«

»Wenn ich kein Mann wäre, würde ich dieser eifersüchtigen Ziege eins vor den Latz knallen.« Seine Augen blitzten schelmisch. »Ich werde Susie darum bitten, es für mich zu erledigen.«

»Vielleicht später.« Erneut drückte sie ihm die Hand und wandte sich dann der Menge zu. »Ladys und Gentlemen, darf ich Ihre Gespräche bitte für einen Moment unterbrechen …« Sie wartete, bis langsam das letzte Flüstern verklang. »Zunächst möchte ich mich bei Ihnen dafür bedanken, dass Sie so zahlreich zu unserem Empfang erschienen sind.«

Sie hatte die Rede zusammen mit Laura und Kate sorgfältig geplant, doch plötzlich war ihr Kopf ein Vakuum. Sie riss sich zusammen und betrachtete die Gesichter der Besucher.

»Vor allem danken wir Ihnen dafür, dass Sie geblieben sind – auch nach dem Champagner. Die meisten von Ihnen wissen über meine … bunte Vergangenheit Bescheid und darüber, dass meine Karriere mit einem der brisanten Skandale endete, über die man immer so gern in der Zeitung liest.«

Sie begegnete Lauras besorgtem Blick und lächelte. »Als ich Europa verließ und wieder nach Hause kam, tat ich das nicht in der Annahme, Amerika sei das Land der unbegrenzten Möglichkeiten und der freien Unternehmen. Ich kam zurück, weil man mit gebrochenem Herzen nach Hause fährt. Und ich hatte

Glück, denn man nahm mich mit offenen Armen daheim auf.« Sie suchte ihre Mutter in der Menge und sah sie an. »Die Schuld an meinen Fehlern trägt niemand außer mir allein. Ich hatte eine Familie, die mich liebte, umsorgte und behütete. Anders als die Kinder, die auf das, was das Hilfswerk ihnen bietet, verzweifelt angewiesen sind. Sie sind gebrochen, denn sie wurden nie geliebt, behütet und umsorgt. Diese Geschöpfe müssen sich anders durchschlagen als jeder von uns hier in diesem Raum. Heute Abend möchte ich zusammen mit meinen Partnerinnen Laura Templeton und Kate Powell einen freundlichen Beitrag dazu leisten, dass eine wenn auch kleine Anzahl dieser Kinder wenigstens eine Chance erhält.«

Sie legte die Hände in ihren Nacken, nahm die Perlenkette ab und ließ sie durch ihre Finger gleiten. »Leb wohl, guter alter Freund«, murmelte sie und fuhr dann lauter fort: »Ich hoffe, Sie werden nicht kleinlich sein. Denken Sie daran, es ist nur Geld.« Nun hängte sie die Kette an einen samtüberzogenen Ständer und winkte Thomas. »Mr. Templeton.«

»Miss Sullivan.« Er nahm ihre Hand und küsste sie. »Du bist ein braves Mädchen. Na, dann wollen wir mal!« Während Margo sich unter die Leute mischte, wandte er sich den Besuchern zu, beschrieb mit dröhnender Stimme das einzige Stück, das es zu ersteigern gab, und forderte die Interessenten, von denen er viele mit Namen kannte, zu Großzügigkeit auf.

»Das war besser als das Skript«, flüsterte Laura.

»Viel besser.« Kate legte Margo einen Arm um die Taille und drückte sie. »Hoffen wir nur, dass deine Rede ein paar von diesen Knicksäcken dazu inspiriert, ihre Börsen zu öffnen.«

»Fünfhundert.«

»Fünfhundert.« Thomas runzelte die Stirn. »Himmel, Pickerling, das ist ja geradezu erbärmlich. Wenn es nicht gegen die Regeln wäre, würde ich so tun, als hätte ich das nicht vernommen.«

»Siebenhundertfünfzig.«

Schnaubend schüttelte er den Kopf. »Elende siebenhundertfünfzig. Höre ich vielleicht irgendwo tausend?« Er nickte, als einer der Besucher die Hand hob. »Eintausend, jetzt wird es langsam besser.«

Das Bieten ging weiter, wobei einige Zahlen riefen und andere lediglich den Finger hoben, ernst nickten oder wichtigtuerisch mit den Armen fuchtelten.

Als das erste Angebot über fünftausend erklang, nahm Margos Anspannung ein wenig ab. »So ist's gut«, murmelte sie. »Am besten rechne ich mir nicht lange aus, welcher Profit uns da gerade entgeht.«

»Das Ganze macht mich wahnsinnig.« Kate wühlte in ihrer Tasche nach ihrer Rolle Tums.

»Sechstausendzweihundert«, fuhr Thomas fort. »Madam, Sie haben einen regelrechten Schwanenhals. Diese Perlen scheinen für Sie wie maßgefertigt.«

Die angesprochene Besucherin brach in lautes Lachen aus. »Tommy, Sie sind ein Schmeichler. Also gut, sechs fünf.«

»Wie viel, hast du gesagt, ist diese Kette wert?« erkundigte sich Kate.

»Du meinst den Einkaufspreis bei Tiffany's? Zwölf fünf vielleicht.« Margo versuchte, durch den Wald von Händen zu sehen, der sich vor ihr erhob. »Also kriegen sie das Ding immer noch zu einem Vorzugspreis.«

Als die Gebote neuntausend erreichten, wäre sie vor Begeisterung am liebsten durch den Raum getanzt. Bei zehn wünschte sie sich, sie könnte auf einen Stuhl klettern, um aus der Höhe zu sehen, wer noch unter den Bietenden war. »Ich hätte nie gedacht, dass sie so weit gehen. Offenbar habe ich ihre edle Gesinnung unterschätzt.«

»Und ihre Freude am Wettbewerb.« Kate balancierte auf den Zehenspitzen. »Anscheinend bieten noch zwei, drei Leute mit, aber wer das ist, kann ich nicht sehen.«

»Und sie meinen es ernst«, murmelte Margo. »Kein einziges Scheinangebot.«

»Zwölftausend.« Thomas sah sich fragend um. »Sehe ich irgendwo zwölf fünf? Ja, zwölf fünf. Dreizehn?« Als der von ihm ins Auge gefasste Interessent den Kopf schüttelte, wandte er sich an jemand anderen. »Dreizehn? Geht in Ordnung. Dreizehn sind geboten, bieten Sie auch dreizehn fünf? Das nächste Gebot wäre dreizehn fünf. Da haben wir es. Dreizehn fünf. Gehen Sie auf vierzehn? Dieser Mann weiß, was er will. Vierzehn sind geboten. Wer bietet vierzehn fünf? Das Gebot liegt bei vierzehn fünf. Vierzehntausendfünfhundert zum Ersten, und zum Zweiten, bitte sehr! Das Kollier geht für vierzehntausendfünfhundert an den Mann mit dem hervorragenden Geschmack und mit dem Blick für Qualität.«

Begeisterter Applaus und fröhliches Gelächter wurden laut. Margo war zu beschäftigt mit dem Versuch, die in Bewegung geratene Menge zu überschauen, als dass sie die eigenartigen Blicke ringsum wahrnahm.

»Wir sollten dem Gewinner gratulieren! Sorgt dafür, dass sein Bild in die Zeitung kommt. Wer auch immer ihn als Erste erreicht, soll ihn festhalten, damit er uns nicht durch die Lappen geht.«

»Margo, meine Liebe …«

Sie hatte keine zwei Schritte getan, als jemand unsanft ihren Arm ergriff. Während sie in das Gesicht der Frau starrte, kramte sie verzweifelt in ihrem Gedächtnis nach deren Namen, ehe sie sich für den üblichen Ausweg entschied. »Meine Liebe, wie schön, dich hier zu sehen!«

»Ich habe mich wirklich prächtig amüsiert. Was für ein netter Empfang und welch reizendes kleines Geschäft! Gerne wäre ich schon vor Wochen einmal vorbeigekommen, aber ich hatte einfach zu viel zu tun. Falls man mich bitten sollte, noch einem einzigen weiteren Komitee beizutreten, schneide ich mir die Pulsadern auf.«

Eine von Candys Freundinnen, erinnerte sich Margo plötzlich. Terri, Merri oder … Sherri. »Es freut mich, dass du es trotz deines vollen Terminkalenders geschafft hast hereinzuschauen.«

»Mich freut es ebenfalls. Ich habe einen herrlichen Abend verbracht. Außerdem bin ich verliebt in diese wunderbaren Ohrringe. Die mit den kleinen Rubinen und Perlen. Sie sind einfach unwiderstehlich. Kannst du mir vielleicht sagen, an welchen Preis du dabei denkst? Ich werde darauf bestehen, dass Lance sie für mich kauft, nachdem er bei der Auktion schon gegen Josh verloren hat.«

»Ich muss nachsehen … gegen Josh?« Sie riss die Augen auf. »Josh hat das Kollier ersteigert?«

»Als wüsstest du das nicht!« Sherris Augen glitzerten, während sie Margo erneut den Arm tätschelte. »Wirklich clever von dir, dafür zu sorgen, dass er sich darum bemüht. Auf diese Weise verlierst du es nun doch nicht.«

»Ja, nicht wahr? Ich lege dir die Ohrringe zurück, Sherri. Komm nächste Woche während der Geschäftszeiten vorbei und sieh sie dir genauer an, wenn du willst. Und jetzt musst du mich bitte entschuldigen.«

Sie kämpfte sich durch die Menge und wünschte Dutzenden von Besuchern eine gute Nacht, während sie sich zu einem strahlenden, unbekümmerten Lächeln zwang. Schließlich fand sie Josh, wie er skrupellos mit der heranwachsenden Tochter eines Mitglieds des Verwaltungsrats von Templeton flirtete.

»Dürfte ich dich bitte einmal für eine Minute entführen, Josh?«, setzte sie an, als sie den Schmollmund der Kleinen sah. »Vielleicht könntest du mir kurz im Lager behilflich sein?« Beinahe hätte sie ihn durch die Tür gestoßen, ehe sie sie schloss. »Was fällt dir eigentlich ein?«

»Ich habe nur dafür gesorgt, dass die Kleine heute nacht etwas zum Träumen hat.« Die Unschuld in Person, hob er die Hände:

»Nicht eine einzige Berührung! Dafür gibt es Zeugen, falls du mir nicht glaubst.«

»Hier ist nicht die Rede von deinem jämmerlichen Flirt mit einem kleinen Mädchen, das deine Tochter sein könnte.«

»Sie ist siebzehn. Ich habe sie lediglich mit mir flirten lassen, damit sie ein wenig Erfahrung auf dem Gebiet bekommt.«

»Wie gesagt, ich rede nicht von dieser Albernheit, auch wenn du dich dafür schämen solltest. Was hast du dir nur dabei gedacht, das Kollier zu kaufen?«

»Ach, das!«

»Genau. Weißt du, wie das aussieht?«, zischte sie.

»Ja, es ist eine dreireihige Kette mit erstklassigen Perlen und einem bogenförmigen diamantbesetzten Verschluss aus achtzehnkarätigem Gold.«

Schäumend packte sie ihn an der Weste. »Ich weiß, wie das verdammte Ding aussieht.«

»Warum hast du dann danach gefragt?«

»Treib jetzt bloß keine krummen Anwaltsspielchen mit mir.«

»Ich glaube, nicht Anwälte genehmigen sich Spielchen, sondern Politiker.«

Sie hielt die Hände hoch, schloss die Augen und holte tief Luft. »Es sieht aus, als hätte ich dich dazu überredet, die Kette zurückzukaufen – und dass du mehr als den tatsächlichen Wert für sie bezahlst, nur damit ich den Kuchen bekomme und gleichzeitig essen kann.«

Aller Voraussicht nach würde es sie wahrscheinlich nicht amüsieren, wenn er sie daran erinnerte, dass es bei der Versteigerung keine Spur von Kuchen gab. »Meiner Ansicht nach war das Geld für einen wohltätigen Zweck bestimmt.«

»Das Geld ja, aber die Kette …«

»… wurde an den Meistbietenden veräußert.«

»Die Leute werden denken, ich hätte dich um diese Aktion gebeten.«

Er legte den Kopf auf die Seite und sah sie voller Interesse an. Ja, ihr Gesicht war gerötet, und in ihren Augen funkelte es. Diese Empörung stand ihr wirklich gut. »Seit wann macht es dir etwas aus, was man über dich tuschelt?«

»Ich versuche zu lernen, mich einzufügen.«

Nachdenklich sah er sie an. »Warum?«

»Weil ...« Sie senkte die Lider. »Ich weiß es nicht ... beim besten Willen nicht.«

»Also gut, dann.« Er zog die Perlenkette aus der Tasche, ließ sie durch seine Finger gleiten. »Es sind doch nichts weiter als ein paar Sandkörner, die die Natur im Laufe der Zeit unter Zuhilfenahme von etwas Kohlenstoff in etwas Hübsches verwandelt hat.«

»So kann wohl nur ein Mann daherreden.«

Er hob den Kopf, woraufhin sich ihr Magen schmerzlich zusammenzog. »Ich habe mich entschlossen, sie zu kaufen, als ich in dir war, als du nichts anderes als die Kette trugst und mich angesehen hast wie deinen allerersten Anbeter! Auch so redet wohl nur ein Mann. Ein Mann, der dich liebt, Margo. Ein Mann, der dich liebt, seit er denken kann.«

Außer sich vor Erregung blickte sie auf. »Ich kriege keine Luft mehr, Josh.«

»Das Gefühl kenne ich.«

»Nein, mir dreht sich alles.« Eilig sank sie auf einen Stuhl und legte ihren schwindelnden Kopf zwischen die Knie.

»Das ist eine ziemlich heftige Reaktion auf eine Liebeserklärung, finde ich.« Er schob die Perlen in seine Tasche zurück und strich ihr sanft über den Kopf. »Ist das bei dir normal?«

»Nicht unbedingt.«

Seinen Mund umspielte ein zufriedenes Lächeln. »Na immerhin etwas.«

»Ich bin noch nicht bereit.« Sie atmete langsam ein und aus. »Es geht mir zu schnell – mit dir. Ich liebe dich ebenfalls, aber habe es noch nicht im Griff.«

Bei aller Phantasie wäre ihm niemals eingefallen, dass sie ihm ihre Liebe gestehen könnte mit dem Kopf zwischen den Knien.

»Würde es dir etwas ausmachen, dich aufzusetzen und das noch einmal zu wiederholen? Nur den Teil mit ›ich liebe dich‹.«

Vorsichtig schaute sie hoch. »Ich liebe dich, aber – nein, rühr mich jetzt bloß nicht an.«

»Was für ein Quatsch!« Er zerrte sie vom Stuhl und gab ihr einen Kuss, der eher von Ungeduld als Raffinesse zeugte.

18

Kate öffnete die Tür des Lagerraums und ächzte laut, als sie Josh und Margo in inniger Umarmung sah. Vielleicht wärmte das Bild ihr Herz, aber momentan war Rührung nicht angesagt.

»Macht es euch beiden sehr viel aus, euren Trieb so weit zu zügeln, bis wir den Abend mit einigem Anstand beschlossen haben?«

Josh löste seine Lippen gerade lange genug von Margos Mund, um zu schnauben »verzieh dich«, ehe er sich wieder an die Arbeit begab.

»Bestimmt nicht ohne Margo. Draußen warten mindestens noch ein Dutzend Leute darauf, dass sich die Eigentümerinnen des Ladens feierlich von ihnen verabschieden. Alle drei, das heißt, auch die Frau, die du augenblicklich so angestrengt wiederzubeleben versuchst.«

Josh sah sie über Margos Kopf hinweg flüchtig an. »Eins muss man dir lassen, Kate, für Romantik hattest du schon immer einen ausgeprägten Sinn.«

»Ja, das ist meine größte Schwäche.« Sie trat einen Schritt vor und riss Margo von ihm los. »Vielleicht könnt ihr euch nachher noch daran erinnern, an welcher Stelle ihr unterbrochen wurdet. Und jetzt komm, Partnerin! Oh, und Josh, ich nehme an, dass du noch ein wenig hier ausharren willst, bis du wieder … präsentabel bist.«

Um ein Haar wäre er tatsächlich rot geworden, ehe er erwiderte: »Als Schwester solltest du so etwas gar nicht bemerken, finde ich.«

»Bisher habe ich immer noch alles gesehen.« Sie zerrte Margo durch die Tür. »Was ist bloß mit dir los?«, bohrte sie. »Du siehst vollkommen erschlagen aus.«

»Das bin ich auch. Gib mir eins von diesen verdammten Tums, nach denen du süchtig bist.«

»Sobald ich meiner Handtasche habhaft werde«, erwiderte Kate, während sie besorgt Margos Rücken streichelte. »Sag mir, was los ist, ja?«

»Jetzt nicht. Morgen.« Und da sie sich auf ihren Job verstand, lächelte sie vorschriftsmäßig und streckte der Frau, die sich ihnen näherte, beide Hände hin. »Ich bin so froh, dass Sie kommen konnten. Hoffentlich hat Ihnen der Abend gefallen!«

Diese Sätze wiederholte sie in leichten Variationen bald eine Stunde lang, ehe auch der letzte Gast das Haus verließ. Nur aus reiner Notwendigkeit funktionierte sie. Sie sehnte sich nach einem ruhigen Ort, einem ungestörten Augenblick, in dem sie all die Gefühle sortieren konnte, die ihr Inneres aufwühlten; aber die Templetons bestanden auf einem gemeinsamen Mitternachtsimbiss.

Es war beinahe eins, als sie endlich mit Josh das Penthouse betrat. Inzwischen hätte sie wissen sollen, was sie zu sagen und zu tun hatte, dachte sie. Aber als sich die Tür hinter ihnen schloss und sie mit ihm alleine war, geriet sie in Verlegenheit.

»Ich werde sie vermissen – deine Eltern, meine ich –, wenn sie wieder in Europa sind.«

»Genau wie ich.« Er sah sie lächelnd an. Seine förmliche Krawatte war gelockert, und die Manschettenknöpfe seines eleganten Hemds hatte er geöffnet. Margo fand, dass er aussah wie die Figur auf einem exklusiven Werbeplakat für ein hoffnungslos überteuertes, sexy Aftershave. »Du warst während unserer kleinen Feier ungewöhnlich still.«

»Die ganze Zeit fragte ich mich, was ich sagen soll, wenn wir wieder alleine sind.«

»Derartige Überlegungen dürften nicht allzu schwierig sein.« Er trat auf sie zu und zog ihr die Nadeln aus dem Haar. »Ich habe sehnsüchtig darauf gewartet, dich endlich für mich zu haben.« Als ihr Haar lose über ihre Schultern fiel, warf er die Nadeln auf den Ankleidetisch. »Der Rest kommt sicher von allein.«

»Im Grunde sollte wenigstens einer von uns vernünftig bleiben.«

»Warum?«

Zu jedem anderen Zeitpunkt hätte sie gelacht. »Ich weiß nicht, warum, aber ich halte es für ratsam. Und anscheinend bist nicht du derjenige … Josh, irgendwie weiß keiner von uns mit dieser Situation umzugehen.«

»Ich habe eine recht plastische Vorstellung davon, wie jetzt weiter vorzugehen ist.« Seine Arme glitten um ihren Leib, umfassten ihre Schultern und zogen sie an seine Brust.

»Dieser Teil ist leicht, herrlich leicht für uns. Ich glaube nicht, dass wir mehr richtig beurteilen.«

»Warum sollten wir?« Er fuhr mit seinem Mund über ihr Kinn. Sie schmeckte warm und seidig wie zuvor.

»Weil sich die Situation verändert hat.« Wie sollte sie nachdenken, wenn er sie kostete wie eine Delikatesse aus einem Feinkostgeschäft? »Weil ich noch nie richtig verliebt gewesen bin und weil ich glaube, dass es dir ähnlich geht.« Ihr Puls stotterte bereits. »Wir wissen gar nicht, wie man sich in einer solchen Lage verhält.«

»Dann improvisieren wir eben!« Seine Stimmung war allzu beschwingt, als dass er sich von ihrer Logik abschrecken ließ. Er zog am Reißverschluss ihres Kleides, und als sich die Seide öffnete, glitt er mit seinen Händen über ihre Haut.

»Willst du damit etwa sagen, dass nichts anders werden muss?« Erleichterung und Verlangen wallten in ihr auf, während ihr Kleid zu Boden glitt.

Am liebsten hätte er ihr gesagt, dass sie bereits vor vollendeten Tatsachen standen. Aber er kannte sie so gut, dass es im Zusammenhang mit Veränderungen, Verpflichtungen oder Dauerhaftigkeit sicher zu einem Streit käme; entweder wiche sie ihm eilig aus oder stürzte gar davon. »Nichts, was das Wesentliche anbelangt. Das hier, zum Beispiel«, murmelte er, während er mit seinen Daumen über die sanften Schwellungen ihrer Brüste strich, die er in ihrer Fülle aus den trägerlosen Spitzen eines schwarzen Büstenhalters ragen sah. Das Schwarz ihrer Strümpfe stand ebenfalls in einem verführerischen Gegensatz zur Farbe ihrer Haut, so dass er mit seinen Fingern erst über das Nylon, dann über Fleisch und schließlich über zarte Spitzen fuhr und die herrliche Textur genoss. Dabei betrachtete er sie unentwegt.

»Sobald du mich berührst, will ich dich. Das ist etwas, das ich einfach nicht steuern kann.« Es war etwas, das sie ängstigte, und zwar so sehr, dass sie nun energisch jeden rationalen Gedanken beiseiteschob, sein gestärktes weißes Hemd öffnete und das darunter liegende, goldene Fleisch bewunderte. »Ich habe noch nie einen Liebhaber gehabt, der mich bereits erregt, wenn er im selben Zimmer ist wie ich. Wie lange, meinst du, hält so was an?«

»Warten wir es doch einfach ab.« Er drückte sie sanft aufs Bett, so dass sich ihr helles Haar schimmernd über die schwarze Seide des Lakens ergoss. Ihr betörendes Parfüm hüllte ihn ein, während sie ihre langen, geschmeidigen Gliedmaßen begehrlich um ihn schlang.

Sie zog ihn auf sich herab und genoss sein Gewicht auf ihrem Leib, während er sich langsam an ihr rieb. Alles, was in diesem

Moment zählte, war ihre Sehnsucht nach einem Zusammensein, so dass sie ihm ihren Mund, begierig nach einer träumerischen Vereinigung, entgegenhob.

Seit wann brauchte sie seinen Geschmack, den Duft und die Glätte seiner Haut? Wann war, nach all den Jahren der freundschaftlichen, ja gleichsam familiären Verbundenheit, Leidenschaft und Verlangen in ihr Verhältnis gedrungen? Doch weshalb sollte diese Frage, da sein Körper wie geschaffen für sie war, von Bedeutung sein?

Unter seinen Händen summte ihre Haut, und seine Zärtlichkeit rief einen rauen, besitzgierigen Pulsschlag in ihr wach. Das, was in ihrem Inneren zum Leben kam, war zu komplex und vielschichtig, als dass es sich spontan erkennen ließ; also vertagte sie zunächst ihre Überlegungen und ergab sich der Leidenschaft.

Jede ihrer Regungen und jeder ihrer Seufzer drückten ihre Unterwerfung aus. Hier, in diesem großen, weichen Bett, gab es keine Fragen mehr. Nur sie war ihm wichtig.

Lange, geschmeidige Glieder, üppige Rundungen und duftende Samthaut. Ihr Körper war wie geschaffen, Freude zu schenken und zu nehmen. Und niemals wieder teilte sie diese Freude mit jemand anderem als ihm!

Niemand kannte ihre Träume, ihre Ängste und ihr Herz so gut wie er.

Es hämmerte in ihrer Brust, als sie merkte, dass sich sein Verlangen steigerte, und ihr Seufzen machte leisem Stöhnen Platz, ehe sie keuchend seinen Rhythmus übernahm.

Wie köstlich war es doch, wahnsinnig zu sein.

Sie rollte sich herum und trieb ihn mit derselben Eile an. Gefährliche Tiefen taten sich vor ihnen beiden auf. Vergnügen, das in seiner Intensität beinahe schmerzte. Sie stieg höher und höher in ihrer Lust. Im Halbdunkel des Raums hatte ihre Haut einen feuchten Seidenglanz. Sie sah ihn mit wilden, blauen Augen an, und ihr Herzschlag setzte aus.

Jetzt, in diesem Augenblick! Während sie vor Verlangen ruckte, packte er ihre Hüften, vergrub seine Finger in ihrer Haut und schob sich mit einer flüssigen Bewegung in sie hinein, wo sie ihn zitternd hielt. Mit einem animalischen Wimmern bog sie sich zurück, fuhr mit den Händen über ihren eignen Leib, von der Mitte zum Torso zu ihrer Brust, wo es donnerte und pochte. Langsam, ganz langsam, sich jedes Schauders ihres Leibs bewusst, wissend, dass er jede ihrer Regungen wahrnahm, fuhr sie mit ihren Händen tief herab und bestätigte liebkosend ihrer beider Vereinigung.

Dann hob sie ihre Hände wieder, fuhr sich durchs Haar und begann den wilden Ritt.

Sie ritt ihn hart und schnell und gnadenlos und trieb sich selbst zum Höhepunkt. Seine eigene Lust trübte ihm die Sicht. Aber er wusste, nie zuvor hatte er etwas Herrlicheres als Margo in ihrer Leidenschaft gesehen.

Als sie mit einem Schrei auf ihm zusammenbrach, die Hände in seinen Schultern vergrub und ihr Haar wie einen Vorhang auf ihn warf, blieb ihm keine Wahl, als sich ganz in ihr zu verströmen.

»Warum habe ich immer, wenn ich mit dir schlafe, das Gefühl, als stürzte ich von einem Berg?« Margo erwartete keine Antwort. Sie dachte, dass Josh schlief oder aber ins Koma verfallen war, doch wider Erwarten rührte er sich, ehe er mit den Lippen über die Rundungen ihrer Brüste strich.

»Weil du und ich zusammen gefährlich sind, Herzogin. Außerdem bin ich schon wieder heiß.« Er knabberte sich zu ihrem warmen, vollen Mund empor.

Sie schlang ihre gewichtslosen Arme um seinen Leib. »So war es noch nie für mich.« Durch den Nebel des erneut aufwallenden Verlangens hindurch nahm sie die Veränderung ihrer Gefühle wahr. »Jetzt verstehe ich allmählich, was das bedeutet.«

»Egal!« Er wollte nicht denken, wollte einzig mit ihr zusammen sein.

»Ist es nicht. Und zwar weder für dich noch für mich.« Mit einem Mal unsicher, umfasste sie sein Gesicht und zwang ihn, sie anzusehen. Sein Blick drückte Hitze und ein wenig Ärger aus. »Ich denke, dass wir darüber reden sollten.«

»Es ist wohl kein Geheimnis, dass es für jeden von uns bereits andere Partner gab.«

Das stimmte. Doch zugleich stand fest, dass sie trotz ihrer gelegentlichen Liebhaber nicht das männermordende Monster war, als das die Zeitungen sie hinstellten.

»Wir müssen darüber reden«, wiederholte sie.

»Ich habe dir keine Fragen gestellt, Margo. Mit welchen oder mit wie vielen Männern auch immer du in der Vergangenheit zusammengewesen bist, geht mich nichts an. Mich interessiert einzig die Gegenwart. Und jetzt gibt es nur noch mich!«

Unter anderen Umständen hätte der kühle, selbstsichere Ton, in dem er sprach, sie zumindest irritiert. Typisch Joshua Conway Templeton – ich sehe etwas, will es und nehme es mir. Aber sie lagen immer noch auf dem gemeinsamen Lager, waren immer noch in die Wärme des anderen eingehüllt. »Es gab nicht so viele, wie du vielleicht denkst, Josh. Ich habe nicht mit jedem Mann geschlafen, mit dem ich ausgegangen bin.«

»Wunderbar. Ich habe auch nicht mit jeder Frau geschlafen, mit der ich beim Essen war«, schnauzte er, drehte sich um und befreite sich von ihrem Haar. »Auf jeden Fall interessiert mich, wie gesagt, einzig das Heute und Morgen. Meinst du, darauf könnten wir uns einigen?«

Sie wollte nichts mehr als mit ihm einig sein. Aber es war seine Ungeduld, die kalte Beherrschtheit seines Tons, die ihr verriet, dass er alles andere als einig mit ihr war. »Josh, bisher hat mich mein Ruf wenig geschert. Aber jetzt … inzwischen ist es mir wichtig, was man von mir denkt. Was du von mir denkst!« Da sie plötzlich fröstelte, setzte sie sich auf und schlang sich ihre Arme um den Leib. »… weil du mir wichtig bist. Und ich weiß einfach nicht mehr ein noch aus. Als es sich nur um bloßen Sex handelte …«

»Für mich war es schon immer was anderes als bloßer Sex.«

»Das wusste ich nicht«, sagte sie. »Mir war nicht klar, was du fühltest oder was ich selbst empfand, bis mir die Erkenntnis kam. Das Ganze ist so entscheidend. Es macht mir eine Heidenangst.«

Nicht nur, was sie sagte, sondern wie sie es sagte, überraschte ihn. Sie war erregt, betrübt, verwirrt. All diese Gefühle mussten wohl für Margo neu sein, wenn es um die Beziehung zwischen den Geschlechtern ging.

»Du hast Angst?«

»Ich bin vollkommen außer mir«, krächzte sie, stand auf und riss einen Morgenmantel aus dem Kleiderschrank. »Und darüber kann ich mich nicht freuen.«

»Genauso wenig wie ich.«

Sie sah ihn über die Schulter fragend an. Da lag er wie ein langes, geschmeidiges Tier, die Hände hinter dem Kopf verschränkt, ein geradezu selbstzufriedenes Grinsen im Gesicht. Sie war sich nicht sicher, ob sie ihn schlagen oder sich auf ihn stürzen sollte, damit er sie abermals verschlang.

»Was, genauso wenig wie du?«

»Du hast eine Heidenangst und freust dich nicht darüber. Ich auch nicht.«

Sie knotete den Gürtel ihres Morgenmantels zu und drehte sich zu Josh herum. »Tatsächlich?«

»Weißt du, was ich denke, Herzogin?«

»Nein.« Es war sein Grinsen, das sie zurück in seine Nähe zwang. Sie trat ans Bett und nahm auf der Kante Platz. »Was denkst du?«

»Dass für uns beide bisher alles zu einfach gewesen ist. Viel zu leicht.«

»Während diese Situation uns vor Schwierigkeiten stellt.«

Locker nahm er ihre Hand. »Sieht ganz so aus. Vielleicht habe ich ein kleines Problem, wenn es um andere Männer geht. Schließlich war die Frau, die ich liebe, bereits fünfmal verlobt.«

»Dreimal.« Sie entzog ihm ihre Hand. Ganz offensichtlich versetzte ihr ihre eigene Vergangenheit immer wieder einen Schlag. »Wobei es sich in allen Fällen um … schnell revidierte Fehlentscheidungen handelte. Und die anderen beiden Verlobungen haben sich übereifrige Pressefritzen ausgedacht.«

»Die Sache ist die«, sagte er mit seiner Meinung nach bewundernswerter Geduld, »dass keine meiner bisherigen Affären je so weit gediehen ist.«

»Was man als Beweis für deine Angst vor festen Bindungen nehmen kann.«

»Möglich«, murmelte er. »Aber die schlichte Tatsache ist, dass ich dich seit meinen Highschool-Tagen liebe. Beinahe die Hälfte meines Lebens«, präzisierte er, setzte sich auf und sah sie aus dunkel glühenden Augen an. »Jede Frau, mit der ich je zusammen war, stellte nichts weiter als einen Ersatz für dich dar.«

»Josh!« Sie schüttelte den Kopf. Unter der Woge der Gefühle, die in ihrem Inneren aufwallte, brachte sie keinen weiteren Ton heraus.

»Es ist demoralisierend, Margo, wenn man die einzige Frau, die man wirklich will, stets mit anderen zusammen sieht. Wenn man wartet und beobachtet und gleichzeitig vollkommen hilflos ist.«

Der Gedanke erregte und erschreckte sie. »Aber warum hast du dann gewartet, wenn ich fragen darf?«

»Ein Mann muss den Vorteil nutzen, den er hat. Meiner war die Zeit.«

»Die Zeit?«

»Ich kenne dich, Margo.« Er fuhr ihr mit einem Finger über die Stirn. »Früher oder später musstest du dich hoffnungslos verzetteln oder dich irgendwann einmal bei diesem sogenannten tollen Leben langweilen.«

»Und du hattest die Absicht, in dem Augenblick zur Stelle zu sein, um mich aufzufangen?«

»Wie man sieht, hat es funktioniert«, sagte er obenhin und packte, ehe sie aufspringen konnte, ihr Handgelenk. »Kein Grund, deshalb böse zu sein.«

»Der perfekte Grund! Du arroganter, egoistischer Hurensohn. Einfach abzuwarten, bis die dumme, kleine Margo Scheiße baut, um sich dann als Retter in der Not unentbehrlich zu machen.« Sie hätte ihn geschlagen, hätte er nicht in Erwartung eines Hiebes bereits ihr zweites Handgelenk gepackt.

»So wollte ich es zwar nicht ausdrücken, aber ...« Er war die Liebenswürdigkeit in Person. »Schließlich hast du tatsächlich Scheiße gebaut.«

»Ich kenne mein Sündenregister.« Sie versuchte verzweifelt, ihm ihre Arme zu entziehen. »Aber schließlich habe ich mich nach der Sache mit Alain auch selbst aus dem Sumpf gezogen.« Sie hielt inne, als sie das Flackern seiner Augen sah. Er hatte sich sofort wieder in der Gewalt, aber sie kannte sein Gesicht zu gut, um das kurze Blitzen nicht zu bemerken. »Oder etwa nicht?«

»Sicher doch, aber die Sache ist die ...«

»Was hast du getan?« Wütend schlug sie ihm mit ihren gefangenen Händen gegen die Brust. »Du warst doch gar nicht in Griechenland. Wenn du dort gewesen wärst, hätte ich es gewusst. Wie also hast du die Angelegenheit geklärt?«

»Habe ich ja nicht – nicht ganz.« Verdammt. »Hör zu, es fanden ein paar Telefongespräche statt und Unterredungen mit ein paar Leuten, die mir noch etwas schuldeten. Himmel, Margo, hast du allen Ernstes geglaubt, dass ich faul an irgendeinem Strand herumlungere, während sie sich anschickten, dein hübsches Hinterteil auf eine Anklagebank zu quetschen?«

»Nein.« Sie sprach leise, denn sonst hätte sie geschrien. »Nein. Ich stecke in einer Krise, und schon bist du als mein Schutzengel da. Lass endlich meine Hände los.«

»Oh, besser nicht«, sagte er, als er die Empörung in ihren Augen bemerkte. »Hör zu, ich habe lediglich dafür gesorgt, dass die Sache etwas beschleunigt wird. Sie hatten nichts gegen dich in der Hand und hatten auch gar kein Interesse, dich in eins ihrer Gefängnisse zu stecken. Außerdem war es überflüssig, dich unnötig in Untersuchungshaft schmoren zu lassen. Alles, was du dir zuschulden hattest kommen lassen, waren schlechter Geschmack und die Idiotie, dich mit einem schmierigen Pseudokünstler einzulassen, der dich die ganze Zeit nur ausgenutzt hat.«

»Vielen Dank, dass du mich daran erinnerst.«

»Nichts zu danken, gern geschehen.«

»Und da du gerade davon sprichst, gebe ich auch gleich zu, dass ich mit meinem schlechten Geschmack und meiner Idiotie mehr als einmal auf die Nase gefallen bin.« Sie riss an ihren Armen und kochte vor Zorn, als er sie immer noch umklammert hielt. »Aber damit ist es jetzt vorbei. Inzwischen habe ich mein Leben selbst in die Hand genommen, verdammt noch mal! Und ich setze die Scherben Stück für Stück wieder zusammen. Was du noch niemals musstest. Ich bin das Risiko eingegangen, ich habe die Arbeit auf mich genommen, ich …«

»Und deshalb bin ich stolz auf dich.« Indem er ihre Fäuste an seine Lippen hob, brachte er sie vollends aus dem Konzept.

»Jetzt komm mir bloß nicht damit!«

»Stolz auf die Art, in der du alles, was nötig war, bewältigt hast und dabei etwas Einzigartiges und Aufregendes herausgekommen ist.« Er öffnete ihre Finger und hob ihre Handballen an seinen Mund. »Ich bin stolz und gerührt. Gerührt, dass du auch die Herausforderung des heutigen Abends bravourös annahmst.«

»Zur Hölle mit dir, Josh!«

»Ich liebe dich, Margo.« Seine Miene wurde etwas schief. »Vielleicht habe ich dich früher nur aufgrund meines schlechten Geschmacks geliebt. Aber die Frau, mit der ich jetzt zusammen bin, liebe ich noch mehr.«

Überwältigt legte sie ihren Kopf an seine Stirn. »Wie schaffst du es nur, mir bei jedem Streit den Wind aus den Segeln zu nehmen? Ich kann mich nicht einmal mehr erinnern, weshalb ich überhaupt wütend auf dich war.«

»Komm her!« Er zog sie an seine Brust. »Wir wollen doch mal sehen, was ich dich sonst noch alles vergessen lassen kann.«

Später, als sie zusammengerollt neben ihm lag, das Gewicht seines Arms auf ihrem Bauch, das Geräusch seines beständigen Herzschlags an ihrem Ohr, fiel ihr alles wieder ein. Sie hatten, so erkannte sie, nicht eines ihrer Probleme gelöst. Warum war eigentlich die Verständigung zwischen zwei Menschen, die einander so lange und so gut kannten wie sie, derart schwierig?

Bis heute Abend hatte sie sich der Männer, die in ihrem Leben aufgetaucht waren, nie geschämt. Schließlich hatte sie Spaß, Aufregung, Romantik ununterbrochen gesucht. Die meisten Frauen hatten sie als Konkurrentin angesehen. Selbst in ihrer Kinderzeit gab es außer Laura und Kate nur wenige Freundinnen.

Aber Männer …

Seufzend schloss sie die Augen.

Männer verstand sie und erkannte bereits als Jugendliche, dass sich durch Schönheit und Sex eine Menge Macht gewinnen ließ. Diese Macht hatte sie genutzt, doch niemals einem Menschen absichtlich wehgetan. Niemals war sie eingestiegen, wenn die Gefahr bestand, dass eine der beiden Seiten echte Schmerzen litt. Nein, sie hatte ihre Partner immer sorgsam ausgewählt. Ältere, erfahrene Männer, solche mit gutem Benehmen, dicken Brieftaschen und Herzen, zu denen niemand vordrang.

Keiner von ihnen hatte sich je in ihre Karriere, ihren Ehrgeiz eingemischt, denn die Regeln waren einfach und wurden stets befolgt.

Spaß, Aufregung, Romantik. Keine Auseinandersetzungen, keine Wortgefechte, kein Groll, wenn man weiterzog.

Kein Gefühl. Aber auch keine Verantwortung.

Und nun war da plötzlich Josh. In Bezug auf ihn galten andere Regeln. Oh, der Spaß, die Aufregung und die Romantik fehlten keineswegs. Aber zugleich gab es auch Auseinandersetzungen und Streit.

Folgte daraus nicht, dass zumindest einer von ihnen früher oder später Schaden nahm?

So sehr er sie auch liebte, vertraute er ihr doch nicht. Und außer dem Vertrauen fehlte ihm Respekt.

Er liebte die Frau, mit der er jetzt zusammen war, hatte er gesagt. Aber anscheinend lauerte er, ob sie davonlief oder blieb. Und tief in ihrem Inneren überlegte sie das ebenfalls.

Schließlich war er ein von Geburt an privilegierter Mensch, hatte den ererbten Vorteil, alles – und jeden – auswählen zu können, wie es ihm gefiel. Wenn es stimmte, dass er so lange gewartet hatte auf seine Chance, dann war das sicher – typisch Josh – eine unterhaltsame Herausforderung für ihn.

Aber nun, da diese Herausforderung wegfiel …

»Ich werde dich hassen, falls es zur Trennung kommt«, murmelte sie und drückte ihm einen Kuss aufs Schulterblatt. »Wer dann auch die Schuld trägt, auf alle Fälle werde ich dich hassen.« Sie schmiegte sich enger an seinen Leib und wünschte sich, er würde erwachen und ihr wieder die Sinne rauben, damit sie ihre Angst vergaß.

»Ich liebe dich, Josh.« Sie legte ihm ihre Hand aufs Herz und zählte die Schläge, bis sie auf ihn eingestimmt war. »Gott stehe uns bei!«

19

Schon immer hatte Margo, wenn sie mit sich ins Reine kommen wollte, auf der Klippe Zuflucht gesucht. Alle wichtigen Entscheidungen hatte sie dort gefällt. Wen sollte sie zu ihrer Geburtstagsfeier einladen? Wollte sie wirklich ihre Haare abschneiden? Ginge sie mit Biff oder Marcus auf den Schulabschlussball?

Damals musste sie sich diese Entscheidungen qualvoll abringen. Das Krachen der Wellen, der Geruch des Meeres und der Wildblumen, die zerklüfteten, schwindelerregenden Höhen hatten sie gleichzeitig besänftigt und erregt. Und in dieser Umgebung hatte sie ihre Beschlüsse gefasst.

Hierher war sie gekommen an dem Tag, bevor sie nach Hollywood abdampfte. Unmittelbar nach Lauras Hochzeit, erinnerte sie sich. Sie war achtzehn Jahre alt gewesen und so sicher, dass das Leben mit all seinen Geheimnissen an ihr vorbeizog. Es drängte sie verzweifelt hinaus in die weite Welt, um zu entdecken, was sie erreichen konnte.

Wie viele Auseinandersetzungen hatte sie während jener letzten Wochen mit ihrer Mutter wohl gehabt?, überlegte sie. Zu viele, um sie nachzuzählen.

Wenn du es zu etwas bringen willst, musst du aufs College gehen, Kind.

Dort ist es langweilig. Es wäre vollkommen sinnlos. Das bringt mir nichts. Ich will mehr.

Das wolltest du schon immer. Aber was verstehst du unter mehr? Mehr von allem.

Und sie war am Ziel angelangt, oder etwa nicht? Sie hatte mehr Aufregung, mehr Aufmerksamkeit, mehr Geld und mehr Männer als die meisten Frauen gehabt.

Und nun, da sich der Kreis schloss? Gab es eine neue Chance für sie zu etwas Eigenem? Und Josh?

Sie warf den Kopf in den Nacken und beobachtete eine Möwe, die einen gemächlichen Kreis am Himmel zog, ehe sie plötzlich aufs Meer hinausschoss. Weit draußen auf dem azurblauen Wasser schaukelte ein schimmerndes, weißes Boot, dessen Messingbeschläge in der Sonne blitzten und schimmerten. Der Wind wirbelte ihr ins Gesicht, strich ihr leicht wie ein Tänzer durch die Haare und peitschte die fließende Seide ihrer weißen Tunika um ihren Leib.

Die Erkenntnis, dass sie ganz allein, klein und bedeutungslos am Rand der über dem Ozean aufragenden Klippen stand, dass es nur ein einziger Schritt war zum Untergang oder aber zu mutigen Entschlüssen, schockierte sie.

Eine Metapher für die Liebe, dachte sie, von ihren eigenen Überlegungen amüsiert. Tiefschürfende Gedanken sah sie nicht gerade als ihre Stärke an. Sie war allein mit sich, einzig auf sich gestellt. Und wenn eine Bindung an Josh wie ein Sprung von den Klippen war: Flöge eine Frau wie sie dann beschwingt bis an den Horizont oder stürzte sie in die Tiefen der hohen See?

Und wenn sie bereit wäre, dieses Risiko einzugehen, wie reagierte Josh wohl endgültig? Würde er ihr vertrauen? Könnte er es? Würde er an sie glauben und ihr eine Stütze sein? Wäre er – die große Hauptsache – bereit, alle Höhen und Tiefen eines gemeinsamen Lebens mit ihr durchzustehen?

Aber wie, zum Kuckuck, kam sie von Liebe aufs Heiraten? Himmel, sie dachte tatsächlich ans Heiraten!

Mit zitternden Knien setzte sie sich auf einen Stein und wartete darauf, dass sich ihre Fassung wieder einstellte. In ihrem ganzen Leben hatte sie noch nie ans Heiraten gedacht. Die Verlobungen waren höchstens Scherze, nicht ernster als ein Augenzwinkern.

Eine Ehe bedeutete, dass man sich ein Versprechen gab, das sich nicht mit einem Schulterzucken brechen ließ. Es bedeutete eine lebenslange echte Partnerschaft. Vielleicht sogar, dass man gemeinsame Kinder bekam. Sie erschauerte und legte sich die Hand auf den Bauch. Das Mutterdasein lag ihr bestimmt nicht. Nein, nein, weiße Lattenzäune und Car Pools waren Lichtjahre von ihr entfernt.

Beinahe hätte sie über sich selbst gelacht – über solche Dinge nachzudenken! Sie würde mit ihm zusammenleben wie bisher. Natürlich wollte er ebenfalls nichts anderes. Merkwürdig, dass ihre Überlegungen sie so verwirrten. Die Penthouse Suite entsprach ihren Bedürfnissen, ihrem Lebensstil, gab jedem von ihnen die Möglichkeit, gemeinsam oder alleine weiterzuziehen, wenn ihm danach zumute war.

Nichts Dauerhaftes, nichts Verpflichtendes. Natürlich, so und nicht anders sollte es bleiben. Das Hotelleben lag ihm im Blut, und sie selbst hatte es als Teil ihres Wohlbefindens gewählt. War man die Aussicht leid? Dann packte man seine Koffer und suchte sich etwas anderes.

Genauso passte es ihm in den Kram. Und auch sie kam problemlos damit zurecht.

Sie drehte sich um und schaute hinauf zu dem Haus, das in all seiner Stärke und Schönheit soliden Fels unter sich hatte. Auf die Türme und die farbenfrohen Dachziegel. Was man dort erlebte, vergaß man niemals. Kein Traum, den man dort hegte, verflog. Hier gedieh Liebe so frei und wild wie die verschlungenen Äste der Bougainvilleen.

Aber es gehörte anderen, nicht ihr. Ein eigenes Anwesen hatte sie noch nie besessen. Sie wandte sich wieder ab und blickte mit verschleierten Augen aufs Meer hinaus.

Was willst du, Margo? Wonach, liebe Seele, sehnst du dich?

Nach mehr. Von allem mehr.

»Wir haben uns gedacht, dass du hier bist«, rief Kate, ehe sie sich neben Margo fallen ließ. »Schöner Tag, um in die Ferne zu schauen.«

»Du musst vollkommen erledigt sein.« Laura legte ihr die

Hand auf die Schulter und sah sie an. »Aber der gestrige Abend war von Anfang bis Ende ein Erfolg!«

»Sie grübelt mal wieder.« Kate rollte die Augen himmelwärts. »Zweifelsohne ist sie nie zufrieden.«

»Ich liebe Josh.« Margo starrte reglos geradeaus, als spräche sie mit dem Wind und nicht mit ihren Freundinnen.

Kate dachte mit zusammengepressten Lippen nach. Da sie Margo aufgrund ihrer getönten Gläser nicht in die Augen sehen konnte, nahm sie ihr die Brille einfach ab. »So wie Himbeereis?«

»Kate, wir sind keine Teenager mehr«, wies Laura sie zurecht.

»Trotzdem ist die Frage nicht unbedingt daneben. Und?«

»Ich liebe Josh«, wiederholte Margo nur. »Und er liebt mich. Am Ende schnappen wir noch vollkommen über.«

»Du meinst es ernst«, stellte Kate bedächtig fest und wandte sich Laura zu. »Sie meint es ernst.«

»Ich muss mich bewegen.« Margo stand eilig auf und balancierte am Rand der Klippen entlang. »Mit meiner ganzen Energie weiß ich nichts anzufangen. Und bin deswegen total nervös.«

»Was nicht unbedingt ein schlechtes Zeichen ist«, erklärte Laura ihr.

»Du hast Peter doch auch geliebt, nicht wahr?«

Laura senkte den Kopf und konzentrierte sich beharrlich auf ihre Schritte. »Ja. Ja, das habe ich. Früher einmal.«

»Genau darum geht es mir. Du hast ihn geliebt, ihr habt ein gemeinsames Leben begonnen, und dann ging alles kaputt. Hast du eine Vorstellung davon, wie viele Beziehungen ich in die Brüche gehen sah? So viele, dass ich sie gar nicht mehr zählen kann. Es scheint, als ob einfach nichts von Dauer ist.«

»Und meine Eltern?«

»Sind die leuchtende Ausnahme, die es von jeder Regel gibt.«

»Einen Augenblick. Moment mal!« Kate packte sie am Arm. »Denkt ihr beide etwa ans Heiraten?«

»Nein, du meine Güte, natürlich nicht. Keiner von uns ist der ›Bis-dass-der-Tod-uns-scheidet‹-Typ.« Margo sehnte sich nach Wasser, also begann sie die Klippen hinunterzuklettern.

»Willst du denn, dass er dir gefällt?«

Bei Kates Frage drehte sie sich ungeduldig und erbost herum. »So etwas kann man sich nicht aussuchen!«

»Natürlich kann man das.« Kate glaubte, dass Liebe oder überhaupt Gefühle stets kontrollierbar waren.

»Liebe ist etwas anderes als ein Frühlingskostüm«, warf Laura ein, »das man anprobiert, um zu sehen, ob die Größe stimmt.«

Kate zuckte die Achseln und kletterte behände hinter Margo her. »Wenn es nicht passt, hängt man es eben zurück an die Stange – ganz einfach! Also, Margo, meinst du, dass dir dieses Kostüm passt oder nicht?«

»Es ist mir ein Rätsel. Auf alle Fälle habe ich es an.«

»Vielleicht wächst du ja noch hinein.« Oder, dachte Laura besorgt, wieder raus …

Es war ihr Ton, der Margo betroffen innehalten ließ. Er drückte Sorge und einen gewissen Zweifel aus. »Ich liebe ihn wirklich«, wiederholte sie. »Zwar weiß ich noch nicht genau, wie ich damit umgehen soll, aber ich liebe ihn. Es scheint, als könnten wir einfach nicht vernünftig darüber reden, er und ich. Natürlich macht ihm mein früheres Leben zu schaffen. Die Männer, mit denen ich zusammen war.«

»Was für ein Schwachsinn! Als hätte er während der letzten zehn Jahre in einem Kloster gesessen und die Heilige Schrift kopiert.« Kate straffte die Schultern und hielt die feministische Flagge hoch. »Selbst wenn du dich mit der gesamten Besatzung der fünften, sechsten und siebten Flotte amüsiert hättest, ginge ihn das nicht das Geringste an. Eine Frau hat ebenso wie ein Mann das Recht, sich dämlich, verantwortungslos und orgiastisch aufzuführen.«

Margo öffnete den Mund, aber dann lachte sie über die herrliche beleidigende Unterstützung, die sie durch Kate bekam. »Vielen Dank, Schwester Immaculata.«

»Zu Diensten, Schwester Männertod!«

»Was ich sagen will«, fuhr Margo trocken fort, »ist, dass Josh übermäßig eifersüchtig reagiert. Ich könnte es ja übersehen oder einfach ganz normal wütend sein. Aber seine Bedenken sind nicht ganz unbegründet, ob er es schafft, diesen Teil meines Lebens ein für allemal der Vergangenheit zuzuordnen.«

»Vielleicht bist du ihm gegenüber zu nachsichtig«, murmelte Kate.

»Und mir selbst gegenüber zu hart?«

Die Freundin schüttelte demonstrativ den Kopf. »Das habe ich nicht gesagt.«

»Dann tue ich es für dich«, rief Laura dazwischen, während sie Kate den Ellbogen in die Rippen rammte.

»Aber es sind nicht nur die Männer.« Margo starrte aufs Meer hinaus und durchforstete ihr Inneres. »Die stellen nur eine Art Symptom dar. Er sagt, er ist stolz auf mich, stolz darauf, was ich bewerkstelligt habe, damit mein Leben wieder in Ordnung kommt. Das hat ihn überrascht. Und deshalb«, fuhr sie langsam fort, »ist mir klar, dass er offensichtlich nicht unbedingt an mein Durchhaltevermögen glaubt. Weshalb sollte er auch?«, murmelte sie, als sie sich an seine heftige Reaktion auf die jüngste Fotosession erinnerte. »Er wartet geradezu darauf, dass ich wieder davonlaufe, weil es woanders toller und abwechslungsreicher für mich ist.«

»Auch du musst ihm mehr Vertrauen entgegenbringen.« Kate runzelte die Stirn. »Und, hast du die Absicht, wieder davonzulaufen?«

»Nein.« Zumindest dieser Sache war sie sich sicher. »Ich laufe nicht mehr davon. Aber bisher …«

»Also, warum besinnt ihr euch nicht auf die Gegenwart«, mischte sich plötzlich Laura ein. »Auf das, was ihr heute seid, und auf die Gefühle, die ihr jetzt füreinander hegt. Der ganze Rest, tja, der hat euch schließlich erst dorthin katapultiert, wo ihr heute steht, und zwar zusammen!«

Es klang so einfach und nett. Am liebsten hätte Margo ihr das abgenommen. »Na schön. Ich denke, es ist das Beste, wenn wir Schritt für Schritt vorgehen«, überlegte sie. »Wie bei einer Rehabilitation, nur andersherum.« Sie bückte sich, hob einen Kiesel auf und warf ihn ins Meer. »Und schließlich leben wir im Jetzt. Vielleicht wird es ja sogar ganz unterhaltsam.«

»Das sollte die Liebe auch sein.« Laura lächelte. »Wenn sie nicht gerade in eine Hölle ausartet.«

»Du bist die Einzige von uns dreien, die wegen der Liebe schon furchtbar gelitten hat.« Margo sah zustimmungsheischend in Richtung Kate.

»Allerdings.«

»Macht es dir etwas aus, uns vielleicht zu erzählen, wie es dazu gekommen ist? Ich meine, weshalb es plötzlich die Hölle war?«

Es machte ihr eine Menge aus. Es rieb sie auf und gab ihr das Gefühl, eine Versagerin zu sein. Aber damit würde sie niemals herausrücken. »Es kam ganz allmählich, wie wenn ein Fels langsam vom Wasser ausgehöhlt wird. Es kam nicht einmal plötzlich, so dass man eines Morgens aufwacht – und die Liebe zu seinem Mann ist futsch. Es war ein langsamer, ekelhafter Prozess, eine Art Verkalkung der Gefühle. Am Ende habe ich überhaupt nichts mehr gespürt.«

Ein erschreckender Gedanke, stellte Margo fest. Dass sie vielleicht irgendwann nichts mehr für Josh empfand. Lieber wollte sie ihn hassen, als ohne jede Emotion zu sein. Oder schlimmer, ja viel schlimmer noch wäre es, wenn er ihr eines Tages die kalte Schulter zeigte. »Hättest du es verhindern können?«

»Nein. Vielleicht hätten wir es gemeinsam geschafft, aber allein konnte ich nichts ausrichten. Er hat mich nie geliebt.« Dieses Eingeständnis tat ihr weh. »Eine vollkommen andere Sachlage als bei dir und Josh!«

»Es tut mir leid, Laura.«

»Das braucht es nicht.« Beinahe erleichtert lehnte sich Laura an Margos Schulter. »Ich habe zwei wunderbare Töchter. Also sieht, alles in allem, meine Bilanz nicht schlecht aus. Und du hast die Chance, etwas ganz Besonderes zu bekommen, etwas, das nur dir allein gehört.«

»Und du meinst, ich soll diese Chance nutzen?« Sie warf einen weiteren Kiesel ins Meer.

»Tja, falls ihr nach einem Liebesnest Ausschau haltet, bietet jemand aus unserem Kundenkreis im Augenblick ungefähr eine halbe Meile südlich von hier ein wundervolles Haus zum Kauf.« Kate hob ebenfalls ein paar Kiesel auf und schleuderte sie in die Wellen. »Wirklich nett! Im kalifornisch-spanischen Stil.«

»Wir sind durchaus glücklich mit der Suite.« Sicher, flüsterte eine leise Stimme in ihrem Kopf, und unabhängig …

»Wie ihr wollt!« Kate schnippte mit den Fingern. Ihrer Meinung nach war die Investition in eine Immobilie nie verkehrt. Man konnte sie nicht immer in kurz- oder langfristiger Gewinnsteigerung messen – trotzdem war ein gut gewähltes Haus ein notwendiger Bestandteil jedes abgerundeten Etats. »Übrigens hat man von dort eine phantastische Aussicht.«

»Woher willst du das denn bitte wissen?«

»Ich habe einmal ein paar Papiere hingebracht.« Als sie Margos Grinsen sah, schüttelte sie sich. »Dass du immer nur an das eine denken kannst. Der Kunde ist eine Frau. Sie hat das Haus bei der Scheidung zugesprochen bekommen und will es verkaufen, um sich etwas Kostengünstigeres zu suchen.«

»Nicht zufällig Lily Farmers Schuppen?«, fragte Laura Kate.

»Erraten!«

»Oh, es ist wirklich wunderschön. Zweigeschossig. Stuck und

Ziegeldach. Vor ungefähr zwei Jahren haben sie es vollständig restauriert.«

»Ja. Und sich sofort danach voneinander verabschiedet. Er hat das Boot, den BMW, den Labrador und die Münzsammlung bekommen, während ihr das Haus, der Landrover und die siamesische Katze übriggeblieben sind.« Kate grinste triumphierend. »Vor seinem Steuerberater gibt es einfach keine Geheimnisse.«

»Das ist genau das, wovon ich gerade sprach und warum ich weder ein Haus noch einen allradgetriebenen Wagen oder einen Hund haben will.« Allein bei dem Gedanken tat Margo der Bauch weh. »Ich bin dabei, mein Leben zu vereinfachen. Es zu verschlanken, wie man so schön sagt, und ich will verdammt sein, wenn ich mich davon abbringen lasse.« Inzwischen schoss sie eine Handvoll Kiesel wie Patronen über den Klippenrand. »Was hat meine Mutter immer gesagt? Dass man so anfangen soll, wie man auch weitermachen will? Tja, genau das tue ich. Ich fange einfach an und fahre einfach fort. Josh will all diese Abhängigkeiten ebenso wenig wie ich. Wir belassen es bei …«

»Warte!« Laura packte ihr Handgelenk, ehe sie den nächsten Kiesel warf. »Was ist das? Das ist kein Stein.«

Stirnrunzelnd rieb Margo mit dem Daumen an dem Gegenstand herum. »Offenbar hat jemand eine Münze verloren. Das habe ich gar nicht bemerkt. Es ist bloß ein … Hilfe!«

Als sie den Schmutz und den Sand abgerieben hatte, schimmerte eine kleine runde Scheibe in ihrer Hand.

»Gold!« Kate umfasste Lauras Hand, so dass der Dreierbund besiegelt war. »Das ist eine Dublone. Heiliger Strohsack, eine Golddublone!«

»Nein, nein.« Atemlos schüttelte Margo den Kopf. »Sicher handelt es sich um eine der falschen Münzen, die sie einem in der Einkaufspassage in der Stadt unterjubeln.« Aber die Scheibe hatte einiges Gewicht und einen wirklich feinen Glanz. »Oder etwa nicht?«

»Guckt euch das Datum an«, brachte Laura mühsam heraus. »1845!«

»Seraphina!« Margo hob eine Hand an ihren Kopf, der sich drehte wie ein Karussell. »Seraphinas Mitgift. Was meint ihr, könnte da was dran sein?«

»Es muss so sein«, äußerte Kate im Brustton der Überzeugung.

»Aber es lag einfach hier herum. Wir waren schon Hunderte von Malen hier. Als Kinder haben wir sogar danach gesucht … und nie etwas entdeckt …«

»Ich schätze, wir waren einfach nie an der richtigen Stelle.« Kates Augen funkelten aufgeregt, als sie sich vorbeugte und Margo einen schmatzenden Kuss auf die Wange gab. »Schauen wir uns doch mal ein bisschen genauer um.«

Lachend und eifrig wie früher krabbelten die drei Hübschen zwischen den sandigen Felsen herum, ruinierten sich die Kleider und brachen sich die Fingernägel ab.

»Vielleicht hat sie den Schatz gar nicht versteckt«, sinnierte Margo, »sondern hat, nachdem er nicht wiederkam und sie beschloss, in den Tod zu gehen, einfach alles über den Rand der Klippe gekippt.«

»Ich bitte dich.« Kate wischte sich mit einem schmutzigen Unterarm den Schweiß von der Stirn. »Wir haben uns geschworen, den Schatz zu finden, und nun, da uns tatsächlich ein Teil in die Hände geraten ist, behauptest du plötzlich, sie hätte alles im Meer versenkt.«

»Frieden, meine Lieben!« Laura schrie auf, als sie sich den Knöchel an einem Felsen stieß. »Die Mitgift hatte schließlich gar keine Bedeutung mehr für sie. Es war ihr alles egal. Das arme Ding, mit ihren jungen Jahren …« Sie blies sich das Haar aus den Augen. »Apropos Kind … seht uns nur an!«

Es war nicht der Befehl, der Kate und Margo aufhorchen ließ. Es war das Gelächter, das über Lauras Lippen drang. Das leise, gurgelnde Gelächter, das in letzter Zeit nie mehr erklang.

Wie da die Freundin, eine der respektabelsten Damen der Gesellschaft, mit fliegenden Haaren, schmutzigem Gesicht und schweißnassem, verknittertem Baumwollhemd kichernd auf dem Felsen hockte, brach Margo ebenfalls in lautes Gejohle aus.

Sie hielt sich den Bauch und wies auf Kate, die, auf Händen und Knien, mit wildem Blick in ihre Richtung sah, und klammerte sich, ehe sie vor lauter Lachen den Halt verlor, hilfesuchend an das Gestein.

»Himmel, Kate! Selbst deine Augenbrauen kleben schon zusammen.«

»Du siehst auch nicht gerade aus wie aus dem Ei gepellt, Engelchen. Obwohl du sicher der einzige Mensch auf Erden bist, der sich in weißer Seide auf Schatzsuche begibt.«

»Oh, Scheiße, daran habe ich gar nicht mehr gedacht.« Beschämt sah Margo an sich herunter. Die zuvor makellose Tunika klebte ihr verkrustet an der Haut. Leise ächzte sie: »Das war mal ein Ungaro.«

»Und jetzt ist es ein Putzlumpen«, stellte Kate freundlich fest. »Beim nächsten Mal versuchst du es besser mit Jeans und T-Shirt wie wir anderen Mitglieder der arbeitenden Klasse.« Kate stand auf und wischte sich den Dreck von der Hose. »So finden wir nie etwas. Wir müssen organisierter vorgehen. Und außerdem brauchen wir einen Metalldetektor.«

»Keine schlechte Idee«, stimmte Margo ihr zu. »Aber wo kriegt man so etwas?«

Bis Margo zurück im Penthouse war, dunkelte es bereits. Sie humpelte durch die Vordertür und zog sich auf dem Weg zur Badewanne mühsam die Kleider aus.

Josh, der soeben ein Glas Poully Fuisse einschenkte, starrte sie verwundert an. »Was hast du denn angestellt?« Eilig stellte er das Glas auf den Tisch zurück und wandte sich ihr zu. »Hattest du einen Unfall? Bist du verletzt?«

»Nein, nein, nichts da Unfall, aber mir tut jeder Knochen weh.« Sie fuhr zusammen, als sie versuchte, das heiße Wasser aufzudrehen. »Josh, wenn du mich wirklich liebst, gibst du mir ein Glas von dem Zeug, das du dir gerade eingeschenkt hast, und lachst mich, auch wenn du dich gerade dazu anschickst, nicht aus.«

Da er kein Blut entdecken konnte, als sie langsam in die Wanne glitt, kehrte er halbwegs erleichtert ins Wohnzimmer zurück und holte zwei Gläser des goldenen Weins. »Sag mir – du bist nicht zufällig von einer Klippe gestürzt?«

»Nicht ganz.« Sie nahm ein Glas und leerte es mit wenigen gierigen Zügen, ehe sie verschnaufte und sich an die nächste Portion machte. »Vielen Dank!«

Er zog eine Braue hoch, holte nun die ganze Flasche und kam zu ihr zurück. »Jetzt weiß ich's. Ihr wart mit den Mädchen am Strand und habt ihnen erlaubt, euch mit euren Kleidern einzugraben.«

Stöhnend lehnte sie sich zurück. »Dabei treibe ich inzwischen regelmäßig Sport. Wie kommt es dann, dass es offenbar immer noch untrainierte Muskeln in meinem Körper gibt? Wie kann einem etwas so zusetzen, frage ich? Würdest du mir bitte eine Massage bestellen?«

»Ich massiere dich gerne selbst, wenn du mir endlich verrätst, was du angestellt hast.«

Sie machte die Augen auf, um zu sehen, ob ihn ihr Zustand erheiterte. Nähme sie auch nur das geringste Zucken seiner Lippen wahr, wäre sein Schicksal besiegelt! »Ich bin mit Laura und Kate losgezogen.«

»Und?«

»Wir haben einen Schatz gesucht.«

»Ihr habt …« Er fuhr sich mit der Zunge über die Zähne. »Hmm!«

»War das vielleicht der Ansatz eines Grinsens?«

»Nein, das war ein Hmm. Was höre ich da von einer Schatzsuche?«

»Auf den Klippen. Wir hatten sogar einen Metalldetektor dabei.«

»Ihr hattet einen …« Er versuchte mannhaft, sein Lachen mit einem Hustenanfall zu vertuschen, als sie die Augen misstrauisch zusammenkniff. »Wusstet ihr denn überhaupt, wie so ein Ding funktioniert?«

»Schließlich sind wir nicht doof.« Schmollend stellte sie, als der Wasserpegel stieg, die Luftdüsen an. »Kate wusste es. Und bevor du weitere schlaue Bemerkungen vom Stapel lässt, guck lieber in die Tasche meiner Hose und entschuldige dich bei mir.« Sie versank tiefer in dem heißen Nass, nippte an ihrem Wein und hoffte inzwischen doch auf eine kleine Überlebenschance.

Bereit, auf ihr Spielchen einzugehen, stellte er sein Glas auf dem Rand der Wanne ab und schlenderte gemächlich in den Nebenraum. Ihre Hose lag weniger als dreißig Zentimeter von der Stelle entfernt, an der sie aus ihren Schuhen gestiegen war. Sie war so voller Erde, dass er sie vorsichtig mit zwei Fingern in die Höhe hob.

»Ich fürchte, für deinen nächsten Einsatz brauchst du neue Kleider, mein Schatz. Diese hier weisen allzu viele Einschusslöcher auf.«

»Schnauze, Josh! Und schau endlich in die Tasche.«

»Wahrscheinlich hat sie einen Diamanten gefunden, der jemandem aus dem Ring gefallen ist«, murmelte er. »Und jetzt bildet sie sich ein, auf eine Edelsteinader gestoßen zu sein.«

Plötzlich jedoch hielt er die Münze in der Hand und runzelte die Stirn. Eine spanische Münze, mehr als hundert Jahre alt.

»Ich höre dich gar nicht lachen«, rief sie aus dem Bad. »Und genauso wenig höre ich eine Entschuldigung.« Sie summte zufrieden vor sich hin, während das sprudelnde Wasser ihre Muskeln lockerte, und als sie spürte, dass er sich ihr näherte, öffnete sie langsam ein Auge. »Du brauchst dich gar nicht besonders anzustrengen. Ein einfaches ›Entschuldige, Margo, ich war ein Esel‹ genügt mir schon.«

Er warf die Münze in die Luft und fing sie wieder auf, ehe er sich auf die Kacheln setzte. »Eine Dublone macht noch keinen Schatz.«

»Rudyard Kipling?«

Lässig gab er Auskunft: »J. C. Templeton.«

»Ach, der.« Sie machte das Auge wieder zu. »Der war schon immer ein zynischer, aufgeblasener Besserwisser.«

»Halt lieber die Luft an, schöne Frau«, warnte er und tauchte ihren Kopf unter Wasser.

Als sie spuckend wieder an die Oberfläche kam, drehte er die Münze in seiner Hand. »Ich muss zugeben, dass sie mir zu denken gibt. Wo genau habt ihr sie entdeckt?«

Beleidigt wischte sie sich das Wasser aus den Augen. »Ich wüsste nicht, warum ich dir das erzählen sollte. Seraphinas Mitgift ist reine Frauensache.«

»In Ordnung!« Er schlug ein Bein über das andere und hob sein Weinglas an den Mund. »Also, was war heute sonst noch los?«

»Zumindest könntest du versuchen, mich zu überreden, dass ich dir mehr erzähle«, maulte sie.

»Ich bin einfach zu dem Schluss gekommen, in Ruhe meine Chance abzuwarten«, sagte er und drückte ihr die Seife in die Hand. »Derweilen aktiviere vielleicht mal dieses Medium.«

»Naja, meinetwegen …« Sie seifte sich eins ihrer langen, prachtvollen Beine ein. »Auf den Klippen vor dem Haus. Kate hat die Stelle mit ein paar übereinandergehäuften Steinen markiert. Aber wir haben bereits stundenlang nach meinem Fund gesucht und nicht einmal so etwas wie einen falschen Fuffziger entdeckt.«

»Und was bitte ist ein falscher Fuffziger? Die Frage war rein rhetorisch gemeint«, sagte er, als sie zu schnauben begann. »Hör zu, Herzogin, ich will euch nicht den Spaß verderben. Schließlich habt ihr hier eine wirklich hübsche Münze entdeckt. Und das Datum stimmt. Wer weiß also, ob noch mehr davon rumliegt.«

»Ich weiß es. Und Kate und Laura wissen es.« Sie fuhr sich mit den Fingern durch das nasse Haar. »Und noch etwas sage ich dir. Es hat Laura gefallen. Für eine Weile war sogar dieser verwundete Blick verschwunden, den sie immer dann bekommt, wenn sie sich unbeobachtet glaubt.«

Als sie seine grimmige Miene sah, bereute sie die Bemerkung. Sie nahm seine Hand. »Ich liebe sie ebenfalls.«

»Den Bastard zu feuern war einfach nicht genug.«

»Immerhin hast du ihm auch noch die Nase gebrochen.«

»Reicht nicht. Ich will nicht, dass sie leidet. Niemand verdient ein solches Elend weniger als sie.«

»Oder scheint damit besser zurechtzukommen«, fügte sie hinzu und drückte ihm die Hand. »Du hättest sie heute erleben sollen. Sie hat richtig gegackert und war furchtbar aufgeregt. Wir haben sogar die Mädchen mit unserer guten Laune angesteckt. So fröhlich war Ali seit Wochen nicht mehr. Wir hatten einfach einen Riesenspaß. Allein die Vorfreude auf das Abenteuer hat gereicht.«

Wieder sah er die Münze an und legte sie dann auf den Rand der Badewanne. »Und wann fahrt ihr mit eurer Suche fort?«

»Wir haben beschlossen, regelmäßig sonntags zu graben.« Sie rümpfte die Nase, als sie das schmutzige Wasser sah. »Genauso gut hätte ich ein Schlammbad nehmen können. Außerdem bin ich vollkommen ausgehungert. Macht es dir etwas aus, wenn wir heute Abend hier essen? Ich muss mich noch abduschen und mir die Haare waschen.«

Er sah zu, wie sie sich erhob und das Wasser in Strömen über ihren seidigen Körper rann. »Können wir vielleicht baden und essen?«

»Kommt drauf an, was auf der Speisekarte steht.« Lachend tappte sie auf die Dusche zu.

Am nächsten Morgen räkelte sie sich genüsslich auf dem Beifahrersitz des Jaguars, während Josh den Wagen durch den dichten Berufsverkehr manövrierte. »Du hättest mich wirklich nicht zu chauffieren brauchen«, erklärte sie. »Obwohl ich froh darüber bin.«

»Ich will sowieso noch zum Center. Es gibt da ein paar Dinge, die ich klären muss.«

»Meinst du, dass du bald wieder reisen wirst?«

»Im Augenblick habe ich eine Vertretung, die meine Arbeit erledigt.«

Sie sah aus dem Fenster, als wäre sie in die Betrachtung der Landschaft vertieft. »Dann kehrst du wohl, sobald du einen Ersatz für Peter gefunden hast, nach Europa zurück.«

»Irgendwann sicherlich. Aber im Augenblick habe ich die Dinge von hier aus ziemlich gut im Griff.«

»Planst du das?« Es war wichtig, dass sie ihrer Stimme eine gewisse Leichtigkeit verlieh. »Hierbleiben, meine ich?«

Ebenso vorsichtig hielt er dagegen: »Warum fragst du?«

»Bisher warst du nie für längere Zeit an ein und demselben Ort.«

»Weil es auch noch nie eine Veranlassung dazu gab.«

Sie lächelte. »Das hast du nett gesagt. Aber ich möchte nicht, dass du dich gebunden fühlst. Wir beide müssen verstehen, dass die Arbeit des Partners Anforderungen an ihn stellt. Wenn der ›Schöne Schein‹ weiterhin so gut läuft, muss ich, um neue Waren zu bekommen, sicher auch hin und wieder durch die Gegend reisen.«

Über eine Lösung dieses Problems hatte er bereits nachgedacht. »Und wo treibst du diese Waren auf?«

»Ich bin mir nicht ganz sicher. Irgendwelche Flohmärkte kommen sicher nicht infrage. Was die Kleiderfrage betrifft, versuche ich wohl zunächst einmal, meine Kontakte zu nutzen. Wobei ich, wenn ich persönlich mit den Leuten rede, wahrscheinlich erfolgreicher bin. L. A., New York, Chicago vielleicht. Und wenn das funktioniert, versuche ich auch in Mailand, London und Paris mein Glück.«

»Möchtest du das wirklich?«

»Ich will, dass der Laden läuft. Manchmal vermisse ich Mailand, das Gefühl, im Zentrum des Geschehens zu sein. Zu erleben, wie um mich herum das Leben überschäumt.« Wehmütig schaute sie vor sich hin. »Es ist schwer, das alles vollständig aufzugeben. Vielleicht reicht es mir, wenn ich ein paarmal im Jahr geschäftlich dort bin. Vermisst du so ein bisschen Turbulenzen nicht auch manchmal?« Sie sah ihn an. »Die Leute, die Partys, das Amüsement?«

»Manchmal.« Bisher hatte er darüber noch nicht nachgedacht, da er mit der Veränderung ihrer beider Tagesabläufe zu beschäftigt gewesen war. Aber nun, da sie ihm die Frage stellte, musste er sich eingestehen, dass auch er nicht einzig dafür geschaffen war, brav im Sessel zu sitzen. »Nein, wir könnten unsere Geschäftsreisen ja aufeinander abstimmen. Dazu wäre nur ein wenig Planung erforderlich.«

»Im Planen bin ich inzwischen richtig gut.« Als er vor dem »Schönen Schein« an den Rand der Straße fuhr, beugte sie sich zu ihm hinüber und gab ihm einen Kuss. »Das ist gut, nicht wahr? Macht echt Spaß!«

»Allerdings.« Er umfasste ihr Gesicht und vertiefte den Kuss. »Sehr sogar.«

Sie mussten einfach dafür sorgen, dass alles so blieb, wie es war, dachte sie. »Heute Abend nehme ich mir ein Taxi. Nein, wirklich!« Ehe er protestieren konnte, küsste sie ihn abermals. »So gegen sieben werde ich zurück sein, also versuch bitte, nicht allzu lange zu arbeiten. Ich hätte eine Riesenlust, in irgendein tolles Restaurant zu gehen und Champagnercocktails zu schlürfen. Was meinst du?«

»Das könnte man arrangieren.«

»Natürlich lässt du mich nicht im Stich – das hast du noch nie getan.«

Als sie sich zum Aussteigen wandte, nahm er ihre Hand. »Ich liebe dich, Margo«, sagte er, und sie strahlte vor Glück.

»Ich weiß.«

20

Es war ein herrliches Gefühl, den Tag im eigenen Laden zu verbringen, inmitten von edlem Überfluss, und zu erleben, dass der Erfolg ihres ersten Empfangs anhielt. Das sagte sie auch ihrer Mutter, als diese unverhofft mit einer Schachtel von Margos Lieblingsgebäck, Schokokeksen, das Geschäft betrat.

»Ich kann es einfach nicht glauben«, sagte sie, während sie gierig in das erste Plätzchen biss. »Den ganzen Tag lang trudeln ständig irgendwelche Kunden herein. Bisher habe ich nicht eine einzige Pause gehabt. Mum, allmählich glaube ich wirklich, dass der Laden läuft. Ich meine, es war ja nur ein Wunschtraum. Neulich bin ich ja bereits übergeschnappt, nachdem der erste Tag so erfolgreich verlief. Aber seit Samstag Abend« – sie schloss die Augen und schob sich den Rest des Plätzchens in den Mund – »seit Samstag Abend gibt tatsächlich ein Besucher dem andern die Klinke in die Hand.«

»Du hast deine Sache sehr gut gemacht.« Ann nippte an dem

von ihr oben in der Küche gebrauten Tee. Obgleich sie die Brauen hochzog, als sie Margo um die Mittagszeit bereits Champagner trinken sah, enthielt sie sich eines Kommentars. »Doch – wirklich großartig! Vor allem, nachdem du all die Jahre …«

»Nachdem ich all die Jahre mein Geld, meine Zeit und meine Fähigkeiten vergeudet habe«, leierte Margo herunter. »Willst du mir etwa schon wieder die alte Fabel von der Grille und der Ameise servieren, Mum?«

Unwillkürlich umspielte Anns Mund ein Lächeln. »Du hast bei der Geschichte nie richtig zugehört und nie einen Vorrat für den Winter angelegt. Oder zumindest dachte ich das.« Sie stand auf, ging zur Tür und blickte in das geschmackvoll eingerichtete Boudoir. »Sieht aus, als hättest du doch ein bisschen vorgesorgt.«

»Nein. Meiner Ansicht nach passt hier ein anderes Sprichwort besser. Not macht erfinderisch. Oder vielleicht auch Verzweiflung.« Da die neue Margo hart daran arbeitete, möglichst immer ehrlich zu sein, hielt sie es für angebracht, gleich damit zu beginnen. »Geplant hatte ich es nicht, Mum. Und gewollt auch nicht.«

Ann drehte sich wieder um und betrachtete die junge Frau, die in dem verspielten cremefarbenen Sessel mit dem leuchtend pinkfarbenen Kissen saß. Weicher als früher, dachte sie. Um die Augen und den Mund herum. Sie wunderte sich, dass Margo, die sich jedes Zentimeters ihrer Züge stets allzu bewusst gewesen war, es nicht zu bemerken schien.

»Aha«, sagte Ann gedehnt. »Und jetzt?«

»Ab jetzt soll es funktionieren. Nein, das ist falsch.« Sie nahm einen weiteren Keks und klopfte wie zu einem Toast damit gegen ihr Glas. »Ich werde dafür sorgen, dass der Laden nicht nur läuft, sondern erfolgreich wird. Der ›Schöne Schein‹ soll der Anfang sein. In ein, zwei Jahren mache ich vielleicht eine Filiale in Carmel auf. Und dann – wer weiß? Unter Umständen reicht es ja sogar für eine geschmackvolle kleine Niederlassung in San Francisco und einen poppigen Shop in L. A.«

»Träumst du immer noch, Margo?«

»Möglich! Und ich habe immer noch die Absicht, etwas von der Welt zu sehen – aber andere Ecken.« Sie warf ihr Haar zurück und setzte ein, wenn auch etwas schiefes, Lächeln auf. »Schließlich bin ich nach wie vor dieselbe Margo, auch wenn man es nicht so deutlich merkt.«

»Nein, du hast dich verändert.« Ann trat vor ihre Tochter, umfasste ihr Kinn und zwang sie, sie anzusehen. »Du hast immer noch genug von dem kleinen Mädchen deiner Kindheit, so dass ich dich mühelos erkennen kann. Ich frage mich nur, woher deine andere Hälfte stammt«, murmelte sie. »Deine Großväter haben ihren Lebensunterhalt mit Fischfang verdient, und deine Großmütter schrubbten Fußböden und hängten die Wäsche auf Holzständern in den Wind.« Sie nahm Margos Hand und sah die langen, schmalen Finger mit den hübschen Ringen an. »Deine beiden Hände zusammengenommen hätten in eine Pranke meiner Mutter gepasst. Ihre Hände waren groß und hart, zum Arbeiten gemacht. Wie meine!«

Sie bemerkte die Überraschung in Margos Blick darüber, dass sie plötzlich so freimütig über diese Menschen sprach. Bisher hatte sie sie aus reinem Eigennutz niemals erwähnt, fiel ihr auf. Denn wenn sie nicht an sie dachte, schmerzte es weniger, von ihnen getrennt zu sein.

Oh, sie hatte Fehler gemacht, schalt sich Ann. Schwerwiegende Fehler gegenüber dem Kind, das ein Geschenk Gottes war. Nun tat es weh, diese Fehler zu berichtigen, aber sie musste wohl in den sauren Apfel beißen.

»Meine Mutter hieß Margaret.« Sie räusperte sich. »Ich habe dir gegenüber ihren Namen bisher nie erwähnt, weil sie ein paar Monate, nachdem ich Irland verlassen hatte, starb. Es quälte mich, weil ich gegangen war, obgleich sie kränkelte, und weil ich nicht zurückkehren konnte, um mich von ihr zu verabschieden. Weder von ihr noch von sonst irgendjemandem unserer Familie habe ich dir je erzählt. Wenn sie das wüsste, wäre sie sicher sehr betrübt.«

»Traurig«, war alles, was Margo herausbrachte. »Oh Mum, es tut mir leid.«

»Mir auch – und dass ich dir nicht eher berichtete, wie sehr du ihr in der kurzen Zeit, die sie mit dir hatte, ans Herz gewachsen bist.«

»Wie …« Die Frage bedrängte sie, aber Margo hatte Angst, ihre Mutter wiche der Antwort wieder aus.

»Wie sie war?« Ann sah ihre Tochter liebevoll an. »Solche Fragen hast du mir, als du klein warst, ständig gestellt. Und dann mochtest du nicht mehr, weil ich dir niemals antwortete. Was mein Fehler war.«

Sie wandte sich ab, trat an eins der hübschen Bogenfenster, durch die man auf die belebte Straße sah. Ihre Sünden, so erkannte sie, hießen Feigheit und Eigensucht. Wenn die Strafe dafür der Schmerz des Erinnerns war, dann ertrug sie sie ergeben.

»Bevor ich weiterspreche, möchte ich erklären, dass ich dir bisher deshalb nie geantwortet habe, weil ich es mir verbot zurückzusehen.« Wehmütig wandte sie sich wieder ihrer Tochter zu. »Und ich es für wichtiger hielt, dich richtig zu erziehen, als deinen Kopf mit Gedanken an Menschen zu füllen, die es nicht mehr gab. In deinem Kopf schwirrten sowieso stets so viele Dinge durcheinander.«

Margo strich ihrer Mutter über die Hand. »Wie war sie?«, wiederholte sie nochmals.

»Sie war eine gute Frau. Hat hart gearbeitet, ohne selbst jemals hart zu sein. Bei der Arbeit hat sie immer gesungen. Besonders liebte sie Blumen und hatte einen wunderbaren Garten hinter dem Haus. Wir sollten immer stolz auf unser Heim und auf uns selbst sein. Unfug ließ sie nicht durchgehen und teilte Schläge und Liebkosungen gleichermaßen aus. Wenn sie darauf wartete, dass mein Vater vom Fischen nach Hause kam, hatte sie so einen Gesichtsausdruck, den ich erst als erwachsene Person verstand.«

»Und mein Großvater? Was für ein Mensch war er?«

»Ein großer Mann mit einer dröhnenden Stimme. Er hat oft geflucht und wurde dann von meiner Mutter dafür geschimpft.« Anns Blick wanderte erneut in die Ferne. »Wenn er vom Meer kam, roch er nach Fisch und Wasser und Tabak und hat uns allerhand Begebenheiten aufgetischt. Er war ein wunderbarer Fabulierer, dein Großvater.«

Ann straffte die Schultern und wischte ein paar Krümel vom Tisch. »Ich habe dich nach meiner Mutter benannt. Mein Vater brüllte immer Margo, wenn er sie aufziehen wollte. Allerdings muss ich sagen, dass du weder ihr noch mir auch nur im geringsten ähnelst. Vielleicht um die Augen herum«, fuhr sie fort, während Margo reglos vor ihr saß. »Nicht die Farbe, aber die Form und der Starrsinn darin. Den hast du von mir. Aber die Farbe ist die deines Vaters. Er hatte Augen, in denen eine Frau ertrank. Und sie haben geleuchtet, lieber Gott, sie konnten derart leuchten, dass man regelrecht geblendet war.«

»Du hast ihn bisher nie erwähnt.«

»Es hat einfach zu weh getan.« Ann ließ ihre Hand sinken und setzte sich müde auf einen Stuhl. »Zuerst schmerzte es, also habe ich es nicht getan; und dann wurde es zur Gewohnheit, wodurch er dir doppelt fehlen musste. Es war falsch von mir, ihn nicht mit dir zu teilen, Margo. Ich habe ihn einfach für mich behalten«, sagte sie, wobei ihre Stimme zitterte. »Allein für mich.«

Margo rang ein wenig nach Luft. Sie hatte das Gefühl, als drücke ihr ein schweres Gewicht auf die Brust. »Ich dachte, du hättest ihn nicht geliebt.«

»Nicht geliebt?« Zuerst war Ann schockiert, doch dann brach sie in ein trauriges Lachen aus. »Mutter Gottes, Mädchen, ich hätte ihn nicht geliebt? Er war mein Ein und Alles. Jedes Mal, wenn ich ihn nur angesehen habe, zappelte mein Herz wie einer der Fische, die er nach seiner Rückkehr vom Meer auf den Küchentisch warf. Und wenn er mich dann in die Arme nahm und durch die Luft wirbelte, war ich nicht davon, sondern allein von seinem Geruch ganz schwindelig. Ich rieche ihn immer noch: nasse Wolle und Fisch und Mann.«

Margo versuchte, sich vorzustellen, wie ihre Mutter, jung und lachend, heftig verliebt, von starken Armen herumgewirbelt wurde. »Ich dachte … na ja, du hättest ihn geheiratet, weil du es musstest.«

»Natürlich musste ich!« Ann riss die Augen auf. »Unbedingt. Andernfalls hätte mein Vater ihm sicher die Tracht Prügel seines Lebens verpasst. Nicht, dass er es nicht versucht hätte, mein Johnny«, fügte sie lächelnd hinzu. »Schließlich war er ein ganzer Mann und hatte so seine Vorstellungen. Aber die hatte ich ebenfalls, und daher empfing ich ihn als anständige, wenn auch begierige Jungfrau, als endlich die Hochzeitsnacht gekommen war.«

»Ich war also …« Margo griff nach ihrem Glas und nahm einen stärkenden Schluck, »… also nicht der Grund, weshalb er dich geheiratet hat?«

»*Ich* war der Grund, weshalb er mich geheiratet hat«, sagte Ann mit unverhohlenem Stolz. »Und ich kann dir gar nicht sagen, wie leid es mir tut, dass ich bis zu diesem Augenblick nichts von deinen schrecklichen Vermutungen wusste.«

»Es war merkwürdig – ich habe mich immer gefragt …« Wie sollte sie es nur ausdrücken, fragte sich Margo, während in ihrem Inneren eine Vielzahl von Gefühlen miteinander rang. »Du warst so jung«, setzte sie nochmals an. »In einem fremden Land, mit einem Kind, das du alleine großziehen musstest.«

»Eine Last hast du mir nie bedeutet, Margo. Eher eine Herausforderung«, fügte sie lächelnd hinzu »als eine Last. Ebenso wenig kamst du als Fehltritt auf die Welt, um diese Frage vorwegzunehmen. Wir mussten heiraten, Margo, weil wir einander liebten. Mehr, als man sich vorstellen kann. Wir waren beide furchtbar jung, und genau aus dieser süßen, verzweifelten, jungen Liebe entstandest du.«

»Oh, Mum, es tut mir so furchtbar leid.«

»Leid? In den vier Jahren, die Gott uns zugeteilt hat, hatte ich mehr, als eine weniger glückliche Frau in ihrem ganzen Leben bekommt.«

»Aber du hast ihn verloren.«

»Ja – genau wie du. Du hattest nicht viel Zeit mit ihm; aber er war ein guter Vater und, bei Gott, er hat dich von ganzem Herzen geliebt. Er hütete deinen Schlaf und hat dir immer nur mit den Fingerspitzen über das Gesicht gestrichen, als fürchte er, dich zu zerbrechen. Und dann hat er so breit gelächelt, dass man meinen konnte, es zerteilte ihm das Gesicht.« Sie hob eine Hand an ihren Mund, da sie ihn immer noch lächelnd vor sich sah. »Unerhört, dass ich dir das bisher nie erzählt habe.«

»Schon gut.« Ihre Brust wurde wieder freier, aber hinter ihren Augen stiegen Tränen auf. »Schon gut, Mum. Jetzt weiß ich es ja.«

Ann schlug den Blick nieder. Wie sollte sie erklären, dass sie die Trauer und Liebe und Freude sicher bis an ihr Lebensende mit sich herumschleppte? »Er hat uns beide so gern gehabt, Margo, und er war ein wunderbarer, freundlicher Mensch, voller Träume, in denen es um unsere und um die Zukunft der weiteren von uns ersehnten Kinder ging.« Sie zog ein Taschentuch hervor und wischte sich die Tränen ab. »Wie dumm von mir, jetzt noch darum zu weinen. Schließlich liegt das alles fünfundzwanzig Jahre zurück.«

»Du darfst ruhig weinen.« Für Margo waren diese Enthüllungen einfach wunderbar. Wenn ihre Mutter nach einem Vierteljahrhundert immer noch Trauer um ihren toten Mann empfand, dann musste es tatsächlich Liebe gewesen sein, die sie mit ihm verband. Süß, verzweifelt und dauerhaft. »Wir brauchen nicht mehr darüber zu reden, wenn es zu schmerzlich für dich ist.«

Aber Ann schüttelte den Kopf und blinzelte ihre Tränen fort. Sie brächte die Sache zu einem Ende und gäbe ihrem Kind, Johnnys Kind, endlich das, was ihr von Geburt an zustand. »Als sie in jener Sturmnacht zurückkamen – herrje, es war ein Orkan, der Wind hat geheult und getobt, und am Himmel jagten sich die Blitze …« Sie schaute wieder auf. »Da wusste ich – ich wollte es nicht glauben, aber ich wusste, bevor sie es mir sagten, dass er verloren war. Denn etwas war fort. Hier drinnen.« Sie legte die Hand aufs Herz. »Einfach fort, und ich wusste, dass ein Teil von mir mit ihm gegangen war. Ich meinte, nicht überleben zu können ohne ihn. Irgendwie wollte ich nicht mehr ohne ihn!«

Ann verschränkte ihre Finger, da ihr nun der schmerzlichste Abschnitt bevorstand. »Ich war im dritten Monat schwanger mit einem zweiten Kind.«

»Du …« Margo wischte sich ebenfalls die Tränen aus dem Gesicht. »Du warst schwanger?«

»Ich wollte einen Sohn für Johnny. Er sagte, das wäre wunderbar, denn wir hätten bereits die schönste Tochter der Welt. An jenem Morgen hat er uns zum Abschied geküsst. Erst dich, dann mich, und dann hat er die Hand auf meinen Bauch gelegt, dorthin, wo das Baby wuchs. Und er hat gelächelt und gewinkt. Sie haben ihn nicht gefunden, so konnte ich ihn nie mehr sehen. Ich bekam keine Gelegenheit, mich von ihm zu verabschieden. In dieser Nacht, in dem Sturm, in meiner Trauer, in meinem Schmerz habe ich das Baby verloren. Ich verlor Johnny und das Baby, da gab es nur noch dich.«

Wie hielt jemand eine solche Tragödie aus, ohne dass er daran zugrunde ging?, fragte sich Margo jetzt. Wie stark musste jemand dazu sein? »Ich wünschte, all das hätte ich eher gewusst.« Sie nahm die Hände ihrer Mutter und sah sie an. »Wirklich, Mum! Dann hätte ich versucht … netter zu sein.«

»Nein, das ist Unsinn, was du da sagst.« Nach all den Jahren, erkannte Ann, machte sie es immer noch verkehrt. »Ich habe dir nicht genug von den schönen Augenblicken erzählt. Es gab nicht nur Trauer und Leid. Die Wahrheit ist, dass er über viele Jahre hinweg in meinem Leben existierte. Ich sah ihn zum ersten Mal, als ich sechs war und er neun. Er fiel allen Leuten auf, dieser Johnny Sullivan, mit dem Lachen eines Teufels und den Augen eines Engels. Und ich wollte ihn. Also habe ich mich darangemacht, ihn zu erobern.«

»Du?« Margo verschlug es beinahe die Sprache. »Du hast mit ihm geflirtet?«

»Schamlos. Und mit siebzehn habe ich es geschafft und nahm seinen Antrag an, ehe er mit seiner kurzen Rede fertig war.« Sie stieß einen langen, tiefen Seufzer aus. »Hoffentlich verstehst und glaubst du das. Ich habe ihn geliebt, Margo, so wie man einen Menschen nur lieben kann. Und als er starb und das Baby in mir mit, wollte ich ebenfalls davon, und hätte es vielleicht auch getan, wenn du nicht gewesen wärst. Du hast mich gebraucht. Und ich dich!«

»Aber warum hast du dann Irland verlassen? Schließlich wäre deine Familie dir zur Seite gestanden.«

Sie blickte zurück, und immer noch sah sie die felsigen Klippen und die stürmische See vor sich. »Ich hatte etwas verloren, von dem ich dachte, es gehörte mir für alle Zeit. Etwas, das ich geliebt hatte und als das Meine betrachtete, seit ich ein kleines Mädchen war. Nicht einmal die Luft dort ertrug ich mehr ohne ihn. Es war Zeit für einen Neubeginn.«

»Hattest du denn keine Angst?«

»Oh, ganz fürchterliche sogar!« Wieder setzte sie ein versonnenes Lächeln auf, und sie merkte, dass ihr ebenfalls der Sinn nach einem Schluck Champagner stand; also nahm sie das Glas ihrer Tochter und hob es an ihre Lippen. »Aber ich habe gekämpft. Demnach hast du vielleicht mehr von mir geerbt, als ich dachte. Ich war dir gegenüber stets zu hart, Margo. Aber erst jetzt erkenne ich, wie hart. Zugleich habe ich viel gebetet für dich. Du warst ein erschreckend hübsches Kind mit einem wilden Temperament – eine gefährliche Mischung. Ein Teil von mir hatte Angst, dich zu sehr zu lieben, denn … nun, noch einmal einen Menschen so sehr zu lieben erschien mir, den lieben Gott zu versuchen. Ich konnte es dir einfach nicht zeigen, habe es nicht gewagt; denn dich auch noch zu verlieren wäre mein Ende gewesen.«

»Ich dachte immer …« Margo schüttelte den Kopf.

»Nein, sag es ruhig. Bitte, was denkst du?«

»Mir kam es vor, als wäre ich nicht gut genug für dich.«

»Was wohl mein Fehler war.« Ann presste die Lippen aufeinander und fragte sich, wie sie über all die Jahre hinweg so blind hatte sein können. »Deinen Charakter begriff ich nicht und hatte Angst um dich. Ich konnte nie verstehen, weshalb du so viele Dinge begehrst. Und ich sorgte mich, weil du an einem Ort aufwuchst, an dem es so viel gab, was anderen gehörte. Vielleicht verstehe ich dich heute noch nicht, aber ich liebe dich. Was ich dir einfach nicht oft genug gesagt habe.«

»So etwas zu sagen oder selbst zu empfinden ist nicht immer leicht. Aber eigentlich habe ich es trotzdem immer gewusst.«

»Leider wusstest du nicht, dass ich stolz auf dich bin.« Ann biss sich auf die Lippe. Schließlich hatte ihr eigener Stolz ihr stets den Mund verschlossen. »Es gefiel mir, als ich dein Gesicht zum ersten Mal auf der Titelseite einer Zeitschrift sah. Und auch danach fand ich dich jedes Mal, wenn du irgendwo abgebildet warst, hinreißend.« Sie trank einen zweiten Schluck Champagner und bekannte: »Ich habe sie alle aufgehoben.«

Margo blinzelte verwirrt. »Aufgehoben?«

»Sämtliche Bilder von dir. Master Josh hat sie mir geschickt, und ich habe sie in ein Fotoalbum geklebt. Tja, in mehrere Alben, um genau zu sein«, verbesserte sie sich. »Denn allmählich wurden es ja immer mehr.« Mit einem verlegenen Lächeln sah sie auf das leere Glas. »Es könnte sein, dass ich ein bisschen beschwipst bin.«

Ohne nachzudenken, stand Margo auf, holte die Flasche aus dem Kühlschrank, zog den silbernen Verschluss heraus und schenkte ihrer Mutter nach. »Du hast meine Fotos aufgehoben und in Alben geklebt?«

»Und auch die Artikel, in denen es um dich ging, jeden noch so banalen Klatsch.« Sie winkte mit ihrem Glas. »Nicht alles, was dort geschrieben stand, konnte ich gutheißen, und dabei glaube ich sogar, dass der Junge die schlimmsten Artikel zurückhielt.«

Margo verstand, dass Josh »der Junge« war und lächelte. »Das war sicher aus Rücksicht.«

»Aus Rücksicht auf dich!« Ann legte den Kopf zur Seite und sah ihre Tochter an. »Er liebt dich wie kein anderer. Wie sieht es aus, Margo? Bist du so clever wie deine Mutter und nimmst einen starken, gutaussehenden Mann, der dich sowohl im Bett als auch außerhalb schwindlig werden lässt?« Als Margo schnaubte, fing sie sich und stellte eine möglichst würdevolle Miene zur Schau. »Das liegt am Alkohol! Es ist eine Sünde, bereits mitten am Tag etwas zu trinken.«

»Trink ruhig noch ein Gläschen und fahr dann mit dem Taxi heim.«

»Vielleicht sollte ich das wirklich tun. Nun, was sagst du dazu? Lässt du den Mann weiter zappeln, oder ziehst du ihn an Land?«

Sie hatte gedacht, ihn zappeln zu lassen wäre eine hervorragende Idee; doch plötzlich wusste sie es nicht mehr. »Lass mir ein bisschen Zeit. Danke, dass du mir endlich einen Vater gegeben hast, Mum.«

»Ich hätte …«

»Nein.« Von sich selbst überrascht schüttelte Margo vehement den Kopf. »Nein, mach dir keine Gedanken mehr darüber, was du hättest tun sollen oder nicht. Wenn man damit anfängt, kommt man nie zu einem Schluss. Am besten begraben wir die Vergangenheit und beginnen heute neu.«

Wieder zog Ann ihr Taschentuch hervor. »Offenbar habe ich meine Sache dir gegenüber besser gemacht als angenommen. Ich finde, meine Tochter ist wirklich gelungen.«

Gerührt gab Margo ihrer Mutter einen Kuss. »Sagen wir, dass du in Bezug auf mich immer noch am Arbeiten bist. Apropos Arbeit«, fügte sie hinzu, da sie wusste, sonst brächen sie sicher beide gleich wieder in Tränen aus. »Trink du in Ruhe deinen Champagner aus! Meine Mittagspause ist leider vorbei, so dass ich runter und den Laden öffnen muss.«

»Ich habe Fotos von deinem Dad.« Ann schluckte schwer. »Ich würde sie dir gerne einmal zeigen, wenn du nichts dagegen hast.«

»Und wie gerne ich sie sehen möchte!« Margo ging zur Tür und drehte sich, ehe sie den Raum verließ, noch einmal um. »Ich bin auch stolz auf dich und auf das, was du aus deinem Leben gemacht hast, Mum.«

Josh hörte kindliches Gelächter, als er über die östliche Terrasse auf das Becken zuschlenderte. Das Kreischen und Planschen wärmte ihm das Herz, und als er in Sichtweite des Wassers kam, grinste er vergnügt. Offenbar fand gerade ein Wettschwimmen statt.

Ganz offensichtlich hielt Laura sich bewusst zurück, da sie sich mit ihren langsamen Zügen kaum von der Stelle bewegte. Wenn es ihr ernst war, ließ sie jeden hinter sich. Früher hatte es ihn wütend gemacht, dass seine kleine Schwester schneller war als er. Tatsächlich hatte sie als Führerin ihrer Schwimm-Mannschaft an den Landesmeisterschaften teilgenommen und eine Zeitlang sogar den Beitritt zum Olympiateam erwogen.

Während sie jetzt im Schneckentempo dahinruderte, wurde sie von einer geradezu fieberhaft paddelnden Ali überholt.

»Ich habe gewonnen!« Ali tauchte glücklich aus dem Wasser auf. »Du bist geschlagen.« Dann verzog sie allerdings schmollend die Schnute. »Das hast du mit Absicht gemacht.«

»Nur einen kleinen Vorsprung habe ich dir gelassen, mehr nicht.« Laura strich Ali über das nasse Haar, ehe sie lächelnd beobachtete, wie Kayla prustend an die Oberfläche kam. »Genau, wie du deiner Schwester einen Vorsprung gelassen hast, weil du größer und schneller und stärker bist.«

»Ich will aber richtig gewinnen.«

»So, wie du schwimmst, wirst du das auch bald.« Sie gab Kayla einen Kuss zwischen die Augenbrauen. »Ihr beiden schwimmt wie die Meerjungfrauen.«

Dieser Gedanke besänftigte Ali, und auch Kayla sah ihre Mutter mit einem verträumten Lächeln an. »Ich bin eine Meerjungfrau«, rief sie, »und schwimme den ganzen Tag mit den Delphinen um die Wette.«

»Aber ich bin schneller als du.« Ali stieß sich vom Rand ab, als sie plötzlich aus dem Augenwinkel heraus eine Bewegung wahrnahm. Sie entdeckte einen Mann, groß, im Anzug, mit schimmerndem Haar. Ihr Herz machte einen Satz. Doch als sie sich das Wasser aus den Augen blinzelte, sah sie, dass es nicht ihr Vater war. »Onkel Josh!«

»Onkel Josh! Onkel Josh ist da!« Kayla spritzte mit den Beinen, so dass sich eine regelrechte Fontäne über den Ankömmling ergoss. »Komm und schwimm mit uns. Wir sind Meerjungfrauen.«

»Das sieht man, auch ohne dass du es extra sagst. Ich fürchte, um mit Meerjungfrauen zu spielen, habe ich nicht die richtige Garderobe an. Aber es macht jede Menge Spaß, euch zuzuschauen.«

Um ihn zu belustigen, machte Kayla erst einen Handstand und dann einen Purzelbaum, woraufhin Ali sich nicht lumpen ließ und auf das Sprungbrett kletterte, um ihm zu zeigen, wie gut sie inzwischen im Springen war. Er pfiff und applaudierte, während Laura aus dem Wasser kletterte und sich abtrocknete.

Sie hatte abgenommen. Selbst als Bruder fiel ihm das auf. Nur mit Mühe behielt er sein fröhliches Grinsen bei, denn am liebsten hätte er mit den Zähnen geknirscht.

»Könntest du vielleicht eine Minute für mich erübrigen?«, fragte er, als sie einen Bademantel um ihre schmalen Schultern schlang.

»Aber sicher doch. Nicht ins Tiefe, ihr Schätze!« Maulend wandten sich die beiden Meerjungfrauen dem flachen Ende des Beckens zu. »Gibt es irgendein Problem im Hotel?«

»Nicht ganz. Du hast erwähnt, dass du wieder einen aktiveren Part in der Geschäftsleitung übernehmen willst.« Stirnrunzelnd wanderte er in Richtung einer Gardenie. Er wollte nicht, dass die Mädchen hörten, was er sprach. »Aber du tust doch schon genug, Laura.«

»Ich will dir deinen Job nicht abspenstig machen, Josh.« Aufgeräumt fuhr sie sich mit den Fingern durch das nasse Haar. »Aber ich möchte mich mal wieder mit diesen Dingen beschäftigen. Allzu lange habe ich alles an mir vorbeirauschen lassen. So etwas ist ungesund.«

»Du machst mich wütend, wenn du dir die Schuld an irgendwelchen Dingen gibst.«

»Zu einer Ehe gehören immer zwei.« Laura schritt, ohne die Mädchen aus den Augen zu lassen, mit gestrafften Schultern zum Ziergartenrand. In der Ferne versteckte sich das herrliche, mit Schnitzereien verzierte Holzgebäude der ehemaligen Stallungen in einer Talsenke. Sie wünschte sich, sie hätten noch Pferde dort oder auf einer der Weiden stehen. Welch eine Freude wäre es, sie zu versorgen, wie damals in ihrer Kindheit.

»Ich gebe nicht mir die Schuld am Scheitern meiner Ehe. Für das, was Peter getan hat, gibt es keine Entschuldigung. Schlimm genug, dass er seine eigenen Kinder nie beachtet hat; aber dann auch noch das zu nehmen, was ihnen gehörte …«

»Und dir«, ergänzte er.

»Ja, und mir. Wir wollen es zurückhaben. Es wird eine Weile dauern, aber am Ende schaffe ich das sicher.«

»Laura, du weißt, wenn du Geld brauchst …«

»Nein.« Sie schüttelte den Kopf. »Weder von dir noch von Mom und Dad nehme ich Geld. Ich bestreite meinen Lebensunterhalt nicht von Templeton'schem Kapital, das ich nicht verdient habe. Bis jetzt mangelt es den Mädchen ja an nichts.« Beruhigend legte sie ihm die Hand auf den Arm. »Seien wir doch realistisch, Josh. Wir drei besitzen ein wunderschönes Zuhause, und es steht immer genug zu essen auf dem Tisch. Ihre Schulgebühren werden regelmäßig bezahlt. Es gibt zahlreiche Frauen in meiner Situation, denen rein gar nichts überbleibt.«

»Was nicht unbedingt so bleiben muss. Wie lange wirst du die Angestellten und die Schulgebühren noch bezahlen können, Laura, wenn du entschlossen bist, nur von deinem Teil des Geldes zu leben, das der Laden abwirft?«

Ihr Hauspersonal lag ihr ebenfalls schwer auf der Seele. Wie konnte sie sie gehen lassen nach all den Jahren, wo auch sie in Templeton House daheim waren? Was würden Mrs. Williamson oder der alte Gärtner Joe machen, wenn sie sie zu entlassen gezwungen war?

»Der ›Schöne Schein‹ bringt Geld, und dann habe ich noch die Dividenden von den Templeton-Aktien – die ich mir in Zukunft zu verdienen beabsichtige. Ich habe Zeit, Josh, und ich bin es leid, sie mit Komitees und Verabredungen zum Mittagessen sowie Spendensammlungen zu verplempern. Das entsprach eher Peters Lebensstil.«

»Du willst also einen Job?«

»In der Tat dachte ich an eine Teilzeitbeschäftigung. Es ist nicht so, dass ich vollkommen verzweifelt wäre; sondern es erscheint mir sinnvoll, mich auf eigene Füße zu stellen. Vergleich mich doch mal mit Kate, die sich schon immer alles, was sie wollte, erarbeitet hat, und auch mit der neuen Margo!«

»Das passt überhaupt nicht hierher.«

»Ich muss mir etwas beweisen«, fuhr sie ruhig fort, »möchte etwas Vernünftiges tun. Du bist nicht der einzige Templeton in dieser Generation, der etwas von Hotels versteht. Ich weiß, wie man Konferenzen veranstaltet, Büfetts arrangiert, für Unterhaltung sorgt. Natürlich müsste ich schauen, wie sich das alles mit dem Laden und den Mädchen vereinbaren lässt.«

»Wann willst du anfangen?«

Sie blieb wie vom Donner gerührt stehen. »Ist das dein Ernst?«

»Laura, du bist an Templeton ebenso beteiligt wie ich.«

»Bisher habe ich noch nie etwas für das Unternehmen getan. Zumindest in den letzten zehn Jahren nicht.«

»Warum?«

Sie verzog das Gesicht. »Weil Peter es nicht wollte. Mein Job, das hat er mir oft genug erklärt, hieß Mrs. Peter Ridgeway.« Ein Eingeständnis, das sie sicher für alle Zeit als erniedrigend empfand. »Weißt du, was mir vor ungefähr einem Jahr erst aufgefallen ist, Josh? Mein Name stand nirgendwo. Mich gab es offiziell nicht.«

Unbehaglich blickte er in Richtung des Pools, in dem seine Nichten darum wetteiferten, welche von ihnen länger die Luft anhalten konnte. »Ich nehme an, jede Ehe geht mit einem Verlust der eigenen Identität einher.«

»Nein, nicht immer. Das sollte es zumindest nicht.« Es war Salz auf ihre offene Wunde, ihre Niederlage zuzugeben, aber … »Lass gut sein. Ich war eine Perfektionistin. Die liebe Tochter, die brave Ehefrau, die vorbildliche Mutter. Und es bedeutete einen herben Schlag für mich zu erkennen, dass mir nichts davon gelungen ist.«

Er packte sie bei den Schultern und schüttelte sie sanft. »Wie wäre es mit perfekter Schwester? Die bist du ganz sicherlich.«

Gerührt hob sie den Kopf. »Als eine solche hätte ich dich schon längst gefragt, warum du Margo nicht zur Frau nimmst.« Als er seine Hände sinken lassen wollte, hielt sie sie fest. »Ihr liebt euch und versteht euch. Außerdem habt ihr beiden mehr Gemeinsamkeiten als die meisten Paare, die ich kenne – einschließlich der Angst vor dem nächsten Schritt.«

»Vielleicht gefällt es mir ja so, wie es ist.«

»Reicht dir das, Josh? Ist das wirklich genug für dich, oder für sie?«

»Verdammt, bedräng mich nicht!«

»Beharrlichkeit muss man als perfekte Schwester aufbringen.«

Ratlos trat er einen Schritt zurück und spielte mit einer pinkfarbenen Rosenknospe. »Ich habe darüber nachgedacht. Ehe, Kinder, das ganze Heckmeck. Ziemlich viel«, murmelte er. »Und am besten macht man sich dabei auf jede Menge Überraschungen gefasst.«

»Früher hast du Überraschungen gern gemocht.«

»Ja. Aber ich und Margo, wir alle beide, lieben es, ungebunden zu sein. Während der letzten zwölf Jahre habe ich immer in Hotels gewohnt, weil ich die Unverbindlichkeit und Bequemlichkeit zu schätzen weiß. Herrje!« Er pflückte die Knospe ab und hielt sie Laura hin. »Mein Leben lang habe ich auf sie gewartet. Ich habe immer gedacht, wenn das Warten vorüber wäre, wäre es nur eine Frage der Geduld. Ein, zwei Jahre voll Spaß und Amüsement – genau das scheint sie von mir zu erwarten. Und entspricht ihrer Vorstellung von mir. Dann erst brächte ich sie langsam und vorsichtig auf die Idee zu heiraten.«

Lachend schüttelte Laura den Kopf. »Siehst du das Ganze als Schachpartie oder als Beziehung, Josh?«

»Bis vor kurzem war es tatsächlich Strategie. Zug und Gegenzug. Immerhin habe ich sie auf diese Weise dazu gebracht, dass sie sich in mich verliebt.«

»Meinst du das wirklich?« Laura schnalzte mit der Zunge und

befestigte die Blume am Aufschlag ihres Bademantels. »Männer sind leider ziemliche Trottel.« Sie stellte sich auf die Zehenspitzen und gab ihm einen Kuss. »Frag sie. Das heißt, wenn du dich traust.«

Er zuckte zusammen, als hätte sie ihm einen Schlag versetzt. »Ich wünschte, den letzten Satz hättest du nicht gesagt.«

»Ein weiteres Charakteristikum einer perfekten Schwester: Sie kennt die Schwächen ihres Bruders.«

Mittlerweile beobachtete Margo, wie eine weitere zufriedene Kundin das Geschäft verließ. So, wie ihre Füße schmerzten, war sie froh, dass morgen Laura für ein paar Stunden dran war. Vielleicht schloss sie einfach ein paar Minuten früher, kehrte in die Suite zurück und machte sich für das von Josh in Aussicht gestellte Abendessen zurecht.

Ihr neues Leben bot wirklich interessante Aspekte, überlegte sie, während sie um den Tresen ging und aus ihren Schuhen glitt. Nicht nur, dass sie beweisen konnte, neben einem schönen Körper auch ein Hirn zu besitzen; zusätzlich tat sich eine vollkommen neue Version ihrer Herkunft auf, die es zu erforschen galt.

Ihre Eltern hatten einander geliebt. Vielleicht war es lächerlich, dass eine erwachsene Frau einen solchen Trost und eine solche Freude bei dieser Vorstellung empfand. Aber auf seltsame Weise öffnete sich durch diese Enthüllung etwas in ihrem Herzen. Einige Angelegenheiten überdauerten offenbar die Zeit, erkannte sie – Liebe beispielsweise.

Und heute Abend würde sie Josh darüber aufklären, was für sie feststand, woran sie glaubte, welche Wünsche sie für die Zukunft hegte. Ein richtiges ausgefülltes Leben – an der Seite eines Ehemanns.

Bei dem Gedanken an seinen Gesichtsausdruck, wenn sie ihm einen Antrag machen würde, lachte sie. Sie müsste clever sein, überlegte sie, während sie das Bargeld aus der Kasse in den Umschlag für die Bank schob, und ihn auf subtile Weise herausfordern. Doch zugleich nicht allzu subtil.

Bestimmt würde sie ihn glücklich machen. Gemeinsam würden sie die Welt bereisen, auch neue aufregende Orte entdecken. Aber immer kämen sie hierher zurück. Weil Monterey ihrer beider Zuhause war.

Diese Tatsache hatte sie lange Zeit nicht akzeptiert.

Als jemand den Laden betrat, hob sie den Kopf und setzte ein geschäftsmäßiges Lächeln auf. Ehe ihr ein Schrei entfuhr.

»Claudio!« Innerhalb einer Sekunde war sie um den Tresen herum und schlang dem großen, gutaussehenden, eleganten Herrn die Arme um den Hals. »Wie schön, dich zu sehen!« Sie küsste ihn auf beide Wangen, ehe sie einen Schritt zurücktrat und ihn begeistert musterte.

Natürlich war er ebenso attraktiv wie eh und je. An den Schläfen mischten sich silbrige Strähnen in das dichte, schwarze Haar. Sein Gesicht wies keine Falten, aber einen sonnengebräunten Teint auf, wodurch sowohl seine römische Aristokratennase als auch das fröhliche Blitzen seiner samtdunklen Augen vorteilhaft zur Geltung kamen.

»*Bella.*« Er hob ihre Hände an seine Lippen und küsste sie. »*Bellissima*! Eigentlich wollte ich böse auf dich sein, Margo *mia*, aber jetzt, wo ich dich sehe, werde ich mal wieder schwach.«

Sie lachte und sah ihn fragend an. »Was macht denn bitte Italiens erfolgreichster Filmproduzent hier in diesem Nest?«

»Ich habe dich gesucht, da du schließlich meine einzige wahre Liebe bist.«

»Danke!« Natürlich war das Unsinn, aber sie hatten einander immer schon geneckt. »Und jetzt hast du mich gefunden, Claudio.«

»Allerdings.« Und er sah sofort, dass er sich seine Sorgen um sie hätte sparen können. Sie strahlte vor Glückseligkeit. »Und die

Gerüchte, die ich hörte am Drehort, stimmen tatsächlich. Die Margo hat einen Laden aufgemacht.«

Sie reckte das Kinn und sah ihn herausfordernd an. »Und?«

»Und?« Er breitete die Arme aus.

»Lass mich dir einen Schluck Champagner holen, *Tesoro*. Und danach kannst du mir erzählen, was dich wirklich nach Monterey verschlagen hat.«

»Ich habe doch schon gesagt, dass ich auf der Suche nach meiner verlorenen Liebe bin.« Doch noch während er sprach, zwinkerte er vergnügt und nahm ihr das Glas aus der Hand. »Geschäfte in Los Angeles! Und wie hätte ich es über mich bringen können, so nahe zu sein, ohne mir ein Küsschen von dir zu holen?«

»Alter Herzensbrecher! Ich freue mich wirklich, dass du vorbeigekommen bist.«

»Du hättest mich anrufen sollen, als du in Schwierigkeiten warst.«

Das Ganze schien bereits Jahrzehnte her zu sein, so dass sie schulterzuckend erwiderte: »Inzwischen bin ich drüber weg.«

»Dieser Alain ist ein Schwein.« Claudio eilte mit den für ihn typischen geschmeidigen Schritten durch den Raum, wobei er in seinem gutturalen Englisch Alain als noch viel mehr und zugleich weniger als ein bloßes Stück Dreck bezeichnete.

»Da hast du sicher recht«, sagte Margo, als er eine Verschnaufpause einlegte.

»Wenn du im Büro oder im Studio angerufen hättest, hätte man mir Bescheid gesagt. Und dann wäre ich auf meinem geflügelten Pferd herbeigejagt und hätte dich gerettet, holde Maid.«

Sie konnte es sich vorstellen. Claudio war einer der wenigen Männer, die wahrscheinlich nicht einmal lächerlich wirken würden auf einem Pegasus. »Ich habe es auch allein geschafft, aber trotzdem vielen Dank.«

»Du bist den Bella-Donna-Vertrag los! Das tut mir leid.«

»Zu Anfang tat es mir ebenfalls leid. Aber jetzt habe ich umgesattelt.«

Er legte den Kopf auf die Seite und sah sie lächelnd an. »Margo *mia*, eine echte Ladenbesitzerin!«

»Goldrichtig, Claudio!«

»*Amore*!« Wieder nahm er ihre Hand, und auch wenn seine Stimme spöttisch klang, war sein Blick ungewöhnlich ernst. »Lass mich dich fortlocken von hier. Komm mit mir nach Rom. Ich habe ein neues Projekt, das in ein paar Monaten anläuft, mit einer perfekten Rolle für dich, *cara*. Eine starke, attraktive, schillernde, herzlose Frau.«

Margo lachte fröhlich auf. »Claudio, das ist wirklich schmeichelhaft. Vor sechs Monaten hätte ich die Chance sofort ergriffen, ohne mir auch nur die geringsten Gedanken darüber zu machen, dass ich keine Schauspielerin bin. Aber inzwischen habe ich ein Geschäft.«

»Um das sich genauso gut jemand anders kümmern kann. Komm mit mir. Ich passe auf dich auf.« Er spielte sanft mit ihrem Haar, sein Blick war ernst. »Und dann sind wir ein bisschen nett miteinander, was wir schon längst hätten sein sollen, ja?«

»So weit ist es nie gekommen zwischen uns, nicht wahr? Und genau deshalb haben wir einander auch so gern. Nein, Claudio, aber ich bin sehr, sehr gerührt und wahnsinnig dankbar, dass du dich um mich sorgst.«

»Ich verstehe dich einfach nicht.« Wieder stapfte er durch den Raum. »Du bist nicht dazu geschaffen, Kleingeld zu wechseln und irgendwelche Nippsachen einzupacken. Das ist nicht die – Madonna! Da sind ja deine Teller.« Vor einem Regal blieb er stehen und starrte mit großen Augen auf ein Service. »Auf diesen Tellern hast du mir Pasta serviert.«

»Dein Gedächtnis ist bemerkenswert«, murmelte sie.

Während er sich umsah, erinnerte er sich auch noch an andere Dinge, die er bewundert hatte in ihrem Apartment in Mailand. »Und ich hielt es noch für einen schlechten Scherz, als man mir von deinem Secondhand-Shop erzählte. Margo, so weit hätte es wirklich nicht kommen müssen!«

»Na hör mal, als ob ich mich mit einem Einkaufswagen voller Lumpen in irgendwelchen dunklen Gassen herumtreibe!«

»Es ist erniedrigend«, stieß er zwischen zusammengebissenen Zähnen hervor.

»Im Gegenteil«, fuhr sie ihn an, ehe sie sich zur Ruhe zwang. Schließlich dachte er nur an sie. Oder an die Person, die er gekannt hatte. Und für jene Margo wäre es tatsächlich erniedrigend gewesen, räumte sie ein.

»Zuerst fühlte ich mich auch ein wenig gedemütigt, aber das war falsch. Soll ich dich aufklären, Claudio?«

Wieder fluchte er und überlegte hektisch, ob er sie sich nicht am besten über die Schulter warf und umgehend mit ihr diesen Schandfleck verließ. »Wenn es sein muss …«

Sie trat so dicht vor ihn, dass sie ihm unmittelbar gegenüber stand. »Es ist ein Riesenspaß.«

Er rang nach Luft. »Ein Riesenspaß?«

»Ein großartiger, wunderbarer, schwindelerregender Spaß. Und weißt du noch etwas? Ich mache meine Sache wirklich gut. Ganz hervorragend, jawohl.«

»Ist das dein Ernst? Du behauptest also tatsächlich, zufrieden zu sein?«

»Nein, nicht zufrieden, sondern glücklich. Der Laden gehört mir. Ich habe die Böden abgeschmirgelt und die Wände gestrichen und tapeziert.«

Claudio erbleichte. »Bitte, schone mein Herz!«

»Ich habe die Badezimmer geschrubbt.« Sie lachte und gab ihm einen Kuss. »Und fand es über die Maßen befriedigend.«

Gerne hätte er genickt, aber er brachte es einfach nicht über sich. »Könntest du mir wohl noch etwas Champagner nachschenken?«

»Natürlich. Aber dann siehst du dich mal gründlich um.« Sie füllte ihre beiden Gläser und hakte sich bei ihm ein. »Jetzt zeige ich dir alles und erkläre dir, wie du mir helfen kannst.«

»Selbstverständlich tue ich alles für dich, was in meinen Möglichkeiten steht.«

»Du kennst doch jede Menge Leute.« Ihr Hirn arbeitete fieberhaft, während sie mit ihm die Treppe ansteuerte. »Leute, die der Kleider oder der Nippsachen, die sie im letzten Jahr gekauft haben, überdrüssig sind. Du könntest ihnen meinen Namen nennen. Ich hätte gern eine Option auf die Sachen, die sie aussortieren.«

»Himmel«, war alles, was er hervorbrachte, während er mit ihr die Stufen ins Obergeschoss erklomm.

Das Erste, was Josh bemerkte, als er den Laden betrat, war der Umschlag mit dem Geld. Er schüttelte den Kopf über ihre Achtlosigkeit und verriegelte die Tür. Dann ging er hinter den Tresen, schob den Umschlag in die Kasse zurück und – erblickte ihre Pumps.

Er würde ihr einen kleinen Vortrag halten über grundsätzliche Vorsichtsmaßnahmen in ihrem Beruf, aber das hätte Zeit. In seiner Tasche steckte der Ring seiner Großmutter. Immer noch hielt die Erregung an, die ihn bei der Durchsicht der Schmuckschatulle ergriffen hatte. Der viereckig geschliffene russische weiße Diamant war für Margo wie geschaffen. Seine Eleganz strahlte ein glamouröses kaltes Feuer aus.

Mit diesem Ring bekäme er sie bestimmt herum. Er würde sie mit Champagner betören und fiele – falls es nötig wäre – sogar auf die Knie. Seiner Margo durfte man nicht unvorbereitet gegenübertreten.

Wahrscheinlich wäre sie von der Vorstellung von einer Heirat alles andere als erfreut, aber er brächte sie mit süßer Überredung dazu, am Ende eine Eheschließung doch in Erwägung zu ziehen. Notfalls setzte er seine reichlich gesammelten Verführungskünste ein. Was kein allzu großes Opfer wäre. Die Vorstellung von ihr mit nichts als seinem Ring bekleidet war verführerisch genug, technische Einzelheiten für den Moment in den Hintergrund zu befördern.

Genug der Spiele und des Amüsements, sagte er sich. Jetzt müsste Fraktur geredet werden.

Er wandte sich der Treppe zu und hätte sie beinahe gerufen, als von oben ihr perlendes Gelächter an seine Ohren drang. Beinahe hätte er ebenfalls gelächelt, ehe er leises männliches Brummeln vernahm.

Ein Kunde, sagte er sich, wütend über seinen sofortigen Anflug von Eifersucht. Doch kaum hatte er die Tür des Boudoirs erreicht, als vor seinen Augen grüne Funken stoben.

Ein fremder Mann umarmte sie, und der Kuss, der die beiden vereinigte, war heiß genug, Josh allein beim Zusehen zu verbrennen.

Mordlust wallte in ihm auf. Am liebsten hätte er dem Kerl jeden Knochen, den er im Leibe trug, einzeln gebrochen oder ihn auf der Stelle erwürgt. Er ballte die Fäuste und stieß ein erbostes Grollen aus. Aber sein Stolz war beinahe ebenso ausgeprägt wie seine Eifersucht. Und dieser Stolz hielt ihn zurück, als Margo einen Schritt nach hinten trat.

»Claudio.« Ihre Stimme kam einem seidigen Schnurren gleich. »Ich freu mich so über deinen Besuch. Hoffentlich können wir …« Dann fiel ihr Blick auf Josh, und eine Unzahl von Gefühlen flackerte in ihren Augen auf. Überraschung, Freude, Schuld und auch Belustigung. Doch die Belustigung verflog. Sein Blick war hart und kalt und drückte seine erbarmungslose Empörung aus. »Josh.«

»Ich komme unerwartet«, sagte er kühl. »Leider. Aber ich glaube nicht, dass ich mich für diese Störung entschuldigen muss.«

»Dies ist ein Freund aus Rom«, setzte sie an, aber er unterbrach sie mit einem Blick, der ihr das Blut in den Adern gefrieren ließ.

»Erspar uns eine gegenseitige Vorstellung, Margo. Ich halte dich und deinen Besucher nicht länger auf.«

»Josh!« Er war bereits auf halbem Weg die Treppe hinab, als sie über das Geländer rief: »Warte.«

Mit einer letzten, tödlichen Lanze aus seinen Augen öffnete er die Ladentür. »Bleib gesund, Margo. Und lass mich in Zukunft in Ruhe.«

»*Cara!*« Claudio legte Margo eine Hand auf die Schulter, während sie bebend am Fuß der Treppe stand. »Es überrascht mich, dass er uns nicht beide niedergemetzelt hat.«

»Ich muss die Sache klären. Wenigstens zuhören soll er mir. Bist du mit dem Wagen hier?«

»Ja, natürlich. Aber ich würde vorschlagen, dass du ihm ein wenig Zeit lässt, um sich abzuregen …«

»So laufen die Dinge bei ihm nicht.« Ihre Hand zitterte, als sie nach ihrer Tasche griff und, ohne auch nur ihre Schuhe anzuziehen, auf die Straße trat. »Bitte, Claudio. Ich brauche jemanden, der mich zu ihm fährt.«

21

Bis sie die Suite des Penthouses erstürmte, hatte sich einiger Zorn in ihr aufgestaut. Wut und Ärger erschienen ihr immer noch besser als die panische Angst, die sie zunächst befallen hatte.

Panische Angst angesichts der kalten Verachtung in seinen Augen und der eisigen Distanz seiner Stimme! Doch damit käme er nicht durch, nein, Sir, nicht bei ihr. Sie würde dafür sorgen, dass er um Verzeihung bettelnd angekrochen kam.

»Josh Templeton, du Bastard!« Krachend schlug sie die Tür hinter sich ins Schloss und stürzte barfuß ins Schlafzimmer. »Wie kannst du es wagen, mich einfach so stehen zu lassen! Wie kannst du es wagen, mich vor einem Freund derart in Verlegenheit zu bringen!«

Ihr stockte der Atem, als sie sah, wie er gelassen seine Kleider aus dem Schrank nahm und in eine Tasche warf. »Was machst du da?«

»Ich packe. Mir ist eingefallen, dass ich dringend nach Barcelona muss.«

»Den Teufel musst du. Du läufst nicht einfach so davon!« In der Absicht, ihm die Kleider zu entreißen, hatte sie kaum zwei Schritte auf ihn zu getan, als er zu ihr herumfuhr.

»Ich warne dich«, war alles, was er sagte, doch es verwandelte ihren Zorn wieder in die ursprüngliche Angst.

»Das ist ja wohl kindisch«, setzte sie an, aber ihre Zähne klapperten, als schiere Panik ihren Rücken entlangkroch. »Eigentlich hast du ja keine Erklärung verdient, aber am besten tue ich so, als hätte ich dein unmögliches Benehmen nicht bemerkt, und erkläre dir, was es mit Claudio auf sich hat. Claudio und ich …«

»Vielen Dank, deine Ausführungen erübrigen sich.« Mit einer schnellen Bewegung machte er den Reißverschluss der Tasche zu.

»Nein«, sagte sie langsam. »Du hast bereits entschieden, was du gesehen hast und was das bedeutet. Für dich steht fest, was für ein Mensch ich bin.«

»Ich werde dir sagen, was ich gesehen habe.« Er vergrub seine Hände in den Hosentaschen, denn sonst hätte er ihr sicherlich vor lauter Wut den Kragen umgedreht. Als seine Finger jedoch die Samtschachtel mit dem Ring berührten, verdoppelten sich sein Zorn und Schmerz. »Ich habe dich im Schlafzimmer gesehen, ein Glas Champagner in der Hand, in romantisches Dämmerlicht getaucht. Du hast einen anderen Mann geküsst, wenn ich mich nicht irre, genau dein Typ. Um die fünfzig, reich und Ausländer.«

Er nahm die Tasche in die Hand. »Das bedeutet, Margo, dass ich offensichtlich während des ersten Aktes auf die Bühne gekommen bin. Du solltest also in der Lage sein, selbst herauszufinden, zu was für einem Menschen dich das in meinen Augen macht.«

Hätte er sie geschlagen, hätte ihr das weniger wehgetan. »So stellt sich das Ganze also für dich dar!«

Er zögerte. Weshalb klang sie nur so verletzt? Wie konnte sie es wagen, so verletzt zu klingen, nachdem sie ihm das Herz aus der Brust gerissen und darauf herumgetrampelt hatte, während es noch schlug. »Du hast dein Leben lang Sex verkauft, Herzogin. Warum solltest du das plötzlich ändern?«

Sie wurde kalkweiß. »Okay, wie du meinst. Sieht aus, als wäre es mein Fehler gewesen, ihn dir umsonst zu bieten.«

»Nichts im Leben ist je umsonst.« Er kaute auf den Worten herum, als wären sie ein Stück zähes Fleisch. »Und immerhin hast du ja auch deinen Spaß dabei gehabt. Schließlich kam ich einem Großteil deiner Vorstellungen entgegen, nicht wahr? Ich bin zwar nicht alt genug, um dein Vater zu sein, aber der Rest hat durchaus gepasst. Reich, ruhelos, ohne jedes Gefühl für Verantwortung. Ein weiterer gesellschaftlicher Piranha, der sich auf Kosten seines Familienvermögens rumtreibt.«

»Das ist nicht wahr«, sagte sie, wütend und verschreckt zugleich. »Ich glaube nicht …«

»Wir wissen, was wir voneinander halten, Margo.« Er zwang sich energisch zur Ruhe. »Du hast mir nie mehr Respekt entgegengebracht als dir selbst. Ich dachte, dass ich damit leben könnte; aber das ist offenbar ein Irrtum. Von Anfang an habe ich dir gesagt, dass ich nicht teile und so dumm oder oberflächlich bin, deine alten Freunde mitzuschleppen.«

»Josh.« Sie trat einen Schritt auf ihn zu, aber er warf sich die Tasche über die Schulter.

»Ich möchte, dass du die Suite bis Ende der Woche verlässt.«

»Natürlich.« Sie blieb reglos stehen, als er an ihr vorüberglitt. Sie weinte nicht, auch nicht, als sie das Geräusch der sich schließenden Tür vernahm.

Stattdessen sank sie auf den Boden und wiegte sich lautlos hin und her.

»Byron de Witt hat sich bereit erklärt, Ridgeways Posten zu übernehmen. In sechs bis acht Wochen kann er in Kalifornien anfangen.«

»Das ist gut.« Thomas nippte an seinem Kaffee und wechselte, während sein Sohn durch den Salon der Villa polterte, einen Blick mit Susan. »Er ist ein guter Mann. Intelligent und von größter Durchsetzungskraft.«

»Außerdem bist für die Übergangszeit ja du noch da«, meldete sich Susan zu Wort.

»Nicht nötig! Wir haben dort längst wieder alles im Griff. Unseren alten Küchenchef konnte ich zwar nicht zurücklocken«, stellte er einschränkend fest, »aber der, den ich der Konkurrenz abspenstig machte, ist auch nicht übel.« Er setzte ein Grinsen auf.

»Hmm.« Irgendwie musste Susan ihn dazu bringen, nach Monterey zurückzukehren. »Wie kommt Laura mit ihrer Arbeit in der Tagungsabteilung zurecht?«

»Sie ist eine echte Templeton.« Er wandte sich der Brandykaraffe zu, erinnerte sich daran, dass erst Mittag war, und entschied sich stattdessen für Kaffee. »Für den Umgang mit Menschen hat sie einfach Talent.«

Susan zog eine Braue hoch, wodurch sie ihrem Mann zu verstehen gab, dass nun er wieder an der Reihe war.

»Und im Laden hilft sie auch noch aus? Ich hoffe bloß, dass sie sich nicht übernimmt.«

»Kate sagt, es geht ihr gut. Und ich denke, dass man sich auf Kates Aussage verlassen kann.«

»Trotzdem wäre mir wohler, wenn einer von uns sie noch eine Zeitlang im Auge behielte. Schließlich macht sie gerade eine schlimme Phase durch.«

»Dad, sie kommt mit der Situation durchaus zurecht. Ich kann doch nicht ständig den Babysitter spielen, was meinst du?«

»Du siehst müde aus«, konstatierte Susan leise. »Wahrscheinlich ist das der Grund, weshalb du so reizbar bist. Weißt du noch, Tommy, wie übellaunig er immer war, wenn er als kleines Kind keinen Mittagsschlaf bekommen hat?«

»Kreuzdonnerwetter! Ich bin nicht reizbar. Sondern ich strampel mich ab, dass das Unternehmen läuft. Morgen nachmittag muss ich bereits in Glasgow sein. Wie soll ich da Zeit haben für …« Er unterbrach sich, als er das nachsichtige Lächeln in den Mienen seiner Eltern sah. Es gab nichts Schlimmeres für ihn, als wenn sie ihn wie ein aufsässiges Kind behandelten. »Tut mir leid.«

»Halb so schlimm.« Thomas erhob sich und schlug ihm aufmunternd auf die Schulter. »Was du brauchst, sind ein Drink, eine Zigarre und eine anständige Billardpartie.«

Josh rieb sich die schweren Augen. Wann hatte er zum letzten Mal richtig geschlafen? Vor zwei Wochen? Oder drei? »Das schadet sicher nichts«, überlegte er.

»Geh du schon mal vor, Tommy, und bereite alles für eure Männerstunde vor.« Sie klopfte auf das Kissen neben sich. »Ich möchte, dass Josh mir noch ein paar Minuten Gesellschaft leistet.«

Mit einem verständnisvollen Nicken verließ Thomas den Raum. »Fünfzig Mäuse pro Kugel«, rief er über die Schulter zurück.

»Sicher erteilt er mir wieder eine satte Abfuhr«, orakelte Josh, während er sich auf das Sofa neben seine Mutter sinken ließ. »Das hat er bisher noch jedes Mal geschafft.«

»Jeder von uns verfügt nun mal über besondere Stärken.« Sie tätschelte ihm das Knie und sah ihn fragend an. Ihre Stärke war es, Menschen einer geschickten Befragung zu unterziehen, wenn sie es für nötig hielt. »Und, willst du mir vielleicht erzählen, was zwischen dir und Margo vorgefallen ist?«

»Wieso – hat Kate euch nicht inzwischen längst ausführlich Bericht erstattet?«

Sie ignorierte seinen rotzigen Ton, denn die darunter verborgene Bitterkeit schnitt ihr ins Herz. »Berichte aus dritter Hand sind niemals lückenlos. Offenbar sagt Margo, starrsinnig, wie sie nun einmal ist, zu der ganzen Sache keinen Ton. Kate konnte lediglich aus ihr herausbekommen, dass ihr beiden zu dem Schluss gekommen seid, diese Beziehung zwischen euch habe keine Zukunft.«

»Tja, damit hat sie dann ja wohl alles gesagt.«

»Und du erwartest allen Ernstes von mir, dass ich das einfach so hinnehme, während du hier sitzt und furchtbar elend aus der Wäsche guckst?«

»Ich habe sie mit einem anderen Mann erwischt.«

»Joshua.« Susan stellte ihre Kaffeetasse auf den Tisch. »Nein«, fuhr sie dann entschieden fort, »das hast du nicht.«

»Sie waren in dem gottverdammten Schlafzimmer!«

Ganz spontan empfand sie schmerzliches Mitleid mit ihrem Sohn. Trotzdem schüttelte sie den Kopf. »Da hast du ganz sicher irgendetwas falsch interpretiert.«

»Was, zum Teufel, gibt es da falsch zu interpretieren?« Er sprang auf und tigerte rastlos durch den Raum. »Ich kam herein, und sie hat einen anderen Mann geküsst. Gleich hätte er sie aufs Bett gezerrt und sie aus ihren Kleidern geschält, dieser dreckige Wichser!«

»Josh!« Weniger als das Wort schockierte sie die sinngemäße Bedeutung, die sie damit verband. »Das glaube ich nicht.«

»Nein, ich habe nicht gemeint ...« Frustriert fuhr er sich mit den Händen durch das Haar. »So weit war es noch nicht gekommen. Aber um sich das vorzustellen, brauchte man nur wenig Phantasie.«

»Oh!« Sie atmete ein wenig auf. »Nun, und was hat sie dazu gesagt?«

Er blieb stehen und starrte sie mit großen Augen an. »Bildest du dir tatsächlich ein, ich hätte auch noch eine lange Erklärung abgewartet?«

Susan stöhnte verzweifelt und hob ihre Kaffeetasse an den Mund. »Nein, natürlich hast du das nicht getan. Stattdessen bist du hinausgerauscht und hast die beiden zum Teufel gewünscht. Es überrascht mich, dass du den Kerl nicht noch schnell aus dem Fenster kipptest, bevor du gegangen bist.«

»Ich habe daran gedacht«, gestand er beinahe mit Genuss. »Es schoss mir durch den Kopf, mich aller beider zu entledigen. Aber dann erschien es mir … zivilisierter, einfach zu gehen.«

»Du meinst, einfach zu gehen hat besser zu deiner Sturheit und deinem Stolz gepasst«, verbesserte sie. »Bitte setz dich, Josh. Es macht mich nervös, dir zuzusehen. Du weißt, dass du ihr die Gelegenheit zu einer Aussprache geben müsstest, nicht wahr?«

»Ich wollte – will – keine Erklärungen und Entschuldigungen von ihr. Verdammt, die Horden von Männern, mit denen sie bisher bereits zusammen war, habe ich großzügig übersehen, aber …«

»Ah«, stellte Susan mit einem zufriedenen Nicken fest. Jetzt wusste sie, wo der Hase im Pfeffer lag. »Hast du das tatsächlich? Bist du sicher, dass du dir mit ihrer Vergangenheit im Reinen warst?«

»Ich habe daran gearbeitet.« Er merkte, dass ihm doch der Sinn nach einem Brandy stand, und so schenkte er sich großzügig ein, ehe er ihrer Bitte, sich wieder zu setzen, Folge leistete. »Als ich nach Hause kam und sie sozusagen nackt auf unserem Bett posieren sah, brauchte es keine Worte.« Seine Mutter musterte ihn mit hochgezogenen Brauen. »Na ja, zumindest fast. Dabei ging es schließlich ums Geschäft. Und wenn wir in einem Restaurant oder im Club auftauchen und sich sämtliche Männer im Umkreis von einer halben Meile geifernd die Hälse nach ihr verrenken, bleibe ich vollkommen cool. Oder zumindest die meiste Zeit.«

»Schande über mich, dass ich einen Eifersuchtspinsel herangezogen habe.«

»Es ist wirklich nett, wie liebevoll du in dieser Sache zu mir hältst.«

»Jetzt hör mir mal gut zu. Ich verstehe, dass es sicher nicht einfach ist, eine Frau mit Margos Aussehen zu lieben. Eine Frau, die in Männern allerlei Phantasien weckt.«

»Gut.« Er leerte sein Glas in einem Zug. »Jetzt fühle ich mich schon viel besser.«

»Aber die Sache ist die: Du hast dich nun einmal in diese Frau verliebt. Und jetzt lass mich dir eine Frage stellen. Hast auch du dich vielleicht nur deshalb in sie verliebt, weil sie ein schönes Gesicht und einen mehr als reizvollen Körper besitzt? Ist das alles, was dir an ihr gefällt?«

»Ihr Aussehen kann einem gar nicht gleichgültig sein.« Trotzdem stieß er einen Seufzer aus, der verriet, dass er sich geschlagen gab. »Nein, das zählt nicht alleine, wenn ich mit ihr zusammen bin. Ich liebe sie nicht nur wegen ihres Äußeren. Sie ist warmherzig und verwegen und trotzig wie ein Maulesel. Sie besitzt mehr Mut und Hirn, als sie selbst sich eingesteht. Außerdem habe ich sie großzügig und loyal erlebt.«

»Ah, loyal!« Susan sah ihren Sohn mit einem triumphierenden Lächeln an. »Ich hatte gehofft, dass du diesen Wesenszug bemerkt hast. Denn ihre Loyalität ist eine ihrer bewundernswertesten Eigenschaften. Eine Frau mit Margos Sinn für Loyalität würde das, was du ihr vorwirfst, niemals tun. Also fahr nach Hause, Josh, und sprich mit ihr.«

Er stellte sein Glas ab und lehnte sich zurück. »Es ist nicht nur die Sache mit den anderen Männern, um die es geht. Es ging um die Bilanz, was wir gemeinsam haben und was nicht. Zu erkennen, dass ihr das Eingeständnis meiner Liebe nicht zu reichen scheint … Obwohl ich ihr gezeigt habe, wie wichtig sie mir ist. Sicher träfe sie bei meinen Vorstellungen der Schlag.«

»Was schwebt dir denn vor?« Lächelnd strich Susan ihm über das Haar. »Mir kannst du es ruhig sagen. Ich verspreche dir, dass mich sicher nicht der Schlag treffen wird.«

»Ich will alles«, murmelte er verlegen, »ebenso wie Margo – die aber nicht uns beide meint. Wenn sie mich sieht, sieht sie nicht den Menschen, der eine dauerhafte Familie mit ihr gründen will. Sie sieht in mir einen verwöhnten Idioten, dem es mehr darum geht, seine Rückhand zu verbessern, als einen Beitrag zum Erhalt seines Erbes zu leisten oder sich ein eigenes Leben aufzubauen.«

»Sicher unterschätzt du euch beide ziemlich. Aber wenn du recht hast, dann lag sie ja mit ihrer Befürchtung völlig richtig – indem du abgehauen bist, statt das Missverständnis zu klären.«

»Wäre ich geblieben, hätte ich sie umgebracht. Bis zu jenem Abend wusste ich nicht, wie tief sie mich verletzen kann. Es war mir nicht bewusst, dass mich überhaupt ein Mensch derart verletzen kann.«

»Ja, ich verstehe. Als du noch ein kleiner Junge warst, konnte ich dir immer helfen, indem ich dich einfach in die Arme nahm.«

Er sah sie an, und Liebe wallte in ihm auf. »Versuchen wir doch einfach, ob es noch funktioniert.« Er zog sie an sich, und sie umarmte ihn innig. »Oh ja – tut richtig gut!«

Mitten am Nachmittag erschien Kate überraschend im Laden. Sie hatte sich extra eine Stunde frei nehmen müssen; aber sie liebte es, Überbringerin guter Nachrichten zu sein. »Und, rollen die Rubel?«

Laura blickte von der Kreditkartenmaschine auf, die sie gerade unter den Tresen schob. Automatisch sah sie auf die Uhr, um sicherzugehen, dass es nicht bereits später als vermutet war. Die Mädchen erwarteten sie um Punkt halb sieben nach dem Ballettunterricht.

»Ordentlich. Was führt dich denn um diese Tageszeit her?«

»Mir war mal nach einer kurzen Pause zumute. Wo steckt Margo?«

»Mit ein paar Kundinnen im Ankleideraum. Kate …« Laura beugte sich über den Tresen und senkte ihre Stimme auf ein Flüstern herab. »Wir haben meine Rubine verkauft.«

Kate schnappte nach Luft. »Die Kette! Oh, aber Laura, die hast du doch immer so gern gehabt.«

»Peter hat sie mir zu unserem fünften Hochzeitstag geschenkt – natürlich von meinem Geld.« Sie wippte auf den Fersen hin und her. »Ich bin froh, dass sie weg ist.« Vor allem, da sich von ihrem Anteil des Erlöses ein Großteil der Gebühren für das nächste Schuljahr ihrer Schätze bezahlen ließ. »Und das ist noch nicht alles. Mein Chef hat mich heute Morgen zu sich gerufen und mir eine Gehaltserhöhung in Aussicht gestellt.«

Kate sah sie reglos an. »Die Tochter der Hotelbesitzer hat einen Chef, der von Gehaltserhöhung quatscht. Manchmal begreife ich die Welt nicht mehr.«

»Ich wollte mich von unten hocharbeiten. Das ist doch vernünftig.«

»Okay. Okay.« Abwehrend hob Kate die Hände. Sie verstand das Bedürfnis, sich zu beweisen, nur allzu gut, denn schließlich hatte sie ihr Leben lang dasselbe Ziel verfolgt. »Gratuliere. Dann scheint ihr also im Augenblick alle glücklich und zufrieden?«

Betrübt blickte Laura in Richtung des Ankleideraums. »Nicht alle, fürchte ich.«

»Erträgt sie es immer noch mit dieser Verschlossenheit?«

»Am liebsten würde ich sie bei den Schultern packen und schütteln«, stieß Laura leidenschaftlich aus. »Sie läuft den ganzen Tag durch die Gegend, als wäre nichts passiert. Als könnte sie mit einer guten Grundierung die schwarzen Ringe unter den Augen überdecken.«

»Und, weigert sie sich immer noch, wieder zu euch ins Haus zu ziehen?«

»Im Freizeit-Center hat sie alles, was sie braucht. Sie behauptet, dort wäre es geradezu ideal für sie.« Laura schnaubte verächtlich auf. »Wenn sie das noch einmal sagt, kriegt sie von mir eine gescheuert. Außerdem bringt sie jetzt schon jede Menge billige Entschuldigungen vor, weshalb sie am nächsten Wochenende nicht an unserer Schatzsuche teilnehmen kann. Sonntag sei angeblich der einzige Tag, an dem sie Zeit für eine Maniküre hat. Das ist doch lächerlich!«

»Himmel, du scheinst wirklich sauer auf sie zu sein. Wunderbar. Dann wird es dich freuen zu sehen, was passiert, wenn sie mir gleich in die Arme rennt.«

Mit erstaunlicher Geschwindigkeit und Stärke packte Laura Kate am Arm. »Was hast du vor? Wie schaut's aus? Könnte ich mich nicht vielleicht an deinem Coup beteiligen?«

»Netter Gedanke. Hör mal, ich – huch, da kommt sie schon. Also, sieh zu, dass du mir, egal was, die Stange hältst.«

Margo erblickte Kate und zog fragend die Brauen hoch, ohne dass sie das Gespräch mit der Kundschaft deshalb auch nur für eine Sekunde unterbrach. »Ich glaube nicht, dass Sie irgendetwas anderes hätten finden können, das Ihnen besser steht. In dem roten St.-Laurent-Kostüm ziehen Sie sicher die Blicke sämtlicher Leute auf sich.«

Die Frau, die das Kostüm umklammert hielt, sah sie noch ein wenig unentschlossen an. »Trotzdem ist es vielleicht doch ein bisschen zu früh, um für den Sommer einzukaufen, meinen Sie nicht?«

Mit der Antwort tat Margo ihre Überzeugung kund, wobei Laura den Stahl in ihren Augen sah. »Zu früh kann es nie sein. Vor allem nicht für so eine besondere Person.«

»Es ist ein wirklich günstiger Preis.« Als die Dame das Kostüm auf den Tresen legte, strich sie liebevoll über den Satin. »Außerdem habe ich noch nie ein Designerstück besessen.«

»Dann wird es wirklich höchste Zeit. Genau für solche Fälle steht der ›Schöne Schein‹ zur Verfügung. Hier bekommt jeder die Möglichkeit, einmal im Leben im Luxus zu schwelgen, auch wenn er sonst eher sparsam ist.«

»Jetzt hast du lange genug geschwankt«, drängte die Begleiterin der Frau, während sie ihr ermutigend den Rücken tätschelte. »Dieses grüne Samtkleid entlockst du mir jedenfalls nicht mehr.« Lachend reichte sie Margo ihre Beute. »Tja, am besten packen Sie es mir schon mal ein. Aber kleben Sie den Karton bitte nicht zu. Ich gucke mir das Prachtstück sowieso gleich im Auto noch einmal an.«

»So ist's recht.« Margos Miene entspannte sich, als sie die Scheckkarte erblickte. »Es sieht wirklich phantastisch an Ihnen aus. Tut mir nur leid, dass es keine passenden Schuhe für Sie gab.«

»Ich finde schon etwas – sonst gehe ich eben barfuß, kein Problem!« Freudestrahlend stieß sie ihre Freundin an. »Los, entschließ dich endlich, Mary Kay. Wird höchste Zeit, dass du mal ein bisschen auflebst.«

»Okay, okay. Die neuen Schuhe für die Kinder haben sicher noch etwas Zeit.« Als Margo entgeistert die Karte fallen ließ, brach Mary Kay in fröhliches Kichern aus. »War nur ein Scherz. Aber falls Sie noch zehn Prozent runtergehen …«

»Bei uns wird nicht gehandelt.« Sie gab die beiden Verkäufe in die Kasse ein, während Laura die Kleider mit geschickten Händen erst in Kartons und dann in Tüten unterbrachte. »Ich sollte Ihnen sogar zehn Prozent mehr berechnen, dafür, dass mir eben vor Schreck beinahe das Herz stehengeblieben ist.«

»Dann belassen wir es also beim ursprünglichen Preis. Ich muss sagen, Ihre Boutique gefällt mir außerordentlich. Wenn mein Gewissen sich beruhigt hat, komme ich wieder und kaufe noch die silberfarbene Abendtasche in Elefantenform.«

»Kaufen Sie sie jetzt, und Sie bekommen Ihre zehn Prozent Rabatt.«

»Ich …« Mary Kay sah Margo an, ehe sie die Augen zusammenkniff. »Also gut, tippen Sie sie auch noch ein – obwohl mir schwindlig dabei wird.«

Ein paar Minuten später schloss sich die Tür hinter den beiden Heldinnen. »Wieder zwei zufriedene Opfer – ich meine, zwei zufriedene Kundinnen mehr!«

»Genau, liebe Killerin.« Laura füllte die Kreditkartenbelege aus. »Aber dafür hast du ihnen auch einen verdammt guten Preis gemacht.«

»Ja, weil die beiden sicher in Zukunft öfter mal hereinschauen – und außerdem verkaufen sich die eleganten Kleider ziemlich schwer. Was ist los, Kate? Hast du keine rote Tinte mehr?«

»Oh, Tinte habe ich immer mehr als genug im Büro. Aber es waren noch ein paar Besorgungen zu erledigen, also habe ich ein bisschen früher dichtgemacht. Überdies gucke ich hin und wieder gerne nach, ob meine Investition richtig gewesen ist.«

»Willst du dir vielleicht auch noch die Bücher ansehen?«

»Nicht vor dem ersten Januar«, lautete Kates muntere Erwiderung. »Apropos, welchen Rabatt bekomme ich als Teilhaberin auf die Weingläser mit dem Goldrand, die da drüben im Fenster stehen? Ich brauche ein Hochzeitsgeschenk für den Enkel von meinem Boss.«

Margo beschloss, sich eine kurze Zigarettenpause zu gönnen. »Du zahlst den vollen Preis und bekommst deinen Anteil vom Gewinn.«

»Himmel, wie gnadenlos! Tja, dann packt sie mir wenigstens

nett ein. Aber ich will, dass Laura das übernimmt. Du versaust die Schleifen immer noch.«

Margo sah sie mit einem süßen Lächeln an. »Tut mir leid, aber Laura und ich machen gerade Pause. Am besten kümmerst du dich um die Gläser also selber.«

»Heutzutage kriegt man einfach keine entgegenkommenden Angestellten mehr«, murmelte Kate. Gleichzeitig jedoch grinste sie, als sie die ihr von Laura gereichte Schachtel nahm und die Gläser sorgsam einwickelte. »Oh, ratet mal, wer mich eben im Büro angerufen hat.«

»Donald Trump, weil er eine neue Steuerberaterin sucht.«

»Das wäre schön.« Sie blickte zu Margo hinüber, während sie die Schachtel zum Tresen trug. »Nein, Josh!«

Aus dem Augenwinkel sah sie, dass Margos Hand auf dem Weg zu ihren Lippen innehielt, ehe sie sich zusammenriss und zitternd an ihrer Zigarette sog. »So, und ich räume jetzt mal die anderen Klamotten zusammen, die Mary Kay und ihre Freundin anprobiert haben.« Während sie ihre Zigarette mit nervösen Bewegungen auszudrücken begann, fuhr Kate unbeirrt fort: »Er ist wieder in der Stadt.«

»Wieder in der Stadt?« Die Zigarette glühte immer noch, als Margo ihre Hand kraftlos sinken ließ, »hier in Monterey?«

»Im Hotel. Ich möchte die Silberglocken, Laura, und ein silberfarbenes Band. Er meinte, dass er noch etwas zu erledigen hat« – sie sah Margo gewinnend an –, »etwas, das er vor seiner Abreise nicht … zu Ende bringen konnte«, fügte sie hinzu.

»Und du hattest natürlich nichts Besseres zu tun, als auf der Stelle herzurasen und es mir unter die Nase zu reiben, was?«

»Naja. Tatsächlich habe ich alles stehen und liegen gelassen und bin sofort losgedüst.«

»Eine, wenn auch rüde, so doch sicher wirksame Art, dich wieder ins Leben zu rufen«, stellte Laura fest, woraufhin sich Margo erschrocken die Schläfen massierte.

»Ich hätte erwartet, dass ihr etwas nachsichtiger seid.«

»Da bist du im Irrtum!« Mit sicheren Bewegungen band sie eine schimmernde, silbrige Schleife um das Paket. »Wenn du uns nicht erzählen willst, was zwischen dir und Josh vorgefallen ist, dann lässt du es eben bleiben. Aber es nervt ganz schön, dir zuzuschauen, wie du Trübsal bläst.«

»Ich blase keine Trübsal!«

»Seit Wochen sind wir damit beschäftigt, hinter dir herzutappen und das Herzblut aufzuwischen, das du vergießt.« Kate drückte Laura ihre Kreditkarte in die Hand. »Sei doch ehrlich, deine Gesellschaft ist wirklich nicht mehr allzu amüsant.«

»Geht es darum bei einer Freundschaft? Amüsement? Ich dachte, dass ihr mir vielleicht ein bisschen Unterstützung oder Mitgefühl entgegenbringt.«

»Tut uns leid.« Behände schob Laura die Karte durch das Registriergerät. »So ganz gratis bekommt man auch das nicht.«

»Zur Hölle mit euch!« Margo schnappte sich ihre Tasche und wandte sich zum Gehen. »Verdammt.«

»Wir lieben dich, Margo.«

Bei diesen Worten blieb Margo stehen und wirbelte zu Kate herum. »Hexe! Das zu sagen war gemein.« Als Kate grinste, verzog sie ebenfalls das Gesicht; doch statt in Heiterkeit brach sie in Tränen aus.

»Scheiße!« Schockiert nahm Kate sie in den Arm. »Entschuldige, entschuldige. Schließ die Tür zu, Laura. Tut mir leid, Margo. Tut mir leid. War offenbar kein guter Plan von mir. Ich dachte, du würdest wütend und machtest dich sofort auf den Weg, um ihm den Arsch aufzureißen. Was hat der Bastard dir angetan? Wenn du willst, mache ich ihn für dich fertig.«

»Er hat mich fallengelassen wie eine heiße Kartoffel.« Auch wenn es ihr unendlich peinlich war, weinte sie sich an Kates Schulter aus. »Er hasst mich. Ich wünschte, er wäre tot. Schade, dass ich nicht mit Claudio geschlafen habe.«

»Warte! Wow!« Kate wiegte sie entschlossen hin und her, während Laura mit einer Tasse Tee gesprungen kam. »Wer ist Claudio, und wann hast du die Gelegenheit ausgeschlagen, mit ihm ins Bett zu gehen?«

»Er ist ein Freund, nur ein Freund. Und zwischen uns war noch nie etwas.« Ihre Tränen quollen so heiß aus ihr, dass sie das Gefühl hatte, ihre Augen würden von der Flüssigkeit versengt. »Auch nicht, als Josh plötzlich hereinschneite und wir im Schlafzimmer standen.«

»Uhu!« Kate rollte die Augen himmelwärts. »Ist das eine französische Farce oder eine griechische Tragödie? Laura, sag du es mir.«

»Halt die Klappe, Kate. Komm schon, Margo. Setz dich hin. Und dann erhalten wir endlich einen Lagebericht.«

»Himmel, ich komme mir wie eine Närrin vor.« Nun, da alles heraus war, fühlte sie sich nicht nur wie eine Idiotin, sondern gleichzeitig vollkommen leer.

»Er ist der Affe«, verbesserte Laura sie. »Dafür, dass er voreilige Schlüsse gezogen hat.«

»Aber eins musst du ihm zugutehalten.« Kate reichte Margo ein weiteres Taschentuch. »Die Sache hat sicher tatsächlich mehr als seltsam auf ihn gewirkt. Auch wenn er deshalb nicht einfach hätte abhauen sollen, ohne sich vorher deine Erklärung anzuhören«, fügte sie eilig hinzu, als Margo abermals zu schluchzen begann. »Doch zumindest solltest du die Angelegenheit auch einmal aus seiner Perspektive betrachten.«

»Ich habe sie aus allen Perspektiven nachvollzogen.« Endlich weinte sie nicht mehr. »Und nehme es ihm auch nicht übel, dass er ausgerastet ist.«

»So weit würde ich nun wieder nicht gehen«, schränkte Kate entschieden ein.

»Nein, es wird nie mehr was. Immerhin kennt er meine

Vergangenheit. Weshalb sollte er mir mit einem Mal vertrauen?«

»Weil er dich liebt«, warf Laura ein. »Weil er im Grunde Bescheid weiß.«

»Das habe ich mir auch gesagt, als ich mit meinem Hass auf ihn beschäftigt war. Aber jetzt, nachdem ich alles rausposaunt habe, fällt es mir schwer, das noch zu glauben. Er denkt, ich sehe ihn und unsere Beziehung einfach als eine weitere Abwechslung an. Und wahrscheinlich ist es sogar besser, dass diese Sache passiert ist, bevor ich …«

»Bevor du was?« drängte Kate.

»Bevor ich ihn angebettelt habe, mich zu heiraten.« Plötzlich hob sie die Hände vors Gesicht, doch dieses Mal brach sie statt in Tränen in lautes Gelächter aus. »Könnt ihr euch das vorstellen? Ich hatte tatsächlich die Absicht, ihm einen Antrag zu machen. Es war alles genau geplant – Kerzenlicht, Wein, Musik –, und wenn ich ihn erst um den Finger gewickelt hätte, hätte ich ihm die entscheidende Frage gestellt. Was für eine hirnrissige Idee!«

»Ich finde sie wunderbar. Einfach perfekt.« Dieses Mal purzelten Laura vor lauter Rührung die Tränen aus den Augen, und Kate zog ebenfalls ein Taschentuch hervor.

»Also hopp, geh endlich zu ihm und bring die Sache hinter dich.«

»Wie soll ich das bitte machen?«, schnaubte Margo böse auf. »So, wie ich jetzt aussehe, wendet er sich mit Grausen ab.«

»Wenn du dein Gesicht und deine Garderobe ein wenig hergerichtet hast, garantiere ich dir, dass er dahinschmilzt wie Schokoladentrüffel.«

Es war ein enormes Risiko. Margo sagte sich, dass er sie bestimmt nicht sehen wollte, und wenn, hörte er ihr gar nicht lange zu. Aber sie wagte einen letzten Traum.

Während sie die Goldmünze in ihrer Tasche befingerte, wanderte sie über die sanft ansteigende Rasenfläche vor dem besagten Haus. Tatsächlich traf Kates Beschreibung den Nagel auf den Kopf. Mit seinen eleganten Bogenfenstern und dem matten Rot der handgefertigten Ziegel auf dem Dach war es ein prächtiges Beispiel kalifornisch-spanischer Architektur. Die zurückgesetzte Tür des Eingangs rahmten Fliesen mit Blumenmustern und üppige, ungezähmte Bougainvilleen.

Und dann die Aussicht, die man von hier oben hatte! Margo wandte sich um und atmete tief ein. Hinter der gewundenen Straße erstreckten sich die Klippen und das Meer. Vielleicht hatte Seraphina hier gestanden, vielleicht war sie hier herumspaziert und hatte den Verlust ihrer Liebe betrauert. Aber Margo stellte sich lieber vor, dass sie sich an diesem Ort mit ihrem Liebsten traf, voll der Träume und Hoffnungen. Danach sehnte auch sie sich jetzt, als Joshs Wagen von der Straße in die gewundene Einfahrt bog.

Madonna, dies war ihre letzte Chance. Jetzt ging es um alles oder nichts.

Ihr Herz donnerte wie die Brandung, die gegen die Felsen schlug, als er aus dem Auto stieg. Der Wind zerzauste ihm das Haar, und die Sonne spiegelte sich in der dunklen Brille, die seinen Blick verbarg. Als sie seinen verkniffenen Mund sah, wallte Elend in ihr auf.

»Ich war mir nicht sicher, ob du kommen würdest«, begann sie.

»Wenn ich zusage, dann komme ich auch.« Er hatte sich immer noch nicht von ihrem Anruf erholt, der genau in dem Augenblick erfolgte, als er fluchend nach dem Hörer gegriffen hatte, um sie zu kontaktieren. »Ist das deine neue Bleibe?«

»Nein, so weit habe ich es noch nicht wieder gebracht. Es gehört einer Mandantin von Kate. Sie ist ausgezogen, und momentan steht es leer.« Ihr Atem ging beinahe regelmäßig, und

Margo war froh, dass ihre Stimme locker und reserviert klang. »Ich dachte, am besten träfen wir uns auf neutralem Terrain.«

»Okay.« Er hätte sie so gern berührt, dass seine Finger kribbelten. »Und, fangen wir mit Smalltalk an? Wie geht es dir? Was macht das Geschäft?«

»Nein.« Es war leichter herumzulaufen, als stehenzubleiben und sich mustern zu lassen. Das Gefühl der Erniedrigung hatte sie bereits akzeptiert. Nachdem er bereits einmal für sie verloren gewesen war, konnte ihr nun nicht mehr viel passieren. »Was ich jetzt sage, soll die Sache ein für allemal aus der Welt schaffen. Ich habe nicht mit Claudio geschlafen. In der Tat war ich noch nie mit ihm im Bett. Er ist einer der seltenen, wahren Freunde, die ich habe. Das sage ich dir nicht, damit alles wieder wie vorher wird. Das möchte ich nämlich nicht mehr. Aber du sollst auch nicht denken, dass ich dir untreu war.«

»Entschuldige«, sagte er steif. Immer noch hätte er sie liebend gern angefasst, ihr wenigstens die Hände an die Wangen gelegt. Er hatte sich mit dem Vorsatz auf den Weg gemacht, sie um Verzeihung zu bitten, dass er ein eifersüchtiger, unsensibler Idiot gewesen war – und sie kam ihm mit der Beendigung ihrer Beziehung!

»Ich möchte keine Entschuldigung. Vielleicht hätte ich im umgekehrten Fall genauso reagiert.« Sie wandte sich ihm zu und sah ihn lächelnd an. »Aber vorher hätte ich sicher noch meiner Nebenbuhlerin die Augen ausgekratzt und dir den Hals umgedreht.«

»So etwas Ähnliches schwebte mir auch vor«, sagte er, ebenfalls um einen leichten Ton bemüht.

»Klar!« Ihr Lächeln erwärmte sich. »Ich kenne dich lange genug, um zu ahnen, wann du Mordgelüste hegst.« Sie wünschte, er nähme endlich die verdammte Brille ab. »Und du bist ganz bewusst einfach so gegangen, weil du sonst vielleicht etwas getan oder gesagt hättest, mit dem keiner von uns hätte weiterleben können.«

»Ich habe auch so schon mehr, als richtig oder angemessen war, rausgelassen. Dafür entschuldige ich mich bei dir.«

»Dann entschuldige ich mich bei dir dafür, dass ich Claudio geküsst habe, obwohl es nur ein Kuss der Freundschaft und Dankbarkeit war. Er hat mich besucht, um mir seine Hilfe und eine Rolle in seinem nächsten Film anzubieten.«

Josh sah sie reglos an. »Ach, dann war das also der Claudio.« Das Chaos in seinem Inneren schnürte ihm die Kehle zu. »Hm – sieht nun nach deinem großen Durchbruch aus.«

»Es könnte einer sein«, sagte sie gedehnt, ehe sie sich zum Gehen wandte. »Jedenfalls weiß ich rückblickend, wie es auf dich gewirkt haben muss und weshalb der Ofen aus war.«

Beinahe hätte er geflucht. »Wie schuldig soll ich mich jetzt fühlen, deiner Meinung nach?«

»Wahrscheinlich fühlst du dich schon schuldig genug.« Sie drehte sich um und tippte ihn leicht an. »Aber außer in diesem Fall liegst du auch noch in einem anderen Zusammenhang daneben. Ich sehe dich nicht als einen verwöhnten, verantwortungslosen Dandy. Vielleicht habe ich das früher gedacht und einen gewissen Widerwillen gegen dich gehegt, weil du nach meiner damaligen Sicht mit lauter Privilegien zur Welt gekommen bist. Himmel, ich fand es *so* ungerecht«, verbesserte sie sich und sah ihn schuldbewusst an. »Es hat mich wütend gemacht, dass dir alles einfach so in den Schoß gefallen war.«

»Was du mir auch mehr als einmal deutlich zu verstehen gabst.«

»Mag sein! Aber nicht deutlich habe ich dir zu verstehen gegeben, wie sehr ich den jetzigen J. C. Templeton bewundere. Ich weiß, wie wichtig du für euer Unternehmen bist und umgekehrt. Inzwischen verstehe ich auch, wie viel Verantwortung du trägst und wie ernst du sie nimmst. Ich bitte dich inständig, mir zu glauben.«

»Du gibst mir das Gefühl, ein vollkommener Idiot zu sein.«

Er musste einen Sicherheitsabstand schaffen, so dass er über die geflieste Terrasse ging und auf die Klippen hinuntersah. »Hiermit bestätige ich«, brachte er nach einem Moment hervor, »dass mir deine Meinung von mir sehr viel bedeutet.« Schließlich fuhr er fort: »Das Mädchen, das du warst, hat mich immer fasziniert und oft sehr aufgebracht, Margo.«

Sie zog eine Braue hoch. »Darüber hast auch du mich nie im Zweifel gelassen.«

»Und deine Wirkung auf mich ist geblieben; aber zugleich zolle ich der Frau, die du geworden bist, ehrlichen Respekt. Ich bewundere sie sogar aufrichtig.«

Dann gab es also Hoffnung, dachte sie zögernd. Und wo es Hoffnung gab, konnte auch neuer Raum für Vertrauen und Liebe entstehen. »Ich möchte, dass wir wieder Freunde sind, Josh. Du bist einfach zu wichtig für mich, als dass ich dich plötzlich aus meinem Leben verbannen könnte. Wir haben es schon früher geschafft, einander beizustehen. Und ich möchte, dass das zwischen uns in Ordnung kommt.«

»Freunde!« Um ein Haar wäre er an diesem Wort erstickt.

»Weißt du, diesen Teil unserer gemeinsamen Geschichte haben wir beide neulich einfach ausgeblendet. Ich möchte nicht, dass das noch einmal passiert.« Sie lächelte ihn an, ihr Zopf war windzerzaust, und ihre Augen blitzten in der Sonne, die langsam im Westen unterging.

»Du stellst dich also einfach so hin und erklärst mir, dass wir mittels Freundschaft unsere Probleme lösen.«

»Sie könnte eine Möglichkeit sein.«

Einen derartigen Zustand hielte er nicht aus. Im Rahmen einer reinen Freundschaft stürbe er. Der Sturm der Liebe in seinem Inneren war viel zu rauschend für bloße Anteilnahme und Geduld. Langsam kehrte er zu ihr zurück. »Ich fürchte, einer von uns beiden muss durchgedreht sein.«

»Gönnen wir uns beiden etwas Zeit. Vielleicht fangen wir damit an, dass du mir einen netten Rat erteilst.« Sie hakte sich bei ihm ein und führte ihn um das Haus herum. »Ist es hier nicht wunderbar? Warte, bis du den Brunnen im Garten siehst. Einfach zauberhaft. Natürlich fehlt ein Pool. Das Grundstück wäre groß genug dafür. Und die Aussicht von dem oberen Balkon – das ist sicher das Schlafzimmer, meinst du nicht? Bestimmt märchenhaft. Es soll im Haus mindestens zwei Kamine geben. Ich habe es mir noch nicht von innen angesehen, aber schön wäre einer von ihnen im Schlafzimmer.«

»Warte einen Augenblick! Moment!« Seine Gedanken wirbelten im Kreis. Ihr Parfüm umwölkte seinen Geist, und ihre Worte drangen kaum in sein Bewusstsein.

»Und sieh dir die Bougainvilleen an. Eigentlich müssten sie gestutzt werden, aber der Wildwuchs gefällt mir auch. Die Terrasse ist für Empfänge geradezu wie geschaffen, findest du nicht? Und die Lage könnte nicht besser sein. Genau zwischen dem Laden und Templeton House.«

»Warte, habe ich gesagt.« Er packte sie bei den Schultern und drehte sie zu sich herum. »Denkst du daran, das Haus zu kaufen, oder was?«

»Es ist eine einmalige Chance.« Ihre einzige. »Kate sagt, es wäre ein gutes Geschäft, eine solide Investition. Und du kennst ja sonst ihren ewigen Pessimismus. Vor nächster Woche wird es noch nicht angeboten – es gab irgendein Problem mit der Grundschuld, glaube ich –, so dass sich bisher noch keine weiteren Interessenten gemeldet haben.«

»Himmel, Herzogin, du änderst dich einfach nie.«

Angesichts der amüsierten Verzweiflung, mit der er sprach, keimte vorsichtige Freude in ihr auf. »Sollte ich das denn?«

»Hör zu, bestimmt musst du mit über dreihunderttausend rechnen.«

»Dreihundertfünfzig – aber Kate sagt, dass es unter Umständen auch für dreihunderttausend zu haben ist.«

»Träum weiter«, murmelte er.

»Das tue ich.«

»Vor weniger als einem Jahr hast du erst deinen Laden aufgemacht, und noch vor wenigen Monaten standest du kurz vor dem Bankrott. Nirgends auf der Welt gibt es eine Bank, die dir einen Kredit in dieser Höhe gewährt. Margo, sieh ein, dass du dir ein solches Haus keinesfalls leisten kannst.«

»Ich weiß.« Sie setzte ihr schönstes Lächeln auf, das, mit dem sie einst reich und berühmt geworden war. »Aber du kannst es!«

Er rang nach Luft. »Du willst, dass ich dir diesen verdammten Schuppen kaufe?«

»So ungefähr.« Sie spielte mit einem Knopf von seinem Hemd und sah ihn halb verlegen an. »Ich dachte, wir könnten zusammen hier leben, wenn du es kaufst und mich heiratest.«

Nun verschlug es ihm endgültig die Sprache, und als er den Schleier vor seinen Augen sah, merkte er, dass er nur noch mühsam atmete. »Ich muss mich setzen.«

»Offensichtlich fühlst du dich überfordert.« Sie verschränkte ihre feuchten Hände, als er sich auf eine der Gartenbänke sinken ließ.

»Du willst, dass ich das Haus kaufe und dich heirate, damit du hier leben kannst?«

»Damit wir hier leben können«, korrigierte sie ihn. »Zusammen. Wenn wir nicht gerade auf Reisen sind.«

»Eben hast du mir doch noch erzählt, dass nicht wieder alles wie vorher sein soll.«

»Soll es auch nicht. Das war für uns beide zu leicht. Da konnte sich nämlich jeder von uns nach Lust und Laune verabschieden. Ich will, dass das schwerer wird, zu schwer sogar – weil ich dich liebe.« Hinter ihren Augen wallten Tränen auf, und so wandte sie sich ab. »Ich kann nicht leben ohne dich. Du brauchst keine Angst zu haben, dass ich wie Seraphina von der Klippe springe, wenn du jetzt gehst. Trotzdem will ich nicht leben ohne dich. Ich will mit dir verheiratet sein, eine Familie haben, mir zusammen mit dir etwas aufbauen. So, das war's.«

»So, das war's«, echote er. Sein Herz schwoll so an, dass er meinte, es sprenge ihm die Brust. Ebenso wie sein Strahlen sein Gesicht zu sprengen schien. »Und jetzt bin ich an der Reihe.«

»Ich würde dich nie betrügen.«

»Halt den Mund, Margo. Das Thema ist bereits abgehakt. Ich habe mich geirrt, war dumm und verbohrt, aber das passiert nicht nochmal. Außerdem muss ich anmerken, dass ich immer schon viel mehr von dir gehalten habe als du selbst. Mein Beitrag!«

»Okay!« Noch während sie verzweifelt überlegte, wie sie sich möglichst würdevoll aus der Affäre zog, hielt er ihr das unter die Nase, womit er gekommen war.

Der Ring verströmte Feuer und Licht und das Versprechen von Dauer. Sie hob die Hände an den Mund, als sie dieses Symbol der Verwirklichung ihrer Träume erblickte. »Du liebe Güte!«

»Das ist Großmutter Templetons Verlobungsring. Du erinnerst dich doch noch an sie?«

»Ich – ja. Ja!«

»Sie hat ihn mir vererbt. Ich habe ihn an dem Tag aus dem Safe genommen und in die Tasche gesteckt, als ich überraschend in den Laden kam, während du mit deinem italienischen Freund im Schlafzimmer warst.«

»O weh!«

»Nein, du bleibst jetzt schön hier.« Er zog sie von der Bank an seine Brust. »Ich möchte dich ganz gern zittern sehen. Und ich hätte auch nichts dagegen, wenn du ein bisschen verlegen wärst – denn schließlich hast du meine romantischen Pläne, ihn dir bei Kerzenlicht kniend zu überreichen, zunichtegemacht.«

»Bitte.« Sie schmiegte sich an seine Schulter. »Hilfe.«

»Jetzt fang bloß nicht an zu heulen. Ich ertrage es nicht, wenn du weinst.«

»Tue ich ja gar nicht.« Zum Beweis hob sie den Kopf, so dass er ihr Lachen sah. »Genau an dem Tag hatte ich die gleiche Idee.«

»Welche?«

»Himmel, warum verstehst du mich bloß nie?« Verstohlen wischte sie sich eine Träne fort. »An dem Abend wollte ich dich bitten, mich zu heiraten. Ich dachte, es wäre sicher eine Menge Arbeit, dich rumzukriegen. Also hatte ich alles genau geplant. Ich wollte dich herausfordern.«

»Machst du Spaß?«

»Nimm endlich diese lausige Brille ab.« Sie riss sie ihm von der Nase, warf sie achtlos über die Schulter und hörte, wie das Glas auf den Fliesen zersplitterte. »Und ich habe es geschafft. Ich habe dich zuerst gefragt.« Ehe er es sich versah, hatte sie schon den Ring an sich gebracht. »Und du hast ja gesagt. Womit bewiesen wäre, dass ich schneller bin.«

»Ich habe noch gar nichts gesagt«, berichtigte er und streckte die Arme nach ihr aus. »Verdammt, Margo, komm her. Wenn ich dich nicht gleich zu fassen kriege, explodiere ich.«

»Sag ja.« Sie tänzelte außerhalb seiner Reichweite auf und ab und hielt triumphierend den Ring in die Höhe. »Sag erst ja.«

»Also gut, ja. Herrje, warte nur, ich kriege dich.«

Er fing sie ein und wirbelte sie zu sich herum, so dass ihr schwindelte. Aber du hast recht, Mum, es liegt nicht am Herumgewirbeltwerden, sondern einzig an dem Mann!

Seine Lippen lagen bereits auf ihrem Mund, ehe sie wieder zum Stehen kam. »Und ich lasse dich nie wieder los«, gelobte er und umfing zärtlich ihr Gesicht.

»Niemals«, ächzte sie und küsste ihn. »Das darfst du auch gar nicht.«

»Abgemacht.« Josh blinzelte heftig, während er ihr den Ring über den Finger schob. Er passte wie angegossen.

Von Nora Roberts bei Blanvalet lieferbar:

Mitten in der Nacht · Das Leuchten des Himmels · Ein Haus zum Träumen · Im Sturm der Erinnerung · Im Schatten der Wälder · Die letzte Zeugin · Ein dunkles Geschenk · Die Stunde der Schuld · Am dunkelsten Tag (geb. Ausgabe)

Die Irland-Trilogie: Töchter des Feuers · Töchter des Windes · Töchter der See

Die Templeton-Trilogie: So hoch wie der Himmel · So hell wie der Mond · So fern wie ein Traum

Die Sturm-Trilogie: Insel des Sturms · Nächte des Sturms · Kinder des Sturms

Die Insel-Trilogie: Im Licht der Sterne · Im Licht der Sonne · Im Licht des Mondes

Die Zeit-Trilogie: Zeit der Träume · Zeit der Hoffnung · Zeit des Glücks

Die Ring-Trilogie: Grün wie die Hoffnung · Blau wie das Glück · Rot wie die Liebe

Die Nacht-Trilogie: Abendstern · Nachtflamme · Morgenlied

Die Blüten-Trilogie: Rosenzauber · Lilienträume · Fliedernächte

Die Sternen-Trilogie: Sternenregen · Sternenfunken · Sternenstaub

Entdecken Sie auch J. D. Robb, die andere Seite der Nora Roberts:

Rendezvous mit einem Mörder · Tödliche Küsse · Eine mörderische Hochzeit · Bis in den Tod · Der Kuss des Killers · Mord ist ihre Leidenschaft · Liebesnacht mit einem Mörder · Der Tod ist mein · Ein feuriger Verehrer · Spiel mit dem Mörder · Sündige Rache · Symphonie des Todes · Das Lächeln des Killers · Einladung zum Mord · Tödliche Unschuld · Der Hauch des Bösen · Das Herz des Mörders · Im Tod vereint · Tanz mit dem Tod · In den Armen der Nacht · Stich ins Herz · Stirb, Schätzchen, stirb · In Liebe und Tod · Sanft kommt der Tod · Mörderische Sehnsucht · Ein sündiges Alibi · Im Namen des Todes · Tödliche Verehrung · Süßer Ruf des Todes · Sündiges Spiel · Mörderische Hingabe · Verrat aus Leidenschaft · In Rache entflammt · Tödlicher Ruhm · Verführerische Täuschung · Aus süßer Berechnung · Zum Tod verführt · Das Böse im Herzen · So tödlich wie die Liebe · Mörderspiele. Drei Fälle für Eve Dallas · Mörderstunde. Drei Fälle für Eve Dallas

Nora Roberts ist J. D. Robb:

Ein gefährliches Geschenk